诗学与美学研究丛书

胡继华 著

浪漫的灵知

北京大学出版社
PEKING UNIVERSITY PRESS

图书在版编目(CIP)数据

浪漫的灵知/胡继华著. —北京：北京大学出版社，2016.12
（诗学与美学研究丛书）
ISBN 978 - 7 - 301 - 27824 - 6

Ⅰ.①浪… Ⅱ.①胡… Ⅲ.①浪漫主义—文学研究—德国 Ⅳ.①I516.06

中国版本图书馆 CIP 数据核字（2016）第 297088 号

书　　　名	浪漫的灵知 LANGMAN DE LINGZHI
著作责任者	胡继华　著
责任编辑	张文礼
标准书号	ISBN 978 - 7 - 301 - 27824 - 6
出版发行	北京大学出版社
地　　　址	北京市海淀区成府路 205 号　100871
网　　　址	http://www.pup.cn
电子信箱	pkuwsz@126.com
新浪微博	@北京大学出版社
电　　　话	邮购部 62752015　发行部 62750672　编辑部 62756467
印　刷　者	北京大学印刷厂
经　销　者	新华书店
	965 毫米×1300 毫米　16 开本　31.5 印张　501 千字 2016 年 12 月第 1 版　2016 年 12 月第 1 次印刷
定　　　价	75.00 元

未经许可，不得以任何方式复制或抄袭本书之部分或全部内容。
版权所有，侵权必究
举报电话：010 - 62752024　电子信箱：fd@pup.pku.edu.cn
图书如有印装质量问题，请与出版部联系，电话：010 - 62756370

目 录

"诗学与美学研究丛书"序 ································· 1

浪漫和灵知

——一场没有时间的遭遇 ································· 1

一、无神之处,鬼魅横行 ································· 1

二、虚无,一个时代的宿命 ······························· 5

三、灵知戏剧的原型及其启示 ····························· 9

四、炼金与占星——早期现代的灵知 ······················ 21

五、再造圣徒——波墨与浪漫灵知 ························ 32

六、瞩望千禧年王国 ··································· 40

诗人立法与神意创世

——维柯《新科学》及其历史影响 ························ 49

一、智者的孤怀——维柯生平 ··························· 49

二、"古今之争"——《新科学》的文化语境 ················ 51

三、探究人文的意蕴——《新科学》的基本命意 ············ 55

四、诗性智慧 ··· 59

五、发现荷马 ··· 66

六、维柯作为浪漫主义的渊源之一 ······················· 68

异教神话审美主义的残像余蕴

——温克尔曼的艺术史观 ······························· 73

一、缅怀古代的启蒙巨子——温克尔曼生平 ················ 73

二、德意志启蒙和古典主义美学 ························· 76

三、高贵的单纯和静穆的伟大 ··························· 78

四、神性之美——狄奥尼索斯—阿波罗两境相入 ………… 82
　　五、感受艺术的历史节奏 …………………………………… 85
　　六、古典美学的精粹——人文主义的信念 ………………… 88

诗与画的纠结
　　——莱辛的《拉奥孔》与美学的灵知 …………………… 91
　　一、莱辛——"18世纪的一个完美绝伦的人物" ………… 91
　　二、异类世界正在展开——莱辛的时代特征 …………… 93
　　三、《拉奥孔》的结构和题旨 ……………………………… 95
　　四、艺术分野与诗艺的绝对 ……………………………… 103

魔幻词语，灵知载体
　　——"浪漫主义"概念辨析 ……………………………… 106
　　引言 ………………………………………………………… 106
　　一、矛盾与歧异的"观念结"——思想史家的"浪漫主义" … 108
　　二、整体视野下的文学规范——批评史上的浪漫主义 … 112
　　三、生存样法与政治决断——政治思想史上的浪漫主义 … 115

革命与浪漫的变奏
　　——兼论托克维尔的《旧制度与大革命》 ……………… 120
　　一、漂泊者说 ……………………………………………… 120
　　二、孤岛游子与诡异力量 ………………………………… 121
　　三、革命——激动人心的修辞 …………………………… 123
　　四、返回黑暗的心脏 ……………………………………… 126
　　五、诗学的历史书写与自由的赞词 ……………………… 129
　　六、革命的宗教与社会的神话 …………………………… 131

神话逻各斯
　　——解读《德意志观念论体系的源始纲领》以及浪漫"新神话"
　　………………………………………………………………… 134
　　引言 ………………………………………………………… 134
　　一、理性的神话 …………………………………………… 137

二、感性的宗教 ……………………………………… 143

　　三、崇高的"灵" ……………………………………… 147

　　四、"人类最后的伟业丰功" ………………………… 151

断章诗学

　　——浪漫诗风的文类呈现 ………………………… 154

　　引言 ………………………………………………… 154

　　一、断章古今谈 …………………………………… 155

　　二、"浪漫诗"义辩 ………………………………… 157

　　三、"超验诗"之境界 ……………………………… 161

　　四、小说典范论 …………………………………… 166

　　五、浪漫诗体裁建构之中的东方灵知元素 ……… 169

灵知与异乡神的基本象征

　　——歌德的《普罗米修斯颂》 …………………… 179

　　一、引爆的火药 …………………………………… 179

　　二、思想意象之源与流 …………………………… 182

　　三、灵知主义与异乡神——歌德普罗米修斯的意蕴 … 192

　　四、灵知化的普罗米修斯与浪漫主义 …………… 200

　　五、普罗米修斯与现代中国 ……………………… 215

春天，十个荷尔德林全部复活……

　　——一个德国诗人的历史剪影 …………………… 217

　　引言 ………………………………………………… 217

　　一、烟雨故园情——荷尔德林人生咏叹 ………… 218

　　二、背影历沧桑——荷尔德林多次诞生 ………… 221

　　三、惊鸿回望处——教养传奇《许佩里翁》 …… 229

　　四、壮烈赴情殇——《恩培多克勒斯之死》 …… 235

哀歌迎神，宗教和解

　　——略论荷尔德林的《面包与葡萄酒》 ………… 242

　　引言 ………………………………………………… 242

一、哀歌流别略考 ·················· 244
　　二、现代性与世界性视野中的哀歌 ········· 249
　　三、夜颂——癫狂之中神意盎然 ·········· 258
　　四、追忆白昼——神话审美主义 ·········· 263
　　五、黑白相融——和解的宗教 ··········· 267

爱欲升华的叙事

　　——一论施莱格尔的《卢琴德》 ·········· 276
　　引言 ························ 276
　　一、审美现代性——生命与诗歌的合一 ······· 277
　　二、众媛为"我"师——爱欲的上升之路 ······ 282
　　三、反讽——浪漫主义的修辞术 ·········· 289

游子吟与新宗教

　　——二论施莱格尔的《卢琴德》 ·········· 295
　　引言 ························ 295
　　一、讽喻的艺术与理论的小说 ············ 296
　　二、杂而不越，形散神凝 ·············· 297
　　三、"爱本身"与新宗教 ·············· 302
　　四、面具与隐微 ··················· 310
　　结语：未完成的《卢琴德》与浪漫诗风 ······· 313

无限奥秘的寂静信使

　　——《夜颂》与灵知主义 ·············· 316
　　引言：奇异，诡异与灵异——《夜颂》印象 ····· 316
　　一、放逐异邦的忧郁之子——《夜颂》之灵知渊源 · 318
　　二、"颂主告神，义必纯美"——颂诗体源流略考 · 325
　　三、形上暴力中一袭温柔 ·············· 331
　　四、内在而又超验的沉思 ·············· 339
　　五、墓畔哀歌 ···················· 343
　　六、眺望新天新地 ················· 351

七、灵知的历史哲学 ……………………………………… 357

　　八、凄艳的归宿 …………………………………………… 364

诗人的慕悦，灵魂的憔悴

　　——诺瓦利斯的《亨利希·奥夫特丁根》论略 ………… 371

　　题记 ………………………………………………………… 371

　　一、谁是"诺瓦利斯"？ …………………………………… 372

　　二、启示的浪漫诗 ………………………………………… 377

　　三、自然象征主义 ………………………………………… 387

　　四、中西慕悦——从比较文学的观点看 ………………… 401

文学的绝对

　　——从浪漫主义到解构论 ………………………………… 407

　　一、重审文学绝对性问题的背景 ………………………… 408

　　二、"文学绝对性"概念出场的历史语境 ………………… 408

　　三、无法逃脱的康德，无法规避的《判断力批判》 ……… 409

　　四、审美观念——文学绝对性的雏形 …………………… 410

　　五、文学绝对性的含义及其理论结构 …………………… 412

　　六、悲剧的绝对性 ………………………………………… 414

忧郁的面纱笼罩憔悴的渴念

　　——早期德国浪漫主义绘画的风景略论 ………………… 417

　　引言 ………………………………………………………… 417

　　一、"自然"如经典，风景是"发现" ……………………… 418

　　二、风景如何被发现？价值颠倒 ………………………… 420

　　三、悲剧的绝对——早期德国浪漫主义的隐秘动机 …… 423

　　四、风景的神话 …………………………………………… 426

　　五、"维天之命，于穆不已"——德国浪漫主义的一个经典

　　　　风景个案 …………………………………………… 431

布鲁门伯格的"神话终结"论 …………………………………… 438

　　一、引言 …………………………………………………… 438

二、"神话"与"神话终结"的含义 …………………………… 439
　三、艺术神话的终结：从普罗米修斯到浮士德 …………… 443
　四、结论：神话、生命、文化的共生 ………………………… 453

美与爱的灵歌
　——略论梅列日科夫斯基的象征主义 …………………… 456
　一、流亡的寻神者 …………………………………………… 458
　二、象征——圣灵在自然、历史以及天国的踪迹 ………… 462
　三、俄罗斯象征主义文学运动的特殊意义 ………………… 472

参考文献 ……………………………………………………… 477
后记 …………………………………………………………… 490

"诗学与美学研究丛书"序

在西方,从学科发展史上讲,先有探讨文艺理论与批评鉴赏的诗学(poetics),后有研究感性知识与审美规律的美学(aesthetics)。前者以亚里士多德的《诗学》为代表,后者以鲍姆嘉通的《美学》为标志,随之以康德的《判断力批判》、黑格尔的《美学讲演录》和谢林的《艺术哲学》为津梁,由此发展至今,高头讲章的论作不少,称得上立一家之言的经典不多,能入其列者兴许包括尼采的《悲剧的诞生》、丹纳的《艺术哲学》、杜威的《艺术即经验》、克罗齐的《美学纲要》、柯林伍德的《艺术原理》、苏珊·朗格的《情感与形式》、阿恩海姆的《艺术与视知觉》、卢卡奇的《审美特性》、阿多诺的《美学理论》等。

在中国,传统上诗乐舞三位一体,琴棋书画无诗不通,所谓"诗话""词话""乐论""文赋""书道"与"画品"之类文艺学说,就其名称和内容而言,大抵上与西洋科目"诗学"名殊而意近,这方面的代表作有儒典《乐记》、荀子的《乐论》、嵇康的《声无哀乐论》、陆机的《文赋》、刘勰的《文心雕龙》、严羽的《沧浪诗话》、刘熙载的《艺概》等。至于"美学"这一舶来品,在20世纪初传入华土,因其早期引介缺乏西方哲学根基和理论系统,虽国内涉猎"美学"者众,但著述立论者寡,就连王国维这位积极钻研西学、引领一代风气者,其为作跨越中西,钩深致远,削繁化简,但却取名为《人间词话》,行文风格依然流于传统。这一遗风流韵绵延不断,甚至影响到朱光潜对其代表作《诗论》的冠名。迄今,中国的美学研究者众,出版物多,较有影响的有朱光潜的《文艺心理学》与《西方美学史》、宗白华的《美学散步》、邓以蛰的《画理探微》等。至于中国意义上的美学或中国美学研究,近数十年来成果渐丰,但重复劳动不少,食古不化风盛,在理论根基与创化立新方面,能成一家之说者屈指可数。相比之下,理论价值较为突出的论著有徐复观的《中国艺术精神》与李泽厚的《美学三书》等,其余诸多新作高论,还有待时日检验,相信会在不久的将来"青出于蓝,而胜于蓝"。

面对国内上述学术现状,既没有必要急于求成,也没有必要制造某种民族性或政治化压力进行鼓噪,更没有必要利用现代媒体进行朝慕"新说"、夕伐"假论"之类的戏剧性炒作,因为那样只能产生焰火似的瞬间效应,非但无助于学术研究的推进,反倒招致自欺欺人、自我戏弄的恶果。我们以为,"非静无以成学"。这里所言的"学",是探究经典之学问,是会通古今之研究,是转换创化之过程,故此要求以学养思,以思促学,学思并重,尽可能推陈出新。不消说,这一切最终都要通过书写来呈现。那么,现如今书写的空间到底有多大?会涉及哪些相关要素呢?

我们知道,传统儒家对待治学的态度,总是将其与尊圣宗经弘道联系在一起,故有影响弥久的"述而不作"之说。但从儒家思想的传承与流变形态来看,所谓"述"也是"作",即在阐述解释经典过程中,经常会审时度势地加入新的看法,添入新的思想,以此将"阐旧邦以辅新命"的任务落在实处。相比之下,现代学者没有旧式传统的约束,也没有清规戒律的羁绊,他们对于经典的态度是自由而独立的,甚至为了达到推翻旧说以立新论的目的而孜孜以求,尝试着引领风气之先,成就一家之言。有鉴于此,为学而习经典,"述"固然必要,但不是"述而不作",而是"述而有作",即在"述"与"作"的交叉过程中,将原本模糊的东西昭示为澄明的东西,将容易忽略的东西凸显为应受重视的东西,将论证不足的东西补充为论证完满的东西……总之,这些方面的需要与可能,构成了"述而有作"的书写空间。如今大多数的论作,也都是在此书写空间中展开的。列入本丛书的著译,大体上也是如此。

需要说明的是,"述而有作"是有一定条件的,这需要重视学理(academic etiquettes),重视文本含义(textual meaning),重视语境意义(contextual significance),重视再次反思(second reflection),重视创造性转化(creative transformation)。

对于学理问题,我曾在一次与会发言中讲过:从"雅典学园"(Akadeimeia)衍生的"学者"(academic)一词,本身包含诸多意思,譬如"学术的、纯学理的、纯理论的、学究式的"等等。从学术研究和学者身份的角度来看,讲求学理(以科学原理、法则、规范和方法为主要内容的学理),既是工作需要,也是伦理要求。就国内学界的现状看,以思想(而非一般的思想性)促研究,是有相当难度的,因为这需要具备相当特殊的条件。"言之无文,行而不远"。近百年来,国内提得起来又放得下去的有根基的思想(理论学说)不多,真正的思想家为数寥寥。因此,对大部分学者而言,以学理促研究,在相对意义上是切实可行的。学术研究是一个逐步积累和推进的过程,国内的西方学术研究更是如此。经常鼓噪的"创新"、"突破"或"打通"等等,如若将其相关成果翻译成便于甄别和鉴定的英文或法文,就比较容易看出其中到底有多少成色或真货。鉴于此况,倡导以学理促研究,是有一定必要性和针对性的。这其中至少涉及三个主要向度:(1) 学理的规范性和科学性(借着用);(2) 理解与阐释的准确性(照着讲);(3) 假设与立论的可能性和探索性(接着讲)。在此基础上,才有可能把研究做到实处,才有可能实现"创造性转化"或"转换性创构"(transformational creation)。

对于经典研读,我也曾在一次与会发言中讲过这样一段感言:"现代学者之于古今经典,须入乎文本,故能解之;须出乎历史,故能论之;须关乎现实,故能用之。凡循序渐进者,涵泳其间者,方得妙悟真识,终能钩深致远,有所成就。"

所谓"入乎文本,故能解之",就是要弄清文本的含义,要保证理解的准确性。这是关键的一步,是深入研究和阐发的基点。这一步如果走得匆忙,就有可能踏空,后来的一切努力势必会将错就错,到头来造成南辕北辙式的耗费。而要走好这一步,不仅需要严格的学术训练,也需要良好的语文修养,即古今文字与外语能力。要知道,在中外文本流通中,因语文能力不济所造成的误译与误用,自然会殃及论证过程与最后结论,其杀伤力无疑是从事学术研究和准确把握含义的大敌。

所谓"出乎历史,故能论之",其前提是"入乎历史",也就是进入到历史文化的时空背景中,拓宽思维的广度与深度,参阅同时代以及不同时代的注释评说,继而在"出乎历史"之际,于整体把握或领会的基础上,就相关问题与论证进行分析归纳、论述评判。这里通常会涉及"视域的融合""文本的互动"与"语境的意义"等时下流行的解释学概念。当然,有些解释学概念不只限于文本解读与读者接受的技术性方法,而是关乎人之为人的存在形式与历史意识间的本体论关系。因此,我们在解释和论述他者及其理论观点时,自己会有意无意地参与到自我存在的生成过程里面。此时的"自我",经常会进入"吾丧我"

的存在状态,因为其感受与运思,会涉及他者乃至他者的他者,即从两人的对话与体验中外延到多人的对话与体验中。在理想条件下,这一过程所产生与所期待的可能效应,使人油然联想起柏拉图标举诗性智慧的"磁石喻"。

所谓"关乎现实,故能用之",具有两层意思。其一是在关注现实需要与问题的基础上,将相关思想中的合理因素加以适宜的变通或应用,以期取得经世致用或解决现实问题的可能效果。其二是在系统研究的基础上,通过再次反思,力求返本开新,实现创造性转化或转换性创构,以便取得新的理论成果,建构新的理论系统。譬如,牟宗三以比较的视野,研究宋明理学与康德哲学,成就了牟宗三自己的思想系统。海德格尔基于个人的哲学立场,研究尼采的哲学与荷尔德林的诗歌,丰富了海德格尔本人的理论学说。后期的思想家,总是担负着承上启下的使命,他们运用因革之道,吸收不同养料,究天人之际,通古今之变,成一家之言。这一切都是在"入乎文本""出乎历史"和"关乎现实"的探索过程中,循序渐进,钩深致远,最终取得的成就。

在此诚望参与和支持本丛书的学者,均以严谨的学理和创化的精神,将自己的研究成果呈现给广大读者诸君,以此抛砖引玉,促进批评对话,推动诗学与美学的发展。

借此机会,谨向出版资助单位北京第二外国语学院跨文化研究院诚表谢忱!

以上碎语,忝列为序。

王柯平
千禧十一年秋于京东杨榆斋

浪漫和灵知

——一场没有时间的遭遇

一、无神之处，鬼魅横行

初看上去，浪漫主义(Romanticism)和灵知主义(Gnosticism，旧译"诺斯替主义")，在时空上相距甚远，在形式上不可比较，在义理上鲜有瓜葛。一个是一场作为现代性标志之一的诗学与文化运动，涌动于18世纪末19世纪初，仍然笼罩着当今世界的历史地平线；一个则是来自基督教史前时代的朦胧记忆，一些差异丛生的神话教义体系，粗糙而又浑朴，即便是在它自己的时代也被普遍目为怪异的他者，备受打压和驱逐，没有被允许进入思想史正典的殿堂。然而，思想史本来就是由多元的观念、情绪和象征体系复杂纠结而成的粗糙织体，在这个织体之中获得历史价值的元素也只能在比较之中凸显出来，在阐释学的循环之中再现出来。所以不妨说，灵知主义乃是理解浪漫主义的一个不可缺少的历史视角，而浪漫主义又是把握灵知主义的一个独特的现代参照。

在一般史家的眼里，18世纪和谐而又优雅，理性君临万物，堪称启蒙哲学家的天城。经过启蒙洗礼和理性开示之后，心灵看似精致爽朗，丝毫不受深奥之物的诱惑，也不受怪力乱神的骚扰。然而，在蓝天丽日之下，"共济会"和"玫瑰十字会"携带着神话卷土重来，神秘主义大行其道，超级骗子和江湖术士大逞其能，灵媒论者和催眠术士艳帜高张，颅相学、骨相学、星相学、炼金术五花八门，惊险惊骇。意大利无业游民卡格里奥斯特罗(Count di Cagliostro, 1743—1795)混入巴黎，跻身上流社会，利用炼金术亲近玛丽·安托瓦内特(Marie Antoinette)

皇后,制造闻名遐迩的"项链丑闻",宫廷一时仿佛喜剧院。浪漫主义运动前夕,1791年,歌德的《巫术大师》(*Der Gross-Cophta*)在魏玛上演。这位德意志风月总舵主、诗界奥林波斯主神,还在自己的传记文字之中一再重构这个无赖兼骗子的故事,将他的行传同整个欧洲的剧变与历史命运联系在一起。于是,一则毫无神秘气息的宫廷丑闻,竟然染上神话性质,以至于成为一项永远的证据,表明神话现象绝不可能在原始哲人"万物皆神"的长吁短叹之中寿终正寝。① 18世纪,神秘主义成为一宗时代病,到处蔓延,免疫者稀。一个表面和谐看似昭明的世纪,各种暗潮涌动。一股强大的反科学、兴人欲的思潮随之兴起。思想史家伯林将这股反叛性思潮称之为"质和量的对决",而为浪漫主义的降临预备了神话一般的语境。②

"神圣绝迹,鬼魅横行。"③此乃诗人诺瓦利斯(Novalis, Friedrich von Hardenberg, 1772—1801)对18世纪末时代精神的诊断。语出他在浪漫同仁派对上的演说《基督世界或欧洲》,发表的时间是1799年秋天。诗人一开口就遣悲怀,忆往昔,追思人类历史上曾经有过的光辉美妙时代。可是,他顿觉神圣枯萎,人性破碎,政体肮脏,私欲主义、民族主义、专制主义甚嚣尘上,邪恶暴行蹂躏世界。人间邪恶缘何在?如何驱遣人间"恶"?此乃浪漫主义者念兹在兹的难题。诗人、自然科学家和政治思想家诺瓦利斯目力所及之处,都是不知疲倦地忙碌的庸人。他们不知疲倦地忙碌,一心要让世界不再令人着迷。他们不知疲倦地忙碌,一心要扫荡神圣之物在大地上的任何痕迹。神圣绝迹世间,鬼魅横行无阻,浪漫诗人知其不可为而为地狙击鬼魅,寻觅神圣,而将自己变成了具备拯救知识的"灵知人"。因而,不难理解,诺瓦利斯的讲词为何以回忆开始而以预言落音。他要通过复活灵知,来给基督教世界或欧洲重振秩序,恢复活力,甚至还要建立一所没有国界的

---

① 对于卡格里奥斯特罗及其骗术与丑闻,布鲁门伯格在神话诗学视野之中进行了分析,参见《神话研究》(上),胡继华译,上海:上海人民出版社,2012年版,第78—85页。
② 伯林:《浪漫主义的根源》,吕梁译,南京:译林出版社,2008年版,第53页。
③ 诺瓦利斯的原文是"Wo keine Götter sind, walten Gespenster",参见诺瓦利斯:《夜颂中的革命和宗教》,林克等译,北京:华夏出版社,2008年版,第214页:"诸神隐去之时,鬼神来统治。"又参见萨弗兰斯基:《荣耀与丑闻——反思德国浪漫主义》,卫茂平译,上海:上海人民出版社,2014年版,第141页:"[诺瓦利斯的]这篇演讲的中心思想是:无神之处,鬼怪横行。"

有形教会,将所有渴望神灵的灵魂纳入自己的怀抱。在绝命抗争鬼魅和不懈寻觅神性的诗人羸弱的躯体上,浪漫主义与灵知主义相遭遇,而这是一场没有时间的遭遇。

浪漫主义与灵知主义的遭遇,让人在一种时间张力的驱使下,返回到"柔和而又伟大的"远古进程中。浪漫诗人感到,"一道神圣的面纱将远古掩蔽起来,使凡俗人不得窥见,可是命运从源泉的缓缓流淌中造就了凡俗人的灵魂,这灵魂凭借魔镜看见远古在神性的美丽中"①。"凡俗的灵魂",通过灵知的"魔镜",而窥见远古的奥秘与神性的美丽。浪漫主义的超验性驻立于此,浪漫主义的新神话于焉复现,浪漫主义的救赎观由此流布开来。浪漫主义和灵知主义都关注"世间恶"的难题,都把此世当作异乡,将家园设定于彼岸。这些共同的要素让他们互相鉴照,彼此阐明。浪漫主义指点一条避世之路,沿着这条道路走进内在,我们可能就进入了灵知的迷宫。而我们在灵知的迷宫逗留之后,带着异样的眼光返回到现代场景,则能更好地感受和理解浪漫主义。通过浪漫主义观照灵知主义,我们能发现古代某些不为人知的隐秘。反之,通过灵知主义鉴照浪漫主义,我们又能理解现代某些难以觉察的虚无。而且,浪漫主义与灵知主义,不是远亲,而是血亲:灵知主义以神话逻各斯对古代难题的解答转变成了浪漫主义以诗学新神话对现代世界的质疑,反过来浪漫主义对现代世界的质疑却印证了灵知主义问题意识的彻底性。应该说,灵知主义和浪漫主义所尝试解决的难题,都是"原则上不可回答"的难题,都是扎根于人类生存处境之中的难题。因而,灵知主义的神话逻各斯也好,浪漫主义的诗学新神话也罢,都只不过将人类生存处境之根本问题托付给了"绝对的隐喻"而已。②

置身于"神圣绝迹,鬼魅横行"的文化危境之中,浪漫主义声称要解决人类生存处境之根本问题。历史仿佛总是重复,浪漫主义在18世纪末和19世纪所遭遇的处境,同滋生灵知主义的晚古处境几乎没有什么两样。公元2世纪的晚古,动荡不定的地中海沿岸直至两河流

---

① 诺瓦利斯:《断片补遗》,见《夜颂中的革命和宗教》,第189页。
② Hans Blumenberg, *Paradigmen zur Metaphorologie*, Bern, 1960, Z. 19:"绝对隐喻要回答……那些原则上无法回答的问题,这些问题的重要性仅仅在于,它们是无法被消除的,因为不是我们提出了它们,而是我们在人的存在根据中发现了它们。"

域的东方,历史的涡流启示了激动人心的象征意义,灵知主义的涌动几乎使新兴的基督教轮廓模糊,甚至使之处于濒临消逝的危机中。① 人在宇宙之中的地位完全不可确定,因而受到了一种强大的陌生感的驱迫。"宇宙随着我自己可能感受亲近的内在逻各斯一起消逝了,人类借以安身立命的整体秩序消逝了。我安身立命之地现在就是一个纯然粗暴的偶然。……我们的生命纯属偶然,而在这一宇宙图景之中被剥夺了任何一种可能作为人类自我理解参照系的人类意识。"②"秩序消逝"(Ordnungsschwund)构成了这种生存处境的根本特征,它还不只是无家可归、孤苦无告以及焦虑恐惧的心境。这种处境还表明,自然冷漠无情,人性分裂离散,邪恶畅行无阻,城邦机械粗暴。更为可悲且更为渺茫的是,自然、人性、邪恶、城邦都不指向任何一种目的。目的论从宇宙体系之中被一劳永逸地排除出去,一切属人的价值都得不到任何可靠支撑。于是,宇宙邪灵化与精神的虚无化,乃是一个历史进程的两个方面。这一从晚古开始的悲剧性进程,笼罩着整个现时代的纪元,到浪漫主义时代臻于高潮,灵知主义的流风余韵还在现代和后现代的地平线上散播。满天涯烟雨断人肠。人与整个宇宙秩序的断裂便构成了灵知主义与浪漫主义的形而上共同背景。宇宙仿佛是一个寒冷而无声地绵延的荒原,灵知主义者和浪漫主义者孤寂地走上流亡的朝圣之路。"一片雾霭骤然降临——霎时断裂了诞生的脐带——光的束缚。"③这是诺瓦利斯《夜颂》之三中的名句,将诡异的灵知化作柔美的诗情。还乡的执念和超验的狂热构成了浪漫主义的底色,而这一底色也深深蕴藏在灵知主义的形而上背景之中。秩序消逝,位置飘零,唯有一种自由无羁的意志霸道纵横,从根本上否定了世间万物及其本性,破除了事物所具有的稳定结构。④

于是,虚无主义便不可避免地成为西方的命运。人与整个宇宙秩序的断裂,乃是虚无主义的根本。迷途之人在灵知的驱动下寻找家

---

① 阿尔弗雷德·韦伯:《文化社会学视域中的文化史》,姚燕译,上海:上海人民出版社,2006年版,第161页。
② Hans Jonas, *Gnostic Religion: the Message of the Alien God and the Beginning of Christianity*, Boston: Beacon Press, 1963, p.323.
③ 诺瓦利斯:《夜颂中的革命和宗教》,第34页。
④ 伯林:《浪漫主义的根源》,吕梁译,南京:译林出版社,2008年版,第118页。

园,却只能是向死而生,从一个虚无走向另一个虚无。虚无主义一直蛰伏在西方思想史的叙述之中,灵知主义在绝对虚无的深渊之中呼告,而浪漫主义在绝对悲剧的巅峰之上眺望。灵知主义开其端绪,而浪漫主义回望祖居,前后相续地将虚无主义彰显出来,并升华到诗意的乌托邦境界。

二、虚无,一个时代的宿命

哈罗德·布鲁姆(Harold Bloom)倾尽心力,面对当代强势的虚无主义,而为西方正典一辩再辩。但他也无奈地承认:"一种灵知主义形式在浪漫主义传统之中流行。"在现代语境下,布鲁姆替灵知主义做了一个平实而且平易的界定:

> 你若是可以接受一个同死亡集中营共存的上帝,一个同精神分裂症共存的上帝,一个同艾滋病共存的上帝,一个仍然强大万能且不无善意的上帝,那么你就是信仰之士……反之,你若是明明知道自己同一个超绝尘寰独处异乡而陌生的上帝具有亲近感,那么,你就一定是个灵知主义者。①

古典宇宙秩序崩溃,灵知主义兴起。它要解决的难题,恰恰是古典宇宙学所一筹莫展的难题:"世间为何有邪恶?""谁当为死亡的肇因?""谁当为世间恶负责?"对这么一些根本问题的回答,使灵知主义与基督教分道扬镳。历史上的灵知主义五花八门,而且其典籍尽是断简残篇,但它们却有最低限度的公分母。他们相信:每一个人深心都有一点神性的火光,将他与至善合而为一。在世俗的生活之中,我们沉沦于惰性的物质现实,而对这点神性之火浑然无知,冥然不觉。那么,这么一种关于世界的观点又如何相关于真正的基督教精神?我们能不能说,耶稣基督为了偿付圣父创造这么一个不完美世界所造下的罪孽而必须自我牺牲,在十字架上死而无怨?创世之神与救赎之神,两个神的观念,直接源于灵知主义。这种灵知的神性,是指这个创造物质世界的邪恶之神。或许,这个邪恶之神,乃是受到犹太教和基督

---

① Harold Bloom, *Omens of Millenium*, London: Fourth Estate 1996, p.252.

教双重压抑的"消逝的中保"(vanishing mediator),他反过来为理解犹太教和基督教之间的关系提供了线索。摩西十诫中那个严酷的上帝,乃是一个"骗子",他的强大幽灵遮蔽了这么一个事实:我们正在同一个心智模糊的白痴打交道,而这个白痴将创世的工作弄得一塌糊涂。然而,尽管是以一种偷梁换柱的方式,基督教却承认这么一个可笑的事实。因此,在人类眼里,基督舍身赴死,那是去救赎那个失败的父亲。①

沿着这种逻辑理路,作为基督教之异端和共谋的灵知主义提出了两种神性:一个是无限善的上帝,但他离奇地羸弱,根本就不具备创造能力;另一个是物质世界的创造者,也就是魔鬼本身,等于就是《旧约》之中那个上帝。可感可触的有形世界,整个就是魔鬼现象,就是邪灵的显现。魔鬼能造物,但他是一个贫瘠的创造者。魔鬼创造了一个悲惨的宇宙,无论他如何努力,他都绝对创造不出永恒之物。这么一个残酷的事实就坐实了邪灵的贫瘠,贫瘠的邪灵。因而,人就是一个分裂的实体,一副血肉之躯,一件邪灵之造物。邪灵无论如何都造不出属灵的生命,所以他必求助于善的上帝。善的上帝慷慨而又慈悲,便帮助这个阴沉而又贫瘠的创世邪灵,其办法是将灵魂吹入无生命的黏土制作而成的躯体,让无生命的躯体活起来。然而,邪灵又引诱第一对赤身裸体的男女云雨交欢,通过促使他们堕落而彻底地成为物质的造物,从而泯灭了那么一点属灵的火花。

在基督教的典型异教"清洁派"(Cathars)灵知主义者看来,男欢女爱都是淫荡猥亵,生儿育女一概肮脏不堪。从对肉体的厌弃开始,灵知主义者反物质世界,进而反对整个物质宇宙。在他们看来,物质宇宙乃是那个暴戾反常而充满怨毒的造物神的失败之作,宇宙事变都是流产、灾变和苦难。而降生到这个宇宙之中的人,自然也就一文不值,本来就不该降生,即便降生了也应该尽快归向源始,回归天上。既然此生此世乃是一派虚无,那就应该彻底弃绝。用海德格尔的基础存在论专门术语来说,此生此世乃是"被抛入世"(Geworfenheit)。一个人降生于世,就是未经本人同意而被抛到这个流产的、灾变的和苦难的宇宙。"我的神,我的神,为什么遗弃我?"耶稣基督在十字架上的呼

---

① Slavoj Žižek, *On Belief*, New York: Routledge, 2001, pp. 9-10.

喊贯彻古今,传扬着灵知主义的悲剧情愫。被抛入世,乃是一种彻底的被遗弃状态,一种绝对的无牵挂状态,而这构成了人类具体的历史处境,一种滋生虚无主义悲情的历史处境。被抛入世者,彻底被遗弃者,就是那些灵知主义者,他们在这个粗糙不堪、邪恶纵横、悲风满目的世界上忆念前生,心怀神性,濒死流亡,将此生此世的一切都感受为异乡,并奋力前行开启向着真正故乡的朝圣之路。

置身在邪灵所造的物质宇宙,卑微渺小的人类焦虑成疾。焦虑成疾,因而渴望听到拯救之神的信息,人类便必须寻求一种真知,而这种真知就是奥古斯丁为整饬迷乱的宇宙和迷狂的灵魂而吁请的"自由意志"。"让我们自由的是知识,即知道我们是谁?我们将成为什么?我们在哪里?我们被抛向哪里?我们去往哪里?我们何以得到拯救?什么是出生?什么是再生?"①克莱门(Clement of Alexander)代言的"天问",构成了一切灵知主义救赎学说的纲领。灵知主义的致命追问,都是一些在原则上无法回答的难题,却只有通过绝对隐喻来回答。通过一系列绝对隐喻,灵知主义者用神话重构了"逻各斯",从而编织出粗糙的"神话教义"。通过寓意解经法索解神话教义,后代灵知主义者断言:灵知,乃是一种与灵魂纠结且与拯救相关的真知,一种在黑暗之中寻得的光明,一种在紊乱之中造就的秩序,一种在苦难之中领纳的荣耀,一种在悲惨处境之中寻求拯救的渴望。说到底,灵知是一种"觉醒",一种涌动在临界处境的强烈生命情感。灵知表面上好像是"沉思",但本质上是"行动"。灵知看起来像是一道灵光乍现,但的确是一种生命主动参与拯救的"事件"。"某种类似于行动的东西,对人生在世的处境高度敏感,对人的异乡性高度敏感,以及对人们要求摆脱这种处境的渴望高度敏感,直到最后,对创造无差异境界的需要高度敏感。"②灵知主义者感到宇宙迷失了方向,生命失落了重量,救赎的方向应该是和谐的秩序(kosmos)。和谐的秩序,就是异乡人的家园。"哲学本是乡愁,处处为家的欲求。"③诺瓦利斯的名句说明:灵知主义神话教义与浪漫派的神话叙事之间存在着让人印象深刻的联系。

---

① 克莱门:《西奥多托精粹》,转引自布鲁门伯格《神话研究》(上),第 210 页。
② 布鲁门伯格:《神话研究》(上),第 213 页。
③ 诺瓦利斯:《夜颂中的革命和宗教》,第 133 页。

或者干脆说,兴起于晚古,隐迹于中古,复兴于早期近代,灵知主义与浪漫主义之间有着割不断的血脉关联。

直面深渊,逼视虚无,奋力追逐空灵的真知,构成了灵知主义神话教义与浪漫主义神话叙事的共同指向。1799 年,反启蒙的德国思想家雅可比(Friedrich Heinrich Jacobi, 1743—1819)生造出"虚无主义"(Nihilismus)一语,一种充满活力的思潮便长驱直入,如滔滔雾霾蔓延在人类现代思想的领空。以夜枭之眼观世间剧变,雅可比窥破表象,觉察到新兴的理性主义(尤其是康德的"批判哲学")之中所蕴含的虚无进向。在一封著名的论学书简之中,雅可比断言费希特的观念论必将堕落为虚无主义。问其究竟,雅可比推论说,费希特将"自我"绝对化,以"自我"设定"非我",就是扩张主体性,以至于否定了上帝的绝对超越性。理性主义与批判哲学的不祥氛围让反启蒙思想家忧心如焚,于是他针锋相对地提出"信仰主义"(fideism),呼唤现代人归向信仰和启示,而纠偏虚无主义的时弊。[①] 在浪漫主义的语境中之中,雅可比的"信仰主义"直接转换为荷尔德林"面包与酒"的神话、诺瓦利斯"信仰与爱"的诗意,以及施莱尔马赫笔下"作为对宇宙无限性之感受与直观"的宗教经验。尼采宣告"疯子杀死上帝",已经将对虚无的恐惧推至极限,而成为所谓"后现代的先驱"。这个先驱者感觉到并沉痛地宣告,统治西方文化两千多年的基督教—柏拉图主义信仰的超越性已经陨落,生命力枯萎,创造力枯竭。然而,浪漫主义直接就是尼采的引路人,所以可谓"后现代先驱的先驱"。超越之维陨落,首先意味着人的解放。但没有了超越之维,剩下的就只有虚无。于是,人的解放,就是虚无的释放。释放虚无,不是要放纵虚无,而是要克服虚无,重建超越之维。

灵知主义和浪漫主义便行进在这条道路上,努力于这一方向上。灾异之中寻超越,灵知主义和浪漫主义都是超越之维的守护神。不过浪漫主义的情形更加复杂,它以捍卫超越的方式而开启了更加汹涌的

[①] 参见 Rudolf, Macuch, *Handbook of Classical and Modern Mandaic*. Berlin: De Gruyter & Co. (1965), pp. 61 fn. 105; Bret W. Davis, "The Gnostic World View: A Brief Introduction", *The Gnosis Archive*. Retrieved 2009-02-12; Thomas Süss, "Der Nihilismus bei F. H. Jacobi", ins. Dieter Arendt, *Der Nihilismus als Phanomen der Geistesgeschichte in der wissenschaftlich Diskussion unseres Jahrhunterts* (Wissenschaftlich Buchgesellschaft: Darmstadt, 1974), pp. 65-78。

虚无。灵知主义和浪漫主义一样,都以对物质世界的断念为代价而肯定超越之维。但浪漫主义作为抗争虚无主义的一种现代方式,乃是一种反形而上学的虚无主义。拆毁永恒轮回的同一者,拆毁基督教柏拉图主义的虚假超越理念,拆毁肮脏物质世界的造物之神,灵知主义致力寻求拯救的真知,希望在真知之上安放那种真正的超越性。① 但浪漫主义作为一种现代反虚无主义的形式,乃是将虚无推至极限,宣告一切超越性都是虚假的超越性。正如伯林所说,浪漫主义乃是现代观念历史的根本转型,"十八世纪见证了伦理和政治学中关于真理和有效性观念的破灭",古典世界观的基本前提悉数被颠覆。从此,人类没有确定的本质,而是自己创造自己;一切价值既非实体,也不是事实,都无法用命题体系来表述;一切是差异,任何东西都无法保证不同民族和不同文化和谐共存。② 于是,一场谋杀上帝、复活诸神的世界历史戏剧如期上演,续写了灵知主义的戏剧脚本,延续着灵知主义的革命激情。在古典宇宙秩序和城邦社会秩序完全消失之后,灵知主义乃是一场不属于此世的运动。③ 浪漫主义与灵知主义的这场没有时间的遭遇,决裂了人类历史的秩序,其目标是彻底改造人性,注神性入灾异丛生的粗糙世界,建构一个乌托邦式的城邦,向诡异的造物神索回诗意的正义。

三、灵知戏剧的原型及其启示

灵知主义兴盛于公元前后的地中海,其渊源却可以溯至雅斯贝尔斯所说的"轴心时代"早期。公元前 8 世纪到公元前 7 世纪,美索不达米亚、叙利亚、埃及以及地中海沿岸的城邦,业已进入一个普世帝国的时代。随后几百年,波斯帝国式微,亚历山大东征,罗马帝国辟疆拓土,帕提亚王朝和萨桑王朝起落沉浮。东方古代帝国崩溃,以色列、希

---

① 库利亚诺:《西方二元灵知论——历史与神话》,张湛等译,上海:上海人民出版社,2009 年版,第 274 页。
② 伯林:《现实感:观念及其历史研究》,潘荣荣等译,南京:江苏人民出版社,2011 年版,第 197、211 页。
③ Eric Vögelin, *The New Science of Politics*, Chicago: Chicago University Press, 1952, pp. 150-152.

腊和腓尼基城邦独立地位丧失,人口迁徙,民族主动流亡或者被动放逐以及被囚禁,东西南北交融,文化共同体破裂,身份不知凡几。动荡的历史进程将那些无法主宰命运的人逼入一种极端孤独绝望的境地,他们感受到宇宙的灾异、思想的迷乱、精神的焦虑以及物质的匮乏。制度、文化、种族,一切基本象征都宣告崩溃,凝聚力荡然无存,生存迷失了方向感。于是,身处绝境之人便绝望地尝试各种努力,重整乾坤,再度确定人、物、神在宇宙之间的位置,从而重新理解在有限境遇下却无限匮乏的生命尊严。在众多的努力之中,人获得了深浅不一高低不等的宇宙洞见。但对于人类生存意义的建构,规模最大者,体系最为宏阔者,超越之愿景最远者,当推灵知主义。

灵知主义用以表达宇宙洞见和生存意义的,乃是一种粗糙的神话教义,一套由隐喻、寓言、意象所构成的象征体系,史称"神话逻各斯"(mythic logos),或"教义秘索斯"(dogmatic muthos)。灵知主义乃是晚古精神结构的象征性投射,"神话逻各斯"或"教义秘索斯"就是一种多种生命情感、多种宗教类型以及多种思想体系对抗而融合的怪异作品。灵知主义象征体系是历史转换的标志,同时也是宗教危机的表征。神话到逻各斯,多神到一神,自然宗教到启示宗教,逻各斯到教义,这些历史的转型引发了重铸神话式统一的欲望,教义秘索斯便是这种欲望的表达形式。以律法和先知为代表的一神教义对晚古时代人类精神构成的威压之下,灵知主义抗拒教义对神话图景的消解,试图复活多神教审美主义来协调类似于《圣经》启示所证明的那种强大的超验实体,及其神学专制主义。

首先,灵知主义教义乃是神话遭遇逻各斯并在逻各斯压力下自我调整的产物。思想史家习惯于认为,从悲剧时代的古希腊开始,随着智术师介入城邦教育大业,人类心智就从"神话"演进到"逻各斯"。然而,"神话"与"逻各斯"、诗与哲本是同根却相争既久,哪一方也灭不了另一方,于是最好的办法就是相悖而不相害,相依为命,和而不同,构成把握世界和逼近真理的方式。从灵知主义视角看来,将神话与逻各斯决然对立,没有什么比这种见识更为愚蠢了,因为这个公式"妨碍我们在神话之中认识逻各斯完美实现的一种方式"。说到底,神话与哲学血脉同根,对"智慧之爱"就是对"神话之爱",哲学家不仅对神话之中惊异之物充满了渴望,而且还把某些不可言喻之物留给了神话。① 灵知主义将神话和逻各斯融合为教义秘索斯,从而提供了高量逻各斯的神话,又提供了高质神话的逻各斯。故此,教义秘索斯乃是神话在逻各斯压力下自我呈现的形式,神话的慧黠恰恰就在于它借助逻各斯而自我呈现与自我伸张。

其次,更为重要的,灵知主义教义秘索斯乃是神话遭遇一神教启示宗教并在教义压力下自我救赎的方式。犹太教和基督教是一神启示宗教的典范形式,其教义出现以清除神话宇宙图景和灵魂寓言为前提。解构神话,是一神启示宗教的清场,也是理性化历史进程的序曲。在灵知主义出现的晚古时代,源始的神话已经遭到教义的侵蚀而发生了形态改变。神话在此的境遇可谓腹背受敌:前有逻各斯的压力,后有一神教义的挑战。然而,给予神话以致命狙击,削弱古代和东方秘索斯象征力量,摧毁神话多神审美主义图景,却不仅是希腊哲学和自然科学,不只是逻各斯和形而上学,而且最主要的是律法和先知的启示宗教。在逻各斯的压力下,在一神教义的侵蚀中,神话竭尽全力,知其不可为而为地反抗教义,抵抗解神话的理性化进程,延缓教义对秘索斯图景的消解。虽是知其不可为而为,灵知主义却留下了古代世界硕果犹存的教义秘索斯。灵知主义借以抵抗"逻各斯"和抗拒"教义"的手段是"寓意"形式(allegory)以及与之相关的寓意解经法(allegorical interpretation)。"寓意"就是因言传道,以象载义,其特征是阐释性形象与抽象意义之间的分离,以及在二者之间确立一种约定俗成的关系。② 在灵知主义那里,"寓意"主要还不是一种文学体裁,而是一种建构晚古精神结构及其基本象征的主导形式。寓意形式一剑双刃,一方面是"解神话"意识战胜神话意识的标志,另一方面又证明神话坚韧持存不断流传的力量。以寓意形式为中介,神话与逻各斯永结同心,秘索斯与教义并存不悖,哲与诗和谐互动。"正是对希腊神话的哲学解释,为古代对现实的一种全新理解提供了基础。在哲学的神话寓意中得以展开的修辞形式,在古代晚期获得了一种新的指引。"③通过寓

---

① 布鲁门伯格:《神话研究》(上),第29页。
② 本雅明:《德国悲剧的起源》,陈永国译,北京:文化艺术出版社,2001年版,第133页。
③ 陶伯斯:《灵知的教义秘索斯》,见约纳斯等:《灵知主义与现代性》,张新樟等译,北京:华夏出版社,2005年,第84页。

意形式和寓意解经法,灵知主义建构了晚古精神结构的基本象征,以教义秘索斯再度泯灭了神与世界、神与人、人与物之间的分界,重建了神话式的梦幻统一,重新表述了神话经验的源始性。

"逻各斯"界破了天地人神,灵知主义再度在天地人神之间搭建舞台,让天地人神自由流动,推杯换盏,恣意狂欢。一神启示教义在造物主与受造物、上帝和群神之间勘定了一道深渊,而灵知主义涌动浪漫的乡愁,渴望在深渊之上架起桥梁,引领孤立绝缘流落异乡的浪子归向神话的无差异境界。于是,在近两千年的历史进程中,灵知主义的寓意变成了浪漫的反讽,浪漫的反讽向存在主义的抗议生成。灵知主义最为怨恨启示宗教的造物神,浪漫主义最为仰慕那个对此岸世界毫无眷注之意的异乡神,存在主义则因为那些迈着苍老的脚步迟迟不能光顾这个世界的弥赛亚而忧郁成疾,对整个世界充满了抗议之情与决绝之意。而灵知主义的教义秘索斯乃是后世一切寓意、反讽以及抗议的源始脚本。一切灵知派的神话学都贯穿着寓意、反讽和抗议的特征,一切灵知主义象征体系都绝望地指向世间恶的难题。我们不难辨识,在灵知主义的教义秘索斯之中,寓涵着戏剧之维、原型之维以及救赎之维。

(一)戏剧之维。神话以戏剧为灵魂,戏剧之美胎息于神话。戏剧之魂在于行动,在于行动中的冲突,在于冲突之中呈现沧桑波澜,兴衰起伏,在于凸显人神共享的命运感。戏剧将一系列偶然的事件、形象、行动和言辞变成一个神话式的整体,从而体现人类精神的创造性。这种创造性即神话的诗性之所,戏剧的诗艺之本。灵知主义教义秘索斯具有戏剧之魂、戏剧之美,具备其全部诗性与诗艺。教义秘索斯作为戏剧,其主角乃是神、世界与人。三大主角构成神话戏剧的三元结构,贯穿这三元结构的是二元论核心主题。人与世界之善恶/明暗构成此岸的二元性,而人与世界同上帝又构成此岸彼岸的二元性,创世之神与拯救之神又构成彼岸的超验的二元性。人与世界之二元性在经验层面上反射了最源始的神与世界的二元性。创世之神与拯救之神的二元性构成了灵知神话之戏剧情节的主线:创造世界与历史的上帝,散播恩典与实施拯救的上帝。创世之神(Schopfergott),就是那个创造世界和人并给他们立定不可遵循的律法的神,是一个脾气乖戾专横跋扈的神,操纵着《旧约》记述的民族历史,要求他的选民为自己献祭和举行庆典。据说他分配正义，但事实上他充满了怨毒，一意孤行地排斥了别的神祇。相反，拯救之神(Heilsgott)，便是那个异乡的上帝，他认定人人有罪，世间有恶，许诺罪可挽回而恶可征服，因为他纯粹就是爱的本质。这个拯救之神宣称，他有权毁灭这个非他所造的世界，有权拒绝非他所立的律法。而所谓拯救，本质上就必须借着对神的真知，而一眼看穿宇宙的奥秘以及启蒙的欺诈。①

灵知神话学的戏剧脚本增加了一个反讽的喜剧情节，用以凸显它对一神启示教义的怨恨和抗拒。它把《旧约》之中那个造物之神塑造为一个胸怀恶意、居心叵测的阴谋家。于是，造物之神就被降格为工匠神(Demiurge)，成为一个滑稽的喜剧主角：上帝成了瞎眼的专制者，宇宙的僭主和世界的君王。他高高在上且为发生在脚下的一切灾异而自鸣得意，满身都是使坏的低级能量，而他所创造的世界也可谓恶贯满盈。相反，灵知神话将"灵"的苦难史演绎成惊天动地的悲剧，那位遥远的、超越创世之神的上帝虽在异乡，却是一个为人和世界受难的上帝，担忧的上帝，以及在时间之中永恒化而必然会降临的上帝。②于是，外在的历史都是救恩戏剧的部分情节，再现了一个超验之灵的命运。创世之神和拯救之神，构成了两股源始的权力，贯穿在灵知主义的诸种神话之中，多样的戏剧得以轮番上演，多样的故事得以持久讲述。灵知二元论，形成了两个形而上阵容，两个神祇带着一切类型的策略和计谋明争暗斗，人类的历史仅仅成为一道浮标，显示出权力分封的变化。灵知戏剧演绎二元论模式，二元论模式孕育神话，形形色色的二元论现代形式又不断重构神话，而把灵知进行到底，在追溯既往的意义上再造了历史，而把历史据为己有，变成自己反复阐释的东西。

浪漫主义建构的新神话，当然就是二元论现代形式之一，是灵知主义诸种神话的一脉流裔。浪漫主义启示我们，"现时代的历史境况在任何时刻都永远是决定现实性多维权力纷争的整体过程的被期待

---

① Hans Blumenberg, *Die Legitimatät der Neuzeit*, Frankfurt am Maine: Suhrkamp, 1979, Z. 141.
② Hans Jonas, "The concept of God after Auschwitz: A Jewish Voice," in *The Journal of Religion*, Vol. 67, No. 1 (Jan., 1987), pp.1-13.

的交叉部分"①。因此,历史被叙述为善恶各有代表的故事。而灵知主义丰盈的神话及其紧张的戏剧冲突,"在追溯既往的意义上还是主动地适应了人类基本问题系统,而关涉着人的起源和未来、人的本质和潜能、人的幸福与灾难、人在此生此世和来生来世的命运"②。

(二)原型之维。"原型"(archetype)是荣格深度心理学的核心概念之一,是指群体心理的常量,在种系发生和个体发展之中不断重复的基本意象。荣格一言以蔽之曰:原型就是"集体无意识"的内容。③不过,荣格在细微的探索之中,特别强调原型的灵知意味。他指出,一切秘传知识都包容着某种最初隐藏不露的启示知识,把灵魂的秘密陈列在各种光辉的形象之中。"它们的圣殿和神籍以形象和言辞宣述着那因年代的久远而变得神圣起来的信条,并使得这一信条能为每一颗虔诚的心灵、每一双敏锐的眼睛和每一缕最幽远的思绪所理解。"④将深度心理学概念运用于文学批评,批评家眼中的原型就是不断重复的具体故事模式,借着各种结构元素显示人类的普遍需求。在相当晚近的20世纪文学批评中,原型被定义为"人类思想和表达中持久不变的范式,[它]已经变成了故事元素,一次次地出现在许多彼此毫无关联的民族文学中"⑤。

然而,向上追溯,"原型"即源始的神话,不仅具有宇宙学意义,而且具有宗教学意义。在宇宙学上,"原型"就是造物神据以创造宇宙的"蓝本",就是柏拉图意义上作为终极真实的"理念"(Eidos),就是柏拉图"床喻"之中那个超越于画家之床、工匠之床的"理念之床"。⑥ 诸天花雨,亿万佛身,最后那个永恒不变万劫轮回的"法身",才是终极的真实,才是宇宙万物的原型。在宗教学上,"原型"就是上帝,而上帝无形无迹,不可面面相觑。"神就照着自己的形象造人,乃是照着他的形象

---

① 布鲁门伯格:《神话研究》(上),第203页。
② 同上书,第209页。
③ 荣格:《集体无意识的原型》,见《心理学与文学》,冯川、苏克译,北京:三联书店,1987年版,第53页。
④ 同上书,第55页。
⑤ Philip Wheelright, *The Burning Fountain: A Study in the Language of Symbolism*, 2nd ed., Bloomington, 1968, p.55.
⑥ Plato, *Republic*, 596e-597d. 参见柏拉图:《理想国》,郭斌和等译,北京:商务印书馆,1986年版,第389—391页。

造男造女。"(《创世纪》1:27)将柏拉图主义的宇宙学与基督教教义融为一体,晚古灵知主义铸造了一种名叫"教义秘索斯"的"纲领性神话"。

永恒的教义和偶像之中的上帝无所不在的现实,都在执行"解神话"谋略,都在致力于抹去神话美妙的剪影。在这个时刻,灵知主义与一神启示宗教潮流顶逆,以神话的方式延续逻各斯的启蒙,在教义理性化之后用神话来完成"二度理性化",将古希腊艺术神话和一神教义融为一体,而铸造出灵知主义的教义秘索斯,约纳斯称之为"基本神话"。这个基本神话就是灵知教义秘索斯的"原型",它构成了晚古时代精神构造的基本象征。约纳斯认为,灵知主义乃是一种以多样化方式存在的现象,要对之作出确切的界定,就必须把多样化形式之中所假设的统一性指定为它们的通名,再用这个通名来定义多样形式之中的统一性,于是基本神话就产生了。约纳斯还认为,关键并不在于从多样形式的灵知主义之中离析出共同的不可还原的特征,以此作为神话的基本范式,也不在于去费力地证明后世的多样形式的神话具有一个本源的整体。关键在于,"基本神话"一定存在,"自生、统一和根本的神话"一定存在,"纲领神话"一定存在。

通过灵知主义的基本神话,我们可以推知一种历史的超验要素,从而在灵知的解释中追求用一种综合原则将多面神话统一起来。① 蛇、该隐和普罗米修斯,是灵知主义寓意解经法所刻意颠覆的三个原型,三个纲领神话。

头两个原型神话源自《旧约》,灵知主义对它们的寓意解释实施了彻底的颠倒。据希波利特(Hippolytus)转述的奥菲特派灵知主义,晚古时代人们是这么构建这些原型的:

> 这普遍的蛇也是夏娃的智慧的道(Words)。这是伊甸园的奥秘:这是流出伊甸园的河。这还是立在该隐身上的记号,该隐的祭品并没有得到这个世界的神的接受,这个神却接受了亚伯的血腥的祭品:因为这个世界的主喜欢血。这蛇就是在后来的希律的

---

① Hans Jonas, "Delimitation of the Gnostic Phenomenon: Typological and Historical," in Ugo Bianchi (ed.), *The Origin of Gnosticism*, Leiden: E. J. Brill, 1967.

时代以人的形态显现的那位……①

先说"蛇"这个原型。蛇诱惑亚当和夏娃品尝知识禁果,从而背叛了造物神。这个原型意象被编入了许多灵知思想织体之中,以代表"灵"(pneuma)的原型,在彼岸对抗造物神的设计,而作为拯救力量的象征。在《创世纪》意象体系之中,"蛇"本为邪恶,乃是宇宙压力的代表,而在灵知主义神话阐释之中蛇却是救赎真知的符号,灵的基本象征。这个戏仿伊甸园的原型神话潜入到了后浪漫主义时代,被尼采编进了自己的意象体系。尼采精心构想出一种基本神话,当作他的哲学工具。在其自传《看哪这人!》中反思他的《超善恶——未来哲学序曲》时,尼采一反才华横溢的常态,用几个支离破碎的句子,支支吾吾地,以戏仿的方式,重构伊甸园的故事:"……用神学的话说——请注意,我是不怎么用神学家的口气说话的——那是上帝自己在一天工作完了以后,以蛇形蜷缩在知识树下。这样,他从当上帝的状态中恢复过来了……他把万物都造得过于完美了……魔鬼,是上帝第七天懈怠的产物……"②三个省略号,分割出了上帝、万物和魔鬼,同时也让上帝、万物和魔鬼似断却联,沉瀣一气。以艺术神话戏仿基本神话,尼采的文本触目惊心地凸显了灵知主义的基本主题。布鲁门伯格断定,"这个艺术神话体现了尼采的全面怀疑:笛卡尔的'邪恶精灵'可能是最后的权威。这种出现于现代开端的对于主体的威胁,一种只是在表面上被处置了的危险,可能是任何一种论断都不能清除出去的危险;也许只能通过同最高真理的彻底决裂,才能克服这种危险"③。尼采重构的伊甸园神话之灵知意蕴还在于,通过魔鬼实施诱惑,通过世间邪恶推进历史运转,让人类受永恒痛苦、苦难和邪恶的折磨,这本来就是上帝的隐秘欲望。而这个上帝,不折不扣就是一个乖戾残暴的造物之神。造物之神的造物之中,自然包含着"世间恶"。不独如此,"世间恶",还是驱动人类进入世界历史的强力杠杆。

再说"该隐"原型。因妒忌而起杀心,谋杀至亲胞弟,该隐受神惩

---

① 转引自约纳斯:《诺斯替宗教——异乡神的信息与基督教的开端》,张新樟译,上海:上海三联书店,2006年版,第89页。

② 尼采:《看哪这人:尼采自述》,张念东等译,北京:中央编译出版社,2010年版,第155页。

③ 布鲁门伯格:《神话研究》(上),第200页。

罚。《旧约》之中这个受诅咒而被抛弃者的原型,受神谴而在大地上"流离飘荡",举世难容。灵知主义的寓意解经却把这个形象抬举为"灵"(Pneuma)的象征,将他安置在导向基督的阶梯上,给予他一个受人尊重的地位。这当然是反向解经法的典型,对传统中声名狼藉的形象偏爱有加,从而凸显异教拒绝既定价值的诉求,从而向正统基督教展开挑战。

灵知主义传统中的"该隐派"自始至终都持一种反叛的历史观,浪漫主义诗人拜伦的《该隐之谜》(Cain: A Mystery, 1821)为这种反叛的历史观提出了诗学形式。诗篇将灵知主义推进了一大步,不仅恢复了撒旦-路西斐的权力,而且还吐露了异乡神的秘密。在诗篇中,拜伦用"心灵"来代表启蒙的理性,预言人类唯一的拯救之路乃是抛弃暴戾的超越性,以理性为中心。据此而论,拜伦是灵知主义的诗哲,又是现代虚无主义的英雄。

在小说《彷徨少年时》(Demian, 1919)中,德国浪漫主义传统的殿军黑塞将该隐原型移植到第一次世界大战后欧洲败落的语境之中,假托书中马克斯·德米安之口对谋杀者该隐做出了一种骇人听闻的灵知主义解释。"一个人用一块石头砸死他的弟弟,博得一下喝彩和赞叹,然后又忏悔,这是完全可能的事,但是他却由于他的懦弱而得到了一枚特别的勋章,这就是他额头上的那个记号。它保护他,令所有在旁的人们心中都产生了对上帝的敬畏。"①在马克斯看来,圣经神话的真正开端乃是该隐额头上的记号。这个记号并非弑亲之罪的标记,而是强者之善的勋章。一个强者杀了一个弱者,一个高贵的人杀了懦弱的人,该隐额头上的记号是一枚特殊的勋章。马克斯如此冒犯神灵的狂言背后大有深意存焉:一个谋杀者竟然是上帝的宠儿,就如同撒旦-路西斐担负拯救的使命。这种灵知主义的解经法让小说中的辛克莱心惊肉跳,恐惧万分。依据神话原型对号入座,辛克莱原来就是该死的亚伯,亚伯就是生活在健全清白世界的庸人、懦夫、弱者。一句话,庸人、懦夫、弱者都是必须仰赖神魔之力而亲近灵知以至于最后获得拯救的人。

最后说"普罗米修斯"原型。这个原型并非源自《旧约》,而是源

---

① 黑塞:《彷徨少年时》,苏念秋译,上海:上海三联书店,2013年版,第62—63页。

自古希腊古风诗人赫西俄德以及悲剧诗人埃斯库罗斯。灵知主义将反向解经法如法炮制地用于解读希腊神话原型,将宙斯等同于造物神暴君,把普罗米修斯塑造为挑战暴君的反叛者,以及预言异乡神的灵知人。普罗米修斯效忠的对象,属于异乡而不在此世。普罗米修斯本人也被解释为高于整个宇宙的救赎能量的体现。古希腊神话之中的牺牲者原型成为教义秘索斯之中福音的承载者,宙斯成为被蔑视的对象,灵知主义的反向解经法有力地动摇了宗教文化的虔诚。①

牺牲的原型在浪漫主义时代成为反叛的原型。关于普罗米修斯的故事,如遗珠散落在歌德的断简残篇之中,但一个启蒙者、反叛者和革命者的形象朗然成型。普罗米修斯,与驰情入幻于无限空间之中做无限奋勉的浮士德一起,构成了现代欧洲精神结构的基本象征。在歌德的意识中,普罗米修斯原型发展为近代欧洲精神自我理解和理解世界的中枢心灵间架,其中寓含着法国革命的激情,拿破仑所代表的世界精神,以及"一个神自己反对自己"的泛神论诉求。② 普罗米修斯引爆了世纪变革的火药,开启了众神之争,同主宰欧洲的伟大政治权力合二为一。他还穿越了19世纪,成为历史哲学的里程碑式形象,进入马克思的政治经济学,而成为无产阶级的原型,将人类历史带入"世界革命"的时代。

在英国浪漫主义诗人雪莱的《解放的普罗米修斯》(Prometheus Unbound, 1818—1819)中,灵知主义的启示语调传递了现代虚无主义分娩的阵痛。随着普罗米修斯的自由,愚昧而羸弱的暴君被放逐到混沌,"人人是主宰自己的君王"。拯救之神再也不是异乡弥赛亚,不是十字架上死而无怨的耶稣,而是反抗一切威权而绝望地伸张的自我。在雪莱的普罗米修斯身上,现代虚无主义的源潭深不见底,沉郁地凝视着那些正在凝视它的人。于是,灵知主义教义秘索斯的拯救之维,就有待开启。

(三) 救赎之维。在宗教学中,"救赎"是指在苦难世界上受尽邪恶折磨的人寻求的整体偿还。在灵知主义的教义秘索斯中,救赎意味

---

① 转引自约纳斯:《诺斯替宗教——异乡神的信息与基督教的开端》,第91页。
② 布鲁门伯格:《神话研究》(下),胡继华译,上海:上海人民出版社,2014年版,第三部,作者用四章的篇幅分析了歌德与普罗米修斯的关系。

着反抗那个造物之神的残暴统治,出离那个邪恶肮脏的世界,经过迷途的漫游之后归向真正的家园,实现人、神、世界的神话式无差异的梦幻。在深厚而丰富的灵知体验及其教义秘索斯的象征表达之中,灵知者把这个世界体验为异乡,人迷失在黑暗之中,奋力寻找归向本源世界的道路。灵知主义经典之中"伟大的生命"发问:"究竟是谁把我扔入这个受苦的世界?""究竟是谁把我带到这个邪恶的黑暗之中?"这个世界被感受为"罪恶之乡""死亡之所""灵之监狱",总之被感受为无能拯救的造物神的失败之作。于是,灵知者代"灵"立言,恳求救赎之神:"把我从黑暗的世界中拯救出来,回到那个我所以从中堕落的世界中去吧!"这个世界不是秩序井然的世界,不是希腊人居以为家的那个宇宙,不是犹太—基督教的神为人类选择的那个可能最好的宇宙。[①]灵知人不复怀藏景仰之情和敬畏之心去探寻这个宇宙的内在秩序,因为这个世界已经是一所逃避不及的监狱。可怜的灵魂迷失在这个苦难的迷宫之中,到处流浪而找不到归家之路。"灵魂,你这漂泊在地上的异邦人。"特拉克尔的诗句,遥遥回应着晚古灵知主义者那个困苦而又哀伤的问题。

对家园的思念让灵魂憔悴,寻找拯救之神便是一种令人憔悴的渴念,这就是浪漫主义的感性宗教情愫,是隐含在理性神话之中的悲剧绝对性。荷尔德林笔下那位如当节日的时候正在到来的神,徘徊而又流连,召唤濒死流亡奔走在破碎世界的诗人还乡。还乡之旅更让诗人悲伤欲绝。诺瓦利斯的"蓝花少年"追梦若狂,忧郁成疾。苍凉婉转的邮车号角和月光照亮的古堡废墟,山中隐士,东方女郎,童话公主,蓝色花朵,以及绚丽的夏夜里潺潺流荡催人入梦的流泉,自然万物无不暗示那种实现完美救赎所必不可少的伟大灵知。救赎的知识不是物质的,也不是灵魂的,而是灵性的。唯有内在属灵的人才能获得真知,得到拯救。而属灵的知识永远在这个世界之外,甚至可以说,唯有摧毁这个世界,属灵的生命才能真正诞生。而这就是黑塞《彷徨少年时》中以诗学形式呈现的极端灵知主义立场。辛克莱那只梦中的鸟,挣扎着要从蛋壳中解脱,那蛋壳就是这个世界,谁要想诞生,就一定要首先

[①] 沃格林:《没有约束的现代性》,张新樟等译,上海:华东师范大学出版社,2007年版,第18021页。

毁灭一个世界。那只鸟飞向拯救之神,拯救之神的名字是"阿卜拉克萨斯"(Abraxas)。① 阿卜拉克萨斯是埃及巴西里德斯派灵知主义的核心意象,是经天纬地的宇宙统治者,是善与恶、圣灵与邪灵的合一。在荣格的《对亡灵的七次布道》(Seven Sermons to the Dead,1915)之中,阿卜拉克萨斯被解释为救赎灵知的基本象征。在黑塞的小说中,阿卜拉克萨斯象征着"神圣和魔鬼结合为一体",隐喻着一个灵知者对善与恶、圣灵与邪灵的双重挚爱。内在分裂的灵知主义,构成了浪漫主义的根本悖论,因而也是浪漫主义的绝对精神悲剧的结构模式。如何从恶的纠缠和邪灵的困扰之中解脱出来,实现完美的救赎?

黑塞《彷徨少年时》中的马克斯所推荐的救赎之方过于恐怖。通过毁灭一个世界而诞生,现代灵知人的这种绝望的企图,催化不了改造世界的正能量,反而会恣意散播污染人心的负能量,大规模地造成社会的紊乱无序。1947年1月,客居加利福尼亚的托马斯·曼,在流亡境遇之中撰写灵知史诗式作品《浮士德博士》,让古典学家兼传统人文主义者蔡特布罗姆讲述疯狂音乐家莱维屈恩的堕落与救赎的故事。音乐家灵思枯竭,象征着灵知之"灵"流落于鄙俗邪恶的物质世界。为了重振音乐精神,索回为俗世所剥夺的灵知,莱维屈恩沉溺于烟花柳巷,主动感染梅毒,与魔鬼缔约,于死亡阴影的笼罩下完成审美的救赎。沉沦是拯救的前提,音乐家为了救赎个体和共同体而献身魔道。担负救赎使命而演绎灵知教义秘索斯的残酷天才,就是一个由梅毒感染、与魔鬼结盟的完整邪灵体系。莱维屈恩,就是德意志现代性的镜像,是浪漫灵知的极限象征形式。在这部灵知史诗的终局,作者将音乐天才的命运提升到德意志现代性命运的层面。"今天,它正在倾覆,它已经被恶魔缠身,它的一只眼睛被他的一只手蒙住,它的另一只眼睛在盯着恐怖发呆,它每况愈下,从绝望走向绝望。它会在什么时候抵达那深渊的底部呢? 什么时候才否极泰来,从最后的绝望中发出一个超越信仰、承载希望之光的奇迹呢?"② 换一种方式追问,就是灵知主义纲领神话中那个"伟大的生命"的不解之问:"究竟是谁把我带到这个邪恶的黑暗之中?""究竟谁能把我带回到自己堕落之前的世界?"

---

① 黑塞:《彷徨少年时》,第145—146页。
② 托马斯·曼:《浮士德博士》,罗炜译,上海:上海译文出版社,2012年版,第582页。

"究竟是谁把我带到这个邪恶的黑暗之中?"自18世纪末到20世纪,德国浪漫主义诗人和哲人追问了两百多年。将"心理学和神话"运用于解剖德意志现代性,托马斯·曼将自己的民族精神归结为深渊一般的"内在性"。善与恶、圣灵与邪灵、神圣与魔鬼,都是德意志的最爱,构成了这种内在性的灾难性张力。现代历史像一场闹剧,惊世骇俗地证明:不存在两个德国,一个邪恶的和一个良善的;相反,只有一个德国,它通过恶魔诡计将其至善转变为彻底的邪恶,甚至是平庸的邪恶!彻底邪恶的德意志,就是误入歧途的至善的德意志。① 堕落的音乐天才,就是误入歧途的至善的德意志之血肉呈现。他别无选择,唯有沉沦,以换来整体的偿还和终极的救赎。在莱维屈恩—尼采—托马斯·曼眼里,上帝,那个创世之神,乃是庄严的虚无,除了让鬼魅横行于世,就别无作为。作为现代灵知人,以及酒神精神的化身,堕落的音乐天才铭心刻骨地洞悉了人类的邪恶,而主动地迎着黑暗走去,直接遭遇黑暗,为的是在喧哗中重建和谐,在肉体中夺回精神,从苦痛中唤回健康,在邪灵中召唤天使。②

从晚古时代到浪漫主义时代,灵知主义精神隐秘流传。灵知主义的教义秘索斯演绎出善恶各有代表的历史悲喜剧,凸显了苦难与文化之间的悲剧性关联。在苦难与文化之间,在堕落与救赎之间,浪漫的灵知见证了绝对的悲剧与悲剧的绝对。

四、炼金与占星——早期现代的灵知

追溯浪漫的灵知与悲剧的绝对,我们自然就返回到文艺复兴,以及日耳曼人在历史中登堂入室的时代。用F.施莱格尔的话说,"随着日耳曼人的到来,一泓新英雄诗歌的清新山泉向欧洲滚滚涌来。哥特诗的蛮力通过阿拉伯人的中介与东方富有魅力的神奇童话的余音一经汇合,地中海南岸便兴起一个欢乐的行业,艺人们编出美丽的歌谣和奇异的故事构成了这个新的行业,世俗的罗曼史吟诵着爱情和武

---

① 参见萨弗兰斯基:《荣耀与丑闻——反思德国浪漫主义》,第410页。
② 伊格尔顿:《论邪恶:恐怖行为忧思录》,林耀华译,长沙:湖南人民出版社,2014年版,第92页。

器,与神圣的拉丁传奇一起,以不同的面貌广为流传"①。归向古典,亲近自然,抚爱宇宙节奏,心系生命真知,便是文艺复兴时代巨人们的心灵诉求与精神慕悦。异教的古希腊罗马文化及其象征体系之再生,携带着灵知一起复活。中世纪晚期,步武奥古斯丁,但丁将诗学与宗教兼收并蓄,涵濡滋养出"皈依的诗学",用俗语铸造出具有古典灵韵的崇高诗篇,述说天人神魔九界的奇观异景。在其《天堂》十二歌中,但丁向卡拉布里亚隐居修士约阿西姆(Joachim of Flora, 1145—1202)献赞致意:"未卜先知的灵气为他所得。"正是这位基督教灵知主义者,对一位末世君王念兹在兹,隐隐瞩望。他祈求这位救世君王将苦难的世人带至一个美轮美奂的天国,并建立一个公义、自由、和平畅行其中的最后王国。但丁诗学之中,一切富有原创力的精神辐辏在一个引力中心,这个引力中心就是灵知——关于救赎的真知,催迫皈依的真知。所以,还是那个F.施莱格尔,直接将但丁视为浪漫主义的父执:"他张开强劲有力的臂膀,把他的民族和他的时代、教会和皇权、智慧和天启、自然和上帝之国尽收入一首非凡的诗之中。这首诗汇集了他所见过的最高贵和最可耻的人,及他所能想象出来的最伟大与最罕见的一切。"②将宇宙人生以及天地人神尽收其中的一首诗,就是《神曲》,原名是"神圣的谐剧"。其中一切都忠实并真实地呈现,但又饱含隐秘的意蕴,与不可见者息息相关。虚灵而又真实,隐微而且显白,正是灵知主义神话教义的基本特征,正是彼特拉克、薄伽丘、塞万提斯以及莎士比亚诗学建构和符号实践的历史遗产,尤其正是浪漫主义文学与诗学的精神母体。

从文艺复兴到浪漫主义时代,是欧洲文化虚己待物和涵纳万象的时段。中世纪秩序在这个时段的衰微,有如古典秩序在晚古时代的衰微。秩序衰微,乃是危机的征兆,同时也是再度寻求秩序的动力。文艺复兴开创了一个具有巨大接纳能力的文化体系,其中千禧年运动(Millennialist Movement)如火如荼,影响所及,从意大利发轫,经过宗教改革氛围的濡染,经过启蒙运动的荡涤,经过理性时代的转型,隐含

---

① F.施莱格尔:《谈诗》,见《浪漫派风格》,李伯杰译,北京:华夏出版社,2005年版,180页。

② 同上书,181页。

于这场运动之后的灵知主义神话,直至18世纪末和19世纪初的德国,涌动成一道辩证交织的奇观。其中,进步与回归、政治革命与文化保守、堕落与救赎、正教与异教,彼此开阖激荡,互相涵濡涌流。看不见的弥赛亚,不可再现的灵知,等待降临却一直在无限延宕的末世君王,成为危机时代平衡一切和整合一切的精神力量。一种极端的灵知主义神话构成了近代千禧年运动的底色,它膜拜紊乱,痛恨秩序,弃绝日神缘光而纵身酒神黑夜。犹太宗教领袖雅各布·弗兰克(Jacob Frank,1726—1791)断言,人类要想获得救赎的神圣灵知,首先必须空乏其身,自我贬黜。而这些救赎的灵知,像火星一般弥散在占星学、炼金术和古代魔法之中。人类以智性无法获得灵知,沉入黑暗和遭遇紊乱,乃是获取灵知的不二法门。

  文艺复兴时代的灵知主义甚至以积极堕落和主动分裂来自我伸张,自我神化,以触目惊心的灵知二元论模式来重构灵魂的神话。按照这个神话,灵魂已经与上帝疏远,并在物质世界中迷途,于是灵魂就必须通过在自身之内发现上帝的直接光照,确认神性在场,从而再度与上帝合一。而通过炼金术就可以实现分裂的灵魂之和解,堕落肉体之救赎。皮科(Pico Della Mirandola,1463—1494)之名著《论人的尊严》(*Oration on the Dignity of Man*)不仅表明人在现代的自我伸张,而且更是证明秘传灵知在文艺复兴时代的深刻渗透力。皮科的思想对英国浪漫诗人雪莱影响深巨。皮科阐述古代神学,将基督教哲学、神秘主义、新柏拉图主义、赫尔墨斯秘传教义、毕达哥拉斯主义、卡巴拉神学中的魔法与炼金术熔为一炉,书写出一篇灵知复活的赞美诗。皮科因此成为文艺复兴时代造诣最深的"占星术士"(Magus),以全部力量和尊严,第一次让占星术士在世界面前展艳,以一个自由而高傲的复兴者出场,表演一场伟大的神秘剧。[①] 剧中主角乃是灵魂,它下达万有,上溯空性,首先下降到生命的低级野蛮形式,最后重新上升到生活的高级神圣秩序。[②]

  在这个灵知神话对于灵魂命运的叙述之中,我们瞥见了过去的但

[①] Frances A. Yates, *Giordano Bruno and the Hermetic Tradition*, New York: Random, 1968, p.103.

[②] Giovanni Pico Della Mirandola, *Oration on the Dignity of Man*, Cambridge: Cambridge University Press, 2012, pp.3-18.

丁的背影,和未来的诺瓦利斯的身影。在没有向导的旅途上,但丁开启信仰的旅程,从幽暗的丛林走向光照的圣所,以坚实的脚步从危机四伏的异乡归向平静安详的故乡。① 从迷途到正道,从异乡到故园,也是奥古斯丁克服灵知主义进入基督教新天新地的旅程。然而,这是一场失败的皈依与悲壮的还乡,因为灵知主义没有可能被克服。晚古克服灵知主义已经是一份败业,而对灵知主义的第二次克服构成了现代性的一份未竟之业。从奥古斯丁到但丁,从皮科到诺瓦利斯,灵知主义总是信仰旅途的忠实同伴,也是强劲敌手。诺瓦利斯的《夜颂》在黑夜与光明之间往返咏叹,荡气回肠,上溯空性而下达万有,把缥缈无形而伟力无敌的灵知写入浪漫化的"基督国"象征体系之中,让普遍的中介宗教及黄金时代新神话粲然成型。②

对占星术的信仰,构成了文艺复兴之后两个多世纪欧洲人的生命依托,而支配着他们的思维与想象。通过占星术崇拜,灵知传统渗透到早期现代性语境中,在一定程度上塑造了现代人的信仰形态和精神气质。16世纪的德国作家阿戈里帕(Henry Cornelius Agrippa,1486—1535)完成了皇皇大著《通灵之智三书》(*De Occulta Philosophia Libri Tres*),综合秘传教义和灵修技能,将柏拉图主义与异教神话结合起来,阐发占星与灵知之间的神秘关系。在他看来,占星就是探索灵知,占星术士决裂了世俗人类状态,便具有理解真实的各个维度的能力,且最为接近神性力量。这种神性的力量却是一种邪灵巫术(daemonic magic),据说具有这种力量的人就能与众元素同在,洞察万缘之中的"一"与"多",不仅能征服宇宙,而且还能超迈天使,达至原型且与原型协作,从心所欲地创造天地万物。这种具有独特禀赋而能无中生有地创造的占星术士/通灵术士,俨然就是被浪漫主义神化的诗人。浪漫主义作为一种信仰,确实以创造的诗人为神秘主义者,而独创的诗章不啻是神秘主义的灵符。德国浪漫主义的魔幻观念论,每每在神秘主义的幻觉经验之笼罩下描述人类黄金时代。摩尔纳(Géza von Molnar)对诺瓦利斯的《奥夫特丁根》致以崇高的敬意,将神秘主义的灵交

---

① 参见弗里切罗:《但丁:皈依的诗学》,朱振宇译,北京:华夏出版社,2014年版,第1—32页。

② See: Veronica G. Freeman, *The Poeticization of Metaphors in the Work of Novalis*, New York: Peter Lang, 2006, pp. 79-117.

阶段与小说主人公亨利希成为诗人的旅程相提并论。摩尔纳断言："诗化概念涵盖了生命的方方面面,而绝不局限于文学创造力;反之,正如诺瓦利斯在小说中所示……个体成长为诗人,构成了人类伟业的巅峰,极其类似于达至神秘进程阶梯的最高位段。所以,诺瓦利斯认为,作为人而存在,就等于作为诗人而存在……'神秘主义者'与'诗人'称名虽异,所指为一,彼此可以互换。"①按照神秘通灵术,要达至完美的灵交之最高位段,就必须借着象征语言,而象征语言就像诺瓦利斯梦中那朵香满乾坤的蓝花一样,都是神秘主义的灵符,都是不可再现的灵知之写照。神秘主义者和浪漫主义者所见略同,一切语言都是笨拙而且残缺的。神秘主义者认为,语言只能显示现象界的经验;而浪漫主义者认为,语言指向一种尚未实现的愿景。神秘主义者借着邪灵巫术,浪漫主义者借着观念魔法,分别赋予了诗人以无中生有创造的能力,以及宗教的虔诚。

瑞士占星家帕拉切尔苏斯(Paracelsus,1494—1541)对秘传宗教进行了一次大规模的综合与改造,将占星术携入百科全书式的系统之中,神学、哲学、法理以及医学,无所不包。于是,器以载道,技以养德,灵知主义就不只是散发着诗意智慧的古老神话,而是现代科学众多的源头之一。帕氏的灵知,给他的生命历程染上了传奇色彩,更是赋予他以透视多层现实的深邃目光,故而他是文艺复兴时代全才全能的代表。现实只有一种,而观照它的视角则一定多样。在多种视角的笼罩下,现实支离破碎,更是混沌无序。而占星家所禀赋的灵知即可拯救现实。按照灵知主义传统,混沌或博大的神秘(Chaos or Mysterium Magnum)源自本源的静谧,并把自身的潜能实现为一个包括星界王国和物质领地的巨大机体。在这个巨大的机体之中,天人合一,神人相调,或者说神、宇宙、人三元合一。在这个三元归一的灵知宇宙论体系之中,占星家一如柏拉图的"创世者",灵知主义的创世神,泛神论的"微物之神",灵智论的"源人",独具大能将混沌的宇宙导入宁静,且

---

① Géza von Molnar, "Mysticism and a Romantic Concept of Art: Some Observations on Evelyn Underhill's *Practical Mysticism* and Novalis' *Heinrich von Oftertingen*," in *Studia Mystica* 6 (1983), p.70.

禀赋着想象力的魔法,在反基督之举失败之后开创一个属灵的秩序。①

混沌与宁静,"源人"与"想象",都是德国早期浪漫主义诗学的基本隐喻。一种源自占星学的灵知主义传统,在浪漫主义的诗学和政治理想中默默流播。荷尔德林的希腊隐士许佩里翁极目仰望太空,忘情于广阔的蔚蓝,将孤独的痛苦融入神圣的生命。而神圣的生命,就是与万有合一。与万有合一,就是人的天穹。而这天穹就是灵知给予人的思想的至乐。所以,许佩里翁与第俄提玛一起翱翔、漫游,追寻灵知的秘密,将"星光之夜"变成生命的元素,飞往苍穹之外的其他岛屿,来到天狼星的金海滩,抵达大角星的灵谷,最后坠入美妙的幻影之中。②在这美妙的幻影之中,浪漫诗人一如造物之神,把混沌导入宁静,以想象把握本源,自己觉得个体与永恒同在,生命与万物同流。

灵知,赋予了世界以可读性。或者说,世界可读,恰恰说明灵知孕育其中。世界是一本大书,一部神奇的词典,隐藏着一种神圣的秘密。诺瓦利斯《奥夫特丁根》中,诗人教化传奇的高潮被安排在瑰丽的大角星王国,及其瑰丽神奇的童话。由此,浪漫主义同占星术灵知主义的传承关系一望便知。童话之中,"寓言"带上金碗,漫游在迷乱的星空,探索宇宙王国的奥秘,追寻救赎的灵知。毒蜘蛛在草茎上翩翩起舞,应和着魔幻仙乐的节奏,编织出一张巨大毒网。这张巨大的毒网,就是人世间苦难与邪恶的象征,或者干脆说,就是浪漫诗人必须遭遇更必须拯救的现实。"寓言"远远望见火刑堆上熊熊烈火,而悲伤地仰望苍穹。苍穹太阳高悬,火刑堆上张狂上升的烈火掠夺并吞噬阳光,太阳由愤怒的红色,转变成绝望的苍白,黑斑长驱直入,太阳渐渐变成一个黑色的光盘残渣,一无所余,最后是一团燃尽的黑渣坠向大海。

至此,诺瓦利斯完全颠转了柏拉图的"太阳喻"(heliotrope):教化的至境不是亲近灿烂的光明,而是堕落到无限的黑暗。③ 柏拉图的哲学,是白色的神话,将一切混沌与迷暗化为空灵,唯见昭昭灵灵。而浪

---

① Walter Pagel, *Paracelsus: An Introduction to Philosophical Medicine in the Era of the Renaissance*, Basil: Karger, 1958, p.207, p.121.
② 荷尔德林:《许佩里翁或希腊隐士》,见《荷尔德林文集》,戴晖译,北京:商务印书馆,2006年版,第8页,第66—67页。
③ 诺瓦利斯:《奥夫特丁根》,《大革命与诗化小说》,林克等译,北京:华夏出版社,2008年版,第135页。

漫主义的诗学,是黑色的神话,将澄明与有序化为深渊,独尊苍苍莽莽。太阳崇拜与太阳祭奠,二者迥然异趣。然而,上溯空性和下达万有,内转与外爆,始终是无法消停的辩证法。所以,诺瓦利斯童话中寓言没有走出洞穴,而是下降到洞穴的最深处。索菲最后宣告:"伟大的秘密已向大家公开,而且永远深不可测。新世界正从痛苦中诞生,骨灰在泪水中融化为永恒生命的浆液。"①诺瓦利斯的《夜颂》就是纵身深渊、探索深不可测秘密的寻"灵"记录,《奥夫特丁根》所述还乡之旅,则是追逐以蓝花为灵符的"灵知"的生命旅程,在骨灰与泪水之中凝练属灵生命的诗学实验,以及在痛苦之中迎着新世纪奋力前行的宗教远征。生命旅程,诗学实验,以及宗教远征,构成了浪漫主义教养传奇的各个位段,教养的至境乃是亲近灵知,在衰微的古典秩序之中自我伸张,在忧郁的生命境遇之中自我救赎。而灵知主义的共同假设,乃是"人类的拯救不是通过特殊行动或特殊仪式来完成的,而是以一种'知识'形式来完成的"。这种"知识"沉睡在每一个人的记忆之中,"每一个人的记忆都会被唤醒,而去追思一段沦为遗忘的故事,而同时启示一种以异样的光亮照彻世界的知识"。② 浪漫主义新神话,乃是一个以灵知教义秘索斯为框架的叙事,其主体景观乃是人类生存的二重境遇——堕落与拯救,文化与苦难的血脉关联。所以,灵知教义秘索斯和浪漫新神话,都关涉着历史哲学以及人类整体的命运。

  诺瓦利斯的大角星童话中的火刑堆,隐喻着占星术在灵知衰微时代的命运。在隐秘的历史层次上,火刑堆以及遮天蔽日的烈火,激活了人们对于文艺复兴时代一个弥赛亚式人物的记忆,重演了灵知主义在现代性压制之中的惨烈悲剧。这个弥赛亚式的人物,不是别人,正是被德国浪漫主义密码化于断简残章之中的布鲁诺(Giordano Bruno, 1548—1606)。以哥白尼世界的创世纪为现代性之门槛,前有库萨尼古拉,后有布鲁诺。在现代性门槛的两侧,思辨神秘主义与现代泛神论者对人类生存的境遇提出的难题作出了各自的回答。库萨尼古拉,乃是15世纪高度思辨的形而上神秘主义者,他屡屡以严整有序的中世纪方式去捕捉现实。布鲁诺,乃是16世纪后期的逃亡僧侣,漫游学

---

 ① 诺瓦利斯:《奥夫特丁根》,《大革命与诗化小说》,第139页。
 ② 布鲁门伯格:《神话研究》(上),第209页。

者,以及无功而返的技艺宗师,却不仅要捕捉现实,而且还要陈述和阐发新的现实。① 布鲁诺借以捕捉、陈述和阐发新现实的资源,是在16世纪风行整个欧洲并塑造出现代早期文化品格的"赫尔墨斯神秘主义"(Hermetic mysticism)。这种神秘主义思潮宗本灵知主义经典《赫尔墨斯文集》(Corpus Hermeticum),其追随者坚信借着神秘主义教义和秘传智慧即可消灭无知、迷信和异化,促进普遍和解,消除惨烈的教派冲突。布鲁诺就是赫尔墨斯神秘主义的弥赛亚,他断言基督教只不过是古代埃及智慧的惨白遗影,而它的灿烂辉煌在于古代神学和古代魔法。魔法神秘主义构成了布鲁诺卷帙浩繁且晦涩难解的文本之中灵光乍现的亮色。布鲁诺的灵知为透视现代物质现实提供了一个强有力的视角。虽被视为现代科学的先驱,现代科学的殉道者,但他的灵知却直扑上帝的最深维度,直指宇宙的无限可能。在他看来,无限宇宙非他,就是神性的必然显现。所以,布鲁门伯格断言,"泛神论的灵感,始于布鲁诺"②。

布鲁诺的思想,岂止是泛神论(pantheism),简直就是万物在神论(entheism)。作为一个弥赛亚式且被神化的预言家,布鲁诺绝对是一个魔法宗教的祭司。他的生与死,都是文艺复兴对人的赞颂的直接后果,以及人为中心转向(anthropocentric turning)的逻辑必然。文艺复兴时代的普遍信仰在于,人是伟大的奇迹,了不起的杰作,人以神性为本源,以神性为皈依。尽管匮乏卑微,苦难深重,人终归还是能够重新发现自己身上的神性,因为神性的力量非人莫属。布鲁诺认为,熟谙古代神学,禀赋灵知的人,就可以凭借魔法和神性仪式,经过一定段位的自然修为,而上升到神性的高度。"人可以通过不同的物种来感知不同的神。神性以怎样的方式与自然相通,也就以怎样的方式下降,这样人就可以通过自然向神性上升。比如,我们可以通过自然界中闪光的事物上升到这些事物至上的生命中。"③这种"万物在神论"被铭刻在诺瓦利斯的《塞斯的弟子们》之中,且构成浪漫主义自然神秘主义

---

① Hans Blumenberg, *Die Legitimat der Neuzeit*, Frankfurt am Maine: Suhrkamp, 1979, Z. 545.
② Ibid.
③ Frances A. Yates, *Giordano Bruno and Hermetic Tradition*, New York: Random House, 1969, pp. 212-213.

(nature mysticism)的精粹。小说中俊美的少年在令人陶醉的水边聆听母亲般的摇篮曲,在色彩斑斓的云层里、在尘世间涌流的海洋和生命源泉里体验世世代代的人类永恒的嬉戏与相爱。俊美的少年就是浪漫的诗人,他置身自然之中,宛如依偎在他贞洁的新娘的怀抱。① 在浪漫主义诗人眼里,自然为探寻内在合一的个体提供了一种惬意的媒介,而从理论上说这种内在合一导向了上帝。更精确地说,外间自然万物详尽地描绘出了浪漫主义者的内在自然。直观而又寂静的沉思,这么一种神秘情感的表达,乃是自然神秘主义的典型写照。所以,自然神秘主义让"存在渗透在自然一体之中,以至于人把一切感受为亲在个体,觉得万物皆备于自身,一切自然事物之独特性尽在己怀"②。

正是这么一种"万物在神"的信念,驱使着德国浪漫主义和观念论的"神童"谢林在启蒙理性蜕变为"哲学江湖主义"(philosophical dilettantism)的18世纪朝着早期现代遥遥回眸。沃格林断言,18世纪末19世纪初,党派立场五花八门,精神荒漠普遍延伸,连最后一片虚己待物宽容异己的绿洲也不复存在了。在一个分崩离析的时代,实在论者各自为政,夜郎自大,精神分裂与败落腐蚀了理性概念的机制。"通用哲学的语言体系开始坍塌,随之人们跨越情感和立场之差异而彼此通融的可能性也烟消云散,无迹可寻。"③1802年,谢林撰写《布鲁诺对话:论事物的神性原理和本性原理》,用柏拉图式的戏剧对话体裁草拟了"同一哲学"(Sympathy philosophy)体系的基本观念:"理念必然来自万有之太一。"谢林大步跨越,将费希特、莱布尼茨和笛卡尔留在现时,而奋力"回到布鲁诺"。假托布鲁诺之口,谢林铺展了"自然神圣论"的纲维:

> 最高的力量(Macht),或真正的上帝是这样的上帝:在他之外,自然不存在;如同真正的自然是这样的自然:在它之外,上帝

---

① 诺瓦利斯:《塞斯的弟子们》,《大革命与诗化小说》,第26—27页。
② Veronica G. Freeman, *The Poeticization of Metaphors in the Work of Novalis*, New York: Peter Lang, 2006, pp.72-73.
③ Eric Voegelin, *History of Political Thought*, Vol. VII, *The New Order and Last Orientation*, eds., Jurgen Gebhardt, Thomas A. Hollweck, Columbia and London: University of Missouri Press, 1999, p.194.

不存在。

于是,那个在它之中的上帝与自然是不可分离的神圣统一体,虽然在生命中被试着以更直接、更超感性的直观认识为命运(Schicksal),但惟有在完满至极的大彻大悟中才会被发现,它是最高的极乐之恩典。①

这种完满至极的大彻大悟,就是德国浪漫派和观念论所推重的"理智直观"。"理智直观"既是18世纪思辨难题的求解之策,更是获取救赎灵知的不二法门。谢林没有回到基督教神学,没有回到"以灵气为中心的人类学"(pneumatocentric anthropology),而是回到了布鲁诺的"万物为一""万物在神"的宇宙论。回到布鲁诺,谢林重拾了思辨神秘主义的坠绪,再度担负起以"理智直观"为手段将宇宙构成一个整体的使命。然而,现代自然科学兴现的强大压力下,属灵基督教同占星术和炼金术之间本来就岌岌可危的共存关系已经崩溃,思辨哲学的难题更是雪上加霜,空前尖锐:一方面,荣耀凯旋、昂首阔步的自然科学当然不能弃之不顾;另一方面,一种现象科学很显然不是实体哲学。正是在这么一种腹背受敌、进退维谷的处境下,布鲁诺向着现代性迈出了决定性的一步:改造炼金术传统,建构"世界灵魂"(anima mundi),赋予自然哲学以合理性。依据布鲁诺的宇宙论沉思,"世界灵魂"在物质之中生生不息,展开于存在领域,而在人类的思辨与反思精神之中臻于至境。作为后哥白尼时代的思想史巨子,布鲁诺好像人类踏入了现代性门槛的一只脚。他与哥白尼一样深信:在物质世界之内,有一种灵知情感,有一种整饬意志,通过将世界收纳于人类心灵的思辨样式,就可以造就和谐的世界秩序。这种"同一哲学"观念当然不是无聊地放纵幻想,相反在生存论上却获得了合理性认证。在布鲁诺看来,对自己独有精神的体验就是自然的延伸。思辨的精神本身就是活体自然的河流之中从"物质"涌向"太一"的浪峰,因此布鲁诺就从无限的宇宙之中创造出了思辨的象征物。黑格尔曾将布鲁诺的自然观之中这种元素称为"酒神类似物",而我们也在谢林对布鲁诺的重访

---

① 谢林:《布鲁诺对象:论事物的神性原理和本性原理》,北京:商务印书馆,2008年版,第125页。

之中再度遭遇变形为普罗米修斯的"酒神"。①

谢林思辨哲学发愿要整饬分崩离析的时代，而丝毫没有制造分裂的意向。元素的分裂乃是现代危机的标志，而平衡这些分裂的元素乃是谢林思想之伟大的标志。"万物为一""万物在神"的宇宙论理想，恰恰证明谢林不希望分崩离析，更没有引起分崩离析。"伟大的思想家乃是文明地震的地动仪，而非文明地震的肇因。一位德国思想家当是一部特别敏感的地动仪，因为在他复杂的体验之中，像英国人身上所具有的那种古老而又坚实的制度化政治社会的稳定性体验正在流逝于无形。谢林标志着一个时代的终结，而非一个时代的开端。他标志着时代的终结，正如柏拉图、奥古斯丁、阿奎那标志着一个时代的终结一样。"②

但是，谢林终结一个时代的意图确然失败了，因为他以同一哲学整饬分裂迷乱的壮举失败了。1806 年之后的慕尼黑岁月中，谢林与天主教神智主义者(Theosophist)巴德尔(Franz von Baader, 1765—1841)交游甚密，此君思想活跃，感觉敏锐，常常突发奇想，特别是他对思辨神秘主义、神智主义、千禧年主义、占星术等异教灵知论非常熟悉。在巴德尔的熏陶下，谢林也和浪漫主义者一样，走上了"通向众母之路"(Weg zu den Müttern)，纵身于向浪漫主义敞开的深渊、神秘与黑夜。谢林迎着黑暗挺进，神秘莫测的本源、非理性的力量、广披自然世界的忧郁都令他心醉神迷。曾几何时，谢林认为基督教平淡、苍白、软弱、无能，而今在灵知之光的烛照下，基督教真实的秘密再度绽放，自然世界显示出迷人的深度。黑暗、阴沉的力量涌动在自然之中，魔力在世界上横行无阻。但是，鬼魅横行之处，亦有神性流连徘徊，自然之中也有基督救世力量。在灵知之光的烛照下，谢林完成了基督教的转向，义无反顾地以神话哲学为津梁通往"启示哲学"。直到生命的尽头，谢林都没有放弃思辨神秘主义的使命：依靠宗教精神的再生，依靠有生

---

① EricVoegelin, *History of Political Thought*, Vol. VII, *The New Order and Last Orientation*, eds., Jurgen Gebhardt, Thomas A. Hollweck, Columbia and London: University of Missouri Press, 1999, p.205.

② Ibid., p.241.

命力的基督教和基督教灵知,增强力量,完成德国的复兴。①

但遗憾的是,19世纪以降,德国在复兴的道路上,走上了一条危险的道路,并越滑越远。在"20世纪神话"的富饶之地,人类被困于现代性的荒原。与黑暗直接遭遇的浪漫主义者和观念论者,在一个后世俗化的分崩离析的世界,将精神的重心转移到审美创造的诗性主体之上,建构了以自由为至境的理性神话。个体在精神世界孤苦无助,在物质世界疏远无着,每个人都以自己为参照点,让自己承担全部的重负。然而,"生活的重负,没有人能独自担当",诗人荷尔德林在哀歌《面包与酒》中如此道说浪漫主义者的困境。于是,浪漫主义者就以严肃的态度做着轻浮的游戏,把整个世界当作一段机缘,将万物读作一部没有结局的小说,方向迷乱而决断随缘,仰望绝对却没有对绝对的执着,期待末日审判却没有设立终审法庭。在机缘这只看不见的魔力之手的摆布下,浪漫主义者和观念论者斋心洁己,谦卑恭顺,自己做自己的诗人,自己做自己的哲学家,自己做自己的君王,自己做自己的神圣祭司。卡尔·施米特从政治哲学的角度提出一个残酷的断制:"浪漫派和浪漫现象的终极根源,在于私人教士制之中(im privaten Priestertum)。"所以他建议,必须在浪漫主义心地善良的田园牧歌后面,看到浪漫运动的绝望:"不管这绝望是在一个洒满月光的甜蜜夜晚为了上帝和世界而变成抒情的狂喜,还是因尘世的疲惫和世纪病而叹息,悲观地撕裂自我,抑或疯狂地钻进本能和生命的深渊。"②

五、再造圣徒——波墨与浪漫灵知

引诱浪漫主义者和观念论者改变世界视野,修正理性神话,深化救赎纲领,而纵身于疯狂、本能和生命深渊的,正是思辨神秘主义者雅可布·波墨(Jacob Böhme,1575—1624)。灵知主义在基督教和现代性的双重绞杀之中处境维艰,却通过思辨神秘主义而秘密传承。基斯佩尔(G. Quispel)所言非妄:无论如何,希腊、基督教和灵知主义,构成

---

① 谢林:《对人类自由的本质及其相关对象的哲学研究》,邓安庆译,北京:商务印书馆,2008年版,尤其参看"德文版编者霍尔斯特·福尔曼斯的导论",第18—19页。
② 施米特:《政治浪漫派》,冯克利译,上海:上海人民出版社,2004年版,第18页。

欧洲文化传统的三大组成部分。甚至歌德的浮士德,也是灵知诗人和思者的原型,"西方人的象征"(the symbol of western man)。① 在秘传宗教和教义秘索斯的传承历史上,波墨乃是最为重要的一环。18世纪末到19世纪初的欧洲文化氛围的一个显著特征,就在于对主流启蒙运动的狭隘理性主义的反动,以及西方传统中最极端的神秘主义和千禧年思潮的普遍复活。而这些灵知思潮,对于宗教、哲学和美学领域之中的浪漫主义和观念论的形成具有构成性的影响。② 异教宇宙论,摩尼二元论,非正统的人学和神学,及其审美意识、隐微意识和精英意识,借着波墨的传奇人生、圣徒形象和先知精神而渗透到德国近代精神史之中,塑造了浪漫主义新宗教的品格,以及观念论理性神话的特征。18世纪宗教思想家欧廷格尔和巴德尔复活了波墨的学说,他"对于欧洲哲学的影响史是欧洲精神史上最激动人心的篇章之一"(恩斯特·本茨),或者他干脆就是"现代性最具有弥漫性的象征体系的缔造者"(大卫·瓦尔施)。③

在波墨的指引下,谢林改变了"同一哲学"纲领,以自由观念为媒介试探"恶"的本源,在上帝存在的宇宙论证明的废墟上重建神正论。与之密切相关的,是黑格尔以绝对精神经纬天地容受"真知"的灵知主义哲学抱负,以及辩证法的千禧年主义内涵。最后,与黑格尔、谢林一起分享感性宗教和理性神话的谢林,也从狂欢共同体的秘传智慧出发,将浪漫派的诗学与观念论的哲学化为美学。在弃绝一切神灵的时分,荷尔德林向希腊异教世界发出了呼召:"众神灵就这样地光临,万象更新的白天/就这样地冲破黑夜,来到人间。"(《面包与酒》)而我们知道,思辨神秘主义者波墨就是灵知的使者,激励浪漫主义者和观念论者冲破黑夜,迎向朝霞。

波墨既是思辨神秘主义者,又是神智论者,其学理显然属于灵知主义范畴。以其卷帙浩繁的著述,他构建了后宗教改革时代的灵知教义神话。这一教义秘索斯体系,传达出一种强烈的宗教体验,表现出空灵的先知精神,为浪漫主义新神话预备了范本,且为新宗教确立了

---

① 参见约纳斯(等):《灵知主义与现代性》,第18页。
② 参见汉拉第:《灵知派与神秘主义》,张湛译,上海:华东师范大学出版社,2012年版,第85页。
③ 同上书,第61页。

圣徒形象。他相信,隐含在教义秘索斯之中的灵知,能把人从难以忍受的绝望与铭心刻骨的忧郁之中解放出来。存在之根据,乃是一场剧痛,而悲剧与未被启明的存在如影随形。未被启明的存在,喻指此世王国的牢笼之中未得重生、未得超升的悲苦之人。早期灵知主义者满腔摆脱时空低俗世界、挣脱生存束缚的渴望。而在波墨那里,最急切的渴望,则是要摆脱有限个体存在的"我执"(Selbstheit)。"我执"乃是有限存在者剧痛的根源。挣脱"我执",治愈创伤,缓解剧痛,就必须重返被逐出既久的源始家园。重返源始家园,就是寻回安详宁静(Gelassenheit),但这份安详宁静却被吸入了"深渊"(Abgrund),苦难的卑微造物便万劫不复。这深渊,乃是万物发祥之地,万物归向之所。鸿蒙雁迹一般难以辨别,深渊乃是谢林思考人类自由本性的宇宙论和生存论背景。

不容否认,在浪漫主义与观念论成型之中,波墨居功甚巨。耶拿浪漫派的佼佼者,瓦肯罗德、蒂克和诺瓦利斯,各自以独特的诗学方式将波墨的灵知学说改造为"艺术的宗教"(Kunstreligion),而把波墨塑造为诗人的先知和浪漫原型。于是,通过重新发明神圣,一个浪漫的波墨神话得以成型。借着圣徒行传文体(hagiography)之中流传的波墨传奇,浪漫主义者孤怀默运,想象沸腾,重述灵知神话,发明神圣先知,为的是抨击世俗现实,传扬浪漫福音。在重构圣徒波墨的时候,浪漫主义念兹在兹的,不是灵知教义,而是灵知神话。或者说,教义神话乃是浪漫主义的一心所系。而波墨的圣徒传奇,偏偏是教义与神话的汇聚之所。"浪漫主义者的波墨,不是特定基督教义的先知,而是神圣诗学的先知。"[1]利用圣徒行传重构波墨神话,耶拿浪漫主义者绝非始作俑者,波墨的朋友和学生弗兰肯伯格(Abraham von Franckenberg)为波墨撰写的《圣徒行传》(Vita)在早期浪漫主义时代曾风行一时。弗兰肯伯格对亦师亦友的波墨的述说,为浪漫主义的圣徒神话塑造提供了范本和资源——修辞策略的范本,以及叙述素材的资源。蒂克和诺瓦利斯借着《圣徒行传》,建构了浪漫的波墨神话,用神圣召唤的形式赋予诗人以先知的权威。蒂克留下了三份与波墨神话建构相关的文

---

[1] Paola Mayer, "Reinventing the Sacred: the Romantic Myth of Jakob Böhme," in *The German Quarterly*, Vol. 69, No. 3 (Summer, 1996), pp. 247-259, cited here, p. 248.

献:一是1817年写给作家索尔格(Solger)的信札,二是1829年他为自己的文集第三册所撰的序言,三是1826年创作的未竟之小说《塞万尼的迷乱》(*Der Aufruhr in den Cevenen*)中的主人公瓦特莱特(Edmund Watelet)牧师的断简残篇。在这些文本之中,蒂克把波墨引导的宗教皈依描绘为三种生命之旅的至境。1800年,诺瓦利斯的诗篇《致蒂克》重述了源自弗兰肯伯格《圣徒行传》中的素材,为圣徒行传与浪漫主义之间的关联提供了最为有力的证据。浪漫主义重构波墨,不啻是世俗化的圣徒神话建构之中一场灵知主义的冒险。

弗兰肯伯格把自己的老师和朋友描绘成天生的先知和世外高人指点的圣徒。相传少年时代作为牧童的波墨,偶然在山顶洞内发现钱罐,灵根自植的少年拒绝接近,成功地抵制了魔鬼的诱惑。又传作为鞋匠学徒的波墨受到强大陌生人的召唤,被告知他将终身侍奉上帝,经历痛苦磨难而获得奇异恩典,前程似锦,正大光明。蒂克融合中古皈依文学与圣徒行传,重构了波墨的圣徒神话,以诗性见证灵知,浪漫而又神圣。波墨被塑造为预定的圣徒,又是忏悔的典范。在蒂克的文本中,皈依的经验不仅是诗学的脚本,见证神圣的诗化,诗性的圣化,而且更是血肉丰满的三景独幕剧。皈依之前的生命放纵情欲,沉迷世俗,肉体激情与对真正宗教的渴望相激相荡。然后是期待神圣的漫长历练,在这个过程之中,诗兴萌动,间或感到存在虚无,生命无聊。最后是皈依的核心场景,独幕剧抵达情绪的高潮,一如圣保罗在大马士革和奥古斯丁在米兰花园的无花果树下,一道炫目的灵知之光照彻了曾经黑暗的生命,存在被仁慈的暴力充满,心意因更新而改变,悲苦的造物诀别了肮脏不堪的物质世界。在灵知照彻的悟道高潮,两个浪漫主义者钟爱的隐喻呈现了。一个隐喻是暴戾炫目的神圣之光,一个是启明开悟的神圣之书,而这两个隐喻总是难解难分地纠结在一起:神圣之光,暴戾而又温柔,表明生命可能获救,而神圣之书,深邃而又亲切,表明世界可以理解。在给索尔格的信札中,蒂克这样描述出自波墨之手的圣书具有的强大魔力:"刹那之间,它全然掠夺了我的全部生命力。两年以来,这些神奇至极的深层意义和栩栩如生的诗兴完全控制了我,以至于只有从这里我方可领悟基督教的精粹。"[①]在其文集序

[①] See Percy Matenko, ed., *Tieck and Solger: The Complete Correspondence*, New York: Westermann, 1933, p.361.

言中,蒂克用圣保罗皈依的流行隐喻描述了炫目的灵知之光,强化并提升了皈依高潮的一幕:"偶然获得波墨之书,一册在手,我的最内在最旺盛的生命就被彻底照亮,流光溢彩,充满了灵知,而我被这种深奥的意蕴深深地打动了,在它的光照之中我无比幸福,在这个新发现的王国,它传播着生命与精神的全部神秘。"①散发灵知之光、让蒂克震惊从而皈依的这部圣书,正是波墨的《朝霞》(Aurora)。以圣书为媒,以光设喻,蒂克隐秘地挪用圣徒行传将诗人神化了。浪漫主义惯用的手法之一,就是通过将诗人神化而自我伸张,将宗教与文学熔为一炉,从而赋予诗人以先知的使命和圣徒的权威。浪漫诗人,便成为灵知的信史,上帝之言的赫尔墨斯。

而这就是诺瓦利斯浪漫化的手法。他公然利用波墨及其圣徒行传,把浪漫诗学神圣化,尤其推重诗歌的神秘意义(anagnorisis)。《致蒂克》重复使用了弗兰肯伯格的波墨传记之中那些负载着圣徒行传意义的要素,而且将这些要素编织成浪漫主义的教义秘索斯之后,其中一些重要的母题抗拒解释,坚执地滞留在神秘意义的深渊。如果将这首诗置于圣徒行传的传统脉络之中,我们不难看到,诺瓦利斯恰恰是怀着灵知主义的激情,尝试演练圣徒行传写作。因为,他利用了已成圭臬的体裁程序,为未来的浪漫主义诗人—先知创造了一种传奇生涯。《致蒂克》叙述了两种神圣的生命,一个源于对远古的记忆,另一个则正在意识层面显山露水。与这两种神圣生命相对应,这首诗将两种基本的圣徒生活范型融为一体:预定的圣徒与皈依的圣徒。诗歌的主人公乃是一个少年,他注定将成为新黄金时代的诗人和先知。这是预定圣徒的范型。然而,诗歌集中再现的场景又表明了一种皈依形式。偶然得到和阅读波墨的《朝霞》,少年被启明开悟,生命发生了彻底的改变。少年读着读着,波墨显灵,化身为白衣老者亲临现场,告知这个少年因诗成圣的使命。于是,诗人就必须担负起传递灵知、救赎世界以及释放自我、迎向基督教第三约国的使命。在诺瓦利斯的诗中,少年乃是一个具有灵知意味的隐喻,代表"一个美妙未来的先知"。与《奥夫特丁根》中的追梦还乡的少年一样,这个少年不属于这个世界,而来自于异乡,传递着异乡神的信息。"然而,诗中的少年完全出

---

① Ludwig Tieck, *Schriften*, Vol.11, Berlin: Reimer, 1828-1854, lxxiii-lxxiv.

乎想象,他并非象征的儿童,而是忙碌的成人,所以他至少也能找到一本古奥之书,独自阅读。"① 也许,这个少年乃是流亡在反诗歌的俗世之中的诗人,但他担负着唤醒宗教本能的使命。他,就是那个传递灵知的寂静信史。

少年皈依的场景被安排在荒芜的花园。一如奥古斯丁在米兰花园中彻悟一样,灵知对于浪漫诗人的启明也一定发生在花园。颓园焦土,乃是失乐园的隐喻,是诗人—先知流落异邦的象征。同样是一本圣书,但因为先知在古墓现身而得以灵气四射。圣书是让少年因诗成圣的动力,灵显的先知是启蒙诗人担负圣业的导师。波墨化身为道貌岸然的银发老者,令人在浪漫主义时代与《圣经·旧约》时代展开对比。诺瓦利斯诗中的波墨,具有《旧约》先知的神圣力量,又有《新约·启示录》的神秘意味。传承神圣,传扬灵知,以浪漫提升生命,以诗兴改易俗世,这是1800年春天德国浪漫主义者所领纳的圣命。波墨的神圣/神秘灵知,将创世的力量注入浪漫主义诗人的心里,让他们从内心孕育出世界。这个世界,乃是一团充满神秘欲望和神奇生命的纯粹混沌。于是,浪漫主义者找到了两种神奇的语言,来描摹他们内心无中生有地创造出来的世界。一种语言是自然,便有了自然的神秘主义,一种语言是艺术,便有了语言象征主义。瓦肯罗德写道:"艺术与自然是两种截然不同的语言,但它却同样通过隐晦而神秘的方式作用于人之心灵,具有神奇的力量。……其中一种语言,至高无上者自己在永恒地述说着它,它是生生不息、无穷无尽的自然,它牵引着我们穿过大气中广博的空间直接达到神性。艺术则通过将五彩的土和润泽的水巧妙地融合起来……向我们开启人类心中的宝藏,将我们的目光引向我们的内在,向我们展示那些无形的东西,即人的形体中所蕴含的所有那些高贵、崇高和神性的东西。"② 自然与艺术,殊途同归,隐含着未成文和未阐释的神圣启示,浪漫主义诗学,就是使未成文的启示成文,阐释那些未阐释的隐微,不仅让宗教而且让科学同时出现在

---

① Gerhard Schulz, "Potenzerte Poesie: Zu Friedrich von Hardenbergs Gedicht An Tieck," *Klassik und Romantik: Gedicht und Interpretationen*, ed. Wulf Segebrecht, Vol. 3, Stuttgart: Reclam, 1984, 250.

② 瓦肯罗德:《一个热爱艺术的修士的内心倾诉》,谷裕译,北京:三联书店,2002年版,第68—69页。

真理和自然的光辉之中。光明与黑暗的灵知式对立,在浪漫主义那里并不是要重新回到古老的对立时代,而是要超越所有对立,在一切对立之外去寻找新时代的立足点。

这就是谢林"人类自由论"学说的隐微意义。与其他浪漫主义者一样,1806 年之后的谢林也沐浴在波墨灵知主义温馨的启示的灵知缘光之中。透过淡定甚至苍白的基督教义,谢林奋力去追寻自然的深度。早在耶拿浪漫派的沙龙里,谢林在 F. 施莱格尔的《谈诗》中化身为路多维科出场,宣讲新神话的纲领。在他看来,美的至境,最高秩序,是一种期待爱的触摸的混沌。如同古代神话和诗歌的混沌一样,新神话乃是不可分割的完美诗作。这个作为精神至境的混沌,预示着谢林后期哲学的重力概念——"深渊""黑暗""紊乱"。深渊、黑暗、紊乱,乃是宇宙之中运行的那种诡异的非人的源始生命力。它们是存在的根据,当然更是自由的背景。波墨的深渊,是上帝的深渊,其中包含着一种难以置信的丰盈,一种神圣生命的充溢,而这种神圣生命"以不同的音程和华彩乐段自我实现,以道成肉身的方式实现其丰富多样的隐微精义"①。

到底有什么东西还能比那深沉的黑夜意识更强烈地驱动人们竭尽全力地追求光明? 谢林问道。在究竟层面上回答这个问题,谢林以及观念论的同侪一头撞上了"源始辩证经验"的悖论:黑暗就是存在的根据,黑夜就是人类的本性、纯粹的自我、存在的无限缺失、意识的非理智状态。然而,人只能从深沉的黑夜之中被升临为"亲在",一切诞生都是从黑暗到光明诞生。黑格尔将源始辩证经验描述为"世界之夜",其中充满了母性的温柔,又散发出致命的诱惑。黑格尔一言以蔽之:"人类的本性犹如黑夜。"②作为自然内在本性的黑夜,成为整个影像世界、幻象人生借以旋转的中心。影像与幻象,仿佛是白色的幽灵,时而张开血盆大口,时而倏忽即逝。穿越这"世界之夜"去寻觅人类的本性,探索自由的根源,德国浪漫派和观念论就目击了这道骇人的景观。这一景观早就铭刻在思辨神秘主义传统中,而最为透彻地描述这一景观者,当推波墨。他朝万物的核心一瞥,发现深渊乃是万物的根

---

① Ernst Benz, *Die christliche Kabbala*: *Ein Siefkind der Theologie*, Zürich, 1958,53.
② See: Donald Phillip, *Hegel's Recollection*, Albany: SUNY Press, 1985, p.7.

据,上帝是天堂也是地狱,是万物亦是虚无。"无论是火还是光,都需要有黑色的源始剧痛……上帝的爱和他的愤怒同样有力,他的火与他的光同样有力,而他的源始黑暗与这二者同样有力。"①谢林效法波墨,将存在的根据置于黑暗、深渊之中,在上帝的源始统一之中看到了善的可能和恶的可能,而所谓自由便是人类本质之中那种既可向善也可为恶可能性。于是,自由的真谛便寓涵在"源始的辩证经验之中"。

谢林的哲学,从"先验观念论体系"到"自由本质论说"再到"世界时代"的历史哲学,一以贯之的就是这种思辨神秘主义及其灵知主义传承。谢林论说自由的千言万语,归结为"黑暗与光明的辩证",以及寓涵其中的"永恒渴望":

> 在人类中存在着黑暗原则的整个强力,在人类中同样存在着光明的整个力量。在人类中有着最深的深渊和最高的天空,或者说两者的中心。人的意志是隐藏在永恒的渴望中,还只是在根据内存在的上帝的萌芽,是封存于深处的神性生命闪光,当他抓住了自然的意志时,上帝看到了它。上帝唯独在它之中(在人类之中)爱过世界;并且当渴望与光出现对立时,正是这个上帝的肖像才把握到处于中心的渴望。②

海德格尔断言,理解这段论说,就意味着理解谢林"自由论文"的全篇。我们也不妨补充说,理解黑暗与光明的源始辩证,也意味着理解德国浪漫派与观念论的主旨。黑暗与光明的辩证,远缘于波斯宗教天才摩尼及其灵知学说,在浪漫诗人和哲人那里则成为一种历史哲学的动力,获得了一份沉重的命运感,以及一份庄严的悲剧感。荷尔德林的哀歌《面包与酒》和诺瓦利斯的《夜颂》,都将黑暗与光明、黑夜与白昼的转换节奏诗意地渲染为心灵史的象征。黑夜与白昼的交替,寓涵着善与恶、基督与反基督、世俗苦难与整体偿还的辩证法。黑夜与白昼永恒有节奏地交替,而不能最终和解,这就是浪漫派诗学与观念论哲学的绝对悲剧意涵。于是,一种令人憔悴的渴望,让整个自然广披忧郁的面纱。这忧郁源自浪漫主义和观念论的永恒渴望,他们一心

---

① Heinz R. Schmitz, "Jacob Böhme et l'avènement d'un home nouveau," in *Revue Thomiste*, t. LXXIII, p. 580.
② 谢林:《对人类自由的本质及其相关对象的哲学研究》,第77页。

要将"黄金时代"神圣化,将真理变成神话,将神话变成真理。因此,在一种千禧年主义激情的驱动下,在灵知主义末世论缘光的烛照下,他们踏上了一条归向之路,要从当前返回到过去,纵身于最深的黑夜。

六、瞩望千禧年王国

然而,纵身最深的黑夜,却非浪漫之旅的终点。最深的黑夜,仅仅是浪漫主义与灵知主义那场没有时间的遭遇发生的场所。因而,黑夜乃是救赎的中介,或者说救恩史的一个必要环节。挣脱黑夜"光的脐带",而进入绚丽的白昼,是浪漫诗哲偏爱的一个基本隐喻,喻指一段从异乡到家园、从地狱升天堂的动态救恩史。从哈曼、赫尔德,到荷尔德林、诺瓦利斯以至于谢林、黑格尔,这个基本隐喻由诗性而哲性,为一种浪漫的"狂欢生存"(Orgiastic existence)之闪亮出场铺展了背景。① 哈曼断定,沉湎在狂喜之中,浸淫在厄琉西斯秘仪中,领受巴库斯的洗礼,享受感官的美丽,获取生存的圆满,乃是进入纯艺术形而上境界的前提。1793年,诺瓦利斯写信给F.施莱格尔,赞美后者为厄琉西斯的首席祭司,于他身上认识天堂与地狱的合一。而正是在诗人荷尔德林创作哀歌《面包与酒》,歌咏在黑夜里走遍大地的酒神祭司的时刻,黑格尔也在《精神现象学》中呼吁返回到厄琉西斯秘教庆典,以古老的智慧超克对现实的绝望,在感性事物的智慧中获取对世界的灵知。浪漫与灵知的遭遇,预备了一出宏大的前所未见的戏剧,指向了一个新世界的世界精神。而这出宏大救赎戏剧的原型,乃是中世纪千禧年运动的灵知主义。

在《世界时代》之开篇,谢林坚定地写道:"过去是已知的,现在是公认的,将来是神圣的。已知的东西被叙述,公认的东西被呈现,神圣

---

① 沃格林用"狂欢的生存"来描述"源始的辩证经验"(protodialectic experience):"在这个历史危机环节上,我们必须引进一个词语,它不独有助于解释谢林的哲学,而且还有助于解释任何一种关于人类生存的哲学:源始辩证经验。它将指称这么一种经验:一种意涵兴现于无意识之中,在凝固为语言符号之前,却仍然处于流变之中,状态模糊,同时灵魂亦具有动态'调式',焦虑、紧缩、急迫、压力、冲动、踟躇、狂躁、不安,或舒缓、惬意,等等,伴随着意涵的兴现。"这种源始的辩证经验是一种创造过程的经验,"每一个存在都必须学会认知自己的深度,而没有痛苦这种认知就是不可能的"。一切痛苦的唯一源头是存在,活着的一切首先必须封闭于存在之中,在黑暗中冲开一条转型之路。参见EricVoegelin, *History of Political Thought*, Vol. VII, *The New Order and Last Orientation*, eds., Jurgen Gebhardt, Thomas A. Hollweck, Columbia and London: University of Missouri Press, 1999, pp.215-216。

的东西被预言。"①谢林将巨大的实在—观念论思辨哲学纲领,转化为动态的救恩史叙述,但最后停滞在对过去的叙述之中,将预言留给了"灵知"及其教义秘索斯,任由智者仁者各自猜想。然而,无论怎样猜想,一种千禧年主义的历史哲学构架,在浪漫主义诗人和哲人那里都清晰可见。荷尔德林《拔摩岛》诗曰:"自基督以来,那名字恰如清晨的气息。"这散发着清晨气息的新天新地,便是那位徘徊流连的正在到来的神将要开启的未来伟业。而这位神,是基督与狄奥尼索斯的合体,是普罗米修斯式存在和狂欢生存的象征形式。据说这位神来自东方叙利亚,以感官之美启示世界,最终却要超越感性幻象,进入天地人神合一的交流共同体。诗人诺瓦利斯还翻译了罗马诗人维吉尔的《田园诗》之四,其歌咏的对象是"归来的处女"和"降生的神子",而那位对未来"黄金时代"负责的神子也是复活的奥林匹斯之神:"从奥林匹斯山走下了一个更好的后代世界/童贞的卢奇娜对这降生的男童甚好/他将驱除珍贵的时光,将黄金时代/跨寰宇而引来,因为你的阿波罗已在主宰。"1796 年秋天,黑格尔在伯尔尼将《厄琉西斯》诗章寄给荷尔德林,诗中歌咏"解救者—黑夜",祈望穿越黑夜,进入古老联盟,让"那期盼已久的热情四溢的拥抱场景"在眼前如花绽放。F. 施莱格尔则直截了当地将黑格尔瞩望的古老联盟称之为"神之国度"或"黄金世纪"。浪漫一代诗人和哲人,情趣不一,风格多样,但他们都以各自的方式描绘了超越人类、超越神性自我而返回到永恒家园的灵知救赎体验,而这种体验的终极境界是对"黄金时代"的想象,千禧年主义灵知精神构成了这种想象的底色。在早期浪漫派和观念论的一个纲领性断章之中,千禧年灵知主义表述为"人类最后的伟业丰功"。"灵性的自由和平等泽披万世","一种更高级的灵性必将从天而降,在人间创立这种新的宗教",②将有限化入无限,将个体化入无所不包的宇宙生命之海。这是一种神秘主义的召唤,更是一种千禧年主义的激励。这种召唤与激励,传递着一种令人迷狂的魔力,一种唯美的宇宙论诱惑,它要求个体作为宇宙的祭品,要求生命作为神圣暴力和神话

---

① 译文采自齐泽克:《自由的深渊》,王俊译,上海:上海译文出版社,2013 年版,第 119 页。
② 佚名:《德意志观念论体系源始方案》,林振华译注,载于王柯平主编:《中国现代诗学与美学的开端》,上海:上海锦绣文章出版社,2010 年版。

暴力的牺牲。

浪漫主义本为多种精神传统杂糅的产物，启示宗教、末世论传统、柏拉图主义、千禧年运动、中世纪炼金术和占星术、文艺复兴的宇宙论以及思辨神秘主义传统，在18世纪和19世纪合流，熔铸为浪漫的灵知。其中，千禧年主义构成了浪漫派与观念论历史哲学的基本架构，将一切静力学的柏拉图式理念转变为动力学的世界精神。用谢林的话说，这便是借着"实在论"与"观念论"的合一，超克现代欧洲哲学的阴性化与贫瘠，从而将救恩的"上帝"与"大道"生殖出来。从思想史的脉络来看，在晚古时代灵知主义里面，新柏拉图主义传统构架首先通过早期教父作家尤其是马克罗比乌斯（Macrobius），将堕落和重生、苦难世俗与整体偿还的主题传递给诗人但丁。他的《神曲》叙说了堕落的迷途的灵魂在古代诗人和哲人的引领下超克最严重的精神紊乱、穿越物质世界最邪恶的激情，走上一条归向类似上帝的救赎之途。凶险四伏的死荫丛林，便是灵魂迷失之所。然而，但丁一如奥古斯丁以及中世纪晚期抬头的现代性，灵知主义乃是救赎之途上最强大最险恶的阻力。这种灵知主义同中古时代的末世论存在着复杂的关系，还牵连着意大利灵知修士约阿西姆的"三约国"预言。这位受过息斯特灵修会（Zisterzienserorden）严格修炼的修道院住持，在卡布里亚山的穷山恶水之间过着沉思的生活，于1190年至1195年间的某一个圣灵降临节幡然悟道。在约翰《启示录》的光照之中，约阿西姆把《旧约》《新约·福音书》《新约·启示录》的全部象征和异象连接为一幅整体的画卷，断言《圣经》的全部象征和异象既有神秘的意义，又有历史的意义。救赎之途，乃是天道神意规定的迈向终末的历史进步。他将自己生活于其中的那个世纪，称之为一个彻底堕落的世纪，而这个堕落的世纪乃是过去与未来之间堪称界碑的决定性时代。在《〈旧约〉与〈新约〉一致》当中，约阿西姆写道：

> 在福音书中所描绘的迹象，显现了如今必然逝去、必然没落的这个世纪的灾难和毁灭。所以我认为，借助这部著作使信徒警惕上帝的智慧，让我这个微不足道的人物知晓那些事物，以便用振聋发聩的声音，把变得冷酷了的心灵从其沉睡中唤醒，并且可能的话，借助这种新式的注释把他们引向蔑视世界，将不会是

徒劳无益的。①

听起来好像是灵悟三世的先知，又像是唯恐天下不乱的煽动家，然而约阿西姆深刻的注经学乃是以神圣三位一体说为基础的。天道神意规定的历史进程，乃是圣父秩序、圣子秩序和圣灵秩序的顺次展开。以家庭设喻三位一体，第一种秩序是成婚者的秩序，以圣父为基础；第二种秩序是教士的秩序，以圣子为基础；第三种秩序是修士的秩序，以真理的灵为基础。就历史的阶段性而言，第一个时代占支配地位的是艰辛和劳作，第二个时代占支配地位的是学识和纪律，第三个时代占支配地位的是灵修与赞美。就个体的灵魂而言，第一个阶段拥有知识，第二个阶段拥有局部智慧，第三阶段拥有灵智的完美。就上帝国的三个契约而论，第一约为圣父之约，分配的是正义；第二约为圣子之约，分配的是恩典；第三约是圣灵之约，分配的是圣爱。因此，约阿西姆得出结论说，救恩史的基本法则，乃是从《旧约》到《新约》的"字句（律法）"时代向"精意（灵知）"时代的不断进展。② 但这种天道神意规定的进展，一方面是走向终结，另一方面又是从让人死的字句之中活出生命，从默观冥证之中活出行动创世的生命。因此，一种信仰的末世论正在涌动一股潜能，朝着革命的末世论发酵。于是，沃格林完全不乏理由断言，近代一切社会革命，连同现代性一起，都是灵知主义和千禧年主义的复活。可以毫不夸张地指出，约阿西姆预言了第三个世界时代即圣灵之国的降临，而这一预言成为欧洲近代革命末世论的原型和范式。

尽管一些历史细节还有待考证，但大致可以说：千禧年灵知主义及其相关主题通过迂曲的途径渗透到哈曼、赫尔德、莱辛、施莱格尔、诺瓦利斯、荷尔德林、谢林和黑格尔的思想中，塑造了浪漫派和观念论历史哲学的灵知品格。在那些有待进一步勘探的传递途径之中，有一条线索相当明晰，不容抹杀：从托名的狄奥尼修斯出发的神秘主义，经过爱克哈特的思辨神秘主义，一直导向西勒修斯（Angelus Silesius），经过波墨以及埃廷格尔、本格尔进入德意志虔诚派宗教传统，在德国斯

---

① 转引自洛维特：《世界历史与救赎历史——历史哲学的神学前提》，李秋零译，北京：三联书店，2002年版，第177页。
② 同上书，第177—178页。

瓦本神学之中融合了卡巴拉神秘主义,从而酿成了一股强大的千禧年精神运动潜流。这股潜流在法国革命的刺激与推助下,终于在浪漫派和观念论历史哲学中粲然成型。在早期浪漫派与观念论的源始纲领中,千禧年主义及其对未来上帝国的期待,成为物理学、诗学、美学、神话以及宗教的灵魂。

宗教改革开启内在化的道路,德意志精神遭遇黑暗深渊。在创世之神主宰下的整个生存世界,几乎都悬在这道深渊之上,向一个救赎之神呼告、祈祷,瞩望一个千禧年幸福王国。浪漫派和观念论在想象的驱策下,迎向这个幸福王国的神圣景观。"想象总在纪元之末。"①所以,抱着人类完善的可能性,莱辛认定"启蒙"就是进行"人类教育",而"人类教育"之使命,乃是对人类理智进行最为适宜的训练,以便人类心灵最大限度地挚爱理智,追寻"永恒美德的幸福后果"。换言之,启蒙就是开启灵知,想象、瞩望以及直观热爱美德的心灵纯净状态。引用启蒙思想家莱马鲁斯的话,莱辛把灵知的千禧年景观升华到史诗的境界:"那个完成的时代将会到来,一定会到来。到那时,人的理智(即灵智)愈是怀着信念感觉到一个日益美好的未来,人便愈无须向未来乞求自己行为的动因;到那时,人行善只因为其善,而非由于给行善规定了任何报偿……"②为善而善,无须外在规范,此乃幸福的泉源和整体的救赎,更是人类的完满境界,只有救赎之神而非创世之神才能许诺的完满境界。随着进步的节奏,一股幸福之风吹来一缕"新的永恒福音"。而这"新的永恒福音"之一束光芒,上起13世纪意大利修道院里的狂热之士,下达浪漫派和观念论的诗人与哲人,而照彻了异乡人的归向之路,烛照着迷途者的返正之途。"三世""三约",不是空心玄想,也不是怪诞妄念,而是神圣三位一体的展开。信仰千禧年新的永恒福音者,自是相信同一个上帝有同一个救恩体系,同一个人类有同一种普遍的教育计划。诗人席勒哀悼希腊群神式微,喟叹于支离破碎的机械时代,虔心缔造诗学和审美教育方案。在诗学上,席勒呼吁超越感伤而回归素朴,因为素朴而无奇巧,正是鸢飞鱼跃造化无

---

① Frank Kermode, *The Sense of An Ending: Studies in the Theory of Fiction*, Oxford: University Press, 2000, p.31.
② 莱辛:《论人类的教育》,朱雁冰译,北京:华夏出版社,2008年版,第126页。

穷的自然,于自然方得天真,于天真尽享自由。在美学上,席勒将千禧年灵知主义化入个体感受体系之中,以"游戏冲动"谐和"感性冲动"和"形式冲动",从而描绘出人类征服野蛮世界、超越伦理法则最后归向审美境界的普遍教育图景。① 诗学的至境是自然,美学的境界是自由,自然和自由都是人性在神性烛照下的粲然绽放。莱辛的"未来时代",席勒的"游戏境界",不仅灵气盎然,且同千禧年主义的第三个即最后一个时代具有同样的异象,而约阿西姆的"百合花时代"(Age of Lilies)与浪漫主义的"黄金时代"(Golden Age)也具有相同的救赎内涵,以及同样的政治自由诉求。灵知派以神话为政治诉求的媒介,浪漫派则是以艺术和诗为媒介,将古老的宗教政治神话改造为新神话。所以,佩特莱蒙不无道理地断言:"普遍主导灵知派和浪漫派的观点实质上有异曲同工之妙。像浪漫派一样,灵知派了解命运强加给他们的限制并为此苦恼。像灵知派一样,浪漫派渴望克服这些限制,打破束缚他们的桎梏,超绝尘寰,永诀于他们置身其间的世界。"②

诗人荷尔德林深受席勒希腊多神教神话审美主义浸润,而千禧年主义的灵知则一以贯之地构成其诗心与文脉。假托希腊隐士许佩里翁之口,荷尔德林先知一般地预言:"新的王国守候着我们,美是它的国王。"一部教养传奇《许佩里翁》,字面上述说流亡者归家的旅程,道德上哀叹一个民族的苦难,寓意上呼唤一个美为君王的帝国,在最隐微的意义上则是喻指一个寻神者倾空自我而获取灵知的救恩神话。小说终未完成,流传于世的断简残篇分上下两部,上部收结于心灵对"女神的美丽花园"的问候,下部开始为"未来之国"的战斗,全书没有结尾,"有待下回[分解]"。教养就是为了获得灵知,而要获得灵知就必须经过一场接一场的精神试炼,所以荷尔德林的《许佩里翁》就只能是未竟之作,终局被无限地延宕了。希腊隐士一直在忏悔对"神圣柏拉图"犯下的罪孽,永无自我宽恕的可能。全书诗韵蒸腾,文气淋漓,摹山状水,悲红叹艳,充满了对千禧年王国的期待。"万物生于情趣,万有止于和平。世界的不谐和音犹如爱人的争纷。在斗争之后是

---

① 参见萨弗兰斯基:《席勒传》,卫茂平译,北京:人民文学出版社,2010年版,第373页。
② Simon Pétrement, *Le Dualisme chez Platon, Les Gnostiques et les Manichéens*, Brionne: Gérard Montfort, 1947, p.129.

和解,而所有被割裂的又找回自己。"小说的最后几行,可谓荷尔德林诗思的纲维,却令人不安地将人们对于千禧年王国的期待推向无限的纷争之中,和解遥遥无期,永恒可望而不可即。于是,浪漫的渴望仍然是神圣的本质,既是起源的悲剧又是终结的悲剧。

  神圣,一如家园,总是让灵魂憔悴。荷尔德林将对于"未来王国"的期待与守候诗意地呈现为一出绝对的悲剧,而在救恩事件之中突兀地插入了一个时间维度。在翻译和注释古希腊悲剧诗人索福克勒斯的悲剧时,荷尔德林提出了时间悲剧性理论。他将时间一分为三,闲适的时间(müssige)、撕裂的时间(reissende)以及人性的时间(humane),据此来解释天地万物、人神鬼魅、生离死别。① 闲适的时间,就是《面包与酒》之中铺陈的"尘世的时光"。表面适然,闲适却绝非泰然,因为人在其中饱尝悲剧之苦:天灾人祸,意义迷惘,普遍沾染求神问卜的习俗。闲适的时间铺陈了悲剧般的时代牧场,让平庸和悲凉衬托出救赎的紧迫。闲适的时间蕴含的悲剧之力,将时间催逼为"撕裂的时间",粗暴与无情横加,权力与暴力畅行,而意愿虚无成为一种最高的瞩望,于是虚无主义成为撕裂时间的愈合剂。在撕裂的时间,人失落了自我,神失落了尊严,唯有自然之强力向上飙升,把人从其生命的领域、从内在生命之核心强行掠向另一个世界,撕扯到死亡之异域。这就是诗人必须知其不可为而为的"贫乏时代",这就是异象丛生、危机四伏的神性孤危时代。人性的时间,就是经过宙斯"金色的时间"点化之后人类进入的救赎时间,它是黑夜与白昼的和解,以及人与众神之间的狂欢庆典。狄奥尼索斯与基督互为影像,成为狂欢仪式和共同体生活的崇拜对象。"没有哪位神比狄奥尼索斯更伟大!"荷尔德林向泰古呼应悲剧诗人欧里庇得斯的歌队,向现代则预示悲剧哲人尼采的铁锤之思。更主要的是,他把对千禧年王国的期待诗意地糅进浪漫主义新神话之中,不停地编织那部不断进步的总汇之诗。总汇之诗,一部永远不会闭合的文本,因而它也是一个隐喻,喻指那个永远延宕在时间之中的千年王国。

  蓝花诗人诺瓦利斯怀藏浪漫图腾,就自我放逐在通往千年王国的

---

① 参见特洛尼森:《荷尔德林——时间之神》,载刘小枫主编:《荷尔德林的新神话》,北京:华夏出版社,2004年版。

旅途中。"我们究竟去哪里?"蓝花少年回答:"永远在还乡!"然而,他的家园是已经开启的爱的王国,但上帝的灵在人与兽、诸神与鬼魅之中。经由真实母性、梦中情人、商旅过客、深山矿工、洞穴隐士以及帝国诗人的轮番开示之后,少年成长为诗人,期待更高的神圣,在了无尽头的期待之后,于诗人的圣化之中一瞥千年王国的梦影。故事依然在延续,总汇之诗一样永远不会成为闭合的文本,浪漫的渴望便成为对灵知的慕悦,一如追梦诗人那一张青春之脸。"它很苍白,像一朵黑夜之花。年轻的香膏蜜汁化作了泪水,潮水般的生命气息化作深深的哀叹。一切生命的色彩都颓败了,只剩下骨灰一般的惨白。"一曲大地之歌,如泣如诉,旋律忧郁,咏叹出对古老奇迹的敬意,对未来时代的绝望相思。在诺瓦利斯的诗性沉思之中,基督教的神话体系被投射到了灵知的未来,以繁复的异象表征着浪漫的绝对与悲剧的慕悦。神圣感从来就没有真正实现,而是在中世纪之后便衰落了,直到他所苟生的时代,唯留废墟,以及废墟上翩翩起舞的鬼魅幽灵。在布道词《基督教王国或欧洲》之中,诺瓦利斯将欧洲宏大历史一分为三:光辉美妙的时代属于过去,分裂、荒诞和贪婪属于现在,而新的永恒福音时代属于未来。"黄金时代"之回归仰赖新的世界之灵知的沐浴,仰赖新弥赛亚的降临。在诺瓦利斯的隐微诗文中,个体血肉之躯仅仅是媒介,仅供灵知运行其间,而历史只不过是隐喻,演绎辉煌、颓废以及重生的救恩戏剧。浪漫之眼飘视乾坤,抚今追昔,仿佛一切都是幻象,一切都是迷误。从千禧年王国的灵知主义视野看来,经过浪漫主义的诗化,幻象乃是真知之本,正如肉体乃是灵魂之家,迷误亦是真知的必要器具。"吾人于迷误之中求得真知,真知乃是对迷误的完美运用,从而完美地拥有真知。"1799年岁暮,诺瓦利斯因幻灭而迷狂,于是奋力按照自己的形象依据千禧年主义的构架重塑了历史。历史乃是通往新的永恒福音时代的粗糙器具而已。兴衰沉浮,沧桑波澜,个体的人,不论是浪漫诗人还是观念论者,仅仅是为千年王国无功地劳作的西西弗斯,或者是等待戈多的流浪汉。

以历史为灵知的载体,视灵知为历史戏剧的主角,便是浪漫派与观念论塑造历史哲学的不二法门。浪漫派与观念论的历史,本质上是一个美学概念,且有诗意的新神话形式。黑格尔在黑暗与光明交替的节奏中将谢林的"源始辩证经验"凝固为"辩证法三段论"格式,用正反合描述灵知的戏剧、逻各斯的绽放、绝对精神的外化与内化、上帝的离去与复归。将世界历史描述为绝对精神自我表演的舞台,最后将灵知带向了思辨的顶点,把神话、诗歌、科学、哲学以及全部人类文化的命运拱手交付给信仰,完成了精神现象的圆圈。于是,浪漫的总汇之诗成为闭合的文本,而不再进步,生生不息的神话成为教义的铁律,而被带向了终结,谢林的"狂欢生存"被禁锢在永恒正义的铁墙之内,任凭它如何死命撞击,都无法从理性网罗之中突围。黑格尔的千禧年主义乃是一场综合,一种完美的和谐,将神话与逻各斯、启蒙与浪漫综合在一个封闭的文本织体之中。他把弥赛亚的受难、死亡与复活的基督教义同圣灵的使命拓展为一种全面的灵知,这种灵知把终有一殁的人、有限的宇宙、世间的邪恶以及死亡,统统安顿在一个经天纬地的绝对精神中,将自由之灵拓展为人类的伟业丰功。

　　黑格尔心系人类的理性与自由,但他在哲学上的综合欲望,让他在浪漫时代就获得了"黑格尔老人"的绰号,而最终同荷尔德林、谢林必定分道扬镳。以"神之国度"为暗语,他们分手上路,荷尔德林为一个"美作王的神国"而迷狂,谢林为一个"神话化的未来之主"而思辨地劳作。在谢林的千禧年主义历史哲学中,希腊之美已经黯淡,神谕在销声匿迹之前就已经尊严扫地,罗马帝国将全世界的美妙集于一身,但因为帝国的贪欲与庞大,终于溃散无形。谢林在其《神话哲学》中预言,一个新世界必将到来,因为灵知的气息笼罩了整个世界,而哲人的思绪被导向了东方——拯救者将从庄严的东方而来。然后,一场宏大的历史戏剧为新千年王国狂热地开演,一个新世界的世界精神庄重成型。新世界的世界精神之道成肉身,不只是基督,不只是狄奥尼索斯,甚至还有自古到今作为反叛者而众口相传的普罗米修斯。无论他化身为哪一尊神,他都是最后一位神,是圣灵的化身,是统治新世界的灵。不论是从天而降,还是自地而生,统治新世界的灵,都将拯救大地。这种千禧年主义灵知观念乃是黑塞笔下"荒原狼"的最终救赎者。假托音乐家莫扎特,黑塞在小说中以音乐来象征救赎之灵,遥远的乐圣,舒缓的旋律,神圣的异象,超验的寓意,安慰着不安的灵魂,诱惑狂暴的灵魂在永恒与时间、神圣与人性之间寻求终极的和解。

诗人立法与神意创世

——维柯《新科学》及其历史影响

一、智者的孤怀——维柯生平

杨巴蒂斯塔·维柯(Giambattista Vico,1668—1744),生于意大利北部那不勒斯城邦。他的父亲具有本土农民的憨厚正直,母亲和善忧郁。维柯自幼厌倦沉思的生活,而喜爱动感的人生。据说他七岁那年从顶楼跌到底楼,五个小时不能动弹,头盖骨折损,失血甚多,家人和医生都预言这孩子当活不长。维柯奇迹般地活下来了,但这次童年时代肉体上的受伤留给了他一种创伤记忆,他的性格既暴躁又忧郁,在沉思的生活和行动的生活之间抉择艰难。聪明睿智,而又肯于深思宇宙人生,构成了他全部生命活动的基调。聪明睿智,让他能够如闪电般地觉察事物;肯于深思,决定了他厌恶文字上的俏皮和修辞上的浮夸。

17世纪末18世纪初,西班牙统治下的那不勒斯城邦,是当时意大利的文化重镇之一。尽管语法教育、唯名论唯心主义、经院神学在当时还比较流行,但最为发达的却是法学。经世而致用,便是当时那不勒斯人文教育的基本追求。凡是著名的学院里,接受了这种人文教育的青年学子都会"满怀信心和高尚的希望,热爱从事研究","为着争取赞赏和光荣,等到知事识理的时期就关心各种实际利益"。① 维柯援尊父命,以修习法学开始了漫长的学者生涯。通过民事法庭和宗教法庭案件处理细节的研究,维柯开始探本溯源,在中世纪法学阐释家和罗马民法史学家那里去寻找"自然正义"和"人文主义"的历史踪

---

① 参见《维柯自传》,见维柯:《新科学》附录,朱光潜译,北京:人民文学出版社,1997年版,第615页。

迹，同时他还尝试将语言学与法学结合起来，探求一些关于人类普遍性的原则。维柯16岁那年，他的父亲受到宗教法庭的指控，他独立办理此案，在最高法庭上出庭辩护，赢得了这场官司。他所写的辩护词受到了当时著名法官和律师的赞赏。

法学实践的成功并没有让维柯感到满足。他发现分门别类的学术缺少融贯一体的整体性，人们极容易步入学术迷宫，而远离学术殿堂。为了高屋建瓴地把握人文学术的命脉，从整体上指导各门学术，维柯构思并写作了《普遍法律的唯一原理》(*On the One Principle of Universal Law*)，其附编即为《论法学的融贯一致性》(*On the Consistency of the Jurisprudent*)。这两部文献构成了维柯的不朽名著《新科学》的基本素材及其学说的基本框架，其追求融贯一致的努力便表现了一种"形而上学的心智"(metaphysical mentality)。

形而上学心智的偏航，一度让维柯沉湎在"近代诗歌"浮躁、华美、虚伪和渺茫的风格中。华美不实、低吟浅唱的诗歌让严肃的成人心生厌恶之情，却成为心智软弱的青年人的消遣。青春心事当拿云，少年沧桑不是一件好事，过分的严肃自然让青年人的精神日趋僵化、日渐枯竭。就在维柯沉湎于华美轻浮的"近代诗歌"时，他本来虚弱的身体遭到了肺病的威胁，家境的贫寒又遏制着他求学的渴望。应格洛尼姆·洛卡(Geronimo Rocca)大主教之邀，维柯到契伦陀(Gilento)城堡任家庭教师。契伦陀环境幽静，气候温和，维柯健康状况有所好转，在此他埋头研究民法和教规法，接受神学教育，研究深度达至"神恩"(Divine Providence)这一天主教神学的中心。

在契伦陀一住九个春秋，他在这里阅读神学著作，研讨诗艺（"诗学"），返还于罗马法和古希腊伦理学之间，思考"理想的正义"。同时，在他心里已经投射了一道神圣的曙光，那就是致力思索一种永恒的法律，这种法律的渊源在于"天意神恩"，而适合于一切时代、一切民族和一切政体。当他结束契伦陀幽居生活，返回那不勒斯，当时笛卡尔的学说已经扫荡了中世纪神学残余，而一切物理学体系都黯然失色。同时，欧洲精神界愈演愈烈的"古今之争"，自然也引起了维柯的高度重视，他圈子内外的朋友都在思考古今诗歌和哲学的价值，探索荷马在西方文化中的地位。但维柯在思想界特立独行，若闲云野鹤，不拘一家陈说，"落在一片荒野森林里凭自己的才能去摸索自己的科研大道"①。尽管当时的那不勒斯文化氛围多少有些像 20 世纪 60 年代的巴黎,"对文学的趣味就像对时装的趣味一样"②,风格流派各领风骚两三年,但维柯的思想却是求深、求高、求远——求深,即在一切民族、一切时代和一切政体之下去探索永恒的正义;求高,即在形而上学的高度上去探索天意神恩对于世俗历史、人间意志的干预作业;求远,即一头扎进邈远迷茫的古代,探索初民诗性智慧的创建力量,去发现真正的荷马。因此,维柯不愧是孤独思想家的典范,孤怀默运,独自沉吟,在那不勒斯当一位无足轻重的修辞教授而寂寞地度过了余生,靠给别人写铭文颂词和给达官显贵写歌功颂德的传记为生。直到晚年才得到奖赏,受命担任奥地利那不勒斯总督的史官。

维柯的暮年忍受这巨大的烦恼与悲伤,家境的日益贫困几乎让他丧失了安顿感。他所宠爱的两个女儿虽然让他开心,但一个放荡懒惰的"逆子"为恶不仁,最后由他亲自送进监狱,这已经让他绝望崩溃。雪上加霜,他的一个女儿遭受疾病的折磨,让他不得不忍受巨大的心灵之痛和担负巨额的医药费。当他自己的健康状况恶化,自知人间一切良药皆无效用,只好本着神意不断地祈祷。维柯平安地走于 1744 年 1 月 20 日,享年 76 岁。

二、"古今之争"——《新科学》的文化语境

维柯于 1725 年写出《新科学》,这部书名字很长,直译过来是《各民族本性的新科学原则,从中得出关于各民族自然法的一些新原则》,他还签名献给欧洲各大学。③ 这么一种姿态表现了他的"普世意识"(universalism),即他认为这门新科学及其新原则不可避免地涵摄了整

---

① 参见《维柯自传》,见维柯:《新科学》附录,第 633 页。
② 同上。
③ 维柯的《新科学》有 1725 年、1744 年两个版本,第一个版本在英文版中被称为《新科学初版》(*The First New Science*),编者为 Leon Pompa,剑桥大学出版社,2002 年版,又见中国政法大学出版社,2003 年影印版"剑桥政治思想史原著系列"。第二个版本即通行的《维柯的新科学》(*The New Science of Giambattista Vico*),英译者为 Thomas Goddard Bergin 和 Max Harold Fisch,柯内尔大学出版社,1968 年版。朱光潜先生根据这个版本翻译了中译本《新科学》,北京:人民文学出版社,1986 年版。本文所引维柯《新科学》,主要参照朱光潜先生的译本,并参考了英译本,偶尔对译文略作调整,为了行文通畅,恕不一一注释说明。

个人类。虽然将自己的学说命名为"新科学",将这门科学的原则称为"新原则",但他同时又意识到必须到遥远的神圣历史(即《圣经》)和渺远的神话传说(即荷马史诗)中去追寻这门科学的最初根源。这一"新"一"古",构成了维柯思想的深刻而且强大的张力。学说理念之"新",就在于用一种新的批判方法、用一种明确的观念和一种得体的语言形式来阐明普遍适用的自然法。学说渊源之"古",则在于把各民族的自然法的起源追溯到各(异教)民族所创设的神话及其蕴含的诗性智慧,从而描述从异教到正教、从野蛮到文化的普遍进程。所以,理解维柯思想中的这一"新"一"古"的张力,对于理解维柯在西方思想史上的地位至关重要。那么,如何理解"新科学"与"古远智慧"之间的张力呢?

观念历史或者精神历史的研究往往离不开研究对象所体现的特定时代的文化经验。20世纪60年代以来,研究者常常从意大利那不勒斯君主复辟、17世纪下半叶的政治文化生活出发来探讨维柯的问题意识以及文化危机感。但是,那不勒斯先后归属于西班牙、奥地利公国,这个城邦的文化生活与欧洲17世纪以来的历史的剧变休戚相关。① 萌芽于文艺复兴之后的意大利、集中表现于法国、最后在英国的"书籍之战"中推向高潮的"古今之争",为维柯展开"新科学"铺就了文化背景。换句或说,维柯在创设"新科学"的过程中,对"古今之争"所提出的许多问题做出了直接的回应,有些回应还超越了那个时代。无怪于卡尔·洛维特(Karl Loewith)用略带夸张的语气说,维柯远远地走到了自己时代的前面,几乎预见了当今所发生的一切。为了看清维柯的问题意识和文化危机感,对于当时蔓延于整个欧洲的"古今之争"做短促的回顾,可能是大有裨益的。

"古今之争"在知识领域和艺术领域中展开。知识领域内"古今之争"所聚焦的问题是:古人比今人更有知识吗? 而艺术领域内"古今之争"所聚焦的问题则在于:古人的艺术是否是永恒的范本? 就第一

---

① 这方面的研究著作包括:尼克里尼《那不勒斯17世纪末的公民生活、文学与宗教》,马斯特罗尼《那不勒斯17世纪下半叶的政治思想和文化生活》,以及吉奥范尼《那不勒斯的文化生活——从17世纪中叶到君主国复辟》。参见 Joseph M. Levine,《维柯与古今之争》,林志猛译,载刘小枫、陈少明主编《经典与解释》第25辑,北京:华夏出版社,2008年版,第107—136页。

个问题即知识问题而论,17世纪的哲人们自有一致意见,那就是认为知识的积累早期颠覆了古代权威,对古人的盲目崇拜无非徒添知识道路上的障碍。培根断言,知识随着年龄和经验一起积累,今人不仅成为古人而且超越了古人,同时还呈现了令人激动的进步前景和新知识的可能性。就第二个问题而论,事情就不那么简单了。古人的艺术随着文艺复兴而重现天日,自然是后人无法逾越的典范,古典主义思想家有如法国的布瓦洛、英国的蒲伯,则认为古人的典范代表了理性的光辉,古典的标准放之四海而皆准,因而艺术的本质就是"模仿"——不是模仿自然,而是模仿古代杰作。古今两派,各有遵奉:古派认定,世风日下人心不古,今人在知识和艺术方面都不如古人;而在今派看来,大化流衍唯新是从,风物尽随时变,当务之急是告别古人的权威,"适应现时代的趋向和精神"①。

青年时代的维柯就浸润在那不勒斯"古今之争"激动人心的氛围中。首先是伊壁鸠鲁的信徒哲学家伽桑迪革新古代原子论以适应现代基督教义,从而对古典知识构成了严峻的挑战,但隐含在卢克莱修的"原子论"里隐蔽的无神论的复活,以及伽利略的物理学,则构成了对现代基督教思想的威胁。其次,现代气味十足的笛卡尔主义使古代的亚里士多德主义成为一桩笑谈,并终结了所有的物理学体系而达到了登峰造极的霸权地位。古代原子论与现代基督教思想之间的扞格、笛卡尔哲学与古代思想之间的冲突,让"古今之争"日趋惨烈,宗教裁判所的介入又让新思想的宣传者成为牺牲品——维柯的朋友中就有三个人遭到迫害。第三,"古今之争"从哲学、科学、宗教蔓延到了文学艺术领域,现代通俗作家和艺术家呵父骂祖,渴望决裂经典,展开自由创造。1687年法兰西学院新神话寓言作家佩劳(G. Perrault)写诗为路易统治歌功颂德,引来了布瓦洛的尖锐反击。佩劳尚今抑古,布瓦洛厚古非今,激烈的争论很快波及整个欧洲,英国的托马斯·沃尔顿(Thomas Warton)也卷入了辩护今人艺术的争论之中,欧洲知识分子几乎都认为有必要介入争论和表明立场。最后,而且最具有刺激性的是笛卡尔及其追随者一方面对流俗的人文学科表示轻蔑,另一方面又

---

① Saint Evremont,《论古代人的诗》,参见朱光潜:《西方美学史》,北京:人民文学出版社,2003年版,第194页。

对古代智慧不屑一顾,从而发起了一场捍卫现代的双边战役,引发了维柯一代人对于文化危机的忧思。笛卡尔倡言"掌握希腊语或拉丁语并非一项比掌握瑞士语或大不列颠语更重要的责任,或者说,关于神圣罗马帝国的历史知识并不比欧洲最小国家的历史更有优先性"①,同时冷落古典作家,特别攻击古典修辞学。在忧虑与茫然之中,维柯自然会比较"古今之争"中各派的立场,以便择其善者而从之。

在维柯的知识图绘上,古代有两个迥然异趣的形态。一是中世纪经院哲学,它以古代哲人亚里士多德的哲学及其注疏为一切可靠知识的源泉。二是文艺复兴以来复活的新柏拉图主义及其古代神学。深刻影响维柯思想并令其终身景仰的作家是柏拉图、塔西陀和培根。当他的亲密朋友多理亚(Paolo Doria)谈到笛卡尔的高明形而上学时,维柯便搬出柏拉图的对话及其诗意哲理。在他看来,柏拉图和塔西陀都具有一种峻峭难攀的形而上学智慧,不过柏拉图是按照人应该有的样子去看人,而塔西陀则是按照人的实在的样子去看人。就是从对这两位古代作家的景仰中,维柯预见了他自己的那一"理想的人类永恒历史的规划",预言一切民族的兴衰荣枯,都必须经过这种理想的人类永恒的历史。如果说柏拉图是玄奥智慧的代表,那么塔西陀就是普通智慧的典范。而培根则兼有二者之长,成为真正的哲人典范。这种自我定位已经表明维柯力图超越"古今之争"对立双方的局限,养育自己独特的文化个性。自觉置身于古代与现代之间,主动游离于争论之外,让维柯既不成为厚古薄今的保守之士,也不流于唯新是从的鲁莽之徒。从"古今之争"中,维柯习得的功课之一,就是他发现了"真正的荷马"。沉入到天命靡常、邈远虚无的古代,维柯发现了"诗性的智慧":初民是以诗意的方式言说,因而是天然的诗人,同时也是异教民族的创建者。以"诗性智慧"这把神奇的钥匙,维柯发现了荷马就是整个希腊文化——《伊利亚特》和《奥德赛》的作者多么明智地把两组希腊故事编织在一起,一组属于茫然难稽的时代,另一组则属于英雄时代。荷马象征着早期希腊的青春和激情,也象征着晚期希腊的理性与严肃。荷马在语言和想象力上无疑是首屈一指的诗人,但随着神话

---

① Rene Descartes, *Discourse on Method*, in *Descartes' Philosophy Works*, eds. Elizabeth S. Haldane and G. T. Ross, New York: Penguin Classic Books, 1955, vol. I, p. 309.

（mythos）进入理性（logos），诗性的天然幻想则无奈地凋零。不过，按照维柯"远游"（corse）与"复归"（recorso）的历史学说，神话和理性也不断轮回，异教文化也周期性地重复自身。在这么一种历史观的视域下，维柯确实独行于"古今之争"战场之外，既不主张对古代典范进行拙劣的模仿，也不主张捍卫现代人的自由创造，既没有对神话想象进行过度的美化，也没有对现代理性进行过度的辩护。

三、探究人文的意蕴——《新科学》的基本命意

维柯沉湎于古代世界，不倦地在古典作家和古代文献中去发掘人文的踪迹。但仅仅沉湎于古代，决不构成其学说的新颖命意，因为文艺复兴以来艺术上的巨匠和思想上的巨子们无不渴望在古代文化的涵养下发育出旺盛的生命力，并且希望在杳渺的古代世界为新时代找到无可置疑的合法性。同时，在激动人心的"古今之争"中，仅仅持守古代或者一味追思怀想，就绝不能超越"古今之争"，克服两派偏颇的立场及其致命缺陷。那么，必须追问的是，到底是什么构成了《新科学》的基本命意从而使它的作者超越了"古今之争"双方的囿限？

我们的回答是：为人文主义争得地位，以及将历史建立在人文主义的基础上。在1709年，修辞学教授维柯在那不勒斯大学发表开学演说，热情洋溢地辩护人文主义教育。他断言，无论是关于神的学问，还是关于人的学问，都必须包含三个要素，即知识、意志和力量，而唯一的原则是"心灵"。现在看来这种论点似无新意，可是当时的情况是笛卡尔的物理学在人文学士之间的威望已达顶峰，连维柯自己也受一种时代精神或者说"集体无意识"的支配，几乎不加批判地认为"数学是科学的女皇"。笛卡尔主义所代表的新科学运动天生就携带着中世纪经院哲学的残余，同维柯心目中的"新科学"完全不可同日而语。能够让维柯心生共鸣的不是当时威仪天下的笛卡尔主义，而是早期文艺复兴时代思想家们（比如马内蒂、皮科和康帕内拉等）用诗意的语言所表达的一切：居所、城邦、都市、绘画、雕塑、科学、语言以及制度，统统都是"自主的人"所造就的。维柯在文艺复兴巨人们所投射的诗意光照中探寻人文的意蕴："如果说，上帝是自然的创造者，你也不妨说，人类精神就是一切技艺的上帝。"用一句更通俗的话说，人类精神就是一

切知识、一切技艺,甚至一切体制的创造者,人类就是自己的上帝。在18世纪头一个十年间,维柯撰写了《关于我们》(*De nostri*)和《论说古代》(*De antiquissima*)等著作,挣扎着突破笛卡尔主义强势话语所形成的精神桎梏。笛卡尔主义一度构成了维柯探索的起点,但让他越来越不满意的是笛卡尔将几何学方法滥用于诗学和修辞学,无限地扩大、抬高演绎法在知识探索中的地位。在维柯看来,在笛卡尔主义统治下,存在着一种"教育专制主义",存在着一种蔑视人文精神、压制想象活动的机械知识理论。①

笛卡尔曾经明确地断言,用空间之中存在的广延物体(比如蜡块)更能说明心灵活动的本质,而心灵自身之内那些有助于阐明心灵本性的东西,则根本就不值得去提及。而心灵本性是什么?笛卡尔说,那是我们心里的理智功能,不能通过想象、感官、视觉和触觉,而只能通过思维来领悟。② 一个空虚无物的"思维",在笛卡尔那里纯粹是指"几何学精神",而排斥了"微妙精神"。维柯对于笛卡尔的反驳是,笛卡尔的机械知识论是"coscienza",即外在观察者观察世界所取得的知识,如关于自然趋势、自然动力的知识,这种知识并非"真知"。维柯所说的"真知"("scienza"),即蕴含在逻辑、数学和诗学的产品中的真实性,完全无待于外在那个广延世界。"思维"并非一片明净的几何精神,而是由人所继承的语言、词语、形象、修辞所形成的模式。思维依凭语言,语言浸润着诗意,诗意流溢神圣的智慧,而这一切绝非笛卡尔"清楚明白的观念"所能涵盖得了的,绝非理性文化"不偏不倚的风格"所处置得了的。笛卡尔几何学法则中,明晰的真谛是枯燥;同样,在法国理性主义科学现代性里,严谨的实质是枯竭。枯燥与枯竭,就意味着非人文主义的现代教育导致了想象力被剥夺已尽。语言破碎之处,诗性不复存。维柯挣扎着为人文主义争地位,显然是源于一种现代文化危机意识。

---

① 在维柯那里,"笛卡尔受到了严厉的对待,他把几何学用于不恰当的领域,例如诗学和修辞学。笛卡尔坚信演绎法是求知的不二法门,这种狭隘的教导所产生的影响受到了谴责;这是一种教育专制主义,它压制着精神去发展另一些不同的能力和方法,尤其是想象力。"参见以赛亚·伯林:《反潮流:思想史论文集》,冯克利译,南京:译林出版社,2002年版,第135页。

② 参见笛卡尔:《第一哲学沉思集》,庞景仁译,北京:商务印书馆,1996年版,第33页。

笛卡尔主义的几何学法则主导下的知识论，虚构了一个理性的零点，在这个零点上出现了想象力的真空状态。想象力的真空，标志着现代文化陷入到了"言语僵局"的危机状态。罗森斯托克-胡絮（Eugen Rosenstock-Huessy）断定，以"言语僵局"为中心集结着现代文化危机的各种征兆。实在说来，这种文化危机已经在18世纪显山露水了，维柯的《新科学》对这种文化危机做出了部分回应。① 维柯几近预见到了人文精神在后启蒙时代必将遭遇的厄运，并试图从关注语言与诗性、文化与神话的关系开始将正在长足进展的科学引入健康的正道，而要完成这项使命首先就有必要从笛卡尔主义所代表的理性霸权下解救人文精神。

人文精神的命脉在于为历史确立一种解释方式。历史的知识不是观察到的事实，不是串联这些事实的逻辑线索，不是建立在神圣启示基础上的信仰，而是一种文化经验与心灵律动的暂时形式。首先维柯承认，在没有人文与法律的蛮荒时代，最能收服异教民族的手段是宗教。宗教蕴含着"神意"（Providence），并强行唤醒人们心中一息朦胧的神性记忆，而"发动了使残暴者从无法无天的情况到变成人道的、并凭借人道创建民族生活的转变过程"（《新科学》，178段）。这里的关键词语显然不是"神意"，而是"凭借人文创建"。按照维柯，在杳渺迷茫、脉息难求的远古时代，"人文"的含义是："由于人类心灵的不确定性，每逢堕在无知的场合，人就把他自己当作权衡一切事物的标准"（《新科学》，120段，参见181段）。人是万物的尺度，根本不是古希腊智术师（sophist）的发明，而是源远流长，一直可以追溯到异教民族的太古心态（archaic mentality）。同时，"创建"的含义就是人类自己创造世界的民族、习俗、法律与政制，比如婚姻、丧葬、乡村民俗等。可是，人类历史的节奏已经不容置疑地显示，《圣经》伊甸园故事也明白地告谕我们，原罪导致了人类从完整的正义堕落到反正义的处境中，不是"神意"而是"私欲"主宰着人类的灵魂，人像野兽一样孤独地生活。但是，"人道"的存在，"人文"与"神意"血脉同根，个体的人或者民族都有望在一个非人的世界里营造自己的家园，一如黑格尔所言——

---

① 参见 E. 罗森斯托克-胡絮：《越界的现代精神》"英文版导论"，徐卫翔译，上海：华东师范大学出版社，2007年版，第17—18页。

"在非我的世界里重新寻回自我"。在《新科学》331段,维柯充满激情地表达了他的人文信念,以及捍卫这种信念的强烈冲动:

> 但是,距离我们那么远的最早的古代文物沉浸在一片漆黑的长夜之中,毕竟毫无疑问地还照耀着真理的永远不褪色的光辉,那就是:民政社会的世界(即文化世界——引者注)确实是由人类创造出来的,所以它的原则必然要从我们自己的人类心灵各种变化中就可以找到。任何人只要就这一点进行思索,就不能不感到惊讶,过去哲学家们竟倾全力去研究自然世界,这个自然界既然是由上帝创造的,那就只有上帝才知道;过去哲学家们竟忽视对各民族世界或民政世界的研究,而这个民政世界既然是由人类创造的,人类就应该希望能认识它……

文化世界就是人类自己的创造物,历史就是文化经验和心灵节奏的暂时形式。创造历史的心灵并非几何学的心灵,而是蕴含着想象力与感性激情的微妙精神。因而,维柯学说的新颖之处、动人之在和不朽之灵在于这么一点点"人文脉息"。人文脉息贯通在历史的三种形态及其"远游"与"复归"的循环节律之中。借助于埃及古代文物的断简残章,维柯把整个以往的世界分为神的时代、英雄时代和人的时代,每个时代都对应于不同种类的自然本性、习俗、法律、政体、语言,整个人类历史就在异教民族通往文化世界的道路上展开,文化世界呈现了人文精神的伟大创造力量。

德国学者谢尔斯基(Helmut Schelsky)将维柯与马基雅维利、霍布斯、尼采以及索雷尔相提并论,认为他们都是西方思想史上伟大的政治思想家。① 但是,我认为,维柯的政治思想从属于一种诗意的形而上学,一种浸润在神话氛围中、染色人文光辉的形而上学。置于《新科学》卷首的第伯斯人色伯斯的灵界图形以及维柯对之的解说表明,凝神观照、极度狂欢的"玄学女神"高高在上地守护着人类精神界,从她的胸部反射到荷马雕像的那一道光亮,就是"诗性智慧"之光。在为人文精神争得了形而上学地位之时,维柯要用"诗性智慧"之光来烛照杳

---

① Helmut Schelsky, *Die Totalitaet des Staates bei Hobbes*, in *Archiv fuer Rechts und Sozialphilosophie*, Herausgegeben von C. A. Emge, vol. XXXI, Berlin, 1938, pp. 176-210.

渺无稽的时代人类的自我创造，从中发现"真正的荷马""神圣的荷马"。

四、诗性智慧

维柯对于人类历史的探索开始于异教民族，而在叩问异教民族的起源时，最先能倾听到的声音是诗性的呢喃。"异教各民族的历史都有神话故事性的起源"，在杳渺无稽、蛮荒无涯的时代，最初的哲人就是神学诗人（361 段）。维柯花费了近 20 年的光阴来破解历史起源之谜，最后发现异教世界的智慧是诗性的智慧，借着"诗性智慧"这把万能钥匙，终于打开了从神的时代到英雄时代再到人的时代的演变与轮回的宇宙之门。通过诗性智慧，维柯要寻找的是人类文化体制的根源和人类自我创造的终极动力因。

"诗性"首先意味"创造"，这是古希腊时代一脉流传下来的意义。异教各民族的祖先，同今天的开化公民相比，简直就是人类的儿童。面对陌生的、异己的、迷暗的世界及其强大的自然生命力，异教初民首先感到恐惧，恐惧中夹带着惊奇，而恐惧与惊奇都源自无知。但无论如何，本着他们旺盛的生命和野蛮的感性，异教初民也本能地感受到苍莽之中有"神意"存在。"维天之命，于穆不已"，苍莽万景，而人是苍莽之中最苍莽者，尽管他们在自然世界里面孤苦无助，但他们却能够"在绝望中祈求某种超自然力量来拯救他们"（385 段）。布鲁门伯格说，当"人类几乎控制不了生存处境，而且尤其自以为他们完全无法控制生存处境"的时候，他们就完全处在"现实绝对主义"（Absolutismus der Wirklichkeit）的操控之下，因而"他们早晚都可能要假定存在着一些至上权力意识（Uebermachtigkeit），并利用这种假设来解释（在每一种情况下）存在于他者身上的至上权力（Uebermachten）的偶然机遇"[①]。异教初民为了征服这种作为自己命运而威力无限的"现实绝对主义"，除了根据自己的观念去创造之外，就别无选择。首先，异教初民的创造不同于神的创造，即不能像神那样运用纯真的理智去认识

[①] Hans Blumenberg, *Arbeit am Mythos*, Suhrkamp Verlag Frankfurt am Main, 1979, pp. 1-2.

事物,并且在认识事物的同时就完成了创造。"原始人在他们的粗鲁无知中却只凭一种完全是肉体方面的想象力","以惊人的崇高气魄去创造,这种崇高气魄伟大到使那些用想象来创造的本人也感到非常惶惑"(367 段)。其次,异教初民的创造不同于文明时代理智之人的创造,"诗性的玄学"不是现代学者所用的理性的、抽象的玄学,而是一种感觉到的、想象出的玄学。初民没有概念、判断和推理的能力,却浑身是旺盛的感觉力和生动的想象力。当仰望天空,发现那里乌云翻滚,电闪雷鸣,异教初民就以己推物,远近取喻,将自己的呻吟、咆哮、愤怒、喜悦一股脑地移入头顶上的天空,把天空称为"天帝"(Jove)。初民以为,天帝就是天空之王,威权无限、威力无比,永恒地分配正义,同时还禀赋着七情六欲,时刻准备满足自己的欲望。天帝既能闪电鸣雷,又能柔情似水,所以维吉尔在《牧歌集》里有诗咏叹:"天帝寓于万物,万物皆在天帝""诗性灵魂源自天帝"。曾经在咆哮的天幕下因恐惧而战栗的人们,一旦靠天马行空、视通万里的想象虚构出一个神话,他们自己马上就信以为真。因而,凭自己的观念去创造的诗性智慧,也就是神话的智慧,神话的智慧将恐惧转化为诗意。即是在心智被启蒙之后的现代人,对宇宙间星球的和谐运转或者对磁—铁关系也还怀藏着一种神话般隐秘的同情,如同浪漫派诗人一般,将自然看作一个巨大的血肉之躯,从中可以感受到情欲和恩爱。

"智慧"是指主宰着人类求知和创造的一种心灵功能。柏拉图说"智慧使人不断走向完善"(《亚尔巴西德篇》)。亚里士多德说"凡是不先进入感官的,就不成其为智慧"(《论灵魂》)。在荷马史诗里,智慧的真意在于"分辨善恶",而后来与神圣的占卜术紧密相连。一切民族的凡俗智慧就在于按照"神意"来观照天神,从而在天神的光照下完美地实现人的血气和意志。在拉丁文的"理智"概念中,还有通过感觉秩序进入超感觉秩序这么一层含义。无论怎样,在异教诸民族中,一切智慧皆源于诗神。以诗神为源,修身齐家,经邦济世,下达明物之际,上达天人之际,举凡人间一切智慧无不是"神的学问"。神学或者神话,在维柯的《新科学》的文脉之中,都是指"在神身上寻求对人类心灵的认识""认识到神作为一切真理的泉源""认识到神是一切善的调节者"(365 段)。在维柯看来,在希伯来、希腊和基督教文化脉络中,"智慧就叫做神所启示的关于永恒事物的科学知识"(365 段)。

维柯强调指出,异教民族的"诗性智慧"的功能不止在于认识,而关键在于"创建"。认定神学诗人是最初社会制度的创建者,赋予诗人以立法者的地位,并在神圣启示和诗人创造之间去探寻自然法、普遍法、文化政体、道德规范以及永恒的理想的历史之起源,维柯便赋予了"诗性智慧"以实践性品格。正如维柯自幼就厌倦过分的"沉思的生活"而向往"行动的生活",诗性智慧首先就是一种行动的生活。但是,文化的最初创建者是诗性的主体,带有几分神秘的沉思气息,从自己心灵里唤起了神话,通过神话来唤醒蛰伏在血肉之躯里的"神意",从而让后起的创建者以潜意识的方式领悟到文化制度的本质。文化的最初创建者是实践的主体,他所创造的神话为社会制度的创立准备了前提。文化的创建因此而成为神话劳作,人类在神话劳作中通过想象的形式来理解自己的欲望与需要,驱除"现实绝对主义"的恐怖与威权,还借着这些神话所奠定的生活形式与制度模式来规定自己的生命活动。制度渊源于神话,神话出自诗人,诗人近乎神圣,按照诗性的逻辑,一切制度均为"神授",甚至制度就是神本身。

> 诸天神的寓言就是当时的历史,其时粗鲁的异教人类都认为:凡是对人类是必要或有用的东西本身都是些神。这种诗的作者就是最初的各族人民。我们发现他们全是些神学诗人。据说他们确实是些用关于诸天神的寓言来开创了诸异教民族。根据上述新批判法的一切原则,我们研究在什么特定的时期,在某种特定的场合,异教世界中最初的人们感到人类的必须和效用,凭他们自己虚构出而且信仰的那些可畏惧的宗教,先想象出某一批神,后来又想象出另一批神。这些神的神谱或世系是在这些原始人心中自然形成的,可以向我们提供一部关于神的诗性历史的时历。(7段)

溯源到异教诗人文化创建的社会制度,就仿佛神话通过流传而持久地唤醒后代文明人的敬畏与仰慕之情。人们记诵神话,同时又敬畏文化制度,并对创建社会理想形式的诗性智慧怀着一种宗教般的虔诚。人们相信,正是那些神学诗人(神话)诗人,在杳渺无迹、苍莽无涯的世界,筚路蓝缕,把人从混沌无序的世界中引领出来。人们还相信,文化最初创建是神圣的历史,异教初民在融入这一历史的过程中觉醒了,并认识到人性就是神性。最后,人们相信,诗性智慧许诺了一种永恒的理想的历史形态一定会降临于人间。

诗既然创建了异教人类,那么,一切艺术都只能起源于诗。异教初民就是最早的诗人,最初的诗人都凭借自然本性成为真正的诗人。维柯特别强调的"自然本性",是指异教初民的那种浑身充满强烈感觉力和广阔想象力的心灵状态。"他们对运用人类心智只有一种昏暗而笨拙的潜能"(6段),但"推理力愈薄弱,想象力也就成比例地愈旺盛"(185段)。儿童总是把无生命的东西当成有生命的东西,把无情感的东西看作有情感的东西,同样,洪荒世界的异教初民也通过一种自我拟类的方式把陌生的世界人性化。春秋代谢,草木荣枯,星移斗转,阴晴圆缺,无不被看作是超自然力量的表现,无不看作是天神喜怒哀乐的面孔。在科学昌明的时代看来,这一切都"不真实",但这一切都是想象的真实,而想象的真实就是诗性的真实。在维柯看来,"诗的最崇高的工作就是赋予感觉和情欲于本无感觉的事物"(186),而这种崇高的作用全然仰赖"诗性的逻辑"。

"诗性的逻辑"就是想象的、情感的、形而上学的逻辑。首先,诗性的逻辑是想象的,即异教时代的神学诗人用"诗性的文字"(poetic characters)来交谈,而所谓"诗性的文字"就是某些"想象的共相"(imaginative generality),"是由他们的想象力形成的生物、天神或英雄形象,把同类中的一切物种转化为想象的类型"。其次,诗性的逻辑是情感的,因为初民以己度物,以比喻的方式来谈论天地万物,使无生命、无情欲的事物印染上了生命与情欲,风含情,水含笑,植物可以呢喃地恋爱,星球可以淫荡地交媾。"万物皆有托,孤云独无依",或"相看两不厌,惟有敬亭山",中国古代诗人似乎总是在印证维柯的"诗性逻辑"。第三,诗性的逻辑是形而上学或者玄学的,因为最初的诗人是神学诗人,神学诗人将大部分物体想象为神的实体,诗也就凭借诗性逻辑来指明神的实体的意义。

诗性逻辑产生了诗的各种比喻、诗性的奇形怪状,以及诗歌形象的各种变形。首先,诗的各种比喻(tropes)直接渊源于诗性逻辑,其中最重要的是"隐喻"(metaphor)。"最初的诗人们就用这种隐喻,让一切物体成为具有生命实质的真事真物,并用以己度物的方式,使它们也有感觉和情欲,这样就用它们来造成一些寓言故事。"(404段)隐喻的表达方式是用人体及其各个部分、用人的感觉和情欲来构造的,如用"手臂"指代"海湾",用"腹部"指代"大地",用"咆哮"形容"狂风",用"呢喃"形容"植物的声音"。通过隐喻,最初的诗人无意识地把自己当成权衡世间一切事物的标准,从而把自己变成了整个世界,但这种想象的形而上学是"凭不了解一切事物而变成了一切事物"(404段)。"举隅"(synecdoche)和"转喻"(metonymy)也是诗性逻辑的产物。它们源自最初诗人用最具体的感性形象给事物命名,当以局部代替全体或者以全体代替部分,就出现了"举隅"。用行动主体代替行动,用行动主体代替形状或偶然属性,用原因代替结果,就产生了"转喻","转喻"有时也会产生一段寓言故事。"举隅"和"转喻"亦可转化为"隐喻",条件是把个别事例提升为共相,或者把某些部分和形成总体的其他部分结合在一起。

　　维柯比喻形态表上最后一个形态是"反讽"(irony)。"反讽当然只有到人能进行反思的时期才能出现,因为反讽是凭反思造成貌似真理的假道理。"(408段)维柯说,从"反讽"这一诗性逻辑形态之中,涌现出了人类制度的一项基本原则:异教世界的初民想象的寓言故事不是伪造的假道理,而必然是"忠实的叙述"。相反,当人类具有了反思能力之后,一切真理都遭到了怀疑。正如晚期罗马帝国"民众政体腐化""各派哲学堕落",怀疑主义甚嚣尘上,虚伪的修辞漫天飞舞,渊博的迂腐之士诽谤真理(1102段),反讽就应运而生,超越了比喻形态和修辞手法,而"标志着最终崩溃的意识模式"。反讽的本意是正话反说,反话正说,言此意彼,在表面的真理中拷问深度的谬论,其意义在在可言和不可言、可解与不可解之间。19世纪德国浪漫主义祖述希腊智者,将反讽规定为一项哲学原则,用以解释生命自相矛盾的绝境。存在哲学的先驱者之一,丹麦哲人克尔凯郭尔以苏格拉底为中心考察反讽从智者到德国浪漫主义的语义变迁,最后将反讽规定为生存的本质——"没有反讽就没有真正的人生"。20世纪文学批评家弗莱从文类的历史角度将"反讽"规定为"悲剧的非英雄残余",其核心主题是"令人迷惘的失败"。在20世纪后期的新历史主义者手中,"反讽"成为一种组建历史的语言学模式。海登·怀特(Hayden White)说:"反讽最终倾向于文字游戏、倾向成为语言的语言","把世界想象成陷入一个语言制成的牢笼"。① 所有这一切关于"反讽"的说法,无不与维柯的诗性逻辑及其比喻形态有直接或者间接的关联。

此外,诗性逻辑还包括"诗的奇形怪异"(poetic monsters)和"变形"(poetic metamorphoses)。初民没有能力将形式与特性从主体中抽象出来,因而就必须先把一些主体摆在一起,才能把主体的各种形式摆在一起,或者先毁灭一个主体,然后才能把这个主体的首要形式和强加于和它相反的形式分离开来。这样,相反的观念、相反的形象并置在一起就造成了诗的奇形怪异。同理,把一切观念分别开来,就造成了诗的变形。

诗性逻辑所产生的比喻形态及其诗的怪异与变形,并非后代诗人的巧妙发明,而是一切原始的诗性民族所必需的表现方式。诗性逻辑帮助人们了解到,诗性的语言持续了很久、很久才进入历史时代,就像长川巨流持续汇入大海。在诗性智慧之光的烛照下,顺着诗性逻辑去追寻语言的起源,维柯发现最初的语言就是诗的语言。依据埃及人的文物残片,维柯将历史三分——神、英雄和人的时代。与神的时代对应的语言,是用象形文字的、宗教的或神圣的语言。与英雄时代对应的语言,是象征的语言,用符号或英雄们的徽纹的语言。与人的时代对应的语言,是书写的,供相隔有些距离的人们用来就现实生活中的需要互通消息时所用的语言。语言文字的起源,势必被追溯到神的时代。最初的语言,势必就是异教世界初民用来互相交谈以及和神交谈的语言。关于语言的诗性起源,维柯论说了三点:第一,异教世界的原始人都凭一些有生命而哑口无言的实体,凭想象来构思成事物的意象或观念。第二,他们都通过与这些意象或观念有自然联系的姿势或具体事物去表达自己。第三,他们因此是用一种具有自然意义的语言来表达自己。想象、具象和自然意义,构成了诗性语言的基本特征,而这些特征同比喻的"隐喻"形态紧密相关。

根据维柯的观点,原始民族无不具有诗性智慧。据此,我们希望对比"隐喻"的诗性智慧与中国古典的"兴辞"的诗性智慧来结束这一节讨论。"兴辞"之"兴",是"诗可以兴"的"兴",是"赋比兴"的"兴"。

---

① 海登·怀特:《元史学:19世纪欧洲的历史想象》,陈新译,南京:译林出版社,2004年版,第318页。

朱自清说,《毛诗训诂传》里的"兴也"具有"发端"和"譬喻"(比喻)二义。其实,"兴"之最深层的含义是指一种复杂而隐晦的比喻(隐喻)。故中国人讲"兴辞",西方人讲"隐喻",从各自的视角揭示诗歌语言的基本特征。"兴辞"的完整规定出自唐孔颖达的《毛诗正义》卷一:

> 兴者,托事于物。则兴者,起也。取譬引类,起发己心,诗文诸举草木鸟兽以见意者,皆兴辞也。

中国古代诗人首先俯仰宇宙,与万物同其节奏。然后"观物取象",以草木鸟兽等自然事物来表达自己,从而将自己变成了整个世界,将整个世界变成了自己的血肉之躯。所以,诗性语言能追光蹑影,通天尽人。叶燮《己畦文集》卷八《赤霞楼诗集序》里写道:

> 尽天地万事万物之情状者又莫于诗。彼其山水云霞、人士男女、忧离欢乐等内而外,更有雷鸣风动,鸟啼虫鸣,歌哭言笑,凡触于目,入于耳,会于心,宣之于口而为言,惟诗则然,其笼万有,析毫末,而为有情者所不能遁。

诗人寄情于自然事物,从而将万事万物变成了"兴辞",诗人率性而发,因其自然本性而成为诗人。尽管"隐喻"的诗性智慧和"兴辞"的诗性智慧在"想象""具象"和"自然"三方面都不无可比性而构成诗性语言的特征,但值得注意的是,中国的兴辞智慧重感发与表达,而西方的隐喻智慧则更重体验与创建,在维柯那里,诗性智慧就是一种创建民族和历史的智慧。此外,中国的"兴辞"智慧重情感的表达,成为传统抒情美学规范的基本要素,而西方的"隐喻"智慧重想象的虚构,因而演化为传统叙事美学规范的基本要素。

总之,诗人是异教民族的创建者,"诗性智慧"表达了一个民族的政治意识,诗人靠诗性的逻辑创建了一个"想象的共同体"(imagined community)。按照维柯的学说,一个民族的历史发轫于诗,政治随而从之,而一种理想的永恒的历史境界蕴含于诗性之志业中。而在中国古代,"诗"本为"寺边言语",后来又被赋予了天地之心、护国之灵与立身之本的意味。纬书《诗含神雾》对中国诗学的开山纲领"诗言志"展开了一番几可比拟于维柯诗性智慧的阐释,而重点强调了"诗"的承负世道、匡扶正义、教化人心的作用。"诗者,天地之心。……诗者,持也,以手维持,则承负之意,谓以手承下而抱负之。在于敦厚之教,自持其心,讽刺之道,可以扶持邦家者也"(《纬书集成·诗含神雾》)。所谓"诗学",并非"作诗技巧",并非"诵诗秘诀",而是民族共同体立言之道。所谓"经学四教,以《诗》为宗,孔子先作《诗》,故《诗》统群经"(廖平《知圣篇》),说的就是诗对于一个民族的政治文化意识之养育具有不可置换的作用。

五、发现荷马

传说生于基俄斯(Chios)小岛上的盲诗人荷马及其创作的诗篇,开启了希腊和欧洲文化的一脉传统。荷马史诗与《圣经》一起构成了希腊—犹太—基督教文化的渊源,后人进一步把荷马的"传说性故事"与《圣经》的历史意识、荷马的"神话"与《圣经》的"教义"区分开来,同等地视之为构成西方文化精神的互补要素。① 但荷马究竟是什么人?他是一个神圣的预言者,还是一个未开化的诗人?是一个像柏拉图、苏格拉底一样充满睿智的圣哲,还是一个粗鲁野蛮、热情狂暴、反复无常的儿童?还有,荷马的《史诗》两部——《伊利亚特》与《奥德赛》,不仅在时间上相隔近3个世纪,而且其风格全然不同:《伊利亚特》全篇生意蓬勃,富有戏剧性动作,而《奥德赛》以叙述为主,还描述了足智多谋、暮气横秋的人物。柏拉图在《王制》(旧译《理想国》)里断言,荷马赋有崇高的玄奥智慧,亚里士多德在《诗学》中说荷马用诗来说谎,而且说得就跟真的一样。罗马修辞学家朗吉弩斯在其《论崇高》之中提出解决办法是,《伊利亚特》是荷马才华全盛时期即青年时期的作品,而《奥德赛》是荷马晚年的作品,犹如落日,壮观犹存但光华已逝。但这一切都是如何可能呢?如何解释荷马作品雄奇瑰丽的风格、荷马思想中崇高玄奥的智慧以及荷马史诗中对野蛮、残酷、暴戾的呈现?

从地志学、编年史、文献学等角度显然无法解释"荷马之谜"。比如荷马的野蛮村俗与自然情感,荷马对野蛮的嗜好,荷马笔下那些借酒浇愁、醉态可恶的英雄,还有那些诗句之中从野兽和野蛮事物中借来的比喻,如果依据启蒙运动的文化理想,那简直就是野蛮时代的印

---

① 参见埃里希·奥尔巴赫:《摹仿论——西方文学中所描绘的现实》,吴麟绶等译,天津:百花文艺出版社,2002年版,第一章、第二十章。

记。再如荷马的故乡究竟在哪里？考据学家的说法已经不下于 7 种，但除了能肯定荷马是一个最早的古代作家之外，这些考据学简直是在白费力气。另外一些附和柏拉图意见的哲人，凭着一厢情愿的想象，认为荷马的伟大史诗以它的崇高而激起反响，因而他一定和柏拉图一样具有深邃、睿智的哲人心灵。但这种假设马上又遭到了史诗语言的否证：君不见史诗中那些卑劣的语句、村俗的陋习、粗野的比喻、残酷的场景以及放纵的激情么？

维柯从"诗性逻辑"去接近真正的荷马。从形而上学的角度将荷马看作一个民族的创建者，而这个创建者天然就是诗人。"按照诗的本性，任何人都不可能同时既是高明的诗人，又是高明的玄学家，因为玄学要把心智从各种感官方面抽开，而诗的功能却把整个心灵沉浸到感官中去；玄学飞向共相，而诗的功能却要深深地沉浸到殊相里去。"（821 段）荷马天生就是诗人而非玄学家，或者说充其量也只是个诗性的玄学家。诗性的逻辑同理智的逻辑断然有别，主宰前者的是"神话"，而主宰后者的是"理性"。在"神话"之中，诗性逻辑就是想象的逻辑，想象越强大，诗性逻辑越自由，因而诗的风格也越真率、朴素和野蛮。① 维柯对于前人论说的回答是：恰恰因为野蛮任性，荷马史诗才够得上史诗，荷马才配作为一个民族的最初创建者。

作为一个民族的创建者，"荷马纯粹是一位仅存于理想中的诗人"，虽然不曾作为具体的个人在自然中存在过，但他确实"是希腊人民中的一个理想或英雄人物性格"（873 段）。荷马虽然迷失在希腊人民中，但他依然是一位诗性的历史学家，神话故事在起源时都是真实而严肃的叙述，叙述着一种异教民族自我创建的诗性历史。原始时代产生了原始的知识，它们是粗野心智的投射，在敬畏、罪恶、恐惧的基础上通过幻想产生出"想象的共相"，塑造反复无常、暴戾凶残的神灵形象。随后，异教初民又创建了婚礼、丧葬之类的风俗制度，由这些风俗制度保护着人类的种族特征，形成了稳定而持久的历史。从神的时

---

① 参见贝内代托·克罗齐：《美学或艺术和语言哲学》，黄文捷译，北京：中国社会科学出版社，1992 年版，第 35 页。克罗齐说，维柯并没有在诗歌与历史之间做出清晰的区分，因而将神话的本质理解为"真理呈现在异教初民面前时那种自然产生的图景"，并且把想象看作意识的创造性模式。参见 B. Croce, *The Philosophy of Giambattista Vico*, translated by R. G. Collingwood, New York: Russell and Russell, 1913, p.281。

代到英雄时代,从英雄时代到人的时代,意味着诗性智慧过渡到科学智慧,从神话过渡到逻各斯。但历史在"远游"之中"复归",文化总有一种萌芽、生长、成熟、衰败的节奏,永恒的理想的历史同荷马的诗意言说后会有期。后代的一切哲学、诗学与批评,都永远不能创造出一个可望荷马后尘、可望荷马项背的诗人。真正的荷马,就是希腊政治体制或文化的创建人,是一切诗人的祖先,是一切流派的希腊哲学的源泉。最为重要的是,维柯断定,荷马是流传到现在的整个异教世界的最早的历史学家,他的两部史诗——《伊利亚特》《奥德赛》——应该作为古希腊习俗的两大宝库而受到高度珍视。可是,在历史上,荷马史诗却像罗马十二铜板法一样一度湮没。十二铜板法被认为是由梭伦为雅典人制订的法律,后来为罗马人接纳过去,从此拉丁部落自然法的历史就如沉大海,湮没无闻。同样,荷马史诗也被认为出自一人手笔,被归属于一位罕见的天才,完美的诗人为表达其崇高奥秘的智慧而炮制了这么一部杰作,从而让希腊部落自然法的起源湮没无闻,迷失在史诗的粗野、残暴的场景与自然素朴的语言中。

尽管维柯对希腊文化的解释启发了浪漫主义的新神话和审美主义,但维柯的解释重点不在于诗,而在于政治制度。他穿越历史迷雾而一头扎进杳渺无稽的古代,为的是探寻文化制度的渊源,在他那里,就是"部落自然法"的渊源。奥尔巴赫在比较了浪漫主义与维柯的取向之后指出,"浪漫的民间天才的想象产生了民间传说和神话传统,而维柯式的巨人和英雄的想象则产生了象征制度的神话"[①]。我们可以补充说,维柯所发现的真正的荷马,是希腊文化的象征。荷马作为希腊民族的创建者,必然穿越雅典繁荣与没落的岁月,因而他像《伊利亚特》里的英雄一样年轻率性,又像《奥德赛》里的主人翁一样深谋远虑,而且他的眼睛里布满了岁月的苍凉暮色。

六、维柯作为浪漫主义的渊源之一

维柯是公认的 18 世纪最具有原创性的思想家之一,众多的思想

[①] Erich Auerbach, *Vico and Aesthetic Historicism*, in Gesamelte Aufsaetze zur Romantischen Philologie, Bern, 1967, p.272.

家对他的《新科学》偏爱有加,推崇备至,利用其中的思想资源,构建包罗万象、涵盖古今的思想观念。鉴于维柯大胆地对文化历史做出了宏大构想,有人称他为马克思的先驱;鉴于维柯预言了文化必定极盛而衰,有人又尊他为保守派的鼻祖。法国革命后,像米什莱(Jules Michelet)之类的历史学家认为,维柯所描绘的历史图景为判断法国革命传统提供了参照系统,《新科学》被当作1830年7月革命的"圣经";同时,像迈斯特(Joseph de Maistre)之类逆革命潮流而动的思想家,则援引《新科学》警告暴力革命会导致社会蜕变。而在一个世纪之后,社会理论家索雷尔(Georges Sorel)在《新科学》所投射的灵知光影下继续建构"社会神话",并试图为正在走向没落的现代文化寻找一种历史方向感。但是,作为人类精神历史上一名开山者和"诗性智慧"的辩护士,维柯最深刻地影响了欧洲浪漫主义运动。维柯的诗性智慧和历史循环论甚至还在文学现代主义运动中遥遥回荡。①

德国古典学家维拉莫维茨(Ulrich von Wilamovitz-Moellendorff)敏锐地观察到,"维柯在许多方面都预示着赫尔德的观念,在一定程度上浪漫主义运动强调了个体向群体转变的重要性,强调从有意识创造到不受个人感情影响的进化之转变的重要性,强调从文化的最高成就到文化卑微起源转变的重要性,由于维柯第一次适当地理解了宗教与神

---

① 比如爱尔兰作家詹姆斯·乔伊斯就根据维柯的历史循环论作为其小说《芬尼根的守灵夜》的结构原则。小说开头的一句话是:

    Riverrun, past Eve and Adam's, from swerve of shore to bend of bay, brings us by a commodius vicus of recirculation back to Howth Castle and Environs. (Finnegans Wake, New York: Viking Press, 1964, p.1)

从字面上勉强翻译过来,就是:

    河水流淌,流过夏娃和亚当的教堂,从突兀而出的河岸进入深阻的海湾,沿着宽阔的维柯环形大道,引领我们回归于霍斯城堡和邻近的一带地区。

其中"vicus of recirculation"直接暗示了维柯的历史循环理论,整个句子显示了循环意识,利菲河流过教堂、流过河岸与海湾、经过环形大道,然后回归于城堡附近,隐约暗示着"神"的时代、"英雄"的时代、"人"的时代,以及向异教时代的回归。学者Clive Hart还描绘了《芬尼根的守灵》的结构图表,发现这部小说在结构上呈现为一种"3+1"的重复结构,暗示三个时代及其回归。乔伊斯以当代都柏林酒馆老板Earwicker一家的故事为框架,建构了一个具有高度普遍性而又循环往复的人类时空模式。参见Clive Hart, *Structure and Motif in Finnegans Wake*, Evanston: Northwestern University Press, 1962, p.17ff. 中国学者戴从容在其专著《自由之书》(上海:华东师范大学出版社,2007年版)里也注意到了维柯与乔伊斯的关系,尤其是"迷宫中的小宇宙"一章,集中研究了这部小说的循环结构。

话而成为浪漫主义运动的先驱者。"①德国哲学家布鲁门伯格断言:

> 浪漫主义反对启蒙哲学,自赫尔德和维柯以降,同时还有一种假设,那就是人类早期世界乃是儿童一般天真的诗化世界。浪漫主义的立场和假设并不一定呈现为一部衰落的历史,一部始于黄金时代、通过白银时代、青铜时代和黑铁时代等一系列衰落阶段的历史,但它却不可避免地发展为这样一个主题——为了复活以及更新那些因为衰败而尘封在历史深处的早期时代的成就,至少就必须具有伟大的谋略、巨大的努力以及精深的技艺。在浪漫主义的历史行程中,这一直必须延续到原始的诗歌成为原始的启示、原始的启示必将被复活的时刻。②

浪漫主义的神话既是一种"理性的神话",又是一种感性的宗教。它代表着一种更高的精神,旨在"使理念变得富有审美性""使神话变得富有哲理",从而在人间建立一种新宗教,这种宗教必将成为最后、最伟大的人性杰作。③ 这是谢林、荷尔德林、黑格尔联合制订的《德国唯心主义的最早纲领》之中所构想的人类精神至境,也就是德国早期浪漫主义的宣言。这篇大约落墨于1796年左右的重要文献,同小施莱格尔(Friedrich Schlegel)1800年的《关于神话的谈话》一起,"不仅铸造了浪漫主义神话境界,而且还把神话概念从敌对于启蒙的历史衰落趋势中解放出来了"④。正如卡西尔所说,维柯"历史哲学"的真正贡献,并不在于他有关历史过程及其个别阶段的韵律性之具体主张,而在于他率先提出了"人类自我创造""民族自我创建"的主题,"人类只于他所创造的领域之中有所了解……只能于精神的世界中自我实现"⑤。人类最初的原创获动,不是别的,正是凭借想象展开了诗性的创造。在浪漫主义那里,诗性的创造乃是融合了神意与人文的"文化"

---

① 维拉莫维茨:《古典学的历史》,陈恒译,北京:三联书店,2008年版,第131页。
② Hans Blumenberg, *Arbeit am Mythos*, Suhrkamp Verlag Frankfurt am Main, 1979, z. 70.
③ 参见《荷尔德林文集》,戴晖译,北京:商务印书馆,1999年版,第281—283页。
④ Hans Blumenberg, *Arbeit am Mythos*, z. 70.
⑤ 卡西尔:《人文科学的逻辑》,关子尹译,上海:上海译文出版社,2004年版,第14—15页。

(Bildung)。① "文化"就是教化,或者"人文化成"就是人性的审美建构和历史的诗性创造。小施莱格尔说,"文化,或者教化,为善之至境,为众价之尊"②,这就把"人文化成"提升为人类活动的终极目标和完美目标,从而持存着维柯《新科学》所预设的"永恒的理想的历史"范型。

维柯关于诗性创造的观点,激发了浪漫主义对于想象的狂热崇拜。异教初民创建世界,所凭借的不是逻辑推理,而是想象的共相,因而维柯断言:伟大的诗人诞生的摇篮不是深沉的逻辑思想,而是想象的蛮荒世界。艺术应该摆脱理智、知识的理性限制而获取自由,在直觉的想象活动中获取巨大的生命力,这同样也是浪漫主义者的追求。华兹华斯用他的长诗《序曲》描绘了诗人想象力发展的历史,柯勒律治在他的《文学生涯》里强调"想象力"就是"塑造形象的能力",雪莱在他的《为诗一辩》中把想象定义为综合的原则,将诗歌定义为"想象力的表现",断定诗人的最高境界是与"永恒、无限和万物本身相融合"。K. D. 索普在评价济慈的诗学精神时,如此总结关于"创造性想象力"的陈述:"一种洞察、调和以及结合的力量抓住旧有的东西,透过其表面,解放沉睡在那里的真理,经过重新组织,又化作一个重新创造的、披着华丽盛装和充满艺术力和美的大千世界。"③

历史的深层是诗意,历史的进程与复归同一,这两个观念构成了维柯历史观的内涵,而这种内涵也再现在浪漫主义的历史意识之中。在浪漫主义诗人那里,世俗的历史与救恩的历史紧密关联,时间中的事件模仿神圣的秩序,正如在维柯那里诗人立法呈现了神圣意志,神

---

① Christa Davis Acampora 在《尼采与荷马竞赛》一文中指出,"Bildung 是一个比喻性的词汇,曾被用来描述朝向与上帝合一、变成完全整体的目标的进步。这是一个追求完善的过程,一种超越冲突和混乱、超越生命的各种脆弱性的活动。德国浪漫派利用和调整这一用语,将其用于世俗的目的,Bildung 开始具有'形成、教育、构成、养成、文化、人格发展、学习、知识、良好教养、文雅'等等含义,以及其他更多含义。"Acampora 举例说,诺瓦利斯的小说《海茵利希·冯·奥夫特丁根》中指出,"Bildung 是一种通向高涨的创造性力量,这种创造性力量反过来又等同于所有存在的根本原则。"见刘小枫选编:《尼采与古典传统续编》,田立年译,上海:华东师范大学出版社,2008 年版,第 14—15 页。

② Frederich G. Beiser, *The Romantic Imperative: The Concept of Early German Romanticism*, Cambridge, Massachusetts, and London, England, 2003, pp. 88-105.

③ 参见 R. 韦勒克:《文学史上的浪漫主义概念》,见《批评的概念》,张金言译,杭州:中国美术学院出版社,1999 年版,第 175 页。

圣意志授意诗人立法。荷尔德林在翻译索福克勒斯的悲剧时发现,旷古时代的时间是"闲暇的时间",而堕落后的时间则是"分裂的时间"。在分裂的时间因思念家园而憔悴的诗人,踏着悲剧的节奏还乡,就是渴望与"神圣的时间"融为一体。丧失了青春温柔而忧郁寡欢的希腊流亡者许佩里翁,在写给贝拉明的信中表示,他要在"荷马的出生地,采集祭奠的鲜花,抛洒到神圣的流水中",体验与万有合一的心旷神怡的时刻。① 不难看出,在浪漫主义诗人心中,历史乃是诗人为一个民族创建的家园,历史的本质是诗意、想象、激情和生命。同时,历史进程是"远游"与"复归"的同一:相对于神圣意志主宰下的闲暇时间,世俗意志所造成的分裂时间是远游,但人类的创造必然朝着神圣时间的复归,恰如音乐的变奏相对于主调是远游,但不断回复到主调又是复归。人生如逆旅,安处是吾乡。但浪漫诗人无时不在为家园憔悴,似乎此生此世的生活都无非是为彼岸彼土的神圣做准备,而对彼岸彼土的神圣的瞩望便给予诗人以永不枯竭的创造动力。浪漫的历史观即期待神圣的历史观,隔着一个多世纪而回荡着维柯永恒的理想的历史意识。

综上所述,浪漫主义的新神话、想象观和历史观,都直接或者间接地承继着维柯的诗性智慧学说。而从浪漫主义开始,贵族时代的古典主义随着歌德的《浮士德》而渐渐黯淡,一种朝向内在的文学呈现出人类灵魂的深度,一种同民主时代相联系的文学在历史中登堂入室,诗人们带着异教的灵知,以神话的方式呼唤生活变革。② 于是,19世纪到20世纪,一场个人主义和极权主义的持久战争就波澜壮阔地展开了。这已经应验了维柯关于"混乱时代"的预言。

---

① 荷尔德林:《许佩里翁》,参见《荷尔德林文集》,第18页。
② 参见哈罗德·布鲁姆:《西方正典》,江宁康译,南京:译林出版社,2005年版。该书用维柯的历史学说将欧美文学历史分为"贵族时代""民主时代"和"混乱时代"三个阶段:第一阶段以但丁、莎士比亚为代表,终结于歌德《浮士德》第一部;第二阶段以华兹华斯为开端,以狄更斯、托尔斯泰为代表;第三阶段以弗洛伊德为开端,代表人物有乔伊斯、普鲁斯特、贝克特、博尔赫斯等。笔者引用的观点,参见该书第9章。

异教神话审美主义的残像余蕴
——温克尔曼的艺术史观

一、缅怀古代的启蒙巨子——温克尔曼生平

19世纪后半叶的德国艺术历史学家、多卷本《希腊文化史》的作者雅各布·布克哈特在《旅行指南》中写道:"在亚得里亚海的高处,在鱼骨松树丛之间,埋葬着一位伟人的骨灰,艺术的历史首先要归功于他的比较方法的钥匙,还有,归功于他本人的存在。"这位"伟人"不是别人,正是布克哈特事业的先驱者、德国启蒙时代的巨子、艺术史家和考古学家温克尔曼(Johann Joachim Winckelmann, 1717—1768)。①

温克尔曼出身于德国小镇施腾达尔(Stendal)的一个小手工业者家庭,在寒微的家境中长大。少年温克尔曼表现出对宗教神学的批判意识,以及对古希腊历史的迷恋。温克尔曼在柏林著名的凯林中学(Coellnische Gymnasium)就学,当时的柏林文化界在法国理性主义的笼罩下,在"希腊崇拜"(philhellenism)的时代氛围的浸润下,青年温克尔曼养育了尚古之心与怀古之志,古希腊的泛神论、自然宗教、民主制度、城邦智慧,当然还有幻影一般的古代艺术,都让温克尔曼情有独钟。当时,德国最高的学府乃是建校于1694年的哈雷大学(University of Halle),温克尔曼援尊父命,在哈雷大学研修神学。在温克尔曼步入哈雷大学神学院的时候,神学界已经在酝酿着启蒙气象:占据主导地位、影响最大的是"虔诚派"(Pietism)神学,但这一占主导地位的神学遭到了英国"自然神学"(natural theology)的挑战。"虔诚派"神学与

---

① 以下关于温克尔曼生平介绍参考了邵大箴《温克尔曼及其美学思想》,载《希腊人的艺术》,桂林:广西师范大学出版社,2001年版,第1—23页。

德国宗教改革时代的路德主义、英国清教主义相联系,强调"唯凭信仰",提倡"个人虔诚",主张过严酷的基督徒生活。自然神学则起源于一种严格的理性主义哲学体系,旨在驱除宗教中的神秘、奇迹和秘密,用知识之光来照亮宗教。温克尔曼少年时代所形成的对宗教神学的冷漠和怀疑心态,让他感到自然神学更有亲和力。自然神学对于《圣经》教条、神迹的批判,更强化了温克尔曼心中的泛神论意识,往后他对希腊艺术的把握,就没有完全脱离泛神论视野,歌德直截了当地把他称为"泛神学者"。

大学毕业后,温克尔曼在离家乡不远的塞戈乌森小城的一所小学里任副校长。他企图用自然神论的思想影响学生,开拓学生的视野,当即招来了家长们的抗议和各方面的谴责,而被免去职务。启蒙的挫败感让他深深地领悟到普鲁士专制主义所造成的奴役比想象的要严重百倍,而这一段悲惨和沉重的岁月又给他的学者生涯投上了挥之不住的阴影。现实启蒙举步维艰,理性主义别无良策,他只得一头扎进古希腊文化的幻美世界之中,以隐微的写作来曲折地表达对理性的崇拜、对民主的向往、对自由的渴望。希腊神话英雄、悲剧作家塑造的形象、柏拉图和希腊人的"友爱"模式,都成为温克尔曼表达启蒙意识的象征性符号。缅怀古典,希望从已经烟消云散的古人的生活方式中找到现代启蒙的根据,这构成了温克尔曼事业的起点。

1748年,应著名历史学家、昔日萨克森朝廷显贵比瑙(Bühnau)伯爵之邀,移居到德累斯顿附近,做伯爵的图书管理员。为给正在撰写《德国史》的伯爵查阅资料,温克尔曼博览群书,接受了当时激进民主主义者托马斯·戈登、启蒙主义者伏尔泰等人的影响。他渐渐形成了对于古典文化的基本看法:古代的衰败、艺术的没落始于对政治自由的侵犯。同时,萨克森这片昔日辉煌的土地,亦让温克尔曼获得了一种家园感。这里不仅被誉为德国社会改革的摇篮,而且还涌现了哲学家莱布尼兹、文学家克罗卜斯托克、启蒙思想家和作家莱辛、世界文豪歌德等文化精英,尤其还有德累斯顿丰富的文化艺术遗产。寻找艺术的源泉,必须到雅典去,但温克尔曼觉得德累斯顿就是当时的雅典。对于德累斯顿的艺术收藏,温克尔曼不喜欢浮华、艳丽、铺张的巴洛克风格和贵族趣味,却对拉斐尔的古典风格十分着迷。同德累斯顿古典主义者交游,温克尔曼渐渐认识到:要把握艺术的秘密,就必须研究古代文物,体验古典精神。

1754年,温克尔曼皈依天主教,在德累斯顿度过了其事业的奠基之年。他写作了《关于在绘画和雕刻中模仿希腊作品的一些意见》及其解释,将法国理性主义运用于艺术史研究,初步提出了古典美学的一系列原则,形成了他自己的美学基本观点,从而奠定了他作为18世纪初古典主义复兴之代表人物的地位。"画笔浸润理性""唯有模仿古人",这就是他制订的古典主义美学法则。"高贵的单纯,静穆的伟大",这就是他对古典艺术精神的认识和简洁概括。"宁静",是他对古典精神的独特感受,也是他艺术史著作的主题词。

1755年,温克尔曼到达罗马,罗马的考古热在当时堪称欧洲之最,温克尔曼陶醉于罗马的自由,流连于罗马的城市建筑、异国情调和古代遗迹,还受到罗马教皇的宠爱,后被任命为罗马教廷"古代文物总监"。受斯托塞男爵之邀访问那不勒斯,他成功地编辑了文物收藏目录,成为欧洲古典学的著名学者和艺术考古学的先驱之一。这样,出身寒微、经受屈辱的温克尔曼终于跻身于欧洲文化名流之列,正如维拉莫维茨所说,"在获得罗马承认之前,他必须去除贫穷、屈辱这种苦涩杯中的残渣……但这也为他成功地赢得了欧洲的声望"[1]。

1764年,温克尔曼的巨著《古代艺术史》出版,该书运用古典主义美学原则研究了古代艺术风格的流变。这部巨著的方法体现了作者的"学术通识",他不仅在艺术研究中运用文学方法,而且运用艺术作品来印证他关于古典时代的认识。这部巨著还是一个承先启后的符号,既标志着18世纪古典的希腊主义的顶点,又开启了19世纪浪漫的希腊主义的先河。温克尔曼的探索,代表了一种挣脱流行的拉丁人道主义约束、复兴古希腊罗马文化的趋势。温克尔曼的中心问题在于,如何去阐明个别艺术成就同文化、社会进步之间和谐一致的关系。这种问题意识决定了他是一个以缅怀古典来推进启蒙、以复活古代精神来呼唤民主的独特思想家。

1768年,温克尔曼在返回故国途中,被一名获释的犯人刺杀身亡。诗人歌德用两个句子总括了温克尔曼的一生:"他像一个男子汉那样

---

[1] 维拉莫维茨:《古典学的历史》,第125页。

生活了,也像一个真正的男子汉那样离去了。"①

二、德意志启蒙和古典主义美学

关于"启蒙",哲学家康德曾经下了一个经典的定义。他说:"启蒙运动就是人类脱离自己加之于自己的不成熟状态……要有勇气运用你自己的理智!这就是启蒙运动的口号。"②在普鲁士王国的统治下,18世纪的德意志成为欧洲最黑暗的国家,奴性深重的民族甚至连清除已经死亡的制度的腐烂尸骸的力量也没有。而整个欧洲资本主义的上升及其所导致的社会变革,则呼唤德意志从阴暗的宗教迷信和黑暗的专制主义之中解放出来。与英国、法国相比,德意志启蒙则更为艰辛,启蒙的方式也相对温和。德意志启蒙起始于18世纪20年代,发展到18世纪70年代,甚至蔓延到19世纪初期。温克尔曼的人生与学术活动,就是在德意志启蒙的历史之中展开的,同启蒙的文化经验紧密相连。从18世纪中期开始,欧洲历史进入了一个关键的时期,其间所发生的种种事件孕育着文明危机的种子,这种文明危机的重要性甚至远远超过了宗教改革的历史后果。在某种意义上,18世纪中期的历史转折可与罗马帝国的衰亡相提并论。③ 德意志启蒙成熟的标志包括教育地位的上升、哲学的自我意识与古典文学艺术的成熟,以及随之而来的民族政治意识的自觉。

启蒙要求将一切都置放在理性的基础上,18世纪就因此而被称为"理性的时代""科学的时代"。当时的思想家坚定地认为,只有遵循自然科学的模式,人们才能更深刻地洞察法律、社会、政治甚至诗歌的精神。卡西尔在引用了法国哲学家达朗贝尔《哲学原理》所呈现的理性时代景观之后,总结了支配整个18世纪的信念,那就是:"人类历史发展到今天,我们终于能够揭示自然所精心守卫的秘密,使它不再隐没在黑暗中,把它视为无法理解的奇迹而对之惊讶不已,而应当用理

---

① 歌德:《评述温克尔曼(草稿)》,见《希腊人的艺术》,第262页。
② 康德:《答复这个问题:"什么是启蒙运动?"》,见《历史理性批判文集》,何兆武译,北京:商务印书馆,1991年版,第22页。
③ 参见埃里希·卡勒尔:《德意志人》,黄正柏等译,北京:商务印书馆,1999年版,第275页。

性的明灯照亮它,分析它的全部力量。"①于是,理性原则统领科学和艺术,古典主义美学体系就一点一滴地依据自然科学和数学理论建立起来。无论是莱布尼茨的"普遍数学"和"预定和谐",还是鲍姆嘉通的普遍人性之中的"多样统一",都表现了启蒙思想同理性来透视自然、社会、历史与精神现象的雄心与胆识。

但是,德意志启蒙的理性精神同英、法理性精神相比,却显得要含混得多。究其原因,则可追溯到德意志固有的矛盾、徘徊和忧郁。卡勒尔指出:"德意志民族的特性总是矛盾的,它只有在一个难以捉摸的、不可企及的世界中才感到自在坦然,但它又不得不生活在这个过于现实地存在的世界上。"②这一点自然反映在温克尔曼、莱辛、歌德为代表的德国古典主义美学之中。温克尔曼崇尚法国理性主义,但又厌恶法国古典主义所隐含的贵族趣味和绝对王权意识形态。法国古典主义者拼命到古代文化中去寻求端庄、崇高、对称,温克尔曼主张向古人学习完善、圆满与自由。法国古典主义者宣称"万物唯真,而后唯美,因为真实令人愉快,故艺术作品必须真实",温克尔曼却沉浸在古代世界的残像余韵之中,去体验虚幻的美:流连古代世界的断墙残垣,抓取古代艺术的断简残章,幻觉中体会柏拉图的会饮,想象中重返希腊露天剧场。他希望追思怀想,重构古希腊罗马的文化经验,呈现同黑暗的普鲁士相对立的艺术精神,尤其是隐射自由、民主在现实之中的缺席。对于现实地存在的18世纪,这一切都属于难以捉摸、不可企及的世界,但温克尔曼却在这个世界之中找到了自在坦然的家园感。

不妨套用本雅明历史哲学的一个断语来概括温克尔曼所代表德意志启蒙及其古典主义美学成果。德意志启蒙是在历史的瞬间一闪的紧迫性中抓取"过去的意象",从而呈现历史的"真正存在方式",并期待救赎者弥赛亚的降临。由温克尔曼开创到歌德时代完成的古典复兴,恰恰就是以过去的记忆来燃烧出希望的微光,烛照德意志民族政治意识生成的道路。回顾温克尔曼时代德国启蒙美学家高特谢德(Johann Christoph Gottsched)与瑞士批评家(Zurich Critics,旧译"屈黎西派")之间的争论,就不难看出正在生成的德国古典美学的志业是完

---

① 卡西尔:《启蒙哲学》,顾伟铭等译,济南:山东人民出版社,1986年版,第45页。
② 埃里希·卡勒尔:《德意志人》,第257页。

成一次文化精神的融合。高特谢德取法于布瓦洛美学所代表的法国理性主义,但是忽视了想象的自律和天才的创造性。以博德默尔(Bodmer)和布莱丁格(Bretingger)为代表的瑞士批评家则支持想象力反对逻辑的严酷统治,主张诗人凭借直觉、灵感创造"奇妙"的艺术作品。这场争论终以高特谢德的败北告终,但它渗透在德国人的精神生活中,深深地打动了18世纪德国思想家,并且强烈地影响了德国诗歌的内在发展,给予德国美学以深远的启示。[①] 温克尔曼虽然坚持理性原则,但丝毫没有贬低想象力的作用。反过来,在坚持艺术想象力和天才创造性的同时,却又没有割断艺术同逻辑隐秘的联系。最重要的是,在瑞士批评家的影响下,温克尔曼意识到了艺术批评家的使命:返回古代,面对伟大的艺术范本,去体验艺术精神,并利用这些体验来自我完善,同时建构伟大的民族政治意识。

三、高贵的单纯和静穆的伟大

在《关于在绘画和雕刻中模仿希腊艺术作品的一些意见》一文之开篇,温克尔曼首先断言,"世界上越来越广泛地流行的高雅趣味,最初是在希腊的天空下形成的。"爱琴海的蓝天丽日养育了美的自然,雅典民主制度下的世道人心保证了完美的人性,雅典城邦的殷实富足培植出从容潇洒的艺术心灵,所以古希腊的雕刻与绘画艺术成为永远放射魅力的典范。温克尔曼以为,要寻找艺术最真诚的泉源,就意味着回到雅典;向雅典回归,则又意味着以同情之心像对待挚友一样亲切地认知希腊的艺术作品。"使我们变得伟大,甚至不可企及的唯一途径是模仿古代",犹如罗马诗人维吉尔总是模仿一切诗人的祖先荷马。模仿古代,在温克尔曼的词汇表中,几乎完全等同于完美与神性。呈现在希腊人体雕刻和绘画中的人体、自然、衣饰,无不发射出人性完美的光辉。而希腊艺术借以表现人性完美的物质媒介和艺术语言,又具备了近代艺术无法伦比的优势。

但是,温克尔曼认为,体现希腊艺术特征的并非就是人体自然美、服饰、媒介和艺术语言。相反,希腊杰作的普遍的、主要的特点在于:

---

① 参见卡西尔:《启蒙哲学》,第328页。

"高贵的单纯和静穆的伟大"(eld Einfalt und stille Grösse)。这一基本特征不仅表现在希腊艺术所呈现的姿态上,而且也表现在希腊艺术所描绘的人物表情里。创作于公元前50年左右的《拉奥孔》群雕,刻画了古代特洛亚的祭司拉奥孔父子在巨蟒的扼勒中的无限痛苦。公元前1世纪罗马诗人维吉尔在他的著名史诗《爱耐伊斯》(Aneis)中用恐怖的吼叫来表现主人公的悲愤和痛苦,但是在雕刻里他们的巨大痛苦却化作一声惊恐和微弱的叹息。

  正如海水表面波涛汹涌,但深处总是静止一样,希腊艺术家所塑造的形象,在一切剧烈情感中都表现出一种伟大和平衡的灵魂。①

巨蟒缠身,死在当前,拉奥孔父子在万分痛苦、恐惧和绝望中死去。但痛苦却没有让他们的肢体和面孔扭曲变形,没有直接地表现于狂暴的悲愤,没有无节制地呈现为极度的绝望。从群雕人物周身的肌肉和经脉上,从因过度的痛苦而痉挛的腹部,我们都可以身临其境地感受到这种痛苦。温克尔曼说,在雕刻形象里,人们可以感受到一种平衡的结构,这种平衡结构所呈现的,恰恰就构成了希腊悲剧时代的艺术精神:

  身体感受到的痛苦和心灵的伟大,以同等的力量分布在雕像的全部结构,似乎是经过了平衡似的。拉奥孔承受着痛苦,但是像索福克勒斯描写的非洛克特提斯的痛苦一样:他的悲痛触动我们的灵魂深处,但是也促使我们希望自己能像这位伟大人物那样经受这种悲痛。

  表现这样一个伟大的心灵远远超越了描绘优美的自然。希腊艺术家必须先在自己身上感觉到刻在云石上的精神力量。在希腊,哲人和艺术家集于一身,产生过不止一个麦特罗多罗斯,智慧与艺术并肩进步,使作品表现超乎寻常的精神。

  ……

  身体状态越是平静,便越能表现心灵的真实特征。在偏离平

---

① 温克尔曼:《关于在绘画和雕刻中模仿希腊艺术作品的一些意见》,见《希腊人的艺术》,第17页。

静状态很远的一切动态中,心灵都不是处于他固有的正常状态,而处于一种强制的和造作的状态之中。在强烈激动的瞬间,心灵会更鲜明和富于特征地表现出来;但心灵处于和谐与宁静的状态,才显出伟大与高尚。……因此艺术家为了把富于特征的瞬间和心灵的高尚融为一体,便表现他在这种痛苦中最接近平静的状态。但是,在这种平静中,心灵必须只通过它特有的、而非其他的心灵所共有的特点表现出来。表现平静的,但同时要有感染力;表现静穆的,但不是冷漠和平淡无奇。①

完整理解"高贵的单纯与静穆的伟大"这一古典主义美学经典命题,就意味着从人性的完善和神性的圆满来把握希腊艺术精神以及希腊文化精神。首先,完善的人性既不容许过度地表现痛苦,又不主张放纵地表现激情。柏拉图《理想国》第九卷宣称,雅典城邦卫士不需要恐惧、同情这些羸弱的情感,因为这些情感属于灵魂之低劣的部分,若让它们泛滥,则势必造成一个血气蔓延、暴戾横行的紊乱世界。② 故此,滥情务去,以确保政治生活的澄明儒雅,而这就要求艺术以表现和谐、中庸、节制、单纯、静穆为最高境界。温克尔曼还借题发挥,告诫那些初出茅庐的现代艺术家,流行的那种表现"狂热火焰的姿态和行动"乃是一种十分平庸的趣味。

第二,神性的圆满要求既呈现静穆的伟大,又呈现卑微的尊严。神性的圆满是一种庄严肃穆的幸福感,而不是一种纯属感官的逸乐,因此优美的自然躯体必须蕴含一颗神性的心灵。德累斯顿皇家画廊所珍藏的拉斐尔圣母—圣子绘画叩开了温克尔曼的心扉,他在画面上感受到神性的信心、神性的慈爱、神性的谦卑和神性的安详。

> 请看圣母,她的脸上充满纯洁表情和一种高于女性的伟大的东西,姿态神圣平静,这种宁静总是充盈在古代神像之中。她的轮廓多么伟大,多么高尚。她怀抱中的婴儿的面孔比一般婴儿崇高,透过童稚的天真无邪似乎散发出神性的光辉。
>
> 下面的女圣徒跪在她的膝前,表现出一种祈祷时的心灵的静

---

① 温克尔曼:《关于在绘画和雕刻中模仿希腊艺术作品的一些意见》,见《希腊人的艺术》,第18页。
② 柏拉图:《理想国》,605b-c,第404页。

穆,但远在主要形象的威仪之下;伟大的艺术家以她面孔的温柔优美来弥补其身份的卑微。①

第三,希腊艺术精神是一种理性的精神。无论是追求人性的完善还是追求神性的圆满,希腊雕刻与绘画就是追求"甜美与光辉",而同希伯来的"道德与节制"判然有别。② 希腊艺术之美,首先是心灵之美,是思想之美。关于这一点,古典主义的伟大辩护者温克尔曼有特别清楚的意识。从上述引文里,我们不难发现"心灵"这个词语出现的频率异常之高。心灵之首要标志在于"理智","艺术家的画笔应该首先得到理智的浸润……让人思考的比给人看的东西要多"。要思考,而不仅仅是观看,而带着思考去观看,就成为"静观"。"静观"就是沉思,最后"赋予思想以寓意的形式"。这样,希腊艺术的真正光彩通过研究和思考而变得经久不衰,通过人们的"静观"而具有了永久的魅力。"严格的美永远不会使我们停止寻求和得到完全的满足""人们会从中不断发现新的光彩"。

第四,希腊文化精神蕴含在绘画和雕刻中,在幻美中蕴含着自然生命力,在宁静之中涵养着健动。痛苦在艺术的瞬间化为安详,在肃穆的外观下涌动着无限的激情。因此,寓动于静,静中含动,保合太和,和平养育一片天机,这就是艺术所启示的古希腊文化精神。从理智的辩证角度来理解"高贵的单纯和静穆的伟大"这一古典原则,即可解释希腊艺术之中那些距离"单纯和静穆"十分遥远的现象:荷马史诗中壮烈的场景与暴戾的英雄,希腊悲剧诗人所呈现的凶残复仇与紊乱无序。希腊文化精神显然有两个方面:凶残暴戾的现实,以及人类对于甜美与光辉的向往;无尽的生命、丰富的动力,以及严整的秩序、圆满的和谐。将这两个方面辩证地统一起来,就是"美是丰富的生命在和谐的形式中"③。换句话说,美的最高境界在于酒神(狄奥尼索斯)和日神(阿波罗)两种境界的融合。

---

① 温克尔曼:《关于在绘画和雕刻中模仿希腊艺术作品的一些意见》,见《希腊人的艺术》,第21—22页。

② 参见马修·阿诺德:《文化与无政府状态》,韩敏中译,北京:三联书店,2002年版,第4章"希伯来精神和希腊精神"。

③ 宗白华:《希腊哲学家的艺术理论》,见《美学散步》,上海:上海人民出版社,1983年版,第199页。

四、神性之美——狄奥尼索斯—阿波罗两境相入

对于"高贵的单纯和伟大的静穆"这条古典美学的基本原则,尼采曾经表示过轻蔑之情。尼采说,开天辟地以来直至歌德时代,德国人对于"狄奥尼索斯精神"一无所知,由温克尔曼所建构的"希腊"(griechisch)概念又同狄奥尼索斯格格不入。古典主义者为了在希腊人身上嗅出"美的灵魂"而陷入了"德国式的愚蠢"(niaiserie allemand),而和真正的希腊文化精神相去十分遥远。在《偶像的黄昏》里,尼采十分肯定地指出,"狄奥尼索斯"乃是通往悲剧诗人内在精神的津梁,它的本质就是一种独特的生命意志,"[它]即使在最陌生、最艰难的处境中仍然肯定生命,并因能成为自身无限性之最高类型的牺牲而感到喜悦"。尼采自鸣得意地认为,是他自己第一个发现了这种古老而又丰腴、永恒轮回、涌流不息的生命力量。①

但尼采显然过分自信了。在他之前的德国浪漫主义文化语境之中,狄奥尼索斯已经被神化到了同"赫拉克勒斯""基督"并肩而立的程度,而被奉为"新神话"的主角。在温克尔曼时代,狄奥尼索斯崇拜已经发生了转向,许多神话学家带着狄奥尼索斯精神开始返观古代哲学和文化历史。温克尔曼在其巨著《古代艺术史》中用巴库斯(Bacchus)和阿波罗(Apollo)两境相入、融合之美来规定理想的生命形象,从而成为第一个以美学的形式定义"狄奥尼索斯精神"的人。②

古典主义者温克尔曼为了对抗过分激情(parenthysus)的狂暴与热烈,而祭起了"高贵的单纯与静穆的伟大",而把后者规定为人性的完善与神性的圆满。体现在理想的生命形象上,"青春"就是阿波罗—狄奥尼索斯两境相入的最高境界。青春不是一种年龄的界定,而是一种理想,它有时体现在俊美的少年形象上,有时则体现在被阉割的人

---

① 尼采:《偶像的黄昏》,卫茂平译,上海:华东师范大学出版社,2007年版,"我得感谢古人什么?"第5节。
② Johann Joachim Winckelmann, *Geschichte der Kunst des Altertums*, Wimar, 1964, pp. 136-140. 参见《希腊人的艺术》,第130—135页。关于温克尔曼美学中的"狄奥尼索斯—阿波罗"两境相入的论述,参见 Max L. Baemer, Winckelmanns Formulierung der klassisch Schönheit, *Monatshefte*, 1973 (65): 61-75。

的躯体之中。希腊艺术所呈现的青年男性的理想形象分为几个等级，首先是形态各异的牧神：最美的牧神是健美的青年形体，体格匀称，比例完美，天真烂漫，朴素自然；满面笑容，还留着山羊胡须的牧神；沉睡的牧神不是理想的表现，而是淳朴自然的显现；躯体粗拙、头颅笨重、大腿肥厚而且双足畸形的牧神，则卑俗虚假。在温克尔曼看来，希腊牧神并非理想的生命形象。

理想的生命形象——男性青年的最高标准，特别地体现在阿波罗身上。成年的力量和优美的青春期温柔的形式结合在一起，充满青春活力而且显得雄伟俊美。公元前6世纪的希腊抒情诗人赞美阿波罗说：他不是在树荫中游情度日的维纳斯的情侣，也不是在玫瑰花丛里为爱神拥抱的少年，而是赋有伟大使命、为崇高事业而诞生、品德端正的青年。"所以，阿波罗被认为是神灵中最优美的神"，"他的青春灿烂、健美，力量犹如晴天之朝霞"。① 柏维德尔宫所收藏的阿波罗雕像，在温克尔曼眼里恰恰体现了古代幸免于摧毁的作品的最高艺术理想。这个阿波罗超越了一切同类的造像，其躯体是超人类的壮丽，其站立的姿态就是它伟大的标志。

> 一个永恒的春光用可爱的青年气氛，像在幸福的乐园里一般，装裹着这年华正盛的魅人的男人，拿无限的柔和抚摩着它的群肢体的构造。把你的精神踱进无形体美的王国里去，试图成为神样美的大自然的创造者，以便把超越大自然的美充塞你的精神！这里是没有丝毫的可朽灭的东西，更没有任何人类的贫乏所需求的东西。没有一筋一络炙热着和刺激着这躯体，而是一个天上来的精神气，像一条温煦的河流，倾泻在这躯体上，把它包围着。他用弓矢所追射的巨蟒皮东已被他赶上了，并且结果了它。他的庄严的眼光从他高贵的满足状态里放射出来，似瞥向无限，远远地越出了他的胜利；轻蔑浮在他的双唇上，他心里感受的不快流露于他的鼻尖的微颤一直升上他的前额，但额上浮着静穆的和平，不受干扰。他的眼神却饱含着甜蜜，就像那些环绕着他、渴

---

① 参见《希腊人的艺术》，第131页。

望拥抱他的司艺女神们……①

与阿波罗构成互补,甚至可以互相替换的青春理想形象是巴库斯,它来源于被阉割的青年形象。而在希腊巴库斯雕像中,这种形象同刚毅俊美的青春形象相得益彰。在最优美的巴库斯雕像中,巴库斯都有娇嫩、圆润的四肢,肥胖、宽厚的大腿,丰满、翘起的臀部,因而它显示出女性的特征。温克尔曼天生具有同性恋心理倾向,后来又深受希腊友爱观的熏陶,他在学理上将愤怒的巴库斯、激情的巴库斯、淫荡的巴库斯描绘为一个孩子气的、幻想的、柔弱的少年形象,就是极为自然的事情了。

巴库斯被刻画成刚刚进入青春发育期的少年,在他身上最初的性欲标志开始显露于外表,像冒出来的植物的娇嫩的尖端。巴库斯处于恍惚的似梦境界和沉湎于性的幻想,他的特点在这些形象中被集中地表现出来并且给人以明确的认识。他的脸型特征充满了甜蜜,可是还没有完全反映出他欢乐的心灵。在有些阿波罗的雕像中,体型结构与巴库斯相似。②

最后一句话非常重要——"在有些阿波罗的雕像中,体型结构与巴库斯相似。"隐含在其中的暗示在于,希腊艺术家通过将阿波罗与巴库斯(狄奥尼索斯)两种神性、两种境界融合起来,从而塑造了理想的生命形象。通过理想的生命形象,希腊人上升到了人性完善和神性圆满的王国。在一个形象上添加温情的目光,艺术家就塑造出了巴库斯的形象;而在一个形象上赋予更多的威严,艺术家就塑造了阿波罗的形象。希腊艺术杰作的最高境界就是两境相入而形成的神性境界:生命在和谐之中,动力在秩序之中,激情在形式之中。温克尔曼举证说,在神化的赫拉克勒斯的躯体中,崇高与美的形式呈现在其肌肉的张力之中,犹如平静的大海轻轻晃动,扬起了波浪;众神之中最美的阿波罗雕像上,其肌肉温柔得像融化了的琉璃,微微荡起波澜;美狄亚的孩子们在母亲的匕首前微笑,母亲的狂怒与她感到孩子们无辜的痛苦心情

---

① Johann Joachim Winckelmann, *Geschichte der Kunst des Altertums*, Wimar, 1964, p. 196-197. 参见《宗白华美学文学译文选》,北京:北京大学出版社,1982 年版,第 5 页。

② Johann Joachim Winckelmann, *Geschichte der Kunst des Altertums*, Wimar, 1964, pp. 160-161。参见《希腊人的艺术》,第 133 页。

互相交织……

将崇高与美融为一体的效果,就是温克尔曼所称道的"高级优雅"(a higher grace)。高级优雅是理性的愉悦,天国的恩惠,以及神性的光照。通过欣赏优雅,人们方可理解为什么苍莽的悲剧意识被希腊人转化为淡泊忧伤的情怀。在古代雕像上,喜悦不是哈哈大笑的狂喜,而是内心充满幸福时淡淡的微笑。在巨大的悲伤和无限的悲情之中,古代人像显得如同波澜不惊的大海,表面的平静掩盖着深处的动荡。失去了孩子的奈俄比在极度痛苦之中依然英姿飒爽,在悲苦命运压顶之时毫无退缩之态。在希腊绘画、雕刻、悲剧诗篇之中,有的是这种崇高与美融为一体的典范,温克尔曼称之为"惊世骇俗的优雅"(terrifying grace)。① 作为一种审美境界,"惊世骇俗的优雅"自然是两境相入、酒神和日神共同造就的审美极境。

五、感受艺术的历史节奏

在《温克尔曼和他的世纪》里,歌德断言温克尔曼为观照艺术的历史提出了一种有机的生命观。这种艺术历史观的要点在于,首先将艺术作为活生生的创造物来观照和感受,其次将艺术成就归还给各民族的自然条件、文化经验和精神命脉,最后将艺术当作一种有着其自己的兴衰节奏和终极命运的生命实在。仅此三点,即可构成一种相当完备的艺术历史理论。历史是什么?当然不是罗马城的废墟以及其中被挖掘出来的文物,当然不是一套大事纪要,而是一种有自己独立生命的体系,以及这一生命体系的独立劳作。温克尔曼用希腊词汇"ιστρια"(体系)来规定自己的"历史"概念。艺术历史或者艺术体系的主角是"风格",而"风格"不同于"样式"。一种基本的崇高风格原则支配着古代艺术的发生、发展、衰落以及凋零。古老的艺术风格建基于一个由法则所构成的系统,这些法则本乎自然但远离了自然,最后形成于一种理想的境界。往后的艺术创造则更多地依据系统法则

---

① Johann Joachim Winckelmann, *Geschichte der Kunst des Altertums*, Wimar, 1964, Teil 4, "Und sonderlich die Grazie"; *Kleine Schriften zur Geschichte der Kunst*, Leipzig, 1925, Ueber Gegenstande der alten Kunst, Teil 2, "von der Grazie in Werken der Kunst".

的规定,而非依据自然,于是古典主义者们主张"师法古人"而非"师法自然"。究其原因,则在于古人乃是自然之最完美的模仿者,他们已经将艺术塑造为一种品貌独特、生命弥满的自然。在温克尔曼时代,一些艺术的改造者们则反其道而行之,追求超越于既成法则系统之上,以便贴近自然的脉搏。显然,这已经预示了波澜壮阔的欧洲浪漫主义运动了。

温克尔曼为艺术历史所规定的使命是:

> 艺术史的使命乃是叙述艺术的起源、发展、变化和衰颓,以及各民族各时代和各艺术家的不同风格,并尽最大可能地依据流传后世的古代艺术杰作来说明。[①]

艺术发展就是其自身生命节奏的呈现,而这种生命节奏根植在古代自然环境、政治制度、文化经验以及精神命脉之中。艺术作品在其萌芽阶段古朴粗犷而且没有明晰的形式,恰如不同植物的种子散播在大地上,经过气候的润泽而发育成绚丽的花朵,缔结出丰硕的果实。就希腊艺术而言,其之所以能达到这么卓越的成就和境界的原因,一部分在于气候的影响,一部分在于其政治体制、政治机构以及由此形成的思想方式。[②] 关于希腊政治制度及其对思想方式的影响,温克尔曼的论说表现了一种对于精神自由的渴望:

> 就希腊的政治体制和机构而言,希腊艺术的伟大成就源于自由。……自由是重大事件的母腹,政治变革的根源,也是希腊时代各民族干戈不息的原因。就好像人一降生于这个世界就被种下了高贵与崇高的情致之种子,而这播种者正是自由;不仅如此,正像广阔无垠的大海景象和狂暴的波浪冲刷岩石的声音使我们心旷神怡、宠辱皆忘一样,在希腊人所留下的伟大遗迹和人物的灿烂遗影之前,也绝对不可能萌生卑下低贱的想法。[③]

希罗多德写道,自由,乃是雅典城邦繁荣强盛的唯一源泉。至于这么一种自由体制所孕育的思想方式,温克尔曼的说法更有诗意:在

[①] Johann Joachim Winckelmann, *Geschichte der Kunst des Altertums*, Wimar, 1964, i. ii.
[②] Ibid., iv. 1.4.
[③] Ibid., i. 1.1.

自由中孕育出来的全民族的思想方式，犹如健壮的树干上优良的枝叶，正如一个习惯于思考的人的心灵在敞开的门廊或者在房屋之顶，一定比在低矮的小屋或者拥挤不堪的室内更加崇高，更加开阔通达。

运用意大利医生、哲学家斯卡里格尔（1484—1558）的希腊诗歌历史分段原则，温克尔曼将希腊艺术的发展和衰落划分为四个阶段：从远古风格到菲狄亚斯时代为开端阶段，希腊自由时代的崇高风格为发展阶段，从普拉克西蒂里斯到亚历山大时代的典雅风格为精致阶段，最后是模仿风气盛行的衰落阶段。

由于最早的艺术已经荡然无存，温克尔曼只能从希腊钱币和铭文推测远古风格的特征。他观察到，远古人物造型的特征是表现激烈的运动与姿态，就像英雄时代的人物，按照自然界的驱使自由作为，对于自己的激情不加约束。于是，远古风格就表现出这样一些特征：轮廓刚毅但僵硬，雄伟而不典雅，表现的力量破坏了优美。远古风格的作用是为艺术崇高风格的过渡做准备，把艺术引向严谨、准确，凸显艺术的崇高表现力。

崇高风格（hohe oder grösse Stil），即艺术的"崇高与伟大"，它植根于希腊的"开明与自由"。远古风格建立在从自然移植过来的法则上，但由于随后和自然的远离而具有理想的性格。"大自然教导古希腊艺术家从僵直、从激烈表现和有棱角的人体部位转向轮廓的柔和，赋予不自然的姿势和运动以更多的完善和合理性，而且显示出来的与其说是知识性，不如说是优美、崇高和宏伟。"奈俄比（Niobe）群女雕像被看作是崇高风格无可争辩的典型："它们的标志之一，不是在论述守护神雅典娜时必须要提到的那种僵直的感觉，而是这种风格所特有的、更为完善的特征，即那种似乎尚未诞生的优美概念，特别是既表现于头部的转折，又表现于一般的轮廓、衣衫和装饰品上的那种崇高的纯朴。"温克尔曼接着把这种崇高或者大美同思想联系起来，认为希腊式的崇高就是伟大智慧的直接呈现："这种优美，就如同思想一样，不是靠感情去领受，而是产生于伟大的智慧和幸运的想象力，这种想象力在静观中可能达到神性美的高度。它的形体与轮廓的完整性是如此宏伟，好像不是通过劳动创造出来的，而是激发出来的思想，一气呵成。"

典雅风格又称"秀美风格"，是温克尔曼用来区分希腊艺术发展阶段和精致阶段的一个相对范畴。典雅一般被看作是一种理性的节制和感情的宁静,而这就是希腊艺术的最高境界。在温克尔曼看来,存在这三种类型的"典雅之美":第一种类型毋庸争议,那就是指"崇高风格之中呈现的美";第二种类型是指"比较可爱的秀美""有意识地讨欣赏者喜欢",但这种秀美又完全不同于近代艺术的矫揉造作、惊艳浮夸;第三种类型是指悲剧性的美,比如身处悲剧情境中的奈俄比依然保持泰然自若、端庄魅力。温克尔曼关于典雅风格的描述突出了美的差异性,但丰富的美并不破坏典雅风格的整体和谐、静谧伟大。在希腊艺术杰作里面,心灵好像通过宁静、流动的外表表现出来,任何时候都不带汹涌澎湃的激情。① 这又回到了他的古典艺术理想,在美中只有"高贵的单纯和静穆的伟大"。

最后,希腊艺术模仿之风盛行,大大地限制了天才的自由,艺术家满足于搜罗杰作、修修补补,从而导致了希腊艺术的衰落。模仿者永远无法落后,无法淋漓尽致地表现天才。② 衰落的艺术之主要征兆是,人们对美的理解改变了,古代艺术的崇高与雄伟发展到了细小、平面的"迟钝与卑俗"。山穷水尽的古代艺术被迫向后倒退,因为它们再也不能前进了,而艺术的本性如同自然,不可能有静止不动的局面。温克尔曼还认为,同艺术中的模仿一样,哲学中的折中主义也是希腊智慧衰落的标志之一。

六、古典美学的精粹——人文主义的信念

温克尔曼回味古典艺术的余韵,追逐古代文化的灿烂遗影,但他在美学上表达了一种新人文主义的信念。这种新人文主义的主要含义是:古希腊代表了人类自由和宇宙和谐的理想境界;全部人类能力的自由和谐发展寓于一切个体之中;城邦或者共同体的发展也遵循自由和谐的法则。显然,这一新人文主义的信念隐含着一种"希腊崇拜"的心态,这一心态延伸到了德国浪漫主义运动中。

---

① Johann Joachim Winckelmann, *Geschichte der Kunst des Altertums*, Wimar, 1964, p. viii. 2.18.

② Ibid., viii. 3.1.

回归希腊和回归自然，成为德国早期浪漫主义者的执着向往，而整个欧洲的浪漫主义运动也明显有一个模仿希腊的阶段。席勒的《希腊诸神》，荷尔德林的《许佩里翁》，赫尔德的《论雕塑》，歌德的《浮士德》第二部，施莱格尔兄弟关于文学和艺术历史的论著，都明显显示了这种对希腊文化的执着向往。这种希腊崇拜的心态是如此强烈，以至于 E. M. 巴特勒断言，在浪漫主义时代"希腊精神统治了德国"。

温克尔曼所建构的古典美学之范本就是希腊艺术——"高贵的单纯与静穆的伟大""崇高壮美与典雅秀美"合一。这一古典美学典律成为启蒙之后的德国文化理想，在赫尔德那里这一文化理想被表述为"希腊的审美趣味""美丽的民族之花"，在席勒那里这一文化理想被描述为"使我们内心充满着某种忧伤"的最珍贵的人类童年，在黑格尔的美学中这一文化理想被当作古典美来陈述——其基本特征在于"理念和形象形成自由而完美的协调"。1809 年，在纽伦堡中学《校长就职演说》中，黑格尔用诗情画意的语言描述说，这一渊源于希腊的文化理想是一个虚幻的梦境，但这个梦境安抚着在分裂的现代世界饱受离乱之苦的人们：

> 崇高学术的基础首先必须是、而且也将继续是希腊文学，罗马文学则次之。希腊文学杰作的完美与光辉必须是精神的沐浴，同时也是世俗的洗礼，它首先并且持之以恒地用趣味与学识调谐和滋润人的灵魂。要完成这么一次精神沐浴和世俗洗礼，同古人大而化之地接触和例行公事的对话，乃是远远不够的；我们必须投宿于他们的居所，以便能和他们同呼吸共命运，吸纳他们的思想，模仿他们的行为，甚至还能指出他们的错误与偏见，在他们的世界安家落户——曾经沧海，至善至美尽在此！如果说第一个乐园是人类自然的乐园，那么，这就是第二个乐园，即人类精神的崇高乐园。在这个乐园里，人类精神如同出浴的新娘，被赋予了一种典雅的朴素，自由，深邃而且宁静……在此，人类精神再也不会将其深邃意蕴呈现在迷乱、沉郁和狂妄之中，而是将其深邃意蕴呈现在完美的澄明之中。它的安详不像是儿戏；不如说，它是一层广披于忧郁之上而和残酷的命运似曾相识的面纱，但它却并未在残酷命运的驱使下而丧失自由与理智。……如果我们在这么

一种精神要素之中安身立命,那么,灵魂的一切力量都跃跃欲动、生生不息和创造不止。①

黑格尔这段充满激情的说辞,不啻是对德国启蒙主义美学、古典主义美学以及浪漫主义美学的总结,其中渗透了对于古代艺术灿烂遗影和希腊文化流风余韵的追怀。严格说来,这份浪漫的乡愁,其实渊源于温克尔曼。

一般认为,温克尔曼的美学是古典主义的。但他在论述希腊艺术的崇高风格时有意地模糊了"崇高"和"美"的界限,这显然表明在其古典的外衣下蕴含了浪漫美学的因子。新黑格尔主义者鲍桑葵说,在温克尔曼那里存在着一个"表现"与"美"的矛盾,即崇高的表现破坏了灵魂的静穆,并断言没能解决这个矛盾构成了温克尔曼美学的一个缺点。② 但我们也应该认识到,在古典美学危机和浪漫时代的前夜,温克尔曼的古典美学确实包含着浪漫的因素,从而预示着浪漫主义时代的到来。

还可以进一步指出,温克尔曼的美学不仅预示着浪漫主义,而且还影响着浪漫主义,直至 20 世纪初期的德国新浪漫主义者,比如霍夫曼斯塔尔、里尔克和穆西尔等。按照文化历史学家们的观察,文化的发展乃是通过艺术而协调世俗与神圣两个领域的内在启示的过程。路德维希·库埃伦(Ludwig Coellen)指出,现代性同早期浪漫主义以及更早的古典主义具有一种血脉不断的关联性,并依据这种关联性提出了艺术历史循环理论。按照这种学说,在文化的发展过程中,一切重大的变化都以美学风格的形态变化为标志。譬如说,直接体验和批评意识占主导地位的自然主义,经由颓废风格和紧张风格而发展到古典主义,在古典主义之中获得一种神话的世界观和一种新的意蕴,再发展到浪漫主义。通过历史过程之中不断重复的浪漫主义,艺术又会向古典主义回归。③ 如此循环往复,恰好表明温克尔曼所表达的古典主义及其人文主义信念,乃是一份凝重的精神遗产,其活力和阻力一样不可低估。

---

① Friedrich Hegel, "On Classical Studies," in *On Christianity*: *Early Theological Writings*, trans. T. M. Knox and Richard Kroner, New York: Harper Torchbooks, 1961, pp. 324-325.

② 参见鲍桑葵:《美学史》,张今译,北京:商务印书馆,1987 年版,第 325 页。

③ Cf., Nicholas Saul, "The Reception of German Romanticism in Twentieth Century," in Dennis F. Mahoney(ed.), *The Literature of German Romanticism*, Camden House, 2004, p. 330.

诗与画的纠结

——莱辛的《拉奥孔》与美学的灵知

一、莱辛——"18 世纪的一个完美绝伦的人物"

在关于"启蒙"的经典表述中,康德的命题是:从人为招致的被监护状态下解放出来,自由地运用理智。但从康德之后的思想历史看来,这么一种以天钧之言来表达的思想使命却并不拥有太多的追随者。如果说真有那么一个人,针对"人的懒惰和懦弱"而真正践行启蒙运动"自由运用理智"口号的,那这个人就不是别人,正是在康德的《纯粹理性批判》发表前一年就离世、又被 20 世纪神学家卡尔·巴特称为"18 世纪的一个完美绝伦的人物"的莱辛。

莱辛(Gotthold Ephraim Lessing, 1729—1781),德国启蒙思想家、戏剧作家和评论家。他生于萨克森郡卡门茨一个正统牧师家庭,其父学识渊博,家风引人尊敬。少年莱辛就学于迈森优秀的公爵学校,深受德意志古典语文学和人文主义的熏陶,乳臭未干的莱辛就能独立精读古人的著作,对诗歌和语文学能产生强烈的共鸣。12 岁参加入学考试,考试题目是翻译一篇拉丁文献,文献的内容涉及基督教在克服古代对野蛮民族的偏见方面所产生的影响,他在完成答卷的剩余时间,以流畅优美的拉丁文表达了"所有人都是上帝的造物并且都具有理性"的见解,并以超人的睿智和惊人的胆量断言"没有什么野蛮人,除非他惨无人道"。① "理性"与"人道",就像命运一样,伴随着莱辛动荡不安、血性沸腾的一生,驱赶着他在文学、戏剧、神学等领域里不息奔

---

① 参见汉斯·昆、瓦尔特·延斯:《诗与宗教》,李永平译,北京:三联书店,2005 年版,第 75—76 页。

走,成为"那个时代最可怕的文学批评家",以神学来推进启蒙的思想家,以及最富有灵感的戏剧家。

1748年,19岁的莱辛动身去了柏林,在那里开始了一个自由著作家的生涯。没有钱,没有社会关系,还疏远了父母,但表面上的无所牵挂,却造就了莱辛性格中那个"理性的天国"。当时,德意志北国一场强大的文化运动,第一次大规模地将一大批青年吸引到文学的怀抱,可是莱辛在这场文化运动中却显得形单影子:一方面他难以领会高特谢德为代表的莱比锡学派那种高雅、庄重、优美的古典理想,另一方面他又本能地抗拒克洛卜施托克带着六翼天使的热情和近乎女性的感伤。尽管柏林这个大都市不仅有公众精神和文学圈子,日后一直支撑着莱辛的事业,但是在当时莱辛感受最深的是"普鲁士是欧洲奴性十足的国家"。孤独狮子弗里德里希二世随时都可能伸出利爪,将自由的思想扼杀在萌芽状态。而文学界却安心依赖于自古有之、限制精神自由的虔诚主义宗教传统,克洛卜施托克之流的宗教感伤主义尽管才华横溢,但无法给德意志精神指点迷津。德意志启蒙时代的道德观念、生活理想和世界观总是同宗教神学有剪不断理还乱的关联,启蒙思想家要把自己的精神形式同神学区分开来确属不易,为了辩护新的世界观和启蒙的生活理想,莱辛被迫探讨整个神学,企图用神学形式推进启蒙,解决启蒙运动的内在问题。①

在柏林期间,莱辛生活动荡,为生计不断奔波。以撰写报刊评论为生,莱辛很快成为柏林精神气候的定调者。经过在维也纳和柏林之间的短暂抉择,以及离开柏林到维腾贝格的短暂停留,1752年又重归柏林,和门德尔松、尼科莱组成俱乐部,形成了所谓的"柏林学派"。接受他的朋友、美学家苏尔策的建议,莱辛于1759年创办了《关于当代的文学通讯》。作为启蒙运动的儿子,莱辛希望通过文学评论来释放自己独特的精神能量,表述正在形成的世界观与精神形式,促进健康向上、精神振奋的德意志文学。从他所主编的刊物到他为报刊所写的论文,从他的《拉奥孔》到《汉堡剧评》,他运用自己的美学理论和文学见解为德意志诗学的独特形式申述理由。这些美学观点和文学见解

---

① 维塞尔:《莱辛思想再释——对启蒙运动内在问题的探讨》,贺志刚译,北京:华夏出版社,2002年版,特别是该书的第3章"启蒙运动的认识危机"。

主导着康德《判断力批判》发表之前的德国思想领域。不过,莱辛在当时的最大影响还是在戏剧领域中,《汉堡剧评》以深邃的穿透力把握了戏剧艺术的本质,从而奠定了莱辛的开创性地位。《明娜·封·巴尔赫姆》《爱米丽雅·伽洛蒂》《智者纳旦》是德国启蒙时代的戏剧经典,尤其是《智者纳旦》把目光投向了伟大的视野,以个人家庭戏剧的形式构思了一部人类戏剧,表现了理性与启示、基督教与异教之间的争斗及其最后的和解。人道作为人类自身的理想,完美地体现在纳旦形象上:在他眼里,犹太教徒、基督教徒、伊斯兰教徒和拜火教徒都是同样的;他的精神摆脱了偏见,心灵向所有美德敞开,犹如与一切美交响共鸣。

莱辛后期的精神生活笼罩着一种沉郁的阴影,这份沉郁来自于对启蒙运动内在问题的无限困惑。1780年,哲学家雅可比携带着歌德的戏剧诗歌《普罗米修斯》到沃尔芬比特尔拜访莱辛,出乎雅可比意料的是,莱辛没有被歌德的诗歌激怒,相反却表明歌德的诗歌所表达的思想非常合乎他的心意!莱辛强调指出,除了"万有在一",他就不知道还有什么别的关于神的概念。雅可比说,这可是斯宾诺莎的"泛神论"啊!莱辛回答说,是啊!除了斯宾诺莎,就没有别的哲学了。往后的思想历史表明,莱辛的彷徨和迷惘,恰恰是德意志未满足的启蒙所导致的现代性危机的征兆之一。这就是莱辛,就是这个深信"人之所以被创造出来是为了行动而不是为了诡辩"的启蒙思想家,在辞世之前的一年,还在为启蒙运动所导致的信念危机和思想困境担忧。①

二、异类世界正在展开——莱辛的时代特征

要理解莱辛的美学名著《拉奥孔》所担负的使命以及他借助于这部著作所表达的意蕴,当然就有必要把这部著作及其作者还原到其特殊的历史语境。文艺复兴之后,哥白尼世界的形成却映衬着人类想象力的萎缩,过分的自我意识和理性崇拜在一定程度上导致了人心的封闭与狭隘。文艺复兴自南向北的蔓延,先后展开了轰轰烈烈的法国启

---

① 关于这段往事,参见 Hans Blumenberg, *Arbeit am Mythos*, Suhrkamp, 1996, pp. 436-466。

蒙运动、忧患深广的德国宗教改革。到了莱辛、歌德的时代,当人们从歌德的《威廉·麦斯特》里感受到一个异类世界正在铺张地展开时,自然会产生一种从封闭、狭隘的世界之中挣脱出来,追随着威廉·麦斯特一起去漫游、学习,从此锡杖渐远,浪迹天涯。莱辛就在这么一个既渴望孤独又渴望远游的时代成长,夹在德意志宗教感伤主义和法国高乃依审美形式主义之间,夹在学者的傲慢和民族的傲慢之间①,时而因无所归依而茫然,时而因进退两难而苦恼。

文艺复兴向北蔓延的同时,欧洲精神文化也正在经历从古代到现代、从正统教派向新的信仰形式的转变。伴随着这一转变,怪力乱神、神奇启示等信仰被遏制,而天赋人权、社会契约等观念却日益深入人心。曾经弥漫于生活世界、笼罩着世道人心的生存恐惧与原罪意识,而今都已经被淡化。在莱辛生活的时代,充满了对生活的乐观希望和对人类良善本性的信赖。"自我否定、自我鄙视让位给了自我实现;对肉体和性的敌视让位给了自然天性和感官的快乐。不是对世界的否定和放弃,而是对世界的占有进入了意识:北美洲的开发和英国对印度的殖民化(欧洲历史成为世界历史),牛顿经典物理学的世界模式的构想。"②启蒙成为一个时代的天命,莱辛为这种时代天命服役的行为方式是以宗教神学来推进启蒙,同时为德意志民族的诗学、艺术倾向进行美学的提纯与辩护。

仅就美学方面而言,掌管着德意志精神的是法国古典主义,尤其是法兰西学院希腊和拉丁哲学教授夏尔·巴托神甫的美学理论。"莱辛在他那里几乎找不到什么……厄运般的时代错误,作家用词语绘画,画家用颜色写作,在这位(指巴托——引者注)统治着艺术风格的理论家那里反复出现。"法国古典主义依据古希腊诗人西摩尼德斯(Simonides, BC 556—BC 469)、罗马诗人贺拉斯(Horace, BC 65—BC 8)的"诗画一致论",提出了"绘画的诗艺"和"诗意的绘画"。颠覆这种住主导地位的伪古典主义美学、为德意志艺术精神展开美学的贞定,正是莱辛创作《拉奥孔》的初衷所在。

莱辛的时代同时还是新生考古学、古典语文学同心理学分析科学

---

① 参见威廉·狄尔泰:《体验与诗》,胡其鼎译,北京:三联书店,2003 年版,第 18 页。
② 汉斯·昆、瓦尔特·延斯:《诗与宗教》,第 77—78 页。

精神合流的时代,英国洛克和博克等人的哲学中蕴含的心理学被移植到了精神领域,为美学家和文学批评家探索艺术形式提供了新的概念工具。"一个如此沉溺于心灵生活的精细分析的时代将炸毁艺术的大而坚固的形式,因为这种形式不给难以察觉的细柔感情的细节留下任何空间,这个时代将去追寻这个新发现的世界的无穷的细微差别,它必将去寻访那些人身上对这样的情感世界的无穷尽的经历。"①莱辛创作《拉奥孔》,力避法国古典主义、英国经验主义的"诗画一致"陈说,力举诗歌与绘画在模仿对象、模仿媒介、心理感受方面不可通约的差异,在一定程度上正好体现了"追寻这个新发现的世界的无穷的细微差别"的时代精神。

莱辛时代的德国文学创作富有原创意识和生命活力,但是由于没有独特美学意识的统帅而显得杂乱、散漫,陷入群龙无首的混沌状态。当务之急,就是要提纯德意志艺术精神,在启蒙的意义上为有充分根据的明确规则的确立寻找坚实的基础。莱辛创作《拉奥孔》的表层动机是为诗歌和绘画规定不同的任务、划定不同的地盘,但深层动机却在于为分析德意志精神现象确立一个伟大的典范,将绘画要素从诗学之中驱逐出去,确立诗学想象的基本法则。

三、《拉奥孔》的结构和题旨

《拉奥孔》②第一部分发表于 1766 年,仅存残篇,因为莱辛后来全身心地投入了《汉堡剧评》的写作。天不假时日,莱辛来不及完成拟定的《拉奥孔》写作计划,留下了两个提纲和零碎的笔记。除了成型的 29 章所论述主要的思想——诗画艺术的分野之外,在两个提纲和笔记中补充发挥了古典美的理想、自然符号和人为符号的区别、综合艺术的特征等思想。

成型的《拉奥孔》由一个序言和 29 章文字构成,整个著作所表达

---

① 威廉·狄尔泰:《体验与诗》,第 42 页。
② 本文所引《拉奥孔》参见朱光潜译,北京:人民文学出版社,1981 年版。参见 Gotthold Ephraim Lessing, *Laocoön: An Essay on the Limits of Painting and Poetry*, in J. M. Bernstein (ed.), *Classic and Romantic German Aesthetics*, Cambridge: Cambridge University Press, 2003, pp. 25-130。

的思想非常集中,其主要论点是:艺术(绘画)适宜于呈现空间中物体或者形态,而诗适宜于表现时间中的动作和情节。

《拉奥孔》序言首先区分了"艺术爱好者""哲学家"和"艺术批评家"。按照莱辛的看法,艺术爱好者感觉精微,但无法区别绘画和诗所造成的不同的效果,无法辨别两种艺术引起的"逼真的幻觉"(Täuschung)。哲学家探讨两门艺术快感的本质,寻求普遍规律,认为诗画同源。艺术批评家则寻找支配两门艺术的特殊规律和价值,公平地对待诗歌和绘画。区分了三种不同的对待诗画艺术的不同态度后,莱辛将批判的锋芒直接指向了"古典主义诗画一致论":"在诗里导致追求绘画的狂热""在画里导致追求寓意的狂热""把诗变成有声的画""把画变成有声的诗"。莱辛开宗明义地断言,这些都是错误的趣味和没有根据的论断,相反,他的论文就是要证明诗画艺术的摹仿对象、摹仿方式均有不同。

接下来的29章,大致可以分为四个部分,第1章到第9章构成第一部分,重点论述诗歌和绘画属于不同的艺术,摹仿媒介的不同导致了不同的美。第10章到第22章构成第二部分,重点论述诗画两种艺术摹仿对象的不同以及各自的审美属性,其中第15章和第16章是全书的精粹部分。第23章至25章构成第三部分,重点处理丑、恐怖、嫌恶等负面题材在艺术中的表现。26章至第29章,重点讨论拉奥孔雕像的创作时代,并针对温克尔曼的《古代艺术史》提出批评。

1. 不同摹仿媒介,不同审美风貌

莱辛的论述以温克尔曼对于古典艺术理想的描述为契机展开。温克尔曼在《论希腊绘画和雕刻作品中的摹仿》(1755年)中提出,希腊艺术理想是"高贵的单纯和静穆的伟大"。拉奥孔群雕上为两条巨蟒所折磨的特洛亚祭司父子虽然剧烈痛苦、无比恐惧,却并没有哀号、恸哭的表情,在汹涌的激情之下仍然表现出一种伟大而安详的心灵。但在罗马诗人维吉尔的诗歌里就不一样了,特洛亚祭司父子张开大口,发出惨痛的哀号。莱辛大体上同意温克尔曼对于希腊艺术理想的描述,但他指出,伟大诗人荷马、悲剧诗人索福克勒斯从来就不回避强烈情感的表现:荷马所吟诵的英雄每逢痛苦和屈辱的情感,总是会忠实于人性,听任情感自然释放;索福克勒斯也极尽能事地描写悲剧主角的身体痛苦,写大力神赫克勒斯的呻吟、呼喊和恸哭。但在希腊雕

刻艺术之中,艺术家的表现就必须节制自然情感,在表现巨大痛苦时避免表现丑,因为主宰这希腊造型艺术世界的最高律令是美:

> 凡是为造型艺术所能追求的其他东西,如果和美不相容,就必须让路给美;如果和美相容,也至少必须服从美。(第14页)

在这条美的律令的作用下,如果激情过度,就必须被冲淡:将狂怒冲淡为严峻,将哀伤冲淡为愁惨,将哀号冲淡为叹息。通过有意识地遮盖痛苦的表情,艺术家把人们对痛苦过度所造成的嫌恶转化为甜美的怜悯。一方面,在造型艺术中,艺术家必须在表情中有所节制。为了让表情达到最理想的审美效果,艺术家就一定要避免描绘激情顶点的时刻,而要选取最能激发想象自由获得的片刻。原因在于,绘画也好,雕塑也好,造型艺术只能表现最小限度的时间,只能是一瞬间的物态与表情(nie mehr al seine einzigen Augenblick),景物在瞬间一瞥之间所呈现的样子(nur zus einen einzigen Gesichtspunkte)。选择一个合适的瞬间对造型艺术家而言至关重要,这一瞬间必须富有包蕴(prägnant)力量,如同女性孕育新的生命;这一瞬间必须含前蕴后,继往开来,寓意深远,境生象外。譬如,呈现拉奥孔的叹息片刻,令人想象他们在哀号;呈现复仇女神的冷峻,令人想象她在发飙。如果直接呈现激情的顶点,那就达到了止境,眼睛就不能朝向更遥远的地方,想象就被捆住了翅膀,感官就只能获取一些虚弱的形象。如果一位自作聪明的画家描绘出极度疯狂的美狄亚,将她的那种暂时的、转瞬即逝的绝望与悲伤持久化,那就违背了自然本性,也违背了希腊艺术的美的法则。莱辛的用意一望便知,那就是要挫败那些在画中追求寓意的狂热。另一方面,在诗歌艺术中,诗人有无限广阔的完善境界可供摹仿,因而诗不受限制,可以尽情表现。通过详细地分析索福克勒斯的《菲罗克忒忒斯》(Philoctetes)剧中的创伤、身体痛苦、荒岛上的灾难以及主角的呻吟与哀号,莱辛论证了诗歌表情媒介的优势。真正的英雄、真正的勇敢莫不出自自由意志,因而悲剧的主角一定要显示情感,让自然本性自然流溢,在他身上发生作用。

但浮夸不能激发起真正的英雄气概,正如菲罗克忒忒斯的哀怨不能使人变得软弱。他的哀怨是人的哀怨,他的行为却是英雄的行为。二者合在一起,才形成一个有人气的英雄。有人气的英雄既不软弱,也不倔强,但是在服从自然的要求时显得软弱,在服从原则和职责的要求时就显得倔强。这种人是智慧所能造就的最高产品,也是艺术所能摹仿的最高对象。(第30页)

这段关于悲剧英雄的论述充分地表现了莱辛的启蒙理想,以及德意志悲剧的审美精神。启蒙理想,在这里体现为"人的气概"和"英雄的行动",莱辛认为诗学的本质在戏剧中,戏剧的本质在悲剧中,而悲剧只能完成在行动过程里。在莱辛的心目中,未来德意志的审美精神就是"软弱"与"倔强"统一的精神,而这种精神正涌动在18世纪德国的文学与哲学中,尤其是歌德的戏剧和小说中。

质言之,莱辛根据诗画两种不同艺术摹仿媒介和方式的不同区分了不同类型的审美规律。绘画必须追求激情的节制,而诗歌必须尽情地表现人性。在处理两种艺术形式的过程中,莱辛并没有兑现不偏不倚、公平对待各门艺术的承诺,显而易见地赋予了诗歌高于绘画的优先性。比如他认为,不是诗人摹仿了雕刻家,而是雕刻家摹仿了诗人。就拉奥孔而言,他认为是罗马的雕刻家摹仿了维吉尔的诗篇。这个观点显然得不到考古学的支持,却表明莱辛希望确立诗歌对于绘画的优先地位,希望诗歌引领德意志艺术走上健康向上的道路。说到摹仿,莱辛又将"摹仿"分为两类:一类是创造性的摹仿,如维吉尔摹仿制造伊阿尼斯护身盾牌的艺术家,他所摹仿的对象可以是艺术作品,也可以是自然的作品;一类是抄袭式的摹仿,如诗人照搬拉奥孔群像,即用另一种媒介去摹仿已经存在的人物和事物。在批评英国牛津大学诗学教授斯彭司(Joseph Spence,1699—1768)的"诗画一致论"时,莱辛具体地论说了诗歌具有比绘画更大的表现范围,也就是说,与绘画仅仅宜于描绘一般的美和正面的人事不一样,诗可以表现个性的美,可以表现丑怪、嫌恶等负面的东西,比如说,诗人可以写长角的酒神,但画家却绝对不能。

2. 不同的摹仿对象,不同的审美方式

依据摹仿对象的差异,绘画与雕刻采用不同的语言,因而具有了不同的艺术属性(Attribute,汉语翻译为"标志")。画家采用有形体而没有声音的语言,诗人采用无形体而具有声音的语言,因而形成了各自的审美特征。"诗人就抽象概念加以人格化,通过他们的名字和所作所为,就足以显出他们的特征。艺术家却没有这种手段可利用,所以就得替人格化的抽象概念找出一些象征符号,使他们成为可以辨认的。这些象征符号并不是所象征的东西,意义也不同,所以就变成一些寓意的形象。"就造型艺术与诗歌的道德意蕴而论,造型艺术塑造了"寓意性的人物",而在诗人手上却变成了人格化的抽象概念。"诗人不应该把绘画的贫乏看成它的财富","也不应该把艺术为着要赶上诗而发明的手段看作一种值得羡慕的完善",诗的独特标志或者说审美属性在于:代表事物本身,让人物行动起来,通过行动来显示人物的性格特征。在这个见解之中,隐含着两项富有深远意义的区分,一是自然符号和人为符号的区分,一是象征和寓言的区分。关于第一个区分,莱辛在《拉奥孔》笔记中有充分的发挥,关于第二个区分,莱辛语焉不详,直到康德的纯粹理性理论里,图式和象征的区分才被定义下来,直到谢林的艺术哲学中,象征和寓言的区分才明朗化。

法国古典主义批评家克鲁斯伯爵(Count Caylus, 1692—1765)曾经尝试从荷马史诗中寻找绘画的题材,从而要求诗人援画入诗,用寓意的特征来装饰诗中人物。莱辛通过批判这种观点而阐发了诗与画在构思与表达上的差异:诗歌构思的难度大于诗歌的表达,而绘画表达的难度大于绘画构思,因此造型艺术总是摹仿那些自然的熟悉的事物。莱辛作了一个对比,来说明诗与画的构思和表达上的难易程度:一个画家以诗人的摹仿品为中介去摹仿自然,比起不用这种中介,还能显示出更大的优点。画家根据风景诗人的描绘创作一幅风景画,比那些直接描摹自然的画家,更能取得更大的成就。直接描摹者看到他的蓝本自然就在眼前,而间接摹仿者必须运用想象力把蓝本自然摆在眼前;直接描摹者凭借生动的感官印象去创造出一件美的作品,而间接摹仿者却凭借一些人为的符号产生出朦胧苍白的表象。要理解这一点,就必须理解莱辛的"自然符号"和"人为符号"概念。自然符号,是指自然存在的颜色和形状,而人为符号,则是指诗所运用的语言,间接唤醒意象,不能直接呈现感性形象。

为进一步批评克鲁斯混淆诗与画的看法以及援画入诗的主张,莱辛举荷马为例,说荷马史诗处理了两种人物和动作:一是可以眼见的(人),另一种是不可以眼见的(神),而在绘画里一切都成为可以眼见的,实在无法做出这种区分。不可眼见的(神)及其动作无法进入绘画,但诗歌能以人为的语言暗示出这些不可眼见的人物与动作。莱辛依据"可见"与"不可见"的差异,提出了"诗中的画"与"画中的画"之间的差异,前者是指诗意的绘画,后者是指物质的绘画。诗意的绘画(ein poetisches Gemälde)是人为符号的产物,不可转化为物质的绘画(ein materielles Gemälde);物质的绘画是自然符号的产物,不可转化为诗意的绘画。这两种绘画表明了诗歌与绘画之间的不可通约性,因而不能用"入画"作为判断诗歌优劣的标准。经过同克鲁斯的辩难,以及列举丰富的文本个案旁证,莱辛得出了一个非常警策的结论:

> 事实有可以入画的,也有不可以入画的,历史家可以用最没有画意的方式去叙述最有画意的东西,而诗人却有本领把最不堪入画的东西描绘成最有画意的东西。(第79页)

> ……一幅诗的图画并不一定转化为一幅物质的图画;诗人在把他的对象写得生动如在眼前,使我们意识到这对象比意识到他的语言文字还更清楚时,他所下的每一笔和许多笔的组合,都是具有画意的,都是一幅图画,因为他能使我们产生一种逼真的幻觉……(第79—80页)

尽管同样产生逼真的幻觉,但绘画与诗歌所摹仿的对象是完全不同的。绘画所摹仿的是空间之中并列的静态的物体,诗歌所摹仿的是时间之中持续的动作,绘画用自然符号来呈现对象,而诗歌用暗示来描摹行为。绘画在并列的构图中,只能运用动作中的某一片刻,选择富有蕴含性的一个片刻(der prängnanteste Augenblick),来呈现动作的美。同样,诗歌在其持续的摹仿中,必须选取最能显示该物体最生动的感性形象的属性,来呈现事物的美。运用自然符号,绘画具有描述空间并列对象的能力;相反,运用人为符号,诗却不宜于描述事物的空间并列,因为并列的物体同语言符号的前后相继发生了矛盾。诗的描摹要产生逼真的幻觉,就必须以动作来暗示整体的美。

在《拉奥孔》笔记残篇里,莱辛集中表达了全书的基本思想:

> 诗和画固然都是摹仿的艺术,出于摹仿概念的一切规律固然使用于诗和画,但二者用来摹仿的媒介或手段却完全不同,这方面的差别就产生了它们各自的特殊规律。
>
> 绘画运用在空间中的形状和颜色。

诗运用在时间中明确发出的声音。

前者是自然的符号,后者是人为的符号,这就是诗和画各自特有规律的两个源泉。

同时并列的摹仿符号也只能表现同时并列的对象或同一对象中同时并列的不同部分,这类对象叫做物体。因此,物体(Körper)及其感性特征是绘画所特有的对象。

先后承续的摹仿符号也只能表现先后承续的对象或是同一对象先后承续的不同部分。这类对象一般就是动作(或情节)。因此,动作(Handlungen)是诗所特有的对象。(第181—182页)

诗歌用人为符号以暗示的方式摹写行动,而这显然不同于绘画选取具有蕴含性的片刻去暗示。诗的暗示有三种类型:

一是化静为动,如荷马不是直接摹写阿伽门农的"笏",或者直白地炫耀它的尊贵,而是叙述"笏"的历史:它在火神的手中被铸造出来,在天神朱庇特手中闪闪发光,在轻捷善走而又沟通天人的赫尔墨斯手上成为尊严的标志,在骁勇善战的帕罗普斯手上成为指挥杖,在爱好和平的阿特柔斯手上变成了牧羊杖,最后传到了阿伽门农手上成为王权的标志。诗人如此描写"朝笏",就远比画家直接呈现"朝笏"更有感动力量,因为荷马表面上在礼赞"笏"的尊严与高贵,事实上叙述了人间君权的起源、发展、巩固以及世袭王权的形成。

二是以描写效果暗示美。比如荷马不直接写美女海伦的美,而写海伦的出现引起特洛亚元老的惊羡:正在会场里议事的那些尊贵的老人们,情不自禁地窃窃私语:"没有人会责备特洛亚人和希腊人,说他们为了这个女人进行了长久的痛苦的战争,她真像一位不朽的女神啊!"美人海伦过场取得了这么一种了不起的效果,即让那些铁石心肠的元老人真心实意地承认为她而战斗、为她而流血、为而流泪是值得的。还有什么能比这样的叙述更好地呈现美人海伦呢?

三是化美为媚。所谓"媚",就是动态中的美,由诗人来写"媚",当然比画家更合适,一落到画家手里,"媚"就成为装腔作势。"媚"是一种稍纵即逝而又百看不厌的美,尽管飘来忽去,却更令人欣喜与感动。阿尔契娜的双眼"娴雅地左顾右盼,秋波流转",以至于爱神环绕着这样的迷人眼神飞舞,观者莫不被爱神之箭射中。而她的嘴之所以荡人心魂，却并不是因为在两唇之间射出天然的银朱色的光辉，而是因为她的两唇之间那嫣然一笑，一刹那让天堂降落人间，而从她的两唇之间发出的语言，更是令人心旷神怡，能让莽汉的铁石心肠变得柔情似水。

3. 艺术与丑、嫌厌、恐怖等负面价值

所谓"丑"，是指许多部分的不妥帖、引起负面感觉的事物。在诗人的描绘里，丑所引起的反感被冲淡了，而成为诗人用来产生和加强混合情感、供我们娱乐的题材。但是，绘画艺术拒绝表现丑。绘画只能描摹美的形体，不宜于描摹丑的形体；艺术家偶尔通过艺术摹仿将反感转化为快感，但这只是暂时的，无论是实在的嫌恶，还是虚构的嫌恶，都只能引起反感，而引不起快感。

所谓"嫌厌""可怖"，都是丑的形体所引起的负面感觉，与美的形体所引起的快感相对立。嫌厌的情感与丑所引起的反感是密切联系的，而且都无法转化为快感。诗有时利用嫌厌对象来加强可笑性和恐怖感，但绘画则应绝对避免呈现嫌厌的对象，一如绘画绝对避免呈现丑的形体。

4. 拉奥孔群雕的年代

拉奥孔群雕和拉奥孔诗篇孰先孰后？这是《拉奥孔》后几章集中探讨的问题。按照温克尔曼，拉奥孔群雕在先，诗人维吉尔的诗篇在后，这是确定无疑的。但莱辛持相反的看法，他认为：拉奥孔群雕收藏在罗马皇帝提图斯（Titus，30—81）的皇宫里面，但并不排除提图斯请雕塑艺术家创作这件艺术品的可能性。莱辛的意思是，拉奥孔群雕是罗马时代的造物，乃是依据维吉尔的诗篇为蓝本雕刻出来的，不可能像温克尔曼所说的那么古老。

从考古学的成果看来，莱辛的推断是站不住脚的，但莱辛的努力不可忽略的价值在于从文本出发去审断历史谜案，他是从文献学而不是从形象史来展开论辩的。莱辛分别从文本的修辞学、语法学、句法结构以及版本学等角度来寻找支撑证据。首先，普里琉斯在叙述罗马皇宫里的《拉奥孔》时，在修辞上使用了"同样"（similiter）这么一个字眼，以清楚表明拉奥孔的作者同古代艺术家不属于同一个时代。其次，从温克尔曼所引的资料中拈出一句"铭文"："阿塔诺多柔斯……所制成"，莱辛注意到这个"完成时"表明雕像的作者属于早期罗马时代。再次,从一位罗马史学家对雕像人物姿势的描写中挑出一句话:"用膝盖抵住盾牌,把标枪伸向前方",再注意到其中用了一个逗号,莱辛认为这便是拉奥孔雕像晚出的句法学证据。最后,通过指出温克尔曼对于普里琉斯、朗吉弩斯著作的误引,莱辛证明温克尔曼古代艺术历史缺乏文献学的证据。

四、艺术分野与诗艺的绝对

莱辛的《拉奥孔》具有清楚的问题意识、具体的解决方式和坚定的理论立场。首先,他的问题直接针对温克尔曼的观点:希腊艺术的境界是"高贵的单纯和静穆的伟大"。莱辛认为,雕像中因痛苦而哀叹的人物,证明了美是古代艺术的最高规律,以及雕像艺术必须化随时变化的东西为常住不变。就此而提出的问题是:造型艺术与诗二者的差异何在?为什么有这种差异。其次,在尝试解决这个问题的过程中,莱辛发现造型艺术和诗两门艺术之差异源自各自用来再现的媒介,造型艺术使用的媒介是自然符号,而诗使用的媒介是人为符号。从摹仿媒介之不同,再进入摹仿对象的差异,从而探索艺术审美效果的差异,这道程序构成了莱辛解决问题的方式。他的结论非常简单,即各门艺术自有其特殊的媒介、特殊的对象和特殊的审美效果;造型艺术以自然语言摹仿在空间中有序的物象与形体,以美为最高境界;而诗以人为语言摹仿在时间中连贯的行动,而呈现精神的深度。最后,综观《拉奥孔》全书,不难看出莱辛的立场是"扬诗抑画",认为诗歌艺术服务于想象,诗艺的本质在于呈现一种对于客观对象的强烈审美经验,而审美经验构成了一种超越自然而指向自由的价值倾向。莱辛认为,使用人为符号的诗艺有着比使用自然符号的造型艺术更为广阔的领域、更为强劲的表现力量和更为普遍的精神性。强调诗艺普遍性的莱辛,因此就有了比赞美希腊艺术宁静境界的温克尔曼更强烈的现代意识。新柏拉图主义者温克尔曼,崇尚静穆之美,主张禁欲苦行,好像拉奥孔痛苦而不呼号,恐惧而不战栗;相反,斯宾诺莎哲学的信徒莱辛,却崇尚行动的悲剧,主张与天命抗争。所以他断言,诗人的境界不在静穆,而在静穆的反面;诗人描摹动作而非物体,动作越复杂、冲突越惨烈,诗歌也就越是完善。崇尚静穆之美的温克尔曼,眼光总是向后,相反,崇尚动作之力的莱辛,眼光总是朝前。在这里,一个真正的古典主义者和一个真正的启蒙主义者之间的差异便泾渭分明了。

不难看出,莱辛希望以诗艺来扬弃画艺,从而将诗艺绝对化了。《拉奥孔》第三章伊始,莱辛断言,我们这些现代人,启蒙的骄子,已经将真实和表现确定为艺术的首要律则。但莱辛同时又看出,在诗歌扬弃造型艺术的过程中,绘画渐渐地解除了物质性的制约。这种造型艺术的"解物质化"(dematerialization)之前提是:人类想象力的自由比物质自然更崇高、更具有内在价值,因此诗艺高于画艺。① 通过限制造型艺术,为视觉再现划定在美的领域,然后将诗艺抬高到画艺之上,莱辛在美学领域提前完成了康德批判哲学的任务,即限制纯粹理性,将认识活动划定在自然领域,然后将实践理性抬高到纯粹理性之上。② 莱辛通过扬弃造型艺术而建构的"诗艺的普遍性",上承亚里士多德《诗学》"诗歌比历史更真实更普遍"的命题,下开德国浪漫主义"文学绝对性"的主张。诗艺的普遍性,包括诗艺对于画艺的扬弃,恰恰就是耶拿浪漫主义的基本主张,即 F. 施莱格尔在著名的《雅典娜神殿》片段 116 条所提出的"渐进的宇宙诗",换句话说,就是"诗艺的绝对"。这种隐含在《拉奥孔》中的"诗艺的绝对",使这部著作超越了艺术研究的范围,为分析德意志精神现象提供了一个伟大的典范。

莱辛《拉奥孔》提出了"艺术媒介的表现性能"问题,顺着这个问题层层推进,却展开了一套"媒介解释学"。媒介解释学,是指通过媒介而进入艺术形式、通过艺术形式而阐发文化精神的批评话语。艺术媒介之分,显然具有普遍性,它表明艺术各有自己的优长,各有自己的领域,诚如中国古典文论之中"丹青"与"雅颂"、"存形"与"宣物"的分际。③

---

① J. M. Bernstein (ed.), *Classic and Romantic German Aesthetics*, Cambridge: Cambridge University Press, 2003, p. xv.

② Claudia Brodsky Lacour, "'Is That Helen?' Contemporary Pictorialism, Lessing and Kant," *Comparative Literature*, vol. 45, no. 3 (1993), pp. 230-257.

③ "丹青"指绘画,"雅颂"指诗歌,比如晋代陆机在他的《文赋》之中做出了这一区分。唐代画家张彦远《历代名画记卷一·叙画之源流引》中说:"宣物莫大于言,存形莫大于画。"北宋思想家邵雍也说:"史笔善记事,画笔善状物。"在《史画吟》《诗画吟》中他又写道:"画笔善状物,长于运丹青。丹青人巧思,万物无遁形。诗笔善状物,长于运丹诚。丹诚入秀句,万物无遁情。"关于中国古典文论中"诗与画"关系的讨论,参见钱锺书《读〈拉奥孔〉》,见《七缀集》,北京:三联书店,2003 年版,第 33—61 页。

但问题在于,莱辛将画艺与诗艺之间的区分绝对化,而把画艺打入了凝固僵硬的空间(space of mortification),这表现了莱辛艺术理论的局限性。具体论之,这种局限性表现在四个方面:第一,莱辛心目中的诗艺,主要还是以呈现动作为主的史诗和叙事诗,而不是追光蹑影、直达灵符的抒情诗。"人群中这些面孔幽灵一般显现:湿漉漉的黑色枝条上的许多花瓣"(The apparition of these faces in the crowd: Petals on a wet, black bough. 艾兹拉·庞德《地铁站》,E. Pound, "In a station of the Metro"),"一条河流穿过田野,绕过腾空的山谷泻下/在花树参差点缀得石卵间微笑"(古罗马帝国时期诗人Tiberianus),以及"孤舟蓑笠翁,独钓寒江雪"(柳宗元),古今中外的这些诗句,都不只是呈现在时间中前后相继的动作,而更多地表现出时间空间化的倾向。第二,莱辛所限定的画艺,仅仅局限于文艺复兴以来确立的焦点透视,而与中国古典画艺格格不入。中国古典绘画造型似乎最不利于莱辛的画艺主张中"瞬间呈现"论了,中国绘画以散点透视、流动的视野把整个画面把握为一个气韵生动的空间,追求天人合一,个体与宇宙同流,其中充满了节奏感,而从来就不企图描摹一个片刻。第三,即使是在西方画艺系统中,莱辛的"瞬间呈现"论也有以偏概全之嫌。在中世纪欧洲,也有使用"逆转透视"(reverse perspective)技法来补充"焦点透视"的画家;在文艺复兴时代,也有画家通过压缩不同时间中的事件于同一幅画面,由此来制造同时性"幻觉空间"(illusionary space);而那些希望从东方艺术中吸取灵感的现代艺术家,则力求挣脱"焦点透视"的魔咒,大胆地用抽象的线、变形的面来呈现复杂的空间,将空间时间化。[①] 第四,莱辛显然将造型艺术和诗歌艺术媒介之间的区分绝对化了,以至于二者仿佛无法通约,这与艺术历史上表现出来的媒介互相贯通、彼此转化和交互影响的事实不符,同时也很难解释在媒介文化时代各门艺术的复杂交互作用,以及越来越普遍的"越位之思"(Andersstreben)。而所谓"越位之思",就是指艺术媒介超越自己的表现功能,去表现其他艺术的境界,如绘画中的音乐,音乐中的叙事,诗情中的画意,等等。"越位之思"向艺术区分系统提出了挑战,表现了不同艺术之间的某种共同联系,某种基本的精神素质。

[①] 关于莱辛艺术理论的局限,参见叶维廉:《"出位之思":媒体及超媒体美学》,见《中国诗学》,北京:人民文学出版社,2006年版,第199—234页。

魔幻词语,灵知载体

——"浪漫主义"概念辨析

引言

"浪漫主义"(Romanticism)常常在多种意义上被使用,其最狭隘的意义,同德国"早期浪漫派"(Fruhromantik)相联系,特指1796年至1802年间一个作家诗人群体、一份文化杂志及其文学实践、诗学风格与批评主张。这个作家群体后世称之为"耶拿浪漫派",其领袖人物乃是施莱格尔兄弟——兄长奥古斯特和弟弟弗里德里希,成员包括奥古斯特的妻子卡洛琳娜(Caroline),弗里德里希的妻子多萝台娅(Dorothea),诗人哲学家诺瓦利斯,作家蒂克,神学家施莱尔马赫,哲学家谢林。他们携手支撑的杂志是施莱格尔兄弟所创办的《雅典娜神殿》(Athenäum),以断简残篇的书写方式,汇通诗、史、思,催生浪漫诗风,建构小说文体,缔造文学观念,展开实践批评。本雅明的名篇《德国悲剧的起源》(Ursprung des deutschen Trauerspiels)之开篇,就回荡着早期浪漫派的精神,延续着其诗学的问题意识。早期浪漫派行年短暂,但意气风发,颇具文学革命气象,甚至在相当程度上塑造了伟大而苦难的19世纪欧洲的精神品格。

浪漫主义究竟起源于何处?肇始于何时?从18世纪末至今,学界可谓聚讼纷争,无以定论。德国早期浪漫派的精神领袖施莱格尔兄弟,以及将德国浪漫精神举荐给法国的斯太尔夫人,大体上都相信浪漫主义起源于罗曼语国家,据说它粗头乱服,野性难驯,崇尚古朴,弃绝当前,或者干脆就是经过乔装修饰的普罗旺斯游吟诗人的诗歌,将女性提升到神性的高度,而把情欲提升为爱本身。宗教文化史家勒南断定浪漫主义起源于凯尔特语国家,而帕里斯以为法国的布列塔尼地区是它的原乡。塞埃(Seillière)将浪漫主义直接追溯到柏拉图、新柏拉图主义和托名的狄奥尼修斯神秘主义学说的融混,纳德勒(Joseph Nadler)说它是客居易北河和尼蒙地区的德意志人的乡愁,思念原乡,追怀古老的中部德国,令这些浪游者和殖民者忧伤成疾,结想成梦。德国浪漫主义诗人艾辛多夫(Eichendorff)说浪漫主义乃是新教徒对荣耀不再的天主教会的怀旧。法国浪漫主义作家夏多布里昂(Chateaubriand)则说,即便经历过流亡与客居,也不一定有浪漫情感,所以浪漫主义是灵魂自我游戏而获得的神秘无言的欢愉。埃纳尔(Joseph Aynard)说,浪漫主义是指向他者而非指向自己的爱,是一种对抗权力意志的意愿。默里(Middleton Murry)说莎士比亚本质上就是浪漫主义者,卢梭以后的伟大作家都不可避免地成为浪漫主义者。① 马克思主义批评家卢卡奇出语惊人,断定浪漫主义从抽象走向幻灭,表征着内心的失败。面对自身和世界,浪漫主义者变得令人怀疑,令人失望和残酷,只留下奢侈享乐和辛酸苦难、悲恸与冷嘲,以及一堆美丽模糊的混合物。②

从语源角度看,"浪漫"与罗曼语的历史命运休戚相关。罗曼语乃是大众化的通俗语言,相对于教士阶层的拉丁语。用低俗罗曼语写成的文学作品、文学形式、文学体裁,便被称之为"romant""romanze",以及"romancero"。17世纪,"romantique""romantick"和"romantisch"首先出现在英国,然后出现在德国,常常带有贬义,甚至有道德上谴责之意,指那种莫焉下流、不由正道而必须被摈弃的东西。也就是说,此类文学当被抛弃在现代之前的黑暗之中。因为,它是那些不可思议的奇迹,难以置信的骑士传说,狂放无羁的情感,过分伸张的魔性。施莱格尔称《堂吉诃德》乃是浪漫风格的原型,随后几乎成了陈词滥调。夏多布里昂则称浪漫主义是一种神秘激情的哲学,17世纪和18世纪的瑞士批评家称浪漫主义为一种文学批评形式,多少蕴涵着那么一点点肯定的含义。但是,如果将"浪漫"一词放回到17、18世纪的宏大理论脉络之中,我们就不难看到,这个术语、这个文学体裁、这种诗学风格、这

---

① 参见伯林:《浪漫主义的根源》,吕梁译,南京:译林出版社,2008年版,第22页。
② 卢卡奇:《小说理论》,燕宏远、李怀涛译,北京:商务印书馆,2012年版,第110页。

种批评形式的历史同现代、理性、世俗化及其相关哲学假设,还有趣味、判断标准、审美文化,存在着剪不断理还乱的关系。① 这种复杂的关系,甚至汇入了思想史、批评史以及政治观念史的语境之中,成为跨学科考察的对象。

一、矛盾与歧异的"观念结"——思想史家的"浪漫主义"

1923年,美国"观念史"学者阿瑟·洛夫乔伊(Arthur Lovejoy)向"美国现代语言学会"提交了一篇讲稿,题目为《诸种浪漫主义的辨析》,这份讲稿于1924年发表在该学会的会刊 *PMLA* 上。他运用"观念史"方法,将"思想"区隔为"观念单元",对近三个世纪以来相关于"浪漫主义"的概念进行了梳理与辨析。他夫子自道,要根据文献所载权威人士的意见来定义浪漫主义,那是忍受痛苦,而终归绝望。浪漫主义这个术语包括多种含义,这些含义明显互相矛盾。随着文献的积累,矛盾与歧异不仅有增无减,而且这个术语本来就具有激发矛盾和滋长歧异的神奇力量。时移俗易,岁月推移,这种神奇力量却依然如故,甚至变本加厉。洛夫乔伊一言以蔽之:"浪漫"一词渐渐扩容,被用来指称如此之多的事物,自然就成为一个空虚的能指,而不再发挥语言符号的功能。② 羡慕者可以将他们所羡慕的一切称之为"浪漫主义",而怨恨者同样也可以将他们所怨恨的一切称之为"浪漫主义"。

据洛夫乔伊考察,一种占主导地位的意见,乃是宣称浪漫主义为19世纪的邪恶与不幸,以及当今人类精神痛苦不堪的原因。拉塞尔(Lasserre)、塞埃(Seillière),以及以白璧德(Irving Babbitt)为祭司的美国新人文主义者,则争相出谋划策,致力于消浪漫主义之毒,治人类精神之病。拉塞尔指出,浪漫主义精神非他,本质上就是法国革命精

---

① Philippe Lacou-Labarthe & Jean-Luc Nancy, *The Literary Absolute*: *The Theory of Literature in German Romanticism*, trans. P. Barnard and C. Lester, Albany: State University of New York Press, 1988, pp.3-4.

② Arthur Lovejoy, "On the Discrimination of Romanticisms," in Publications of Modern Language Association of America (PMLA), Vol. XXXIX, June, 1924, pp.229-253. 中译参见洛夫乔伊:《观念史论文集》,吴相译,南京:江苏教育出版社,2005年版,第228—245页。

神。① 那场革命从旧制度的黑暗心脏获取了除旧布新的魔力，而同往古告别，废黜了欧洲古典文明的传统，从而将人类推向了灾难的深渊。消浪漫主义之毒，治人类精神之病，除了恢复古代的秩序与信念，放弃进步观念及其盲目乐观态度，就别无灵丹妙药。塞埃指出，法国革命精神蕴含着理性的、斯多葛主义的、笛卡尔主义的古典精神，因而是合理的永恒的，将会推动世界日趋进步。② 但革命运动偏离了其真实的进程，神秘主义和社会动荡因素出现，浪漫主义也就恶名昭著，成为千夫所指，万人所咒。故而，解铃还是系铃人，只需将革命导回正道，浪漫主义也将洗心革面，而人类精神也就理性健朗。白璧德将卢梭视为浪漫主义的鼻祖，而浪漫主义乃是博放时代的个人主义与自我主义的过度张狂。在《卢梭与浪漫主义》（1909年）中，白璧德对卢梭做出了如下严厉的判决：

> 卢梭致力……拒绝一个伦理中心的观念，以及这个中心所涵韵其中的特殊形式。一切人文和宗教建立这个中心的努力，将一个严整有序而赋予中心的原则对立于扩张本能的努力，在卢梭看来都是武断随意而且矫揉造作的。他并没有将两类中心区别对待：一类是希腊悲剧诗人索福克勒斯借着直观而把握的伦理圭臬或道德中心，另一类是伪古典主义者希望通过机械的摹仿而达到的中心。从这个基本前提出发，他论证唯有变异原则才生机盎然，人的天才与原创同其本来意义上的离经叛道／离心怪异直接成正比。故此，面对一切既成的圭臬，他都随时准备伸张其独特差异。③

新知广泛扩散，随后个体与文化独特品格差异分殊，此乃博放的移心（expansive decentering）。白璧德认为，这场博放的移心运动在"古今之争"及其现代的凯旋中可以找到最后的历史因缘。白璧德的言论令人追忆阿诺德，又显然预示着理查兹。在他看来，席卷我们"偏

---

① Baron Ernest Antoine Aimé L Seillière, *Le mal romantique: Essai Sur L'impérialisme Irrationnel*, Nabu Press, 2010, p. xli.
② Ibid., p. xiii.
③ Irving Babbitt, *Rousseau and Romanticism*, New York: Meridian Books, 1955, pp. 54-55. 参见白璧德：《卢梭与浪漫主义》，孙宜学译，石家庄：河北教育出版社，2003年版，第33页。

离普遍人文而越浪越远"的危险"离心"与"扩张"的驱动力量,可归因于浪漫主义所弘扬的历史方法,"结果它是如此强有力地**溶解**了基督教与古典教义"。浪漫主义者在远东发现了奇幻而事实上难以消融的语言文化,"起源的研究"放纵无度,而成为"侵蚀古典传统"及其档案所载的种族中心的话语标准,因而加速了文化的无序败落。面对此等文化紧迫情境,白璧德力挽狂澜,中流砥柱,提议在高等教育中向青年灌输的"古典"人文主义。因为这种古典人文主义,乃是经回忆而生的种族中心论人文主义,不仅纯化了其后代的"人道主义"积淀,而且更加谨慎地纯化了现代的"溶化"了远古时代与民族的知识。

洛夫乔伊无奈地说:一个指称空虚而内涵驳杂的术语,最好的办法是停止谈论"浪漫主义"。可是,温柔或者粗暴地弃之不顾,当然也无济于事。他又绝望地把"浪漫主义"视为一场危机,一场危及人类生成秩序的灾难,一种决裂伟大"存在之链"邪恶势力。治病先必探得病源,故而必须用精神病理学的方法来矫正 19 世纪思想史上的紊乱与无序,对"观念"的一般进程,对现代思想和趣味中的主要阶段及其过渡的逻辑与心理关系,尝试做更为清晰的理解。洛夫乔伊的观念史考辨,先行福柯,而预示着"知识考古学"及其迷惘的结局:在多重线索的纠结之处拷问浪漫主义,在历史的浑浊巨流之中追溯浪漫主义,却发现一个时期的浪漫主义与另一个时期的浪漫主义毫无共同之处,一个国家的浪漫主义与另一个国家的浪漫主义几乎没有公分母。17 世纪 40 年代,浪漫主义在英国发端。17 世纪 90 年代,浪漫主义在德国登堂入室,且得以正名。1801 年和 1820 年,法国爆发了同英国、德国相关的文学文化政治运动,约定俗成地沿袭了"浪漫主义"这个称谓。然而,白璧德十分情绪化地指出,英法德三国在两百年间接力一般地演绎的"浪漫主义",在培根、卢梭那里发现了一系列丰富幽深而且自成悖论的观念。诠释这种观念的微言大义,白璧德称之为"科学的自然主义"和"感伤的自然主义",而且断言它们必须对现代偏离中心的紊乱运动,以及古典人文精神的衰败负责。洛夫乔伊断言,"每一种所谓的浪漫主义,都是极其复杂而且常常不稳定的才智的融合"。因而,他的"观念史"及其"观念单元"分析的方法,在处理复杂的"浪漫主义"思潮时表现出了独到的优势。依据这种"观念"史观,历史上任何一种观念都是由各种相互关联的"观念单元"构成,观念单元之间的关系,通常不是出于铁一般不可破除的必然逻辑,而是出于非逻辑的联想。浪漫主义当然也是如此,打从这个词语被杜撰出来,在其跨文化的散播过程之中,每种观念都部分地源自其先天和后天的含糊歧义,并不断地累积含糊歧义,以至于当下所见的"浪漫主义"被含糊歧义折磨得面目残损,气息缥缈。

洛夫乔伊假设,有 A、B、C 三种浪漫主义,A 具有一种独特的预设或先验机制,和 B 所具有的另一种独特预设或先验机制有共同之处,我们称这个共同之处为 Y。但是,A 和 C 也分享一个独特的预设或先验机制,C 却有一个独特的预设或先验机制 X。于是,每一种浪漫主义都部分地分享他种浪漫主义的独特预设或先验机制,却永远不能彼此化约,还原为一个共同的预设或先验机制。换言之,每一种浪漫主义都构成一个具有独特预设或先验机制的"观念单元",而这些观念单元都如影如幻,变异莫测,只能适用于自己时代的思想运动和流派。这就是 17 世纪英国、18 世纪德国、19 世纪法国浪漫主义的情形。17 世纪英国浪漫主义传承文艺复兴的自然主义,空腹虚心向泰古,顶礼膜拜大自然。而泰古自然都是鸿蒙荒野,狂放不羁,声名狼藉,既是激情的来源,又蕴涵着源始的生命力。18 世纪末在德国获得了生庚证的"浪漫主义"却开启了反自然主义的潮流。人为高于造化,故而必须以级数的方式将"世界诗化",甚至借着对古代希腊和中世纪黄金时代的追思,而否定落拓不羁的狂放天才。德国浪漫主义之独特的预设或先验机制,不是自然主义,尚古主义,而是作为与古代相对立的"独特现代性"(das eigentümlich Moderne),即"追寻无限实在性"的基督教精神。德国浪漫主义的乡愁所系,不在此生此世,而在彼岸他乡。对德国早期浪漫主义者来说,灵魂是漂泊在大地上的异邦人。超感觉的现实,甚至日常生活的炫惑与梦幻,既是基督教尘世之外家园的灵光乍现,又是浪漫主义艺术的真正魅力。无限性的观念消灭了有限性,生命走向了幻影世界,沉入黑夜(A. W. 施莱格尔语)。18 世纪法国浪漫主义将自然主义与反自然主义、尚古主义与基督教精神十分矛盾地集于一身。其代表人物夏多布里昂一方面渴望与纯情的印度情人厮守到老,另一方面又厌倦离群索居的孤岛生活。他赞美艺术之中的"自然",但这个自然不是鸿蒙荒野,而是人文尺度,是古典主义的艺术圭臬。通过这么一番"观念单元"的分析比较,洛夫乔伊指出,在英国和德国的浪漫主义中存在一定的预设或先验机制,但仍然存在重大的对立;在法国和德国浪漫主义之中又存在另外一些共同点,但也存在重大的对立。总之,在他们之间并不存在逻辑上稳固的基点,而在道德境界和文学前提上,他们绝对对立。所以,没有一个范畴像"浪漫主义"那么不堪、狼狈、尴尬,人们用这个术语来指代包罗万象的复杂性,指称文学、思想、文化、政治、历史潮流之中那种诡异的非人的源始动力,指称其起源、兴衰、汇流、复活的戏剧性的相互作用。

然而,荒野剑气皆肃杀,楼台箫韵尽含悲。洛夫乔伊笔下这个桀骜不驯、拒绝定位的"浪漫主义",在历史学家眼里是一个危险的异数,历史灾异的根源。洛夫乔伊先说,浪漫主义的意义就是它没有意义。然后,他又建议,最好思考一下1780年至1800这个世纪之交的时间,在德国流传的各自独立而又蔚然成风的三个观念之特殊关联。在这种观念单元的之中,看看究竟哪种重量级的精神"塑造了极权主义意识形态生死相依的心境",以及它如何愈演愈烈地导致了1940年的悲剧景象。这三个观念单元,乃是18世纪最后20年,在德国蔚然成风的整体(Ganzheit),动力(Streben),以及独特(Eigentümlichkeit)。[①] 而这三个观念单元,几乎原封不动地复制在希特勒主义的强权政治之中。观念史便助桀为虐,书写了20世纪政治的血腥与黑暗,抹去了古典道德,留下了伦理境界中令人不安的天空地白。

二、整体视野下的文学规范——批评史上的浪漫主义

文学批评家韦勒克接受思想史家洛夫乔伊的挑战。他针锋相对地提出,洛夫乔伊的论点是极端的"唯名论",不仅毫无根据,而且是无

[①] Arthur Lovejoy, "The Meaning of Romanticism for the Historian of Ideas," in *Journal of the History of Ideas*, III, 1941, 3. 又参见洛夫乔伊:《存在巨链》,张传有等译,南昌:江西教育出版社,2002年版,第366页:"在整个思想史上几乎没有比相反原则开始盛行时——即当相反原则不仅在人类生活的许多方面,甚至在所有方面被确信为由多种标准的优越性,而多样性本身就是优越性的本质时,价值标准的转变更深刻更重大的价值标准就转变了。特别是艺术的价值标准的改变,其目的既不是在少数固定种类中获得某种单一的理想的形式之完满性,也不是满足于所有人在任何时代都共享美感的最小公分母,而毋宁是对在自然和人性中现实地或潜在地存在着的丰富的差异性的最充分可能的表达,以及——艺术家在和他的公众的联系中的功能——是唤起理解、同情、愉悦的能力,这些能力尚潜在于大多数人之中,或许永远不能被普遍化。"

理取闹。以整个欧洲传统来观照 16 世纪以来三百年的文学文化运动,韦勒克断定:"各个主要浪漫主义运动形成了一个由理论、哲学和风格组成的统一体,而这些理论、哲学和风格又形成了一套互相包含的连贯思想。"①与洛夫乔伊截断"存在之链"而寻觅观念单元的办法不同,韦勒克的办法是观澜索源,将各种文学运动和文化思潮视为历史过程中某个特定时期支配当时文学的规范体系,而非任意规定的语言标签或形而上的实在。洛可可、巴洛克、古典主义、现实主义、浪漫主义,这些都不是任意的标签,而是一些支配历史特殊时期的规范体系。从规范体系去理解浪漫主义,韦勒克相信,这个术语作为一种对于"新型"诗歌的命名,其含义不会让人产生误解:浪漫主义即那种与古典主义相对立,并从中世纪和文艺复兴时期得到启发,并以此为榜样的诗歌。

在整体性视野下考察浪漫主义具体的文学实践,韦勒克发现:同古典主义相比较,整个欧洲的浪漫主义在诗歌、诗歌想象作用与性质上存在着相同的看法,对自然与人的关系所见略同,对诗体风格及其修辞上都有相同的选择取向。诗学、世界观以及诗体风格三方面的统一性,就构成了浪漫主义美学标准与文学实践的重要方面:"就诗歌来说是想象,就世界观来说是自然,就诗体风格来说是象征与神话。"②

韦勒克推重的三组概念渊源于前启蒙时代,在 18 世纪已经作为潜在的力量酝酿。第一,一种有机的自然观源自柏拉图主义,经过了布鲁诺、波墨、剑桥新柏拉图学派以及夏夫兹博里的断简残篇而流传。第二,那种把想象当作创造力而把诗歌看作预言的说法,直接脱胎于康德的批判哲学,当具有更为遥远的希伯来文化渊源。在某种意义上,正是想象力将信仰与诗歌、启示与理性融为一体。所以,对布莱克来说,弥尔顿的影子已经进入了历史的噩梦,整个诗歌的历史就是信

---

① Rene Wellek, "The Concept of Romanticism in Literary History" (2. The Term 'Romantic' and Its Derivatives), in *Comparative Literature*, Vol. I, No. 1, 1949(winter), p.2.
② Rene Wellek, "The Concept of Romanticism in Literary History" (1. The Unity of European Romanticism), in *Comparative Literature*, Vol. I, No. 1, 1949(winter), p.147.

仰与诗歌、启示与理性冲突的巨大噩梦的表现。① 所以,华兹华斯进入了与灵魂的孤独对话,断定想象力乃是对人类语言苍白的补救。第三,神话及其象征主义,在历史上可溯源至世界文明的史前史。苏美尔泥版楔形文字、埃及象形文字(庙堂镌刻文字)、希腊 B 型字母表,以及通过这些载体传承的神话与象征体系,都是浪漫主义的"遥远近亲"。浪漫主义的美学提出了象征、审美和难以表达之物以及无限可阐释之物的联系,但这种美学源自神秘主义。神秘主义者将自身的经验导向极端,绝地而不能通天,而在他的各种幻想和象征所表达的无形经验中,对一切权威开始怀疑、解构甚至进行虚无主义的破坏。荣格曾指出,作为最为遥远的人之体验,神秘主义经验的内容,就昭示生命即不断的毁灭。② 所以,韦勒克说,浪漫主义是某种旧事物的复活,但这种复活绝不是旧事物的重复。在一个启蒙后的时代,浪漫主义的神话注定是纠结着理性的神话,浪漫主义的象征注定是同阐释的权力意志所制服的象征。换言之,神话是重构的神话,象征是转译的象征。

与洛夫乔伊"[浪漫主义思想]众相纷呈,逻辑上各自独立,在含义上有时互相对立"的怀疑论相对立,韦勒克断言浪漫主义的自然观、想象观和象征观三者之间存在着深刻的关联,存在着互相蕴涵的关系。没有有机自然观,我们就不能相信象征和神话的重要性。没有象征和神话,诗人就丧失了他必不可少的借以洞察实在的工具。最后,如果没有对人类这种独特的创造能力的信念,也就绝对不会有一个鸢飞鱼跃的自然世界和深邃无垠的象征体系。韦勒克最后指出,这种前后连贯而完整统一的思想,就是伴随浪漫主义而遍布欧洲的思想。这种整体视野下的文学规范体系,携带着一种诡异的非人的精神力量,颠覆了 18 世纪,结合并融合导致了 18 世纪后期的巨变,引起了西方意识历史上前所未有的变革。而这就是历史学家和政治思想史学者所关注的话题了。

---

① 参见布鲁姆:《神圣真理的毁灭:〈圣经〉以来的诗歌与信仰》,刘佳林译,上海:上海人民出版社,2013 年版,第 150 页。
② 参见埃柯:《符号学与语言哲学》,王天清译,天津:百花文艺出版社,2006 年版,第 274 页。

三、生存样法与政治决断——政治思想史上的浪漫主义

1931 年,意大利历史哲学家克罗齐撰写《十九世纪欧洲史》,以黑格尔哲学的方法,探索一个世纪的精神基础,归纳出"自由的宗教""对立的信仰"和"浪漫主义"三个要素,借以把握时代意识。书被催成,克罗齐题献给他的德国挚友、著名作家托马斯·曼,引用但丁《神曲》第二十三首歌为卷首题词:"此时你的思想进入我的思想,带有同样的行动和同样的面貌,使得我把二者构成同一个决定。"托马斯·曼将瓦格纳视为 19 世纪的象征。理查德·瓦格纳的精神形象多难而伟大,正如他完美地体现着的世纪——19 世纪。瓦格纳和 19 世纪,便是托马斯·曼和克罗齐指摘、赞美和反复道说的一切:

> 我看见他脸上刻着这个世纪的全部特征,表露着这个世纪的全部欲求,我简直无法将对他的作品,将对这个时代的产儿,对艺术创作世界卓尔不群而又备遭非议、最费解而又最具魅力的伟大人物群众的一员的爱与对这个世纪的爱区分开来,他的一生,那颠沛流离、饱经风霜、神魂迷狂、令人难以看清其面目而最终沐浴在世界荣誉光辉中的一生占去了十九世纪的绝大部分。……我们不仅鄙夷十九世纪的信仰,一种对信念的信仰,而且也看不惯它的无信仰,即它那种伤感的相对主义。在我们看来,它对理性与进步保持着宽厚、忠诚是可笑的,它的唯物主义太叫人捉摸不透,它的一元论的破解世界之谜的妄念却又极其浅薄。①

质言之,19 世纪徘徊在神话与虚无之间,于是有了伤感的相对主义。"伤感的相对主义",正是德国浪漫主义所表达的精神悖论,以及这种精神悖论所驱动的"悲剧的绝对性"。一方面,家园失落,漂泊若萍,相对取代绝对而成为神话;另一方面,个性张狂,魔性涌动,神话化作绝对的虚无。瓦格纳从历史歌剧走向神话,从而发现了自我,以及

---

① 托马斯·曼:《多难而伟大的十九世纪》,朱雁冰译,杭州:浙江大学出版社,2013 年版,第 5—6 页。

作为"总体艺术作品"的国家。其音乐的一般心灵品格具有某种悲观主义色彩的凝重而缓慢的向往,节奏中充满了断奏与裂变,以及为走出阴暗和紊乱而在美中得到解脱而展开的悲剧性抗争。他的作品诅咒白昼,膜拜黑夜,在精神上直接就是浪漫主义的传承。浪漫主义发现,夜是一切浪漫情怀的故乡和国度。夜晚真实,而白昼虚伪,夜晚多情善感,而白昼冷酷无情。夜晚主导生命,安慰生命,救赎生命,便是浪漫精神的原型,且同一切母系的月亮崇拜联系在一起。对女性、月亮和黑暗的崇拜,从来就对立于对男权、太阳和光明的崇拜。自觉迎着黑暗走去而英勇地遭遇黑暗,从黑暗之中获取隐秘的知识,从而完成自我救赎,此乃灵知主义。从早期浪漫主义到瓦格纳,德国诗文、戏剧、音乐、绘画甚至史乘都处在这个灵知主义的魔力之网中。灵知主义魔力之网中,黑暗与光明、邪灵与圣灵、此岸与彼岸、内在与超越等对立范畴相辅相成,塑造了浪漫主义以至19世纪之特殊悖论品格。

在《十九世纪欧洲史》中,克罗齐就揭露了浪漫主义的悖论品格。他把浪漫主义分为两种类型:理论—思辨的和实践—情感—道德的。理论—思辨的浪漫主义是对启蒙时代占主导地位的"文学学院主义"和"哲学唯理论"的论战和批判,所以闪烁着真理的光芒,让历史焕然一新。而实践—情感—道德的浪漫主义则是"疾病""世纪病",源自狂飙突进运动而在19世纪动荡衰落的时代臻于高潮。伦理的浪漫主义,首先是猛烈冲击现存社会的法律、习俗和思想,其次在否定和疯狂破坏的冲动中表现出迷失、软弱,提供灾异、失序的证据。克罗齐写道:

> 伦理浪漫主义,作为疾病的浪漫主义,作为"世纪病",既不拥有过去的传统信仰,也不拥有现在的理性信仰,伴随着相应的实践与道德表现,恰恰证明缺乏信仰,受到渴望塑造一种信仰的折磨,伴随它无力完成这点,无法满足一次次断言的东西,或无法确立它们作为思维和生活的准则;因为信仰自发地必然地从我们良心深处述说的真理中诞生,从来不会通过愿望和想象的焦急组合去探寻而获救。①

浪漫主义敏感、伤感、自相矛盾、反复无常、漫无头绪,克罗齐用了"妇人心灵"这么一个不甚得体的词语来摹状它。"在自身激起怀疑

---

① 克罗齐:《十九世纪欧洲史》,田时纲译,北京:商务印书馆,2013年版,第35—36页。

与困惑,其后又难以驾驭,钟爱并追求危险,并在危险中自消自灭",或许就是托马斯·曼所说的"感伤的相对主义"。浪漫派的梦想,即重返宗教超验和平境界,在寂静与断念之中停止思想的怀疑与忧患,实质上就是把决断的权力完全交付给随机的偶然性,将生命完全托付给飘忽无定的机缘。同时,浪漫派人士在爱情中探寻解放,在所爱的女人身上探寻神圣,最终乃是"依恋"强化为"贪恋","爱欲"下流为"情欲",奔向性欲亢奋的狂喜,在永不满足的渴望之中求取片刻的欢愉。"这是截然不同的美——不是在其中生活的欢乐微笑,因为,相反这种美得以表现的意象是痛苦和渴求的纵欲,是腐败与死亡,富有魔鬼崇拜和性虐待狂的色彩。"①总之,伦理浪漫主义可谓莫焉下流,其审美形式背离了早期浪漫主义的浮士德式的冲动,远离了关于崇高爱情心心相印的梦想,背叛了早期浪漫派的艺术化与诗化的伟大承诺,也忘却了中世纪宗教骑士简朴单纯高雅飘逸的生活方式。

1965年,以赛亚·伯林(Isaiah Berlin)在华盛顿美术馆发表系列讲演,题为《浪漫主义的根源》。他的立意是约瑟夫·巴特勒的名言"万物有本然,终不为他者",即自律自在、自己作为自己之理由的存在状态。他的讲演贯穿着三个基调:第一,浪漫主义与艺术休戚相关,自是艺术的基本精神;第二,浪漫主义是近代一场改塑了人类生存状态和思想范式的巨大变革;第三,近代以来流布深广而影响至深的各种潮流,都是浪漫主义的继承者,包括民族主义、存在主义、英雄主义、奇理斯玛主义、非人体制、民主主义、极权主义。

18世纪优雅、平静,人们循规蹈矩,信奉理性至上,然而一股仿佛来自史前深渊的力量,非人而诡异的力量驱动着人类的血气与激情,让人对阴森神秘的哥特艺术兴味盎然,喜好沉思冥想,神情忧郁而神经兮兮,崇尚天才,膜拜眩惑之妖,追随旋风之神,而放弃对称优雅,鄙视清楚而明白的理念。然后是地火运行,天怨人怒,神像被毁,国王上了断头台,恐怖降临人世,世间罪恶满盈。伯林断定,这一场近代剧变乃是文明的主导模式之变,是一种独特生存样法的显山露水,是绝对知识和至高法则的废黜。而这场剧变可以追溯到公元前3世纪的希腊,仿佛过分专制的理性主义使得人类的情感受压制,人类情感以反

---

① 克罗齐:《十九世纪欧洲史》,第210页。

抗的形式自我表现。"当奥林匹亚诸神变得过于驯服、过于理性、过于正常时,人们很自然地就会倾向于那些较为黑暗的冥府之神。"①启蒙时代激进阵容里的孟德斯鸠的文化相对论直接消解了客观的放之四海而皆准的不变实体,而休谟因果律的解构有力地震撼了理性基础,然而德国默默无闻的哈曼用一个神话的上帝或者一个诗化的上帝将潜于优雅世纪底层的神秘暗流搅成巨流。于是,"神话使用艺术意象和艺术象征而非词语来传达生命和世界的神秘"②。伯林认为,德国赫尔德和康德比卢梭更有资格成为浪漫主义的鼻祖。尤其是赫尔德,其行动优先、象征至上、语言独具创造力的观念颠覆了影响西方两千年之久的"永恒哲学",从而把一个世纪带向了信念与实践的暴力冲突之中,带向了民族革命之中,带向了艺术的创造性爆发之中。

伯林用心体察 18 世纪到 19 世纪思潮涌动的节奏,将浪漫主义分为"拘谨的浪漫主义"(restrained Romanticism)和"奔放的浪漫主义"(Unbridled Romanticism)。"拘谨的浪漫主义"以康德和席勒为代表,他们为人类自由的理念所陶醉,向往那种超越理性规范的游戏境界。但他们小心谨慎地提出了反权威原则,肯定意志的至高无上。"奔放的浪漫主义"则由费希特的知识学、法国大革命以及歌德的《威廉·麦斯特》所代表的三大潮流为表征。首先,费希特之"自我"与"非我"及其悖论驱动下的行动,肯定了生命的创造性冲动,而将"原初的人"推向了世界历史舞台的中心。费希特的"意志至上"与谢林的"神秘主义活力论"融合在一起,伟大的象征主义概念便脱颖而出。"浪漫主义是蛮荒的森林,是一座迷宫,唯一的向导是诗人的意志与情绪[激情]。"③在这种意志与激情的驱使下,他们要沉入世界的深处,进入幽暗的内在,再现不可再现的神秘之物,也就是以有限象征无限,以有形象征无形,以死亡象征生命,以黑暗象征光明,用空间象征时间,用言语象征那些不可言喻的东西。无限、无形、生命、光明、时间、一切不可言语的东西,就是令他们万分憔悴的慕悦对象,是他们大写乡愁的终极寄系,这份慕悦之情,这份大写乡愁,构成了一种形而上的天真,一

---

① 伯林:《浪漫主义的根源》,第 51 页。
② 同上书,第 54 页。
③ 同上书,第 102 页。

种偏执狂,一种永远不可慰藉的心灵创伤。其次,法国革命将一种浪漫主义变成了历史,将一种诡异的非人力量变成了现实,而其始料不及的恐怖后果预示着一个更加凶险、更加邪恶、更加神秘的20世纪。第三,歌德的《威廉·麦斯特》几乎就是自由意志的颂歌。歌德以"成长的传奇"暗示一种奔放的浪漫主义精神。天才如何炼成?又如何担待天才的使命?歌德的象征主义暗示:唯有通过行使高贵而落拓不羁的自由意志。这种精神亦是浮士德无限奋斗而驰情入幻的精神,亦是施莱格尔《卢琴德》之中爱欲驱动而佳媛为师不断提升生命净化欲望的精神。总之,奔放的浪漫主义肯定了自由无羁的意志,否定了世上存在事物的本性,无情地摧毁了事物具有稳定结构的观念。而这就是浪漫主义精神的彻底革命性之所在。

  伯林对浪漫主义的神话与象征推崇备至。在他看来,科学的认识杀死了现实,而拯救现实的唯一方法乃是借助于神话与象征。神话之中包含着不可言喻的东西,并且尽其所能将那些隐秘的、非理性的、难以再现的东西浓缩为意象,由意象引领心灵通达遥远,通达无限。"神话总是心灵在相对宁静中对之沉思的意象,同时也是某种代代相传,随人类的转变而自我转变的永恒之物。"[1]因此,莫扎特、瓦格纳的歌剧,博克、迈斯特的政治哲学,德国历史法学,李斯特的经济学,极权主义政制与话语,存在主义哲学,都是浪漫主义的神话与象征体系的变体。他们都认识到,伟大的意象主宰着人们,认识到黑暗力量、无意识、不可言传之物、神秘之物的重要性,以及忽视它们必然产生的灾难性后果。他们都从各个侧面昭示了浪漫主义的最基本要点:"承认意志以及这样的事实:世上本不存在事物的结构,人们可以随意地改造事物,事物的存在仅仅是人的创造活动的结果。"[2]而这种浪漫主义就是一种政治决断论了,它宣告每一个体都可以行使高贵无羁的自由意志,伸张自我,决定命运,选择未来。

---

[1] 伯林:《浪漫主义的根源》,第122页。
[2] 同上书,第127页。

革命与浪漫的变奏

——兼论托克维尔的《旧制度与大革命》

一、漂泊者说

品读德国"浪漫主义"诗文,我们情不自禁地称之为"革命神话"的叙事。然而,革命神话其源有自,就近处说,那就是法国革命的诗学升华。而法国革命,说到底却只能是"爱欲升华的神话"。萨德惊心动魄的爱欲渲染以及情欲的放纵,又诱惑我们将"革命神话"追溯到基督教尚未显赫的晚古,发掘作为紊乱时代人类精神结构的灵知主义。何为灵知主义?政治思想史家艾瑞克·沃格林一言以蔽之,灵知主义就是现代性的本质。古典学家汉斯·约纳斯指出,灵知主义乃是对一种灾异的生存处境的极度反应,而把此生此世的一切感受为异乡。究其原委,那是因为人对于自己的理性、对其"内在逻各斯"感到亲切的一切,那个有条不紊和谐圆满的宇宙秩序消逝了,人置身其中的那个整体秩序崩溃了。于是,人在宇宙之中的地位,只是一个纯粹而无情的偶然。"那些没有家园的人有祸了!"尼采的悲鸣,道出了浪漫主义的悲剧情志。不过,浪漫主义其情可悲,其志可悯,而那种悲剧乃是一种绝对的悲剧。

笔者同德国浪漫主义情缘深厚,却又结怨颇深。更为令人苦恼的是,何为浪漫主义,以及哪些人称得上浪漫主义者,总是仁者智者,所见不同。不妨先读一段小说《漂泊的灵魂》,作者为德国作家赫尔曼·黑塞,被称为"最后一位浪漫骑士"。主人公克努尔普(Knulp),一位卑微但执着的流浪者,寻梦千里,乞食多门,无固定职业,无家庭牵挂,总爱把此生此世的一切感受为异乡。不过,他特别让女性牵挂,每每扯荡起她们温柔,令她们梦系魂牵。走一段路,伴一位友,随后生离死别,孤身长旅,天涯独行。"纵使到家仍是客,迢迢乡路为谁归?"故乡总在他乡,他乡亦是故乡,在茫然的寻求与悲怆的别离之后,他满面尘灰,遍身疾病,一无所有,在一场恣肆的暴风雪中告别人世。在暴风雪中远逝而又降临的神,最后对他说:"我要的只是原来的你。你用我的名去漂泊,把一些对自由的向往和情绪带给那些定居的人。"①

以神的名义漂泊,去寻求本源的自我,将自由的信息与情感带往人间。克努尔普所象征的就是浪漫主义精神及其隐而不显的灵知主义。在黑塞心中,浪漫不只是一种文学传统,不只是一道浪子思绪,不只是一种诗学精神,而是一种与人的生命俱来俱往的灵知。怀藏这份灵知,克努尔普一路漫游,唱着一首别离之歌,背影孤峭而又忧伤。化身为克努尔普之友人的黑塞对他说:"任何事物在和谐的时候看起来都很美。"克努尔普答道:"我觉得最美的事物总是在伴随着满足、悲伤和不安的时候才显得出美来。"②满足、悲伤,以及不安,乃是一种灵知的集体无意识,驱动着浪漫诗人与哲人将对绝对的寻觅化作烟雨般的乡愁,把虚灵的抽象化作缱绻的诗魂。在乡愁的浸润下与诗魂的盘桓中,他们亲身去体验隐藏在人与人之间所有关系之中的痛苦。

二、孤岛游子与诡异力量

一如笛福笔下的"孤岛游子"鲁滨逊,浪漫诗人与哲人作茧自缚,画地为牢,囚禁自我,影息闹市,远离城邦、世界、文化世界、公共空间。然而,悖论恰恰在于,"孤岛游子无时不在,甚至他还置身在不入时流的鲁滨逊刻意逃离的人群之中,因为我们知道,人群,尤其是栖身城市的现代人群,工业时代城市里的人群,也挤满了孤岛游子。"他们像动物一样渴饮世界的匮乏,"这个匮乏的世界剥夺了孤岛游子的本质,据说还剥夺了那个作为他者的他者,剥夺了他们的一般独异性"。③ 因

---

① 黑塞:《漂泊的灵魂》,吴忆帆译,上海:上海三联书店,2013年版,第127—128页。
② 同上书,第76页。
③ Jacques Derrida, *The Beast and the Sovereign*, Vol. II, ed. Michel Lisse, Marie-Louise Mallet, and Ginette Michaud, trans. Geoffrey Bennington, Chicago and Lodon: The University of Chicago Press, 2011, p.190.

此,浪漫主义者都是一些孤岛游子,遭受到一种非人的诡异力量的摆布而无力自拔,心生一种畏惧之情。这种非人的诡异力量,驱动浪漫诗哲建构"新神话",布鲁门伯格(Hans Blumenberg)将之命名为"实在专制主义"(Absolutismus der Wirklichkeit)。"这个术语是指人类几乎控制不了生存处境,而且尤其自以为他们完全无法控制生存处境。"① 青年时代的黑格尔就是一个知名的浪漫哲人,他也陷入这种非人的诡异力量之掌控中,强烈的抱怨之情与激进的反叛之愿如潮涌动:精神欺骗我们,精神玩弄诡计,精神编造谎言,而且精神所向披靡,战无不胜,攻无不取。精神(Geist),就是我们的主题词"灵知"之"灵"。浪漫主义诗哲同出一辙,都无奈地把"精神"("灵")看作是那种非人的诡异力量,巨大若蟒而且凶残如魅,带着阿里斯托芬式的反讽微笑,嘲讽人类总是把自己微不足道的家园建在荒山夕照之中,还自以为那里繁花似锦,绿草如茵,结果却发现它只不过是人类灾难的火山。

对于非人的诡异力量的恐惧,将浪漫诗哲一个个变成了偏执狂。整个19世纪主导的精神品格,就是这种偏执情绪浸染的"伦理浪漫主义"(克罗齐语),颓废而又狂热,交织着乐观与悲观,对世界爱到极致,恨到深渊。这种伦理浪漫主义在早期浪漫主义那里涌动,在叔本华那里达到高潮,几乎主宰了瓦格纳的全部音乐剧,直接催生了尼采的悲剧精神和权力意志。到了20世纪,"伦理浪漫主义"蜕变为政治机缘主义决断论,同极权主义同流,在艺术中蔚然成风,弥漫于现代主义思想艺术运动中。无论人们怎样绝命挣扎,偏执狂都徘徊不去,去而欲返。"有些东西已经溃烂,有些东西受到摧残,有些东西使我们陷入沮丧而不能自拔,不论它们是我们意欲根除的人类,还是人类无能为力的非人力量。"②恐惧更兼忧惧,惊恐尤其惊艳,那种非人的诡异力量无时无刻不在,却自始至终都无法被定为到一个特定的对象上。

其实,这种非人的诡异力量是德国早期浪漫主义的一个典型母题。路德维希·蒂克(Ludwig Tieck)的短篇小说《金发的埃克伯特》就萦绕着恐惧与忧惧,惊恐甚至惊艳。一只金色的鸟在埃克伯特面前出

---

① 布鲁门伯格:《神话研究》(上),胡继华译,上海:上海人民出版社,2012年版,第4页。

② 伯林:《浪漫主义的根源》,吕梁译,第109—110页。

现,唱着"森林的孤寂"(Waldensamkeit),让主人公心烦意乱,难决去留,于是灵魂深处爆发了一场生死搏斗,两个倔强的精灵在灵魂之中绝命相争。他说:"有一瞬间,我觉得宁静的孤独是这样美好,而后对于丰富多彩的新世界的想象又使我如此心醉神迷。"①将这场灵魂内两个精灵之争实现于历史,就是一场震荡宇宙、开新天地、涵濡雨露以及唤醒世间罪恶的革命。浪漫与革命的关联,在此显山露水,随后风吹云动,最终咆哮江河。金发埃克伯特先知一般地以诗学方式预演了浪漫与革命的变奏。他在愉悦与恐惧交织的情绪状态下虐杀了金鸟,于是各种灾难接踵而至。他被迫不断地杀戮,不断地破坏,各种非人的诡异力量纠结成巨大的恐怖罗网,他越是挣扎,就越陷越深,杀心越重,杀戮越多,在噩梦之中走向了死亡。而这种噩梦,在德国早期浪漫主义作品中堪称典型。这种噩梦有共同的思想来源,即非人的诡异力量主宰着人的生活,逼良为娼,助桀为虐,甚至以神圣之名行罪恶之实。非人的诡异力量,涌动于法国革命,诗性地呈现在德国早期浪漫主义那里,终于造就了伟大而多难的19世纪,其笼罩所及的时段还包括20世纪,直至今天。好像整个世界被一种自然的超自然力量驱动着,在"苦难与整体偿还"之间凄惨地摇曳,走着上升之路和下降之路,兴衰浮沉,悲剧结局一场比一场更恐怖、更黑暗,直至深不见底,万劫不复。于是,浪漫诗哲的心灵亦如凄风苦雨中飘零的枯叶,在神秘的乐观主义与恐怖的悲观主义两个极端之间震颤。

三、革命——激动人心的修辞

德国早期浪漫主义的精神领袖小施莱格尔在其《雅典娜神殿》之第216条断片中写道:法国革命、费希特的知识学说以及歌德的《威廉·麦斯特》,形成了那个时代三股巨流。大革命位于潮流之口,潮来天地为之色变。他还补充说:谁要是不满于这种说法,那就无法登高远眺,将人类历史的全景尽收眼底。

1789年法国革命对于往后德国以至整个欧美历史甚至整个世界

---

① 蒂克:《金发的埃克伯特》,见孙凤城主编:《德国浪漫主义作品选》,北京:人民文学出版社,1997年版,第132页。

的精神氛围的酿造,可谓影响深远,力度强大。法国革命与拿破仑战争接踵而至,引爆了受伤的民族情感,催化了浪漫主义思潮,最终奔放为一种形笼四野而气吞八荒的民族主义意志。建基于和平的普遍主义和博爱的文化精神,法国革命曾以"人类历史上第一激动人心的修辞"许诺要扫除人类的痼疾沉疴,但终归背叛了世纪的遗嘱,没有引领人类接近它所许诺的目标。和平的普遍主义,博爱的文化精神,承载着近代欧洲对于进步而信念,以典雅和完美取代了罪恶和救赎,并许诺将人类的伟大福祉牢牢地锚定在理性的地基之上,永不改易,千秋万世永存。康德用理性的冷酷修辞表达出对法国革命的千禧年主义激情。在他看来,人类历史上这么一次改天换地的现象,将永久持驻于人的记忆之中,因为人性本恶而天然向善,其中一定蕴含着一种天赋,一种才能,一种情感结构,一种精神激荡。作为革命之底色的理性精神,就是浪漫主义者虚构的"鼹鼠"——掘开阴沉的厚土,敬拜丽日蓝天。

然而,法国革命引发的是一场浩劫,往者灾犹降,苍生喘未苏。法国革命未曾把人类引领到它所许诺的俗世天堂——理性、和平、和谐、普遍的自由平等、解放以及人类之间的兄弟般友爱,相反却带来了暴力、令人惊骇的世事无常、群氓的非理性行为,以及恃力自傲的个人英雄和弄权作威的伟人。政治,本为城邦生活样法,自此就开始蜕变为城邦暴力集团的权力游戏,藏污纳垢,指鹿为马,虚凤假凰。城邦暴力集团的头领拥权自重,不论他们是善良还是邪恶,他们都成为上帝在世俗世界的代理,统御群氓,恣意改变的历史的进程。于是,世界就被怪兽利维坦玩弄在股掌之间,生命就是受苦,而历史充满了灾异。孔多塞邀请他的读者想象这种历史的灾异:一帮无耻的伪善的家伙攫取中央权力,并在整个国家之内进行地方权力接力,通过恐吓和欺骗,让那些"那些缺乏教化而把自己无条件地交给恐惧幽灵"的民众信任他们,拥戴他们,好让他们"带着自由的面具"去执行"一种效力绝不逊于从前的任何一种专制暴政"。① 孔多塞未卜先知,觉察到雅各宾专政已经体现着一种早期的"政治宗教"。两个世纪以后,多种政体一律指向极权主义,而印证了孔多塞的恐怖预感,并昭昭灵灵地显示出苍

---

① 托多罗夫:《启蒙的精神》,马利红译,上海:华东师范大学出版社,2012年版,第75页。

苍莽莽的命运感,让人惊恐地发现,把个体幸福的关照无条件地交给国家是多么危险!"至今呵壁天无语,终古埋忧地不牢。"这份幽怨,这份惊恐,这份彷徨,起码可以溯源至德国早期浪漫主义及其与革命的内在关联。

然而,或许您仍然不解困惑:革命,刀光剑影;浪漫,吟风诵月。二者有关系吗?即便有关系,那也是一种不靠谱的武断牵连。但我仍然要说,革命和浪漫不仅有关系,而且有剪不断理还乱的纠结。中国20世纪20年代,就有一批作家,作诗文、讲故事、述学理,尝试一种叫作"革命加恋爱"的模式,还取名曰"革命的罗曼蒂克"。这个流行一时的词组,意思是说革命借取浪漫为动力,浪漫以革命为载体,青年男女当经过革命的历练来提升情欲,牺牲小我,完成大我,将抒情升华到史诗的境界。蒋光慈充满激情地写下了"革命就是艺术"的宣言,鼓励伸张罗曼蒂克的心灵,超出世俗生活的范围,与全体宇宙合二为一。"惟真正的罗曼蒂克才能捉得住革命的心灵,才能在革命中寻出美妙的诗意"①。一时间"革命的罗曼蒂克"风生水起,茅盾、白薇、华汉,就是这类作家之中的佼佼者,其中华汉的《地泉》三部曲还引得论坛风波起,文坛一片狼烟。瞿秋白则揭露"革命的罗曼蒂克"作家的作品之中不太健康的因素,认为他们自欺欺人,虚幻地解决情欲与政治之间的张力,调制出革命与恋爱互相混杂的世界,心甘情愿地让浪漫幽怀蒙蔽惨烈的现实。20世纪60年代,巴黎五月,青年学生奋起反抗专家治国,锋芒直指第三共和国政治体制。他们把宣言写在墙上:"我们越造反,就越想恋爱,越是恋爱,就越想造反!"

20世纪法国哲学家让-吕克·南希(Jean-Luc Nancy)和菲利普-拉库拉巴特(Philippe Lacoue-Labarthe)携手合作,联袂推出《文学之绝对:德国浪漫主义文论》(*The Literary Absolute*: *The Theory of Literature in German Romanticism*)。在该书前言中,二位明确指出,德国浪漫主义乃是对18世纪末欧洲文化之深重危机的回应。经济崩溃,政治分裂,社会动荡不安,叛乱此起彼伏,将德国拖进了三重危机之中:小资的社会危机、道德危机,以及法国革命引发的政治危机。在这三重危机的

---

① 蒋光慈:《十月革命与俄罗斯文学》,见《蒋光慈文集》第4卷,上海:上海文艺出版社,1982年版,第68—71页。

笼罩下,诗人诺瓦利斯怀藏千禧年主义的灵知,用诗歌、小说、书信和布道词传递着革命的激情。法国政治革命内化为诗人的浪漫诗学,便有了一场炳于神话与历史的"符号革命"(奥布莱恩语)。自由的火焰,对阴沉的路德精神的哀怨,对古今暴君的仇恨,涌流并且激荡在诺瓦利斯的字里行间。诗人兼政治哲学家,更是宗教思想家,诺瓦利斯善用隐喻与反讽。当他向朋友表白对"新婚之夜"的渴慕之时,其实表达的是一种浪漫化的革命本能。昂首问天,他的"新婚之夜",对于专制主义和监狱,不啻是一场改天换地的狂欢之夜。给卑贱以崇高,给平常以神秘,给已知以未知的庄严,给有限以无限的表象,浪漫化的本质是诗的酵素,更是革命的激情。浪漫主义者首先关心大是大非,小情小调绝对在于其次,因而他们心系江山社稷,更是情满人间,而绝不会囿于一己小我,患得患失,浅唱低吟。

由上可见,革命与浪漫几乎唇齿相依,彼此怀抱。甚至不妨说,二者互相转化,是为历史之二重变奏。这一点无分古今,莫辨中外。人常说,德国浪漫主义是对启蒙的反动。此言似是而非。若问其究竟,启蒙而革命以至最后浪漫怀古,是灵魂寻求救赎的一般节奏。具体到欧洲18世纪和19世纪历史,革命和浪漫简直就是花开并蒂,共同塑造出"时代精神"。革命未必皆剑气,浪漫未必总箫声。阳刚阴柔,情理辩证,史诗总是伴随着令人迷醉的抒情。

四、返回黑暗的心脏

带着"革命与浪漫"彼此怀抱的意念,我们打开托克维尔的《旧制度与大革命》。

《旧制度与大革命》是历史名著,更是政治哲学经典。书名中的"大革命",是指1789年法国大革命。托克维尔(Alexis de Tocqueville, 1805—1859),诺曼底贵族地主的后裔,历史学家,社会学家,政治哲学家。审视美国的社会制度之根,撰写《论美国的民主》,他既称美国民主为天道神意,又贬之曰"温柔暴政"。而民主究竟好不好?至今亦聚讼纷争,尚无定论。解构论者德里达说,民主一为弥赛亚,总是正在来临。自天而降的"犬儒"齐泽克说,民主乃是最不可或缺的最糟糕的制度。反思法国惊天大事变,撰写《旧制度与大革命》,他力求将事实与思想、历史哲学与历史本身融为一体,解读法国革命启示录,将革命表现为一场没有结局的戏剧。

出身贵族世家,又是五朝元老(法兰西第一帝国、波旁复辟王朝、七月王朝、法兰西第二共和国、法兰西第二帝国),历经动荡与忧患,托克维尔寄希望于笔墨春秋,通过写作而非通过行动留下在世的踪迹。前期热心于政治,1838年出任众议院议员,1848年二月革命后参与制订第二共和国宪法,1849年一度出任外交部部长。1851年路易·波拿巴建立第二帝国,托克维尔对政治日益失望,从政治舞台上逐渐淡出,并逐渐认识到自己"擅长思想胜于行动"。道白《旧制度与大革命》的宗旨,托克维尔写道:

> 我将试图说明:同样是这些法国人,由于哪些事件,哪些错误,哪些失策,终于抛弃了他们的最初目的,忘却了自由,只想成为世界霸主(拿破仑)的平等的仆役;一个比大革命所推翻的政府更加强大、更加专制的政府,如何重新夺得并集中全部权力,取消了以如此高昂代价换来的一切自由,只留下空洞无物的自由表象;这个政府如何把选举人的普选权标榜为人民主权,而选举人既不明真相,不能共同商议,又不能进行选择;它又如何把议会的屈从和默认吹嘘为表决捐税权,与此同时,它还取消了国民的自治权,取消了权利的种种主要保障,取消了思想、言论、写作自由——这些正是1789年取得的最珍贵、最崇高的成果,而它居然还以这个伟大的名义自诩。①

这是托克维尔当年写作《旧制度与大革命》时的初衷,也是解读其"法国大革命启示录"的切入点。特别值得强调,《旧制度与大革命》一书在修辞上也饶有浪漫兴味——他要返回到古代世界的心脏,去探求革命的渊源。描述社会多层面革命潮流涌动,《旧制度与大革命》颇有史诗气象。而且,塔西陀的史笔,但丁的诗才,马克思的议论,融入鸿篇巨制,是为传世经典。

要全面深刻地反思一场颠倒乾坤的历史剧变,就势必纵身跃出现

---

① 托克维尔:《旧制度与大革命》,桂裕芳、张芝联译,北京:商务印书馆,2012年版,第32—33页。

在,而返回到旧制度的心脏,去感受一个行政机构特别强大的国家里,人们的思想、愿望、痛苦、利益与激情。托克维尔特别研究了 1789 年法国三个等级的陈情书。在他眼里,那些长达数卷的手稿,"是法国旧社会的遗嘱,是它的愿望的最高体现,是它的最终意志的真实反映"。历史的隐秘节奏,活生生的旧制度,历史与旧制度之偏见与大写的情欲,都铭刻在那些沉默的书卷里。托克维尔将法国革命分为两个阶段:第一阶段,法国人要摧毁过去的一切,恣意践踏过去,而渴慕新天新地;在第二阶段,他们又要复活一部分惨遭遗弃的东西。旧制度有大量的法律和政治习惯在 1789 年突然神秘地消逝,在数年后又重见天日,恰如某些河流沉没地下,又在不太远的地方又重新冒头,使人在新的河岸看到同一水流。可谓太阳照样升起,天底下没有新鲜事。一个晴朗的早晨,神像稀里哗啦地倒在地上,然而理性的神殿取代了永恒的上帝的神殿。人们将对于上帝的虔诚与激情无保留地奉献给了自由、平等与博爱,为此而倾空自己,虚己待物,让和平的普遍主义与博爱的文化精神占据他们的心灵。他们不仅想建立民主的制度,而且还要建立自由的制度;不仅要摧毁各种特权,而且还要确认各种权利,将这些权利神圣化。一个革命时代的青春、热血、豪情、慷慨与真诚,不仅让千秋万代缅怀不已,暗自神伤,而且让腐蚀思想和奴役他人的权贵深感耻辱,夜不能寐。然而,革命历史进程却陡然下行,血腥转身,仿佛毫无遗憾地将以高昂的代价换来的自由,将对个体幸福的观照拱手让给了一个更加强大更加专制的政治实体。拙劣的表演,无耻的背叛,在历史上无出其右。真正想捍卫自由与平等的托克维尔,则更愿意在过去的政治秩序之中去发掘那种长盛不衰的"邪恶意志",寻觅那些埋葬旧制度并持久折磨人心的病源。

然而,正如诗人夏尔所咏唱的那样,历史"留给我们的珍贵遗产没有任何遗言"。托克维尔在《美国的民主》之第二卷的最后一章里写道:

> 虽然革命在这种社会形势之下发生了,但法律、意见和人们的情感还远没有定型。其造成的后果也不容许拿来跟世界上曾经发生过的任何东西做比较。我一点点地往上追溯,直至追溯到最遥远的古代,也无法为眼前发生的事情找到任何相似的对应

物。过去不再把它的光芒投向未来,人们的心灵就在黑暗中游荡。①

为了避免心灵被放逐到黑暗之中毫无目的地游荡,托克维尔一边翻越索伦托群山,一边在历史之中寻觅启示的主题。这一主题沐浴在未来之光照中而获得了当代意识的浸润,并为他提供了一种将事实与思想、历史哲学与历史本身结合起来的手段。

五、诗学的历史书写与自由的赞词

历史如何记忆?又如何将记忆投射到未来?这就是托克维尔诗化历史哲学的况貌,且同浪漫诗哲对时间与历史的洞察有一种传承关系。浪漫诗哲又传承奥古斯丁对时间的沉思,断言现在是不可再现,只有过去的现在和未来的现在。诺瓦利斯说:"一切历史均有三个维度:过去,现在与未来。"浪漫诗哲置身其中的时间,却抵制任何一种透明的理性把握。犹太—基督教末世论(Judeo-Christian eschatology)将时间呈现为救恩历史的展开,在神圣的末日(divine telos)臻于至境。法国革命摧毁救恩期望而颠覆了这么一种末世论时间概念。启蒙思想则把历史看作人性的进步,但这个概念模式却不适合于这个一路面对失败而生死茫茫的时代。如何可能再现这个特殊的时间?使之彻底地自我呈现?如何理解普遍的时间?德里达指出,"过去的意义不能以(过去的)现在来思考,此等看法不仅表明一般的哲学,而且还表明一种力求逾越哲学的'存在之思',皆为不可能—不可思议—不可言喻"。然而,托克维尔及其浪漫先驱解决这个难题的办法,乃是将现在当作异在(the other)来呈现,即现在既是过去又是未来。F. 施莱格尔坚持认为,"一种纯粹基于现在的有限再现在人类心灵之中压根儿就不存在",在概念的生成之中,"回忆,记忆,以及想象完全不可或缺",因为回忆在意识之中唤起了过去的再现,想象预设了未来。诺瓦利斯还写道:"一切回忆都是现在",而且显然就是"一种必要的诗学预制(nothwendige Vordichtung)"。如果回忆提供了诗学的预制,如果诺瓦

---

① Alexis de Tocqueville, *Democracy in America*, New York, 1978, p. 331.

利斯所言不虚,诗以再现"不可再现之物"为己任,那么,时间之中的过去与未来要素便是超验的实在,唯有通过再现方可为意识所把握。因此,这种时间观念就彻底地重整了历史书写之道。最后,在德国早期浪漫主义之中,再现的哲学难题再度出现,作为书写时间和书写历史的文本谋略。① 这种谋略产生了持久的影响,那就是承认诗学的历史书写乃是一种合法的学科话语。历史书写便成为一种诗学再现的形式,而可能分享专为文学保留的修辞策略。而这就是托克维尔呈现大革命历史反思的策略:先是返回到旧制度的黑暗心脏,然后将没有遗言的珍贵遗产投射到茫茫的未来。不复游荡在黑暗之中的心灵,随即烛照未来的光亮之中洞察到三条真理:

> 第一条是,今天举世的人都被一种无名的力量所驱使,人们可能控制或减缓它,但不能战胜它,它时而轻轻地,时而猛烈地推动人们去摧毁贵族制度;第二条是,世界上所有的社会中,长期以来一直最难摆脱专制政府的社会,恰恰是那些贵族制已经不存在和不能再存在下去的社会;最后,第三条真理是,没有哪个地方,专制制度产生的后果比在上述社会中害处更大;因为专制制度比任何其他政体更助长这种社会所特有的种种弊端,这样就促使他们随着它们原来的自然取向朝着那个方向发展下去。②

然后,托克维尔历数专制社会的种种罪孽:个人中心,利益至上,胸次低下,鼠目寸光,公益品德丧失殆尽,剥夺公民身上一切共同情感,一切相互需求,一切和睦相处的必要,一切共同行动的机会。一堵冰冷的墙把人们禁闭在私人生活中。人们本来就自顾自保,专制制度使人们彼此孤立;人们本来彼此冷若秋霜,专制制度使他们冻结成冰。主导这种孤岛英雄集聚之处的情感,乃是利诱熏心,唯利是图,追求物质占有与享受。这种情感普遍散播,导致了整个民族的萎靡堕落。如果要救助这些孤岛英雄及其栖居的专制社会,托克维尔为"自由"写下了如此崇高的颂词:

---

① 此段论述和引文参见:Azade Seyham, *Representation and its Discontents: the Critical Legacy of German Romanticism*, Berkeley/ Los Angeles/ Oxford: University of California Press, 1992, pp.12-13。
② 托克维尔:《旧制度与大革命》,第34—35页。

事实上,惟有自由才能使公民摆脱孤立,促使他们彼此接近,因为公民地位的独立性使他们生活在孤立状态中。只有自由才能使他们感到温暖,并一天天联合起来,因为在公共事务中,必须互相理解,说服对方,与人为善。只有自由才能使他们摆脱金钱崇拜,摆脱日常琐事的烦恼,使他们每时每刻都意识到、感觉到祖国高于一切,祖国近在咫尺;只有自由能够随时以更强烈、更高尚的激情取代对幸福的沉溺,使人们具有比发财致富更伟大的事业心,并创造知识,使人们能够识别和判断人类的善恶。

没有自由的民主社会可能变得富裕、文雅、华丽,甚至辉煌,因其平头百姓举足轻重而显得强大;在那里可以看到私人品德、家庭良父、诚实商人和可敬的产业主;甚至还会见到优秀的基督教徒,因为他们的祖国不在尘世,而他们宗教的荣耀就是在最腐败的时尚中、在最恶劣的政府下,造就优秀的基督教徒;罗马帝国最腐败的时刻就曾充斥着优秀的基督徒;但是我敢说,在此类社会中是绝对见不到伟大的公民,尤其是伟大的人民的,而且我敢肯定,只要平等与专制结合在一起,心灵与精神的普遍水准便将不断地下降。①

托克维尔的赞词也是控诉,可谓满纸悲愤与苍凉。"没有自由的民主社会"以及"平等与专制结合"的社会,肯定不是人类的理想社会。但自由总是一种玄设,因为这个玄设,民主就永远只能是德里达所说的一个许诺,一种"未来的民主",一个远程的诗学虚构,一个没有弥赛亚的弥赛亚主义,一种"不可解构的正义"。②

六、革命的宗教与社会的神话

德国哲学家狄尔泰将托克维尔对于法国革命的反思置于人文科学及其世界构造的视野下,认为这种反思穿透了实证的机械的事实,而成功地拓展了神学,逐渐地赋予人文科学以真正的理论地位。"我

---

① 托克维尔:《旧制度与大革命》,第35—36页。
② 参见德里达:《友爱的政治学及其他》,胡继华译,长春:吉林人民出版社,2006年版,第404、425—426页。

们已经达到了边界,在这里,已经获得的东西将我们引向未来的任务,我们只能眺望遥远的彼岸。"① 立意在精神现象中寻求大革命的渊源,托克维尔自然深刻地论述了法国革命与宗教的关系,甚至将这场革命描述为一个神话。他断言,法国革命是以宗教的方式展开的政治革命,一场激发布道热忱的政治革命。② 然而,法国革命涉及现世,而宗教革命涉及来世,但二者都致力于人类的新生,都致力于将一种信仰传遍万国万邦。在法国,人们怀着火山一般的怨愤之情无情地攻击基督教,却未试图以另一种宗教取而代之。人们热情而不懈地力图把曾充斥灵魂的信仰扫除掉,灵魂从此天空地白,众多的人怀着此等激情投身于徒劳无功的事业。③ 所以,革命之后,孽障难除,共业难举,激进的虚无不仅违背人类天性,而且将人类推至毁灭的深渊。托克维尔对法国革命之宗教意涵的发掘,得出了迈斯特(Joseph de Maistre)和索莱尔(Georges Sorel)一样的冷酷结论。迈斯特写道:

> 宇宙之间只有暴力。当此天下大乱、罪恶污染了一切、千真万确地一切成了罪恶之际,现代哲学却用"一切都好"这样的话来毒害我们。我们所创立的制度,其主音越来越弱,它的全部其他音调也按照和声规则随之相应地变弱。"一切受造之物,一同叹息劳苦",他们付出努力,发出哀怨,为另一种秩序而抗争。④

法国革命为"这另一种秩序而抗争"的激情,就是索莱尔反思暴力之时缔造的"社会神话"之主动力。从社会神话这个视野来看,法国大革命就不只是一场宗教形式的政治革命,而且也是一场以形象革命为外观的审美革命。"在法国大革命之中,我们甚至还可以说,若无形象革命就不能取得胜利,而革命的神话也已经具有了乌托邦的外观。"这一社会神话乃是"解神话"的剩余物,"其中再也没有可以讲述的故事,只是轻描淡写地呈现出一组欲望、拒绝和权力意志的背景"。⑤ 于是,德国早期浪漫主义的诗人和哲人就必须担负起在"解神话"之后重

---

① 狄尔泰:《人文科学导论》,赵稀方译,北京:华夏出版社,2004年版,第105页。
② 托克维尔:《旧制度与大革命》,第52—53页。
③ 同上书,第190—191页。
④ 迈斯特:《信仰与传统》,冯克利、杨日鹏译,北京:商务印书馆,2010年版,第25—26页。
⑤ 布鲁门伯格:《神话研究》(上),第253—254页。

构"新神话"的使命,在天空地白的世界上重新贞定信仰的位置,以及人与宇宙的关系。神话与理性的对立是一个过时的贫乏的创造,浪漫主义锋芒直指理性的内在脆弱,但又在神话的轻浮之上加上了严肃的猜想:神话之中,一定隐而不显地潜藏着而且润物无声地散播着人类最初的启示信息。发掘这种信息,乃是浪漫主义诗哲主动请缨而领纳的使命。而为完成这一使命,他们展开了一场漫长的神圣征战。

最后,我们还是回到浪漫主义。漂泊者为一袭灵知勾引而去,把一切都感受为异乡,而一头扎进了黑暗之力涌流的深渊。谢林说,如果存在是光明,那么存在的终极根据就是黑暗,而这黑暗乃是自由的渊薮。自由,乃是人既能为善亦能作恶的能力。浪漫主义的政治和诗学大写了自由,将自由书写为神话。这则神话隐含着绝对的悲剧和深邃的绝望,卡尔·施米特将浪漫主义的政治称之为"机缘主义"。所谓机缘主义,就是认为世界永远是一个只有机缘的世界,正如一部没有结局的小说,一首没有高潮的诗篇,没有确然决断,没有实质和功能约束,没有方向感,没有持续性,没有终审法庭。"在作为偶然机缘的具体现实和创造性的浪漫家之间,出现了一个令人兴奋的色彩斑斓的世界,它经常有着惊人的审美魅力。"[①]但是,在这个色彩斑斓、魅力四射的浪漫与革命景观背后,浪漫主义一代及其流裔却有着一种深刻的绝望。"不管这绝望是在一个洒满月光的甜蜜夜晚为了上帝和世界而变成抒情的狂喜,还是因尘世的疲惫和世纪病而叹息,悲观地撕裂自我,抑或疯狂地钻进本能和生命的深渊。"[②]诺瓦利斯是这样,拜伦是这样,波德莱尔是这样,尼采也是这样,甚至一切现代主义者和后现代主义者都概莫能外。他们是灵知主义的祭司,也是灵知主义二元论的牺牲品。一场决裂就是一场灾异,一场革命就是一道启示录景观,那个迷惑众生宣称要建立一个美丽新世界的梦想,只是一幅浪漫的幻象。幻象的瘟疫蔓延之处,神性转身忧叹,而魑魅魍魉横行,那是一派恐怖景象。历史殷鉴不远,天地暮鼓晨钟,浪漫梦想,以及乌托邦政治的否定之否定,灵知主义二元论的借尸还魂,虽不能说凶残如魅,但还是让人难以放心,甚至让人相当失望。

---

① 施米特:《政治浪漫派》,冯克利译,上海:上海人民出版社,2004年版,第17页。
② 同上书,第18页。

神话逻各斯

——解读《德意志观念论体系的源始纲领》以及浪漫"新神话"

引言

1913年,普鲁士国家档案馆从柏林李普曼森(Liepmannssohn)公司文物拍卖会上拍得一份神秘的文献。那是一张对开的纸片,上面的文字内容涉及伦理学、物理学、政治学、宗教、美学等,几乎覆盖了近代人文学科的全部重大主题。关注者寥寥,这份文献又消逝在学者们的视野之外,杳渺不知去向。直到1917年,哲学家罗森茨威格(Franz Rosenzweig)再次让它重见天日,在出版时加上了一个标题"德意志观念论体系的源始纲领"(Das älteste Systemprogramm des Deutschen Idealismus: Ein handschriftlicher Fund,下文简称为《纲领》)。①

---

① 这份文献分别被收入黑格尔、谢林和荷尔德林的文集中,而比较权威的德文版见于 Christopher Jamme 和 Helmut Schneider(ed.), *Mythologie der Vernunft*: *Hegels altestes Systemprogramme des deutschen Idealismus*, Frankfurt am Main: Suhrkamp, 1984, 8-14.
这份文献广泛散播,笔者掌握的英译本就有如下几种:1. David Farrel Krell 的英译,见氏著 *The Tragic Absolute*: *German Idealism and the Languishing of God*, Bloomington and Indianapolis: Indiana University Press, 2005, pp.22-25. 本书作者随后加上了章句释读,以及细致的考辨,他的研究相当有学术价值。2. Haynes Horne etl. (ed.), *The Theory as Practice*: *A Critical Anthology of Early German Romantic Writings*, Minneapolis and London: University of Minnesta Press, 1997, pp.72-73. 该书编者将这个残篇放置在"德意志观念论之后的批判哲学"栏目之首,这部分导读中将早期浪漫主义既作为哲学潮流又作为审美实践的范式来研究,故而将《纲领》作为观念论与浪漫派之思想史和编年史的起点。表述在这个残篇中的许多思想回荡在往后许多哲学家和诗人的作品中。引用 Azade Seyhan、Philippelacoue-Labarthe 和 Jean-Luc Nancy 的两种说法,编者称《纲领》为"浪漫观念论的宣言","一个由断章而呈现给我们、约束着我们以及驱使我们蓄意地将完美意志奉献给它的不完美象征"(pp.47-48)。3. J. M. Bernstein(ed.), *Classic and Romantic German Aesthetics*, Cambridge: Cambridge University(转下页)

神话逻各斯　135

依据墨迹测定而得到的准确证据,这份文献被认为出自黑格尔的手笔,而被编入黑格尔早期文集。但罗森茨威格发现,文献中的内容同黑格尔其他早期著述不一致。因为这份断简残篇之中那种决然定断而斗志昂扬的语气和文风同黑格尔格格不入。沉湎于神学政治以及历史考辨的早期黑格尔,被圈里同仁戏称为"黑格尔老人"。从文风和语调看,最有资格成为这份文献作者的,是耶那浪漫派的成员之一、哲学家谢林。1796年,在莱比锡任家庭教师的谢林到过法兰克福,而诗人荷尔德林也此担任家教,或许是荷尔德林启发了谢林的灵感,或者是荷尔德林口授而谢林代笔,留下了一份"拓展"的思想纲领。

究竟谁是这个残篇的作者,又究竟落墨于何地,事实上并不重

(接上页) Press, pp.185-186. 本书编者在注释里指出,这份文献的标题是罗森茨威格加上的,出自黑格尔的手笔,而思想接近于谢林和荷尔德林,尤其是受到荷尔德林《论宗教》一文的影响。编者说,我们完全可以认为这份文献乃是三个朋友交流的产物,成文的时间在1796年6月至8月之间。4. Andrew Bowie, *Aesthetics and Subjectivity*, 2th edition, Manchester and New York: Manchester University Press, 2003, pp.334-335. 该书作者将《纲领》放在"主体性与美学"的论域和理论命运之中予以探讨,尤其是将其中的议题同谢林的"有机艺术观"联系起来。该书认为,现当代对艺术与哲学关系问题的反思与对传统形而上学的批判难解难分,而传统形而上学又致力于建立主体性的基础以及将主体性作为哲学的基础。艺术与哲学的关联在18世纪末还不算突出,但观念论与浪漫派的思想之间的张力却有两点暗示:第一,美学反思与形而上学批判的关系;第二,主体性奠基努力失败引发了现当代思想之中所回旋的那些观念。在《纲领》中,佚名作者宣称,艺术和美呈现了感性与理性之间的关系,同时康德"第三批判"的谨慎设定发展为一种形而上的确定性(p.107)。5. Nicholas Halmi, *The Genealogy of the Romantic Symbol*, Oxford: Oxford University Press, 2007, pp.170-171. 该书作者几乎用了一章的篇幅讨论这份文献,对"新神话"概念的含义及其历史语境展开了考辨,在"浪漫象征"的视野下梳理了从哈曼到弗洛伊德的神话思想。

据笔者所知,这份文献的中译本有:1. 刘小枫译:《德国唯心主义的最初的体系纲领》,见《德语美学文选》(上卷),上海:华东师范大学出版社,2001年版,第131—133页。2. 戴晖译:《德国唯心主义的最早纲领》,见《荷尔德林文集》,北京:商务印书馆,1999年版,第281—283页。3. 杨俊杰译:《德国唯心主义最古老纲领》,同时撰文论述谢林与这份文献的关系,见《世界哲学》2009年第2期。4. 林振华译:《德意志观念论体系源始方案》,译者对这份文献的发现、作者归属、文体语风、基本思想以及历史影响进行了简要的阐述,见王柯平主编《中国现代诗学与美学的开端》,上海:上海锦绣文章出版社,2010年版,第131—133页。5. 张小鲁等译:《德意志唯心主义最早的系统纲领》,见菲利普·拉库-拉巴尔特和让-吕克·南希:《文学的绝对:德国浪漫派文学理论》,张小鲁等译,南京:译林出版社,2012年版,第16—17页。

要。① 重要的是,它是德国观念论与浪漫派的开篇之作。作为一种征兆,它指向一个时代,归属于由多个作者构成的"星丛",呈现了观念论与浪漫派之间互动涵濡的"观念单元"。一纸陈年墨迹,一封草写的书信,一份急就章一般的煽动性甚至哗众取宠的纲领,却如同一条秘密通道,人们沿着它走进历史的幽深。"岁月之井,深不可测,我们不是必须下降到深渊么?"托马斯·曼如此追问。是的,我们必须下降到深渊,去遭遇法国大革命之后一群改变人类生活范式的思想家,其中不仅有德国早期浪漫派,还有卢梭、赫尔德、雅可比、斯宾诺莎、莱辛、席勒、歌德、康德以及费希特。我们还必须下降,追溯到晚古时期,而同灵知主义以及早期基督教遭遇,去见证神话与逻各斯(理性)、神话与教义的生死纠结。我们还必须下降,穿越基督教与理性主义的语境,回到柏拉图"诗与哲学之争",以及"真"与"善"在"美"中永结同心的圆融境界。

---

① 时至今日,关于这份文献的作者问题,依然是一桩未决的悬案。依据水迹测定、笔具研究、字迹比较以及墨迹研究,波鸿黑格尔档案馆的编者于1984年坚定不移地宣称,这份文献出自黑格尔的手笔,落墨时间大约为1797年初。是时,黑格尔刚刚从波恩到法兰克福,而诗人荷尔德林在那里受雇于刚塔德之家(Jacob and Susette),当家庭教师。哲人和诗人保持着经常的接触,议论所及,尽是康德哲学、法国革命、古希腊城邦政治以及古典世界和谐之美。然而,将这份手稿归在黑格尔名下,既无确定无疑的证据,又无严格学理的支持。罗森茨威格发现,手稿之中的内容同黑格尔早期神学与社会政治理论大相径庭。黑格尔早期社会政治思想偏于保守,而其神学理论偏于教条,岁数不大却鲜有活力,甚至他的朋友圈内视他为"风烛残年的老者"。从这份文献之淋漓元气和青春畅想来看,1796年前后的德意志哲学界只有一个人写得出如此高瞻远瞩、情动于形的文字,那就是年仅21岁的德意志观念论的"神童",以及图宾根三巨头的信使——谢林。可是不然! 文献学家发现,手稿中关于国家、希腊之美、感性宗教以及新神话的思想显然打上了席勒的烙印,而直接体现席勒影响的,不是别人,正是诗人荷尔德林。他领受席勒的神韵,而对希腊和谐之美与古典世界的完整性满怀感伤的乡愁,同时还在撰写柏拉图对话《斐德若》的评注,酝酿翻译古希腊悲剧的计划,呼唤酒神再临人间,与耶稣基督一起拯救世界。"新的王国在前方守候,美为这个王国的王后",荷尔德林的诗化小说《许佩里翁》开篇之词,就铭刻在手稿的第二部分,成为这份文献的灵魂。这么说来,这份文献的作者,乃是一个古典而又浪漫的诗哲共同体,他们具有同样的历史洞察力,肩负同等历史使命。有人戏称,在这份文献的诞生过程中,荷尔德林是原创者,谢林是传递福音的报童,而黑格尔呢,就只能是文抄公了。甚至还有更加离奇的说法:从文献的诡异性视之,尼采也是其备选的作者之一;从文献的反机械论国家概念论之,马克思也不失其作者候选人的资格(参见 David Farrel Krell, *The Tragic Absolute*: *German Idealism and the Languishing of God*, Bloomington and Indianapolis: Indiana University Press, 2005, pp. 19-22.)。不管怎么说,这份珍贵文献无处不在,黑格尔、谢林、荷尔德林的门徒都忙着把它编进自己先师的文集中。至于到底谁是作者,迄今尚无定论,而且相对说来并不重要。

一、理性的神话

"理性的神话"(Mythologie der Vernunft)是《纲领》思想的引力中心,也是德国观念论哲学与浪漫主义诗学的思想纲维。"理性"与"神话"初看起来形若冰炭,难以圆融。理性在启蒙的呼唤下觉醒,使人摆脱了自己招致的"奴性状态"或"被监护状态",从而消除了恐惧,免于他者至上威权的压抑。"理性想消除神话,用知识代替想象",因而在启蒙之后的理性之儒雅清明境界,"神话(神话体系)世俗化了"。① 经由世俗化的理性,反过来将自己变成主导一切的神话,从而将启蒙推向了自我毁灭的渊薮。神话与理性如此生死纠结,万怪惶惑,所有思想家仿佛都命定要踩在"虚无与神话"之间,而一头撞在生存的恒常悖论之上。

德意志观念论与浪漫主义思潮初登历史堂奥,就注定要置身于神话与理性的生死纠结之中。在必须架设桥梁的地方,却敞开了深不可测的深渊。一方面,是理性,是"将吾人自我再现为一个绝对自由的存在物"(die Vorstellung von mir selbst, als einem absolut frei Wesen),是康德式的"自律",是为获取"绝对真理"的方法,并依据这种真理与方法而组织起来的稳妥恒常的生活,以及将一切苦难、恐惧、怀疑、愚蠢、罪恶一扫而空,进入安详宁静的境界。另一方面,是神话,是神秘莫测的他者至上的威权,是面临生存绝对匮乏的无名恐惧,以及置身于蛮荒自然状态而做出的极限假设:"人类几乎控制不了生存处境,而且尤其自以为他们完全无法控制生存处境。"② 在理性的一侧,是昭昭明明,是阿波罗的崇高伟业;而在神话的一侧,则是莽莽苍苍,是狄奥尼索斯的炫惑之神。在深渊的两岸,有无津梁?康德用严谨得令人窒息的文体表达了后启蒙时代"忧伤的心灵结构",在理性可以把握的"现象世界"和人类不该问津的"本体世界"之间划出了森严的界限。康德为"理性"规定的使命,以及为"信仰"所留下的空间,给予了《纲领》

---

① 参见阿多诺和霍克海姆:《启蒙辩证法》,洪佩郁、蔺月峰译,重庆:重庆出版社,1990年版,第1、24页。
② 布鲁门伯格:《神话研究》(上),胡继华译,上海:上海人民出版社,2012年版,第4页。

的作者们以信心,一开始就宣称将形而上学纳入伦理学,并表现出超越康德而将理性提升为神话的倾向。"将吾人自我再现为一个绝对自由的存在物",便是一个费希特式的奔放浪漫主义理念。这个"吾人自我",是一个超验的绝对的自我。随着他的出现,一个完整而又被设定的造物世界就"无中生有"地出现了。"无中生有"的创世,是一种神话的创造,观念论创造历史,浪漫派创造文学,都是这种神话的创造,因而他们共同成全了"神话的诗学"。

通观《纲领》,感受文气,我们觉得一以贯之的是"观念"(又译理念,Idee)。"观念"乃是德国观念论的灵魂,以及浪漫派的诗魂,其渊源可溯至柏拉图的学说。不过,意气用事且率性作文的《纲领》作者们,却断言这个"观念"还没有"在任何人的头脑里出现过",听起来好像他们在破天荒,筚路蓝缕,"无中生有"地建构宏大的体系大厦。建构这一大厦的始基,就是他们所信奉的"第一观念"(die erste Idee):"将吾人自我再现为一个绝对自由的存在物"。他们相信,这个"第一观念"则能满足"如今物理学"所无法满足的"创造之灵"(einen schopferischen Geist)。立足于绝对自由的自我,而瞩望"创造之灵",《纲领》的作者们显得无比自信,甚至可以说踌躇满志,先知一般地畅谈"一种新神话",一种必须服务于"观念"的"理性的神话"。"观念"必须成为"审美"的,又必须成为"神话的"。这么一种观念于"俗众"不仅陌生,而且还让"俗众"觉得相当无趣,甚至那些在"俗众"之中莫焉下流的哲人亦羞于为之立言。但时命难违,置身于18世纪末文化紧迫氛围中感受思想危机的《纲领》缔造者们,却无法拒绝建构"新神话"的使命。

重新倡导神话,重构神话,以至建构"新神话",乃是后启蒙时代对启蒙意识之挑战的强烈反应。启蒙开启现代志业的方式,乃是将理性对立于神话,用科学剿灭神话。理性与科学,像风卷枯叶一样扫荡那些泰古时代蒙昧的剩余物,以及同这些泰古时代蒙昧相联系的一切偏见体系。1724年,丰塔纳伊(Bernard Le Bovier de Fontenelle)撰著《神话的渊源》(De l'origine des fables),断定神话乃是"妖孽,眩惑以及荒诞",必须钉上历史的耻辱柱。但是,像所有启蒙时代的骄子一样,他万分惶惑地发现,"宗教和理性使我们与希腊神话渐行渐远,然而这些神话却依然通过诗与画而被保留在我们心中,仿佛他们在那里有着使其自身存在成为必要的秘密"。① 于是,后启蒙时代的紧迫性,思想的危机就具有双面威胁性:对于启蒙思想家而言,扫不尽肃不清的泰古时代的神话妖孽与寓言谬种,依然威胁着清楚而明白的理性;对于观念论者和浪漫诗哲而言,神话的花果飘零意味着智慧的没落以及人类的匮乏。面对后启蒙时代危机而较早地表现出忧患意识和复兴神话意向的思想家,乃是狂飙突进时代的哲人赫尔德。1769 年,赫尔德在他的游记中写道:"总而言之,我们不能做得太过,以免毁掉神话之中纯粹的传奇;如此看来,将他们当作迷信、错误和偏见而扫地出门,却也是难以容忍的。但是,作为诗歌、艺术、民族的思维方式以及人类精神现象,仍然存在着伟大、神圣和指点迷津的神话!"怀藏满腔悲愿,赫尔德率先呼吁"重建神话"。不仅赫尔德如此,即便是反对赫尔德神话建构取向的诗人席勒,也分享着赫尔德同样的前提。1795 年 11 月 4 日,席勒写信给赫尔德说,神话蕴涵着每个人类共同体为之奋斗的传统与未来,神话"构成了我们的世界,借助希腊神话维系着我同远古、异乡和理想时代的关系"。② 在启蒙压制神话之当代使用的禁令下,赫尔德建议"将神话当作工具而非当作目的"来运用,即"对神话的启发式运用",从而开启了德意志观念论与浪漫派"新神话"建构大业。

启发式运用神话的可能性基础被描绘在赫尔德的名文《神话的现代运用》(Vom neuern Gebrauch der Mythologie)之中③。浪漫主义"新神话"的提法,或许就此开其端绪。他认为,在千差万别的神话体系之间,存在着一种功能的连续性。北欧神话、东方神话、希腊神话,这些不同的神话体系提供了故事与意象的共同库藏,而这些故事与意象又可资寓言地运用于一切思想和一切行动领域,所以神话体系就成为促成社会认同与统一的工具。无论神话体系所含何种内容,它都最为充分地表达了一个特殊民族的"部分历史,部分寓言,部分宗教,以及纯粹的诗学架构"。赫尔德动情地将神话称为"民族普遍理性的宪章",

---

① Fontenelle, *De l'origine des fable*, in *Œuvres complétes*, ed. Alain Niderst, Paris: Fayard, 1989—2001, iii, pp. 187-202.
② 赫尔德的游记和席勒的信,转引自布鲁门伯格:《神话研究》(上),第 297 页注释[1]。
③ Herder, "Vom neuern Gebrauch der Mythologie," in *Werke in zehn Bänden*, ed. Ulrich Gaier et al, Frankfurt am Main: Deutscher Klassiker Verlag, 1985-2000, i, 432-455.

认为它展示了民族幼年时代形而上学及其思维方式的精微奥秘,为我们提供了民族最古老的象征体系,传承着民族感受运思以及传情达意的基本方式。在神话功能上,赫尔德持一种普世主义的见解。在神话内容上,赫尔德又有一种历史主义的洞见。他劝勉人们以宽厚之心怀着同情之意,去了解人类最初的理智活动,去追溯神话体系代代相传中的变异,去展开对神、世界、创造、秩序、命运、目的、历史变迁的思考,去探索宇宙远近事物的起源。普世主义视野却落实于民族主义激情,赫尔德重建神话的动机却在于:德意志民族必须有其独特的神话,这种独特的神话必须对应于其地志、气候、语言、历史、宗教以及国民性。① 然而,赫尔德与德意志观念论者、浪漫诗哲面对着同样的困境:如何从支离破碎的泰古残余之中创造出一个神话体系? 对这种困境心知肚明,赫尔德宽容现代作家将古典神话当作远近取譬的范型,当作诗歌意象的源泉:

> 质言之,为了给自己创造一个神话体系,我们就必须将古人的神话体系当作诗学启发术(Poetische Heuristik)来研究……可是,这种创造的艺术假设了两种几乎势不两立互相反对的力量,即归纳能力与创造能力,哲人的分析与诗人的综合。因此,创造全新神话体系困难重重。但是,如何从古人的意象世界发现一个适合于我们自己的意象? 知道这一点却不难。这就表明诗人多少优于一个纯粹的摹仿者。那么,就让我们将古人的意象与故事用于更现代的事件吧!②

赫尔德的"新神话"提案,集中于神话体系的现代使用,也就是新编古典以道今事,翻弹古调抒发今情,甚至传扬泰古诗风建构现代政制神话。这种唯新是求的思想取向,让他终归摆脱不了启蒙时代对神话的傲慢姿态。这种局限性与其说是其个人性情的局限性,不如说是一种文化上的征兆。无论其有多大的历史局限性,赫尔德的新神话提案依然表达了一种时代共同感,一种所谓的"时代精神",一种所谓的

---

① 赫尔德:《论神话》(片段),见《反纯粹理性——论宗教、语言和历史文选》,张晓梅译,北京:商务印书馆,2010年版,第60页。
② Herder, "Vom neuern Gebrauch der Mythologie," in *Werke in zehn Bänden*, ed. Ulrich Gaier et al, Frankfurt am Main: Deutscher Klassiker Verlag, 1985-2000, i, 449-450.

"情感结构"。从启蒙思想经过观念论与浪漫派,这种时代共同感一直延续到了20世纪30年代,而罗森伯格的《20世纪神话》则是政治神话自我魔化的极限。

赫尔德的"神话现代运用论"蕴涵着两个论断:第一,神话体系成全了社会认同;第二,神话可以古为今用,为现代人而再生再造。这两项论断,构成了"观念论(与浪漫派)体系源始纲领"的两个基本前提。就在《纲领》被酝酿和被草拟的1796年,赫尔德为席勒主持的期刊《号角女神》(Hören)撰稿,用对话体表达对神话体系的功能主义辩护。赫尔德措思的中心,乃是诗歌与哲学、想象与理性、虚构与真实、神话与启蒙之间的关系。在对话中,赫尔德笔下的阿尔弗雷德同怀疑论者弗莱讨论"神话创造与理智推论"的关系。阿尔弗雷德认为,神话创造与理智推论之间,没有对立关系,也无先后关系,而是永远唇齿相依的关系。"对不起,弗莱,"阿尔弗雷德说,"神话不能区别于真理,恰如衣饰不能脱离肉体。"

> 如果我们的躯体构造千差万别,我也毫无异议。但我们的本质是人类!唯有通过虚构(durch fiktionen),我们的理性才能形成……若无创造诗艺(poiesis, Dichtung),我们就无法生存;一个孩子最大的快乐,莫过于其运用想象(imaginiert),诗意地(dichtet)将他自己投射到陌生的境域,并作为异国他乡的人而存在。整个人生,我们都依然是这样的儿童;我们活着的快乐,也仅仅是将灵魂诗化(Dichten der Seele),由悟性(Verstande)支撑而由理性整饬(geordnet von der Vernunft)。①

赫尔德笔下的北欧女神伊顿娜(Iduna),就是古代神话之现代使用的象征。她是代表语言的女神,而她的语言乃是想象与推理、神话与理性的织体,蕴藏着创造宇宙图景的无限潜能。"唯有通过虚构,我们的理性才能形成。"这一命题先行道破了《纲领》中"理性神话"的秘密:神话既不先于理性,也不对立于理性。《纲领》之最后一节,尤其特别强调,"神话必须成为哲学,而俗众必须具有理性,哲学必须成为神话"。

---

① Herder, "Iduna: oder der Apfel der Verjungung," in *Werke*, iii, 156-157(emphases in original)

不言而喻,这是《纲领》所代表的观念论平息启蒙与浪漫之争的努力。启蒙与浪漫之争,是中世纪晚期古今之争的延续,且遥远地契合于神话与逻各斯之争、诗与哲学之争。逻各斯出自秘索斯,哲学为诗之后裔,是文化历史宏大叙述之中最激动人心的篇章。新康德主义哲学家内斯特勒(Wilhelm Nestle)用"秘索斯到逻各斯"这个公式来描述人类心智出离蒙昧而走向理性的进程。然而,布鲁门伯格指出,只要人类生存所遭遇的"实在专制主义"依然如故,神话就不会被理性的缘光照彻,也不会被启蒙的飓风扫尽。理由很简单,"神话与逻各斯的界限本来就是虚构的,这条界限也无法消除人们在免于实在专制主义的创作过程中去探索神话逻各斯的要求。神话本身就是一种高含量的'逻各斯作品'"①。因此,《纲领》延续着赫尔德的"新神话"提案,将新神话明确定义为"理性的神话",而破除了一种精神线性进化论的偏执,许诺了"在神话之中认识逻各斯完美实现的一种方式"。如果执迷于"神话到逻各斯",深信有一种飞跃发生在远古神话与现代理性之间,那么,就无法理解"神话与逻各斯,旨趣相通,而问题为一"。② 具体到18世纪的文化紧迫性,以及启蒙与浪漫之争的白热化,我们就必须看到,《纲领》的新神话,即"理性的神话",就是一种"神话的理性",即"神话逻各斯"。与其说"逻各斯"征服了"神话","理性"放逐了"神话",不如倒过来说,是理性重新占据了原来由神话所占据的位置,是神话慧黠地利用逻各斯来延续它的命脉。"神话之后的时代必须顶着压力来完成前一个时代宣称要完成,或者说仅仅是佯称要完成的志业。"③以神话来完成逻各斯,将启蒙进行到底,便是1800年代观念论与浪漫派的志业,这份志业表述在浪漫主义"新神话"提案之中。

F. 施莱格尔《论诗》之中插入的"论神话"片段,以及谢林《先验唯心论体系》之结论,同《纲领》佚名作者共享着一个基本理念:理性的神话就是神话逻各斯。神话逻各斯的使命是兼容理性与感性,嫁接哲学与艺术,涵濡科学与诗歌,意在反抗道术为天下裂,抵制社会分崩离析,催生一个开明而讲礼仪、自由而有机的整体社会。神话逻各斯,

---

① 布鲁门伯格:《神话研究》(上),第13页。
② 同上书,第29—30页。
③ 同上书,第30页。

同时也是浪漫诗风的灵犀,浪漫派的志业便是以"吾人自我绝对的自由"为基础,将社会政制塑造成"总体艺术作品"。用谢林的话说,浪漫派的志业,是"一如既往地创造一个种族,表现一个普世的诗人"①。谢林思辨的幅度更广,他还追问:一个新神话体系出现何以可能呢?而要解决这个难题,唯有瞩望世界的未来命运,以及历史的更远行程。

二、感性的宗教

"理性的神话"不是一个抽象的玄设,而是一种具体的实践,必须着落在"感性的宗教"(sinnliche Religion)中。按照《纲领》的缔造者,18 世纪的俗众与哲人一样都对这种"感性的宗教"趋之若鹜。感性的宗教,指向了"理性与心灵之一神教,想象与艺术之多神教"(Monotheismus der Vernunft und des Herzens, Polytheismus der Einbildungskraft und der Kunst)。

这种"感性的宗教"如灵感的火星,散播在 18、19 世纪之交的观念论和浪漫派的灵思之中。1792 年至 1798 年间,荷尔德林的诗化教养小说《许佩里翁》整个就可以读作这种感性宗教的演绎:"圣美之长子是艺术,圣美之娇女是宗教,而宗教乃是对美的挚爱。"在荷尔德林看来,给诸神以诗意的命名,就废黜了康德在宗教的"理性普遍精神"与"历史殊异要素"之间的区分,预示着尼采狄奥尼索斯精神之崛起,以及一神教与多神教的和解。神话的记忆,不仅比批判的综合具有更为巨大的涵濡力量,而且比想象力的游戏更加激荡人心。淑女导师第俄提玛训示许佩里翁说:只要有这种感性宗教的涵濡力量,"你就是一个民族的导师,教化全体俗众"②。《纲领》称诗为"人类的女导师"(Lehrerin der Menschheit),从而赋予了诗以崇高的尊严,这种想法或许就直接来自于荷尔德林。希腊人的艺术与宗教包罗万象,形态丰富多彩,就是"永恒的美"和"完美的人性"之真正娇子,也就是个体绝对自由的永恒象征,以及感性宗教的典范。荷尔德林最后让神圣的女导师

---

① Schelling, *System des transcendentalen Idealismus*, *Sammtliche Werken*, ed. K. F. A. Schelling, Stuttart, 1856-1861, iii, 629.
② 参见戴晖译:《许佩里翁》,见《荷尔德林文集》,北京:商务印书馆,1999 年版,第 76 页。

狄奥提玛选择在火中飘逝而离开大地,则将一种灵性升华在尊贵的诗兴中。诺瓦利斯则将这种"感性的宗教"化身在少女索菲身上,让悲情汇入深不可测的新天新地,在少女的目光里驻留永恒。以淑女为中介建立一种感性的宗教,同样也是 F. 施莱格尔的教养小说《卢琴德》的核心诉求。闲散无聊而渴望无限的男主人公在众多淑女的引领下一步一步地提升精神,磨砺意志,由情欲而至情爱,由情爱而至圣爱,便是"感性宗教"以诗学方式展开的戏剧,且不乏"绝对悲剧"色彩。因为其放肆的色情描写和张狂的颓废渲染,《卢琴德》的惊艳引发了俗众的惊骇,招来指摘与谴责无数。柏林传教士和宗教思想家施莱尔马赫却从"感性宗教"的角度为它辩护,不是因为这小说的技巧多么卓绝超群,而是因为它刻画宗教感情入木三分。施莱尔马赫为之辩护的根据,表达在他《论宗教》讲演中:每个人的内心皆属神圣,每个人都与宇宙普遍感通,每个人都和神圣的生命同契合道。所以,宇宙在心灵,神圣在生命,人性在不断的塑造之中,一切发现都带有"圣洁的羞涩",以及"心甘情愿的袒露"。① 所以,《卢琴德》的一切色情描写,都只不过是感性宗教的象征性表达,或者感性宗教的伟大布道,是对人的属灵生命的肯定,以及对"绝对自由存在"的赞颂。甚至我们还可以说,《卢琴德》乃是诗学方式呈现的"新神话"。F. 施莱格尔化名为"路多维科",在《谈诗》之中对"新神话"做了这么一种表述:"新神话"乃是造自精神深处的"最高级的美与秩序",是期待着"爱"来触摸的"混沌之美与秩序"。② 观念论和浪漫派便沉湎于这么一种混沌之美与秩序,而同清楚而明白的理念及其世俗的政治观念相对立。

"感性的宗教"当然不只是浪漫诗文之中遗留的吉光片羽,而是后启蒙时代思想家的一种运思取向和思辨诉求。经过启蒙的荡涤,传统的宗教及其教义,已经显得刻板、冷酷、苍白,于人毫无亲切感,更无维系世道人心的力量。如何维持宗教的权威,并以这种权威来维系世道人心?那么,将神话与教义互相打通,以感性的宗教实现一神论与多神论的和解,就不失为一种稳妥且合法的提案。所以,作为"理性的神

---

① 施莱尔马赫:《论宗教》,邓安庆译,北京:人民出版社,2011年版,第138页。
② 施莱格尔:《谈诗》,见《浪漫派风格》,李伯杰译,北京:华夏出版社,2005年版,第191页。

话"的现实载体,"感性的宗教"笼罩着《纲领》的缔造者及其时代。而"感性的宗教",在谢林的体系之中第一次被赋予了人类教育的使命。在《关于独断主义与批判主义的书简》中,谢林以一种高瞻远瞩和指点江山的修辞断定,人类自由的使命,乃是将人类的伟业带向终极完善。要实现这种使命,就必须仰赖"感性的宗教",来调和"神与世界"的分裂,在有限之中仰望无限的神。① 谢林和荷尔德林的朋友黑格尔在波恩滞留期间也深深地沉湎于感性宗教研究。黑格尔的感性宗教,是想象与心灵的宗教,又是道德与理智的宗教,以及通过新神话而展开的国民教育。显然,黑格尔的相关思考反映在"理智与心灵之一神教,想象与艺术之多神教"这一公式之中。在《启蒙——以理智造就业绩》一文中,黑格尔断定,对国民教育而言,最为重要的是不能对想象与心灵的呼吁不闻不问,而必须以伟美而纯洁的形象来充实想象,以更为良善的情感来重新唤醒心灵。在黑格尔手上,"感性的宗教"是一道亮剑,锋芒直指教牧等级制度,以及一切刻板僵化、恪守源始基督教义的国家。在他看来,教牧等级制度摧毁了自由感,而机械国家随即也会风雨飘摇。像荷尔德林、施莱格尔一样,黑格尔在发展"理性的神话"和寻觅"感性的宗教"过程之中也把目光投向了古希腊。他发现,古希腊多神教审美主义就是感性的宗教,在国民教育之中占有一个不可摇夺的位置。②

《纲领》断言,这种"感性的宗教"乃是一个时代的俗众与哲人的必需。这个时代不仅经受了启蒙的荡涤,而且正在经受文化身份分裂的煎熬。在一个文化紧迫而思想危机深重的时代,观念论与浪漫派的崛起恰恰就是布洛赫所说的"青春、转折和创造时代"的征兆。身姿向前驱动,目光瞥向"尚未"(noch-nicht)之境,此乃浪漫主义的基本姿态。可是,浪漫主义强有力地超越启蒙和狂飙突进,而执着地抒写"对于失去的过去的悲情"。"浪漫主义的创造不仅与冲动、本能水乳交融,而且与隔代遗传的预见能力和深渊的窃窃私语水乳交融……显得悖谬的是,在浪漫主义者那里特别富于创造性,恰恰充满某种期待的

---

① Schelling, > Philosophischen Briefen über Dogmatismus und Critik <, in *Sammtliche Werken*, ed. K. F. A. Schelling, Stuttart, 1856-1861, i, 340.
② 参见 David Farrel Krell, *The Tragic Absolute: German Idealism and the Languishing of God*, Bloomington and Indianapolis: Indiana University Press, 2005, pp. 38-39。

特征,而这种创造性和期待感仅仅在古代图像中,在过去中,在远古的东西中,在神话中聚精会神,沉思冥想。"①一句话,浪漫主义在还乡途中远游,在幽深莫测的岁月之井中发掘出新神话,复活感性的宗教,从而以审美的方式救赎一个物质化的俗世。我们现在必须追问,这种从幽深莫测的岁月之井中发掘出来的新神话、感性宗教,究竟同远古的哪种东西遥遥契合?

一条影影绰绰的线索,一脉隐秘难显的传统,将《纲领》的缔造者以及观念论哲人、浪漫派诗人同晚古"神话逻各斯"或"教义神话"联系起来。据陶伯斯(Jakob Taubes)考证,从早期浪漫派、观念论到黑格尔到马克思,有一条隐秘的传统剪不断理还乱,那就是"灵知主义—末世论"(Gnostischen Eschatologie)传统。理性的神话,感性的宗教,一神教与多神教的和解,审美救赎的可能,以及经天纬地、贯古通今的辩证法,都扎根在晚古到中古一以贯之的"末世论"中,而一切否定物质俗世及其政治构想的乌托邦观念,都能在启示文献和灵知主义之中找到源头。黑格尔的历史辩证法,经过施瓦本虔诚宗教,同13世纪基督教思想家约阿希姆(Joachim of Floria)的第三圣约国的预言相连。而第三圣约,即圣父之约、圣子之约之后必将降临的圣灵之约,这种基督教末世论带有浓烈的灵知主义和启示录意味。沿着黑格尔、谢林、施瓦本神学上溯,即可发现一条灵知主义末世论传统从狄奥尼修斯的神秘主义出发,经过波墨和埃克哈特塑造了德意志神秘主义,而汇入了18世纪末观念论和浪漫派的思想中。

灵知主义涌动于公元2世纪到5世纪的地中海,乃是动荡不安的晚古时代的产物。灵知主义是早期基督教打压的对象,但基督教却必须参照它来进行自我定义,靠压制它来进行自我伸张。灵知主义教派繁多,教义复杂,但其基本教理突出了两点:第一,人生在世宛如流亡异乡,与物质世界疏远,而思念天上家园;第二,创世之神与拯救之神、恶与善、黑暗与光明,二元逻辑主导着宇宙历史的论说。偶像禁令表明,基督教面对神话无比恐惧,而千方百计地克服神话,将神话收编到教义之中。古代多神教就被强行压缩到一神教,禁止一切僭越,唯独

---

① 布洛赫:《希望的原理》(第一卷),梦海译,上海:上海译文出版社,2012年版,第147页。

允许一个信仰,神话与教义的分裂由此发端,而信仰的危机也在此酝酿。灵知主义的教义神话就是对基督教教义形成过程的强力干预,而致力于修复教义与神话之间的裂痕,缓和神话世界和启示世界之间的冲突,重建人与神的关系,再度定位人在宇宙间的位置。让神话与教义在人的绝对自由之中相遇,这就是灵知主义神话教义的绝望诉求。陶伯斯将灵知主义教义称为"教义秘索斯"(dogmatischen Muthos),意思是说那是教义与神话的和解,神话借着教义自我伸张。① 用布鲁门伯格的话说:"教义并没有用它所蕴含的哲学来吞噬神话;相反,教义本身已经是某种东西的再度神话化:在柏拉图式的神话与逻各斯相关的意义上,它一方面承受着最低限度的神话,另一方面又当作一种穿透基本关系的洞察力而被创造出来。"②

不难看出,这也是德意志观念论与浪漫派协调一神教—多神教、感性—宗教、理性—神话的基本诉求。在创世之神与救世之神、此岸与彼岸、内在与超越、世间邪恶与天上美善之间敞开深渊的地方,观念论的主体激情涌动,浪漫派的浪子乡愁蒸腾。《纲领》的"感性宗教"提案,就是一个变形的灵知教义神话,就是一个变形的神话逻各斯。它描述了灵魂穿越世界之紊乱、邪恶与罪孽,而通往永恒最后成功地获得拯救的道路。这是荷尔德林的希腊隐士许佩里翁走过的道路,是诺瓦利斯的"蓝花少年"所期待的至境,是黑格尔"绝对之灵"的最后皈依之地。这个至境,乃是永恒与世界未分裂之前的那种统一境界。与这个至境相比,个体在世界上的流浪,以及历史的兴衰浮沉,只不过是那个"超越之灵"的命运而已。

三、崇高的"灵"

《纲领》残篇之中,这个遥契古代灵知主义的"超越之灵",就是"自天而降的崇高之灵"(ein höherer Geist vom Himmmel)。它是理性神话的硬核,感性宗教的根基,以及人类"最后的伟业丰功"(das lezte,

---

① 陶伯斯:《灵知的教义秘索斯》,吴增定译,见刘小枫编:《灵知主义与现代性》,上海:华东师范大学出版社,2005年版,第83—98页。
② 布鲁门伯格:《神话研究》(上),第291页。

gröste Werk der Menschheit)。

《纲领》的第一段即已暗示,观念论与浪漫派对这个"灵"殷殷顾盼。而《纲领》的最后一段则表明,观念论与浪漫派对这个"灵"顶礼膜拜。依据《纲领》一气呵成的文气,这个"灵"驾驭了自然科学与伦理学,而与机械的国家对立,最后同"美的理念"息息相通。首先,这个"灵"无中生有,创造了整个世界。其次,因为这个"灵"的存在,整个世界都为一个道德本质而造就。第三,这个"灵"为长期在实验之中艰苦迈进的物理学"再次插上翅膀",因而它再次成为"创造之灵"。第四,这个"灵"直接对立于机械的国家,而终将颠覆一切迷信,审察一切理性,预示一个道德世界、神性和不朽的理念,在自身之外寻求神性或者不朽,寻求一切"慧灵的绝对自由"。最后,这个"灵"就是柏拉图意义上的原型或共相,统摄一切理念行为,而通达于审美行为,让真与善在美中永结同心。于是,《纲领》便赋予"灵"以经天纬地、贯通"天地人神"的力量。"灵的哲学是一种审美哲学",这是一个将观念论与浪漫派贯通起来的断制。

直接断定观念论与浪漫派之"灵"就是灵知之"灵",如果不是攀龙附凤,那也是郢书燕说。不过,在《纲领》论述"人工造物"的一段中,留下了强烈的暗示,诱惑人们将观念论和浪漫派之"灵"同灵知之"灵"联系起来。这段论述几乎完全否定了"人工造物",观念论哲人与浪漫派诗人就有理由将此世的一切感受为"异乡",而把他们的真正家园——最真实最珍贵者——都设置在超越的彼岸。彻底摧毁一切关于国家和文化的观念,无中生有地建构一部人类历史,揭露虚伪狡诈的社会,颠覆一切强制的宗教迷信,围剿那些拿腔作调而内在虚空的教牧人员——所有这一切,都是以"绝对自由的慧灵"之名义,向世俗物质世界发出的"歼恶令"。同样,也是以"绝对自由的慧灵"之名义,观念论哲人与浪漫派诗人向高处举目,向超越自身之外的彼岸寻求神圣与不朽。否定一切"人工造物",即表明《纲领》的缔造者们同世界的绝对疏离。这种绝对疏离,乃是灵知主义世界观的基本特征。灵知主义之所以绝对疏离于此世,因为他们深信:这个世界的创造者,乃是一位脾气乖戾、专横独断的地方神,而这个世界的拯救者,却是一位温情脉脉、无限慈悲的普世神。构想两个神祇而将世界决裂为善恶的永恒对峙,灵知主义摧毁了古代宇宙的秩序。奥古斯丁建构宏大的象征体系,对灵知主义展开了第一度征服,但以失败告终。灵知主义在中世纪晚期又以唯名论借尸还魂,再次动摇了基督教的普世秩序,于是开始了对灵知主义的第二度征服。这对于灵知主义的第二度征服,乃是布鲁门伯格所说的"现代性"之起源。[①] 德意志观念论与浪漫主义,则可视为灵知主义在文艺复兴、宗教改革、启蒙运动轮番征服之后火山爆发一般的复活。所以,观念论与浪漫派剑气如虹,机锋所指的对象,就是整个近代累积起来的"人工造物",尤其是将个体视为"机械零件"的国家观念。在这个意义上,观念论与浪漫派所膜拜的"灵"同灵知主义借以超越世界而寻求不朽神性的"灵",存在着血脉传承关系。

灵知之"灵"(gnosis, pneuma),源自希腊语,表示认识、知识,但不是一般格物而获致的"知识",而是一种默观冥证所得到的"灵知"。而灵知主义的激进性,恰恰就表现在摒弃一切外在世界的知识,而主张遭遇世界的黑暗,在黑暗之中祈求光明,在紊乱之中求取秩序,在苦难之中寻觅救赎的可能。所以,"灵知"(gnosis)将"灵"(pneuma)的生成描述为一场苦难,把生命的苦难史昭示为一幕悲剧,一位遥远的救赎之神、一位陌生的尚未来到的弥赛亚的悲剧。在多种异教涌流而动荡不安的晚古,"灵知"之"灵"蒙上了一层神秘的色彩,是指那种通过秘传、启示而获得的神秘知识,而非格物、习得的自然知识。灵知乃是拯救所必需的知识,以及能够改造认知者的知识。"这种知识是对绝对开端的认识,是促使这一开端深入混乱的条件。"[②]这种灵知总是有待象征,有待化虚为实的叙述,有待使情成体的诗歌,预言上天力量的降临,呈现永恒的流溢与世界的生成。古代中国、埃及、印度、巴比伦,以及东方世界的其他地方也能找到"灵知"的依稀踪迹。但只有在德意志观念论与浪漫派那里,这种为救赎所必须而且改变了认知者的"灵知"才获得了一种彻底的内在性。

---

① Hans Blumenberg, *Die Legitimäte der Neuzeit*, Frankfurt an Main: Suhrkamp, 1979, 149:"对于中世纪来说,奥古斯丁从灵知派合乎逻辑地转向人的自由挽救了这个[古代]秩序……这种挽救宇宙所付出的代价,不仅是人自己应该把亏欠归咎于如何发现了世界,而且也是那种让人为世界状态承负责任的断念……自我断言的虚无并没有被克服,而只是'改写'了灵知主义的遗产。"

② 陶伯斯:《灵知的教义秘索斯》,吴增定译,见刘小枫编:《灵知主义与现代性》,第91页。

诺瓦利斯、荷尔德林、施莱格尔兄弟,甚至还包括歌德和席勒,都不约而同地呼吁返回到黑暗,直面黑暗而获取灵知。摒弃公共性,而退回到秘密的神圣黑暗中,成为观念论和浪漫派的一种渴望,一份慕悦,一道内在律令。这秘密的神圣黑暗就构成了德意志的独特品格,即所谓绝对的内在性(Innerlichheit)。"绝对内在性"赋予了观念论者和浪漫诗哲以温文尔雅、内心深沉、清高乖戾、慕悦情爱以及崇尚道德境界的精神品格。"内在性"是音乐之"灵",纯诗之"灵",乌托邦之"灵",也是暴力之"灵",极权之"灵",金色怪兽之"灵"。整个德意志民族的近代历史,几乎就是善与恶、光明与黑暗、苦难与救赎、圣灵与邪灵之"二元论辩证戏剧"的展开,既是绝对的悲剧,又是极端的闹剧。一个德意志,一颗日耳曼之星,灾异地裂变:一个音乐的、唯美的、形而上学的天堂,一座祭奠血液与土地且把灵魂出卖给魔鬼的邪灵庙宇。德意志观念论与浪漫派恰恰体现了这种悖谬的内在性。这种崇高之灵灵动飘逸,而又阴沉粗暴,乖戾无常,整个就是"浪漫主义反讽"的原型。这种"内在性"源自马丁·路德,狂野而粗暴,愤怒如火山,恣肆如洪流,多愁善感而又神鬼神帝,情欲张狂又卑微猥琐。马丁·路德精神令人反感甚至厌恶,但对德意志内在性的形成影响甚巨,甚至可以说将德意志的现代性引向了荒芜之地。中世纪神秘的魔性通过宗教改革而复活在德意志民族灵魂中,诱拐着德意志人与魔鬼缔约,伸张权力意志,妄图统治世界。审问这种以"绝对内在性"为灵魂的"教义秘索斯",布鲁门伯格追问"会不会用魔力从地底唤醒'金色怪兽'?"[①]1943年,托马斯·曼戏仿浮士德传奇,创作《浮士德博士》,塑造一个患上梅毒的音乐家通过与魔鬼缔约而焕发艺术激情,创造出音乐杰作。颓废艺术家的成功之路,平行于德意志的地狱之旅,这就是"绝对内在性"的逻辑结局。我们或许可以认同托马斯·曼的看法,"德意志浪漫主义,是某种深沉的力量和虔诚的心灵"[②]。这种心灵是古朴的灵魂,与生命的本源更接近,与虚幻的神秘力量更接近,与残暴的邪灵更接近,与超越而又内在的神圣之物更接近。所以,德意志的悲剧乃

---

① 布鲁门伯格:《神话研究》(上),胡继华译,第260页。
② 托马斯·曼:《德意志帝国与德意志人》,胡蔚译,见《德语文学与文学批评》第4卷,北京:人民文出版社,2010年版,第41页。

是绝对的悲剧,映射在观念论与浪漫派灵魂中的悲剧也是绝对的悲剧,两种悲剧都是人类生存悲剧的缩影。

四、"人类最后的伟业丰功"

开始于"自我的绝对自由存在",终结于"人类最后的伟业丰功",《纲领》预示着一个宏大的"理性神话",为思想史的叙述支起了一个辉煌的架构。自我消逝于"总体艺术作品"之中,这是一个关于悲剧绝对性的故事。然而,不无反讽意味的是,悲剧绝对性的故事之开篇,不是绝对悲剧的,而是绝对激扬文字的。"人类最后的伟业丰功",便是德意志观念论与浪漫派缔造的一份共业。通观《纲领》,旁及作者星丛,我们不难看到,这份共业的立足点是绝对自由的自我,其障碍是一切人造物,尤其是机械化的国家和迷信的宗教制度,其基础是理性的神话,其样法是感性宗教,其至境是让真善永结同心的"美"。

人类最后的伟业丰功之存在,恰恰是人类具有无限可完善性潜能的表现。或许,这就是耶拿派"浪漫诗"的庄重承诺:浪漫诗是渐进的总汇诗,其使命是把支离破碎的经验整合起来,把一切被人为分割的文体再度统一起来,永远在生成变化,而永远不会完结。渐进走向总汇的浪漫诗风,指向了"总体艺术作品",而象征着人类无限完善的可能性。这就是德意志观念论与浪漫派缔造的"纲领性神话",而对于这个"纲领性神话"的理论思考本身也成为一个神话。18世纪的哲人和诗人不仅站在时间之外且在历史之中,观照这个神话并体验这个神话,摹仿这个神话最古老的原型,分享其最古老的属性。无论是诗人还是哲人,在这个时刻都成为神话学家,以其理性与心灵、想象与理智叙述着神话特有的历史。他们越是执着于这份"人类最后的伟业丰功",也就越是沉入绝对内在性的黑暗,越是渴望获得一种经受过历史磨砺的技艺来补偿人类本质的匮乏。"绝对内在性"葆有"野蛮的惊骇",令他们在黑暗中叹息、歌唱以及战栗。只要人类存在,就永远必须面对"实在的专制主义",就摆脱不了一种非人的诡异力量,就总是处在本质的匮乏之中。所以,神话或者再造神话就是一份难拒亦难举的共业。关于这份共业,关于"人类最后的伟业丰功",却是"一个无法证实的故事,一个没有见证的故事,但它蕴含着只有哲学家才能赋予的最崇高的品质——不可反驳,不可证伪"。① 德意志观念论与浪漫派的新神话,指向了"主体自我自为责任的唯我独尊、排斥他者的状态",即从费希特的"自我"转向黑格尔的"绝对精神",在叔本华的"万物皆备于意志"的神话中臻于至境。这就是"悲剧绝对性"走向"绝对悲剧性"的进程,亦即"把神话带向终结"的进程,同时也是观念论与浪漫派的宿命。

或许可以说,这份"人类最后的伟业丰功",乃是观念论和浪漫派"新神话"的终结。作为一个只存在于理论假设之中的"限定性概念",这份共业染上了浓烈的乌托邦色彩,甚至可以说是神话—逻各斯—教义三者互相涵濡彼此杂糅而成的幻象体系。乌托邦就是一个限定性概念,它要求将无形无影的东西以形象来显影定格,将虚灵缥缈的东西化作文字固定下来,从而进一步散播和滋生幻象,将一切被否定或者乌有的东西收纳在一个幻象体系之中。灵知主义的异乡神,布尔特曼的解神学,海德格尔的"基础存在论",德里达的"不可解构的正义",以及南希的"无为共同体",就是这么一些建构在虚空地平线上的"幻象体系"。

"人类最后的伟业丰功",就是施莱尔马赫所谓的"将人类永远统一在绝对一致直观中的终极宗教形态",就是施莱格尔所谓的"通过普遍可传达性……最美妙地展示出来的隐秘力量",就是荷尔德林和诺瓦利斯所一咏三叹的"神圣之夜",就是谢林所说的"众神所获取和填充的自然世界"。② 像这些激扬文字的言说一样,《纲领》对自己所构想的新神话及其未来充满了乐观的信仰。然而,《纲领》对当下进行了无情的批判,认为当下乃是一个邪恶而且堕落的状态,黄金时代一去不返。这说明《纲领》的缔造者洞察了幽暗面而悲情涌动。将理性分裂为纯粹理性与实用理性,康德哲学早就展示了18世纪忧伤的心灵结构。理性分裂意味着某种东西正在毒害、侵蚀和扰乱"绝对"。是绝对的理性,还是绝对的自由?两种绝对好到无以复加,也坏到无以复

---

① 布鲁门伯格:《神话研究》(上),胡继华译,第304页。
② 参见弗兰克:《浪漫派的将来之神:新神话学讲稿》,李双志译,上海:华东师范大学出版社,2011年版,第302—305页。

加。"两种绝对所质疑的,不是绝对性本身,而是在绝对厥为两半之前就分裂了太一的猛然一击。而且,哲学与诗的分裂也再次唤醒了哲学与悲剧的古典之争。"①多层次的分裂预示着这份"人类最后的伟业丰功"只能是一个幻象体系,其外赫赫威仪,而其内不堪一击。

---

① David Farrel Krell, *The Tragic Absolute: German Idealism and the Languishing of God*, Bloomington and Indianapolis: Indiana University Press, 2005, p 43.

断 章 诗 学

——浪漫诗风的文类呈现

引言

古希腊一则神话,早就将"断章"(fragments)提升为一项文学的律令(exigency):参加狂欢的妇女出于妒忌之心,愠怒地将神秘歌者奥尔菲斯的血肉之躯撕得粉碎,将他的头颅和七弦琴扔到了赫布鲁斯河。他的头颅和七弦琴,在河水之中不息地歌唱,弹奏。歌声凄迷,琴声呜咽,泪水全无,风流余韵一直流传至今。1971 年,加拿大文学理论家哈桑(Ihab Hassan)撰文《肢解奥尔菲斯:走向后现代文学》(*The Dismemberment of Orpheus: Toward a Postmodern Literature*),论断奥尔菲斯的命运即为后现代诗人的命运。后现代一词在当今泛滥成灾,语义模糊,指称含混,但"支离破碎""满目断章"则是其不易的面相。依哈桑之言,1914 年以来直到 20 世纪中期,几代骚人墨客蓄意破坏文学典律,颠覆诗学轨范,留给文学史的莫不是断简残章,恰如被肢解的奥尔菲斯,在无归河上凄艳地歌吟。诗人支离破碎,却不能沉默,而必须在破碎的世界上寻觅隐秘的诗意,将和谐奉还给在这个世界上痛苦地奔走而饱受分离之苦的人们。

奥尔菲斯命运之最为晚近的传承者,或者说后现代诗人之最为靠近的先驱者,正是德国早期浪漫主义者。诗人席勒不是浪漫圈内人物,但他的"素朴—感伤"的辩证直接启发了早期浪漫主义的自我断言。席勒说了,古时的天人相调之整体境界一去不返,人类已经被逐出了伊甸园,面对支离破碎的人性,伤感之情不能不发。一代文豪歌德虽与浪漫主义者交恶,但浪漫精神却构成了其作品的惊艳之魂。

《浮士德》"美的悲剧"终结于海伦的离去,浮士德怀抱里只留下佳人的衣裳,顿时化作漫天飘扬的云彩。这衣裳和云彩,也就是美的断章残片。

正是早期浪漫主义者,将断章是为诗人之律令,以断章为典范书写方式,建构一种"进化宇宙诗"的境界,并以"小说"为典范的文学体裁,发展出一种正在生成和趋向无限的诗学。

一、断章古今谈

以施莱格尔兄弟为灵魂人物,以《雅典娜神殿》杂志为阵地,早期浪漫派于1797年至1802年间撰写的"断章",可谓浪漫派书写方式的生庚证。断章是浪漫派的化身,更是其独具特色的创造性标识,尤其是极端现代性的象征。

断章是浪漫派的绝佳体裁,但它的历史却显然比浪漫派久远得多。1795年,小施莱格尔从尚福尔的《格言、警句和轶事》(*Chamfort's Pensées, Maximes et Anecdotes*)之中得到灵感,而开始了这种独特书写的探索。断章的主题与体式,可以追溯到英国的夏夫兹伯里伯爵和法国的拉罗什福科(La Rochefoucauld),他们创作的断章负载着伦理传统与道德意蕴。断章载道,自是不易之轨范。往上还可以通过笛卡尔的《哲学沉思》和巴斯卡尔的《思想录》上溯到蒙田的《随笔集》,其中展开一种哲学方法和思维风格的现代性筹划,表现出一种自我意识和个体诉求。在这一脉现代书写传统中,断章表现出了三个显著的特征:第一,相当不完整,缺少思想的论证环节;第二,思想素材的多样性与混杂性;第三,整体同一性作为超验的精神游离在文本之外,没有直接言说,只有曲笔暗喻。

请看《批评断章集》和《雅典娜神殿》之中对"断章"的描述:

(1)被束缚的精神爆炸,断章主题的混杂性。"人们称许许多作品的线条参差错落有致,而这些作品所具有的,与其说是统一性,不如说是一堆五花八门的断念,被一个智慧的精神所激励,追寻同一个目标。那个自由而平等的共同体把这些断念结合在一起。按照智者们的保证,完善的国家的公民将有朝一日居住在这种共同体之中,这个共同体体实则就是那个永远欢愉的精神。"(《批评断章集》,103)五花八门的观念,在一个智慧之神的激励和影响下追求自由、平等的目标,其结果乃是一个"无为的共同体"的生成。这个共同体乃是以希腊古典城邦为模型建构出来的浪漫主义文人理想国。断章是"无为共同体"的象征,因而具有了政治意蕴。

(2)断章是微缩的艺术品,具有审美的自律性。"一则断章,必须宛如一部小型的艺术作品,同周围的世界孤立绝缘,而其自身尽善尽美,犹如刺猬。"(《雅典娜神殿》,206)用叔本华、尼采的范畴,不妨把"断章"描述为"个体化原则"的呈现。

(3)断章传承着传统的文学体裁,凝练浪漫的书写风格。"对话,是断章组成的链条,是断章的花环。通信,是放大了比例的对话,回忆录是对话组成的[断章]体系。"而每一个断章都意味着一个中心,多个中心,形成了复数的断章,形成了多元宇宙的对话。

(4)断章是自我生产的有机体,蕴涵着系统化的潜能,其至境乃是将无序有序化。浪漫主义起源于文化危机,也是对文化危机的回应。文化危机的征兆,正在于古典和谐世界的失落,古典宇宙秩序的衰微,人性的支离破碎和心境的茫然紊乱。故而浪漫的时代乃是作品紊乱的时代,或者"紊乱时代的作品"。在《希腊诗研究》中,小施莱格尔对时代诗之总体进行了如下诊断:"当人们带着同样的关注观照现代诗总体的规则和目标的缺失,以及孤立的局部精彩之时,这首诗的规模就像汪洋大海,各种力量搏击其中,溶解的美的细小颗粒与支离破碎的艺术断章在混杂困惑的无序中彼此碰撞。不妨将一种紊乱称之为崇高、美、或者充满蛊惑。"①除了紊乱还是紊乱,这种境况并非人类精神的理想状态。浪漫主义者渴望携哲学入诗,化解思想与文学的旷古之争,导断章于系统,化紊乱为和谐。一种超验的秩序于焉浮现。"如果说,形式与材料的每一个纯粹任意或纯粹偶然的结合是荒诞的,那么,哲学也同诗一样具有荒诞不经的事情;只是哲学对此知之甚少,而且还没有找到解答它自身怪异历史的答案。它拥有的一些作品是道德的不和谐音中的一个音符,人们可以从中窥探到紊乱,或者说,它

---

① 转引自 Philippe Lacou-Labarthe & Jean-Luc Nancy, *The Literary Absolute*: *The Theory of Literature in German Romanticism*, trans. P. Barnard and C. Lester, Albany: State University of New York Press, 1988, p.51。

拥有的作品中,紊乱被组织得有条不紊,一一对应。某些哲学里,此类的艺术紊乱曾有过高度的稳定性,比哥特式教堂的寿命还要长久。在我们这个世纪里,科学的架构也日益精巧,但不乏荒唐。文学之中,亦不缺少中国式的花园房屋。"①言外之意,哲学、科学之表面有序性掩盖着深层的荒唐无序,诗却有可能从断章导向有序。断章到有序,意味着一场诗学的自我创造,意味着一种崭新的文类在生成之中。"断章"是正在生成的诗文体裁,是万千飘散的精神"花粉",是一道人文化成的暖流。

断章乃是对浪漫主义的绝对律令。它指令他们:诗的创造必须消逝在永恒的生成之中,将紊乱化为有序,以人文化成天下,援哲思于歌吟,自我创造一种超验的形象,为现代性提供基本象征形式。

二、"浪漫诗"义辩

在历史上,"浪漫"的语义多变,其变化与浪漫诗文的命运休戚相关。② 罗曼语,乃是浪漫一词的渊源之一,另一渊源是中世纪的传奇文学,世称罗曼司。罗曼语为中古引车卖浆之流之俗语,即大众化的通俗语言,同教士阶层的拉丁语相对。运用罗曼语创作的中古诗文、传说等题材与主题,被称之为"romant""romanze"" romancero"。17世纪,"Romantique"进入英语,"romantisch"进入德语,常常蕴含贬义,指那些在道德上值得谴责而必须被抛弃的东西。勿用多言,此类文学被文学史家弃置在现代之前,被放逐到历史的黑暗之中。因为它渲染不可思议的奇迹,传播幻象的瘟疫,流传荒诞不经的骑士传说,表现狂放不羁的感情。文学史家公认,塞万提斯的《堂吉诃德》是为中古诗文的

---

① F. Schlegel, "Athenaeum Fragment," in *Friedrich Schlegel's Lucinde and the Fragments*, trans. intro. Peter Firchow, Minneapolis: the University of Minnesota Press, 1971, pp. 225-226.
② "浪漫"一词,在中国古代诗词中,含有"放浪不羁""纵情任性"的意思,一般具有消极意义。唐代诗人元结之别名为"浪漫",这个词语喻指他"漫游无远近,漫乐无早宴",无拘无束而且放浪形骸。清沈树本《大水叹》诗曰:"长歌《春陵》行,千载思浪漫。""浪漫"即指元结,并提到了诗人的忧民诗。宋张镃《过湖至郭氏庵》诗曰:"山色棱层出,荷花浪漫开。""浪漫"意即"灿烂",状写花开之貌。宋曾巩《送郭秀才》诗曰:"当今文人密如栉,子毋浪漫西与东。""浪漫"指"放荡""纵情"。宋苏轼《与孟震同游常州僧舍》诗曰:"年来转觉此生浮,又作三吴浪漫游。忽见东平孟君子,梦中相对说黄州。"东坡笔下的"浪漫"一语,最靠近西文"浪漫"语义。

遗迹,展示了浪漫诗文的源始状态。在夏夫兹伯里的激情柏拉图主义之中,在鲍德默(Bodmer)、布雷廷格(Breitinger)的文学批评形式之中,"浪漫"缓缓地获得了肯定的意义。在17—18世纪的理论史上,"浪漫"概念牵涉着古今之争,关涉于情理之辩,纠缠于启蒙与神话的辩证,同审美、道德、修辞等议题联系为一个整体语境,而同时包括在现代性的谋划之中。

18世纪中期,"浪漫"不是同"古典"对举称义,就是同"现代"对局成辞。同古典对举之时,浪漫就等同现代,等同于新生。古典健康,浪漫病态,这是歌德给予那个时代诗文的评判。古典素朴,浪漫伤感,这是席勒对古今诗文的理论分疏。作为一个历史概念,浪漫乃是对一个特定时代文学之审美风貌的描述,如狂飙突进,俗语兴起时代的文学,英国自然诗歌等。① 作为一个美学概念,浪漫不只是一种文体,一段历史,一种文学风貌,而是一种情感结构与文化精神。作为一种情感结构,浪漫主义目无纲纪,放纵激情,志在反抗,主张逃离文明牢狱,向自然人还原。作为一种文化精神,浪漫主义意在融汇古今,并将东方异域之美化入诗文,从而重构已经丧失的古典和谐。一句话,浪漫主义探索古典在现代语境下复兴的可能性。英国唯美主义作家佩特说,浪漫主义的动人时刻,乃是浮士德与海伦结婚。浮士德代表中古的幻想与激情,而海伦象征着希腊的幻美与和谐。浮士德之"美的悲剧",就为浪漫主义文化精神下了一个活生生的定义。

不过,在德国早期浪漫主义那里,"浪漫诗"乃是无名之诗。作为一种以断章为模式的正在生成的体裁,浪漫诗包罗万象,生生不息,经天纬地,化育人文。它融合了中古罗曼文学的源始素材,在骑士罗曼司之中找到了远祖,在但丁、彼特拉克、塞万提斯、莎士比亚的诗文之中发现了神韵,甚至在柏拉图的哲学戏剧以及古希腊悲剧诗人的吟哦之中认同了诗学原型。作为体裁,浪漫主义者想以协同的模式,广采哥特英雄史诗、游吟诗人的抒情诗、莎士比亚的戏剧诗体、近代兴起的叙事形式,营造一种"进化的宇宙诗"。随着体裁之变,时代的精神气

---

① 钱基博先生即用"现实""浪漫"作为历史范畴,来观察中国文学史的发展:"现实文学者,现实描写之文学也。浪漫文学者,超现实描写之文学也。……春秋以前之文学,现实之文学也。……战国之盛也,而超现实之浪漫文学兴焉。"《国学必读》上,上海:上海古籍出版社,2011年版,第263—264页。

质也发生了巨变。面对浪漫,尤其是面对英国浪漫主义的自然风景,人们体验到天地情感,萌生宗教情绪,或者体验到史诗的鸿鹄,或者体验到野性的蛮荒,或者体验到文明的废墟。呼应这种精神气质之变,德国浪漫主义培育了一种特殊的心智,那就是以幻想来重构自然与文化的景观,展示人类无限可完善的潜能。18世纪末,德国浪漫主义表现出一种新感性,一种时而幻想、时而诗意、时而神圣的诗学境界于焉出现。《德意志观念论体系源始纲领》将这种诗学描述为"感性的宗教"与"理性的神话"。

《雅典娜神殿》第116条断章,即为浪漫派的宣言,同时也是文学绝对性的宪章。① 精读这条自成一体的诗学断章,即可展开早期浪漫主义诗学的纲维。断章由14个完整句子连接而成,有总述、论证和结论三个逻辑环节。主题词是"浪漫诗","浪漫"既是一种诗学精神,又是一种诗学体裁。第一句为总述——"浪漫诗乃是进化的宇宙诗"。"进化",含"进化"和"进步"之意,"进化"乃是支配着现代思维的一种基本定势,而"进步"却是现代历史哲学的一种根本信念。"进化的诗",意味着人类无限可完善。"进步的诗",则是指诗学系统的发展以人文化成为最高境界。"宇宙",含有"普遍""包罗万象""经天纬地"之意,表现出浪漫主义诗学的总汇意识。第二到第十句,阐发"宇宙诗"的含义。包罗万象、经天纬地的诗,乃是超越了一切对立、包容了一切差异的诗。(1)它将分离的种类重新整合起来,让诗、哲学与修辞互相接触。(2)它将韵文与散文、天才与批评、艺术诗与自然诗掺和融汇,赋予诗歌以生命与交流能力。在此,生命被诗化了,社会被诗化了,浪漫主义的机智被诗化了,艺术形式充满了创造物,并且获得了幽默品格。(3)浪漫诗经天纬地,上达包括一切体系的最为广大的艺术体系,下达造物的叹息、人类的亲吻与孩童的歌谣等没有艺术形式的东西。(4)浪漫诗消逝在再现之中,诗人意在刻画个性,又无法表达个体精神,因而有写小说的渴望。这里的表述相当晦涩,自相矛盾,但是在表达个性之困境中,小说体裁脱颖而出了。(5)浪漫诗近乎史诗,成为世界、时代的画卷。此点非常重要,浪漫诗近乎史诗,而

---

① F. Schlegel, "Athenaeum Fragment," in *Friedrich Schlegel's Lucinde and the Fragments*, trans. intro. Peter Firchow, Minneapolis: the University of Minnesota Press, 1971, pp.175-176.

非近乎抒情诗,故而典范的体裁是叙述主导的小说,其功能专在描写现实人生。(6) 浪漫诗充满诗意,无穷反射,再现之物和被再现之物之间的差异消融了,并超然于利害关系之上,无穷的镜像由此增殖,彼此反射。(7) 浪漫诗由内而外且由外而内地建构和谐整体,开拓了古典主义无限发展的前景。(8) 浪漫诗之于艺术体系,恰如机智之于哲学,社会、交往、友谊、爱情之于生活。在此,浪漫主义的系统诉求已经相当明确,文学不仅是一个同人类文化各个方面紧密相关的系统,更是一个历史发展的系统。(9) 其他形式的诗歌已经发展成熟,浪漫诗可以通过解剖而传承。这一段关于"宇宙诗"的论证之中,"小说体裁"的突兀出现,预示着浪漫主义文类建构的一个基本取向:不是抒情诗,而是小说——叙事艺术,才是浪漫诗的文类典范。

从第十一句到第十三句,重点论述"进化"。第一,浪漫诗本质上在生成之中,永远不达至境。第二,生成的诗歌抗拒理论的阐发,而期待一种预言的批评。第三,浪漫诗发展,因而无限,因无限而自由——"不容忍外在任何法则"。第十四句为总结陈词:浪漫体裁超越一切体裁的框范,"所有的诗,在某种意义上都是或应该是浪漫诗"。一个令人困惑的问题出现了,浪漫已经从一种精神下降到一种体裁,那么,什么样的体裁方能代表浪漫主义诗学建构的方向?

暂且放下这个困惑,对这个诗学断章的理论略作梳理。浪漫诗作为进化的宇宙诗,乃是一种夸张至极的说法,将文学提升到了一种绝对的高度。虽然声称要把艺术诗与自然诗融合为一,这则断章却预示着一种自然的象征主义——新神话的大地之诗。施莱格尔在《谈诗》的戏剧体对话之中假托对话者的口说道:

> 养育着万物的大自然生生不息,各种植物、动物和任何种类的构造、形态和颜色无所不有。诗的世界也是这样,其丰富性无法测量,不可探究。那些由人力创造出来的作品或自然的造物,都具有诗歌的形式,背负诗歌的名分,但是,即便是最有概括力的思想也难以将之包容。有一种无形无影无知无觉的诗,它现身于植物中,在阳光中闪烁,在孩童脸上微笑,在青春韶光之中泛起微光,在女性散发着爱的胸襟燃烧。与这种诗相比,那些徒具诗歌形式号称诗歌之名的东西算得什么呢?——这种诗才是原初的、

真正的诗。若无这种诗,肯定不会有言辞之诗。的确,除了这首神性的诗之外,我们所有人的所有行动和所有欢乐都永远不会有其他任何对象和任何材料,就连我自己也是这首唯一诗歌的一部分,是它的精华。这首诗——就叫大地。①

自然的象征主义,有一个要点,那就是用有机体的隐喻来刻画诗的形式。自然天成,扎根大地,生命与宇宙同流,个体与永恒同在,这便是浪漫主义。人类的一切创造及其所创造的体裁,都可以在神话之中找到源头。而浪漫诗乃是天地万物之中最高的巅峰。任何艺术,任何科学,如果达到了完美境界,最终都必定融入诗的花朵之中。《雅典娜神殿》第238条断章,便将这种作为文学之绝对性的浪漫诗成为"超验诗""诗中之诗"。

三、"超验诗"之境界

现在,我们就来阅读《雅典娜神殿》第238条断章:

有一种诗,它的全部内容就是理想与现实的关系。所以,按照有哲学韵味的艺术语言的相似性,它似乎必须叫作超验诗。它作为讽刺,以理想和现实的截然不同而开始,作为哀歌飘浮在中间,作为田园诗以理想和现实的绝对同一而结束。超验哲学是批判哲学,在描述作品的同时也描述作者,在超验思想体系之中同时也包含对超验思维本身的刻画。现代作家的作品中不乏超验素材和准备阶段的练习,早在品达的作品、希腊抒情诗断章和古人的哀歌中,就有艺术反思和美的自我反映。在现代人中,这种反思和反映则是存在于歌德的作品里面。超验哲学若无上述特点,超验诗也就没有必要把现代作家中的超验素材和预演同艺术反思、同美的自我反映结合起来,把它们结合成创作能力的诗论,在它的每一个表现中同时也表现自己。无论何处都是诗,同时又

---

① Haynes Horne etl. (ed.), *The Theory as Practice: A Critical Anthology of Early German Romantic Writings*, Minneapolis and London: University of Minnesta Press, 1997, p.181.

是诗的诗。①

"超验"一语,直接源自康德,因而取了这个术语的源始意义。在《纯粹理性批判》第二版序言中,康德用"超验性"来指称一种认知方式。这种认知方式的旨趣,不是达至一种对客观对象的纯粹认识,而是锋芒直指认知客观对象的方式,据此将认识主体与认识客体融为一体,难解难分。费希特也使用"超验"一语,强调主客体关系之中主体的反思行为。然而,F. 施莱格尔的"超验"概念废黜了诗歌与哲学的关系,大有平息"诗—哲亘古之争"的抱负。他的具体做法分为两步:第一,凸显诗—哲互动关系之中"诗的反思";换言之,在他看来,反思不独是哲学的使命,也是诗自我发明的媒介;第二,将"反思"改造为一种"诗性反思",从而塑造了诗学的哲学品格;换言之,超验哲学是批判哲学,因而超验诗学也是批判诗学,既描述作品又描述作者,既包含被描述者又包括被描述者,既反思超验思想体系又反思超验思维。因此不妨说,"超验诗"乃是双重反思,它既是反思的思想也是反思的诗学,反思成为浪漫主义和观念论的绝对媒介。这种双重反思呼应着"进化的宇宙诗"的节奏与命运。在一系列无休无止的镜像之中,"超验诗"展开"诗学反思",因此无论何处都是诗,同时又是"诗的诗"。

"超验诗"之全部内容,乃是理想与现实的关系。这个论点直接源于席勒。理想与现实的关系,是他为论衡古今诗文而设立的主臬。理想与现实融为一体的诗文,席勒称之为"素朴诗文";理想与现实分裂为二的诗文,他又称之为"感伤诗文"。诚如中国史家屡言诗分唐宋,席勒也将诗辨古今,唐宋、古今均与时代无关,所显示的是诗文内质,所道说的是诗文流别,所称谓的是诗文体制。是故,席勒论诗谈文不外两宗:古之诗文真朴出乎自然,是为理想与现实融合无间;今之诗文刻露见其心思,是为理想与现实的乖谬剥离;古之诗文尚其德,固有素朴韵味;今之诗文称其巧,必有伤感悲情。② 看得出来,F. 施莱格尔描摹诗文流别,就是秉持席勒以古今为诗文体制的断制:讽刺诗文始于

---

① F. Schlegel, "Athenaeum Fragment," in *Friedrich Schlegel's Lucinde and the Fragments*, trans. intro. Peter Firchow, Minneapolis: the University of Minnesota Press, 1971, p.195.

② 席勒:《论素朴的诗与感伤的诗》,见氏著《秀美与尊严》,张玉能译,北京:文化艺术出版社,1996年版,第262—349页。参见钱锺书:《谈艺录》,北京:商务印书馆,2011年版,第7—8页。

理想与现实的乖离,哀歌飘浮于理想与现实二极之间,而田园诗以理想与现实的完美交融而臻于至境。这个完美境界,具体描述在《雅典娜神殿》第451条断章的"宇宙性"构想之中:

> 宇宙性(Universality,又译"总汇性"),就是所有形式和所有素材交替得以满足。只有借着诗与哲学的结合,宇宙性才能得到和谐。孤立的诗和孤立的哲学之作品,无论怎样包罗万象,怎样完美无缺,似乎也缺少最终的综合。距离和谐的目标虽然只差一步之遥,这些作品却远非完美,且停滞不前。宇宙精神的生命,乃是一系列绵延不断的内在革命。所有个体,即最本质最永恒的个体就生活在其中。宇宙精神是真正的多神论,它胸怀整座奥林波斯山的全部神祇。①

这条断章的主题词是"宇宙诗"及其多神论精神。呼应116条断章,且深化了浪漫运动的"宪章"断制,重申"宇宙诗"的经天纬地与包罗万象,且将"宇宙精神"同"人类无限可完善性"直接关联起来,凸显了浪漫主义的多神教审美取向。

在"宇宙诗"层面上,"超验诗"就是形而上的"原诗"。"原诗",是笔者斗胆从清代学者叶燮(1627—1703)那里借来的概念,意指诗文的本源之道。凡诗文之道,"当内求之察识之心,而专证之自然之理"(叶燮:《己畦文集自序》),说的就是这种超验的诗学精神,及其宇宙意识。不仅如此,叶燮关于诗文的定义——"文章者,所以表天地万物之情状",也同浪漫主义精神遥远契合。浪漫主义者心仪的"超验诗",自成一种可以祈望却不可达至的境界。而这种境界就是"诗之至处",就是"理""事""情"和"才""胆""识""力"的融合无间,复杂互动,心智游戏而臻于至境。于"诗之至处",便没有文类之分,没有古今之辩,没有高雅低俗之别,没有主观客观的诗人之判。如此等等,尚在其次,"诗之至处"乃是一种闳阔而又幽深、高远而又精微的境界:"诗之至处,妙在含蓄无垠,思致微渺,其寄托在可言不可言之间,其指归在可解不可解之会,言在此而意在彼,泯端倪而离形象,绝议论而穷思

---

① F. Schlegel, "Athenaeum Fragment," in *Friedrich Schlegel's Lucinde and the Fragments*, trans. intro. Peter Firchow, Minneapolis: the University of Minnesota Press, 1971, p.240.

维,引人于冥漠恍惚之境。"(《原诗》内篇)所以,"超验诗"是为"诗之至处",以"泯端倪而离形象,绝议论而穷思维"为鹄的。论诗衡文一贯鄙夷虚灵而独钟词章的钱锺书,也对"诗之至处"赞誉有加。他引用瓦雷里为法国神秘主义者白瑞蒙(Henri Brémond)《纯诗》所撰序言,断言"贵文外有独绝之旨,诗中蕴难传之妙"。神秘主义缘光烛照下的象征主义诗人,自认"祈祷"与"作诗"本为一途,活像中国古代诗论家言"作诗如参禅",无不推重"不涉理路不落言筌之旨"。在柏拉图与亚里士多德谈诗论文的话语之中,我们还隐约可以听见这点独绝之旨与难传之妙。在古典主义赫赫威权之下,理性唯清楚明白是求,而"诗之至处"那点不落言筌之宗就惨遭放逐而被遗忘了:"以为即一言半语,偶中肯綮,均由暗合,非出真知,须至浪漫主义大行,而诗之底蕴,始渐明于世。"①

在中西诗学比较的视野下,我们就不难理解浪漫主义诗学之中那种看起来史无前例的要素了。拉库-拉巴尔特和南希将这种史无前例的要素称之为"文学的绝对"(the literary absolute)。他们的意思是说,"浪漫诗试图深入诗艺的本质,文学之物从中揭示了自我创造(auto-production)的真理"。浪漫主义发明了"文学"这个概念,但它自身却不是文学。浪漫主义注重理论反思,但它自身却不是文学理论。一句话,它"是作为文学的那种理论本身",或者说,"文学在自我创造的同时还创造了关于自身的理论"。② 所以,"文学的绝对",就是浪漫派"超验诗"双重反思的底蕴。换言之,浪漫诗风乃是祈向绝对的诗风,而绝对恰恰不是静止的境界,而是永无止息的生成,以及绵延不断的革命。

反思,诗学的反思,双重反思,构成了超验艺术的绝对媒介。但艺术不能完全滞留在绝对之中,诗艺的使命乃是使情成体,以言传心,以器载道。因此,我们必须注意到"超验诗"及其血脉相依的诗性散文,如果要臻于上述"诗之至处",端赖另一个要素——"象征形式"(symbolic form)。这是本雅明从浪漫主义艺术批评话语之中拈出来予以特

---

① 钱锺书:《谈艺录》,第 653 页。
② Philippe Lacou-Labarthe & Jean-Luc Nancy, *The Literary Absolute: The Theory of Literature in German Romanticism*, trans. P. Barnard and C. Lester, Albany: State University of New York Press, 1988, pp. 12-13.

别强调的一个概念。"在凡俗的形式瓦解之后,超验诗的器官是坚持存在于绝对之中的形式,即施莱格尔所说的'象征形式'。"①浪漫诗风之中的渐进性和宇宙精神,指向了"冥漠恍惚之境",即祈向神秘主义境界。经受启蒙荡涤之后,神秘主义似乎成为偏见体系和幻觉体系之中最为顽固的要素,而且议论起来似乎很不得体。施莱格尔却告诫人们,不要对神秘主义有任何顾忌,因为没有神秘,艺术与科学都名不副实。反对凡俗意义,就必须捍卫象征形式,强调其必不可少。施莱格尔所说的"象征形式",首先是指与文学绝对性相关的各种复合概念,且直接与神话相关,其次是指纯粹的文学绝对性在形式之中的再现。无论在哪一种意义上,象征形式都是艺术的唯一决定性标志。阿里贝斯克神秘结构、反思媒介、反讽、新神话、对话体、断章写作,都是浪漫主义诗学的象征形式。莱辛、费希特都擅长象征形式,于有限之中窥见无限,于无序之中求取有序,于凡俗之中倾听神性,甚至柏拉图,由于擅写戏剧性对话,亦可算作推崇象征形式的元祖。

凸显浪漫诗的反思媒介与超验维度,施莱格尔的"象征形式"概念主要基于哲学书写。施莱格尔经书满腹,妙手著文,本该更容易从诗歌文本之中提取象征形式。但他基于哲学来阐发象征形式,意在凸显诗与哲学的综合,克服诗与哲学的差别——而这恰恰是"超验诗"的特殊品格。与象征形式相关的文本常常具有两个本质特征:诗性之思反体系的取向,以及蓄意将思想程式塑造为艺术形式的欲望。象征形式的一个范本,乃是柏拉图创造的苏格拉底对话体。对话体写作不只是摹仿现实的谈话。只要有思想的绵延互动以及波动变化,对话体写作就有用武之地。随笔、断章也是浪漫诗文的象征形式,它们像对话体一样灵敏而且鲜活地呈现了"思想的互动展开""辩证的流布"。施莱格尔本人对象征形式最为成熟的描绘见于为费希特所写的《莱辛思想与间接》的杂论。施莱格尔的字里行间,荡漾着柏拉图、莱辛、费希特以及歌德的影子,因而他的"象征形式"灵韵流溢,神意盎然:

  拒绝时尚的偏见,超克天生的慵懒,这就构成了思想的开端。

---

① Walter Benjamin, "The Concept of Criticism in German Romanticism," in *Walter Benjamin Seleted Writings*, Vol. 1 (1913-1926), edited by Marcus Bullock and Michael W. Jennings, Cambridge, Massachusetts: The Belknap Press of Harvard University Press, 1996, p.171.

思绪随即无知无觉地流向永恒的对话互动,直至惊讶的听众在思绪突然断裂或顿时消散之时,顿觉自己面对着一个出乎意料的目标:一片无限宽阔的景观展开在他面前,当他回首来路,思绪上升,话语蒸腾。他意识到:这场对话只是无限循环万劫轮回之中的一个断章而已!①

象征形式就是一个断章,启示无限的奥秘,指向超验的宇宙精神。而象征成为生存中唯一的真实,而成为绝对之物的纯洁表现形式。通过象征,诗与哲学之争平息了,而反思以象征为媒介一步一步地提升为绝对之物。而这种象征形式的最高形式,不是抒情诗,甚至不是诗歌,而是无拘无束地超越规范的"小说"。所以,浪漫主义诗学建构的典范文类,乃是"小说"。所谓"浪漫化",也就是"小说化"。而"小说化",便是将"灵知"演绎成启示录一般的史诗。或许正是依仗着这种灵知,且自觉到灵知主义的隐秘传统,小施莱格尔才有底气自信:现代诗中最优秀的作品,无不争相仿效古代诗,因为"一个返回古典的潮流似乎将要出现"。

四、小说典范论

第116条断章结尾说"一切诗……都是浪漫诗"。但"浪漫"一词同"小说"相连,赋予了这个陈述以深邃的歧义性。浪漫诗是一种精神,还是一种体裁?

在一条草草写就的杂记中,小施莱格尔将诗之至境描述为"奇幻"(Fantastisch)、"伤感"(Sentimentisch)与摹仿(Mimisch)的混融。在他看来,诗歌铺展了宇宙人生的盛宴,将历史之真理和伟大与奇观幻象之自由游戏结合起来,其中却渗透着爱的忧伤。施莱格尔言下之意,便是将"小说"作为负载浪漫诗境的体裁媒介。而且他还反复暗示,希腊诗因浪漫而伟大,但丁、塞万提斯、莎士比亚因浪漫而硕果犹存。"小说就是我们这个时代苏格拉底式的对话。为躲避枯燥的书本知识,活生生的智慧逃进了这个自由的形式里来了。"(《批评断章集》,

---

① 转引自 Ernst Behler, *German Romantic Literary Theory*, Cambridge: Cambridge University Press, 1993, p.141.

26)小说不仅是文学媒介;祖述苏格拉底,施莱格尔将小说视为超越一切体裁局限的最高体裁,以及无拘无束独抒性灵的自由形式。"讽刺渗透了整个罗马诗文,定下了罗马诗文的基调,小说也渗透了整个现代诗。"(《雅典娜神殿》,146)这些表述无不说明,施莱格尔为浪漫主义诗学体裁所指示的方向,就是小说。在《谈诗》中,施莱格尔于《论小说的信》一文中写道:"一部小说,就是一本浪漫的书。"随后他特别强调,戏剧供人看而小说供人读,但小说要成为浪漫的书,还必须"通过整个结构,通过理念的纽带,通过一个精神的终点,与一个更高的统一体相连"。一言以蔽之,小说乃是神性式微、宇宙秩序颠转之后上帝遗落在世俗世界的史诗,小说与史诗体裁的联系更为密切。施莱格尔希望打破惯常的体裁分类,超越传统的体裁轨范,还原小说体裁以原本的品格,使这个体裁重新焕发出青春活力。

本雅明慧眼独到,早就看到"小说"乃是最为适合于浪漫主义反思及其文学绝对性的体裁。而最高级的反思媒介与象征形式便是小说,它无拘无束,不由正道,且独抒性灵。① 在论述歌德的《麦斯特学习时代》时,施莱格尔指出,小说的凝练形式和反思媒介,为观察和自我沉湎的精神提供了最佳途径,故而小说乃是最富有精神性的诗性形式。小说集浪漫诗之大成,因此成为浪漫诗文的负载者,文学绝对之基本象征物。浪漫之诗,也就是小说之诗。真正的小说,乃是不可超越的诗学体裁,位于一切体裁之外,成为一种为文学理念,笼罩着古今伟大的经典。施莱格尔用儿童摘星月的比喻,来描述"小说"的超然境界:"习惯与信仰、偶然的经验和率性的要求相结合,诗学体裁概念于焉生成;按照这种体裁概念来评价《麦斯特》,它就仿佛是一个孩子要摘取月亮与星辰,把它们装进小盒子里……"②

《论小说的信》关于浪漫诗体裁的逻辑可以归纳如下:(1) 一本浪

---

① 当然,施莱格尔的"小说"概念有非常广博的含义,同今日文学理论所使用的"小说"相去甚远。这种宽泛地使用"小说"概念,类似于陈寅恪先生在论述《长恨歌》和《再生缘》时对于概念的选择。在陈寅恪看来,元稹、白居易、陈端生铺叙红妆情史,乃是"小说"写作,其中渗透着"自由之思想"与"独立之精神"。故而,"小说"体裁让人不拘一格,独抒性灵。这是一个相当富有浪漫韵味的概念。

② Walter Benjamin, "The Concept of Criticism in German Romanticism," in *Walter Benjamin Seleted Writings*, Vol. 1 (1913-1926), edited by Marcus Bullock and Michael W. Jennings, Cambridge, Massachusetts: The Belknap Press of Harvard University Press, 1996, p.176.

漫的书是一部小说,一部供人阅读的作品,一个有待接受主体参与的文本。(2)戏剧、史诗、抒情,一切一切的诗,终归必须浪漫化——向小说生成(romanticization),莎士比亚的戏剧,乃是小说的真正基础。(3)小说与史诗共血脉,与叙事、歌唱等形式混融而成。(4)小说尚奇幻,建奇观,无拘无束,独抒性灵,因而它是正在生成的浪漫诗风,一种不可缺少的诗性元素,而不仅是一种固定的体裁。(5)浪漫诗目光向后,对过去的东西隐隐顾盼,从莎士比亚身上萃取浪漫想象的精灵,而且认祖更远,在但丁、塞万提斯以至在骑士时代的爱情与童话之中去寻觅自身的起源。

"小说就是我们这个时代苏格拉底式的对话。"施莱格尔如此明了的断制,将小说文类确立为浪漫主义的经典,从而开启了德国思想小说、精神小说自我反思的传统。小说躲开了枯燥、机械、冷漠的知识,而以象征形式表现了自由,以及活生生的生命智慧。德国浪漫主义小说文类的传人托马斯·曼在20世纪将"心理学"与"神话"融合在一起,将浪漫诗风贯彻在自己的创作中,将叙事文学的超验性推向极致。不过,施莱格尔早就有言在先,浪漫时代的诗哲传承着荷马史诗精神和品达抒情灵韵,从古代神话中发掘出象征形式,在总体上把最美的东西融为一体,创造出"总体艺术作品"。一切都昭昭灵灵,而非苍苍莽莽,浪漫精神高瞻远瞩地展开对自己的想象。浪漫小说具有一种深沉的内省品格,且同整个中世纪基督教精神有一种剪不断的关联。所以,卢卡奇说,"小说是上帝所遗弃的世界的史诗""小说是内心自身价值的冒险活动形式"。[1] 外有世界,内有灵知,浪漫小说乃是无限追求的象征形式。然而,施莱格尔怀疑:"渴望追求无限的人,却不知道自己究竟所求何物。"[2]也许,令浪漫主义者无比渴慕,而且万分憔悴,甚至忧郁成疾的对象,就是那个笼罩万物的虚无。

---

[1] Georg Lukacs, *The Theory of the Novel: A historico-philosophical Essay on the Forms of Great Epic Literature*, translated by Ann Bostock, Cambridge, Massachusetts: The M. I. T. Press, 1971, p. 88。

[2] F. Schlegel, "Athenaeum Fragment," in *Friedrich Schlegel's Lucinde and the Fragments*, trans. intro. Peter Firchow, Minneapolis: the University of Minnesota Press, 1971, p. 149.

五、浪漫诗体裁建构之中的东方灵知元素

浪漫诗风并非一种体裁,而是异体熔材,杂语化韵,笼众多文类为一体,总汇古今于一脉。说到底,浪漫诗风是一种总汇精神,一种诗性原质,一种天人合一、神人相悦、灵肉互蕴且协调感性、理智与神性的精神。时而君临一切,时而隐身不见,却绝对不可或缺,浪漫诗风就是一种诗化的灵知,灵知的诗化。我们与其重复说"一部小说就是一部浪漫的书",不如说一部小说乃是一部灵知的启示录。"灵知启示录"乃是"关于小说的小说",关于"小说的理论",甚至是"关于理论的理论"。在这层意义上,德意志所特有的"教化传奇"及其思辨性和神秘性传统便可以溯源至灵知主义。作为灵知的启示录,德意志小说难免染色神秘性。从歌德的《少年维特之烦恼》到托马斯·曼的《浮士德博士》,这种神秘性对于读者总是一份灵知的礼物,一道崇高的灵符,以及一种致命的诱惑。1802 年,小施莱格尔在一则笔记残篇之中明确地提出了小说与机智、史诗、神秘剧和历史剧的汇通,及其同神话性的接近性:"小说、机智和史诗式的诗,只不过是一种神话诗的元素和前奏,就像悲剧、喜剧、音乐剧之于历史剧。抒情诗也同样如此,它们应该十分接近神话诗。"①然而,这种作为灵知原质的神话诗,虽然同神话审美主义的希腊传统有血脉相连的传承关系,但可能更多地来源于东方,来自印度与中国。篇幅所限,更兼实证稀少,关于浪漫主义文体建构的东方元素的探讨只能是一个初步的猜想,更需另设框架予以专门处理。

在探讨浪漫诗风的生成及其文体建构的时候,我们必须选取一个较为宏大的全球视角。因为,以一种历史长时段的眼光看,浪漫主义文化运动和诗学推进乃是发生在 18 世纪"中学西传"造就的"中国之欧洲"的景观下。纵观浪漫主义运动的构型因素,我们不难发现,参与这个时代建构并合力塑造德意志民族灵魂及近代欧洲精神品格的,有

---

① Philippe Lacou-Labarthe & Jean-Luc Nancy, *The Literary Absolute: The Theory of Literature in German Romanticism*, trans. P. Barnard and C. Lester, Albany: State University of New York Press, 1988, p. 145, note 49.

希腊模式、埃及模式、印度模式和中国模式。而印度模式和中国模式，对浪漫主义文化的伦理观和审美观的形成影响最为有力，也最为隐蔽。

1800年，小施莱格尔就为浪漫主义指点家园："浪漫主义登峰造极的表现必须到东方去寻找。"[①]不过，闪烁在他心中的东方，乃是《沙恭达罗》《阿维斯陀经》和《奥义书》的诞生地——印度。1803年，他又酝酿着对印度文化的巨大激情："一切，绝对的一切，都有印度的源头。"[②]在他看来，"好的东方"永远属于像昔日印度那样遥远的古代，而"坏的东方"则四处游荡在当时的亚洲。秉持"语言多元论"的断制，他相信印度语和闪米特语之间有某种深刻的同源关系，甚至还没有底线地假设埃及文化乃是印度殖民化的产物。他以语言为中心梳理世界文明的脉络，将语言区分为两类：一是高贵的有曲折变化的语言，另一类是不完美的没有曲折变化的语言，前者具有属灵性的本源，而后者却属于动物性。他坚信，只有应用以印度语言为基础的曲折变化，才有可能发展出清晰敏锐的智力，以及高等的普适的思想。[③] 在1815年首次出版、复于1822年修订再版的《古今文学史》序言中，施莱格尔表示，在他全身心地献身于古典文化的过程中，为了满足个人的求知欲而义无反顾地走向了东方语言，特别是在当时还鲜为人知的印度语言。《论印度人的语言和智慧》(1808)就是浪漫主义者施莱格尔在世界文明总体图谱上添加的浓情重彩。古代印度的建筑、墓葬、史诗、神话体系以及"灵魂轮回学说"，对于浪漫主义者都散发出上溯空性而下及万有的灵知气息。在《古今文学史》中，施莱格尔写道：

> 在上古时代，各种秘传教派在埃及遍地皆是，蔚然成风的许多思想与观念显然有别于流俗的信仰，没有哪个国度比这里更为迷信。有时却好像是在最深厚的黑暗之中闪烁一道璀璨之光，可它确实是千差万别的不同意见。所以，毕达哥拉斯可能在埃及学得了一种当时当地并非普遍流行的学说，而这种学说之源头乃在

[①] 转引自萨义德：《东方学》，王宇根译，北京：三联书店，2007年版，第128页。
[②] 1830年12月15日，施莱格尔致蒂克的信，转引自贝尔纳：《黑色雅典娜：古典文明的亚非之根》，郝田虎、程英译，长春：吉林出版集团有限责任公司，2011年版，第206页。
[③] 参见贝尔纳：《黑色雅典娜：古典文明的亚非之根》，第207页。

印度。①

这种学说就是"灵魂轮回学说"(doctrine of metapsychosis),他构成了毕达哥拉斯派的基本教义,而且构成了柏拉图的"灵魂学说"(psychology)原质。将这种学说称之为"最深厚的黑暗之中闪烁一道璀璨之光",施莱格尔便认同了这种来自东方的灵知。以灵知为视角,他重新阐发古希腊文化精神,以印度模式为主导完成了一次对希腊模式和埃及模式的综合。施莱格尔用非常地道的灵知教义神话的语言重构了印度的"灵魂轮回学说":

> 印度的灵魂轮回学说基于一种万物源自神并寓于神的思想;它假设人生在世悲苦而残缺,乃是罪孽的结果;所有的生灵,特别是人类,总是漫游在各种不同的形体和形式之中;他们不是罪孽俱增而堕落到造物的更低阶梯上,就是通过对他们全部本质的内在纯化而渐渐臻于完美,归向他们由之而来的神圣原乡。②

施莱格尔紧接着断言,这种学说在本质上类似于柏拉图的哲学,这就将柏拉图主义灵知化了。不仅如此,东方智慧与欧洲哲学体系之间的这种类似性,以及前者对后者的影响,正是浪漫主义者描绘世界文明巨大图谱的起点。只有在这种振叶寻根的意义上,我们才能透彻理解《古今文学史》第一讲中的论断:"人被赋予了一个灵魂,而精神从灵魂深处、在灵魂之镜的返照下,把自己塑造成生命的创造性的语言。"③也只有以灵知为视角,我们才能在究竟意义上理解浪漫主义小说的抒情性以及"感伤"的内涵。在《谈诗》之《论小说的信》一文里,施莱格尔写道:

> 说到头来,这种所谓的感伤到底是什么?感伤就是触动我们心灵的东西,就是情感君临一切的天地,而且不是一种感性的,而是精神性的情感,所有这些冲动的源泉和魂灵就是爱。在浪漫诗里,爱的精神必须四处飘游,无处看得到,又无处见不到。……现

---

① Schlegel, *Lectures on the History of Literature: Ancient and Modern*, trans. Henry G. Bohn, London: Geoger Bell & Sons, 1876, p.111.
② Ibid.
③ Ibid., p.7.

代人的诗作里,风流韵事从警句到悲剧无处不在……而风流韵事正是现代人的诗里最不足道的,或者比如说,这些风流韵事连精神的外在文字都算不上,在不同的情境里有时什么都不是,或者仅是某种很不可爱并没有爱的东西。不,用音乐的旋律感动我们的,是那个神圣的灵气。它是不能用强力去把握、机械地去理解的,但是人们可以友善地用尘世的美把它引诱出来,并把它裹在这种美当中。诗的咒语也能灌透灵气,也能被灵气赋以活力。然而,在一首诗里,这种灵气若不是无处不见或随时可见,那么这首诗里就肯定没有灵气。它乃是一种无限的本质,故而它的兴趣绝不仅仅黏着于单个的人、单个的事件、单个的情境及个人的爱好;对于真正的诗人来说,不管这些单个的人或事也许会仅仅缠绕着他的灵魂,但这一切不过是指向那个更高的、无限的及象形的东西。这就是说,有一个神圣充实的生命,她是唯一的、永恒的爱及创造着万物的自然所具有的,她所表现出来的这些特征就是那个更高的、无限的及象形的东西。①

这段著名论说的主题词是"灵气"。于是,一种源自印度"灵气说",且糅合了基督教"圣灵学说"的灵知主义渗透于浪漫主义文体建构之中。灵知教义神话的二元性在此朗现无遗:感性与精神,风流韵事与神圣灵气,单个的人事情境与唯一永恒的爱及其更高的、无限的象形之物,二者形若冰炭,判若云泥。浪漫主义小说书写这种灵知,呈现那个"神圣充实的生命",因此它像谢林的哲学、诺瓦利斯的《夜颂》和荷尔德林的《哀歌》一样,也是德意志灵魂的启示录,以及神圣生命的基本象征。小说,便是诗化的灵魂启示录,以及诗化的神圣象征物。

在《卢琴德》之"闲游牧歌"中,施莱格尔假托男性学徒之口把神圣生命的永恒本体寄寓于植物:"奇妙之树"自由萌发,自由生长,不要修剪其枝叶,要让它枝繁叶茂。植物成为闲游者理想的生命境界,闲游者亦像东方哲人一样沉浸在对永恒本体的默观冥证中,醉与梦两境相入,出神而又彻悟,忘我而又坚执,充实而又空灵。在施莱格尔看来,唯有东方人才享受闲游之乐,而恰恰是印度人发展出如此隐微、如

---

① Schlegel, "Talk about Poetry," quoted from J. M. Bernstein (ed.), *Classic and Romantic German Aesthetics*, Cambridge: Cambridge University Press, 2003, pp. 291-292.

此甜美的思想。在这个茫然的男性学徒而言,闲游应该成为艺术、科学甚至成为宗教,而植物在所有造物之中,乃是最为神圣的生命,最有德性的生命,最是美丽的生命。① 普罗米修斯式的劳作,西西弗斯式的苦役,一切宗教殉道者的禁欲苦行,在男性学徒(施莱格尔)看来,都不够崇高,不够完美,遑论神圣!清静无为,道法自然,绝圣去智,施莱格尔通过男性学徒演绎出来的东方灵知,与其说是印度的智慧,不如说是中国的道家的智慧。

谈到中国与欧洲的文化关系,是史学的一场不解纠结。在宏大的全球史视角下,完全毋庸讳言,中国文化在 16 世纪进入西方,塑造了现代欧洲的精神品格。而中国文化涵濡欧洲的进程,同文艺复兴之后人类历史的进步与神圣的世俗化宏大叙事大体一致。通过传教士、旅行家和商人的转述而展现在欧洲人视野里的中国,在欧洲人眼里便呈现为一个"他者"的国度,一个异教的世界,一个散发着灵知气息而孕育着无限生机的世界。欧洲人对遥远东方这个灵知国度的想象,采取了神话体系建构的方式:先是因仰慕而将中国神圣化,后是因排斥而将中国妖魔化。将中国神圣化,欧洲人建构了中国之欧洲。将中国妖魔化,欧洲人便展开了"欧洲化中国"的画卷。中国与欧洲的文化涵濡之叙事,经历着由崇高到滑稽的逆转。艾田蒲描述说,从 1773 年到 1842 年,中国在欧洲的形象一落千丈,"中国之欧洲"走向终结,"欧洲化之中国"随之开始。②

德国浪漫主义潮流涌动的时代,恰逢"中国风"止歇,中国想象转向否定,以及神话中的东方灵知王国沉沦的时代。哈曼、赫尔德、康德、谢林和黑格尔,这些德国思想家都加入了贬斥中国的阵容,多多少少都参与了对中国的妖魔化。戴着欧洲基督教文化传统的有色眼镜,这些思想家在想象之中扭曲了中国形象,把中国看作一个全然的他者——一个在基督教文化圈之外的异教世界。在这种否定建构中国

---

① F. Schlegel, *Lucinde*, in *Friedrich Schlegel's Lucinde and the Fragments*, trans. intro. Peter Firchow, Minneapolis: the University of Minnesota Press, 1971, pp.64-66.

② 参见艾田蒲:《中国之欧洲:西方对中国的仰慕到排斥》(下卷),许钧、钱林森译,桂林:广西师范大学出版社,2008 年版,第 282—290 页。史景迁:《大汗之国:西方眼中的中国》,阮叔梅译,桂林:广西师范大学出版社,2013 年版,第 109—128 页。卫茂平(等):《异域的召唤——德国作家与中国文化》,银川:宁夏人民出版社,2002 年版,第 38—76 页。张隆溪:《非我的神话》,载《中西文化研究十论》,上海:复旦大学出版社,2005 年版,第 1—47 页。

形象的潮流中,谢林略显例外。作为浪漫派与观念论体系源始纲领的制订者之一,谢林念兹在兹的仍然是那套充满了灵知气息的"新神话"。以新神话为视角,谢林断言中国没有神话,而转向了人类生活完全不同的"外在化与世俗化"方面。"唯有中国确是一个伟大的、独特的例外","不能不引起我们的严肃思索",这是谢林以神话为视角论衡中国文化所得出的结论。与黑格尔完全将中国排斥在世界历史之外的极端傲慢不同,也和赫尔德完全将中国描述为一个野蛮愚昧的异教世界不一样,谢林从中国语言文字入手,发现了中国文化载体的形上意蕴和审美品格:"中国语言是世界上最洗练的语言";"中国语言中保留的,不是源始语言的质料,而是它的法则";"中国语言中似乎还富有天的全部力量,即原初的那种统辖一切、绝对地支配、主宰万物的权力"。谢林感到奇怪,中国文化的灵知似乎解决了基督教的源始神话和教义都解决不了的谜团:精神性的天之世界为何转化为尘世的帝国?《易经》中"强大聪灵的龙"给谢林以巨大的启示。"潜龙勿用""见龙在田""飞龙在天""亢龙有悔",被早期德国汉学家以及浪漫主义哲学家臆想地解释为:"它哀叹自己的骄傲,因为骄傲使它失去方向,它本想冲入天空,却坠入大地的怀抱。"从这个灵动而强大的形象上,谢林想象到物质世界的全部力量,一切元素的强大精神。"龙"便成为中国政治哲学和审美精神的基本象征。就政治哲学而言,龙是国家的神圣象征,是国家权力和庄严的象征,类似于《圣经》之中和霍布斯笔下的利维坦。① 就审美精神而言,龙是绝对和相对的统一,可见和不可见的统一,超越性和内在性的统一。所以,中国美学讲究以一御多,杂而不越,形神不二,多样归一。这种审美精神不只是形而上层面的默观冥证,不只是在默观冥证中沉湎于迷暗的内在,而是端庄流丽地呈现在伦常日用、器物构型、政治制度等生活世界的各个层面上。

这种美学精神最为直观的呈现,就是施莱格尔在《雅典娜断章》第389则之中所提到的"中国式的花园房屋"——中国古代园林艺术。"混乱被组织得有条不紊""艺术混乱曾有过高度稳定性""比哥特式教堂的寿命还长",用中国古典美学术语言之,这就是"总文理,统首

---

① 谢林:《中国——神话哲学》,载夏瑞春编:《德国思想家论中国》,陈爱政等译,南京:江苏人民出版社,1997年版,第134—173页。

尾,定与夺,合涯际,弥纶一篇,使杂而不越"(刘勰《文心雕龙·附会篇》)。"杂而不越",语出《系辞(下)》:"其称名也,杂而不越。"韩康伯注:"备物极变,故其名杂也。各得其序,不相逾越。"这一美学原则当然不只是作文的章法,而是贯穿于辞章与义理之中体现出形上价值瞩望的生命美学原则,称之为灵知的智慧亦不过分。这么一种美学原则,在德国浪漫派眼里,便是作为异教世界的古代中国奉献给他们建构浪漫诗风及新型文体的典范模式。天人相调、阴阳开阖、情景互蕴、动静化生以及杂而不越、合节成韵,中国古代园林乃是政治理想、生命境界、宇宙意识的写照,直观地再现了古老民族对于世界的灵知。如果迪斯累利所言不虚,"东方是一种谋生之道",那么,浪漫主义者势必会认为,中国乃是一种生存样法,中国园林乃是一个心灵隐喻,中国美学精神乃是一种让他们仰慕并借以超克现代文化危机的"灵知"。"中国形象"经过19世纪上半短暂的衰落之后,在19世纪后半到20世纪又得到了振奋人心的复兴,中国被视为拯救"没落西方"的灵丹妙药。这一点也不偶然,因为浪漫的"中国缘"以及浪漫的"中国梦",乃是基于一种洞察生命与宇宙奥秘的"灵知",及其对现代生活世界的世俗性与物质性的抵抗。

思想史家洛夫乔伊(Arthur Lovejoy)的开创性研究表明,中国美学精神通过造园艺术渗透于18世纪以后的欧洲,为现代世界注入了一种生命精神、人文趣味和宇宙观念。"浪漫主义起源于中国",这不是一个大胆的猜想和虚妄的判断。洛夫乔伊指出,18世纪欧洲人的生命情调和美学趣味发生了一种意味深长的变化:规律性、一致性、清晰可辨的均衡和对应日渐被视为艺术作品的重大缺陷,而异于常规、对称破缺、变化多样、出人意表以及使整个构思一览无余、简单明快的整体和谐,成为更高一级的审美追求。而当时欧洲艺术实践之中四大趋势,加速了这种审美趣味的激变:风景画的兴起,自然的园林风格的传播,哥特式艺术的复兴,以及最为关键的中国园林艺术对欧洲的征服。"不规则之美",中国造园艺术的美学圭臬,注入欧洲人的精神世界,激荡起浪漫主义的狂飙。中国园林艺术向欧洲人表明,整齐一律令人生厌,怡人景致未必令人愉悦,而残缺和阴郁却能唤起哀而不伤的感伤,昙花一现的自然美隐喻着人类荣耀的无常。"感伤……就是情感君临一切的天地",施莱格尔的这个断言,漫溢着中国美学的韵味。利用钱伯斯《东方园林概论》所转述的中国园林美学,洛夫乔伊论说了"审美的浪漫主义"与"洒落瑰奇"的风格。其基本内涵包括:拒绝规则化、对称、简朴、简洁明了的整体设计,而趋向于在艺术构思方面寻求变化、差异与多样性。

> 中国造园家的目标不是摹仿任何东西,而是要创作出园林抒情诗,把树木、灌木、岩石、水流和各种人造物交织在一起,构成抒情诗,区别场景的截然不同的特性,以表现和唤起多样化基调——"寄情"(passions)和"浑然天成"(perfect sensation)——的精妙设计。在这一点上,钱伯斯预见到了另一种变体的浪漫主义,这种变体后来在19世纪的文学和音乐中大放异彩。①

这另一种变体的浪漫主义应该同德国浪漫诗风休戚相关,这种相关性显著地表现在"浪漫主义文学三泰斗"之一的路德维希·蒂克(Ludwig Tieck,1773—1853)对中国园林艺术的评价上。在其《幻想集》中,他用否定的口吻描述了中国园林的审美风格:自然景象的崇高感,多变、没有限制和无法言传的情感,以及惊骇、惊恐、惊异的感受。②可是,在早期浪漫主义者对中国园林美学的拒斥背后,却隐藏着一种对异教世界的神秘感,对异域情调的陌生感,以及面对神奇"灵知"的怯场感。

其实,误读,乃是内心欲望的歪曲表达,因为反讽乃是浪漫主义者最迷人的机智。而"反讽"的真谛正在于对永恒的变异和无限充溢的混沌的清楚明白的了悟。在浪漫主义者看来,眼前这个无限的世界,正是通过智性而最终证明它是由迷人的晦涩和极端的迷乱构成。所以,哲学乃是反讽的真正故乡,是超验的插科打诨,激活它的是一种灵氛,让反讽斗士鸟瞰万象,无限地超越一切有限的事物,超越艺术、道德和天赋观念,在紊乱之中求取秩序,在混沌之中发现秘密,在黑暗之中遭遇光明。浪漫反讽,不只是一种修辞手法,不只是一种构思与组织的章法,而且更是一种"多元归一""杂而不越"的宇宙感,以及天地

---

① 洛夫乔伊:《浪漫主义的中国起源》,载《观念史论文集》,吴相译,南京:江苏人民出版社,2005年版,第131页。
② 蒂克:《幻想集》,参见卫茂平(等):《异域的召唤——德国作家与中国文化》,银川:宁夏人民出版社,2002年版,第65页。

人神相悦相调的灵知。虽然不敢说浪漫反讽源自东方,但起码也可以说,它同寓无限于有限、借有限达无限的中国古典美学精神具有隐形遥契的关系。

同理,浪漫主义所迷恋的断章写作也可以作如是观。断章是被拆散的七宝楼台,或者是抽去串线的宝珠。每则断章之于体系,一如滴水之于海洋,于有限之中折射无限。所以,对话是断章之链,断章之花环。鸿雁传书,乃是大写的对话。追思怀想,便是对话构成的体系。断章、对话、通信、回忆,环环相扣,管窥锥指,探幽索赜,构成体系而指向无限。① 而这也是浪漫诗风的奥秘所在:刻画形形色色的诗意个体,而完整地呈现出作者的精神,展开一幅时代的画卷,因而浪漫的宇宙永无止境地生成。作为浪漫诗风的典范,小说更是史诗、戏剧、抒情的合一,是"阿拉贝斯克风格"与"艺术总体性"的辩证综合。阿拉贝斯克风格,源于伊斯兰建筑学,是指不规则、曲折多变、线条纵横交错,构成奇异瑰丽的图案。而"艺术总体性",是指浪漫诗风要融合一切体裁、利用一切素材、使用一切艺术手段,建构"诗中之诗""文中之文""小说之小说"。在《断章》418则,施莱格尔集中论述了浪漫小说的结构法则和美学精神,赞赏蒂克小说的断章性与整体性,确立了浪漫小说的理想境界:"《斯特恩巴德的漫游》(*Franz Sternbalds Wanderungen*)把《洛维尔》(*William Lovell*)的严肃和激情同《修道院的兄弟》(*Klosterbruder*)的艺术家的虔诚、同一切他从古代神话中创造出来的诗的阿拉贝斯克,即总体上最美的东西结合在一起:于是产生了想象的充溢与轻盈,对于反讽的感觉,尤其是色彩的有目的的异与同。就是在这里,一切也都是透明的,浪漫精神似乎安逸地对自己展开想象。"② 而这便同"杂而不越""以一御多"的中国美学精神相通。尽管施莱格尔与蒂克对中国园林美学的"不规则之美"持一种拒斥的态度,但在骨子里似乎是将迎而拒绝、欲拒还迎。或许,中国园林美学精神已经渗透到欧洲上流社会人士的骨髓和血脉之中,化作他们艺术实践的集体无意识。所以,浪漫主义一定以"总汇诗"("宇宙诗")为审美的最高境界,

---

① F. Schlegel, *Athenaeum Fragment*, in *Friedrich Schlegel's Lucinde and the Fragments*, trans. intro. Peter Firchow, Minneapolis: the University of Minnesota Press, 1971, p.170.

② Ibid., pp.230-231.

让所有的形式和所有的材料交替得到满足,艺术地完成一连串不间断的内在革命,让所有的个体活跃其间。"总汇精神是真正的多神论者,它胸怀整座奥林匹斯山的全部神祇。"[1]但在浪漫的宇宙之中,诸神不复争吵,而是美美与共。和谐而包罗万象,杂多而统一有序,这就是艺术的机智,也是人文的化成。这是浪漫诗学的全部内容,历史哲学的最后归宿,灵魂启示的终极境界。柏拉图与孔子的音乐境界,乃是中西人文的终极祈望。

经过上述粗略的考察可以证明,以园林艺术为载体西传,中国古典精神无疑参与了浪漫主义文化的建构。抒情诗体、教养传奇体、浪游传奇体、断片论说体的文学模式,在中国古典文类体系之中都不乏平行对应物。除了文体催化因素之外,中国古典美学天人相调、杂而不越、抒情写意的古典规范也通过欧洲园林、游记写作、考古学体系曲折地渗透到欧洲思想之中,对浪漫主义的文体建构提供了有待细致考察的隐秘的文化资源。在这个意义上,浪漫主义是全球文化语境下多种传统杂交的产物,今天考察这段历史尤其应该清楚认识到比较文学的方法是互动认知、中西涵濡,其境界是和而不同、并存不悖。因此,"中国"是一种方法,而浪漫是一种生存样法,浪漫的中国则确然是一种谋生之道,灵知之源,绵延不朽,宁静致远。

---

[1] F. Schlegel, *Athenaeum Fragment*, in *Friedrich Schlegel's Lucinde and the Fragments*, trans. intro. Peter Firchow, Minneapolis: the University of Minnesota Press, 1971, p.240.

灵知与异乡神的基本象征

——歌德的《普罗米修斯颂》

一、引爆的火药

黑奴吁天,爱玛出轨,维特钟情,绿蒂怀春,安娜移情别恋以致卧轨辞世,一种文学现象往往导致一场又一场的变乱,甚至引发整个世界的精神革命与行为造反。这在历史上不是什么特别的个案,而是一种普遍现象。诗人感物,因感而兴,兴观群怨,社会情绪被铭刻为诗,反过来诗又凝聚、酝酿和激发更为广泛的社会情绪。情何以堪?唯释放、爆发和升华而已。不在沉默中爆发,就在沉默中灭亡。但是,从来就没有像歌德的《普罗米修斯颂》那样,遵从心灵深渊里流出,就摇夺了一代德意志诗人和思者的安详心境,引爆了一包时代精神的火药。

1773—1774 年,歌德依据当时流行的一部《神话辞典》写出了三联剧《普罗米修斯》纲要。一篇戏剧独白以诗的形式写成,题名为《普罗米修斯颂》。写成之后,寄给了出版家雅可比,然后音信全无。1819 年,在狂飙突进时代作家伦茨的遗篇之中重见天日。歌德授意将颂诗片断加入自己的标准版著作集中,添加在《普罗米修斯》三联剧的第三场《潘多拉》之中。

这个文学片断究竟有何特别之处?在其自传《诗与真》里,歌德写道:"那首诗的独白是一部罕见之作,在德国文界占有举足轻重的地位,因为它促使莱辛宣布反雅可比的某些重要思想感受。它成了引爆的火药,但那些连他们自己也没有意识到的最隐秘关系,曾使这样一场爆破在这么一个曾经十分开明的社会内未能发生。而造成的分歧竟是如此巨大,致使我们在随后发生的意外事件中永远地失去了一位最值得尊敬的人物[门德尔松]。"①雅可比,歌德的朋友,当时享有声望的出版家,思想偏于保守,反对启蒙,尤其对斯宾诺莎的泛神论持对立的立场。1785年9月11日,歌德给雅可比写信,不无反讽地调侃朋友:"你把你的斯宾诺莎著作寄给我。古色古香的装帧使这本书增色不少,不知你是否在我的诗前面放上了我的名字,好使人们在愤怒的普罗米修斯身旁用手指着我说:这和把你称作普罗米修斯的那种思想有关。"②斯宾诺莎的学说,最为让歌德钟爱,被奉圣而成思想的范本;而普罗米修斯,则是狂飙突进时代的歌德自我期许的人生境界。也许,歌德用颂诗形式传递斯宾诺莎的哲学意蕴,而"促使莱辛宣布反雅可比的某些重要思想感受",其中暗指一段不为人知的隐秘故事,事关当时德意志启蒙的困境,以及观念论所遭遇的挑战。

究问始末,我们得知雅可比携带着歌德的诗歌《普罗米修斯颂》到处漫游,于1780年7月,他前往沃尔芬比特尔拜访莱辛,言谈所及,意旨不离启蒙和道德。依据古典学家布鲁门伯格的细致考察,沃尔芬比特尔的会谈场景被重建如下:

> 1780年7月5日,雅可比抵达沃尔芬比特尔,在这个特别的日子,他同莱辛展开了一场关于"道德与非道德的人,无神论,有神论和基督徒"的谈话。次日,莱辛来到雅可比的寓所回访。雅可比没有发完早晨的信件,于是,顺手从公文包里取出一些材料给来访者打发时间。显然,莱辛对这些材料没有太大的兴趣,便把这些材料递还,并问是否有更多的东西可读。雅可比已经开始封缄信件,只有时间让他读一首诗——他让莱辛读歌德的《普罗米修斯》颂诗,而附加了一句不乏挑战意味的评论:"您已经引发了这么多的麻烦(Aergernis),现在可能索性让您再麻烦一下!"因而,在雅可比方面几乎不可能有一厢情愿的犹豫,而试探性地表示亲密,以便揭开那些讳莫如深的秘密。莱辛读完这首诗,说他一点也不感到烦恼,因为他"早已有过第一手的接触",诗意与境界无不了然于心。雅可比误解了莱辛的说法,以为莱辛早已读过

---

① 歌德:《诗与真》,刘思慕译,见《歌德文集》第5卷,北京:人民文学出版社,1999年版,第835—836页。
② 转引自格尔茨:《歌德传》,伊德等译,北京:商务印书馆,1997年版,第57页。

这首诗。但莱辛此前真的没有读过,他说"第一手接触",却有完全不同的用意。"诗中所表达的观点正是我自己的观点……正统神性概念于我完全无效,我忍受不了。"这就预示着(Ueberleitung),他将要承认彻底的异端,然而这种异端显然没有被宣布为歌德诗中的教义,而是通过诗歌的立场与意境表现为一种心灵的间架。"诗歌也指向了这一境界,我必须承认,我很喜欢它。"这就是雅可比,第一次说出了斯宾诺莎的名字,他还猜想莱辛也服膺斯宾诺莎的学说。雅可比相信,"这就是我们在他的名下所发现的一种可悲的救赎(schlechtes Heil)。"

谈话中断了,但莱辛发现了访客的惊异反应,而在次日早晨的谈话中顺其自然地回到了这个话题。雅可比心照不宣地表示,他拜访莱辛事实上特别是为了"求助于他而反对斯宾诺莎主义",于是情境就充满了紧张。这种情境一定已经非常令人惊异了,他说:"我的脸色可能是先泛红后转白,因为我感到无比困惑。但这并非恐惧。我恍然大悟:满怀期望地在您身上发现的,只不过是一个斯宾诺莎主义者,或者一个泛神论者。"接下来莱辛不复犹豫,说出了这么一句重要的话:"除了斯宾诺莎的哲学之外,就没有哲学。"后来,雅可比在一般的意义上将这句话据为己有,但显然颠转了从中所得结论的指向性。甚至,这个命题成为雅可比公然反对德意志观念论的工具:它展开了一切哲学的逻辑结论,从而指出一切哲学都必然不可避免地成为斯宾诺莎主义。①

斯宾诺莎主义,其要旨在于以几何学的精确方法证明"神性存在""神在万物"。这种论点偏离了正统的神性观念,而强调自然之无限性。"自然的力量是无限的,有悖于自然法则的事件决然不会发生。"②此等自然观,不啻是对正统神性观念的毁灭性打击,更确切地说,它还汇入了启蒙运动宗教批判的纲领,以及成为浪漫主义隐秘谋划的肇因。布鲁门伯格有言,理性业绩的外在干预,黑暗力量的轮回

---

① 布鲁门伯格:《神话研究》(下),胡继华译,上海:上海人民出版社,2014年版,第124—125页。
② 转引自列奥·施特劳斯:《斯宾诺莎的宗教批判》,李永晶译,北京:华夏出版社,2013年版,第243页。

发生,浪漫主义的隐秘谋划,都涌动在当时的德国和欧洲思想界,启蒙事业已呈衰败之相,而"理性之具体运作终结于'同一性专制主义',而使其他一切专制主义黯然失色"①。

二、思想意象之源与流

《普罗米修斯颂》用诗体形式表达斯宾诺莎的泛神论思想,用神话形象表现天才时代的英雄主义。"普罗米修斯",在古典神话衰败之后亮丽重生,成为一个负载着浪漫反叛精神的思想意象。在希腊神话中,普罗米修斯是指足智多谋,有先见之明,不仅善于祭祀仪式上的欺诈,而且还对人类富有仁爱之心。他不仅在作坊里依据自己的形象制造出人类,是"人类之父",而且还因为对人类之爱遭受天谴,故而是"文化与苦难血脉相连"的象征。

在《劳作与时日》中,诗人赫西俄德用两个版本讲述了普罗米修斯的故事,一个版本突出普神对天神的欺诈以及由此招致的责罚,一个版本讲述了普神对人类的恩赐,以及潘多拉带给世界的患难。在思想意象的起源处,普罗米修斯神话蕴含着"火""反抗""责罚"和"权力分工"四个基本要素。普罗米修斯神话,乃是神界权力分割、削弱实在专制主义的隐喻表达。相传悲剧诗人埃斯库罗斯写了《普罗米塔亚》三联剧,但只有《被缚的普罗米修斯》传世。剧中凸显了普罗米修斯的悲情——成人之美而受非人之罚,人生脆弱,生不如死,可是为了最后的拯救而必须等待,直到地老天荒,有神自天而降,释放这位宙斯的盟友,人类的恩人。在希腊古诗和悲剧之中,普神是合法反叛暴君的象征。

但是,在罗马时代,普神悲情淡化,他本人也成为一个犬儒式的可笑人物。普神不再为神,而是一个喜剧小丑,崇高让位于滑稽。他是非法反抗权威的象征。及至中古,普神踪迹全无,在教父作家的文本之中,几乎被等同于屡屡欺骗上帝的撒旦。中古晚期,普神同"通灵学"传统相关,而和浮士德博士的形象相吻合。目无纲纪,犯上作乱,驰情入幻,浮士德乃是普神还魂所借之体。文艺复兴以降,在诗人彼

---

① 布鲁门伯格:《神话研究》(下),第128页。

特拉克、哲人费奇诺、天文学家布鲁诺、科学先驱培根那里，普神几可等同于探索自然、观望星体而求知欲永无满足的现代人。同时，普神授人以知，传人以技，佐人以权，让人类从此自我断言，而无借外力牵引，不靠神祇救赎。

占星术、天文学以及古老的通灵论支配着早期现代人的想象，灵知主义流传期间，诱惑和驱动现代人跨越新纪元的门槛。灵知主义观念对文艺复兴时代的哲人、诗人、艺术家的影响，集中表现在人们对神秘"魔力"(daemon)的推崇上。那些具有原创性的科学艺术天才获得了"通才""原人"和"类神"的称号，成为与万能的上帝抗衡的人性力量，取代甚至篡夺了基督教上帝以及希腊诸神的创世、治世的地位。新知新学，超技超艺，不是神祇的特权，亦非神灵所赐，而是人类在自我持存、自我伸张之中用以克服本质匮乏的救赎性灵知。灵知，本来就不是普通的知识，而是事关救赎的真知，本来为神所垄断。而今人类僭越权力界限，对这种知识贪求务得，志在满足永不餍足的好奇心。新纪元的普遍信仰在于，神性的通才占有灵知，因而在创造性上可同上帝平起平坐，一样能占有创造的知识，一样具有创造能力。于是，有关普罗米修斯盗取宙斯特权的古老神话被文艺复兴时代的早期现代人"再度占有"(Umbesetzung)和"反向占有"(Gegenbesetzung)，并被用作人类自我发现、自我伸张的根本隐喻，以及超自然和超人类权力的基本象征。① 神话蕴含意义，同时将生存审美化，将陌生的世界变成宜居的家园，将超越的灵知变成内在的力量。作为根本隐喻，普罗米修斯神话回答原则上不可回答的问题——如何在一个极度匮乏的生存境遇之中克服实在专制主义的至上权力？作为基本象征，普罗米修斯神话将宇宙、人类和神圣三元关系动态化和戏剧化了，启发人们勉力而为地勘定人在宇宙之中的地位，以及人与神的关系。在早期现代，从晚期中古到文艺复兴，普罗米修斯神话发挥着综合与规范的作用，将繁复的经验整饬为结构有序的总体。于是，关于神的叙述(Mythos)生成各种神话(myths)，各种神话以一个基本隐喻为中心运转，以戏剧方式表现天启与救恩。

意大利人文主义者蓬波纳齐(Pietro Pomponazzi,1462—1525)认

---

① Hans Blumenberg, *Höhlenausgänge*, Frankfurt am Main: Suhrkamp, 1989, Zn.303-304.

为,普罗米修斯神话恰当地象征了哲人的贪欲。唯有偷窥了"上帝的奥秘"(Dei Archana),这种贪欲才得以满足。"上帝的奥秘",事关人的救赎,因而自然就是一个灵知主义范畴。① 现代先行者布鲁诺(1548—1600)简直就是更加勇猛地掘发"灵知"的斗士和烈士,他将圣经传统和希腊神话传统对勘,破天荒地将普罗米修斯和亚当等同起来,"将意识的转变毫无保留地归属于人,人第一次得以成为其自己"②。"普罗米修斯与亚当",这道方程式建立在一个基本的事实之上:普罗米修斯与亚当之命运的决定性因素,乃是某种禁忌之物。对普罗米修斯而言,决定命运的是被禁用的理性之火;对亚当而言,决定命运的是被禁食的知识之果。在文艺复兴时代的语境中,理性之特异,不在于人类拥有火种,而在于他们具有创造火种的能力,尽管这种非能力总是同诡诈机心和残暴权力结合在一起的。唯有理性不畏强权,永远不会自暴自弃。普罗米修斯被投射到亚当身上,人类被逐出天堂就是一种罪恶的幸运。总之,不论是什么力量将人类驱遣到如此荒凉贫瘠的境地,人类从此却有独立自为、我行我素、自我伸张的机会。③

人文主义兴起,神学背景淡化,现代世俗化如潮涌动,普罗米修斯成为人文主义和科学精神的源始母体。现代伊始,文艺复兴采取了归向古典的形式,薄伽丘(Boccaccio,1313—1375)回眸早期教父作家,采取德尔图良的策略,把工匠神和造物主上帝等同起来,于是艺术家直奔神性的宝座而去。但是,人类或者出自造物主之手,或者诞生于自然的怀腹,总之是普罗米修斯的毛糙之作。人类来到这个世界总是赤身裸体,野性难驯,形态不整,极度匮乏,需要第二个普罗米修斯加工润色,修缮美化。这第二个普罗米修斯就利用原生人类,从"自然存在物"之中再度创造出"城邦存在物"。④ 人文化成从此发端,第二个普罗米修斯便成为人文主义的基本象征物,而必须对出离自然状态而

---

① 参见汉拉第:《灵知派与神秘主义》,张湛译,上海:华东师范大学出版社,2012年版,第77页。
② 布鲁门伯格:《神话研究》(下),第69页。
③ 同上书,第70页。
④ 卡西尔:《文艺复兴时代哲学中的个体与宇宙》(*Individuum und Kosmos in der Philosophie der Renaissance*, 2d ed., Darmstadt: Wissenschftlich Buchgesellschaft, 1963), Z. 101。语出薄伽丘《诸神的谱系》(*de geneologia deorum*), IV, 4。

历史地自我伸张的人负责。薄伽丘两个版本的普罗米修斯,在现代的黎明预示着盛期现代的人性裂变——一方面是造物之神,另一方面是培育文化推进世俗化进程的人文主义。① 普罗米修斯被缚,因为他无权成为人的救主,也无能对自己的造物负责。普罗米修斯获释,因为他是崇高文化形式的基本隐喻,远远超越了自我持存的争端。而且,更为紧迫的是,作为崇高文化形式的基本隐喻,普罗米修斯必须走出中世纪的阴暗"洞穴",附丽于一个能显示正义的合法的现代形象上。

16世纪前夕,佛罗伦萨新柏拉图主义者斐奇诺(Marsilio Ficino)重述普罗提诺,再次向荒凉岩石山上的殉道者投去了忧伤的一瞥。在斐奇诺眼里,殉道者似乎罪有应得:并非犯上乱神,亦非为人受难,而是传递了能造成毁灭性的伤害的理性之火。因为理性之火来自更高之处,属于天上而无缘人间,盗取这份非己所有的权力,几乎就是张扬多元理性。理性一如天火,真正的圣火是不可以转化为份额而被传递的。普罗米修斯错就错在将"永远如一"的神圣之火分裂为"星星点点"的凡俗之火,所以他必须担负着理性的原罪,在世界上往返迂回,无限漫游,而感受到巨大的苦痛。这苦痛,也许就是理性的诡计对求知欲与好奇心的折磨,同时也为日益伸张的人文主义框定了不可逾越的界限。斐奇诺对神话人物过错的寓意解释凸显了一种崇高而有无谓的苦难意识。普罗米修斯受罚,不是为人受难,代人受过,也不是抗拒异己权力,执着于人文化成,而是因为他硬要去将永远如一的理性分裂为多元的份额。而多元的理性,确实是不存在的,如果存在多元的理性,那就只有让人类永远处在同理性乖离的极端匮乏之中。

与理性命运的神话化同时,伟大的人文主义者鹿特丹的伊拉斯谟(Erasmus von Rotterdam)建构了另一种对普罗米修斯神话的寓意解释。在他看来,人类伟大历史上的关键人物,人文主义的基本象征,不是宇宙的创造者,不是人类种族的始祖亚当,而是因妒而起杀心残害兄弟从而遭受永罚的该隐。该隐被剥夺了一切,大地的丰饶与他无关,神圣的献祭也与他无缘。该隐被剥夺被放逐,沦落到无家可归的处境,但流亡与苦难却成全了属人的荣耀。全部文化批判的悖论,已经铭刻在《圣经》所描绘的最早的人类戏剧场景之中:因妒致恨,骨肉

---

① 布鲁门伯格:《神话研究》(下),第72页。

相残。人类是否能够身负罪名而苟活在一个类似于天堂的世界上？人类是否必须认为这个世界乃是颠覆的天堂才能幸存于这个世界？这么一种猛烈的质疑和紧迫的争辩属于一个新纪元的开端。① 这个时代的激情如此严肃地对待丧失天堂和人类流亡，但绝非默认、忍受、顺服这种流亡处境及其悲苦，而是伸张自我、使出浑身解数重返天堂。自我伸张的利器，就是该隐的修辞术。在伊拉斯谟笔下，他巧舌如簧，无须神助就轻易地把天堂的守护天使变成了盗窃的同谋，顺利地潜入了伊甸园深锁的大门。然而，重返天堂的该隐，一如智者时代的普罗米修斯，不折不扣是一位自铸伟词的骗子，而不是一位竭尽劳苦的工匠。怀着对未来世界的憧憬，该隐与普罗米修斯叠影，在16世纪初口出狂言，展示出纯粹的修辞技巧，以人的名义颠覆了神性的忠诚。于是，"现代"的第一次求索，被反射到了人类的开端，却是骗子的失败和绝望告终。伊拉斯谟一厢情愿地将该隐和普罗米修斯等同起来，意在让寻回乐园的壮举声名狼藉。然而，这则被颠转的神话却触及了一种尚未展示其巨大魅力的思想谋划。神话魅力衍射似乎漫无边际，笼罩着整个浪漫主义时代，直到在最后一位"浪漫骑士"赫塞笔下，该隐借德米安整个形象惊异地复活。该隐残杀亚伯，被解释为一个强者杀了一个弱者，谋杀者宣布自己是上帝的宠儿。该隐额上的记号不是耻辱的标志，而是强者的灵符。这个强者，依然是修辞的强者，甚至是魔力的载体。

弗兰西斯·培根对普罗米修斯的欺诈做出了一番特别的解释。普罗米修斯在诸神面前耀武扬威，炫耀一道幽灵般虚幻的前景，而人类仰望天文学理论所描述的那一片密不透风的茫茫星空徒作哀叹。天体对象无限崇高，但人类心智对之认识不足。唯有认识不足而深感匮乏的弱者，才会机关算尽，使用欺诈手法。同时，在解释欺诈的同一个语境下，培根再次运用伟大的寓言神话解释，跨越修辞术的迷障，透视神与人、自然知识与人类知识之间的非对称和非互惠性，而求助于古代神话之中寓涵的圣贤智慧，让普罗米修斯庇护人类，将人类提升到宇宙的中心地位，重新占有虚位以待的最高权力。② 这就将人类历

---

① 布鲁门伯格：《神话研究》（下），第79页。
② 同上书，第83—84页。

史带向了自我伸张的现时代了。现代人文主义者饱含激情,享用新纪元的快乐,同天资卓越的人一起被邀请,与普罗米修斯一道,去攫夺天堂里绚丽的理性之火。① 理性之火渐成燎原之势,普罗米修斯品质也被归属给了那些"百科全书式"的哲人,一如曾经被归属给了具有独特禀赋和罕见智慧的古代圣贤。于是,现代普罗米修斯颂词击节成韵,意味深长:"普罗米修斯上知天文,下察地理,探幽索赜,物理、数学、语法、修辞,样样精通;又得占卜师的襄助,他自信满满,上达神界;他乃为人中至人,且让人挣脱罗网获得自由,他运用那些得心应手的自然理性,便可审慎地了悟全体神性和人性。"②普罗米修斯成为救赎知识的携带者,传递异乡神的信息,并在散播灵知同时,引领人走出蒙昧的洞穴,帮助人挣脱尘世存在的枷锁,而忆念天上的家园。这个体察人性又代表神性的神话人物,从文艺复兴到18世纪,鼓动人类对一个决定性的被启蒙的千禧年王国殷殷冀盼。这种灵知主义的态度和信念又进一步被传递给现代科技革命的先驱,正如史学家雅慈(Yates)所说:

> 17世纪伟大的数学和思想家的思想后盾乃是文艺复兴的各种传统:秘教思想,源自希伯来或者源自埃及的神秘智慧社团,以及让文艺复兴时代心醉神迷的摩西教义和赫尔墨斯神秘主义之间的汇流。……这种秘而不宣的灵知主义只能秘传不可教示。来自文艺复兴的神秘主义,来自占星术士和卡巴拉经学的神秘主义,来自赫尔墨斯和希伯来的神秘主义,构成了(现代灵知主义)的背景,这些潮流乃是一笔不可勾销的遗产,以新柏拉图主义构成文艺复兴的基础,一如它在意大利文艺复兴时代得以养育和教化。③

在启蒙时代和理性主导的18世纪,古老的千禧年主义与文艺复兴文化的普罗米修斯形象依然唤起对历史最后决断的期待。最后决

---

① 参见 Eugene F. Rice, *The Renaissance Idea of Wisdom*, Westport: Greenwood Press, 1973, p. 94。
② Ibid.
③ Frances A. Yates, *The Rosicrucian Enlightenment*, St. Albany: Paladin Frogmore, 1972, p. 263。

断,即终结末世论,解开历史之谜,通过人类自我伸张而实现生存境界的决定性转变。① 启蒙时代崛起的怀疑意识、批判精神、功利主义并没有消除秘传的灵知主义传统,而是激起了人们对不同灵知主义渊源的好奇心。甚至还可以说,18世纪末和19世纪初的文化氛围的特点,乃是对主流启蒙运动狭隘理性主义的反动,以及东西方文化传统的全球涵濡中,最极端的神秘主义与千禧年主义的普遍复活。启蒙运动的批判者,不仅有浪漫主义,更有灵知主义。或者准确地说,启蒙运动的批判者,恰恰就是戴着浪漫主义面具的灵知主义,戴着狄奥尼索斯面具的普罗米修斯。复活的灵知主义思潮对宗教、哲学、文学和美学领域中的浪漫派运动和观念论思潮的形成与发展具有决定性的影响。②

1750年,卢梭撰文回答"第戎科学院"提出的问题。在这篇论文的第二部分之首,他提及普罗米修斯的埃及祖先书写之神特乌图斯(Theutus)。特乌图斯发明了知识学问,而成为痛恨人类安逸的神祇(un dieu ennemi au repos des hommes)。在这篇论文的原始注释中,卢梭提到了希腊人叙说普罗米修斯的一种鲜为人知的附属形式。这种形式源出埃斯库罗斯的羊神剧残片《盗火者普罗米修斯》(Prometheus Pyrkaeus),现存于普鲁塔克转述的轶亡形式。剧中,第一次看到火的羊神激动不已,要去亲吻和拥抱,但普罗米修斯警告他不要烧焦了胡子:"羊神兄,你会惋惜下巴上的胡子的,因为当你接触到它,这火就会烧起来。"于是,普罗米修斯带走了火种,但他也警示了这盗来的礼物之危险后果。卢梭一定为此欣喜若狂,而毫不犹豫地从普鲁塔克那里截取了一个重要的分句;因为,在这个片段文本中,除了警告之外,普罗米修斯还补充说:"……但它也带来光和热。"③沿着这一血脉传统,普罗米修斯出现在卢梭"第一篇论文"的首页上。

1770年,维兰发表了《梦中与普罗米修斯对话》("Traumgesprach

---

① Ernest Lee Tuveson, *Millennium and Utopia: A Study in the Background of the Ideas of Progress*, New York: Harper & Row, 1964, p. 28.

② Karl R. H. Frick, *Die Erleuchteten: Gnostisch-theosophische und alchemistiche-rosenkreuzerische Geheimgesellschaften bis zum Ende des 18 Jahrhundert: ein Beitrag zur Geistesgeschichte der Neuzeit*, Graz: Akademische Druck-u. Verlaganstadt, 1973, Zn. 201-614.

③ Plutarch, *De capienda ex inimicis utilitate* (Moralia VI; 86 EF; Ed. H. Gärtner, I 173). 这篇论文的主题包含着一种含蓄的目的论。世上万物绝非都对人类友好,但他知道如何利用不友善的一切。

mit Prometheus"),同时写作相关论文《卢梭的实验:为发现人类真正的自然状态》(> Ueber die von J. J. Rousseau vorgeschlagenen Versuche den wahren Stand der Natur des Menschen zu entdecken <)①。在这篇文章中,维兰在普罗米修斯神话的解释与启蒙对人性的追问之间建立了一种新的关联,这种关联比在卢梭那里显得更加清楚。维兰认为,卢梭的难题在于,通过在自然状态灭绝许久之后的诸种条件下的经验来探查人类的自然状态。所幸的是,对于读者而言,他们并不理解这么一种慧黠的重言逻辑(raffinierte Iteration):在"社会的襟怀之中"(im Schosse der Gesellschaft),经验的机能是否被变形到无能区分自然状态的程度?

一种慧黠的重言逻辑,被当作一种(逻辑的)循环引入进来了,我们不妨将此描述为柏拉图式的究元诀疑的难题;换言之,这个难题在于,为了给探究活动准备工具,因此我们必定已经预先知道了我们要叩探什么。"如果说,我们之所以必须选择这些工具,是因为要确定我们自己并没有蒙骗自然,把那些必须向我们出示的答案强加于自然之上,那么,我们就已经非常确切地认识到人性了;但这恰恰是因为我们想认识它,才必须做这么一些实验。"为了让人类的后裔在社会之外成长而做的实验,必然导致一些难以解决的悖论,维兰对此展开了讨论。但是,维兰的论点是:即便它可能显示其必要条件,这类实验却是完全不必要的,因为我们根本就不可能从中学到什么新东西。他说,人类历史不是自然可能性的怪异乖谬,人类历史事实上是在可能最大的范围内执行卢梭所设计的实验。自然状态,乃是决定历史状态的全部条件之总和。"这种伟大实验早已在世界上做了几千年,自然本身竭尽劳苦地指引着它,以至于根本就没有给每个时代的亚里士多德和普林尼留下什么,他们要做的,就是睁开双眼,看看从邈远无稽的时代以来自然如何在运行,仍旧在运行,无疑在未来还要继续运行……不,我亲爱的卢梭,不论我们这些卑微的人是如何可怜,我们至少都不应该怪异到如此地步,以至于经过了几百年实验之后,我们还必须做那些新的闻所未闻的实验,去勘探自然究竟为我们预备了什么。"

---

① 《维兰全集》,莱比锡 1857,XIX 203—239,转引自布鲁门伯格《神话研究》(下),第 94 页。

如果说，拿这么一些"在社会的襟怀之中"而根本没有被社会所触及的主体进行实验，不仅不可能而且也没有必要，那么，它现在就成为一种纯粹的审美构型，"我们至少也可以梦想它[审美构型]的可能性"。梦中人发现他自己就在山崖上，面对锁链加身的普罗米修斯。二人惺惺相惜，"正像常常发生在梦中的情形那样，顷刻间他们就成为最好的朋友"。

梦中人相信，他面前就是人类的真正缔造者，是他用泥土和水制作了人，"并且找到了工具，但我却不知道他是如何将这工具给予人们，而这个令人称奇的'我不知道'被称之为他们的灵魂"。普罗米修斯问询人类，想知道他们如何安身立命，以及他们如何利用自己的生存能力。梦中人详细答复，可就是不愿说出自己是何方人士。他说，无论怎样，普罗米修斯都只是摇头，说了一些关于他的堂兄朱庇特的事情，却绝非为他歌功颂德，说他"从来就没有让他[普罗米修斯]快乐，更谈不上让他的造物幸福"。梦中人告诉普罗米修斯，哲人们竭尽全力地整饬这种悲苦处境，其建议之一就是回归到自然状态。在回答普罗米修斯的问讯时，梦中人客观报告而没有表现出巨大的友善与热情，说人类将自然状态描绘为"……没有思想，没有欲望，没有作为，一点也不关爱他人，也不太关心自己，极少关怀未来……"

然而，这里却发生了某些在哲学对话甚至在梦境之中几乎不可能发生的事情，在镣铐加身的神祇之可悲的处境下完全不能为悲剧所容的事情：普罗米修斯爆发了"会心的笑声"。因为他显然想起了一幕更早的哲学场景，那是哲人之祖泰勒斯拙笨地绊倒，在一边看热闹的色雷斯妇女也爆发了同样的笑声。同样，维兰也警告说，如果"一味养成好高骛远的习惯而看不见眼皮底下的东西"，那么，现代哲人也仍然像他们的先辈一样，命运一般无二。这几乎是一字不差地引述柏拉图的评论——对于泰勒斯之类的哲人，色雷斯妇女极尽嘲笑之能事。①

卢梭和维兰对歌德都有显而易见的影响。然而，作为一项挽救启蒙败业的浪漫主义谋划，歌德的灵感可能来自于莎士比亚和德国中世

---

① 布鲁门伯格：《哲人之祖的笨拙：纯粹理论的滑稽相——论泰勒斯轶事的接受史》（Der Sturz des Protophilosophen. Zur Komik der reinen Theorie, anhand einer Rezeptionsgeschichte der Thales-Anekdote），见 W. Preisendanz and R. Warning 编辑《论喜剧》（Das Komische），慕尼黑，1976，《诗学与解释学》（Poetik und Hermeneutik），VII, 11-64。

纪建筑家埃尔文。诗人和建筑家,都是堪与神祇比力的创造性天才。天才皆有魔性附体,因而总是有几分邪气,不拘一格,率性任情,而世人虽不解其意,但也不忍锄戮。但这并非唯一的源头。歌德至少在18世纪英国新柏拉图主义者夏夫兹伯里伯爵(Earl of Shaftsbery)的美学著作之中获取了部分灵感。夏夫兹伯里被哲学家卡西尔称为"浪漫主义的最早斗士"。在其三卷本《个性——论人、风格、意念与时代》(*Characteristicks of Men, Manners, Opinions, Times*)中,夏夫兹伯里两论普罗米修斯。服膺罗马传统,此君认为普神以诗性之策治愈了人间众苦,自己甘做替罪羊,备受责罚。不过,普神没有被给予赞美之词:

> 盗来天火,混合澳涂黏土,效法神圣面相,粗粗类乎不朽之神,渠自捏合成人。悲哉,造物! 不独自体罹病,犹为百病之根。
>
> 为哪宗如此傲睨万物,如此志存高远,如此肆心纵欲? 为何如此繁重的瘟疫、疑难杂病降至渠身,并危及后胄? ——普罗米修斯,是为万恶之源。造型之艺人,以不祥之手笔,将一切都化为云烟。
>
> 普罗米修斯,果为虚名假位,以称道机缘运命乎? 造型之天才,邪恶之魔神乎? ……同为万能者之对手,始终不二。
>
> 目当今之世,普神熟谙江湖之术,表演种种奇行异象,于我俗世戏台。敝等方造百病,行弗乱人所为,而岂是为疗治与复苏耶![1]

普罗米修斯,作为一个敢于反抗神的"第二神祇",作为"造型艺术"天才,以正直之面目和英雄的器宇,进入了德国狂飙突进时代,通过浪漫主义运动的赫尔德而对歌德产生了巨大影响。1771年,歌德在法兰克福"莎士比亚日"的讲演中就将普罗米修斯比之于莎士比亚。1772年,他又写作《论德国建筑术》,颂扬中古德国文化,赞美建筑家埃尔文,将他比类于建造山间小屋的普罗米修斯。

更进一步,普罗米修斯支配着德国浪漫主义时代的诗学与政治想象。历史哲学于焉生成。由于这个世纪别具一格,前无先例,它是以

---

[1] 转引自 Timothy Richard Wutrich, *Prometheus and Faust: The Promethean Revolt in Drama from Classical Antiquity to Goethe*, Westport, Connecticut, London: Greenwood Press, 1995, pp. 113-114。

泰坦英雄普罗米修斯为模式来自我领悟的。但这种自我领悟不限于对普罗米修斯进行一种审美的寓意解释。直到尼采在普罗米修斯身上再度发现古代悲剧的核心形象,并在这个形象中发现苏格拉底典范的绝对反题,人们才清楚地意识到,19世纪以人的名义拿普罗米修斯下赌注,认为他是一位胜利的征服者,认为是他为人类指点迷津,创造各种手法来反抗诸神对人类命运的摆布,认为他是历史自我发现的始祖。

三、灵知主义与异乡神——歌德普罗米修斯的意蕴

我们现在回到歌德,回到这个寿高不辱、历经沧桑的"人中至人"。20世纪30年代初,全世界人文学者甚至科学家在歌德百年忌日追思怀想这位划时代的奥林评诗人之王。中国美学家兼诗人宗白华在全球后浪漫主义语境下将歌德与荷马、但丁、莎士比亚相提并论,断言泰西四大诗人"以表现的和启示的"方式呈现了时代精神以及世界、人类和神圣的关系。"荷马的长歌启示了希腊艺术文明幻美的人生与理想。但丁的《神曲》启示了中古基督教文化心灵的生活与信仰。莎士比亚的剧本表现了文艺复兴时人们的生活矛盾与权力意志。至于近代的,建筑于这三种文明精神之上同时开展一个新时代。所谓近代人生,则由伟大的歌德,以他的人格,生活,作品表现出它的特殊意义与内在的问题。"①据此,不妨作进一步推演:歌德以诗学的方式展示了现代人的灵魂启示录,尤其是展示了德意志灵魂启示录。所以宗白华进而断言,"歌德确实代表文艺复兴以后近代人的心灵生活及其内在的问题。近代人失去了希腊文化中人与宇宙的谐和,又失去了基督教对一超越上帝虔诚的信仰。人类精神上获得了解放,得着了自由;但也就同时失所依傍,彷徨摸索,苦闷追求,欲在生活本身的努力之中寻得人生的意义与价值"②。一方面是生命、自我和感性在伸张,另一方面则是形式、整体和理性在抑制,于是就有了不可和解的裂变和绝对

---

① 宗白华:《歌德之人生启示》,见《宗白华全集》第2卷,合肥:安徽教育出版社,1994年版,第1页。
② 同上书,第2页。

的悲剧。裂变与悲剧,在浮士德与普罗米修斯身上找到了完美的象征形式。浮士德驰情入幻,普罗米修斯立意反抗,壮怀激烈而又柔情若水,乃是现代的生命情绪的镜像,是"沉浸于理性精神之下层的永恒活跃的生命本体"①。

中古后期,浮士德与普罗米修斯渐渐融合,而成为灵知主义思潮与立场的载体,而普罗米修斯尤其就是歌德毕生钟爱的形象,简直可以说就是歌德的另一个自我。首先,普罗米修斯与浮士德关系微妙,若即若离。乌特利希(Timothy Richard Wutrich)考证,歌德终于没有写成"普罗米修斯"三联剧,乃是因为戏剧不适合于再现文化英雄,而作为文化英雄的普罗米修斯早就在中世纪同浮士德叠身为一,形神泯合了。② 有了《浮士德》,普罗米修斯三联剧就成为多余的了。换言之,从歌德创作的整体系统而言,《浮士德》完成了普罗米修斯建构。其次,"狂飙突进"时代凯旋的普罗米修斯随即变身少年维特。前者锋芒毕露,气吞八荒,蔑视神圣;而后者柔弱多情,忧郁成疾,自我献祭于爱的祭坛。伦茨睿智地断言:歌德用直抒胸臆的书信体塑造出一个资产阶级少年,取代神话以及悲剧之中的文化英雄。他就是"维特",一个被钉上十字架的普罗米修斯,一个在反抗旧世界暴力的斗争中注定失败的文化英雄。最后也最为触目惊心,在歌德心目中,"普罗米修斯"就是"拿破仑",高加索山崖就是圣赫娜岛,悲剧英雄就是现代帝王,而政治终归就是命运。歌德历世悠长,阅人无数,多番幸运地与重大历史事件相遭遇,而他总是毫无例外地将历史剧变归之于伟大人物及其心中的"神魔"。他用"神魔"这个怪异的字眼来指称别人的命运,一以贯之地解释那些"仅凭理智与理性难以解释的事件"。歌德尝尽人间甜酸苦辣,他总是以拿破仑自况而以普罗米修斯自喻。一真一幻,一是冷酷的政治,一是盲目的希望,而他作为诗人便在实在与神话、罪恶与拯救之间建立不可思议的关联。在传世残篇《潘多拉》中,歌德用曲笔暗示了拿破仑出场,并同歌德遭遇的背景,诗人将泰坦神祇描绘成现代帝王。"早在拿破仑成为普罗米修斯之前,普罗米修斯就已经

---

① 宗白华:《歌德之人生启示》,见《宗白华全集》第 2 卷,第 7 页。
② Timothy Richard Wutrich, *Prometheus and Faust: The Promethean Revolt in Drama from Classical Antiquity to Goethe*, Westport, Connecticut, London: Greenwood Press, 1995, pp. 67-104.

成了拿破仑。"① 将实在与神话等同,歌德再次呼唤普罗米修斯完成使命,以血肉之躯建构文化与悲剧之津梁。

如前所叙,《普罗米修斯》三联剧为断简残篇,终于未竟。在这个三联剧中,普罗米修斯反抗神权,蔑视礼法,拒不服从任何外在权威。第一场戏景被放置在作坊里,普罗米修斯爱抚着潘多拉的雕像,墨丘利好言相劝,让他服从朱庇特,从而让心爱的雕像获得生命与灵气。第二场戏景被放置在奥林波斯山,密涅瓦引领普罗米修斯到生命之源,普神之造物便获得了生命。然而,造物之成为活物,便是奴性生涯的开端。最后,戏景从神山转到了河谷,获得了生命的潘多拉即将出场,普罗米修斯在荒凉处向天神发出绝望的呼喊——这就是"普罗米修斯颂诗"。

"普罗米修斯颂诗"以诗学形式阐释了古传的神话素材。"诗学形式",取其字面意思,也就是"创造形式",在这个语境下也就是自由地变更神话素材来完成神话研究的形式。歌德对于自己那份自由变更神话而完成创造的天赋特别自信,而自觉地将他自己的整个一生都建立在这种天赋之上。那么,究竟什么样的神话人物能够代表这种信念,象征这种创造天赋呢? 在《诗与真》第 15 卷,他描述了自己探索、遭遇和最后选取普罗米修斯的过程。作为一个神话人物,普罗米修斯是歌德的庇护人,为他排忧解难。作为一个基本隐喻,普罗米修斯又是近代人灵魂的启示录,为人类趋近神圣指点迷津。歌德写道:"这个念头化成一种形象,古代神话人物普罗米修斯便惹起我的注目,据传普罗米修斯与众神绝缘,从他的作坊造出人类,让他们栖居在这个世界。"② 按照自己的形象铸造出一个种族,普罗米修斯就成为柏拉图式的造物神。同时,让他所造的人类安居在这个世界,普罗米修斯自己又立刻变成了基督教的拯救神。但在两个神祇之间,横亘着人神都不可逾越的"命运",以及人神都不可超越的时间。"把我锤炼成人的/难道不是全能的时间/和永恒的命运/我的,也是你的主人?"连神也无法超越"时间",无法战胜"命运",这就意味着神不是可靠的救赎者。唯有人才能救赎自己,此乃歌德构思普罗米修斯系列剧作时已经陷于

---

① 布鲁门伯格:《神话研究》(下),第 231 页。
② 参见歌德:《诗与真》,见《歌德文集》第 5 卷,第 835—836、683 页。

困境的启蒙思想。歌德要救启蒙于凋敝之际,而摆出"时间"与"命运"两大极则。因此,他在古传神话素材之中贯注了时代精神。有鉴于此,克冉伊(Carl Kerényi)建议,研究歌德的普罗米修斯最好忘却希腊的一切。① 他还指出,"歌德的普罗米修斯……是人类完整的原型,是第一个反叛和肯定自身命运的人。作为首位地球居民,他是反神者,是地球的主宰"②。果不其然,歌德就是"照着自己的身材来裁剪这个古代的巨人之天衣",突出显示普罗米修斯"以自己的手造就人类,借着智慧女神密涅瓦之助,使得人类有生命,建立了第三王朝"。③人的王朝当然有人的规则,人的使命,人的权力与义务。歌德便相当自信地认为,我们必须共负人类"共通的命运",而像他以及拿破仑这么一些智慧超群者必须担负更大的命运份额。父母亲眷可以庇荫,兄弟好友可以仰仗,广泛交游而得扶持,因爱而获致幸福,但"归根到底人类还是倚赖自己"。④ 神祇也非有求必应,尤其在紧迫情境下,他们会冷漠转身,见死不救。既然神祇对人生在世如此漠然,那么就必须建构一个神祇取而代之。

于是,在颂诗以及戏剧残篇中,歌德借普神之口,畅扬一种后启蒙时代的宗教思想。借来古传素材,歌德进行诗学的变更,展开哲学的审察以及宗教的沉思,而传递了一种灵知的韵味,建构了一个异乡神形象。对于德国魏玛臣民歌德,普罗米修斯确实是异乡神,因为他来自希腊。普罗米修斯题材"毕竟属于诗的领域","巨人[普罗米修斯]之为多神教的陪衬,正如我们之可以把魔鬼视为一神教的陪衬那样","可是魔鬼和与他对立的唯一的神决不是诗的人物"。⑤ 在提笔赋诗之时,歌德心中一定充满了神话与教义、多神教与一神教、诗与宗教之间的张力。普罗米修斯源出高贵的神谱,身上流淌着王族的血脉,与神对抗而与人为善。人类之创造者不是宇宙间的最高主宰,而是这位古老王朝的后裔,他同样够得上担当造物主角色的资格。换言之,普

---

① Carl Kerényi, *Prometheus: Archetypal Image of Human Existence*, trans. Ralph Manheim, Princeton, New Jersey: Princeton University Press, 1991, p.4.
② Ibid., p.17.
③ 歌德:《诗与真》,见《歌德文集》第5卷,第683页。
④ 同上书,第682页。
⑤ 同上书,第684页。

罗米修斯就是那位反抗神的神祇。助人得仁而反抗神权，使他成为现代灵知主义的基本象征。

库利亚诺推测，普罗米修斯乃是"灵知主义二元论"神话中"慧黠的造物神"形象之一。这类神祇往往具有两面性：一方面，他不懂礼数，缺乏教养，欺师灭祖，杀人越货，尤其性欲旺盛精力过人；另一方面，他常与怪物搏斗，除暴安良，与人为善，这就使他在宇宙起源和人类创造中自著一份劳绩。作为恶作剧精灵或者骗子盗贼，"慧黠造物神"积极参与人类的创造。当史前时代人为苦难困扰而终有一殁，"慧黠造物神"千方百计增益人类的生命，维持人类的生存。同时，这类神祇同灵知主义传统相关，而普罗米修斯显然几经流转，进入了西方二元论观念体系的动力形态学之中。库利亚诺断言，灵知主义兴盛于公元2世纪，而进入中世纪之后同基督教观念系统互相作用，彼此重构。到了17世纪，西方和二元论灵知主义观念体系再次相遇，通过奇特的迂回，灵知主义传到了歌德那里，之后又进入了黑格尔的体系之中，最后还渗透在德国早期浪漫主义的感性宗教与理性神话之中。在歌德的颂诗中，普罗米修斯造一个酷似自己的种族，并同这个种族一起蔑视上帝，从而开启了人类自我断言的时代。[①] 布鲁门伯格说，"自我断言"，乃是现时代最显著的精神诉求，而这种诉求运用神话启蒙，力争将启蒙进行到底。在现代精神脉络中，普罗米修斯蔑视上帝，自己主动占据了反抗神灵的位置，还强力推进人类自我拯救的进程，从而以"拯救之神"直接取代了"造物之神"，改写了基督教的救恩历史。"普罗米修斯颂诗"歌咏之中，表达了歌德的一种将灵知主义激进化的倾向，暗示"单单把神创的世界换成人造的新世界是不够的"，"世界本身必须是人造世界，神本身必须就是人造之物，如果它阻碍人对存在秩序的统治，就可以予以摧毁"。故而，沃格林断定，现代之所以成为"新纪元"，乃是灵知复活，谋杀上帝。反过来，像布鲁门伯格所说的一样，现代乃是继中世纪未竟之业，"第二次克服灵知主义"。貌似彼此对立、各执一端之论，有一种基本精神贯穿其中：谋杀上帝即自我断言

---

① 库利亚诺：《西方二元论灵知论：历史与神话》，张湛等译，上海：上海人民出版社，2009年版，第4页。

之峰巅,乃是灵知主义重创存在秩序的根本点。① 普罗米修斯蔑视神祇,同灵知主义谋杀上帝,乃是人类回应神的一种普遍可能性:完成人神权力分封,从而确定人在宇宙之中的地位。"谁还能比你们更窘迫,天神啊!"颂诗呈现天神困窘之状,让我们看到在神性绝望的峰巅,人类孑然独立,演绎自己的历史。

《普罗米修斯颂诗》给人以整体震撼,其力度恰在于神话人物的生命在其自身之内。普罗米修斯视自己为价值的核心,深信自己拥有救赎的真知——灵知。因为占有灵知,所以他自信有无穷的创造力,能够藐视众神,挑战主神宙斯,超克忧生忧世的感伤情志,独立完成自救和救世的使命。维塞尔(Leonard P. Wessel)断言,《普罗米修斯颂诗》将自我、欲望和权力意志三个要素诗化地呈现出来,从而铺展了浪漫派与观念论价值结构的纲维:

> 显而易见,普罗米修斯在自己的存在中找到了足够的力量,能够忍受和克服生存的"考验和磨难",无需寻求外界神祇的帮助。借助这种力量,他获得了一种无需依赖众神的、内在的、自足的独立,即他的自我意识。与独立相伴的是普罗米修斯的自我意识:他必须按照自己的形象建立自己的世界,他创造的世界。因为他拥有自足的力,普罗米修斯拒绝把那个世界献给众神,那是他为自己创造的世界。②

将造物神与拯救神集于一己,从而担负起创世与救恩的双重使命,这便是歌德诗化的末世学,诗化的千禧年主义。这个拥有独立性、自我意识和独一无二世界的神话人物,不属于希腊,也不属于基督教,而属于在现代世界复活的灵知。从文艺复兴到德国宗教改革,这种灵知主义运动渐渐酝酿,然后是"狂飙突进""法国革命",灵知主义复兴高潮迭出。从"狂飙突进"对诸神的公然反抗,到浪漫派和观念论"对上帝的超越性体认",灵知主义都构成了德意志灵魂启示录的隐秘冲动。其中,普罗米修斯成为灵知主义一项明显指标,一个基本隐喻,一

---

① 沃格林:《没有约束的现代性》,张新樟、刘景联译,上海:华东师范大学出版社,2007年版,第49页。

② 维塞尔:《普罗米修斯的束缚——马克思科学思想的神话结构》,李昀、万益译,上海:华东师范大学出版社,2014年版,第79页。

道根本原则。

稍微回顾一下历史便有助于把握这条线索。公元 2 世纪西诺普的马克安大刀阔斧修订福音书,在灵知主义的二元论框架下整饬救恩历史,重新定位神权。他说,要解决那些困扰"神义论"的"世间恶"问题,唯有将"造物之神"和"拯救之神"分开。造物神冷酷面对人间,对世界少有眷顾,而拯救神恩泽遍布人间,对人类殷殷顾盼。

> 那个造出世界和人,并给他们一种不可实现的法则的神,那个脾气乖戾、专横地操纵《旧约》所说的民族历史的神,那个要求为自己祭祀和庆典的神,是个刻毒的神。带来拯救的神——如果没有拯救,他所没有创造出来的人在本质上就是有罪的,那个"异在的上帝",因为没有根据,所以是纯粹的爱的本质。这种神性有权毁灭这个他并没有造出的宇宙,有权宣称不服从他所没有给出的法则。①

世界劫毁轮回,全在两个神交替掌控世界。于是,救恩历史呈现出苦难堕落与整体偿还的历史节奏。那个拯救之神,那个布施慈爱于人间,无条件为人类服务的神祇,有权谋杀那个暴戾无常刻毒无比的造物之神,重创宇宙秩序,重整纲纪伦常。

> 谁人曾助我
> 抵抗泰坦人之专横?
> 谁人曾救我出死亡,
> 救我出奴役?
> 一切不都是你自己所完成的,
> 我神圣而炽热的心?
> 炽热的心啊,年轻而善良,
> 被蒙骗了,反而对远天的酣睡者
> 满怀感激?

歌德笔下的普罗米修斯就成了一位以拯救为己任的"异乡神"。歌德是否熟悉西诺普的马克安之灵知主义学说,限于见闻,我们难以

---

① Hans Blumenberg, *Die Legitimatat der Neuzeit*, Frankfurt am Maine: Suhrkamp, 1979, Z. 141-142.

定断。但从歌德对里斯本地震的反思之中,我们不难觉察到一种对"神义论"的忧郁疑虑:也许,那个让大地颤抖的上帝并非拯救之神。

一种为灵知二元论所主导的宗教思想之要义在于,假如不能像普罗泰戈拉说的那样,使"人成为万物的尺度",那么,至少也不应该将人形的诸神放置在人类之上。如果有什么力量比神和人更强大的话,那就是命运(Schicksal)与时间(Zeit)。反叛传统的人神同型的神圣,探索自然的真理,此二者都蕴含在前苏格拉底哲人的精神之中,当然也蕴含在西方哲学精神之根底处。难怪尼采对希腊悲剧死亡的病因探查以及对人类全部价值的重估开始于歌德的普罗米修斯。从青年歌德的歌吟中,尼采嗅出了灵知主义反叛的气息。他引用《普罗米修斯颂诗》断章的最后一阕:

> 我坐在这儿,塑造人
> 依着我的形象;
> 造一个酷肖我的种族,
> 去承受,去低泣,
> 去享乐,去欢娱,
> 而且蔑视你,
> 像我!

卢梭的自然人、康德的道德人,尽在歌德诗歌的映射之中。尤其是康德实践理性设定的"道德意识的优越性",隐现着一些令现代人自豪的独立性。这种自我伸张的生命气质和道德情怀,恰恰就是青年歌德《普罗米修斯颂诗》及其戏剧残篇的深层意境。[①] 尼采把普罗米修斯颂歌读成"对非虔诚的真正赞歌",以为歌德将"主动的荣耀"与"被动的荣耀"对立起来,而"主动的荣耀"为普罗米修斯罩上了圣洁的光环。古代悲剧花果飘零,尼采却必须让普罗米修斯带上酒神狄奥尼索斯的面具,去复兴"统治着神和人的永恒正义"[②]。与其说尼采以颠倒柏拉图主义的方式呈现了西方走向虚无主义的命运,不如说他从歌德的普罗米修斯身上萃取了灵知主义精神而完成了对超感性秩序的致

---

① 参见克朗纳:《论康德与黑格尔》,关子尹译注,上海:同济大学出版社,2004 年版,第 74 页。
② 《尼采遗稿》,赵蕾莲译,哈尔滨:黑龙江教育出版社,2012 年版,第 74—75 页。

命一击。虚无主义乃是灵知主义观念体在历史之维流动而呈现的一副面相，所以不妨说虚无主义乃是现代灵知主义。虚无主义"拆解"超感性世界，为拆解而寻求；灵知主义也"拆解"超感性世界，为捍卫而拆解。灵知主义及西方二元论观念体系具有一个重要特征，那就是极端肯定超感性的"灵"的世界，这种肯定不惜以放弃物质世界甚至生命为代价。灵知主义构成了西方观念体系历史上最为有力的形而上学虚无主义，而现代虚无主义（从浪漫主义到生命哲学，从存在论到解构论）乃是反形而上学的。这种反叛应该说始于青年歌德，在德国早期浪漫主义那里达到了一个高潮。当然，这种反叛还进一步构成了从浪漫主义到无产阶级革命运动的宏大历史之情结主线。

然而，古典精神制约着歌德的灵知主义。诗人意识到二元分裂、世界劫毁、幻美消逝并非人类精神的理想状态。在歌德的诗与剧中，普罗米修斯，昔日的"人类恩主"而今成为全人类的代表。而普罗米修斯正是人类"自我断言"精神的化身。歌德采用古典神话之中的奇幻意象来创作妇孺能解的诗歌，渴望将人类从一切虚伪狡诈的教义及其轨范、枷锁之中解放出来，从精神奴役下解放出来，将梦想变为现实。诗中的小屋，乃是卢梭回归自然之象征。歌德的信念是：强大的时间与永恒的命运，塑造了普神与诸神，作为一种虚灵的力量而成为天上人间的真正主人。时间和命运，蕴含着一种永恒跃动的生命本体情绪。这是一种反礼法任自然的情绪，这是一种将创造意志与毁灭意志结为一体的浪漫精神。宗白华先生写道："歌德的生命情绪是完全沉浸于理性精神之下层的永恒活跃的生命本体。"诚哉斯言。恰恰是歌德，在启蒙进入困局而理性自封为神的时代，率先用普罗米修斯展开了一种浪漫主义的秘密谋划，将普罗米修斯升华为 19 世纪的图腾。甚至马克思和弗洛伊德，也概无例外地笼罩在这一巨大的精神图腾之下。

四、灵知化的普罗米修斯与浪漫主义

普鲁米修斯堪称囚禁在圣赫娜岛上的拿破仑，又像流放于拨摩岛上的约翰，见证着现代人类世界的种种异象，而书写了德意志灵魂启示录的惊异开篇。他象征着人的神性和神的人性，且作为世界与上帝、超越与内在之间互相转换和彼此互动的枢纽。所以，巴尔塔萨（Hans Urs von Balthasar, 1905—1988）视角宏大的研究令人信服地证明，普罗米修斯为血脉正宗的德意志观念论（以及浪漫派）的新神话提供了一个基本隐喻，为现代人的"否定创造力"及其"心灵的辩证法"找到了完美的象征物。① 黑格尔的观念论辩证法和马克思的物质论辩证法，也是这个基本隐喻的变体，其中隐含着灵知主义的观念与立场。从"狂飙突进"直到浪漫主义运动，"建构新神话"与"终结神话"的努力围绕着普罗米修斯这个轴心运转，现代生命形象的建构和现代人的自我伸张总是以普罗米修斯为范本而得以领悟和展开，穿越神话体系之网而抵达千禧年主义的历史哲学，从而完成了希腊文化、灵知主义和基督教的一次现代综合。布鲁门伯格从人类学视野追溯神话的现代流布又令人心悦诚服地相信，现代人借着神话而自决，而对神话的现代运用却不局限于对普罗米修斯进行一种审美化的寓意解释。直到尼采在普罗米修斯身上再度掘发古代悲剧的核心意象，并在这个意象上寄寓着对苏格拉底的绝对反叛，两百多年的德意志启示录实质上被书写成现代人借着泰坦反抗者进行精神赌博的历史。② 19世纪的德意志人认为，普罗米修斯虽镣铐加身被囚于荒凉之地，但他绝对是一位征服命运的胜利者，且为人类指点迷津，创造各种技法和艺术来反抗诸神对人类的蹂躏。职是之故，普罗米修斯乃是深深品味过悲剧的希腊人留给这个世界的"大地原人"。这个"大地原人"的独特禀赋，乃是那种导致人类最后救赎的"灵知"。

"狂飙突进"时代的赫尔德（Johann Gottfried von Herder, 1744—1803）率先将普罗米修斯"灵知化"，把他描述为"理性"的载体、人类的挚友和诸神的永恒对手。时代语境以及赫尔德自己的文脉表明，普罗米修斯所负载的"理性"绝不是笛卡尔"清楚而明白的观念"，而是引领人自我救赎而趋近自由的"灵知"。

经过波涛与海浪，吾人得以进入囚禁人类挚友普罗米修斯的

---

① Hans Urs von Balthasar, *Apokalypse der deutschen Seele: Studien zu einer Lehre von lessten Haltungen. Band I: Der deutsche Idealismus*, Salzburg-Leipzig: Verlag Anton Puster, 1937, Zn. 139-157.

② 布鲁门伯格：《神话研究》（下），第289页。

蛮荒之地,接近岩石上他的宝座。他再也不是锁链加身被禁锢在岩石上,再也没有秃鹰啄食他羸弱的肝胆,那两个将他钉在岩石上的威力神和暴力神现在成为他的仆人。他说:"未卜先知,余之先见之明从来不是一叶障目,因为余深知将何等天赋赐予人类作为礼物。不朽不属于大地上的人们;但是只要有从奥林波斯盗来的光,他们就有了一切。羸弱的造物啊,他们这么长时间地行走在迷茫黑暗之中;最后,他们找到自己早就准备好的工具。这工具,就是所谓的理性。"①

"理性"是人类准备好而怀藏于内的工具。"理性"会让他们走出幽暗,以至获得救恩。赫尔德虽未明言,秘传"灵知"寓涵其中:诸神脱除普罗米修斯身上的枷锁,正象征着一种启蒙品格。诗人席勒没有赫尔德这么含蓄,以显白的书信体论说了人类反抗诸神而自我救赎的灵知素质:"当人类已经开始面对作为现象的自然维护他的自主性时,他也在面对作为强制性的自然维护他的尊严,并以高尚的自由起来反对他的众神。"②自主性而非强制性,内在性而非现象性,才构成人类真正的尊严以及反抗众神的绝对权力。这就是歌德的普罗米修斯所启示的德意志灵魂力量。在《麦斯特的学习时代》中,歌德叙说了一个优美灵魂的成长故事,以近乎现代存在主义者的手笔将人类青春、转折与创造的动力追溯到人类内心的灵知。灵知使人富有创造的欲望,同时也使人焦虑不安:"这种创造力却深深地藏在我们身体内,它能够造出一些应当有的东西,而且直到我们把想作的东西在我们身外或身旁,用这种方法或那种方法造了出来为止,这种力都不会让我们安静和休息。"③这种内在于自身的创造力是一种救赎的力量,当是赫尔德"理性"概念的真谛,构成了"狂飙突进"直达"浪漫主义"和"观念论"时代德意志人的隐秘冲动,以及物质论历史哲学和存在主义生命哲学

---

① Herder, "Zerstreute Blätter", quoted from Hans Urs von Balthasar, *Apokalypse der deutschen Seele: Studien zu einer Lehre von lessten Haltungen. Band I: Der deutsche Idealismus*, Salzburg-Leipzig: Verlag Anton Puster, 1937, Z. 154.

② 席勒:《美育书简》,第25封信,见《席勒经典美学文论》,范大灿等译,北京:三联书店,2014年版,第346页。

③ 歌德:《威廉·麦斯特的学习时代》,冯至、姚可昆译,见《歌德文集》第2卷,北京:人民文学出版社,1999年版,第380页。

的基本动机。歌德的普罗米修斯,就是这一隐秘冲动和基本动机的象征形式。

不独如此,歌德还以最为明确的方式将普罗米修斯灵知化了。或者说,歌德用灵知浇铸普罗米修斯,又用普罗米修斯来复活灵知。最高的人类生命终归通过这个神话形象而得以诞生,人道与神道都借这个悲苦的人物而得以"道成肉身"。"狂飙突进"时代的青年歌德一接触到普罗米修斯这个形象,就兴奋莫名,万分陶醉。因为,这个神话人物标志着浪漫主义的青春,唤醒了观念论将一切从自体之内生育出来的创造力,开启了灵知主义沐浴下历史哲学向千禧年主义的转折。"普罗米修斯闪亮出场的神话学节点,对我而言永远在场,且渐渐凝结为一个毕生为之操劳的恒定观念。"[1]然而,歌德发现,这个盗火者神话有一个前身,那就是路西斐神话(Mythos von Luzifer),一个创世之神的神话,一个以柏拉图主义为基础融合赫尔墨斯主义、神秘主义、卡巴拉主义的灵知主义神话。这神话构成了一个奇特的异教世界,将灵知升华在18世纪德意志人的心空。一种灵魂启示录的语调,在高贵的德意志心灵中渐成强音。歌德用诗化的神秘主义语言叙说了路西斐创世神话:

> 我很可以想象一个神体从永劫中自生出来,但是"生"而没有多样性便不可思议,所以它必然马上以"第二者"而呈现;这个我们叫做"神之子"。此两者必然继续那"生"的行为,再以"第三者"而现出自己,这个"第三者"也像"全体"一样,是实在的,活跃的和永恒的。可是神体的循环至此便完结了,他们本身不能再产生一个完全跟他们相类的神了。不过,"生"的动力老是继续不断的,因此便创生一个"第四者"。可是这个早已在本身含着矛盾,因为他也像前三者那样应该是绝对的,但同时又包含在他们之中,为他们所限制。这个就是琉息斐(即撒旦),于是全部创造力都要交付给他——一切其余的存在都从他派生。他马上施展他的无尽的活动,因为他创造了天使的全体,虽然是照着他的模型,

---

[1] Quoted from Hans Urs von Balthasar, *Apokalypse der deutschen Seele: Studien zu einer Lehre von lessten Haltungen. Band I: Der deutsche Idealismus*, Salzburg-Leipzig: Verlag Anton Puster, 1937, Z. 145.

是绝对的,但包含于他本身中和为他所限制。为这种光荣所围绕,他便忘记了自己较高的渊源,以为渊源在于自己本身,从这种最初的忘恩负义,便产生出我后来觉得与神的意旨不一致的一切。他越以自己本身为中心,他一定越不自在,而凡是为他妨碍而不能把自己的渊源上溯到上帝去的一切精灵,也陷于同样的状态。于是被称为天使的堕落的事情便发生了。天使的一部分跟琉息斐凝聚起来,其他一部分又再归向他们自己的本源。全部创造既出自琉息斐,自不得不从属于他。从这种全部创造的凝聚运动,便产生出我们在物质(Materie)的形态下感觉到的一切,我们看到是重的、结实的和阴暗的东西,它们虽然不是直接由神体生出来,但也是神体所派生,跟父亲和祖先一样是有绝对的能力和永生的。这样全部祸害(邪恶——引者特别关注)——如果我们可以这样子称它的话——既然仅由于琉息斐的片面的倾向生出来,这种创造物当然缺少那好的半面,因为凡是从凝聚倾向得来的东西它是有的,凡是只从扩散才能得到的,它便缺少;于是整个造物因不断的凝聚而毁损了自己,跟着它的父亲琉息斐一块消灭,失掉了与神性有同样的永生不朽的权利。耶和华有一个时候曾静观这种情形:有两条路给他们选择,或是等待再经永劫,宇宙重新澄清,他们仍有余地作新的创造,或是抓住目前,基于他们自己的无穷性来补救这种缺点。他们选择后一条路,仅藉着他们的意志,在一瞬间就补救了琉息斐的开头的成功挟以俱来的全部缺点。他们给予无穷的存在以扩大自己的能力,朝着运动的方向,于是生命的真实的脉搏便恢复过来了,琉息斐自身也不能摆脱这种影响。这就是我们视为光辉的东西的出现和通常称为天地创造的行程开始的时代。这时,创造虽因耶和华之无穷的生命力的不断作用而一步一步的复杂化,不过仍然缺少一种适于恢复与神性的最初的结合的实体,于是人类便产生出来。人类在一切方面是应该与神相似的,甚至是同一的,但是因此却又蹈着琉息斐的覆辙,他的存在同时是绝对又受限制的;这种矛盾既然通过"存在"("Dasein")的一切范畴表现于人类身上,一种完成的意识以及确定的意志都随着人类的境遇而产生,因此,他之必然为最圆满而同时又最不圆满的创造物,最幸福的而同时又最不幸的创造物,已经可以预见的了。不消多久他也完全扮演琉息斐的角色。背离恩主是真正的忘恩负义;纵然整个创造的行程在现在和过去都不过是背离本源和向之复归,琉息斐最初的堕落却又重演了。①

这段冗长的文字讲述了路西斐创世的神话,明白无误地将造物神路西斐和静观万物的耶和华对立起来,让人领悟到世间的邪恶与耶和华无关。天使堕落,邪恶诞生。此乃隐含在普罗米修斯神话后面的"路西斐原则"。解决创世的主体以及世间"恶"的根源,是灵知主义永恒的问题意识,也是歌德及其同时代的德意志人的隐秘冲动。同样也不言而喻:像这么一种神话学,早就预示着系统观念论的发生,先行规定了它的基本结构,及其思想史的渊源:灵知主义、普罗提诺、司各特·爱留根纳、波墨、卡巴拉主义,历史流布脉络分明。由此我们看到,怀着不同的冲动,人道必须皈依于"心灵辩证法"。"心灵辩证法"之独特性在于,在人神间距之中点,在超验与内在之间,有一个"绝对悲剧性"的"辩证之轴"(dia)将二极相连。二极旋转,凝聚与分散、静观与行动、内在与超越互相转换,于是创世行为永无止境。路西斐勤勉劳作,天使必然堕落,人类必然诞生且重蹈覆辙,邪恶无视上帝而永在,悲剧与分裂永无止境。

歌德对神话研究的真正贡献在于,他建构路西斐原则,赋予了普罗米修斯造反神权以灵知意义。这种灵知主义还同时伸张了一种末世学的启示语调:反抗诸神,将"此在"变为"自我";归向更高的本源,将"自我"化为"无我"。② 在浪漫派诗学和观念论哲学之中,这种灵知主义采取了自然象征主义的形式,其末世学却被表达为个体与永恒同在、生命与宇宙同流的境界。这是荷尔德林、诺瓦利斯所向往的深沉安静,费希特将之表述为"生命倾泻于不可度量的自然中"③,而表现出自己的强力意志。

魔鬼创世、否定创造、强力意志,以及象征这些精神的自然形式,

---

① 歌德:《诗与真》(上),刘思慕译,见《歌德文集》第 4 卷,北京:人民文学出版社,1999 年版,第 358—360 页。

② Hans Urs von Balthasar, *Apokalypse der deutschen Seele*: *Studien zu einer Lehre von lessten Haltungen. Band I*: *Der deutsche Idealismus*, Salzburg-Leipzig: Verlag Anton Puster, 1937, Z. 147.

③ 费希特:《人的使命》,梁志学、沈真译,北京:商务印书馆,1997 年版,第 215 页。

便构成了"普罗米修斯原则"。在 18 世纪末 19 世纪初,"普罗米修斯原则"持久推进,长驱直入,让德意志人为代表的现代人脱胎换骨,迫不及待地瞩望末世学意义上的新天新地。回眸这段风云涌动、波澜壮阔的灵魂启示录,我们不难看到:现时代的继续推进,不仅展现为康德和莱辛理论与理性静观之中一种新的内在灵魂世界,而且展现为哈曼、赫尔德和席勒及其"狂飙突进"运动所构想的在空间闪烁颤动的生命形式。

哈曼预言,"下一场永劫,乃如巨人从陶醉之中醒觉"。于是,远未完型的最高理智与同样远未完型的最高生命情绪力量之间的汇流,预示了一个适当机运(Kairos)的到来。之所以说他是巨人,不是因为他属于一个体系怪异的时代,独异无匹,竟然敢于再次同中世纪经天纬地的世界观一争高下;而是因为陶醉与生命漫无止境地延伸,费希特、谢林、巴德尔、黑格尔和叔本华争相表达这种世界观,而与诗人文豪歌德、席勒、荷尔德林、诺瓦利斯、让·保尔、施莱格尔兄弟、克莱斯特、布伦塔诺所见略同。唯其如此,唯其在这么一个静观与生存都同样获得了最高生命意义的时代,才有可能以及意味深长地同中世纪进行比较,而生命的基元接近于圣诗合唱、理论研究和神秘主义,同样也接近于政治和日常生活的激情。①

巴尔塔萨独具慧眼,将浪漫派与观念论的现代性放在同中古的比较之中,把德意志灵魂启示录表述为一场生命灵感的觉醒。普罗米修斯形象及其原则在这个语境下脱颖而出,而弥散着浓烈的末世论气氛。巴尔塔萨援引哲学史家克朗纳的论断,强化这种"诗思交融""情理合一"的末世学整体意蕴和绝对诉求:

尤其是 1800 年前后,一个复一个庞大的系统,以令人目眩心慑的速度被铺陈出来,一件又一件的创作面世,似乎要结集起来缔造历史上独一无二的时刻。这一发展虽迅速异常,但其中潜伏

---

① Hans Urs von Balthasar, *Apokalypse der deutschen Seele: Studien zu einer Lehre von lessten Haltungen. Band I: Der deutsche Idealismus*, Salzburg-Leipzig: Verlag Anton Puster, 1937, Z.139.

着的是一股巨大的力量,而这些思想家正是借着这一股力量去处置和解决他们的问题。这一股力量潜伏着经历了基督教世界弥漫着末世学希望这一阶段;真理的展现的日子除非马上来临,不然将永远无法实现。这日子近了,我们受到了召唤,要把这日子引领出来。①

普罗米修斯,作为观念论的基本象征,以及浪漫派的绝对隐喻,必须"缔造历史独一无二时刻",必须倾听末世论的语调,将巨人从沉醉之中唤醒,接近真理展现的日子。在真理展现的日子,自我、生命、知识、宇宙以至诸神与上帝,都在奋力追寻终结,以神话为托词去缔造经天纬地的体系,从而终结所有的神话。用费希特的话说,"一切关于知识的学说,也必须奋力追寻绝对整体"。而普罗米修斯就成为整个绝对整体、终极时刻的完美象征,"一"与"多"、"超越"与"内在"、"神性"与"世界"都以他为轴心运转。古代悲剧之中受难的普罗米修斯和帝国语境下滑稽的普罗米修斯,在观念论和浪漫派的灵魂启示录书卷之中,便令人惊异地成为凯旋的普罗米修斯,主持最后审判、论衡天地人神的普罗米修斯。

歌德的颂诗已经明白无误地表明,现代人通过变更普罗米修斯神话赢得了"古今之争",一方面超克了启蒙的冷酷严肃,另一方面把中世纪描写成纯粹的黑暗。然而,通过普罗米修斯复活的灵知,乃是整个中世纪克服不得而现代人同样无可奈何的劲敌——路西斐原则。天使堕落,创世开始,邪恶诞生,鬼魅横行,这毕竟不是德意志灵魂启示录的最终境界。反之,路西斐原则,昭示着绝对专制主义对生命的威胁依然如故,宇宙间偶然性的压力一刻也没有缓和。在浪漫主义时代,主体尚未建立在统一的"世界精神"之牢固基础上。这个时代针对历史主体性提出的问题之一,乃是在星移斗转、语境变迁的情境下,最为古老的神话素材是否还有生命力,是否还可能被保留和更新?

施莱格尔兄弟共同缔造的浪漫主义"新神话"的纲领,荷尔德林、谢林和黑格尔共同完成的"德意志观念体系的源始纲领",以及克莱斯

---

① Hans Urs von Balthasar, *Apokalypse der deutschen Seele: Studien zu einer Lehre von lessten Haltungen. Band I: Der deutsche Idealismus*, Salzburg-Leipzig: Verlag Anton Puster, 1937, Z. 140.参见克朗纳:《论康德与黑格尔》,第1页。

特在康德主义的悖论中建构的"另类现代性",都指向了一种悲剧的绝对性,以及对神性的致命渴慕。18 世纪末落幕的"德意志观念论体系的源始纲领",从物理学开始,经过对现代机械国家的毁灭性批判,再让真与善在美中永结同心,最后指向了人类的伟业丰功,在末世学意义上憧憬着"理性的神话"与"感性的宗教"。1800 年,浪漫派圈子的戏剧性谈话以"诗"为主题,畅谈以物理学精神来缔造"新神话"进而振兴浪漫诗风的愿景。彻头彻尾的高古诗风和美轮美奂的时代精神之天然融合,非复活神话而不可为。戏剧对话中,卡米拉希望复活尼俄柏,安东尼奥希望复活阿波罗和玛尔绪亚斯,马尔库斯却更愿意求助于普罗米修斯:"这个精于思想的泰坦神祇,当他挑战诸神而创造人类时,便真正成为现代艺术家和诗人反抗乖戾命运或敌对环境的原型。"①不仅如此,浪漫主义还通过普罗米修斯这个形象,把神话变成绝对整体性的一部分。或者说,浪漫主义以"新神话"为媒介奋力追求费希特所说的"绝对整体性"。"观念论不仅是新神话的典范,而且还间接地成为这种新神话的渊源。"②沿着这样的逻辑推进,施莱格尔在 1828 年维也纳《历史哲学》讲演中,将普罗米修斯神话解读为历史哲学的起源。普罗米修斯,这位高加索种族的元祖,作为最遥远但最可亲近的形象而引人注目,他同时也是源始启示的接受者和传承者。人类种族记忆的整体性构成了普罗米修斯神话的前提,同时也构成了历史哲学可能性的前提。

　　早在浪漫主义"新神话"纲领酝酿之时,兄长奥古斯特·施莱格尔就在席勒主编的《缪斯年鉴》上发表诗作,以诗化的方式重构了普罗米修斯神话。奥古斯特对"狂飙突进"时代流行的神话观念进行矫正,认为普罗米修斯不是徒作反抗而沾沾自喜,而是为现代自由观念提供一个史前形式。然而,他所代表的"黄金时代"业已灰飞烟灭,徒留甜美的惬意。"金色童年"悄然流逝,而今只得信奉"太初有为",志在行动。③ 这与弗里德里希·施莱格尔《卢琴德》中对普罗米修斯的再造若合符节。在浪子的"闲散牧歌"中,普罗米修斯被称为"教育和启蒙

---

①　施莱格尔:《谈诗》,转引自布鲁门伯格:《神话研究》(下),第 300 页。
②　同上书,第 301 页。
③　同上书,第 304—305 页。

的发明者",被视为人类不安与忙碌的根源。"正因为普罗米修斯诱使人劳动,所以他现在也不得不劳动,不管他是否愿意。他将长期忍受无聊之苦,永远挣脱不了锁链。"① 这个普罗米修斯让戏剧消逝,观众热泪盈眶。施莱格尔兄弟便这样赋予了神话以深刻的意蕴,且用一种反讽的方式给予现代创造意识以一种严肃崇高的形式。"太初有道"便逆转为"太初有为",这便是灵知主义的优势,因为灵知主义假设世界不完美,而人类看到这种不完美,以世间邪恶为驱动力,推动历史的进程。文化与苦难的血脉关联,就投射在普罗米修斯忧伤的背影上。于是,一部自古到今的神话流传史,乃是一部人类自由史。在这部历史之中,人类从"默观冥证"(Hingabehaltung)的生活进入"行动至上"(Tathaltung)的生活,也就是说,走出幽暗的洞穴,漫步于阳光下的世界。② 然而,在奥古斯特的诗中,对命运的呼唤永远停滞在权力的威压之下,无法转化为观念论自我创造而让万物皆备于我的境界。观念论,一如浪漫派的"新神话",无法满足现时代的紧迫要求。为了让观念论经天纬地,功德圆满,为了消解证据的负担,澄澈地证明"万物终结的境界与人类的'末世'构想是否正确"③,就必须将灵魂启示进行到底,将历史哲学提升为千禧年主义的末世学。

重构神话而释放源始启示,凸显末世学意涵,而将历史哲学转向千禧年主义,这就是谢林在德意志灵魂启示录之中书写出来的浓墨重彩之笔。谢林的标志性贡献,是 1842 年至 1845 年在柏林发表的《神话哲学》系列讲演,但他对于普罗米修斯神话的重构始于其少作《布鲁诺对话:论事物的神性原理和本性原理》。超越康德、超越卢梭、超越笛卡尔,而返回到布鲁诺,谢林开启了探访古代灵知主义而重铸"启示哲学"的宏大工程。谢林的哲学沉思运行在"有限"与"无限"之间,用"辩证之轴"(dia)将对立的二极对接起来,互相设置,而各为镜像。谢林的探索开始于一个修辞学的质疑:"把无限的东西置于有限的东西

---

① F. Schlegel, *Lucinde*, in *Friedrich Schlegel's Lucinde and the Fragments*, trans. intro. Peter Firchow, Minneapolis: the University of Minnesota Press, 1971, p.68.
② "Hingabehaltung und Tathaltung",是巴尔塔萨论述德国观念论的核心词汇,见 Hans Urs von Balthasar, *Apokalypse der deutschen Seele: Studien zu einer Lehre von lessten Haltungen. Band I: Der deutsche Idealismus*, Salzburg-Leipzig: Verlag Anton Puster, 1937, Zn. 144-145。
③ 布鲁门伯格:《神话研究》(上),第333页。

中,反过来把有限的东西置于无限的东西中,这种倾向在所有的哲学话语和哲学研究中占着主导地位,这难道不是很明显吗?"在谢林看来,这种悖论的思想形式是永恒的,一如在这种思想形式之中自我表现的事物之本质是永恒的。用巴尔塔萨的行话来说,悖论的思想形式,就是"心灵的辩证法"(Dialektik der Herz)。依据这种心灵的辩证法,谢林提出了"普罗米修斯的生存"(Promethean Existence),及其"二重性生命"(the double life),以此作为源始启示自我释放的"辩证经验的原型"(protodialectic experience)。① "这种形式",即悖论的思想形式与辩证的生命形式之合一,乃是"诸神对人类的一种馈赠,它同时也把普罗米修斯最为纯洁的天火带给大地"。② 普罗米修斯因此就不是人类发明出来的一种思想,而是那些为诸神所赐予的源始思想之一。希腊悲剧诗人埃斯库罗斯描写的普罗米修斯,就是这种思想的基本隐喻:一遇完美精神的合适氛围,神赐的思想就挤入生存之中,继而在生存之中开枝散叶。③ 谢林写道:

> 普罗米修斯就是那种被称为精神的人类原则。他把理性与意识倾注到从前精神羸弱的人之心灵中。④

> 一方面,普罗米修斯正是宙斯自己的原则,与人相关的神圣之物,一种构成人类理性始因的神圣之物……另一方面,与神性相关,普罗米修斯是意志,不可征服且不可能被宙斯处死的意志,因而有能力反抗上帝的意志。⑤

宙斯代表理性,代表柏拉图的至尊理性,而普罗米修斯则将从前并未介入理性活动的人类提升到了至尊理性的高度。从上

---

① Eric Voegelin, *History of Political Thought*, Vol. VII, *The New Order and Last Orientation*, eds., Jurgen Gebhardt, Thomas A. Hollweck, Columbia and London: University of Missouri Press, 1999, pp. 217-222.

② 谢林:《布鲁诺对话:论事物的神性原理和本性原理》,邓安庆译,北京:商务印书馆,2008年版,第37页。

③ 参见布鲁门伯格:《神话研究》(下),第314页。

④ Schelling, *Einleitung in die Philosophie der Mythologie*, in *Friedrich Wilhelm Joseph von Schelling sämmtliche Werke*, Neue Edition: Historisch-kritische Ausgabe, ed. Hans Michael Baumgartner und andern, Stuttgart: Fromann-Holzbog, 1976-1994, II, 1: 482.

⑤ Schelling, *Einleitung in die Philosophie der Mythologie*, II, 1: 481.

帝那里盗来的天火,就是自由意志。①

谢林使用技术性哲学言辞,用"双重生命"主题重述了普罗米修斯神话。所谓"双重生命",是指"特殊寓于万有之中"。具体说来,"特殊之物"有一种绝对的生命,观念的生命,因而必须被描述为有限消融于无限,特殊消融于万有;同时特殊有一种自在的生命,但仅当它消融于万有之时它才真正属于自在。如果与上帝的生命分离,它就成为一种徒有其表的生命,一种纯粹外观的生命。生命的绝对性,生命之中的永恒,取决于生命消融于万有,个体与宇宙同流。特殊的生命无缘于绝对,但它同时作为特殊的生命自娱自乐:

> 在对上帝的永恒肯定之中,它既是创造的行为,又是毁灭的行为。它是创造的行为,因为它是一种绝对的现实。它是一种毁灭的行为,因为它没有可能作为特殊之物同万有之物分离出来的生命。②

> 这种万有之中的生命,这种万物之本,正如根植于上帝之永恒性一样,乃是理念,而且它们寓于万有之中的存在,乃是一种道法理念的存在。③

"双重生命"乃是理解普罗米修斯经验复合体的关键概念。记忆的对话,以及从无意识向意识的过渡,直接相关于灵魂从自然向精神的提升过程,相关于从黑暗走向光明的启示过程。普罗米修斯盗来天火,布施恩泽于大地,就是从自然到精神、从黑暗到光明的启示过程,或者说,驯化神话暴力以及散播神圣权力的过程。人文化成,在此便成为神圣的源始启示。人文化成取向于外,敷文化以柔远,志在上达超越维度。源始启示取向于内,寂照在于忘求,意在沉入内在维度。在有限与无限之间,在特殊与万有之间,在超越与内在之间,普罗米修斯过着一种双重生活,象征着恐怖的循环之道。为了获取神性,首先必须反神性;为了涵纳万有,首先必须消融特殊。这种循环之道,是德

---

① Schelling, *Einleitung in die Philosophie der Mythologie*, II, 1: 484.

② Schelling, *System der gesamten Philosophie und der Naturphilosophie insbesondere* (1804), in Werke, I, 6: 187.

③ Ibid., 6: 553.

意志观念论最高成就的象征,更是现代人灵魂启示录的困境之写照。谢林令人震撼的思考表明,普罗米修斯并不代表宙斯,而是代表宙斯的原则,因此他象征着反神性却又无法为神性所征服的自由意志。普罗米修斯用他的苦役与无奈成全了"人类的原则"。人与神,霄壤相隔,其间横着一道无法沟通的深渊。而人与神之间的中介形象,不可能是不偏不倚的居中之物。他要么敌对于人,要么敌对于神。普罗米修斯别无选择。

将观念论建立在《新约》教义的基础上,将历史哲学转换为末世论,将末世论奠定在源始启示的基础上,乃是谢林神话哲学最为大胆的构想。反过来说也不错,谢林的《神话哲学》追寻古代精神,可是将基督教变成了神话,用希腊神话审美主义稀释了基督教教义。脉脉温情的神话滋润了冷酷无情的教义。不过,变成神话的,不是教义,不是基督教经典文献,而是纯净的基督教源始启示("辩证经验的原型")。据此,谢林将一则神话展示为观念论所叙述的整体神话的神奇预构。由此可以推知,历史绝非一些偶然事件的累积,而是执行一种内在的目的论。这种目的论的含义是历史正在走向末世,其本质从来晦蔽不明,唯有在一切后续事件的磨砺之下而尽显锋芒的历史哲学,才能以灵知之见去解读神话。历史哲学必须成为灵魂启示录,而灵魂启示录势必就是对整个历史的思辨回眸。宇宙存在并非绵延不朽,网罗万象的理性也非天经地义,唯有普罗米修斯作为"反神性"的绝对隐喻,通过他的双重生命而持久地自我伸张。他的使命,再也不只是为人类立命,代宇宙做主,以及向虚无宣战。他的使命,就是以绝对的自由终结一切威权。所以,普罗米修斯必须放弃顺从,纵浪永无止息的时间之中:"他要经过漫长的千年时间去战斗,这种时间永无止息,直到当今世界的时代终结,这时,甚至在古代世界遭到驱遣的泰坦众神也会从塔尔塔罗斯迷暗地下在此获得自由。"[①]值得补充指出,这种源始启示所释放出来的"自由",乃是一种灵魂的结构,一种没有经验的自由。借着这种自由,瞩望这种自由,德意志灵魂启示录翻转了启蒙时代的"至尊理性",把末世学戏剧的高潮留给了"黄金时代"。

将生命及其对自由的慕悦神圣化,从而复兴基督教的意义,决定

[①] 谢林:《神话哲学》,转引自布鲁门伯格:《神话研究》(下),第312页。

了谢林对后启蒙时代主导政治观念的立场,也决定了现时代的立场。将生命与自由神圣化,就势必从行动的世界退出,再度进入沉思的世界,归向永恒的本源。因为,盲目的行动无法成全向永恒本源的回归。那些身在基督教世界却为行动的自由奋斗的人,终归失落自由。他们为之奋斗的终点,那种必然与自由的和谐境界,却在行动中退出了他们的视野。这个末世论的终点时刻,不在他们之前,而在他们之后:"为了找到终点,他们首先必须止步。然而,芸芸众生绝对不会止步。"①不仅如此,这种回归永恒本源之举,乃是每一个人最为私密的事务。个体生命之神圣化(sanctification of individual life),同整个人类的拯救并没有直接的关系。个人的命运永远不会消散在人类的命运之中。每一个人都必须竭尽全力再现最高命运。

> 如此之众者,喋喋不休地讨论人类的好运,意欲加速好运的到来,同时又在取代天道神意的地位,从而对人类溺爱成疾,仁慈上瘾,而距离这种情感最为遥远的,乃是不倦地奋斗,以期通过直接的行动去淑世易俗。通常而言,他们就是这么一些人,不知道如何完善自己,却想让别人品尝他们无聊的果实。②

> 由此观之,未来黄金时代的人道观念,永久和平的人道观念,如此等等,都失去了它们最主要的意涵。如果每一个人都能自在地代表自己,黄金时代就来源于他自己,而那些自在地拥有黄金时代的人,则根本不需要旁骛外求。③

> 古人将黄金时代放置在杳渺的过去,他们的智慧已经留给我们一种重要的暗示,仿佛在劝勉我们不要在此世无休止地奔突和行动,去寻求黄金时代,而是应该归向他们开始的原点,也就是说,归向绝对的内在同一性。④

源始启示由这种内在的"黄金时代"而得以朗现。对于源始启示的信仰是一种忧伤的信仰和激情的恩典。这种忧伤与激情乃是蕴涵

---

① Schelling, *System der gesamten Philosophie und der Naturphilosophie insbesondere* (1804), in Werke, I, 6: 553.
② Ibid., 6: 563.
③ Ibid.
④ Ibid.

在作为"辩证经验的原型"的普罗米修斯所负载的救恩信息。激情之德就是信仰。谢林与启蒙的中产阶级败落的基督教精神抗争,而重铸信仰的存在论意义。信仰不是相信某物的真实——这是启蒙思想家伏尔泰的信仰,这种信仰备受理性的打击和历史的批判。谢林认为,这种粗浅的信仰绝无优势可言。信仰必须还原为其本源的意义,被规定为对神性的信托和依靠,而排除一切选择。因此,永远必须假设,只有将信仰转化为坚实而严肃的情感,它才"放射出圣爱的光芒","才会将人类生命转型的最高境界提升为恩典与圣美的高度"。① "把握自在得以认识的永恒,从行动的观点看,仅仅可能是恩典的效果、一种特殊的幸福感而已。"②恩典与源始启示本为一体两面,恩典像圣爱之光飘落,但仍然必须在永恒无意识的基础上得以把握。这么一种恩典观念揭示了谢林的普罗米修斯经验之中的非基督教品格。造物世界的有限性与无限之间的张力,生与死的张力,在基督教经验之中被恩典消解了,因为恩典从上而下地把握人类,将人类湮没在彼岸的幸福之中。相反,普罗米修斯的恩典则为人所把握,在内在幸福的闪光之中化解了生与死的张力。如此看待普罗米修斯神话,它就不属于任何一个神话分类体系,而是成为终结所有神话的神话版本之一。历史哲学命定必须转化为末世论。神话研究命定必须成为灵魂启示录。③

于是,马克思在一种末世论意义上,怀着巨大的历史感,将普罗米修斯称为"哲学历书上最高的圣者和殉道者"。普罗米修斯"痛恨所有的神",要耗尽心脏里最后一滴血,在沉思之中征服世界。马克思的独一无二之处在于,用经济学原则重铸了泰坦神话人物,普罗米修斯被建构为现代革命主体的基本象征。资本积累这一经济原则,把无产阶级钉在资本上,这比暴力神和威力神的锲子把普罗米修斯钉在岩石上还要牢固。马克思的神话讲述的是,化身为工人而受苦受难的普罗米修斯,如何征服资本世界,并解放全人类。用沃格林的话说,马克思

---

① Schelling, *Wesen der menschlischen Freiheit*, in Werke, I, 7: 393.

② Schelling, *System der gesamten Philosophie und der Naturphilosophie insbesondere* (1804), in Werke, I, 6: 563.

③ Hans Urs von Balthasar, *Apokalypse der deutschen Seele: Studien zu einer Lehre von lessten Haltungen. Band I: Der deutsche Idealismus*, Salzburg-Leipzig: Verlag Anton Puster, 1937, Z. 236.

的普罗米修斯神话的精神特质仍然是"灵知的反叛"。马克思让灵魂向超验实在封闭。一种末世论千禧年主义被注入神话意象之中。与谢林恰恰相反,在德意志观念论的衰落和神话被带向终结的语境中,马克思拒绝为摆脱精神困境而归向源始启示,而是转向了"灵知的行动主义"。① 一个灵知的乌托邦取代了浪漫的"黄金时代",高悬于整个 20 世纪的世界之上。

五、普罗米修斯与现代中国

早在晚明之际,神话人物普罗米修斯和传奇人物浮士德就假道欧洲传教士的证道言辞进入中国文化语境,而在 19 世纪末 20 世纪初,普罗米修斯、浮士德以及狄奥尼索斯,成为负载启蒙意识、革命精神、民主、自由以及科学的符码。以这些符码为中心,中国启蒙思想家、革命思想家以及浪漫主义者们,建构了一套迥异于古典东方象征秩序的现代象征秩序。鲁迅把英国诗人雪莱笔下的普罗米修斯阐释为"人类之精神,以爱与正义自由故,不恤艰苦,力抗压制主者傲毕多,窃火贻人,受絷于山顶,猛鹫日啄其肉,而终不降"(《摩罗诗力说》)。"沉钟社"向往革命的文学青年杨晦托埃斯库罗斯的悲剧自言己志,赞美普罗米修斯"蔑视艰难困苦,推崇内在的人格力量"。在翻译《被绑缚的普罗米修斯》诗剧之时,他凸显了人的意志与自然的必然之间抗争而生的悲情,演绎浪漫温情同冷酷命运之间的辩证:剧中情志主要为悲愤,骨子里有坚强的意志,放射的是智慧的灵光,悲情生于自然律的冷酷,衬托悲情的是海洋女儿们深沉的温存,返照悲愤的是疯狂和哀婉,展示冷酷的是威力和暴力。② 文化与苦难血脉关联,普罗米修斯之于世纪初的青春中国,那是悲壮而又缠绵。普罗米修斯,这个将酒神狄奥尼索斯撕得粉碎的泰坦新神,为启蒙之举和反抗之念而终身受难,但他也"心怀未来世界宗教的情感反对宙斯"③。狄奥尼索斯,为荷尔德林重新祭来补偿基督教之苍白的青春神,酣醉狂舞,放荡不羁,是为

---

① 沃格林:《没有约束的现代性》,第 165 页。
② 参见张治:《中西因缘:近现代文学视野中的西方"经典"》,上海:上海社会科学院出版社,2012 年版,第 120 页。
③ 尼采:《尼采遗稿选》,虞龙发译,上海:上海人民出版社,2011 年版,第 5 页。

浪漫的激情与爱欲的象征。狄奥尼索斯为普罗米修斯撕碎,莫不是一场悲壮的青春祭,毁灭的仪式预示着一个世纪的残酷暴力？另一个思想形象映现出西方近代精神与中国古典文化的互动及其新世纪精神的生成,那就是浮士德。浮士德,人中之至人,是为近代欧洲文艺复兴以来三百年历史的升华。前有文化保守主义者辜鸿铭,用"天行健君子以自强不息"来比类浮士德精神,用孔门儒学思想来烛照浮士德身上的人文主义和博爱意识。后有中国共产党早期理论家张闻天,用"活动主义"来概括浮士德精神,赞美浮士德渴求新知、企慕无限、向往永恒的生命动姿,意在震醒保守、苟安、麻木的中国灵魂,从消极无为到主动作为,走向进步,趋向圆满。①

"世界无穷愿无穷,海天寥廓立多时。"梁启超写于1901年的《志未酬》将普罗米修斯——浮士德所象征的"无限感"淋漓尽致地歌咏出来。此后,乱云飞渡,群流并涌,百舸争流,中国现代思想进入了一个将启蒙意识激进化、乌托邦思想盛行的时代。将启蒙、革命、乌托邦的论述诗学化,便有了现代中国主导性的象征体系,及其主导意识的文学诉求。

---

① 参见杨武能:《三叶集:德语文学·文学翻译·比较文学》,成都:巴蜀书社,2005年版,第486—488页。

春天,十个荷尔德林全部复活……
——一个德国诗人的历史剪影

引言

  我留在岸边,因别离的痛苦而疲惫,静静地凝望着大海,过了一个时辰又一个时辰。我的精神历数着渐渐死去的青春的苦难岁月,迷惘地,像美丽的鸽子飘摇在未来之上。我想坚强起来,操起久违的琉特琴,唱一支命运之歌……

> 你们在光中漫步
>   柔和的大地,至乐的天才!
>   光辉的众神气息
>   轻触你们,
>   像艺术家的手指
>   抚拨神圣琴弦。
>
> 天人自由地呼吸,
> 如熟睡的婴儿,
>   圣洁地保藏
>   在朴素的花蕾,
>   精神向你们
>   永远盛开,
>   至乐的目光
>   落在宁静的
>   光明之中。

>   而我们却注定，
>   无处安息，
>   吃苦的人
>   漂泊，沦落
>   盲目地从一个钟点
>   到下一个钟点，
>   如水从一块岩石
>   跌落到另一块岩石，
>   年复一年沦入无常。①

这首"命运之歌"，是荷尔德林借许佩里翁之口孤独地吟诵出来的。许佩里翁，是其诗化教养小说《许佩里翁或希腊隐士》之主人公。这位主人公之漫游与问道、友谊与爱情、沉思与实践，活生生地演示了浪漫主义诗人的生命节奏。寂寞漫游路，烟雨故园情，诗人因忧伤而感疲惫，由漂泊而生乡愁，未来是一种无法拒绝的召唤，命运是一道难以排遣的魔咒。或者，不如说，命运驱使着诗人问讯未来，未来却沐浴在诸神复活的和祥光色之中。

一、烟雨故园情——荷尔德林人生咏叹

荷尔德林（Friedrich Hölderlin，1770—1843），出生于内卡河畔劳芬小镇一个虔诚的宗教家庭。他的一生可以用别离、伤感、幻美与悲剧几个触目惊心的词语来描绘。

第一是别离，铭心刻骨的分别，笼罩生命的离情。不到两岁，荷尔德林的生父，一位开明好客的修道院管家，因中风而撒手人寰，留下孤儿寡母，忍受世态炎凉。其母约翰娜虔诚至极，甚至身陷无边忧伤时也不弃神圣信仰，"人们可以看到她是如此的沉静，带着一种永恒的伤悲，也不乏少言寡语的忧郁"。其母下堂，再嫁之后亦无天长地久白头偕老的福分，她的第二任丈夫、荷尔德林的继父在内卡河的一场洪水

---

① 荷尔德林：《许佩里翁或希腊隐士》，见《荷尔德林文集》，戴晖译，北京：商务印书馆，2006年版，第134—136页。

中意外受伤,不久也凄然离世。别离的痛苦,令诗人一辈子身心疲惫,命运的诡异力量与他如影随形。也许,是为了摆脱少年失亲的悲恸,荷尔德林自青春时代就开始了漫游,从劳芬到尼尔廷根,从尼尔廷根到法兰克福,从法兰克福到瑞士,从瑞士到法国的波尔多……多少次近乡情更怯,多少次梦回意更远。在《还乡——致亲人》中,他动情地吟诵:"故乡的门户/诱人深入到那充满希望的远方","而你更令我心醉神迷/回故乡,回到我熟悉的鲜花盛开的道路上,/到那里寻访故土和内卡河畔美丽的山谷……群山之间,有一个美丽的地方友好地把我吸引。"

第二是伤感,有缘无分的情伤,柏拉图式的恋情。1795年12月,法兰克福富有的银行家龚塔德(J. F. Gontard)雇佣荷尔德林为其子女的家庭教师。荷尔德林同女主人、学生们的母亲苏塞特(Susette)心心相撞而误入爱河,爱上了一个不该爱的人,二人注定有缘无分。苏塞特之于荷尔德林,几乎就是第俄提玛之于苏格拉底,二人之恋堪称柏拉图精神恋爱的典范。不过,遍地开花,处处留情,乃是浪漫一代诗人的顽疾。有资料表明,在同苏塞特暗送心曲之时,荷尔德林正在心仪另一女性。在瓦尔特豪森(walterhausen),荷尔德林同年轻寡妇威廉明妮(Wilhelmine Marianne Kirms)有一段风流韵事,还曾为后者抚养出生于1795年的幼女,天花随即剥夺了这个孩子的生命。在荷尔德林现存的书信中,这段韵事藏掖颇紧,讳莫如深。苏塞特的社会地位和婚姻状况似乎不容玷污,青年诗人必须三思而行。然而,这却并不妨碍他在书信、诗歌以及《许佩里翁》之最后版本中倾情赞美他对苏塞特的爱。在他眼里,苏塞特不只是爱恋对象、世俗情人,而是柏拉图《会饮篇》中的第俄提玛,引领着荷尔德林的诗心,她那神秘的眼神和忧郁的面相便是荷尔德林诗歌的意境。1799年,诗化教养小说《许佩里翁》告竣,荷尔德林即致信将之献给了身患绝症的苏塞特,称这部作品为"这颗我们满怀深情的日子结出的果实"。信中写道:"为了保护你,我一直都在扮演懦夫……在我胸中缺乏一颗坚定的心","为了得到安宁,你一直在斗争","以英雄的力量忍受着并对无法改变之事缄默不语,把你心中永恒的抉择隐藏并埋葬在你的内心之中"。① 隐秘之书难免矫情,然而在《许佩里翁》之中诗人让第俄提玛选择在火焰之中离开大地,我们却未尝不能将之解读为诗人不得已而为之的解脱。"一抹春痕梦里收",恋情炽热,心无所属,人间痛苦莫过于此。

第三是幻美,而幻美之为"美",美就美在昙花一现,执手已违而去留无迹。古希腊是荷尔德林初始的爱和最后的爱,因为那是美的艺术之故乡。他笔下的许佩里翁说,从少年时代起,就更爱生活在爱奥尼亚、安提卡海岸,以及爱琴海美丽的群岛。"有一天真正步入青春之人性的神圣的墓穴,这属于我最心爱的梦想。"然而,这梦想之美,乃是幻美。荷尔德林的挚友黑格尔说,"古典文化是为人间至美",乃是人类自然之外的第二天堂,即人类精神的天堂,人类精神"在此初露峥嵘,宛如初出闺阁的新娘,禀赋着自然天放的优美,自由自在,深沉而又安详"。然而,这是一种立足现代、参照古典而展开的对于失落世界的记忆与想象,如此幻美的世界也只能是一个永远不能回归的永恒天国。荷尔德林的希腊之旅,是对审美主义万神庙的朝圣,是为人类未来的黄金时代而设计的一个基本象征。它注定是虚幻的,幻美导致幻灭,幻灭又激发诗人驰情入幻,浪迹虚空。

于是有了第四——悲剧,不仅是一般意义上的悲情,而是悲剧。悲剧性(the tragic),源自一种无法征服、不可超越、不能回避的铁的必然,这种必然在古希腊称之为"命运"。荷尔德林的希腊朝圣之旅,从体验幻美而触摸悲剧,而发生了一场惊天大逆转。希腊文化之伟大,恰恰在于它悲剧伟美与庄严,而不是柔和与秀美,故而荷尔德林的悲剧乃是绝对的悲剧。荷尔德林从1800年起开始翻译索福克勒斯的悲剧,注疏品达的颂歌,还三度抗争,书写哲学悲剧《恩培多克勒斯》。这一切努力都只留下了断章残句。未竟之作,就意味着情缘未了,此恨绵绵,这恰恰也是浪漫诗风的真谛。

18世纪19世纪之交,荷尔德林一口气写下了五大"哀歌",在上帝转身忧叹的荒芜黑夜时分抒写绝对的心灵悲剧,为诸神复活预备审美灵韵流荡的空间。1802年,荷尔德林身体状况急转直下,他心中的

---

① 荷尔德林:《故园烟雨路:荷尔德林书信选》,张红艳译,北京:经济日报出版社,2001年版,第189—190页。

"第俄提玛"——苏塞特凄然辞世,导致他精神失常。1807年,他完全陷于疯癫,然后在故乡内卡河畔的塔楼上度过了幽暗朦胧的三十六年,留下了35首"塔楼之诗",为绝对悲剧作了令人心碎的注脚。

二、背影历沧桑——荷尔德林多次诞生

大雅不作,人心不古,岁月平缓前行。整个19世纪,荷尔德林其人淡出了历史的视野,其诗几乎完全为世人所遗忘。"春天,十个海子全部复活/在光明的景色中。"化中国诗人海子的诗句,用于荷尔德林身上,是那么贴切自然。因为海子是荷尔德林的异域兄弟,是他在神奇东方世界的血脉传人。

丹麦文学史巨子勃兰兑斯独具慧心,率先从歌德、席勒的"希腊风"到早期浪漫主义的过渡环节上,发现了那个徘徊在"素朴"与"伤感"之间的荷尔德林。1894年,也就是在荷尔德林逝世半个世纪之后,勃兰兑斯在《十九世纪文学主流·德国的浪漫派》中追封荷尔德林在文学史上的独特地位:"有一个不属于浪漫派的孤独人物,就是当代最高尚、最优雅的心灵之一荷尔德林。"勃兰兑斯特别注意到,在荷尔德林"半现代的泛神论所沾染的基督教情调中,也可以隐约见出萌芽的浪漫主义","后来为浪漫派所发展、夸张、漫画化或者一笔抹杀的思想情绪,幽微而淡远地显示在荷尔德林的作品中,犹如一个纯精灵所勾画的草图"。[①] 将荷尔德林置放在古典与浪漫之间,视之为浪漫主义的前驱和缔造者之一,勃兰兑斯可谓独具慧眼。从此,古典与浪漫之间就建立了一种历史的关联,而荷尔德林便是这种整体关联中一个幽微、淡远但生动、鲜活的思想形象。

1905年,狄尔泰(Wilhelm Dilthey)从浪漫立场出发,在科学实证主义一统天下的时刻为人文学科争夺地盘,而缔造历史理性批判,草拟生命体验解释学。他单枪匹马,搏杀于自然主义、心理主义和历史主义的迷魂阵之中,将德意志高古诗人荷尔德林从遗忘中拯救出来。狄尔泰断言,荷尔德林抒情诗文的总体特征乃是表现心灵事件的整体

---

① 勃兰兑斯:《十九世纪文学主流·德国的浪漫派》,刘半九译,北京:人民文学出版社,1997年版,第47、50、52页。

关联,将内在生命体验文体化,以流动的节奏呈现"病态的特征"和"抒情的天分",而他的语言则以形象的力度"一直走向了稀罕和古怪"。在他笔下,希腊隐士许佩里翁的存在充满了"曾经存在者们的亡灵",悲剧哲人恩培多克勒斯也在往昔强大的压力下感受到命运的铁律,以至于唯有一死才能摆脱这种令人窒息的必然,在荷尔德林的诗里也是同样的相互关联和彼此混融的生命体验。荷尔德林之所以令人牵挂,在很大程度上源于狄尔泰所复活的这种稀罕、古怪而又伤感、脆弱的高古诗人形象。"在他的诗里,没有游戏着的轻盈、悦耳的因素。"[①]故而,荷尔德林同歌德的古典主义相去不可以道里计,同时与他本人的希腊崇拜主义也拉开了足够的距离。

20世纪初,海林格拉特(Norbert Hellingrath)着手编辑荷尔德林文集考据版,工程未竟而逝,其学生隋巴斯(Friedrich Seebass)、匹杰诺(Ludwig von Pigenot)接手编辑的六卷本历史考订版《荷尔德林全集》,以及秦克尔纳格(Franz Zinkernagel)主编的五卷本《荷尔德林全集》先后于20年代问世。随后,新的诗歌文本、论著断章以及书信相继发现,致使海林格拉特版本的《全集》不能满足研究的需求。在拜斯纳(Friedrich Beissner)的主持下,三部大型斯图加特版文集于30年代问世,内录全部诗歌、书信和翻译文献。这部考订版文集乃是现代科学文献学的伟大成果之一。利用一切最为有效的研究方法,对历史与传记的文献源流进行细节考辨,对文本之内进行互文比较,逐句进行句法解释,以及对诗歌韵律进行形式研究,同时辅之以现代技术测定程序,放大手稿制作幻灯片,对手稿用纸和墨迹进行研究,拜斯纳编辑团队便完成了最为可靠的考订版《荷尔德林文集》的编辑工作。鉴于荷尔德林在思想史和文学史上的重要地位,这是一项极端必要但困难重重的工作,足见其功德无量。拜斯纳编辑团队坚持客观性,决定不撰写引言导论,其考述文字一律只提供纯粹的资料信息。这套文集只想为未来言之成理和持之有故的解释提供第一手资料,其出言谨慎的品格一望便知。然而,对于这么一种禁欲苦行自我抑制的品格也不是没有遭到反对。比如有的学者就埋怨说,当作品的客观维度尚未确立之时,这么一种噤若寒蝉的编辑风格就挫败了一切解释的努力。文献学

---

① 狄尔泰:《体验与诗》,胡其鼎译,北京:三联书店,2003年版,第368、378、364页。

上谨小慎微,最终迫使解释者放弃解释的努力,甚至将许多重要问题存而不决,其中也包括文本确定性层面上的问题。拜斯纳的编辑团队谨遵客观性原则,以科学文献学的方法致力于寻求客观的量化标准。在某种程度上,拜斯纳客观化文献学方法把荷尔德林研究引入了死胡同,而海德格尔存在论解释学的崛起,开创了主观化研究的路向。海德格尔以一己之见的评述开始,遵循内在的逻辑,建构了一个诗思合一的荷尔德林形象,并将这个形象同西方历史的命运和德国人的历史责任关联起来。

在纳粹政治成为一枕黄粱之后,荷尔德林像幽灵一样附丽于哲学家海德格尔的思想。经过海德格尔的阐释之后,荷尔德林的诗歌便成为一个时代"德意志性"与世界文化危机的哲学经典证词。在30年代后期的《尼采》讲座中,海德格尔直接将荷尔德林描述为尼采的先驱,沿着荷尔德林指引的希腊之旅,而走上还乡之途与朝圣之路。在讲演中,海德格尔以大家口吻,将诗人荷尔德林介绍到了思想史万神庙内。直到1966年,访问海德格尔的《明镜》周刊记者还旧话重提,特别叩问荷尔德林的思想史地位:

> 各种有名的抗争,希腊的狂欢酒神和文艺光神的抗争,神圣的热情与清醒的叙述的抗争,都是德国人的历史使命的一个隐而不显的格律,而且我们有朝一日不得不准备把它形成起来。这个对立绝不是一个我们可以只是藉以描写"文化"的公式。荷尔德林和尼采已经用这种抗争在德国人要从历史上找出他们的本质来这个使命面前提出一个疑问号。我们将理解这个疑问号吗?有一点是靠得住的:如果我们不理解这个疑问号,历史将给我们报应。①

酒神与日神之争、激情与理智之争,确实构成了德国现代历史的节奏,甚至可以说构成了整个现代体验的"隐而不显的格律"。这种对立超越历史,而赋予民族以历史使命感。荷尔德林作为尼采的先驱,早就以诗性之思展开了这种二元对立与抗争的强大张力,而把德国人

---

① 海德格尔:《只还有一个上帝能救赎我们》,见孙周兴编:《海德格尔选集》,上海:上海三联书店,1996年版,第1323页。

的历史使命问题触目惊心地摆在人们面前。海德格尔明确地意识到，德国人的历史使命问题是不可回避的。不理解这个疑问号，历史就会报应。而要理解这个疑问号，回答这个难题，海德格尔倒是觉得，尼采远远没有荷尔德林想得深刻、想得彻底。因为，荷尔德林的希腊之旅开启了一条"返回之路"。荷尔德林感到，对于德国人，古希腊是最遥远者，同时也是最本己者。对于最遥远者，人必然渴望还乡；对于最本己者，人必然希望远游。逝曰远，远而返，在远游与还乡之间，有着历史的诡异性，以及生存体验的悖论感。在海德格尔看来，荷尔德林比希腊人更本真地体验到了希腊性，因而最为遥远地体验到了德国人的历史使命感。

在其划时代的哲学巨著《存在与时间》出版十年之后，大约也就是在纳粹覆灭，以及海德格尔本人的政治生涯无疾而终之后，海德格尔写作了一部怪异的著作，取名为《哲学献词》(*Beiträge zur Philosophie [vom Ereignis]*)。这部作品开启了海德格尔所谓的思想转向——从前期的"基础存在论"(fundamental Ontology)转向了"(生命)诗性解释学"(poetic Hermeneutics of Dasein or Existence)。在论说"德国观念论"和西方历史命运的语境中，海德格尔将荷尔德林、克尔凯郭尔和尼采三人相提并论，凸显出事关西方历史未来的四个问题。这段晦涩的论说值得全文照录：

荷尔德林—克尔凯郭尔—尼采

当今之士，谁也不可肆心骄妄地认为他们三人是个纯粹的巧合。他们三个，都以自己独一无二的方式，最终体验到西方历史被抛入其中的那种深邃无比的连根拔起的痛苦，同时又以最亲密的方式暗示他们的诸神。这三位都必须告别各自未成熟岁月的明澈状态。

正在预备着什么呢？

荷尔德林位居三者之首，在思想再度渴望绝对地认知迄今为止的全部历史之特殊纪元，同时成为将最遥远的未来诗化的诗人。这意味着什么呢？

在此，被强烈祈祷的19世纪之隐秘历史发生了什么？对于那些思属未来的人而言，在此被预期了何等激动人心的原则？

为了变成那些依然属于当今敞开的必然性的人,我们是否必须将思想转向全然不同的领域,遵循全然不同的标准,以及选择全然不同的生存方式? 不是因为历史属于过去,而是因为历史仍然在于距离我们太遥远的未来。作为生命(Dasein)根基的历史是否一如既往地不为我们所知?①

海德格尔对荷尔德林的阐释事关西方历史的命运,其话题包括:体验西方历史被抛入连根拔起状态的生存痛苦,以亲密的方式暗示隐微的诸神,憧憬最为遥远的未来。也就是在写作《哲学献词》的同时,海德格尔从1934年到1944年间选择荷尔德林作为思想史形象展开系统的解释,对荷尔德林的《日耳曼尼亚》《面包与葡萄酒》《如当节日……》《莱茵河》《伊斯特尔河》《追忆》《还乡》《希腊》等诗篇进行系统的解释,在大大小小的讲演中反复演示。这些讲演与论文收入《海德格尔全集》第75卷,取名为"希腊之旅"。也就是说,海德格尔在荷尔德林的引领下走上了希腊朝圣之途。海德格尔对荷尔德林的解释有一个思想预设和诗学逻辑,那就是"这些解释乃出自一种思的必然性"。这些解释确实没有文献学依据,并不遵循文本的客观原则,甚至是断章取义,将单文孤证从文章脉络之中活剥出来,将诗人之文当作演示哲人之思的道具。海德格尔的理由在于,"这些解释乃是一种思(Denken)与一种诗(Dichten)的对话;这种诗的历史唯一性是绝不能在文学史上得到证明的,而是通过运思的对话却能进入这种唯一性"。在解释荷尔德林的《追忆》一诗时,海德格尔将诗人的世界与德国人的命运联系起来,将"作诗"等同于"创建"现代城邦——民族国家。满堂诗韵,漫天野心,海德格尔动情地讲道:"追忆,乃是在适宜的诗人世界之本质中的诗意持存,而这个适宜诗人世界在德国人未来历史的壮丽命运中节日般地显示着它的创建基础。命运把诗人发送到这个诗人世界的本质之中,并选定他为初生的祭品。"②海德格尔把话说到这个份上,我们就不能不明白,海德格尔解释荷尔德林,乃是春秋笔法,微言大义。言在谈诗论文,意在治国安邦。海德格尔心中的荷尔德

---

① Martin Heidegger, *Contributions to Philosophy (From Enowning)*, trans. Parvis Emad and Kenneth Maly, Bloomington & Indianapolis: Indiana University Press, 1999, p.142-143.

② 海德格尔:《荷尔德林诗的阐释》,孙周兴译,北京:商务印书馆,2000年版,第181页。

林,正如诺瓦利斯诗中那位住在皇宫之外的游吟诗人,他们不只是舞文弄墨,吟诵雪月风花,而是担负着更重大的使命:扶持君王,匡扶正义,洁净城邦,升华情欲,化育臣民。恰如中国古典诗文,不出言志与载道二端,既有益身心,又事关家国,荷尔德林的诗在海德格尔眼里,便是"志在《春秋》"的城邦法意。正如中国近代经学家廖平所说:"《诗》乃志之本,盖《春秋》名分之书,不能任意轩轾;《诗》则言无方物,可以便文起义。"言下之意,《诗经》与《春秋》体例虽有不同,但宗旨关乎国家命运。海德格尔对荷尔德林的解释论域宽广,历史意识深厚,政治诉求激越,但过分执迷于微言大义,而将一位羸弱、安静的浪漫诗人漫画化了,更主要的是让诗学丧失了审美的自律性。

时间到了20世纪下半叶,60年代的莱茵河另一岸,法国思想史博士福柯以西方文化与疯癫为题写博士论文。在这部日后成为20世纪人文学科名著的作品之结论处,才华横溢的福柯用美学语言分析和描述戈雅、萨德、尼采、阿尔托和荷尔德林的"疯癫"精神现象。虽然只给了荷尔德林寥寥数语,但福柯富有穿透力的沉思在一定程度上揭示了诗人疯癫之谜。按照福柯的历史书写格局,荷尔德林的疯癫同19世纪以后的思想史灾异现象若合符节。"疯癫"已经成为现代性常态,甚至"不疯癫"亦是"疯癫"的反常形式。故而,不论笛卡尔说得多么认真而动听,透明的"我思"永远无法制服或者拒绝"疯癫",倒不如反过来说,理智也是疯癫的一种形式。疯癫,乃是对整个宇宙的大拒绝。"疯癫已变得使人有可能废除人和世界,甚至废除那些威胁这个世界和使人扭曲的意象。它远远超出了梦幻,超出了兽性的梦魇,而成为最后一个指望,即一切事物的终结和开始。"这种评说历史的语音语调,听起来仿佛是直指法兰西60年代的现实。众鸟高飞尽,西方文明整个的大厦风雨飘摇,宏大叙事陨落之后,虚无主义长驱直入,欧土景色更凄迷。回望19世纪诗人荷尔德林忧郁的背影,福柯感到疯癫包含着混乱和末日启示的双重含义,而且宣判了西方近代文明的罪孽。自荷尔德林和奈瓦尔的时代起,被"疯癫"征服的作家、画家和音乐家的人数不断增加,故而可堪忧叹,可堪忧思。福柯忧患深广地沉思,以最后审判的语式宣告:

> 由于疯癫打断了世界的时间,艺术作品便显示了一个虚空,

一个沉默的片刻以及一个没有答案的问题。它造成了一个不可弥合的缺口,迫使世界对自己提出质疑。艺术作品中必然出现的亵渎成分重新出现,而在那种陷入疯癫的作品中的时间里,世界被迫意识到自己的罪孽。从此,通过疯癫的中介,在艺术作品的范围内,世界在西方历史上第一次成为有罪者。①

福柯将"疯癫"解释为一种野性的爆发,一种原罪的显示,以及一种历史灾异的征兆。在其人生之最后阶段,福柯亦如他的先驱诗人荷尔德林一样,开启返回的步伐,踏上了希腊之旅,去探索审美地享用快感的秘方。

19 世纪以来的"疯癫"是精神现象,但又不仅仅是精神现象。唯其如此,在疯癫之中罹难的诗人之命运,就格外令人牵挂,难以释怀。在精神分析学流行的岁月,奥地利传记作家茨威格以荷尔德林、克莱斯特、尼采为传主,写作一部《与魔鬼作斗争》,献给精神分析学说的奠基人弗洛伊德。受歌德启发,茨威格将"魔性"(daemon)概念引入传记写作中,刻画诗人、戏剧家和哲人的疯癫肖像。"魔性",源自古代神话与宗教,是附丽于天才人物精神的一种神灵气息。歌德说,人生在世,道德为"经"而魔性为"纬",共同制约着人类的行为。② 越是在天才人物身上,这种魔性就更加恐怖地表现出无以言状的控制力。茨威格赋予魔性一词的意义在于:就像魔鬼一样存在于诗人们体内的酵母,一种膨胀着的、折磨着人的、紧张的酵素,发酵了所有危险过度、心

---

① 福柯:《疯癫与文明》,刘北成等译,北京:三联书店,2007 年版,第 269 页。
② "我相信在自然里头——不管自然是有生命的还是没有生命的,是有灵魂还是没有灵魂的——发见有一种只在矛盾中显现,因此不能以概念,更不能以言辞表达的东西之存在。这东西不是属于神,因为它象是没有理智;也不是属于人,因为它没有悟性;也不是具有恶魔性,因为它是善意的;又不是具有天使的性质,因为它往往使人觉得它幸灾乐祸。它与偶然相似,因为它显不出有什么联系;它又与天道神意相似,因为它暗示有因果关系。这个东西可以突破那些限制我们的一切境界;它象是按照着我们的存在的必然的条件恣意处理,它把时间聚拢而把空间展开。它象是只喜欢'不可能',而抛弃'可能',不屑一顾。这个东西是羼入一切其他的东西之间,把它们分开,又把它们结合,我仿效古代的人(指苏格拉底)和有着类似感觉的人,称它做魔神之力(或'超凡')之力。"(歌德:《诗与真》,刘思慕译,见《歌德文集》第 5 卷,北京:人民文学出版社,1999 年版,第 835—836 页)歌德以"否定神学"的方式描绘"魔性",将这种超凡的力量当作某种近乎天道神意而不为逻辑语言所把握的东西。歌德还特别论述了"魔性"与"道德"的关系:"我们可以把世界的道德秩序称为'经',而把这种魔神似的力量称为'纬'。"(同上书,第 837 页),经纬交织,人生在世的行为得到规范。

醉神迷、自我牺牲和自我毁灭的东西,而排斥了其他的安静的存在。茨威格说,唯有歌德战胜了魔性,而荷尔德林等人拼尽生命与魔性抗争,却屡战屡败,像流星一样不安地旋转和坠落。茨威格毕竟为荷尔德林的高古心灵动容,称其为"阿波罗,早晨和歌唱之神","一个温柔英雄,一个圣洁者的神话从他那宁静的形象中走了出来",而他的诗歌散射着银色的光芒,像一个头顶光环、张开翅膀的六翼天使,高高地飘旋在我们这个沉重、迷惘的世界。① 令人扼腕长叹的是,茨威格也是魔性折磨的天才,却也像他的先驱者一样无法战胜魔性,最后绝命南美大陆,留下了难解的生命之谜。这个沉重而又迷惘的世界,太需要拯救了。弥赛亚何时归来?可怜,"远在远方的风比远方更远"。

1985年,神学家汉斯·昆和瓦尔特·延斯联袂发表演讲,以"宗教与诗"为题将从莱辛到陀思妥耶夫斯基一脉传统纳入宗教学视野之中,意在将诗人之个体体验与诗语呢喃同时当作经典证词来解读。在这个时刻,后现代思想黯然落潮,相对主义与犬儒主义有气无力,难掀波澜,"宗教回归"不只是一种祈愿,而是一种事实。汉斯·昆以"作为古希腊文化与基督教的和解的宗教"为题讨论荷尔德林,感叹诗人之诗有不堪承受之重,而其诗意的宗教情怀也难免归于失败。基督教与古希腊异教的和解、哲学与美学的类宗教综合,以及诗人用诗语祈祷神祇,都成为启蒙之后的未竟之业。在贫乏的时代,幽暗的世界之夜,在诸神逃逸和上帝归来的时代,荷尔德林却只留下了一部"私密的神话"。不过,汉斯·昆肯定地得出结论说:"对于我们后现代人来说,荷尔德林始终是一个预言式的人物,沉默的见证者,在一个上帝远离的时代,他被驱向深渊,但从未放弃对神灵、对这个世界中的上帝充满信任的依赖。"②瓦尔特·延斯则注目于荷尔德林后期的诗歌世界。这是一个景象极为黯淡、基督形象极为模糊的世界:受难之人不是把他的死归于拯救的希望和关怀,却归之于父亲(神)的震怒。作为父亲(神)险恶谋划的一部分,人类毫不留情地杀死了"半神"(demi-gods)。在荷尔德林后期的赞美诗中现身的基督,不再是一位和蔼可亲的守护

---

① 茨威格:《与魔鬼作斗争:荷尔德林,克莱斯特,尼采》,徐畅译,北京:西苑出版社,1998年版,第118页。

② 汉斯·昆、瓦尔特·延斯:《诗与宗教》,李永平译,北京:三联书店,2005年版,第136页。

神,一个在沉默的服从中向着天空上升的神,而是一个孤苦无助的神,一个被悲伤和濒死的痛苦所扭曲变形的"面色苍白的人"。而这个乞丐一般贫穷,像奴婢一般顺服的神,便是被置放在中心位置的"唯一者",既是施爱者又是受爱者,因而他无与伦比。①

1988年11月,东方诗歌骄子海子通过二手文献接触到荷尔德林,便倾情拥抱这位异邦知音。从哲人黑格尔通信里面,海子得知诗人荷尔德林之名,然后查考文献了解到诗人不幸的命运。海子以自己的情致去触摸荷尔德林的诗思,诗人"歌唱生命的痛苦,令灵魂颤抖","痛苦和漫游加重了弓箭和琴,使草原开花"。从荷尔德林那里,海子懂得"诗歌是一场烈火,而不是修辞练习"。在海子眼里,荷尔德林便是他自己心仪的诗歌殉道者。

> "安静地""神圣地""本质地"走来。热爱风景的抒情诗人走进了宇宙的神殿,风景进入了大自然,自我进入了生命。没有人像荷尔德林那样把风景和元素完美地结合成大自然,并将自然和生命融入诗歌——转瞬即逝的歌声和一场大火,从此永生。②

三个多月后,诗人海子在山海关卧轨自杀。中国现代新诗传统随着海子神话的流传而告终结。"转瞬即逝的歌声和一场大火,从此永生。"诗人的许诺从未兑现,拯救遥遥无期。"远方除了遥远一无所有。"那是褪色的风景,梦中的传奇:

> 春天,十个海子全部复活……

> 春天,十个荷尔德林全部复活……

三、惊鸿回望处——教养传奇《许佩里翁》

《许佩里翁或希腊的隐士》是描述青春之梦与爱之周期的教养传奇,是关于诗人诞生及其命运的故事。要理解荷尔德林的教养传奇,先还得从席勒对荷尔德林的影响谈起。

---

① 汉斯·昆、瓦尔特·延斯:《诗与宗教》,第151页。
② 海子:《我热爱的诗人——荷尔德林》,见西川编:《海子诗全编》,上海:上海三联书店,1997年版,第918页。

席勒对荷尔德林的影响众所周知,而且非常清楚地体现在《许佩里翁》的早期残篇之中,这个残篇一般称之为"塔利亚残篇"(*Thaliafragment*)。它创作于1793年,后发表在席勒主编的《新塔利亚》(*Neu Thalia*)第4卷也即最后一卷上。引介这个文本的理论述说之基调,同荷尔德林晚期哲学残篇之基调非常相像:

> 有两种生命境界:一种是高度单纯的状态,我们需要通过对自然的纯粹凝练(durch die blosse Organisation①),与自己、与自身的力量、与宇宙万象彼此关联,互相和谐而无须我们的帮助;另一种是高度教化的状态,同一个自我无止境的增值和强化需要与力量,通过我们在这种处境下自身能赋予的凝练(durch die Organisation, die wir uns selbst zu geben in Stande sind)而抵达这种境界。这条离心的道路,以个体和集体的方式,引领人类从多少是纯粹的单纯质朴的一端走向多少有些完满教化的另一端。在其本质的向度上(nach ihren wesentlichen Richtungen),这条道路显然是永远同一的。(《许佩里翁残篇》,II,53)

这段关键的文字是一种自我阐释,作为随后成书的小说之精确而完整的概括。不仅《塔利亚残篇》,而且还包括最后定稿的《许佩里

---

① Organisation,本义为结构,组织,有机体的生成,但在荷尔德林这里这个词具有形而上学和诗学的含义。荷尔德林的辩证法在自然和艺术的对立关系之中展开,自然是 Organisch,而经过人文化成的自然即艺术则是 Aorgisch。如果紧扣原意,将这两个概念直译为"机体"和"无机体",那一定令人不知所云,而且距离形而上学和诗学的意义甚远。《荷尔德林文集》的编译者戴晖颇有创意地将"Organisch"译为"凝练",将"Aorgisch"译为"淡泊"。试看戴晖对荷尔德林《恩培多克勒斯的根据》一文之关键段落的译文:"自然和艺术在纯粹的生命中只是和谐地相待。艺术是英华,自然的完满;艺术与自然不同,但却和谐,由于与艺术的联系自然才变得神圣;如果各自皆完全是它能够是的,互相联系,取此之长补彼必具之短,以完全是它作为特殊所能够是的,那么完满就在这里,而神圣在自然和艺术的中心。(Der organishere)较凝练和较人工的人是自然的英华;当纯然一体(rein organisiert)的人,纯然以他的品类而塑造的人纯粹地感受自然,较淡泊的(aorgischere)自然赋予他完满的情感。但是这一生命只现存于感情之中而并非为了认识。它若应该是可认识的,就必须呈现自身,这是通过它在情志的不平中与自身分离,相持双方在情志的激越中相混淆,这是通过凝练者(das Organische)过于放任自然而忘记其本质存在和意识,过渡到自由行动、艺术和反思的极端,自然却相反,至少在自然对正在反思的人的作用中,过渡到淡泊者(des Aorgischen)、不可思议、无从感受、无限的极端,直到经过相持的相互作用的进程自然和艺术像起初相逢那样原始地统一,只是,自然由于造形的、开化的人,即教养的冲动和教养的力量而变得趋向凝练(Organscher),相反,人变得趋向于淡泊(Orgischer),趋于普遍,趋于无尽了。"(《恩培多克勒斯的根据》,见《荷尔德林文集》,第294页)。

翁》，其中都包含几个一直贯穿在《恩培多克勒斯》和晚期作品之中的主题。"单纯"与"教化"，对应于席勒的"素朴"与"感伤"。文学概念在荷尔德林身上成为生命体验。单纯是高瞻远瞩的价值，完美天真和无拘无束的境界，一种自然的友爱存在于人与周遭世界之间，令人联想到个体生命之童年的境界：

> 在这里，我曾经是婴孩
> 一个神从人类的哀怨与静谧之中
> 朝夕向我呼唤，
> 在这里，同林中花朵
> 我游而戏之，稳当而又优雅
> 而且，天上长风
> 也和我游而戏之。（II，47）

因而，单纯乃是一切生命的开端，一种自足圆满完全自在的境界："啊！一个神性的存在，就是婴孩……他就是大全，存在之本体，因此也就是美之所在。"（《许佩里翁》，II，93）可是，这种存在却并非蔚然成风："一种神性的存在，却很久没有沉潜在人性的丰富色彩之中。""我在此，曾经也是宁静的婴孩，首先对周围世界的一切，我浑然无觉。"（《许佩里翁》，II，93）。随着意识的启蒙，教化的开展，统一体就化为废墟：

> 快乐的诸神啊！……
> 虽然当时我并没有
> 直呼其名，吁请您们，可你们
> 也没有给我命名，如同人类给自己命名
> 一如他们自知那般。（II，47）

给世界"命名"，以及认识的要求，就扰乱了源始的统一，走上了一条"离心的道路"。荷尔德林将这条道路称之为"教化之道"。教化就是意识的启蒙开悟，故而直接导致了"分裂"——此乃第一个否定概念。一种意识的启蒙开悟摧毁了既存的存在之交游秩序。荷尔德林创作的这个环节上，这种状态仅仅被表述为一种自身之内存在的意识，被表述为其独特现实性的表现；而一般的哲学与诗学动机随后就会出现。但是，他已经认识到，这种分裂乃是一种自由自愿的人类行

为,而我们人类必须为此担当,为此负责:

> 但从未有人说过,命运分裂了我们!我们就是我们,我们!我们自有渴望,在未知的黑夜,在寒冷的异邦,我们保护这个世界,而且我们还可能远离太阳的疆界,在浩渺的天界暴风一般席卷而过。(《许佩里翁》,II,101—102)

荷尔德林小说中核心人物所用的语言仍然模糊一片,几乎就是约定俗成的。但主题却存在:教化,被控制的意识(Bildung),是为人与自然之裂变(Trennung)的开端。

意识教化的展开,也就是所谓"我们自身能给予的凝练",便由一系列方式方法构成,源始的统一体据以自我复活。在小说的末尾,许佩里翁说道"一切分离者重新找到自己"(II,219),对统一的渴望乃是人类生命的第一推动,至高无上的道德目标。启蒙开悟的不同阶段,愈来愈靠近终极统一的价值:

> 生命就是与万有合一,在灵魂的自我遗忘之中再度转向宇宙全体①,这是思想与快乐的顶点,这是神圣的顶峰,永恒安宁的处所,而正午失去了闷热,雷霆失去了声音,丧失了这份安宁,沸腾的海洋犹如田园的麦浪。(《许佩里翁》,II,91)

这就是"离心之路"通过教化的意识而从单纯到复原的统一所要达到的终极目标。这种思想,已经部分地见于狂飙突进时代的诗人、卢梭以及华兹华斯的许多类似命题之中,我们一点也不陌生,比如华

---

① 非常耐人寻味的是,宗白华先生把荷尔德林这句话改写为:"谁沉冥到/那无边际的'深',/将热爱着/这最生动的'生'。"诗人美学家将荷尔德林的诗句同杜甫《夜听许十一诵诗爱而有作》中的诗句比较:"精微穿溟涬,飞动摧霹雳。"他还发挥道:"前句是写沉冥中的探索,透进造化的精微的机械,后句是指着大气盘旋的创造,具象而成飞舞。深沉的静照是飞动的活力的源泉。反过来说,也只有活跃的具体的生命舞姿、音乐的韵律、艺术的形象,才能使静照中的'道'具象化、肉身化。"然后他引用了荷尔德林的这句诗,说它含义极深,"使我们徒然省悟中国哲学境界和艺术境界的特点。中国哲学就是'生命本身'体悟'道'的节奏。'道'具象为生活、礼乐制度。道尤表象于'艺'。灿烂的'艺'赋予'道'以形象和生命,'道'给予'艺'以深度和灵魂。"(宗白华:《中国艺术意境之诞生》,见《美学散步》,上海人民出版社,1983年版,第67—68页)宗白华用中国古典诗学主动地融汇和化合德国浪漫主义诗人的诗化之思,而建构了中国文化精神的审美维度,中国诗学的审美境界——"音乐化节奏化的生命形式"。这种文化精神之审美维度,绝非古典中国美学的现代延伸,也不是对德国浪漫主义诗思的简单模仿,而是一种跨文化的审美建构。

兹华斯就说"婴孩为人类之祖"。但是,在荷尔德林那里,童年不只是田园诗的哀婉情调之中被满怀乡愁地追思的境界,而且超越这种情调的必然性也铭刻在现实之中。人类通过一系列深谋远虑和担负整体责任的行为,走向这种破镜重圆的统一体。教化的鹄的,完全在于未来,担负着一种道德律令的重大使命。

"这条离心的道路,以个体和集体的方式,引领人类从多少是纯粹的单纯质朴的一端走向多少有些完满教化的另一端。**在其本质的向度上**,这条道路显然是永远同一的。"荷尔德林本人的思想亦继续闪现在这个结论中。这种思想的具体化过程表明,这种从一端到另一端的运动并非乖戾个体的古怪之举,或者是个体率性而为的产物。相反,这个过程的展开本身就是心灵所能把握的律则。"教化传奇"(Bildungsroman,又译"教育小说")因此获得了一种新的意涵。启蒙开悟不仅取决于其两个极端(从单纯到分裂,分裂而至统一体的复原),而且中间的周期也取决于种类与秩序。不是命运的纯粹偶然,事件的前后相续乃是第一次趋近渐渐生长的规律。

《许佩里翁》的事件顺序清楚如画。如果说初读第一遍时序列关系似乎比较模糊,那是因为文本肌理单调冗长,而且无规律可循;因此,我们与荷尔德林晚期的体系,仍然十分遥远。但是,事件的纯粹表达展示了反复重现的周期之等级关系。一切都不乏相同的内在一致结构;达到了某种程度的统一性,随后又摧毁了这种统一性,其方式类似于童年的统一性之最初瓦解。基本的时令节奏形成了人类为和谐而奋斗的自然背景。

第一个周期是教育,亚当斯这个人物也许代表席勒,在这个周期内完成了第一系列的启蒙。他引领小说的主角进入了现存的人类智慧体系,向他展示了希腊世界的伟大。许佩里翁轻松地度过了这个阶段,即表明荷尔德林确信能够从这种影响之中解放出来,但师徒关系依然是本质的主题,一直在生成,直到其最后的诗章。

第二个周期是友爱,完美地体现在与阿拉班达的关系中。崇高伟美的基调,以及阿拉班达在稍后插曲之中的回归,显示了这种体验在许佩里翁的追求之中所担负的重量。友爱,是荷尔德林神圣的词语之一。它是天真质朴之人渴望成为自然之"友"的特殊情志,不过不是像特欧克里托的牧人那样圆滑世故,而是强烈追求而且任其自然。在人际友爱中,也许这种情感以其最为纯洁的形式蔚然成风。友爱是统一,此外还是统一体之内的对话(Gespräch),也就是诸神与万物开端的婴孩之对话的世俗版。不只是形影暧昧的阿拉班达,那个隐形无迹的贝拉明也许就是《许佩里翁》中友爱主题的真正显现,① 书信体形式也许在这个基础上得到了确认。在后期的一首诗中,这个主题仍然被追忆:

> 但是,朋友在何方?贝拉明
> 和良伴?……(《追忆》,IV,62)

再一个启蒙周期当属"爱"的周期,它出现在第俄提玛的插曲中。独立地看,这段插曲是荷尔德林的作品中最为传统的"浪漫"段落——世俗之爱提升到了体验的存在统一体层次:"柔情似水,如同清虚之气,第俄提玛笼罩在我的周围。愚蠢的人啊,何谓分离?面带不朽的微笑,她细语呢喃,向我诉尽全部奥秘。"(《许佩里翁》,II,215)更加富有荷尔德林风格的,是这种体验在总体的教化计划之中所占有的地位。毫无疑问,它仅仅是一项伟业之中的一个环节,必须被超越的一个必要阶段。第俄提玛孤寂的死亡同特里斯坦的殉情迥然异趣,将第俄提玛神化只不过是将统一观念神化而已,而非诺瓦利斯属灵之诗的宗教—爱欲复合体。在《恩培多克勒斯》第一稿中,达莉亚(Delia)只是一个徒弟,而在随后的剧作残篇中她就无影无踪了。在《追忆》一诗中,女人们的形象富有古风韵味,高远而又迷茫,而只有这些女人们见证神圣启示的时刻:

> 节日到了
> 那地方的棕肤色女子
> 全都跑向缎子一般的土地
> 在人间三月天
> (IV,61)

---

① 阿拉班达的插曲具有复杂性,也许还有许多弱点,其中之一便是,友爱令人奇怪地同反题相联系,而更加复杂。除了作为一个朋友之外,阿拉班达还是一种反自我的类型,象征着许佩里翁所拒绝的那条"离心之路"。这里,荷尔德林已经为《恩培多克勒斯》诗剧中恩培多克勒斯与他的兄弟对手之间的关系埋下了伏笔。这种关系构成了《埃特纳火山上的巴门尼德》的主题之一。

爱的周期之后,紧接着行动的周期。许佩里翁万念俱灰,参加了被压迫国民的反抗斗争。在《许佩里翁》描述的所有主要体验之中,行动的经验同往后的发展相比,尤其显得支离破碎。从它在小说中作为核心情节的地位来看,其重要性不言而喻,但这些事件的动机却仍然是随意而毫不相关的。

阿拉班达的离去,第俄提玛的死亡,美妙绝伦的"命运之歌",以及对日耳曼人的露骨责骂,一系列事件接踵而至,一系列插曲前后相随,它们大多都体现了主要情节或附属主题的必然性。在这一系列插曲之后,就是终局的篇章——而这个结局需要解释。许佩里翁的启蒙,必须经过最后一个环节,它许诺了希望,但延宕了结局的到来("一切分离者重新找到自己"),但这最后一个环节是神秘莫测的。一切可能的体验显然都宣告失败,或者已经被超越了。终局篇里第俄提玛还魂的幻象及其叙述语调的变化,可能说明了这一点。第俄提玛的幽灵,乃是整个小说之中唯一具有超自然维度的插曲。终局篇语调也发生了变化,从末路英雄的哀婉追忆,变为抒情写意的礼赞颂歌。这不就再现了一个永远在身外世界追寻统一的灵魂反求诸己的倾向吗?在友爱、爱情以及行动的世界里,灵魂寂照忘求,渴望发现一个新的统一体。一旦无功而返,灵魂就反求诸己,再次开始同样的旅程,但这一次就加上了内在之维。在完成其外在探求的周期之后,许佩里翁就发现了这一点。在精神的生命之中,他与第俄提玛合二为一("我在于我,亦在于你")。"我们都生活在清虚的气息之中,我们在至深之处深情地彼此相通。"(II,291)启示发生在春暖花开时,而标明了一个新的开端,一个新的周期必将展开。"有待下回[分解]",此乃小说的最后一句话。从单纯到教化的和谐,这条道路穿越了我们内在的自我。同《许佩里翁》直接相关的理论文本《恩培多克勒斯的根据》,就开始于对"纯粹精神—纯粹内在性"的探索。

四、壮烈赴情殇——《恩培多克勒斯之死》

1797年至1800年,荷尔德林逗留在洪堡,以戏剧诗学形式处理恩培多克勒斯的传奇人生和哲学观念,创作一部题名为《恩培多克勒斯之死》(*Der Tod des Empedokles*)的古典悲剧。悲剧的主题是诗人成为政治家,成为"哲人王",及其与人民的关系,与民族命运的关联。恩培多克勒斯(Empedocles, BC 484—BC 424)生于西西里阿格里根特(Arrigentum)。"我的朋友住在那俯视黄色阿克拉伽固若金汤的伟大城邦",这是他同时代人对他的赞词。据传他在哲学上是巴门尼德的学生,而又同毕达哥拉斯学派有关联。亚里士多德说,正如芝诺是辩证法的创立者,恩培多克勒斯就是修辞学的创立者。他写作过教育诗篇《论物性》(Peri Physis),在诗歌风格上属于荷马一派,擅长修辞,精于比喻,诗歌技巧丰富,还写过关于薛西斯远征的诗篇,献给阿波罗的赞诗,同时还创作悲剧和政论。"恩培多克勒斯也吟唱俗丽的诗句,他认为一切具有独立力量的东西都分离存在。"①相传这名集修辞学家、诗人、医生和政治领袖于一身的人物行为诡异,魔力四射:发明控制飓风的技术,能复活昏迷三十天的妇女,抑制瘟疫的传播,解散城邦议会,对阿格里根特的政治生活产生了重大影响。在国王死后,他为国人制订自由典章,授予每个城邦公民以平等的权利,粉碎了国人犯上作乱颠覆政权的阴谋。他声名远播,荣耀臻于至境,以至于国人要授他以王冠,他却急流勇退,拒绝一切权位,过着自由淡定的布衣生活。最费人神猜的是恩培多克勒斯神奇的死亡。一说是在一次宴饮之后他神秘地消逝,从此音信杳渺。二说是他和朋友一道上了埃特纳火山,转眼间就不见踪影,一只铜鞋从火山口被抛出来,人们猜想他已经纵身火山,从而解脱了俗务之烦恼,让生命与宇宙同流,个体和永恒同在。生之辉煌,死之玄妙,恩培多克勒斯以超越生死的方式淡出世人的视野。死亡之中没有死寂,只有混合与交融(there is no cessation, but only a mingling and interchange)。黑格尔转述了恩培多克勒斯的哲学教育诗篇:

> 千万人追随着我,询问着解救之道,有些人需要预言,有些人索求着医治许多病症的福音。但是我何必絮絮叨叨于这些东西呢? 好像我做了什么了不起的事情,我这样在这有死的终归毁灭的人群中逗留。②

---

① 第欧根尼·拉尔修:《名哲言行录》(下),马永翔等译,长春:吉林人民出版社,2003年版,第535页。
② 黑格尔:《哲学史讲演录》第1卷,贺麟、王太庆译,北京:商务印书馆,1996年版,第319—320页。

诸神啊,请你们让众生的谵语离开我的舌尖,使纯净的清泉从圣洁的嘴唇里流出!你,人们多方礼赞的白臂处女缪斯啊,我请求你引导灵便的歌车从虔诚的国度出发向前,让朝生暮死的人们听到歌声!你可不能迷恋凡人献上的桂冠,把它从地上拾起,骄傲地说出非分的言语,以此爬上智慧顶峰的宝座。①

第一段教育诗篇告诉我们,一个人即便万人尊崇,无限荣耀,面对终有一殁的境遇,也毫无值得骄傲之处。"虚空,一切都是虚空"(《传道书》1:1),或者"人生实难,愿其弗与"(王粲《赠蔡子笃诗》),人生所求甚多,但求不违所愿。第二段教育诗篇写出了对芸芸众生的深情眷顾,意思是要引领朝生暮死、终有一殁的人们听到圣洁的歌声,而视世俗的荣耀如同草芥。恩培多克勒斯的自然哲学之基本观点是:水、火、土、气四元素是世界万物的原质,而"爱"与"恨"两种力量贯穿在四个元素的聚散之中,而万物生灭无定,但俱行有常。② 教育诗篇空灵超越,哲学论点抽象玄虚。然而,几千年后,恩培多克勒斯及其诗思在德国诗人笔下复活,在古典和后浪漫的视野下流淌着动人悲剧韵味。

1796年至1800年之间,荷尔德林同黑格尔、谢林共同制订《德意志观念论体系的源始纲领》(Das Älteste Systemprogramm des deutschen Idealismus),其中表达出对机械国家与教会迷信的犀利批判倾向。学界公认,这份文献之最后一节出自荷尔德林的手笔,其中表达了"万物归一"的美学观念,主张诗为素女,引领人类上行,呼唤一种新神话,在柏拉图的意义上将诗歌理解感性的宗教与理性的神话。③

在表达绝对悲剧观念之时,荷尔德林又在恩培多克勒斯的《论物性》教育诗篇中寻觅浪漫主义时代的新物性观念。1798年12月,在致辛克莱的信中,荷尔德林提到,他读了第欧根尼·拉尔修的《名哲言行录》,其中关于恩培多克勒斯的篇章成为其悲剧创作的重要素材,特别是笼罩着古希腊哲人的"命运"观念。

---

① 北京大学哲学系主编:《西方哲学原著选读》(上卷),北京:商务印书馆,1982年版,第44页。
② 同上书,第43页。
③ 佚名:《德意志观念论体系的源始纲领》,林振华译注,载《中国现代美学和诗学的开端》,上海:上海锦绣文章出版社,2010年版。

这里我也体验到我自己有时遭遇的，通常把命运称作现实的，而人的思想和体系的倏忽变化比命运触目惊心，更富有悲剧性地，我相信这是自然的……天地之间，没有一种力量做主宰，这甚至是一切生命和所有组织的首要条件。绝对的君主处处皆扬弃自身，它没有客体；在严格意义上也从来没有一种绝对的君主制。万物互相制约，一如它是积极行动的，它也承受，人的至为精纯的思想也如是……①

万物互相制约，而拒绝最高主权，这也许就是诗人的自由观。以悲剧形式再现恩培多克勒斯，荷尔德林就为自己设立了一项难以完成的——呈现命运，也证实自由。而这本身就是悲剧。将恩培多克勒斯的自由"音调"化为己有，将自己的才性和先贤的悲情融为一体，就是荷尔德林奋力铸造恩培多克勒斯悲剧之诗学形式的初衷。"我首先希望化为己有的音调能够最完善最自然地安置在悲剧形式之中"②，这是一份说来轻松做来艰难的苦役。荷尔德林的《恩培多克勒斯之死》三易其稿，最后还是断简残篇，距离"美的万物归一"和"悲剧的万物归一"万分遥远。《恩培多克勒斯之死》是一个失败的标记：三度希望发出声音，三度均归失败，因而同一部悲剧三次修剪，三次废弃，留下了一片古典悲剧的废墟。③ 在撰写这部作品的过程中，贯穿着荷尔德林对于悲剧性诗歌的思考。这种思考集中于两个问题：第一，如何表现先知圣哲与普通民众的张力关系？第二，如何严格地用古代悲剧艺术形式来呈现现代生活的冲突？《恩培多克勒斯之死》三易其稿却未能结出正果，既表明这两个问题没有得到解决，又表明了两个残酷的事实：现代启蒙根本没有完成启迪民智的历史使命，以及现代素材无法找到合适的艺术形式。这种启蒙的悖论和审美的绝境同时进入了荷尔德林的思辨诗学。在《恩培多克勒斯的根据》中，荷尔德林反思了先知圣哲的命运悲剧及其时代根源。"恩培多克勒斯是这样一位他的天空和时代之子，他的祖国之子，由自然和艺术猛烈相犯所生，世界在

---

① 《荷尔德林文集》，第406页。
② 同上书，第426页。
③ David Farrel Krell, *The Tragic Absolute: German Idealism and the Languishing of God*, Bloomington and Indianapolis: Indiana University Press, 2005, p.211.

这场冲突中呈现在他眼前。"恩培多克勒斯必然成为一个时代的牺牲,"他在天命中生长,命运的难题应表面上在他身上解决,而这个解答应显示为表面的、暂时的,正如或多或少地在所有悲剧人物那里那样……那显得是最完美地遭散了命运的人,自己每每也在暂时性中、在其尝试的前进中最惊心动魄地呈现为牺牲"。① 于是,有一种不可避免的必然性逻辑,呈现在荷尔德林的断简残篇之中,昭示出悲剧的至深情愫。在先知圣哲身上,时代越是个性化,时代之谜越是辉煌地呈现出谜底,他的没落就越是必然,他的牺牲也就越是具有悲剧意涵。1800年之后,欧洲政治局势也发生了剧变,法国和奥地利于1799年签订的协议变成一纸空文,德意志民主改革遥遥无期,战争再次将欧洲拖入深渊。从此,荷尔德林创作悲剧的政治动力荡然无存,精神病的爆发,将诗人抛进了长达36年的幽闭岁月。命运把诗人的"生命分为两半",一半在春天的妩媚里,一半在冬天的愁煞中。恩培多克勒斯由荣耀而自戕的生命历程,就是分为两半的生命之写照,而这种悲剧人生至少模拟了荷尔德林的惨淡体验,也预示着启蒙之后欧洲的命运。"当一个国家濒于死亡,这时/精神仍最后选出一人,由他/唱出它的天鹅之歌。"余生太寂寞,故园烟雨路。荷尔德林因这"天鹅之歌"得到后世的垂怜和喟叹。从体验与诗的内在关联中,狄尔泰特别强调《恩培多克勒斯之死》延续并超越了索福克勒斯、莱辛和歌德的"心灵戏剧",踏上了通往未知的目标。② 20世纪初德国诗人格奥尔格(Stefan George)及其学派又再次发现了荷尔德林,视之为划时代的伟大诗人。③ 作为"诗人之中的诗人",荷尔德林与"哲人之中的哲人"恩培多克勒斯同气相求,惺惺相惜,在一咏三叹的吟诵中把诗人与民族创建者合乎逻辑地关联起来,而赋予了诗人以政治的存在意义。

恩培多克勒斯"无论如何似乎天生要做诗人"(《恩培多克勒斯的根据》,III,326)。然而,他更是安邦治国的政治家,甚至是柏拉图的"哲人王"。

---

① 《荷尔德林文集》,第296、298页。
② 狄尔泰:《体验与诗》,第340页。
③ 参见任卫东、刘慧儒、范大灿:《德国文学史》第3卷,南京:译林出版社,2007年版,第173页。

> 它惊动
> 大地之子,他们主要是新人和异邦人;
> 独自悠闲自在,仅仅是追求
> 像植物和快乐的动物一样地活着。
> ……人类,是多么了不起的情志
> 此等禀赋,致使他们格外青春焕发。
> 而且,从纯净的死亡之中,他们
> 为自己选择了适宜的时日,如同阿喀琉斯从
> 忘川之中像神一样走出,死而复生,
> 立于不败者啊!人民
> 醒来吧!你们传承了什么?获得了什么?
> 祖国的母语究竟向你们叙说了什么?教会了你们什么?
> 律法与习俗,放肆地忘却了
> 古老的神名,如同新生者
> 观照着神性的自然。①
>
> (《恩培多克勒斯之死》,I,III,146—147)

历史意识之觉醒,让新生主角阿波罗在接受了记忆女神的启蒙之后开始履行兴邦治国和人文化成的使命,其工具是其先辈们所未曾拥有的知识:伟业丰功,转瞬烟消瓦灭。不仅淡然接受而且主动要求毁灭存在的制序,同时他还接受了自己的承先启后的使命,认识到他的出生本身就隐含着死亡。在自身之内蕴含着整个民族的命运,所以他也担当着民族的失败与衰微,将它们作为个人命运的构成部分:

> 当一个民族濒临末日,这时
> 精神仍然最后挑选一人,由他
> 演绎天鹅的绝唱,最后的生命。
>
> (《恩培多克勒斯之死》,III,III,223)

因此,首先呈现为理智成长和智慧灵知情节的,现在渐渐地获得了一个伦理维度——崇高的牺牲,也就是在最高可能性上的自杀。随

---

① 关于荷尔德林历史沉思的完整表述,参见他的论文《毁灭中生成》(III,309ff),这种对历史的沉思实际上先于恩培多克勒斯悲剧的写作,而且在其后期赞歌之中臻于诗学的完美。

着沉思的展开,剧情也从历史复活主题转向了牺牲主题。《恩培多克勒斯》诗剧残篇第三景发生在埃特纳火山口,而突出地展现了主角慷慨赴死之前的心境与幻觉,生死意象却被苦难与牺牲意象取而代之,并在基督徒一般的面相上得到了最崇高的象征。作品的基本主题——"爱",在全新的光亮之中再次呈现为历史承诺的牺牲行为,一个杰出的个体借此而成为重振民族血脉的楷模:"他的时代命运亦不要求发自本己的行动……相反,时代命运要求一种牺牲,以至于完整的人成为现实而可见的人,以至于他的时代命运似乎烟消云散,以至于两个极端在一个人身上统一了,这种统一实在而又有形"(《恩培多克勒斯的根据》,III,327)。在实现这种实在而有形的统一之前,恩培多克勒斯就可能确切地表达:"人啊人,其实你无所可爱,而只配奉献"(《恩培多克勒斯之死》,III,III,204)。但是,一旦他认清了这种真实的角色,他就可能平静赴死,死而无怨。①

在《恩培多克勒斯之死》中,学生帕萨纳斯相伴恩培多克勒斯直到最后,这个形象也完成了同样的使命。荷尔德林晚期的赞歌《如当节日的时候……》规定诗人的角色必然完全不同于救世主的角色。在救世主降临之前,诗人乃是一个守护者,让他的人民虚怀若谷,充分地感受牺牲。在危情时刻,他是一个与基督并立之人,理解基督的苦难("分享一个神的苦难"),当一切都功德圆满,他就将至高无上楷模的权力洒向人间:

> 然而,我们宜于在神的暴风雨下,
> 你们诗人! 裸露着头颅而伫立
> 天父的闪电,甚至他都亲手
> 抓取,罩进歌声之中
> 把这上天的恩宠传递给我的人民。(IV,153)

在《恩培多克勒斯之死》中,荷尔德林诗思所及者,乃是已经成为政治家的诗人与人民的关系,以及诗性的启蒙者和柏拉图"哲人王"的命运。作品终结于绝对的悲剧,荷尔德林便以诗学的方式预言了20世纪德国民族的历史歧路,以及德国人必须为此付出的伦理代价。

---

① 近来一些注疏家指出,这个主题同黑格尔的《基督教精神及其命运》具有类似性,但也存在着不可忽略的区别。

哀歌迎神,宗教和解

——略论荷尔德林的《面包与葡萄酒》

引言

1795 年,荷尔德林开启了其诗哲生涯。受席勒耳提面命,青年诗人濡化浸润于"哀歌"灵氛之中。自命为"自然之友",面对伤风败俗的社会,哀婉人性不复圆满,痛感世界不再令人着迷,席勒长吁短叹,悲情润笔,催生出浩叹《哀歌》,后将之更名为《散步》(Der Spaziergang)。① 满纸多愁善感,灵台满溢伤情,《散步》开篇祝福群山与原野,礼赞女神的遗赠,中部描写人类挣脱圣美自然之后遭遇的狂飙险境,收篇则对荷马的太阳与纯洁的祭坛孤独地歌吟。在哀歌灵氛的涵养下,荷尔德林与席勒一起哀叹希腊众神的陨落,计划用双行体"偶行格"抒情言志,于微茫之世再作正声。1797 年,荷尔德林写成第一首哀歌《漫游者》(Der Wanderer),刊发于席勒主编的《号角女神》(Hören)。1798 年岁暮到 1799 年发春,他又写成了几首哀歌草稿。1799 年,"爱与诗的女祭司"第俄提玛离他而去,不久惨然辞世,诗人被笼罩在绝对的悲剧和无涯的伤感之中,精神状况急转直下。此后不到两年的时间,他创作了五首完整的哀歌:《漫游者》(二稿),《美侬哀

---

① 席勒:《散步》,见《席勒文集》第 1 卷,北京:人民文学出版社,2005 年版,第 75—85 页。有学者将席勒的"散步"意境置于柏拉图、彼特拉克、蒙田、卢梭、歌德到本雅明的"诗意逗留"传统之中予以阐释:"1800 年左右,关于散步的文学话语日益成为一种常规符号,并且代表了一种自由的、依据自身规律运动的文学作品。"(安格利卡·威尔曼:《散步——一种诗意的逗留》,陈嫣红译,上海:华东师范大学出版社,2008 年版,第 88 页)我们不妨补充说,1800 年左右,由于荷尔德林的苦痛体验及其诗体探寻,"哀歌"成为德语诗体的典范,而且预示着一种启示录式的"绝对悲剧"情愫必将弥漫德语诗坛。

悼第俄提玛》(Menons Klangen um Diotima),《施图加特》(Stutgard),《面包与葡萄酒》(Brod und Wein),以及《还乡》(Heimkunft)。

诗化"教养传奇"《许佩里翁》之创作始于1794年,第二部问世于1799年秋。这部"教养传奇"以生命循环与历史轮回合一的叙述节奏,呈现了世界劫毁、古典没落、幻美消亡、命运陨落。胸中浓情,笔底波澜,书中有一种作为历史必然的虚无主义语调升扬起来,渐渐化作一种期待神性降临的启示语调,整个小说漫溢哀歌灵氛。在小说之第二部,诗人援引古希腊悲剧诗人索福克勒斯《被缚的普罗米修斯》之中悲怨的说辞作为题铭:"基于一切考虑,不出生最好,其次是尽快死去。"①一种绝对的悲剧冷峻肃杀,森严地覆盖小说之中诗人的运命。

---

① 荷尔德林:《许佩里翁或希腊的隐士》,见《荷尔德林文集》,戴晖译,北京:商务印书馆,2006年版,第87页。索福克勒斯:《俄狄浦斯在科罗诺斯》第三合唱歌:"一个人最好不要出生;一旦出生了,求其次,是从何处来,尽快回到何处去。等他度过了荒唐的青年时期,什么苦难他能避免?嫉妒、决裂、争吵、战斗、残杀一类的祸害接踵而来。最后,那可恨的老年时期到了,衰老病弱,无亲无友,那时候,一切灾难中的灾难都落在他头上。"见《古希腊悲剧经典》,罗念生译,北京:作家出版社,1998年版,第224页。在《普罗米修斯》三联剧里,另一位悲剧诗人埃斯库罗斯以极端纯粹的神话形式表现了悲剧主题:人类最好是不要存在。在其第五支合唱歌中,巴库里德斯(Bacchylides)第一次让赫尔克勒斯表达了"悲剧之悲"的核心悲情。在地狱冥河,赫尔克勒斯为墨勒阿格尔(Meleager)的命运潸然泪下,这是好男儿唯一一次流泪:"凡夫俗子啊,你们最好是不要投生,不要见到阳光。"在埃斯库罗斯的《普罗米特亚》(Prometheia)中,这个主题不是指一种主观上不可救药的绝望心境,而是指神话的一种客观发现,它不仅表现在新神毁灭克洛诺斯世代生灵的残暴意图之中,而且还表现在普罗米修斯的默认之中。普罗米修斯强行将朝生暮死的卑微物种提升到宇宙天地境界,就算是宙斯也不能再次让他们消逝在地狱之中。将人类客观的无价值转化为更高的生存能力,转化为生存的价值,此乃普罗米修斯无法拒绝的使命:反抗宇宙秩序。然而,悲剧诗人让宙斯将普罗米修斯抛向不可救药的绝望深渊,留给他的只不过是那种"盲目的希望"。普罗米修斯泛爱人类,怀藏无限的慈悲,但他所爱的人类却百无一用,他所表达仁爱的手法却让他犯下了"肆心之罪"。但这恰恰是命运的悖论,也是人类生命体验的绝境。普罗米修斯不仅对人类百无一用的悲剧情形心知肚明,而且还对宙斯必将覆灭的命运了然于心。普罗米修斯对人类仁爱有加,不惜犯上作乱,以身试法,招致了宙斯的震怒和惩罚之举,然而宙斯的命运却藏匿在普罗米修斯心中。普罗米修斯襄助人类,宙斯惩罚普罗米修斯和人类,普罗米修斯却掌握着宙斯命运的秘密。可谓螳螂捕蝉黄雀在后,决定人类凶吉祸福的不是泰坦英雄,不是奥林波斯天神,而是不可抗拒的命运。在命运面前,不仅人类生而无助,死而无益,而且神之法力有时而尽,绝非不朽万能。对于"人类最好不要出生"这一悲剧核心意蕴及其与命运的本质勾连,参见 Hans Blumenberg, *Arbeit am Mythos*, SuhrKamp Verlag Frankfurt am Main, 1979, pp. 348-349. 史家希罗多德认为,荷马的原创思想正在于揭示了命运的铁律:"任何人都不能逃脱他的宿命,甚至一位神也不例外。"见希罗多德:《历史》,王以铸译,北京:商务印书馆,1959年版,第47页。而且正是因为这种不可抗拒的残酷命运,赋予了荷马史诗之中众数英雄以"悲剧性的高度与尊严",参见芬利编:《希腊的遗产》,张强等译,上海:上海人民出版社,2004年版,第81页。

直至小说末尾,也是一种神秘的"无有结局":欲知后事如何,"有待下回[分解]"。哀歌灵氛笼罩下,悲剧精神浸润下,一种启示语调冉冉升起,从诗性走向神性、从神话达至宗教的上行之道业已开启。"下回"已经蕴藏在第二部的尾声,同时预示着以失败的悲剧形式呈现的绝对悲剧。

第俄提玛心甘情愿地在火焰之中离开大地。哀恸欲绝的许佩里翁讯问友人纳塔:"告诉我,逸处在何方?"他登上火山口,追思伟大的西西里诗哲恩培多克勒斯:"计算钟点使他无比厌倦,而他深谙宇宙之灵魂,以他壮烈的生命情致而纵身于瑰丽的火焰。工于讽喻者戏仿他的口吻道:寒冷诗人需在烈火中取暖。"知者谓之心忧,不知者谓之何求。在《恩培多克勒斯之死》中,民众与先知、世俗与神性、诗歌与哲学、行动的生活与沉思的生活之间的张力已至极限,诗哲已经置身于一个绝对分裂的世界之中。对自然之爱、对女性之爱、对大地之爱,让恩培多克勒斯情至深渊而倍觉孤独,因孤独而纵身火山,化解那些无法化解的纠结。"精神选择一人,为它唱出生命的天鹅之歌。"这就是以诗人的命运为载体的"悲剧之悲剧""哀歌之哀歌"。

18世纪末到19世纪初五大哀歌,笼罩在哀歌灵氛之中的诗化教养传奇,以及在绝对悲剧之中了犹未了的绝对哀歌《恩培多克勒斯之死》,便奠定了荷尔德林作为"德语哀歌诗人之泰斗"的地位。① 因此,不妨以"哀歌"诗体为视角来解读荷尔德林的全部诗篇,但首先应该指出荷尔德林的哀歌乃是迎神之歌:世界穷极而气衰,诗人吟诵哀歌,呼吁那流连忘返的"将来之神"。

一、哀歌流别略考

"哀歌"(Elegie, elegia, elegy, élégie),是一种韵律化的挽歌诗体。考其字源,哀歌出自古希腊文"ελγos",也是一个外来词,可能源于古代小亚细亚亚尔美尼亚地区一个表示哀号的方言词,也指用"芦苇"(aulos)制作的吹奏乐器。最初的哀歌可能是指以悲哀的号叫为

---

① 这个评语出自阿尔辛·封·阿尼姆(Archim von Arnim)1817年10月21日致格林兄弟(Brüder Grimm)的信,参阅拜斯纳《荷尔德林文集》,《言论与述体》分册,第173页。

内容的歌曲,也许还有芦笛的伴奏。文献所传的这类诗体,最初是战歌,随着时间的流逝,战歌中惨烈的哀号被净化,它变成了色调凄美、情感凄绝的爱情诗。

有案可考,最古老哀歌诗人乃是以弗所的卡里努斯(Calinus of Ephesseus)。像基俄斯的盲诗人荷马一样,卡里努斯也用方言吟唱。公元前 650 年左右,他参加过抵抗基米里安人入侵的战争,以及反击玛格尼西亚城的战事。战争残酷,生活动荡,命运靡常,生灵命若草芥,诗人感物兴怀,自然而然地吟唱哀歌,借以表达对生命的感悟,对命运的敬畏,以及对神祇的祈求。卡里努斯同时代的诗人阿喀罗科斯(Archilochus)在哀歌中哀婉玛格尼西亚城的陷落。公元前 658 年至公元前 668 年,第二次墨塞尼亚战争,亚裴那的提泰乌斯(Titius)以多利安贵族的身份和斯巴达人的口吻吟诵战歌,以期鼓荡斯巴达战士的血气。而那些崇尚戏曲而贬斥哀歌的雅典人则戏仿提泰乌斯的哀歌,对斯巴达人极尽嘲笑之能事。相传古代战歌、哀歌和短长格进行曲,都出自提泰乌斯之口,他便成为斯巴达战争题材哀歌的化身。古代哀歌诗人的卓越代表,当推柯罗丰的弥涅穆斯(Mimnermus),其代表作是诗集《南诺》(Nanno),诗篇叙说爱情,追忆情侣,芦笛伴奏下感兴蒸腾,诗韵流荡,即便是述说惨烈的战事,诗风亦有古朴的浪漫韵味:"从晚霞夕照的火红的海滩,来到车水马龙的埃塞俄比亚岸边,生气勃勃,伫候寥落的晨星。"①弥涅穆斯的影响与日俱增,其流风余韵泽被亚历山大里亚和罗马时代,那些仿效者所掀起的哀歌运动不时返归到这位伟大的诗人及其诗体佳构。在这种古希腊哀歌中,伽利马科斯(Callimachus)、荷尔摩西安那(Hermesianax)以及菲勒塔(Philetas)所吟唱的哀歌作品亦极负盛名。军人政治家梭伦(Solon)青年时代也吟唱哀歌,表达爱情,抒发政治抱负,即便是在成为一代伟大的立法者之后,他也用哀歌诗体表达经邦济世的智慧,以及军队凯旋的欢庆之情。

哀歌发展为一种成熟的诗体之后,即固定为一套纯粹形式,成为一种格律的名称,世称"偶行格"(distichon,或译"双行体""短长格")。其格律形式两行诗句,一行由六音步"扬抑抑格"组成,另一行

---

① 转引自默雷:《古希腊文学史》,孙席珍等译,上海:上海译文出版社,2007 年版,第 60—61 页。

由六音步诗行的前半部分反复一次组成的近似五音步诗行,交相组合,一咏三叹,反复无穷。六音步扬"抑抑格"既是史诗(epic)惯用的格律,又是抒情诗(lyric)最早的格律模式。其基本模式是:

长—短短—长—短短—长//短短—长—短短—长—短短—长—短
长—短短—长—短短—长//长—短短—长—短短短

试从 20 世纪奥地利哀歌诗人里尔克《杜伊诺哀歌》第一首拈出一例:

Freilich ist es seltsam, die Erde nicht mehr zu bewohnen,
Kaum erlernte Gebräuche nicht mehr zu üben.
(理所当然怪异之物,不复栖居大地
再也不用陌生未知的风俗。)

这种格律模式的诗体在发展过程之中获得了超越史诗的表现力,其对于诗歌素材的容量又远非抒情诗所能比拟。哀歌不哀,是这一诗体发展的取向。它涵容了政治、军事、哲思、教谕,最后指向爱的艳情,仿佛从壮怀激烈的史诗一极转换到了幽情凄艳的抒情一极。诗歌格律发展初期,史诗格律渐渐失去主导地位,其他诗歌格律尚未发展成熟,而散文形式之文学性遭到了多方的压抑,唯有哀歌具有表现私密情感与共同体意志的强大潜力,故而它被广泛地用来表现宇宙人生的各个方面。当其他格律形式与诗歌体裁渐渐发展起来,偶行格哀歌的表现力就越来越窄,对题材的宽容度越来越低,最终爱情成为哀歌吟诵的唯一内容。罗马帝国奥古斯都时代,爱情哀歌昙花一现,卡图鲁斯(Catullus)奠其基,提布鲁斯(Tibullus)、普洛佩提修斯(Propertius)和奥维德(Ovidius)集其大成,"爱情诗三巨头"(Amor triuvir)名标史册,歌传后世,歌德称他们为诗史"三叶草"(Kleeblatt),远祧三位诗翁为诗人之典范,视其诗作为不易的范本。

罗马帝国后期,基督教入主欧土,中世纪降临,古典斯文淡出,哀歌亦风末气衰。偶行体吟唱者鲜见,而歌咏之旨亦非古风情志。英雄时代远去,古希腊哀歌体战歌音声渺渺,唯余淡淡记忆。帝国政治寿终正寝,罗马式哀歌的感性与艳情为基督教哀歌的灵性与信念取而代之。从人间情爱到宗教感情,从现世生活到悼古幽怀,基督教时代哀歌题材之变,标准的偶行体哀歌形式已经无法囊括天地人神、宇间九界了。直到文艺复兴时代,拉丁人文主义者尽是哀歌诗人,其中成就卓然者,当推意大利的萨那佐罗(Jacopo Sannazaro),德国的洛提切乌斯(Petrus Lotichius)与欧丕慈(Martin Opitz),低地国荷兰的约翰二世(Johannes Secundus),法兰西的龙沙(Pierre de Ronsard)。文艺复兴拉丁哀歌诗人视奥维德为典范,传承罗马哀歌的风格,而距离古希腊哀歌越来越远。文艺复兴时代精神的浸润,感性生命的勃发与地方俗语的兴起,则让罗马哀歌渐渐暴露出弱势,古典的偶行体不再是哀歌诗体的标志,而哀悼与怀念成为新型哀歌的主要题材。

同欧西各国比较,近代德国哀歌起步较晚,从拉丁诗文向俗语诗文的过渡更为缓慢,对哀歌诗体的理论界定也极为驳杂。文艺复兴后期至17世纪,德国哀歌萌芽于法国古典主义的涵养,其诗体格律却没有遵从古典的偶行体,而采用换韵的亚历山大体,其抒情写意也缺乏哀歌所特有的哀悼之调与感伤之风。德国的哀歌成熟于18世纪,其标志是这一诗体渐渐从巴洛克风格之中解放出来,而没有完全落入法兰西亚历山大诗体的窠臼。这一时期,英国诗歌对德国哀歌的濡养功用甚巨。格雷(Thomas Gray,1716—1771)的《墓畔哀歌》(Elegy Written in A Churchyard)和杨(Edward Young,1863—1765)的《夜静思》(The Complaint, or Night Thoughts on Life, Death and Immortality),堪称英国哀歌的典范之作。其诗体格律与忧郁情志对18世纪德国哀歌的经典化所起的推进作用最为强大。忧郁浸淫,情怀不忍,18世纪德国哀歌故称"感伤哀歌"(die empfindsame Elegie)。抒写感伤情怀的诗人,首推鹤尔提(Ludwig Christopher Hölty)。18世纪德国,"诗圣"克罗卜史托克(Friedrich Gottlieb Klopstock,1724—1803)第一个站出来主张用古典格律写作哀歌,用诗歌培育出"最纯粹的基督徒感情","从圣经天国般的纯朴中汲取诗的魅力"。[①] 克罗卜史托克的诗歌形式实验,及其建构的哀歌意境,对荷尔德林放射出强劲的启示之光。与克罗卜史托克同时代的福斯(Johann Heinrich Voss,1751—1826),既通过翻译古希腊经典而开创德国古典学,又为哀歌走向歌德与席勒时代的经典化铺平了道路。

[①] 斯太尔夫人:《德国的文学与艺术》,丁世中译,北京:人民文学出版社,1981年版,第17页。

18 世纪德国哀歌的经典时代,是同歌德与席勒的名字联系在一起的。1788 年 4 月,歌德离开罗马,却未能及时将其对废墟帝国的感触及离愁别绪诉诸笔墨。克奈贝尔(Karl Ludwig von Knebel)用散文体翻译罗马哀歌诗人普洛佩提修斯的《哀歌集》,令歌德诗兴大发,于 1788 年 10 月开始以罗马"爱情三巨头"之诗作为典范创作《罗马哀歌》(Römische Elegien)(原名为《罗马情爱》,Erotica Romana)。诗中艳情迷离,交织着千古兴亡的感叹,将古典格律与哀婉伤情融为一体。《罗马哀歌》完成于 1790 年,他本人称其中所抒情志为"英雄—哀歌体"(heroisch-elegisch)诗风。直至 1794 年 10 月,歌德将诗稿呈请席勒披阅,便激发了后者在 1795 到 1796 年内一口气创作了《舞蹈》(Der Tanz)、《精灵》(Der Genius)、《前世歌者》(Die Sänger der Vorwelt)、《希腊众神》(Die Götter Griechenlands)以及《散步》(Spaziergang)等哀歌名篇。在歌德的刺激下,以及在他自己的诗学实验中,席勒于 1795 年撰写了理论名篇《论素朴的诗和感伤的诗》(über naiv und sentimentalische Dichtung)。席勒反过来又涵化了歌德,强化了歌德哀歌的经典取向,直接刺激了《玛丽恩巴德哀歌》(Marienbader Elegie, 1823)和《受难三部曲:致维特》(triologie der Leidenschaft: an Werther, 1824)的诞生。

歌德的创作,日渐远离古典哀歌范本,开启了德国哀歌的民族诗风。歌德和席勒的经典诗篇,尤其是席勒的理论思考,直接启发和深刻影响了荷尔德林的哀歌创作,唤起了浪漫一代对哀歌的热情。施莱格尔兄弟、洪堡纷纷创作哀歌,他们于诗中回眸古希腊之幻美,哀叹时运无常,抒发感伤情志,甚至将席勒的感伤诗风推至极端,写照凄美浪漫情怀。但将古典格律与现代情志融为一体,把哀歌境界推至近代峰极的诗人,恰恰就是荷尔德林。在荷尔德林之后,德语哀歌呈颓败之势。巴洛克式的激情渲染,席勒漫步般感伤情调,歌德怀古式的凄美艳情,传承古风的偶行体格律,都无法适应现代性生命体验,同 19 世纪文化紧迫语境格格不入。这种衰微境况一直延续,直到 1923 年奥地利哀歌诗人里尔克的杰作《杜伊诺哀歌》问世,如流星照亮冷寂的星河,为西方哀歌留下了辉煌的一瞬。①

---

① 正文中关于哀歌流别的述说,参考了刘皓明:《杜伊诺哀歌·序言》之第三节"哀歌",见里尔克:《杜伊诺哀歌》,刘皓明译,沈阳:辽宁教育出版社,2005 年版,第 29—40 页。

二、现代性与世界性视野中的哀歌

从泰古时代的战歌气势,到罗马时代的恋歌艳情,哀歌发展18世纪的德国,仅就歌咏的情志而言,其变化清晰可见。歌德的《罗马哀歌》堪称例外,主旨在于将凄美艳情融进沧桑喟叹。此后,德语现代哀歌在题旨上集中歌咏死亡、哀丧,其无孔不入的生命忧郁情调一听分明。在某种程度上,从抒情写意的表现模式演化为主题固定的诗歌体裁,其重点发生了改变。也许,这种重点改变之缘由,在于韵律学:也就是说,要让"古典数量音韵"适应现代"诗歌重音",在韵律学上困难重重。1790年代,德语哀歌在形式上一盘散沙,自觉使用古典诗体格律吟诵哀歌者寥寥无几。鉴于此等境况,乔尔科夫斯基(Theodore Ziolkowsky)指出,"哀歌普遍流行,蔚然成风,此类诗体在形式与主题上都法无定法"。就诗体论之,"哀歌"也许是运用换韵的亚历山大体写成的诗篇,具有类似于格雷的《墓畔哀歌》的哀婉诗段,具有卡图鲁斯式长短不一的诗行,或者采用了偶行格。就主题论之,"哀歌"可能是悲吊挽歌、宠物挽歌、情爱诗篇、忧郁沉吟之作。①

如前所述,席勒撰写哀歌《散步》和论文《论素朴的诗和感伤的诗》,歌德写作和发表《罗马哀歌》,随后荷尔德林长歌浩叹,五大哀歌问世,一代哀歌诗人崛起,德语哀歌那种一盘散沙状况突然改观。为了解释这场世纪激变,仅有诗史、韵律技术史和文学进化史的视野是远远不够的。这场激变关涉一种现代精神气质的剧变,所以必须看到,1790年代的哀歌境况同康德、席勒、荷尔德林、诺瓦利斯等人所缔造的现代美学之崛起,存在着一种绝非巧合的关联。一方面,特有的哀悼心境,或更为虚灵的忧郁情境,决定了德语哀歌之存在,并被固定为一种持续冥想的沉吟之作。另一方面,现代美学与文学理论悄然兴起,对诗文之风潜移默化。二者之间休戚相关,合力推进文史进程。而如何充分地解释这种关联,则对文学研究的方法论提出了挑战。这种复杂而隐性的关联秘而不宣,但它提醒我们注意,不要大而化之地

---

① Theodore Ziolkowsky, *The Classical German Elegy*, Princeton: Princeton University Press, 1980, p.66.

效法流行做法,仅仅单方面地采用文学理论的术语来定义哀歌诗体与文学理论的关系。相反,我们势必询问内在于二者之中为哀歌诗体与文学理论所共有的难题。如果将这个内在难题置放在现代性语境下,我们就不难发现,正是剧变的生命体验与剧变的时间意识导致了德语现代哀歌的转型。毋庸置疑,时间在现代美学与文学理论之中占据了核心地位,因此一种清楚明白的时间之维也就塑造了哀歌诗体,及其更为广博的审美意蕴。而在德语文学史上古典向浪漫的转折点上,这种情形尤为显著。毋庸争论,聚焦于韵律、音调、诗学的历史影响及其诗体的自觉运作,而对哀歌进行形式上的解读,这种研究确实有价值。然而,德语哀歌研究还有待确立一项非常特别的目标。1790年代以降,哀歌之维开始铺展,渗透到文学艺术之中,甚至决定了美学之绝对悲剧品格,故此就不妨将"哀歌性"(the elegiac)视为现代性审美创造的确定特征。浦弗(Thomas Pfau)就此断定:"象征体系的创造与理论话语的缔造,方式林林总总,及至18世纪末和19世纪初,都呈现出高度敏锐的自觉,并且总是断然脱胎换骨,面目全非。此等境况反映了**现代性(modernity)**之标新立异——它自诩为一个'**新纪元**'(epoch),可是这个纪元反过来又基于一种天翻地覆三生劫的线性**世俗化(secular)**时间意识。"(着重号原有)①这就启发我们,将哀歌诗体置放在现代性语境下,在现代精神气质、历史新纪元与世俗化进程之复杂关联中来审视18世纪末德语文学的剧变。自文艺复兴以降,解放意志笼罩泰西,感性生命之解放,理智材质之解放,德国宗教改革又添加良知德性之解放。多重解放诉求,将欧洲推入一个无限奋勉而驰情入幻的"博放时代"(the age of expansion)。②欧洲之博放时代,人文主义被升华到天地之间,人文恣肆,而神力衰微,观乎人文以化成天下。于此等意义上,哀歌不必哀,作为一种诗体的哀歌亦不免脱去形骸。在德国诗人手上,它成为一种灵性的符号,一种情感结构,一种历史哲学的憧憬,一种人文化成的方法,其中张力弥满,潜能涌流,唯物而且辩证。

现代性、新纪元、世俗化,三个值得大书特书的概念,标志着人类

---

① Thomas Pfau, "Mourning Modernity: Classical Antiquity, Romantic Theory, and Elegiac Form," in Karen Weisman (ed.), *The Oxford Handbook of Elegy*, London and New York: Oxford University Press, 2006, p.548.

② 白璧德:《文学与美国大学》,"自序",徐震锷译,载1924年10月《学衡》第34期。

时间意识发生了天翻地覆的变化。这种变化首次出现在中世纪晚期，是时古典宇宙秩序崩裂，而人类安身立命的信念渐渐丧失其维系共同体的力量。16 世纪和 17 世纪两百年来，科学的发展，认知方式的进化，以及政治思想的转型，大大助推和加速了这种时间体验的剧变。历史剧变已经体现在不同学科的观照视野之中，然各自强调的重点差异甚大①：席勒说"文化"伤及"人性"，"人类伤痛至深"；黑格尔说"概念自我运动"(selbstbewegung des Begriffs)驱使"苦恼意识"，导致理性自决；马克斯·韦伯断定"世界不再令人着迷"(Entzauberung der Welt)；波兰尼(Karl Polanyi)称这场转变为"伟大转型"；海德格尔说到了"诸神隐逝"(Entgötterung)；汉娜·阿伦特(Hannah Arendt)指明了"行为"排斥了"行动"；米歇尔·福柯描绘了系统规训与话语构形的新兴体制。汉斯·布鲁门伯格独辟蹊径，在理论上将现代剧变表述为"对灵知主义的二度征战"。更加晚近的现代社会理论家吉登斯(Anthony Giddens)、杜普雷(Louis Dupre)、古奇特(Marcel Gauchet)和泰勒(Charles Taylor)也以不同的方式叙述世俗化进程和"剧烈脱置"(great disembedding)。但是，在悖论意义上，开启这场剧变者，不是异端异教，不是犯上作乱之士，而是后经院时代的基督教，以及新教运动，因为他们坚持一种以人类为动因的个体拯救。因而，现代之为"现代"，其特征恰恰在于：它给自己指派了作为"新纪元"的独一无二地位，据此宣告同过往一切历史阶段彻底"决裂"。这些阶段或更早的时代，当然首先是由"现代性"来指称的，"现代性"之合法性大体上取决于它们[对灵知主义]的"征战"。从封闭而永恒的宇宙学发展出一种本质上自我创造的世界观，便是一种范式的转变，它解释了方法论观念的急速上升，执掌思维王权，但它反过来又主导了新型社会自我描述的方式，以及政治自我确证的方式。然而，科学与理性从古代宇宙秩序之中获得解放的进程，又必须持续地被体验为一种绝对自相矛盾的现象。

从这个历史视野返观德语哀歌，特别是荷尔德林的哀歌，我们就

---

① Thomas Pfau, "Mourning Modernity: Classical Antiquity, Romantic Theory, and Elegiac Form," in Karen Weisman (ed.), *The Oxford Handbook of Elegy*, London and New York: Oxford University Press, 2006, p.548.

应该特别重视其中的"时间悖论"。"时间悖论",是指荷尔德林处在世俗化进程之中却回归前苏格拉底时代的希腊,去计算天神的钟点,最后像恩培多克勒斯一样因疏远于时代而疲惫不堪,忧郁成疾。如何在一个线性的世俗化时间里去体验烟消瓦灭的古典时代?时间不复循环,而"黄金时代"不可再现。于是,批判的反思和抒情的诗体交织在荷尔德林的哀歌中,现代性的时间困境与哀歌诗体水乳交融。思与诗的交织,时间意识与诗体探索的交融,及其审美的呈现,在荷尔德林那里可谓登峰造极,在18世纪末和19世纪初德语哀歌诗人之中,实在无出其右者。1799年,荷尔德林创作《哀歌》,随后更名为《美侬哀悼第俄提玛》。他将哀歌之音定位于一个"现时的暗夜",一道来自万劫不复的和谐过去之灿烂灵境偶然之间"照亮"了这个片刻:

> 金色的爱之光啊!亦为亡灵照耀,你也闪金光!
> 　那么,追忆起灿烂灵境,因此,你照亮暗夜?
> ……
> 　……
> 春天确已无踪,岁月悠悠推延,无以停息
> 　生生不息而又争斗不已,在终有一殁的人头顶
> 时间啊,风驰电掣而过……
>
> (Licht der Liebe! Scheinest du denn auch Todten, du goldnes!
> 　Bilder aus hellerer Zeit leuchtet ihr mir in die Nacht?
> ············
> 　··········
> Wohl gehn Frühlinge fort, ein Jahr verdranget das andre,
> 　Wechsehnd und streitend, so tost droben vorüber die Zeit
> über sterblichem Haupt.············)①

一方面是"风驰电掣的时间",又称"分崩离析的时代"(die Reissende Zeit),另一方面是反复以"夜"为喻的现代性之黑暗。时间与黑暗之怪异关联,乃是荷尔德林哀歌的持久主题之一,它喻涉"诸神远

---

① Friedrich Hölderlin, *Selected Poems and Fragments*, Trans. Michael Hamburger, ed. Jeremy Adler, New York: Penguin Books, 1994, p. 128.

去,孤寂无聊"。席勒涵养了荷尔德林的哀歌诗兴,影响巨大而浸润幽微,但荷尔德林还是同席勒的古典主义分道扬镳,走到了德国观念论的对立面。荷尔德林无法赞同德国观念论者,而缔造了一种内隐的诗学理论。这种理论认为,观念论的理想化只不过是一种主观的审美基础。密涅瓦的夜枭唯有黑夜降临时分才起飞。观念论的理想化在时间上滞后,决定了它无能建构意义整体。在荷尔德林眼里,诗体必须是一种隐秘反思的体现,是反思活动的表现性结果。在诗体形式之核心,蕴涵着一种绝对的灵见:在一切特殊情志中被执握的纯粹之物(das Reine),与思考这一"纯粹之物"的特殊官能,存在着永恒的冲突。一种纯粹的诗性生命不复存在,或者用海德格尔的话说,人总是不能"诗意地栖居",故而,只要有一种语调的交替,以及不同语域的恒久转换就足够了。职是之故,荷尔德林晚期哀歌日渐趋于冷酷刻板,个性湮没,而引人注目地征用前苏格拉底哲学散文风格的格言警句。一种哀丧感,以及同一切真纯意义与丰盈之源的暂时疏离感,以压倒性优势不可抗拒地塑造了现代性品格。诗人对这种现代性品格的反应表明,"绝望与激情合一""以最高的肯定表现最极端的否定"。现代诗学形式的展开再现了诗人对现代性的反应,同时又取决于一种对"敞开性"的需要。也就是说,诗人必须泯灭自我,虚己待物,感物兴怀。

荷尔德林的哀歌形式同这么一种绝对的哀丧感和疏离感唇齿相依。其"语调转换"(Wechsel der Töne)的诗学理论内蕴天机,志存高远,但这种哀歌形式乃是一种现代性美学思考之硕果犹存的形式,而再也不能认为它可以被包容于逻辑单一、脉络清楚、意义明白的表现形式之中。换言之,现代性的哀丧与疏离,决定了荷尔德林哀歌诗体的绝对分裂、无限歧义和永无止境的状貌,故而具有了绝对悲剧品格。哀歌,便成为德语现代抒情诗的典范。它必须在形式上体现这种否定性情境,其途径是对诸种表现形式(史诗、悲剧、抒情)以及各种主体情志(素朴、英雄、理想化)兼收并蓄,使之彼此对立而又整体和谐。其中,每一种表现形式、每一种主体情志,过去尚可单独呈现整体,但现在却再也不能呈现整体了。① 现代哀歌诗人面对一个破碎的世界,奋

---

① Thomas Pfau, "Mourning Modernity: Classical Antiquity, Romantic Theory, and Elegiac Form," in Karen Weisman (ed.), *The Oxford Handbook of Elegy*, London and New York: Oxford University Press, 2006, p.561.

力以断章诗体呈现一个隐秘的宇宙,一种凄美的意境。这个整体属于泰古,而这种意境注定幻灭,荷尔德林的哀歌实验及其理论思考更是意味深长。他认识到,生命的丰盈与宇宙的整体属于古代希腊,而今无迹可寻,唯有追思怀想,快乐的远游即悲壮的还乡。弗洛伊德将这种心境称之为"逆向追思"(Nachtraglichkeit)。现代诗人的哀悼有真正对象,一种染色现代美学模式和文化工程的哀歌维度也有其真正根源,那就是几度沧桑,去古已远,现代人欲归无计,完全没有希望找回泰古的"黄金时代"。事实上,过去的魅力转瞬即逝,美感之源只不过是现代人深感疏离而且方向迷失。现代人,严格说来,乃是一个暂存的主体,缺少超验的参照,也没有规范的架构。不妨简而括之,现代哀悼古代,其真正对象乃是"哀丧之哀丧"(the loss of loss),一种绝对的丧失,一种不留证据的毁灭之毁灭。① 这种哀丧之哀丧,本身又是一种潜伏在美学与修辞学领域中的困境之转换形式。因此,绝非偶然,自荷尔德林的伟大哀歌与黑格尔的《美学讲演录》以降,19 世纪到 20 世纪的哲学美学、精神分析、解构思潮、历史主义以及文献批评的话语体系五花八门,但至少可能百川归海:将语言作为"文字",作为一种褪色的形式来研究,无情地将表现的自我创造活动揭露为一种幻觉。幻觉之殇,乃是荷尔德林伟大哀歌留给后世的遗产。

  19 世纪德语哀歌遗产不仅属于德国,而且蕴涵着世界性,同人类普遍精神共鸣。故此,仅仅从现代性视野来解读荷尔德林的哀歌也是不够的,还必须以人类共同感为基础设立解释构架。从古希腊世界的起源论之,哀歌也许融汇了两河流域史前史诗的悲情。《吉尔伽美什》对荷马史诗、希腊悲剧、古风抒情诗的影响显而易见。史诗主角恩奇都战胜树灵之后,却体验到挚友死亡的悲恸,史诗因此而没有大团圆结局,却有后续的苦难,无尽的哀思。希腊哀歌脱胎于口传史诗之后,走上了一条抒情化的道路,罗马艳情哀歌不过是抒情诗历史的过渡章节而已。深受黑格尔美学思想熏染的青年卢卡奇指出,史诗与戏剧的世界本质上是有意识创造的产物,而抒情诗的世界本质上是情感自然

---

① Alan Liu, "The New Historicism and the Work of Mourning," in Helen R. Elam and Frances Ferguson (eds), *The Wordsworthian Enlightenment: Romantic Poetry and Ecology of Reading*, Baltimore: Johns Hopkins University Press, 2005, p.154.

流露的结果。哀歌处在史诗与抒情诗之间,映照着史诗描绘世界图景的失败,反映了抒情诗表现心灵境界的成功。如同席勒所说,为了让悲哀的情绪产生哀歌诗体,就必须超越歌谣的主观性,超越颂歌的激情,但是哀歌未能达到史诗的广度与系统性,却只能徒劳地以史诗的气魄,来表达理想的哀丧,或"哀丧之哀丧"。用荷尔德林所传承德国古典哀歌理论术语来说,"哀歌"乃是独立抒情的史诗,它表达"我们的混合情感"(unsere vermischten Empfindungen)①。

　　史诗描摹世界图景的失败,不只是古希腊世界独特的现象。古代东方世界情形与罗马时代相似,伟大的史诗向抒情诗转化,或抒情诗中有史诗的暗流。史诗而抒情,抒情而哀歌,故而古代东方世界唯有短诗和哀歌,炳焉三代同风,感人至深至切。古代圣贤发愤吟诗,哀歌始作,韵味苍凉,而流兴漫延直至今日亦不隐息。公元前5世纪印度诗人伽梨陀娑的《云使》,古代波斯的"鲁拜",公元7世纪的印度诗人

---

① 18世纪中期,德国哀歌理论家托马斯·阿卜特(Thomas Abbt)表述了一种"感伤哀歌"(die empfindsame Elegie)理论。在《论摹仿拉丁哀歌》(Vom Nachahmung der lateinischen Elegien)一文中,阿卜特写道:

[哀歌乃是]对我们混合情感(unsere vermischten Empfindungen)感性的完美描绘。它同其他诗歌共同的地方是感性的完美:只是其所处理的对象使之有别于其他文类。我在此加上"混合情感";并相信,就我所见而言,是正确的。那些纯粹的,或者更确切地说,显著地纯粹的欢乐情感,一如它的对立面,均属于赞歌(Oden),如果灵魂并没能完全主宰它们,而且它们摄入气息以使自己得到表达的话,一个既不知驱迫也不知罪孽的社会里的所有种类的情感和行动,都属于牧歌的领域;假如哀歌诗人们要回忆它们,那他们就能逃避一个最常见的指摘,即说它们是不自然的。然而在大痛中喋喋不休是有悖情理的。当痛苦一下子袭击灵魂的所有地方时,当它的力量由于这样突然的冲力被降伏,而痛苦如同海潮把它淹没的时候,它所有美丽的令人舒服的图像的茂盛、所有有用的反思的果子,就都被遮盖起来。除了哀痛的平原,人们什么也看不见;除了忧郁的狂野的喧噪声,人们什么也听不到。有一些灵魂受到更好的保护,仿佛是用廊柱派的堤坝给围起来似的:波浪冲到它上面后就破碎了。这种灵魂在遭罹巨大痛苦的时候不是陷入哀怨,而是凝为正义感,凝为控诉,凝为威胁,凝为出乎意料的决绝。这样的痛苦见于悲剧;但也在赞歌中得到表现。对快乐的感觉也可以作同样论述。这样,对哀歌诗人来说,就只剩下这样的情感:即它们由于相反相悖的东西而被柔化了,这是在灵魂中慢慢儿生出的情感,不是在激烈的遭受痛苦的暴风雨中,而是在——如果灵魂保留了这些痛苦的话——,常常仅是在它们中——

一个春日,
穿透云朵儿而笑。

(转引自刘皓明:《荷尔德林后期诗歌》[评注卷上],上海:华东师范大学出版社,2009年版,第184—185页。)

Bhartrihari,日本古代的长篇哀挽之歌,越南古典文学中的《战士之妇的哀歌》,以及中国三闾大夫的《离骚》,因名抑或无名,自觉抑或不自觉,仿佛都是史诗描摹世界失败之后的哀歌之作。"悲时俗之迫厄兮,愿轻举而远游。……遭泥浊而污秽兮,独郁结其谁语?"托名屈原的《远游》却道出了《离骚》的哀歌气势。屈原之哀,乃是绝对哀丧之哀:《九歌》的青春之梦破灭,经邦济世的政治理想无法实施,大地茫茫,苍天渺远,何去何从?彷徨的屈原发愤以抒情,一心远离绝对哀丧。这种哀歌之作的精神动力纠结着感性与理性之间的极度紧张。屈原之哀,哀就哀在他"屈心而抑志""忍尤而攘垢",自己反对自己,自己压抑自己。之所以如此,是因为理性束缚感性,而感性要挣脱束缚,故而生命力与反生命力决死抗争。《离骚》就有这么一个"力的结构","所以它有一个迂回反复、欲左先右、欲上先下、无垂不缩、无往不复的动态形式"。① 因而不难理解,屈子之哀诗以雷霆万钧的启示力量,令一代又一代诗人神魂颠倒,热血涌流。

故而,如果不限于诗体,而把哀歌当作一种政治诉求和精神气质,我们就不妨将《离骚》以及楚辞读作典范的哀歌。就诗体论之,《诗经》之风、雅为代表的谣曲,和《离骚》所代表的哀歌,乃是中国抒情诗的两大渊源。而且,虽然"哀歌不是中国诗歌的趋向之一",但"它是一种常新的倾向,即诗歌的化身。其影响及至中国中世纪,特别是唐朝,这个时代是中国抒情诗的黄金时代"。②

值得注意的是,中国古典时代有"史笔"而无"史诗"。然而,中国诗史却并未违反"史诗描摹世界失败,而哀歌作微茫正声"的一般规律。中国古典文类体系中,"诔""哀""吊"三类雅正文体与死亡、哀丧、悲怀、凭吊相关。其中"哀"类文体同欧西"哀歌"(elegy)相关。"哀者,依也。悲实依心,故曰哀也。以词遣哀,盖下流之悼,故不在黄发,必施夭昏。"(《文心雕龙·哀吊》)从文类流别角度看,哀歌或者独立抒情的史诗之崛起,既表现了史诗体裁的失败,又表现了抒情诗之中的史诗气势。从意蕴到诗体,哀歌总是处在史诗和抒情之间。历史

---

① 高尔泰:《屈子何由泽畔来?——读〈骚〉随笔》,载《文艺研究》,1986年第1期。
② 特克依·费伦茨:《论屈原二题》,载钱林森(编):《法国汉学家论中国文学》,北京:外语教学与研究出版社,2007年版,第88—89页。

如同钟摆,诗体总在史诗与抒情之间摇摆,从一极到另一极,反复而至无穷。不论各个时代的哀歌之作有着怎样的史诗气魄与激情,哀歌总是更接近于抒情诗,多少有点大雅不振而艳情恣肆之势。屈原之后,骚客无踪,楚辞浸衰。同样,罗马帝制归附基督宗教,哀艳之诗不作,几百年间哀歌止歇,直至18世纪末现代危机露头,哀歌再次通过德国诗人之口唱响欧西。哀歌脱离史诗,向抒情诗转移,并隐约地渴望再度史诗化,这种倾向表现了一个辩证法则,以及文类之间交互影响的事实。但这种往返巡回的轨迹表明,描摹世界的史诗越来越少,哀歌的抒情化愈来愈浓。如何规避这一困境?现代小说的兴起,便开启了抒情史诗化的契机,而这也扎根在现代文化语境之中,并在世界性上同人类精神相共鸣。

现在,让我们在紧迫的现代性文化压力下,以共鸣的世界性人类精神为视野,开始疏解《面包与葡萄酒》。这首诗原题为"酒神"(der Weingott),第一阙歌咏的主题为"夜"(堪称荷尔德林的"夜颂")。初读诗题,便感觉得到整体诗境同基督教精神和聚会仪式有着显著的关联。然在深层次上,面包即地粮,是白昼的馈赠,阿波罗的礼物,而葡萄酒为天水,是夜晚的守护神,以狄奥尼索斯为灵。所以,这首哀歌在整体上乃是黑与白的辩证,清明与迷狂的变奏,柔情与豪迈两境相入而悲剧色彩愈来愈浓,演绎出众神远去、忆念泰古、预表弥赛亚审美地重临的史观义境。苦难与幸福之间的交替,贫瘠与丰盈之间的征战,哀怨与期待之间的辩证,普遍沉沦与整体偿还之间的张力,元气淋漓地呈现在哀歌的多重语调转换之中。哀歌共分九阙,三三合一,整体由三个环节构成,既诗化了黑格尔辩证三段论(正反合),又暗含着基督教三世论("律法""恩典"与"慈爱"三世轮回)的史观诉求,而将浪漫的灵知转化为诗学的象征。第一个三阙合一环节,用敷陈式叙述黑夜,喻指众神遁迹之后的贫瘠,以及"分裂的时间"。第二个三阙合一环节,用哀挽式追忆白昼,喻指古希腊灿烂灵境,以及"闲适的时间"。第三个三阙合一环节,用启示式预表黑夜与白昼的和解,以及弥赛亚再临的"人性的时间"。

三、夜颂——癫狂之中神意盎然

歌咏黑夜,哀歌《面包与葡萄酒》在寂静的暮色下和悠扬的晚祷钟声里开始。

第一阕描写夕暮的小镇。月色凄迷,晚祷的钟声飘荡,气氛更添肃穆。而游吟诗人孤独地弹唱,思念远方的恋人,或者已经远去的青春岁月。月光照耀的群山之巅,不速之客不请自来,那是一位陌生的女子,如飘风流云而至,忧伤而又粲然。

第二阕聚焦于这位诡异而亲切的佳人。不知来自何方,将至何处,但她牵动整个世界以及期盼的灵魂,所以她诡异。她送来安眠,吸引了男士的眼光,赚取了花环与赞歌,所以她亲切。然而,更重要者,乃在于:

> 她是奉献给迷惘人与死者的,
> 自身却永存,拥有最自由的精神。
> ……
> ……
> 为了让我们在黑夜中有所寄托,
> 赋予我们超脱和神圣的陶醉。
> ……
> ……
> 还有神圣的记忆,彻夜不眠。

Weil den Irrenden sie geheiliget ist und den Todten,
　　Selber aber besteht, ewig, in freiestem Geist.
　　..........
　　　..........
Dass im Finstern für uns einiges Haltbare sei,
Uns die Vergessenheit und das Heiligtrunkene gönnen
　　..........
　　　..........

哀歌迎神,宗教和解　259

　　　　Heilig Gedachtniss auch, wachend zu bleiben bei Nacht. ①

　　敷陈式的叙事,将一个诡异而亲切的佳人推到了哀歌吟诵的中心。她安抚世界入眠,满足灵魂的期盼。从浸润着荷尔德林诗心的虔诚宗教传统,以及这一传统所负载的灵知主义信息来说,灵魂的基本象征是女人,而且是在黑夜时分降临的女人。她就是创造世界、缔造律法的天使,以及布施拯救、传播圣爱的祭司。同浪漫主义教化学说相一致,人性的导师总是淑女,她引领灵魂上升,完成生命塑造,推动政治构想,以及建构感性的审美的宗教。

　　第三阕呈现神圣之夜的癫狂。神圣之火奔涌,人之尺度朗现(immmer bestehet Maas)。尺度,是荷尔德林后期歌咏的一个基本主题,同古希腊的"命运"和旧约的律法有隐秘的关联。具体说来,它是指不朽的神对于终有一殁的人所设置的分寸。然而,不朽之神对终殁之人毫无眷注之意,但人生虽然脆弱短暂,还是有可能为自己设立尺度——甚至还以人为万物的尺度。在此,诗人对"人的尺度"点到为止,浓墨铺陈神圣之夜的癫狂。歌者为神圣之夜的癫狂所击中,而发出了迎神的呼吁:

　　　　……请到伊斯特莫斯来,去吧,那儿的茫茫大海喧响在
　　　　帕那斯山崖,那儿的皑皑白雪照耀着达尔菲的巉岩,
　　　　从那儿前往奥林匹斯山圣地,从那儿攀上金泰龙峰巅,
　　　　踏进松树林,步入葡萄园,从那儿起
　　　　泉女忒拜和伊斯梅诺斯河喧响在卡德摩斯之国,
　　　　那儿正朝我们走来的那位神回首又徘徊。

　　　　Drum an den Isthmos komm! Dorthin, wo das offene Meer rauscht
　　　　　　Am Parnass und der Schnee delphische Felsen umglänzt,
　　　　Dort ins Land des Olymps, dort auf die Höhe Cithärons,
　　　　　　Unter die Fichten dort, unter die Trauben, von wo
　　　　Thebe drunten und Ismenos rauscht in Lande des Kademos,

---

　　① Friedrich Holderlin, *Selected Poems and Fragments*, Trans. Michael Hamburger, ed. Jeremy Adler, New York: Penguin Books, 1994, pp.150-151.

Dorther kommt und zuruck deutet der kommende Gott. [①]

诗人为神灵激赏,敞开了灵台,预备好了心境,期待神的降临。诗人的呼吁,使用了与神相关的地名,这是因为神自身乃是拒绝命名的。这里被提到的地名可以分为三类:一类与阿波罗有关,即帕那斯、达尔菲;一类同酒神的身世和庆典活动有关,即金泰龙、忒拜、伊斯梅诺斯河、卡德摩斯之国;一类是希腊众神的栖居之地奥林匹斯山。而那位流连忘返、不住张望的"将来之神",乃是整个哀歌的意象体系之核心——狄奥尼索斯、赫拉克勒斯和基督三者的合一。哀歌诗人在黑夜里溘死流亡,声嘶力竭地呼吁,上天入地地寻求,其终极对象就是这个"浪漫的将来之神"。

在第一个三阙合一之中,荷尔德林将席勒所界定的哀歌意境提升为一种精神的样本。诗人的吟唱中,西方世界陷入了一种分裂的时间(reissende Zeit),即"风驰电掣的时间",它把西方世界扫进深渊。分裂的德国,国势孤危,"寂寞"与"喜乐"并存,繁忙的闹市与孤独的歌者同在。无论白天还是黑夜,那里都呈现一派忙碌的景象:白天人们各自为生计忙碌,夜晚为算计一天的收获忙碌,岁岁年年为"面包和葡萄酒"忙碌。但是,人们为了吃饱喝足穿暖而奔波劳累,虽换取了生活的充实,却忘却了生活的意义,渐渐沦为生活的奴隶。整日的劳累换来的幸福,被诗人感受为"贫瘠",也就是说,除了物质欲望的满足,人们状若行尸走肉,仿佛拖着沉重的脚镣,在黑暗中茫然前行。在这贫瘠的黑夜,诗人是清醒的,以孤独的歌者自况,他演奏着美妙音乐,应和着自远方飘来的微茫的歌声,立刻勾起了人们无限的遐想。记忆像离弦的箭,射向遥远的神圣之夜。泉水的流逝,暗示时间的一去不复返。那回荡在暮色里的钟声和更夫报钟点的声音,不断地敲打着诗人的心房,警戒诗人不要随波逐流。赋予诗人无限思绪的沉醉之夜来了,诗人那孤独单纯的背影与围坐一团的世人认真盘算的功利表情形成了鲜明的对照。诗人真诚地邀请,邀请人们回到对古希腊的神圣记忆中去,令其能够重新感受古希腊神秘而又神圣的狂欢庆典,同时也希望古希腊的辉煌重新照亮黑暗的"西方"。

[①] Friedrich Holderlin, *Selected Poems and Fragments*, Trans. Michael Hamburger, ed. Jeremy Adler, New York: Penguin Books, 1994, p.152.

西方之所以沉入"黑夜",是因为诸神已经隐逝。席勒在《希腊众神》之末哀婉地唱道:"他们回去了,他们也同时带回/一切至美,一切崇高伟大,/一切生命的音响,一切色彩,/只没有把灵魂的言语留下。"席勒没有沉沦于悲叹,倒是许诺了诸神再来的希望:"他们获救了,摆脱时间的潮流,/在品都斯山顶上飘荡;/要在诗歌中永垂不朽,/必须在人世间灭亡。"海涅则没有席勒这么乐观、古典,而是在同题诗中表达了更深的忧虑,更为彻底的虚无意识:"我寻思,战胜了你们的群神,那些/新统治天下的可怜的群神,/那些披着谦卑的羊皮,在苦难中欢乐,他们/是多么怯懦和虚空!"哲人黑格尔也满怀愁怨,哀悼已经离开被亵渎了祭坛的诸神。在写给荷尔德林诗篇的《埃琉西斯》中,黑格尔情不自禁地感叹:"然而你的庙堂沉寂,女神啊! 诸神已离开亵渎了的祭坛,遽然回到了奥林匹斯,把诸神引来的纯洁的精灵,也离开了人类的野蛮之墓——你的布道者的沉默智慧,并无祭祀的声音,流传给我们——研究者的探索,劳而无功……"谢林则通过对世界年轮和黑夜时分的沉思,为神话哲学、启示宗教的出场敞开心灵的空间。"世界之夜"的幻象,乃是德国浪漫主义思诗的核心意象,而谢林的"创世之初"学说堪为"幻象空间"的滥觞,以及源始的无意识决断之基本象征。谢林写道:

> 它以一当十地囊括了一切,囊括了无尽的表象和意象……这个黑夜,这种人性内在的黑夜——这种纯粹的自我——就寄身于幻影般的表象之中。……我们直视人类的眼睛,就会看到这个黑夜。①

可是,谢林没有说:当我们直视黑夜,黑夜也直视着我们。诺瓦利斯则"转向神秘、隐秘、难以名状的夜",赞颂黑夜为"神圣世界的崇高

---

① 转引自齐泽克:《斜目而视:透过通俗文化看拉康》,季广茂译,杭州:浙江大学出版社,2011年版,第150页。对"世界之夜"的更详细论述参见 Slavoj Žižek, "The Abyss of Freedom," in F. W. J. Schelling, *The Ages of the World*, Ann Arbor: Michigan Uiniversity Press, 1997。按照谢林以及德国浪漫主义诗人—哲人的观点,相对于朗然的白昼,黑暗之夜就象征着无限渴望的灵魂境界。谢林认为,在主体宣称作为理性词语的媒介之前,它是纯粹的"自我的黑夜",是"存在无限的匮乏",是否定所有外在之物的存在之一个粗糙的紧缩状态。在《耶拿实在哲学》中,黑格尔指出,作为"抽象否定性的"纯粹自我,构成了"现实的蒙蔽",主体向自我紧缩,归结为"世界之夜"。"世界之夜"作为主体的隐秘内核,解构了"理性之光"与"穿不透的物质黑夜"之间的简单二元对立关系。介入二者之间的既不是主体之前的动物本能,也不是理性之光,而是"我思与疯狂的时刻"。"世界之夜",构成了主体的基本维度。

的报道者""极乐的爱的守护者""温柔的爱人",以及"迷人的太阳"。在浪漫主义诗人那里,"夜"受到特别的关怀、敬重、祝福以及赞美,因为"夜"能够在神秘的安详和神圣的癫狂之中化解一切,让更高的真理裸露出来,并成为诸神远去之后的欧西厄运的基本象征。"敬重夜的开端,因为夜是欧洲人的俗世情状的象征","对夜的敬重意指'历史之夜',指夜一般的欧洲命运,这个命运让欧洲人远离充满神性的古老世界,生活在没有诸神的世界里"。① 远离诸神,命运乖蹇,诗人有如荷尔德林与诺瓦利斯辈者,则主动遭遇黑夜,迎着黑暗走去,让黑夜激荡灵知,完成自我教化,预表人类之最后拯救。

到底是什么驱使黑夜,让黑暗上升,而与光明决一死战呢?是什么力量将德国以至欧洲攫夺而去,而席卷到诸神逃逸的黑暗深渊,让人生活在绝对的分裂之中?远古的进程曾经柔和而伟大,而今诸神隐退,邪恶之灵折磨世界,"世间恶"甚嚣尘上。在荷尔德林同夜的遭遇和对夜的赞颂中,一种灵知主义以浪漫方式被诗化了。作为一种古老的宇宙论体系与拯救学说,灵知主义(Gnosticism)之根本特征在于二元化:光明与黑暗争斗,而光明沦陷在黑暗之中。人类对光明的知觉激起了黑暗的嫉妒、贪心与憎恨,从而挑起了对光明的侵犯,它的冲击盲目而又混乱,释放出邪恶之灵,在造人与创造性繁殖的机制之中化身为梅菲斯特一般的魔性。因此,黑暗之夜,乃是一种现代欧洲,它为"分裂的时间"所主宰,而被一种强暴的力量拽入深渊。一条古代灵知宗教之教义断章中写道:"黑暗分裂自身——树与果实分离,果实与树分离。纷争与苦涩是它[宇宙]的各个组成部分的本性;温和宁静是异在于他们的,他们充满了各种恶毒,每一个都摧毁与之邻近者……他们被自己里面的情感弄混了头脑,现在想用他们所有的力气与它战斗,就为了要把它带进他们的能量里面,用他们自己的黑暗与光明相混合。"② 如何实现黑暗与光明的和解,克服宇宙分崩离析的厄运?浪漫诗人觉察到,唯有主动遭遇黑暗,体验绝对悲剧,才能获取拯救的灵知,呼召神性再度莅临。人类没有选择,别无他途。

---

① 伽达默尔:《美学与诗学:诠释学的实施》,吴建广译,北京:北京大学出版社,2013年版,第25页。
② 参见汉斯·约纳斯:《诺斯替宗教:异乡神的信息与基督教的开端》,张新樟译,上海:上海三联书店,2006年版,第196页。

四、追忆白昼——神话审美主义

第二个三阙合一,哀歌诗人将我们带回到"极乐世界的希腊"。那是一个灿烂如白昼的时代,诸神在"闲适的时间"与人类共在,而预表了终极拯救之后的"人性时间"。这个极乐时代属于过去,存留在记忆之中成为浪漫诗人心中的灿烂遗影。

第四阙初入希腊梦境。诗人像雕一样鸟瞰希腊景观,眼光掠过神话之故土,那里巍巍殿堂,大海为坪,群山为桌,远古神性之造物巧夺天工。然而,诗人马上发问:王座、神庙、祭神器皿在何处?琼浆玉液、祭神赞歌何处找寻?神谕何处散播?何处迎来伟大命运?此等追问可谓天问,因为锋芒所向,正是"清虚之中的天父"。通过天问而召回古国遗风,呼吁众神光临大地,冲破黑暗,光照人间,扫荡作恶世间的邪灵。

第五阙展开对诸神世界的思辨。思辨逻辑与诗体节奏彼此交织,由浅入深,有形趋于无形。一层是众神之到来无知无觉。神不知,人也不问:这些神"姓甚名谁"?二层是世人心胸满溢喜乐,却不知如何享用。对此等蒙昧,天神克制而又忍耐,继而显露真理。三层是人类面对神灵所赐的财富,却对神灵保持冷淡。不知感恩,对神的关怀漠然,此乃希腊神话审美主义的悖谬:神助人事,而人忘神恩。这种状况要等到基督教广播世界之后,方可有所改观。本阙最后,诗人吟诵道:神谕有言,言出如花,花开遍地。一种审美的新神话从"太一与万有"的教义主干上开枝散叶,梦境中的白昼,彩云漫天飞舞。

第六阙提示了希腊极乐世界的衰落。诗人劝勉世人珍惜众神的荣耀,珍藏众神的真理。但希腊之辉煌毕竟属于过去,而希腊的伟大正在于它的衰落。希腊世界极盛而衰,难免花果飘零之命。此乃浪漫主义对于古典时代的典型想象,也是荷尔德林之希腊史观的核心。诗人敏锐地感到,"诸神的舞蹈不再娱乐人们","圆满地结束了慰藉人的庆典"。有舍必有得,诗人便在"舍弃中借力于真正的历史逻辑,西方全部历史就向诗人敞开","历史的'深不可测的寓言'与希腊传说的诗学,当下就走到了一起",因此"希腊古人的俗世性和基督教—西方灵魂的内在性,也是我们自己所承担的不可把握的重负"。①

诗人以为,通过记忆而回到古希腊,也就回到了极乐世界,回到了天国神灵的家园,因而能感受到"远播的神谕",体验到"伟大的命运"。在这个被世人忘却但被歌者拯救的世界里,人与众神和谐共处,英雄为名誉而战。在诗歌的第二部分,诗人动情地呼唤"苍天父亲",呼唤"万象更新的白天"。一遍一遍地呼唤,掷地有声,暗示着众神不仅存在,而且并未远去。

在古希腊,神谕在很大程度上与人们的命运密切相关。尽管命运苍苍莽莽,突如其来,难以捉摸,但也有可能满载着众神的祝福。譬如,古希腊人还荒谬地相信"遭雷劈是一件好事"②,因为这很有可能意味着雷神宙斯垂青于人的血肉之躯。在《荷马史诗》中,众神常常会化作凡人的形象出现在寻常百姓家门口,以观察普通人的生活方式和处世态度。因此,人们常常无法辨认面前出现的陌生人来自何方,只有真心诚意地对待乔装打扮的神,才能受到神的青睐。这也就对世人提出了一种要求,或者说下达了一道旨令:只有时刻满怀虔诚,相信神的存在,相信神力显灵,神才会降临。这个要求或旨令事关信仰的真谛。诗的第五段就描述了这样一道转换场景:对于天国的神灵,人们起初不知其"姓甚名谁",继而目睹其"显露真容",最后神灵通过实现人的愿望而证明了其神圣。对于像"圣美自然"这样的神圣力量,人们既能称呼其"心爱之物",也对其充满真诚的溢美之词。诗人以情感的节奏模拟了历史的兴衰,那是神圣的白天和夜晚自然交替。白天期待众神,夜晚追思神性,而各种祭奠仪式和庆典维持神性的存在,一切秩序井然,乐在其中。古希腊异教世界创造了这么一种象征体系,"用来表达一种新的经验,包括神统治下的人的生存、秩序的本性、无序的根由以及一个社会的历史兴衰等"③。总之,在诗人荷尔德林眼里,古希腊世界是理想、神圣、和谐与统一的秩序,而决然对立于当下平庸、物

---

① 伽达默尔:《美学与诗学:诠释学的实施》,吴建广译,北京:北京大学出版社,2013年版,第14页。
② 参见欧里庇得斯:《欧里庇得斯悲剧六种》(《罗念生全集》第3卷),罗念生译,上海:上海人民出版社,2007年版,第393页,第6条注释。
③ 参见埃里克·沃格林:《城邦的世界》,陈周旺译,南京:译林出版社,2009年版,第142页。

质、破碎与分裂的时代。

极乐的希腊,是一个神话审美主义的希腊。这个世界的诸神完成了权力分封,而各司其职,而且诸神洗净清虚,与众生万物共存,天地人神,优美圆舞。诸神赋得人形,而造就了形象专制主义,战胜了实在专制主义。因此,希腊的多神教神话及其审美主义,便具有了制序化功能,塑造生命的力量,以及文化形而上神韵。

首先,希腊神话审美主义表现了权力的制序化功能。诚如布克哈特所说,"神话总是作为一种强大的力量统治着希腊人的生活……它照亮了希腊人的整个现实生活",从神话之中发挥出来的宗教直觉传递着一种伟大而深邃的道德意识,因而希腊神话是一首对自然的无限充满了深情赞美的颂歌。① 在古代多神论达到鼎盛阶段之后,神话审美主义怀着"形象的意志"建构出了反对"实在专制主义"的宇宙形象,而阻挡"必然性的温柔之弓射杀人类生命之箭","重新把人定位在神权领域之中"(AM:20)。这就是目无纲纪、犯上作乱的提坦众神的故事所象征的"权力分割","权力分割"完成了巩固宇宙整体有序的"制序化"过程。大地之神该亚把圆月弯刀交给儿子克罗诺斯,让他割去天空之神乌兰诺斯的生殖器,并将它扔向大海,在精液与海水的恐怖浪花里诞生了美神阿芙洛狄芯。蛇发女妖美杜莎的眼光有生杀予夺的力量,在她邪恶的一瞥之下,生命会变成石头,但英雄帕尔修斯斩首美杜莎,用她的头像装饰抵御顽敌的盾牌。克洛诺斯神话表明,残暴的"实在专制主义"被征服了,而且被转化为审美的象征。帕尔修斯神话表明,恐惧与惊骇的"实在专制主义"被征服了,而且被转化为抵御敌人的力量。而这一切都是靠命名来实现的,通过命名将混沌变为明晰,将陌生化为亲近,同时赋予生命以征服惊骇与恐惧的力量。希腊人为陌生之物命名与叙述生命体验的能力,表明神话已经成为一种超越的标志、一种距离的确立、一种对于严酷心酸经验的慰藉。

其次,希腊神话审美主义体现了生命塑造的力量。在柏拉图的《蒂迈欧篇》中,老迈的埃及祭司对梭伦说,希腊人永远是儿童,并且在精神上永远是风华正茂、春心怒放。马克思也认为,希腊神话是后代

---

① 布克哈特:《希腊人和希腊文明》,王大庆译,上海:上海人民出版社,2008年版,第69页。

人永远无法超越的高不可及的范本。之所以如此,那是因为希腊神话具有塑造生命的强大力量。布鲁门伯格说,"神话竭尽全力克服实在专制主义的方式在许多彼此对立、彼此取消的权力之间分配着一种迷暗不明、主宰人类并且敌视人类的力量"(AM:20)。正是这么一种制序化的权力分割,给予生命以喘息的空间,从容地塑造生命,增进抵抗惊骇与恐惧的能力。这是在一个无法和解的实在性之彼岸去探索"谋生之道"(Lebenkunst),而这么一种"异教形式的生命可能性"则超越了隐含在基督教一神论教义之中的神话,并且呼唤一种至上的神性。①因此,尽管将神话投射到进步模式当中可能会不恰当地赋予其当代性,但这种年代上的误置事实上已经表明,神话通过叙说人类进步过程中开端的混沌与当前的迷乱之间空间的拓展、形式的盈虚消息而展示了生命进化的独特标准。这一标准是"生命"与"逻各斯"血脉同根,"神话之爱"与"智慧之爱"合则两益、分则两伤。总之,"神话"与"逻各斯"互为家园,旨趣相同,问题为一。甚至还不妨说,"神话"本身就是高含量的"逻各斯"的成就。

最后,希腊神话审美主义还启示了文化的形而上神韵。希腊"是一个极力地保护其神话的民族,并使神话成为其生存理想的基础,试图不惜一切代价地把神话和现实生活联系在一起",因而被后代当作古典的典范来仰慕,而与任何种类的"浪漫主义"相对立。但布克哈特却一反陈说,断言"希腊人在他们的神话中则拥有一种无限的浪漫主义作为他们精神生活的一种前提条件"。② 这么一种观点启发了布鲁门伯格从希腊神话审美主义之中读出了文化与苦难的关系,或者说希腊文化的悲剧形而上学。赫希俄德的惩罚三女神之一打开手中瓶子,让一万种不幸漫游人间,而把希望永远埋藏在瓶子里,让人类陷入深重的悲哀,面对罪恶无处可求助。悲剧诗人索福克勒斯在《俄狄浦斯在柯罗诺斯》中让长老合唱队哀叹说,"最好的事情是不要投生,拒绝血肉凡胎",而当人们询问哲学家阿那克萨哥拉,为什么我们决定还是投生而不是不投生时,他的回答则更充满了对此岸现实的无奈:为了

---

① 参见 Carl-Friedrich Geyer, > Neu Mythologie und Wiederkehr der Religion <, In: *Wiederkehr der Religion? Perspektiven*, *Argumente*, *Fragen*, hrg., Willi Oelmuller, Paderborn, 1984, z. 44.

② 布克哈特:《希腊人和希腊文明》,第 76 页。

观看天空和宇宙的整个秩序。①"生命,只不过是一场幻影般的梦",这是希腊诗人品达时代最为流行的悲怆情调。作为发明了悲剧和哲学的伟大民族,希腊人在精神上一点也不乐观,而是充满了生命的苦难感与悲剧意识。对希腊人而言,"世界历史中最伟大的命运,就是衰落","在所有的文明人中,正是希腊人自身承受了最大的和感受至深的痛苦"。② 故此,希腊人之所以需要悲剧,是为了反复呈现乖戾的生命之美,以减轻"实在专制主义"所造成的威胁;希腊人之所以需要理论,是希望通过默观冥证来遗忘苦难,筹划彼岸生命的辉煌境界。而在神话审美主义的角度看来,这种"苦难与文化"的关系,就是希腊文化的形而上神韵所在。

五、黑白相融——和解的宗教

第三个,也是最后一个三阙合一,哀歌诗人极力让黑夜与白昼和解,以多神教神话审美主义点染基督教精神,以基督教的内在性涵化异教文化,从而预表弥赛亚降临的未来,及其人性化的圣爱时代。

第七阙描写西方世界的黑夜。在历史过渡环节,诸神转身忧叹离去,留下一个贫瘠荒芜的黑夜。柔情似水,宽宥如地,黑夜具有涵养信仰、滋生神性的雅量。诗人,作为黑夜的祭司,模拟酒神之步态,走遍大地,预期弥赛亚的再度降临。

第八阙追逐神在夜色里留下的踪迹。诸神转身而去,对世间毫无眷注,大地上哀声涌起,人类的哀悼活动将绵延多时。圣灵滋润世间的希望尚存一脉,神性再度降临的希望犹在,而大地上虚位以待,酒神劲舞,新神话的狂飙中,宗教以感性的审美形式回归。

第九阙歌咏酒神的弥赛亚身份。酒神在复活中所扮演的角色,是让黑白和解,把天国的星辰带上带下,把遁去的诸神的踪迹,带往处于黑暗世界中的无神论者。接下来诗人以泰古之神的儿女自命,且将西方当作古希腊文化的传承者。最后,上穷碧落下黄泉,诗人追踪最高

---

① Hans Blumenberg, *Die Geneis der kopernikanischen Welt*, Suhrkamp Verlag, Frankfurt am Main, 1975, zn. 16-17.
② 布克哈特:《希腊人和希腊文明》,第85页。

之神——叙利亚人——的脚步,跟随他的火炬,探寻拯救之道。哀歌最后终结于诡异的梦境——地狱里,嫉妒成性的冥府之犬也难拒酒神,而酣醉入梦。

那位徘徊流连的"浪漫主义将来之神",究竟是何方神圣?海德格尔猜想,"自从赫拉克勒斯,狄奥尼索斯以及耶稣基督这个'三位一体'弃世而去,世界时代的夜晚便趋向于黑夜"[1]。而那位徘徊流连的"浪漫主义的将来之神",就必须是能代替这个三位一体的弥赛亚,即世俗性的希腊和内在性的基督教西方在精神上彼此涵化而生育的新一代诸神。弗兰克经过细密的文献考证,将诺瓦利斯、谢林、黑格尔、施莱格尔兄弟同一主题的思考作为参证,提出"浪漫主义的将来之神"乃是共同体之神,是基督与酒神的合体。

这位"将来之神"必须具有一种能够把奥林匹斯山上的众神会聚到一起的力量。而希腊众神会聚的理由,是"圣夜"在帕那斯山崖或金泰龙山上举行的酒神狂欢节。在古希腊,酒神为忒拜国王卡德莫斯的女儿塞墨勒与宙斯生的孩子(而非雅典神话中宙斯与谷物女神之子),他是希腊众神中的手执火炬者,是光明的象征。在一年中最长的黑夜里,古希腊会举行祭拜酒神的庆典,随着东方第一道曙光的到来,酒神就会在这逐渐增强的光明中获得新生。黑夜成为迎接酒神的一道深渊般的背景,在黎明到来的那一刻,酒神降临。诗中提到那"为人熟知的节日之冠"就是庆典上为酒神准备的用常青藤和葡萄藤编成的桂冠,"神圣的舞蹈"就是酒神狂欢节上人们纵情而忘我的狂舞,"古老而又神圣的剧院"则上演着源于酒神祭奠的古希腊悲剧。

白昼作为一种复归的神性在酒神这里得到了保存,这位"正朝我们走来的"神在荷尔德林看来正是将希腊众神会聚的理由。酒神,只有他首先到来,才能够召唤古希腊众神。然而他毕竟还未到来,他正在走来,"回首又徘徊"。回首,是朝古希腊遥遥凝望,传达了其与古希腊的亲缘性。徘徊,是由于诗人所处时代之贫瘠造成了神性的犹豫。古希腊掌管人们吃(面包)与喝(葡萄酒)这两种生存必需品的神已经在人间出场:

---

[1] 海德格尔:《诗人何为?》,见孙周兴编:《海德格尔选集》(上),上海:上海三联书店,1996年版,第407页。

> 人间有两位最主要的神,一位是女神得墨忒耳,即是地母——随便你叫她哪个名字——她用固体粮食养育凡人;继她而来的是塞默勒的儿子,他酿造液体葡萄酒送给人类,弥补营养的不足,减轻那可怜人的忧愁,在他们喝足了葡萄酒的时候;他还奉送睡眠,使他们忘却每天的痛苦,此外再没有什么解除痛苦的药物了。①

他们所具有的神性与人们的生存息息相关。可以说,没有这两样基本供给,人们便无法存活。这两位神的另一共同点在于他们都曾在人间生活,与人们结下亲密的关系,狄奥尼索斯的另一位凡胎兄弟在《面包和葡萄酒》中也有提及,那位帮助父亲战胜提坦人的赫拉克勒斯也是诗人热爱的古希腊神之一,正因为他来自于大地,又因其父而具有一定的神性,所以在对抗提坦人时他发挥了至关重要的作用,每次被提坦人摔在故乡的土地上时,他总能够因接触到出生之地,重新获取无限的能量。狄奥尼索斯与赫拉克勒斯是宙斯在凡间的两个儿子,他们的出生和生存都无法离开大地的庇护。

从人们在"神圣之夜"呼唤酒神狄奥尼索斯重生的狂欢庆典看来,酒神的诞生还具有"受难与复活"双重含义。

> 狄奥尼索斯的受苦和复活,是一位神的受苦和复活:这位神是宙斯和佩尔瑟芬所生,遭到宙斯的宿敌提坦巨神——即克洛索斯兄弟的袭击,被撕成碎片后吞食;但他的心脏仍然搏动,被雅典娜——或者雷娅救起,交给宙斯,宙斯将他重新唤醒。在古希腊的时候,这位神被人们时而与酒神时而与埃及神话中的俄西里斯等同。②

弗兰克认为,前面提到过的酒神狂欢节,也可以是围绕"这位神"的"受难与复活"逐渐形成的。在这一意义上,狄奥尼索斯的"受难与复活"就与基督的"受难与复活"具有类似性,耶稣基督被钉上十字架,当时遍地黑暗,耶稣基督大声喊:"父啊,我将我的灵魂交在你手

---

① 欧里庇得斯:《欧里庇得斯悲剧六种》(《罗念生全集》第3卷),第363页。
② 弗兰克:《荷尔德林与狄奥尼索斯神》,莫光华译,见刘小枫、陈少明主编:《荷尔德林的新神话》,北京:华夏出版社,2004年版,第154页。

里!"(《路加福音》23:44—46)之后便死去了,七日后的一个清晨,耶稣基督便在黎明的到来中复活了。另外,从雅典的伊阿科斯出发,也能看出其中与基督诞生相类似的证据,伊阿科斯诞生于其母谷物女神用以筛选种子的农具——一种类似"盆"的筛斗中,这种筛选谷物的农具经过神话的转义,变成了某种能够使灵魂净化的工具。而耶稣基督诞生在马槽里,这马槽同样是一种容器,与"盆"的形状和功能类似。弗兰克指出:

> 可以认为,作为圣婴的降生,狄奥尼索斯或许就是那个救世主开显的、启明性的诞生之神秘的、秘教式预演——这救世主的称谓就是狄奥尼索斯,作为"拯救者",他本身就已经具备这种属性了。①

可以说,这样两个具有同样使命的神的诞生、受难和复活就在一定意义上统一了起来,他们同时在神圣的夜里、受到神谕的启示而诞生。正是黑夜中的广袤天地为人们的解释提供了一种开放性视野。基督的隐性出场暗合于荷尔德林所处时代的基督教,基督教日渐衰退并淡出人们的视线,基督隐身但并未消失,这位让诗人依依不舍的神尚未真正出场,如何召唤其显灵?

诗人目睹"将来之神"的徘徊和忧郁。他不断地呼唤,同时在希望和梦想中带领人们走入"极乐世界希腊"——"天国神灵之家",然而梦醒时分,物是人非,诗人用六个Wo(在德语里为"何处"的意思)及六个巨大的问号组成了一幅幅惊恐的、流着泪的面孔,触目惊心地告诫世人那个曾经辉煌一时的古希腊如今已在世人的遗忘中远去。"王座""殿堂""神庙""交错的觥筹""琼浆玉液""颂歌""远播的神谕""伟大的命运"如今都已灰飞烟灭,成为诗人迫切召唤的对象。在该诗的第四和第六节,诗人两次回忆起古希腊时代的辉煌,然而现在一切都成了逝去的历史:

> 在《面包和葡萄酒》中,古希腊是一座纪念碑、一片沉寂的废墟。……取而代之,这首诗以哀歌的语言期盼着"狂笑"之神的再

---

① 弗兰克:《荷尔德林与狄奥尼索斯神》,莫光华译,见刘小枫、陈少明主编:《荷尔德林的新神话》,第156页。

次出现。同时,对古希腊风景的描写正是因为诗人切身感受到了古希腊世界的消失。①

所以,诗人在大地上,一遍遍朝向天空呼喊,而这召唤和呼喊恰恰通过曾经在场的召唤之物而得以实现。"语言的威力在悄悄增长",诗人相信通过自己真诚的召唤定能将那隐匿的神性在场复原。令人得以慰藉的是,在古希腊众神转身忧叹而去时,救赎之神却并不遥远。他来过,而且是以人的形象亲临世界。

  他亲自来过,以人的模样出现。
  圆满结束了慰藉人的节日。

  Oder er kam auch selbst und nahm des menschen Gestalt an
  Und vollendert' und schloss trostend das himmlische Fest. ②

在西方历史上,古希腊多神教逐渐衰退,取而代之的是基督教的辉煌和迅速深入人心。耶稣基督还在母腹中时,就有"主的使者"向其母之夫约瑟夫显灵,告诉他腹中的孩子会"将自己的百姓从罪恶里救出来"(《马太福音》1:18—25),这位"受过神谕"的基督以人的模样在人间显灵,这位平和、谦卑、仁慈的圣子受到了世人的爱戴,与世人的关系更加直接和亲密,而这次他的亲自到来,却是为了"圆满结束慰藉人的节日"。无论是酒神节的众神狂欢,还是圣诞夜的共同庆贺,都已结束,取而代之的是西方贫瘠的黑夜,人们对于盈余和亏损的计较曲解了节日的真谛,基督现在也要远离世人,他"默默无闻"地"最后一次出现""宣布白昼消逝后离去",与古希腊众神一起回到天上,基督成了古希腊众神中的特殊成员,如果说酒神的徘徊是不断回望古希腊,那么基督的徘徊便在于不断回望尘世的西方,毕竟这片贫瘠的土地上有其割舍不下的儿女。他成了众神中最后一个离去的,他打理好一切,将自己的血和肉无私地撒向人间,不仅让他的儿女有吃有喝,同时也留下了自己在场的证明。

---

 ① John Jay Baker, *"The Problem of Poetic Naming in Hölderlin's Elegy 'Brot und Wine',"* MLN, Vol. 101, No. 3, German Issue (Apr., 1986), Published by: The Johns Hopkins University Press, 1996.

 ② Friedrich Holderlin, *Selected Poems and Fragments*, Trans. Michael Hamburger, ed. Jeremy Adler, New York: Penguin Books, 1994, p.156.

值得追忆的古希腊众神和值得挽留的基督,都在人们的麻木、冷漠和平庸中远离了尘世,然而诗人并未忘记自己的使命,他"真诚地歌唱酒神",就像他千万次的召唤一样,"亲自把遁去的诸神的踪迹带往处于黑暗世界中的无神者",带给"神的儿女"——基督的子民——"赫斯佩里恩的硕果"。众神的离去并非真正的恐怖事件,因为他们毕竟曾经存在。可怕的是在众神与基督一同离去之后,这黑暗的西方缺少召唤光明到来的人。荷尔德林在此表明了诗人的使命,作为黑暗世界的一员,作为"酒神的神圣牧师",他肩负着召唤神性归来的任务。他真诚吟唱,以热情的笔触,孤单而又绚烂的舞蹈,召唤神性复归。《面包和葡萄酒》的最后一段表达了其真挚的渴望:

> 此间最高之神的儿子,叙利亚人,
> 手执火把下凡到冥冥世界。

> Aber indessen kommt als Fakelschwinger des Hochsten
>   Sohn, der Syrier, unter die Schatten herab. ①

德文版中的"der Syrier"和英文版中的"the Syrian",可能是"生活在叙利亚的人",在此可理解为"在叙利亚留下过神迹的人"。根据《酒神的伴侣》,狄奥尼索斯在从宙斯的腿中重新出生并长大成人后,"赫拉使他发狂,到处奔走。他曾到埃及和亚细亚各地(包括印度),最后带着他的伴侣回到忒拜"②。所以,他一定到过叙利亚,与当地的人民生活在一起,并向当地人们传授种植葡萄和酿制葡萄酒的技术。《酒神的伴侣》中还提到:

> 那狂欢节的领队高擎着熊熊的松脂火焰,冒着叙利亚乳香那样的香烟,火炬在大茴香杆上曳着一道光。③

酒神不仅在当地传授人们农业知识,同时也将东方的各种特产带回了忒拜,作为其在叙利亚生活过并造福于民的踪迹。同样,在《马太

---

① Friedrich Holderlin, *Selected Poems and Fragments*, Trans. Michael Hamburger, ed. Jeremy Adler, New York: Penguin Books, 1994, p.158.
② 欧里庇得斯:《欧里庇得斯悲剧六种》(《罗念生全集》第3卷),第393页,第4条注释。
③ 荷尔德林:《荷尔德林诗新编》,顾正祥译,北京:商务印书馆,2013年版,第111页。

福音》中,也记录了耶稣基督在叙利亚的踪迹:

> 耶稣走遍加利利,在名会堂里教训人,传天国的福音,治百姓各样的疾病。他的名声就传遍了叙利亚。(《马太福音》4:23)

这个"最高之神的儿子"——叙利亚人到底是谁? 学者巴克提出了如下猜想:

> 正像该诗第七节末尾提到的"踏遍每片土地"的"神圣牧师"们,这里围绕着耶稣基督和酒神狄奥尼索斯展开了神话叙述,但并没有具体指向他们其中的哪一位。①

John Jay Baker 认为,诗人这样做的目的并不是要将古希腊神话和基督教整合,而是将它们进行拆分,成为破碎的片断,这样就能够在对过去和将来的虚构叙述中保证它们各自的启发性。这种使古希腊神话和基督教各自具有启发意义的做法恰好为两者的结合创造了条件,换句话说,如何使远逝的古希腊多神教回归,如何使面目全非的基督教重现真容? 只有将对过去的神圣记忆注入神性匮乏的现实——也就是古希腊神话和基督教的结合,才能够使这种启发意义在将来得以恢复。

因此,这里的"叙利亚人"既可指出生在忒拜的酒神,也可指出生在伯利恒的耶稣基督。在这种意义的含混中,我们完全有理由将两者结合看待,他们都曾到处漫游,在所到之地的大地和天空之间留下自己圣洁的足迹,诗人自己也是个钟情于徒步漫游的人,他受着本能的驱使,走遍家乡,穿梭于山脉之间,亲身感受着古希腊人所能体会的自然间的神性。这位漫游者坚信,自己肩负着与酒神和神子同样的使命,不仅要在神圣的黑夜里,走遍祖国的土地,同时还要向人们指明神性,使人们在黑暗世界有所期待。酒神与基督都代表着希望和神圣的光明,他们将亮光带往处于"黑暗世界"那缺乏神之庇护的"无神者",光明之于黑暗,就是一种解魅,一种启示,一种顿悟,只有在这光明的朗照中,神性才可复归。

---

① John Jay Baker, "The Problem of Poetic Naming in Hölderlin's Elegy 'Brot und Wine'," MLN, Vol. 101, No. 3, German Issue (Apr., 1986), The Johns Hopkins University Press, 1996.

这位"默默无闻的精灵"作为天神中最后一位离开人间的基督,依依不舍,留下痕迹,证明自己曾经到来和即将重现。这一痕迹就是他自己,在耶稣基督的圣餐上:

> 耶稣拿起饼来,祝福,就擘开,递给门徒:说"你们拿着吃,这是我的身体。"又拿起杯来,祝谢了,递给他们,说:"你们都喝这个,因为这是我立约的血,为多人流出来,使罪得赦。"(《马太福音》26:26—29)

这就是耶稣基督,他之所以能成为神,正是因为其甘愿以血肉奉献其子民,为其免罪,使其得到救赎。这就与在叙利亚一带浪迹天涯、治病救人的善良、谦卑的基督具有同样的命运和共同的使命。实在说来,他不是高高在上的神,而是甘愿奉献自身、自愿背负十字架的神子,他的血与肉便是其无私奉献的明证。天国的诸神同样也留下了"馈赠"——面包和葡萄酒,面包来自谷物女神的恩赐;她使土地肥沃,没有她,什么都难以生长,人们赖以生存的食物——面包就会缺失,在遥远的古希腊,其威力已得到证实,可见,面包也是希腊神的馈赠;葡萄酒给人带来欢乐和睡眠,正是雷神宙斯之子狄奥尼索斯送给人们的礼物。这位酒神让人们有机会感受众神的宴饮,那色泽浓郁、晶莹剔透的液体中保藏着浓烈的神性。天国众神的馈赠予耶稣基督的血肉共同指向了——"面包和葡萄酒"。不难想见,对于诗人、圣徒荷尔德林而言,"面包和葡萄酒"是诗心也是圣心,是地粮也是天意。

面包和葡萄酒是古希腊众神和耶稣基督共同的馈赠,再次证明了耶稣基督与古希腊众神的互相涵化,西方与东方的遭遇,黑夜与白昼的和解。无论是圣餐,还是古希腊人们为纪念酒神而举行的狂欢庆典,都离不开神性的注入,离不开吃和喝,离不开一种共同集会。前文提到,酒神是将众神会聚的理由,也是民间狂欢的主角,这位漫游者,从东方的印度、小亚细亚走来,迹至古希腊极乐世界,狂飙一般激荡起诗情艺魄,催动了悲剧的诞生。而"东方"(Orientale)在词源上与"开始、起源"相关,故而意味着某种原初意义上的存在。

在荷尔德林所处的时代,人们普遍关注从东方到西方的思想变迁,强调东西方文化之间的平等相融,诗人选择狄奥尼索斯这位具有东方背景的神正在于它能体现东西文化的可融性。① 只要是酒神到过的地方,就能够举行祭奠他的狂欢节,能够享用其馈赠,就像耶稣基督的圣餐也是为了与其子民共享生命,一道狂欢。共同体之神乃是一种集体共同体意识的凝聚,歌咏共同体之神的哀歌诗人,为自己设定了在贫瘠时代必须担负的使命——建构新的神话,以哀歌预表审美的宗教,迎来弥赛亚的再度降世。

---

① 参考 Jochen Schmidt, *Friedrich Hölderlin Samtlich Werke und Briefe*. Drei Band. Herausgegeben von Jochen Schmidt. Band I, Deutscher Klassiker Verlag: Frankfurt am Main 1992. 722-769。

爱欲升华的叙事

——一论施莱格尔的《卢琴德》

引言

"现在,尚无一种形式被用来完整地传递作者的精神,因而某些艺术家本来只想写一部小说,而写出来的或许正是他自己。"《雅典娜神殿》116条断章如是说。在这篇早期浪漫主义重要文献之中,隐含着一种"小说典范论",也就是将"小说"当作浪漫诗的典范体裁,从而为往后文学系统的建构奠定了基础,指示了方向,编织了纲维。在施莱格尔心中,一切诗歌都是浪漫诗,浪漫诗又以小说为范本,让诗意的个体灿然开放,让新神话流兴不息,让超验之思诗气韵生动。

《谈诗》是另一个同样重要的早期浪漫主义文本,其中《论小说书简》明确地断言:"一部小说就是一本浪漫的书。"小说还必须通过整体的结构,即通过理念的纽带——通过一个"精神的目标",与一个更高的统一体产生关联。故而,小说堪称现代文学体裁的范本,传递现代精神气质,既保持着审美自律性,又同人类文化的整体关联,而上升到超验的境界。

从1797年到1799年,施莱格尔躬身力行,实践早期浪漫主义断章诗学纲领,还真的写出了这么一本题名为《卢琴德》(*Lucinde*)的小说①。此作甫一问世,便有飞短流长,毁誉交加。小说颂扬闲荡,率性言爱,更是赤裸地书写肉欲,在一般人眼里不啻是毁冠裂裳,佛头涂

---

① 参见 F. Schlegel, *Lucinde. Ein Roman*, Karl Konrad Polheim (Hg.), Stuttgart: Philipp Recalm jun., 1999. 引文不再一一注明出处。汉语节译见孙凤城主编:《德国浪漫主义作品选》,北京:人民文学出版社,1997年版。

粪,更是目无礼法,危害邦国。F. 施莱格尔之嫂,亦即后来成为大哲学家谢林夫人的卡洛琳娜·施莱格尔(Caroline Schlegel),读完小说之后愤然命笔,恶意吟诗,措辞之刻薄,论断之严峻,可谓无以复加:"玄学向狂想要求一个吻/狂想引它去找罪孽/它无耻而又无力地拥抱罪孽/罪孽给它生了一个死孩子,名字就叫卢琴德。"其实,如此爱怨嗔痴,这位嫂子却不知她自己也被密码化,被写入小说之中,成为女性万神庙诸神之一,一样受到顶礼膜拜,一样被奉为引领人性朝向至善至美上升的永恒女性。施莱格尔对卡洛琳娜的真情迷恋,一点也不虚伪,换言之,嫂子本人也是被他拥抱的"罪孽"之一。

嫂子之怨,不成致命之伤。1801 年,小施莱格尔向耶拿大学申请博士学位,在答辩会上,一位多事的评委竟然拿候选人的小说开刀,说那是一本"色情"之作。血气方刚的候选人当场称这位无聊的评委为"傻瓜"一个,会场鼎沸,一片喧哗。一位教授宣称,三十多年来,哲学讲坛从来没有遭受如此亵渎,从来没有爆出此等丑闻。选选人答曰:三十多年来,从没有候选人受到过这样的对待!不仅小说被认为"伤风败俗",作者也被判为"目无权威",汉诺威选帝侯治下的大学监察司下令将小施莱格尔驱逐出境。

那么,引起如此欣然大波,招致作者受到如此严酷制裁的《卢琴德》,究竟都写了些什么呢?

一、审美现代性——生命与诗歌的合一

小施莱格尔以一个名叫"尤里乌斯"的"笨拙男子"为自己替身,叙述女性引领下的人性生成,诗心萌动,爱感升华。换言之,这部小说叙述了生命的诗化,灵魂的美化,爱欲的浪漫化。全书由一个简短序言和十三个断章构成,将叙事、抒情、书信、传奇等体裁杂糅于一炉,熔铸出爱欲升华的叙事,以个体精神的痛苦历练为主线,呈现了生命向小说的生成,以及通过艺术幻象得以终极救赎。小说的缘起可以追溯到小施莱格尔的一段生命体验和精神冒险。像主角尤里乌斯一样,青春勃发的施莱格尔痛感理性的宰制和礼法的匡范,苦于心之寂寞与爱之无助。男性的友谊,事业的辉煌,宗教的克制,都无法排遣郁闷与彷徨。对兄嫂卡洛琳娜的迷恋、调情,与银行家之妇和启蒙思想家之女

多萝台娅的倾情交往和喜结良缘,让小施莱格尔重新获取了爱神之助,创造力得以升华,诗性得以释放,精神得以锻造,生命得以拯救。依据这一段体验,小施莱格尔探索通过幻象实施救赎和借助爱欲得以升华从而实现人性的完整和谐之可能性。

由此看来,《卢琴德》属于"成长小说"或"修养小说"(Bildungsroman)。① 与其他浪漫主义者一样,小施莱格尔虽然对歌德所代表的古典轨范和布施的道德说教深恶痛绝,但在艺术上却不能不受歌德的影响。他声称,歌德的《麦斯特的学习时代》,同法国革命和费希特的知识理论一起,构成了浪漫时代三大主流。歌德本人被施莱格尔两兄弟称之为"诗的精神真实的总督",而《麦斯特》被当作"心境美"的典范而推崇备至。不过,《麦斯特》之所以被浪漫主义者推崇,却不是因为它的叙事艺术,而是因为它叙述了天才的自我形成过程,以及叙述节奏的艺术转换。从质朴无华的散文,科学的观察描述,转向迷醉的诗意和抒情的叙述,而叙述又转换为诗歌,回归到文辞优美和秩序严谨的小说风格之中。就转换灵敏、节奏自然以及颠覆一切传统文类划分而论,《麦斯特》显然也是浪漫主义者争相仿效的范本。小施莱格尔创作《卢琴德》只不过是反向摹仿,甚至是戏仿《麦斯特》而已。

小施莱格尔的主人公尤里乌斯支离破碎地叙述了一系列充满激情的风流韵事,其中还在小说的中心部分隐藏着一个凄艳的悲剧——

---

① 几个词义略作辨析:Bildungsroman,成长小说,修养小说;Entwicklungsroman,发展小说;Erziehungsroman,教育小说,以居高临下的教育者的视角构思小说,凸显教育过程。前二者为德国文学史对于文体建构的贡献。它不像英法小说那般描绘宏大的历史图景,讲述错综复杂的故事,而是讲述个体生命的历史,自我意识的生成,人格精神的塑造。

1774 年,布兰肯堡撰写《论长篇小说》,评论维兰德的《阿伽通》,描述了"成长小说"的特点,但没有使用这个名称。1803 年摩根斯特恩(Karl Morgenstern)第一次使用"成长小说"之名,但含义模糊,界定宽泛,学界没有共鸣。1870 年,狄尔泰(Wilhelm Dilthey)成功地运用这个名称展开文学研究。此后,"成长小说"广为接受,学界一般认为维兰德的《阿伽通》开了此类体裁的先河。歌德的《麦斯特》代表了古典"成长小说"的最高成就。而小施莱格尔的《卢琴德》、诺瓦利斯的《奥夫特丁根》、多萝台娅·施莱格尔的《芙罗伦婷》(Dorothea Veit-Schlegel's *Florentin*)、蒂克的《弗朗茨·斯特恩巴尔德斯漫游》(Ludwig Tieck's *Franz Sternbalds Wanderungen*),或多或少都是对《麦斯特》的摹仿或者戏仿。19 世纪,"成长小说"是德国文学的主要体裁之一。凯勒的《绿衣亨利》(Gottfried Keller's *Die Grüne Heinrich*)是此类体裁作品的典范之作。20 世纪托马斯·曼的《魔山》(Thomas Mann's *Der Zauberberg*)、穆齐尔的《没有个性的人》(Robert Musil's *Der Man ohne Eigenschaften*)以及君特·格拉斯的《铁皮鼓》(Jünter Grass's *Die Blechtrommel*),将这类体裁的表现力发展到至境,并融合了其他体裁,开创了"成长小说"的新传统。

交际名媛莉丝特的戏剧性自杀。尤里乌斯说,莉丝特"献祭于死神与毁灭",令他怀着崇敬的心情对她追思怀想。整个叙事仿佛就是对《麦斯特》的戏仿性重写(parodic rewriting)。同时代的读者指责小施莱格尔海淫海盗,伤风败俗,乃是因为他们无法理解小说对感性之爱的倾情礼赞,以及对社会伦理纲常的肆意颠覆。当时的公众只习惯于18世纪的轨范,将女人区分为"情人"与"妻子",将生命划分为"感性"与"精神",将生活区分成"日用伦常"和"风流韵事"。因此,他们无法理解浪漫主义者心仪的"完整和谐之爱"(integrated love)。完整和谐之爱,乃是"激情之爱"(passionate love)升华而来的"浪漫之爱"(Romantic love)。① "浪漫之爱"聚焦于对一个人的根本依恋,这种依恋是感性的、理智的、属灵的,同时也是实用的、生殖的、社会的。以"激情之爱"为根基,以"浪漫之爱"为鹄的,小施莱格尔在《卢琴德》中建构了一种爱的宗教,它包罗万象,浸润人间。可是,他的读者却只看到一种对肉欲快感与情欲的无耻美化。

小说支离破碎,断简残篇,形式不连贯,语调不确定。甚至在一个章节之中,叙述语调也频繁转换,推进速度令人窒息,从狂想到嘲讽,从理论推衍到激情张扬,从坦诚告白到忸怩作态的文字游戏。这种显而易见而且率性而为的紊乱修辞,更是让读者对之望而生畏。赞者无由,贬者乏理,《卢琴德》之独特的艺术个性及其传递的现代精神,一直没有得到充分的阐发和细致的讨论。1946年,鲍尔森(Wolfgang Paulsen)发表专题论文,论说《卢琴德》的结构悖论。自此以降,批评家才开始关注这篇小说在明显的紊乱和在理论上自觉的错乱之下所隐含的系统布局,及其深层结构。1965年,英国思想史家以赛亚·伯林在华盛顿美术馆面对艺术家发表系列演讲。在第五讲"奔放的浪漫主义"

---

① "浪漫之爱"这一概念,参见吉登斯:《亲密关系的变革》,陈永国等译,北京:社会科学文献出版社,2001年版,第60—61页:"浪漫之爱借助于激情之爱形成一束与超验性相一致的特殊信念和理想;浪漫之爱也许结束于悲剧,靠道德上的犯罪而延存;可是它也会获得辉煌的胜利,征服世俗的陈规陋俗,拒绝折中和解。这种爱在两种意义上投射,它一方面紧紧依恋着他人并把他人理想化,而另一方面又投射出未来发展道路。……正如19世纪流行的文学作品中所描述的那样,浪漫传奇中如梦似幻的人物形象遭到了理性主义批评家(有男人也有女人)的轻蔑,这些批评家在这些故事中读出了一种荒诞的病态的避世精神。在这里我们所持的观点是:浪漫传奇无论如何都是那些被剥夺者的反事实思考,在19世纪和后来世代,这种思想都对个人生活处境的重大改良产生了积极的干预作用。"

中,伯林称《卢琴德》为18世纪末的《查泰莱夫人的情人》,张扬色情,描写性爱场面,鼓吹自由与自我表现,因而渗透了一种现代精神。小说歌颂闲散,礼赞幼儿,倾情书写情欲,膨胀自我意识,但宗旨却在于以个体体验作为现代精神的寓言。伯林写道:"所有的色情描写都是寓言性的,其中的每一处描写都可被视做伟大的布道,是对人类精神自由的颂歌,把人从错误习俗的桎梏中解脱出来。"[1]

尤里乌斯,一个笨拙的青春学徒,其最大的享受是懒散,最大的特点是闲荡,最明显的精神状态是茫然。"闲游,闲游!你是纯洁与热情的生活气息。"于是,他唱响了游闲的田园牧歌,在游闲之中回望天堂,追忆自然状态,追寻生命与灵感的守护神。东方智慧的光芒在游闲之中光顾了他的灵台,因而他渴望像东方哲人一样,完全沉浸在永恒本体之中,尤其是沉湎在男女两个本体的神思与静观之中。他以为,只有东方人才懂得躺着,只有印度人才形成细腻甜美的思想。亚里士多德曾经把生活境界一分为二,一为沉思的生活(contemplative life),二为行动的生活(active life)。尤里乌斯唯沉思的生活是尚,对消极无为极尽赞美之辞,将消极无为视为一切科学艺术的先决条件,甚至视之为科学艺术本身,视之为宗教。因而,一个巨大的反讽在于,越是狂飙突进,也就越是闲散无聊,越是天气晴好,生命越是消极无为,事业越是辉煌,人类越是像植物!"植物"这个隐喻,成为自然状态的基本象征,"在自然的所有形态中,植物是最有德行、最美丽的形态"。天地不言,造化不已,大千世界生生不息,自然本身强化了尤里乌斯的闲游信念,它在以多声部的合唱激励他朝着更远的地方闲游。

自言自语但无所作为,花落水流但情欲丰盈,这就构成了尤里乌斯的生命情态。三个古希腊神话意象在他的独白之中复活,而强烈地突显了凝聚在他身上的现代精神。第一个神话意象是临水鉴影忧郁而逝的那喀索斯。他心底里自言自语:"像一个漫不经心地唱着浪漫曲的、沉思的姑娘坐在溪边,目送着逃逸的水波。可是水浪的逃遁和流淌是那样的沉着,平静,伤感,仿佛那一个那喀索斯在清澈的水面上映照着自己的影子,自赏自醉。"清澈的流水也诱惑着尤里乌斯越来越深地沉醉于思想的内景。正如斯泰尔夫人所说,浪漫主义乃是以基督

---

[1] 伯林:《浪漫主义的根源》,吕梁译,南京:译林出版社,2008年版,第115页。

教为艺术的内在精神,"近代人从基督教的忏悔中学到了不断反躬自省的习惯……以各种形式表现心灵活动的精微之处"。又如大施莱格尔所说,在这种朝向心灵深渊的内省中,无限性消融了有限性,"生命走向了幻影世界,沉入了黑夜"。① 随后我们便读到,这些幻影世界是由一系列女性风姿流转而成的,而这些女性就代表自然,甚至就是"夜的神甫"。第二个神话意象是歌声曼妙但隐含杀机的塞壬。"在绷紧的理智力量因理想不能实现而崩溃松弛之时,他[尤里乌斯]才决开思想之堤,任其奔泻,顺从地倾听各种各样绚丽的童话,欲望和想象(在我自己心中不可抗拒的塞壬)用这些童话迷住我的七情六欲。"反抗理智,蔑视礼法,尤里乌斯自然不会像奥德修斯那样将自己绑上桅杆以便熄灭情欲之火,而是主动接受塞壬的诱惑,在曼妙歌声的牵引下进入幻象的世界,任由幻象在他身上繁殖、播散以至于统治。第三个神话意象是锁链加身、艰苦劳作的普罗米修斯。自古希腊以降,普罗米修斯便是一个悲剧人物,象征着"文化与苦难"的血脉关联,以及"求知与罪孽"的因果推演。然而,在小施莱格尔笔下,锁链加身、勤苦工作、忍受鞭打的造人者,远不及那位怀抱青春女神、终生都在高贵地闲游的赫拉克勒斯那般伟大。理由是由魔鬼说出来的:普罗米修斯辛辛苦苦地造人,却不知道用什么合适的工具来完成使命。他长期忍受无聊之苦,永远挣脱不了锁链;但赫拉克勒斯就不一样,他为了人类的福祉,在一个晚上让五十个姑娘有事可做!一个忍受痛苦,一个放浪形骸,一个是行动生活的象征,一个是沉思生活的隐喻。在尤里乌斯眼里,普罗米修斯从不安宁,永远忙碌,难以担负教育人类和启蒙人类的使命。神话人物被喜剧化,旷古的悲剧就在反讽之中被消解了。

将尤里乌斯赋予三个神话人物的意义综合起来,我们就可以领悟到现代精神的三种内涵。一是内省,也就是自我意识,主体精神。作为浪漫诗的典范,小说《卢琴德》以断裂的形式和呢喃的语体呈现了主体的自我反思,因而传递了现代个体的丰韵诗意。二是激情,它是现代主体的感性动力,是个体诗意最为活跃的方面。决裂一切理智结构的激情,与法国大革命造成的恐怖紧密相连。"恐怖之所以令人恐惧,

---

① 参见洛夫乔伊:《观念史论文集》,吴相译,南京:江苏教育出版社,2005年版,第240、239页。

不仅因为它赐人以死,而且因为它以大写形式自我告谕,将恐怖变成历史的尺度,变成现代的逻各斯。"①一场生命激情对古典逻各斯(理性)的造反,将生命的每一次遭遇都变成震惊,将生命的每一次震惊都变成艺术的惊艳,将艺术的每一份惊艳都变成神圣遗留在俗世的踪迹。三是消极无为,或者说无目的的社会实践。尤里乌斯对普罗米修斯的蔑视,乃是对有目的社会实践的弃绝,而他对赫拉克勒斯的赞美,乃是对无目的审美实践的肯定。怀抱青春女神,一夜让五十个妙龄少女销魂,赫拉克勒斯可谓宙斯下降凡尘,唐璜亦稍逊风流。尤里乌斯曾明知故问:在何处有更多的享受?更多的持久?更多的力量和享受的精神?是在消极无为的女子身上,还是在说变就变的男子身上?读过戏仿的普罗米修斯故事,答案已经朗如白日。主体的内省,生命的激情,以及审美的无目的性,构成了《卢琴德》所描绘和诠释的现代精神。小说汇聚了浪漫诗的一切基本主题,动用了一切可能的体裁,将生命与诗歌合一的至境投射到对一切现实散文和一切庸俗关系深恶痛绝的背景上,将情欲提升为爱欲,将爱欲升华为爱艺,将爱艺视为一切诗艺的巅峰。

二、众媛为"我"师——爱欲的上升之路

"一切消逝的,不过是象征。那不美满的,在这里完成;不可言喻的,在这里实现;永恒的女性,引我们上升。"(Alles Vergänglich/ ist's nur ein Gleichnis. Das Unzulanglich,/Hier wird's Ereignis. Das Unbeschreibliche, /Hier ists getan;/Das Ewig-Weibliche/ Zieht uns hinan)歌德《浮士德》终局之词,给予了女性以永恒的赞美和会心的祈愿。在《德意志观念论体系源始纲领》之中,女性之尊严就等同于诗之尊严。在浪漫主义和观念论的诗哲们看来,不论是在人类之起源处,还是在人类的目的地,诗永远是"人类的女导师"。反过来说也一样,女性乃是浪漫主义诗学理想的道成肉身,以及描绘在观念论灵旗上面的图腾。

---

① Maurice Blanchot, *The Infinite Conversation*, trans. and foreword by Susan Hanson, Minneapolis and london:University of Minnesota Press, 1993, p.355.

不仅如此,女性还是自然寓意的载体,爱之宗教的传道。就女性作为自然寓意的载体而论,诺瓦利斯宣称,"自然万物,生动而且谦逊,邀游我们享乐于其中——宇宙自然兼女性、处女和母亲三重身份于一体"①。就女性作为爱之宗教的传道而言,施莱尔马赫将女性与爱看作是一件事,将女性的情感与直观看作是爱之宗教的灵魂。宗教的本性不是思维和行动,而是情感与直观,因而这种爱之宗教"娇羞而又温柔,像少女的初吻","圣洁而又丰盈,像新娘的怀抱"。此等情感与直观将生命注入心灵之中,将无限反射在有限之中,"如同脱身而逃逸的被爱者之身影,反映在情郎火星直冒的眼里,从内心迸发出来的情感扩散到全身,如同羞涩而快乐的红晕泛上她的面颊——这一时刻,她就是宗教的最高花朵"。②

浪漫情怀总是诗,诗中自有佳人在。诗篇与佳人合一,爱之宗教就此诞生,灵韵流溢,而且神意盎然。浪漫诗哲的宗教完完全全地是心灵的宗教,这种宗教将一切有限的东西都看作是无限的表现。带着这么一种浪漫神学视野去透视小施莱格尔的《卢琴德》,身为教士的施莱尔马赫力排俗议,率先为之辩护,从小说中读出了浪漫主义诗学的宗教基础。1800年,施莱尔马赫发表《论〈卢琴德〉的密信》,论说"爱使这部作品不仅充满诗意,而且合乎宗教信仰,合乎道德规范",而小说中所有的色情描写都是寓言,其中每一次渲染都是伟大的布道,旨在反抗礼俗桎梏而获得人的解放。③

小施莱格尔曾创作了一首《女性赞歌》,诗中写道:"神圣的百音钟声唤醒美丽的世界/带着淡淡的生命的满足,/可以感受到至美生命的灵气/永恒的画面到处散发着簇新的光芒,/将力量贯注灵台,并使之持久保留/迷醉的感觉,快乐时刻永不消逝。/你,单纯质朴之人,灵魂为爱所吸引,/自然啊,美到极致,如火光之中/光亮之光亮,明灭变幻/这一切美之源,来自/其繁茂,迷恋阳光的嫩芽/勇敢的动物从美丽的植物林中走出/地球的胸前佩戴着彩色的花环。"将女性作为自然的喻体,将自然阴柔化,从而在自然之蛮荒与女性之丰盈中萃取源源不

---

① Novalis, *Schriften. Die Werke Friedrich von Hardenbergs*, Bd. II, Richard Samuel (Hg.), Stttgart: W. Kohlhammer Verlag, 1965, S. 618.
② 参见施莱尔马赫:《论宗教》,邓安庆译,北京:人民出版社,1990年版,第42—43页。
③ 参见阿尔森·古留加:《谢林传》,北京:商务印书馆,1900年版,第97页。

断的爱,这就是浪漫诗心的灵性,浪漫诗风的神韵。浪漫诗无影无形,无知无觉,在植物之中绽放,在微笑之中成型,在阳光之下播撒,在永恒青春的韶光之中流溢,在女性散发着爱的胸襟之中燃烧。这首浪漫诗的名字就叫"大地",它的灵韵源自女人,因此浪漫诗少不了感伤,少不了风流韵事。小施莱格尔在《谈诗》之《论小说书简》中写道:

> 感伤,就是触动我们心灵的东西,就是情感君临一切的天地,而且不是一种感性的而是精神的情感。所有这些冲动的源泉和魂灵就是爱。在浪漫诗里,爱的精神必须四处飘游,无处看得到,又无处见得到。……对于真正的诗人来说,不管这些单个的人或事也许会紧紧缠绕着他的灵魂,但这一切不过是指向那个更高的、无限的及象形的东西。这就是说,有一个神圣充实的生命,她是唯一的、永恒的爱及创造着万物的自然所具有的,她所表现出来的这些征候就是那个更高的、无限的及象形的东西。①

爱之灵气,那个"更高的、无限的及象形的东西",那种无所不在又俗目难遇的感伤之情,如太虚浮云,寒塘雁迹,只能由女性来表征,通过女性而得以成体。《卢琴德》旨在完美地诠释这种浪漫诗学,体现这种浪漫诗风,浪漫便因此超越了体裁而成为君临一切、隐迹无形的最高诗学元素。在《卢琴德》中,最高诗学元素乃是通过风姿流转的众多女性而赋得形体的。笨拙的学徒,游闲的荡子,慵懒的少年,尤里乌斯犹如《红楼梦》中那个愚顽怕读文章的蠢物贾宝玉,唯有扎在女人堆中才能脱胎换骨,唯有靠女人牵引神游太虚幻境才能完成启蒙,甚至包括在荡女淫妇的诱惑下完成"性启蒙",经过成人仪式。尤里乌斯在感伤的驱动下,为女性所召唤,拜素女为导师,将深邃但迷茫的目光投向了大自然神秘的一面。他惊奇地发现,"大自然被深深怀抱在女人温柔的胸前,哪里还有比这更美呢?"

> 环绕在我周围的那种神圣的孤寂感里,一切都是明快而缤纷的,一股新鲜而温暖的生活气息与爱情的微风在我脸上吹拂,在繁茂小树林的枝丫中轻轻拂动,沙沙作响。生机勃勃的新绿,雪

---

① Friedrich Schlegel, "Letter about the Novel," in J. M. Bernstein (ed.), *Classic and Romantic German Aesthetics*, Cambridge: Cambridge University Press, 2003, pp. 291-292.

白的花骨朵儿,还有金灿灿的果实,为我呈上了一道奢华的视觉盛宴。与此同时,我的心里涌现出让我此生不渝的唯一爱人的各种形象,一会儿是天真单纯的少女,一会儿是风姿绰约,浑身散发着爱情能量和浓浓女人味的成熟少妇,过不多时,她又以一位仪表端庄的母亲形象出现,怀抱一个神情严肃的小男孩……我心甘情愿地沉浸在这片苦与乐交织的田野里,迷失自我,生活的香料与情感的花蕾在这片土地上应运而生,精神上的快感好似一种感官的极乐。

在尤里乌斯的学徒岁月,他先后师从众多女性,她们有如花少女、交际名媛、母性妇人以及浪漫诗性之肉身。她们形态各异的形象,有名或无名,铺展了尤里乌斯自我教化之路。众多女性携带和护卫着我们的主人公,从色情到爱欲,从爱欲到圣爱,走过迷惘通达澄明,越过植物般自然状态,进入诗化生命的至境。这些女性形象及其教化方式其源有自,溯其原型,可达古希腊诗哲柏拉图笔下的第俄提玛(Diotima)。第俄(Dio)为宙斯(Zeus)的属格,而提玛(tima)则为荣誉之命相,二词相连则喻义"天神宙斯之辉煌荣耀"。在《会饮》(*Symposium*)篇中,柏拉图让苏格拉底转述曼提斯女先知第俄提玛的爱神颂词。在女先知的耳提面命之下,苏格拉底领悟到"爱神"乃是贫乏与丰盈之子,非善非恶,超越于生死之上。而且,在诗与哲学难解难分的争辩语境之中,第俄提玛引领哲人苏格拉底一路歌吟,从单个躯体之美、所有身体之美经由美的操持与礼法,获得各种美的知识,最后超越尘世之美,而瞩望美的理念——在追忆上界的心境之中,浸润于美的汪洋大海。古典政治哲学家列奥·施特劳斯一言以蔽之,将《会饮》中女性引领哲人攀越爱的阶梯,从爱欲上升到圣爱的叙事称之为"净化"(Katharsis)。《会饮》的整体使命,是对爱欲的净化。《斐多》使人从对于死亡的恐惧之中得以净化,《理想国》使人从政治理想主义的内在危险及其所哺育的各种幻象之中得以净化,同样《会饮》使人从爱欲的各种内在危险之中得以净化。① 升华乃是净化的应有之意,故而,素女为师,实施启蒙教化,总归也是将爱欲上升到圣爱的高度。不过,在早期

---

① 参见列奥·施特劳斯:《论柏拉图的〈会饮〉》,邱立波译,北京:华夏出版社,2012年版,第326页。

浪漫主义那里,这种圣爱不是宗教之爱,不是道德之爱,而是审美之爱——将艺术视为宗教,宗教乃是艺术界限之内的信仰。小施莱格尔极其珍爱源自《会饮》之中的教化女先知——第俄提玛——原型,曾撰写《第俄提玛论》,将她视为理想女性的典范。第俄提玛"体现了阿斯帕希娅的妩媚,萨福的灵性与至高自律的融合,她高贵典雅的气质乃是完美人类的血肉呈现"。① 依据柏拉图的对话《会饮》,当摊到苏格拉底赞美爱神之时,他述而不作,转述了第俄提玛关于爱神之本质的说辞,并暗示她本人就是爱神的美丽化身。苏格拉底从第俄提玛那里学到的爱之艺术,不是转瞬即逝的欢愉,不是情欲勃发的冲动,而是纯洁善良的完美感情,以及引人向善、导人入仁的伦理生命。《会饮》中苏格拉底论爱,可谓小施莱格尔浪漫之书《卢琴德》的元祖。在《卢琴德》的爱欲净化叙事之中,主人公尤里乌斯唾弃锁链加身艰苦劳作的普罗米修斯,反而效法怀抱青春少女夜夜良宵的赫拉克勒斯。在其学徒生涯,第俄提玛化身为四个女性,她们倾情接力,引领他攀越爱的阶梯,净化爱欲,亲近圣爱。

第一个女性是花样年华的路易泽,她如植物一般质朴,像花儿一般纯洁,灵魂晶莹剔透,肉体稚嫩含羞。如鲜花向太阳开放,路易泽毫无保留地将灵魂和肉体奉献给尤里乌斯。初尝禁果,滋味苦涩,当她被爱抚包围而自毁防线,"眼泪从她眼中涌流,痛苦的绝望扭曲了她娇好的面颊"。他却惊恐万分,震惊之余,思考着他面前的牺牲品与人类的命运,最后用一声叹息终结了爱河的初航。他返回到孤寂无助的精神境遇中,"灵魂陷入绝望的忧伤",徘徊在抑郁与放纵之间,痛苦挣扎,生不如死,决意远走高飞,寻觅他乡的家园。尤里乌斯初涉爱河,体验到田园牧歌一般纯洁自然的爱,但终结于绝望的忧伤。

第二个女性是交际名媛莉塞特,沦落风月场所,世人贬称"妓女",然而她最为靠近苏格拉底的女导师第俄提玛,或者说就是第俄提玛的浪漫化身。逢场作戏,玩火自焚,尤里乌斯尽情地在莉塞特身上体验放荡、淫乱。然而,她纵情放肆而非野蛮,八面玲珑而不失高雅,尝尽世态炎凉而又不世故,这一切都导致了她必然像"茶花女"一样毁灭殉

---

① Friedrich Schlegel, "über die Diotima," in Ders.: *Kritische Friedrich Schlegel Ausgabe*, Bd. I, 1979, Z. 115.

情,献祭给神圣的爱欲。莉塞特怀上了尤里乌斯的骨肉,后者拒绝责任,愤然离去,莉塞特在绝望之中自戕,满身鲜血地死在他的怀中。她以自己的方式将自己作为祭品献给了死亡与堕落,最终却是献祭给至高无上的爱神。莉塞特的命运,就像荷尔德林的《许佩里翁》中第俄提玛的命运。第俄提玛作为导师引领主人公完成自我教化而领悟人类的命运之后,选择了以纵身火海的方式离开了大地。第俄提玛的火,莉塞特的血,都是爱欲自我纯化的象征,更是女性对于男性肆意幻象的抵御之物。死亡,乃是男性的幻象与女性抵抗交汇之场所。莉塞特的献祭给尤里乌斯留下了创伤记忆,悲剧情愫从此驻留在他迷茫的心中。他想灭绝幻象,从女人的视野里抽身而出,寻找男性之间友爱的慰藉,而精神的病态长驱直入,无声无息地侵蚀着他的灵魂,并且越来越深刻。通过莉塞特如火的炽情和忘我的献祭,尤里乌斯初尝风月,寻求挚爱,得到的却只是幻象。如醉如痴的情欲满足之后,只留下悲情染透的无边虚空。

第三位女性乃是以小施莱格尔的嫂子卡洛琳娜为原型塑造出来的母性形象。卡洛琳娜充满革命激情,曾经为此招致牢狱之灾。先是与大施莱格尔喜结伉俪,后来谢林介入浪漫主义圈子,卡洛琳娜移情别恋,最后和谢林走到了一起。沙龙群贤,人人争羡,到处咸推卡洛琳娜,她立即成为耶拿圈子的核心,浪漫主义文化运动中众目所归的女性。小施莱格尔暗恋兄嫂,已经不是什么秘密。他曾表白说:"我还从来没有在任何女人那里产生过如此强烈而又永无止境的欲望,我还没有遇到过值得我去爱的女人。"在他心目中,卡洛琳娜不只是一个值得爱的女人。对她的爱慕,连小施莱格尔本人都说不清楚:"我不知道,我是爱慕她本人,还是爱慕一个在高尚的男人心灵中被美化的形象。"小施莱格尔在《卢琴德》中将卡洛琳娜密码化了,并借尤里乌斯之口表达了对她的铭心刻骨的爱慕:

> 在见到她的第一眼时,他的这种病态和以往的种种毛病就都痊愈了、消逝了。她是如此特别,他的灵魂第一次被彻底地触碰了。他觉得自己迄今为止的激情都是肤浅的逢场作戏,抑或都会莫名其妙地稍纵即逝。如今,一种全新而陌生的感觉打动着他,他认定这就是中意的那个人,这种印象是永恒的。第一眼注定了

一切,第二眼也就知道结局,他告诉自己,在黑暗中期待了那么久的东西,如今终于出现了,就这么真实的在眼前。他惊呆了,吓到了,因为他想,若有幸被她所爱,并能永远拥有她,将会是他最宝贵的财富,可他同时又觉得,这个遥远而独特的愿望永远都不可能实现……

卡洛琳娜被席勒称之为"魔鬼夫人",但她"纯净的灵魂""温柔的情感""高贵的教养"以及精致的脸庞上俏皮的表情和迷人的眼神,都让小施莱格尔魂牵梦系,割舍艰难。然而,面对这个母亲一般的女人,尤里乌斯只有抑制情欲,将所有的爱都抑制在内心深处,让激情在那里恣肆、燃烧、消耗。同这么一位母亲式女性的遭遇,并蒙她引领,尤里乌斯感受到了伦理生命的价值,学会了与情欲的抗衡。

第四位女性是以多萝台娅为原型虚构的卢琴德。本为艺术家的尤里乌斯与女艺术家卢琴德一见钟情,从而开启了新的生命契机。卢琴德热爱自然,崇尚独立,富有浪漫情怀,喜欢表现野性和神秘的美。尤其是她本人,其动作与话语,就像天真世界美好秘密的美妙歌谣,跟随着感觉的魔幻音乐,被美好生活的繁荣景象装扮。卢琴德包容一切,以"夜的祭司"的姿态笼罩尘世的风情月债,以"浪漫之神"的身份净化人间的女怨男痴,让浮华世界的爱在夜间的朦胧迷暗之中刊落英华,而露出圣爱的面目。卢琴德对尤里乌斯说:"只有在夜的寂静里,欲望和爱才会像这圣洁的太阳一样明亮清澈地闪耀光芒。"夜,是浪漫主义者最为钟爱的意象,因为黑夜不仅把爱与死亡连接在一起,更有净化和升华的功用。"世界之夜"的幻象,源自德国浪漫主义诗思,而谢林的"创世之初"学说堪为"幻象空间"的滥觞。谢林写道:

> 它以一当十地囊括了一切,囊括了无尽的表象和意象……这个黑夜,这种人性内在的黑夜(这种纯粹的自我),就寄生于幻影般的表象之中。……我们直视人类的眼睛,就会看到这个黑夜。①

按照谢林以及德国浪漫主义诗人—哲人的观点,相对于朗然的白

---

① 转引自齐泽克:《斜目而视:透过通俗文化看拉康》,季广茂译,杭州:浙江大学出版社,2011年版,第150页。对"世界之夜"的更详细论述参见 Slavoj Žižek, "The Abyss of Freedom," in F. W. J. Schelling, *The Ages of the World*, Ann Arbor: Michigan Uiniversity Press, 1997。

昼,黑暗之夜象征着无限渴望的灵魂境界。谢林认为,在主体宣称作为理性词语的媒介之前,它是纯粹的"自我的黑夜",是"存在无限的匮乏",是否定所有外在之物的存在之一个粗糙的紧缩状态。在《耶拿实在哲学》中,黑格尔指出,作为"抽象否定性的"纯粹自我,构成了"现实的蒙蔽",主体向自我紧缩,归结为"世界之夜"。"世界之夜"作为主体的隐秘内核,解构了"理性之光"与"穿不透的物质黑夜"之间的简单二元对立关系。介入二者之间的既不是主体之前的动物本能,也不是理性之光,而是"我思与疯狂的时刻"。"世界之夜",构成了主体的基本维度。夜的浸润,会把人间情感升华为宇宙情怀,将色情转化为爱欲,将爱欲提升为神圣之爱。所以,卢琴德祈祷道:"请在夜晚安静吧!不要撕破月光,那在内心深处圣洁的宁静。"尤里乌斯感到,遭遇卢琴德,从此岁月静好,现世安稳,生命如歌,两人彼此爱慕,互相补充,一步一步地登上人类进步的阶梯。

众媛为师,诗人为徒,尤里乌斯在女性的引领下,走过迷茫,克服慵懒,超越色情与淫荡,净化欲望与意志,而完成了自我教化,亲近了神圣之爱。他最后发现,只有在卢琴德的心灵里,才铭刻着那首"进化的宇宙诗"及其完美的和谐。浪漫诗风,感性宗教,理性神话,也唯有通过卢琴德得以道成肉身。"在她的心灵里,一切美好神圣的东西的萌芽只等待着他的思想的光照,一旦得到了,就会发展成最美好的宗教。"完成自我教化之后脱胎换骨的尤里乌斯如是说,但这又何尝不是小施莱格尔的夫子自道,以及浪漫主义者心迹的表露啊!

三、反讽——浪漫主义的修辞术

爱欲的升华,构成了尤里乌斯学徒叙事的剧情主线。然而,一切都融化在时间中,叙事语体支离破碎,叙事语调飘忽不定,叙事文体则是多样杂糅,呈现出浪漫诗风无限生成永无止境的特征,以及叙事织体的阿拉贝斯克复杂结构。语体、语调、文体以及织体的这些特征,反映了后启蒙时代主体的生命情态——他同样支离破碎,飘忽不定,孤立异化,永无定型。用略微有些后现代韵味的术语说,尤里乌斯是一个"分裂的主体"(split subject)。他沉湎于幻象,却是为了穿越幻象;他因孤独异化而疯狂,但以理智烛照疯狂,而实实在在地是一种"清醒的疯狂";他无所事事、游闲慵懒,可是他一直在为超越这种审美迷茫而奋勉、挣扎;他纵情色欲,最终总是为了升华情欲,亲近圣爱至境。分裂的主体在时间中寻求超越,追求和解,从而赋予爱欲升华的叙事以内在源动力。纵身于时间的渊流之中,不断地自我否定,借否定环节而不断升华,便构成了尤里乌斯的自我教化之道。这种自我教化叙事,具有了一种典型的反讽结构,这种结构同浪漫诗风紧密相连,同小说体裁休戚相关,而构成了保罗·德·曼所称道的"时间修辞术"(rhetoric of temporality)。

尤里乌斯的爱欲叙事,被放置在诗哲之争的浪漫语境中,并师宗苏格拉底。作为一篇"长篇小说",《卢琴德》就是浪漫时代的"苏格拉底对话"。作为浪漫诗的典范,《卢琴德》富有深邃的哲理性。诗之哲理性,自然构成了浪漫诗风的神韵。"哲学乃是反讽的真正故乡",小施莱格尔在《批评断章》第42条如是说。① "反讽"(irony),来自古希腊语,是指某些人佯装愚人,但愚人的言辞独特,语带机锋,通过蓄意伪装来击败对手。苏格拉底把反讽看成是思维的典范,修辞的利器,以及哲学智慧的最高范本。小施莱格尔还进一步将反讽定义为"逻辑的美",说它存在于一切没有完全系统化的哲学思辨之中,说它把诗提升到哲学的高度。反讽贯穿于古今诗歌,构成古今诗风的神性,及其超验的诙谐色彩。在反讽之内,具有那种傲睨一切无限地超越一切有限事物的情绪。而在反讽之表达,则司空见惯地存在着那种喜剧式的夸张滑稽表情。《卢琴德》便是这么一部典型的反讽之作:通过反讽,主人公自我教化的叙事被提升到了哲学的高度,小说中自始至终涌动着一种不断超越有限的激情,并且人物的表现充满了夸张的喜剧色彩。回想尤里乌斯初尝禁果时的情形,即不难看出《卢琴德》叙事的反讽诗风:主人公极尽引诱、爱抚之能事,意欲占有纯洁如花的少女路易泽,可正是在即将得手的时刻,少女绝望忧伤的泪水让他超越了那种强烈的占有欲,而滑稽地沉沦到一如既往的孤寂无聊之中。

《卢琴德》爱欲升华的叙事之反讽诗风,远祧苏格拉底的智慧。苏

---

① Jochen Schulte-Sasse, Haynes Horne, et al (ed.), *Theory as Practice: A Critical Anthology of Early German Romantic Writings*, Mineapolis, London: University of Mineasota Press, 1997, p.316.

格拉底其人,就是反讽的典范,他总是佯装无知,向志得意满的少年英才发出种种近乎白痴之问。然而,貌似"白痴之问"的难题,却隐含着经天的宇宙秘密和纬地的人生真理。少年英才们一个个在苏格拉底的逼问中穷形尽相,唯有坦然承认自己无知。"知者无知""美德惟知",苏格拉底所代表的命运之问到境界之思的转向,得出的竟然是一个反讽的结论。正话反说,反话正说,寓庄于谐,寓赞于毁,寓思于诗,这就是浪漫主义心仪的总汇修辞。反讽,自然有资格担负此命。所以,小施莱格尔在《批评断章》第108条精准地概括了苏格拉底反讽的智慧:"苏格拉底的反讽,是唯一绝对非随意的伪装,但绝对深谋远虑……在反讽中,应当有诙谐也有严肃,一切都襟怀坦白,一切都城府森严,伪装到极致。反讽出自生活的艺术感觉和科学精神的结合,出自完善的自然哲学与完善的艺术哲学之总汇。"①《卢琴德》之所以被时人误解,与其反讽诗风有着不可免除的干系。因为时人有所不知,《卢琴德》叙述纵情色欲、游闲无赖,乃是伪装到极致的襟怀坦白,乃是诙谐到极致的严肃。小施莱格尔并不否认,《卢琴德》的爱欲叙事包含着某些事关人类精神的玄奥秘义,甚至还预测到它的晦涩难解,以及可能遭到的误解。"出于青春的鲁莽,在《卢琴德》中用永恒的暗喻来刻画爱的本质,"在《论晦涩》一文之中,他如此告白。但马上他又用反讽的语气说,"从那以后,我就不得不想出一种通俗的媒介,以便用化学的方法来捕捉那个神圣的、柔媚的、转瞬即逝的、轻飘飘的、香气四溢的,甚至可以说是不可捉摸的思想。"②总之,反讽是一种坦白的伪装,一种严肃的诙谐,一种总汇艺术感觉、科学精神、哲学思辨以及文学修辞的手段,它将在启蒙后的批判时代当之无愧地成为一项根本的批判原则,而复兴苏格拉底的境界哲学大业。小施莱格尔意识到,反讽不仅在浪漫主义诗学中呼风唤雨,而且还会在未来的历史中影响深远。果不其然,在20世纪新批评的理论和实践中,反讽已经从修辞手法跃升为诗学的结构原则,以及诗学阐释、意义生成的基本动力。更有甚者,加拿大文学理论家和艺术批评家琳达·哈琴撰写多本论

---

① Jochen Schulte-Sasse, Haynes Horne, et al (ed.), *Theory as Practice: A Critical Anthology of Early German Romantic Writings*, Mineapolis, London: University of Mineasota Press, 1997, p.318.

② Ibid., p.120.

著,一再申论反讽,视之为 20 世纪艺术实践的首要原则,以及后现代诗学与政治的基本要素。

说到底,反讽就是悖论形式。一剑双刃,反讽集毁灭性与创造性于一体,二元对立致使叙述形式张力弥满。在《雅典娜神殿》断章 305 条之中,小施莱格尔写道:"一个意图达到了反讽并且带着自我毁灭的任意表象,与达到反讽的直觉同样素朴。"[1]不仅如此,素朴之中矛盾重重,游而戏之,荒诞性也与物质的奇妙互相掺和,催生偶然和武断的表象,好像在炫耀无条件的任意调情。《卢琴德》之"笨拙男人"体验,就是反讽诗风的极端再现。一半是情欲,一半是反思,一半是海水,一半是火焰。在小说的核心部分,隐藏着一个反讽诗风的高潮。那是交际名媛莉塞特的死亡献祭。莉塞特这个形象诗意盎然而又色情迷离,温馨而又淫荡,将邪灵和圣灵聚于一身。她的死亡献祭酿造了一种笼罩整个叙事的悲剧感,一种通过绝望毁灭而将忧郁悲情推至极端的绝对悲剧感。莉塞特的毁灭,是对肉体存在的决然拒绝,也是对终极和解的决然拒绝。她应当毁灭,立马抛却人世,命运的要求,就是铁的必然。克尔凯郭尔对莉塞特悲剧的解读,直逼浪漫主义反讽诗风的真谛,以及浪漫主义绝对悲剧的虚无感。"这是一种毫无实际内容的爱",克尔凯郭尔苛刻地断言。爱欲升华的叙事始于无聊,也终于无聊:"他们三番五次谈永恒,但这种永恒不是别的,乃是人们所说的享受的永恒瞬间。"[2]爱欲升华叙事的反讽之处,正在于人从自我的自由及其建构一切权威出发并没有达到更高一层的精神性,而只是达到了其对立面——酝酿了一场感性造反逻各斯的革命。然而,革命终归没有结果,主人公尤里乌斯被"世界反讽"玩弄于股掌之间,或者说,他的彷徨、追求与幻灭,可以被理解为一场闹剧,理解为个体摹仿"世界反讽"的绝望尝试。

"反讽"构成了小施莱格尔的爱欲升华叙事的灵魂,或者说它本身就是虚构叙事的根本品格。正是在这一点上,反讽与现代小说的关系

---

[1] Jochen Schulte-Sasse, Haynes Horne, et al (ed.), *Theory as Practice: A Critical Anthology of Early German Romantic Writings*, Mineapolis, London: University of Mineasota Press, 1997, p.325.

[2] 克尔凯郭尔:《论反讽概念》,汤晨溪译,北京:中国社会科学出版社,2005 年版,第 260 页。

通过浪漫主义朗现出来。小施莱格尔谈到了一切真实反讽所催生的"反讽之反讽"。《卢琴德》的叙述,展开了虚构世界与真实世界之间张力以至悖谬,两个世界之和解遥遥无期。小施莱格尔用一个简单句子陈述了反讽的叙事品格:反讽就是"永恒的叙述中断"(eine permanente Parekbase)①。保罗·德·曼建议,我们应该把"叙述的中断"理解为英语文学批评中的"自觉叙述者"的言语行为。"自觉叙述者之强力干预,永远在扰乱虚构的幻象。"②通观《卢琴德》的叙述,色情膨胀而又寻觅自由的叙述者往返在虚构世界和真实世界之间,强行决裂了天道自然秩序,感性爱欲秩序,以及人道伦理秩序。"自觉叙述者"走上了一条否定的不归路。

在这条自我否定和否定世界的路上,《卢琴德》之主人公以及引领着他完成自我教化的众多女性,都分身为碎片,成为分裂的主体。他们置身于堕落的世界,对人间邪恶困惑不解。然而,他们迎着黑暗走去,正面遭遇邪恶,浸淫在情欲之中,借着黑夜之光奋力获取灵知。灵知,即关于宇宙人生的真知,即理智的直觉。他们甚至不惜以自我毁灭的方式将自己献上神圣的祭坛,来净化爱欲,以期穿越幻象,通往艺术界限内的宗教。浪漫主义从纷纭怪异的异教世界攫取资源,希图以行将淡灭的灵知主义传统来补足基督教信仰的偏枯。浪漫主义反讽不同于苏格拉底式的反讽之处,就在于它不是以伦理境界为旨归,而是以艺术界限内的宗教即审美境界为旨归。再者,浪漫主义的反讽不同于新批评之后的反讽之处,在于这种反讽同神秘有着剪不断理还乱的关系。在反讽与神秘之间建立基本关系,乃是德国早期浪漫主义的独特标志。③ 反讽的神秘性,恰恰体现在它的灵知主义倾向上。像灵知主义者那样,浪漫派苦恼于人世间恶的流行,渴望从具体有限的人类环境之束缚中解脱出来。④ 带着对旷古神话的迷恋,怀着对失乐园

---

① 《雅典娜神殿》断章地668条,参见 F. Schlegel Kritische Ausgabe, Bd. 18, Ernst Behler (hg.), Paderborn: Ferdinand Schönigh, 1962, S. 85。

② Paul de Man, Blindness and Insight, Minneapolis: University of Minneasota, 1983, pp. 218-219.

③ 参见 Wm. Arctander O'Brien, Novalis: Signs of Revolution, Durham & London: Duke University Press, 1995, p. 108。

④ 杰拉德·汉拉第:《灵知派与神秘主义》,张湛译,上海:华东师范大学出版社,2012年版,第151页。

的强烈怀念,浪漫主义者以典型的灵知主义方式,将诗才、史笔和议论融为一体,把情、欲、理、信铭刻在彷徨不安的心灵,以生成流变的浪漫诗风召唤出一场历史的变革。通过这种变革,浪漫主义者希望重获自我的源始完美,上达无所不包的神性现实的统一。浪漫主义诗哲同历史上一切梦想家与先知一样,把他们自己看作一个新时代的预告者。在他们的想象中,上帝国将实现在其生命的情欲风暴之中,完成于生存状态的剧烈动荡中。

游子吟与新宗教

——二论施莱格尔的《卢琴德》

引言

F. 施莱格尔是德国早期浪漫派精神的守护神之一。他不仅领导了耶拿浪漫派的沙龙,还通过《雅典娜神殿》杂志汇聚了一个时代的文学与思想的才子佳人。他制定了"无限进化宇宙诗"的"浪漫诗学宪章",随后身体力行,流布浪漫诗风,施展新宗教"四大福音书"的宏大计划,且通过古典和现代文学史建构、完善浪漫主义诗学的纲领。《卢琴德》为其未竟之作,以断简残篇传世,以结构凌乱著称,更以张狂的紊乱情欲震惊于世。海涅直接拿小说的女主人公开涮:"她并不是一个女人,却是机智和肉感这两种抽象的概念讨厌的结合。圣母玛利亚也许会原谅作者写下了这本书,缪斯反正是永远不会原谅他的。"①

然而,在法国革命宏大事件的背景下,这篇小说呈现了现代人生命气质的动荡。描摹爱欲与城邦双重革命,叙写情爱与圣爱的互相对流,《卢琴德》引来了一场生命造反理性、动力冲决结构的诗学革命。然而,生命造反与诗学革命归根到底是一场信仰的蜕变,而将感性的宗教与理性的神话实现在一个鲁莽愚蠢的男人对于"爱本身"的执着寻求中。一曲游子吟,咏叹出对新天新地新人性的狂想,而把"青春""转换"和"创造"升华为一道审美乌托邦的迷人景观。

---

① 海涅:《论浪漫派》,见《海涅选集》,张玉书编译,北京:人民文学出版社,1983 年版,第 71 页。

一、讽喻的艺术与理论的小说

《卢琴德》问世于1799年,是 F. 施莱格尔的游子吟和忏悔录。诗人的行吟与浪子的忏悔,指向了一种新宗教。早期浪漫主义诗哲,都成为这种宗教的祭司。以小说为形式创造一种讽喻的艺术(allegorical art),应该是作者的初衷。对早期浪漫主义叙事艺术的描述五花八门,而最好莫过于将《卢琴德》描述为一篇以讽喻为主旨的小说。同歌德对"麦斯特"的学徒与游历的叙述不一样,同路德维希·蒂克(Ludwig Tieck)的《斯特恩巴尔德的游历》(*Franz Sternbalds Wanderungen*)也大异其趣,施莱格尔在创作《卢琴德》的过程之中,用讽喻原则取代了幻象整体的原则,赋予了理性、反思以及理论在叙述结构之中以显耀的地位。用当今批评的热门术语,不妨说这已是一种"元小说"(metafiction)。从行动到歌谣,从歌谣与吟诗,浑然一体而缺少必要的过渡环节。没有偏离主旨的抒情,只有反思、幻象和讽喻的集中表演。小说中,男主角尤里乌斯对他挚爱的女友卢琴德说:"至少,我只想用这些神圣的符号向你传达难以言传之意。"但是,这只是作者的一个托词而已。《卢琴德》却不只是努力以讽喻手法再现无论如何都不可言传的思绪与情绪。它将理论与实践涵濡贯通,尤其是将一种讽喻小说的理论隐含于字里行间。读过《谈诗》(Dialogue on Poesy)的读者不会忘记,在插入这篇对话之中的《论小说书简》中,施莱格尔已经明确地倡导了一种叙述理论:

> 这么一种小说理论,本身就必须是一篇小说。它应该以想象的方式反映想象活动的每一个永恒的音符,并且把混乱的骑士世界再一次搅得天翻地覆。在这样一部小说里,古代的人们将以现代人的姿态生活。……
>
> 这将诗真正的阿拉贝斯克形式。……除了忏悔之外,阿拉贝斯克形式是我们时代绝无仅有的浪漫的自然产品。[1]

---

[1] Haynes Horne etl. (ed.), *The Theory as Practice: A Critical Anthology of Early German Romantic Writings*, Minneapolis and London: University of Minnesta Press, 1997, p.194.

不过,要准确把握这种讽喻小说形式,仅仅把眼光集中在《卢琴德》之中作者现身论说这一主题的那些细节,却是远远不够的。施莱格尔在古典意义上使用"理论"(theoria)这个古希腊词汇,将"理论"(theory)理解为"观照""注视",尤其是在谢林、诺瓦利斯话语脉络所赋予的意义上,将"理论"理解为"理智的直观"(intellectual intuition)。在希腊语中,"theoria"与"thea"同源,均指场面、视觉,在隐喻上暗示可以通过视觉呈现。将"theoria"提升至至高无上的形而上高度,那就是古典柏拉图主义和现代现象学的思想志业。德里达指出,"步柏拉图的后尘,现象学应该比任何其他的哲学都受制于光。因为它未能减轻那种最后的素朴即瞽视的素朴,这种形而上学就把'存在'先行规定为'对象'"①。"理论"之本源含义如此,且有一种以视觉为哲学帝国主义的倾向,这一点令解构论思想家困扰不已。这是另外一个相当复杂的故事。在此,我们只需指出,施莱格尔及其叙事形式之中所表述的"理论",乃是一种通过情节而直观的思绪与情绪。所以,唯有将《卢琴德》视为一个整体,我们才能获得一个关于这个以小说形式表述出来的理论之印象,即理智上直观这种理论。

二、杂而不越,形散神凝

在《卢琴德》问世之初,同时代识者寥寥无几,诛心之论却叨叨不绝。哲人费希特和施莱尔马赫堪称例外。费希特手不释卷,读了两遍还要玩味再三。施莱尔马赫则在一片责难声中挺身而出,为小说所表达的自由意识与宗教情怀辩护再三。在现代学者中,也鲜有研究者能够把握表达在小说中的隐微言说。多数解释者只不过是出于道德义愤嘲笑或者拒绝《卢琴德》。这些对于小说的意气用事而无视真相的诸种意见,可以用威廉·狄尔泰的话来予以概而括之:"感性张狂,而寡廉鲜耻""审美观之,未免形若怪物"。② 鲁道夫·海姆的判断在措

---

① Jacques Derrida, *Writing and Difference*, trans. A. Bass, Chicago: Chicago University Press, 1978, pp. 84-85.
② Wilhelm Dilthey, *Leben Schleiermachers*, Berlin: Reimer, 1870, Z. 492.

辞上略微不同,称小说为"审美的暴行和道德的暴行"①。晚近的研究则展开了一个新的维度。有学者补充指出：小说之中"爱的革命化"（revolutionizing of love），但这取代不了"作品的革命化"（revolutionizing of work）。而且,浪漫的"反资本主义"（anticapitalism）所表现出来的"对现实的精英主义蔑视",根本无济于事,难以引领有意义的行为。② 鲍尔森指出,做出上述判断的学者、批评家和阐释者,尚未真正把握小说的艺术性,或者说他们为了某些内容而牺牲了艺术形式。最为常见的观点是,小说再现了浪漫派之中那些人物及其风流韵事,尤其是青年施莱格尔和离异的多萝台娅·维特（Dorothea Veit）之间的生死爱恋。狄尔泰曾经有言在先,说读者也许会产生这么一种印象：在叙述那种"平庸而且安逸的故事"方面,小说的作者可谓捉襟见肘,才情匮乏。但为了理解这部小说,我们宜于从作品的艺术性开始。从艺术角度看,我们立即发现,《卢琴德》绝非德国"教养传奇"传统中《威廉·麦斯特》的后裔。小说的艺术结构源自一种小说创作论,这种理论不仅表达清晰,而且非常成熟。

德国批评家和文学史家科尔夫（H. A. Korff）关注形式。他断言,施莱格尔或任何一个伟大诗人,能够用一种反思之外的形式更恰当地表现他的思想,那几乎匪夷所思。鲍尔森也有这么一种印象,说小说的谋篇布局几乎天衣无缝。艾希纳（Hans Eichner）和波尔海姆（Karl Konrad Polhiem）也提出,必须从这篇屡遭误解的文学作品之艺术性入手,重新理解其美学品格。为了凸显小说中显现的严谨形式意志,我们应当考虑,施莱格尔的目标在于蓄意创造一种"有形的艺术紊乱"。小说在整体上故意趋向于"紊乱但自成系统"。用中国古典文论的范畴,不妨说,这篇小说"总文理,统首尾,定与夺,合涯际,弥纶一篇,使杂而不越"（刘勰《文心雕龙·附会篇》）。"杂而不越",语出《系辞（下）》："其称名也,杂而不越。"韩康伯注："备物极变,故其名杂也。

---

① Rudolf Haym, *Die romantische Schule. Ein Beitrag zur Geschichte des deutschen Geistes*, Second Edition, Berlin: Weidmann, 1906, 501.
② 浪漫的"反资本主义"是卢卡奇的术语,从19世纪到20世纪,这一思潮演化为一脉传统,参见 Robert Sayre and Michael Löwy, Figures of Romantic Anti-Capitalism, *New German Critique*, 32 (Spring-Summer, 1984), pp.42-92; also see: G. Mattenklott, "Der Sehnsucht eine Form. Zum Ursprung des modernen Romans bei F. Schlegel", *Zur Modernitat der Romantik*, Stuttart: Metzler, 1977, 143-166。

各得其序,不相逾越。"从局部看,《卢琴德》紊乱无序,语无伦次。但从整体上看,它又杂而不越,各得其序,乘一总万,举要治繁。这显然是一些悖论的命题,事关艺术性的本质。

究竟应该如何理解这种悖论的结构呢?《卢琴德》开篇就以恋人书简的形式展示了这种叙述悖论的运作。恋人书简,乃是絮语花环,颠三倒四却万念归宗,恍恍惚惚之中极尽爱的激情。尤里乌斯对卢琴德说,写信给她意在交流此刻的快乐,描述幸福如何发生,但是中断了叙述的逻辑结构,以便一开始就摧毁并随之破除"所谓的秩序"。他明确宣称追求这种"迷人紊乱"的权力,且在事实上对此很是肯定。之所以如此,是因为生活与爱为作家所奉献的素材是"如此生生不息地进化,如此不折不挠地趋向于系统",以至于书面文本"不可摇夺地走向统一,趋向于单调"。作家一头撞上这么一种悖论:恒患言不逮意,他总是无法创造他意欲创造的境界。于是,崇高的和谐与迷人的快乐造就了登峰造极的紊乱之美,作家之使命就在于再造和整合这种紊乱之极美。涉足迷茫爱河的尤里乌斯主张,作家有一种"不可拒绝的追求紊乱的权力",还充分利用这种权力,将此处的吉光片羽和他处的断简残章集聚一体,置于小说之中作为其散乱的构成部分。

当我们将整部小说作为一个有机整体来看,这种精心谋篇布局的意图便一望便知。除了标题和序曲,《卢琴德》由十三个部分构成,整体上严格对称。小说的中心部分题为"男性的学徒",前后各有六章环绕着它,结构和形式互相平衡,而且在内容上互相对应。小说各部分标题如下:

1. 尤里乌斯致卢琴德;
2. 世间至爱情境的酒神狂想;
3. 小威廉尼性格素描;
4. 无耻的讽喻;
5. 闲散的牧歌;
6. 忠贞与游戏;
7. 男性的学徒
8. 变形记;
9. 信札两则;

10. 一个镜像；
11. 尤里乌斯致安托尼奥；
12. 渴慕与宁静；
13. 想象的调情。

前面引自《论小说书简》的文字已经昭明，"阿拉贝斯克"和"忏悔"就是浪漫心灵的独特造物。忏悔是抒情的独白，其质近于诗。奥古斯丁《忏悔录》开忏情文类的先河，树独白文本的典范。奥古斯丁的忏悔是展示他自己重新摹仿上帝的路径：从尘世之爱转向天国之爱，从对于知识、朋友、肉体的爱转向对上帝的爱。忏悔就是忏悔者与自己、与上帝的对话，但一切对话都是"内在之词"，是道成肉身之词，是上帝之道转化而成的文字。在主人公忏悔之时，人的字词渐渐为上帝之爱所充满，人借着上帝的字词渐渐把握上帝。小说的副标题为"一个鲁莽愚者的忏悔"，字里行间无不是隐喻语言，隐喻个人从有形世界转向无形世界、从内在世界上达超越世界的过程。而阿拉贝斯克形式，则是对抒情诗质的抑制。故而，《卢琴德》紊乱而有序的结构表明，"小说全书就是一场散文与诗的争斗，散文被踢倒在地，诗则被扭断脖颈"（《雅典娜神殿断章》418）。施莱格尔还举《斯特恩巴尔德》为例，说蒂克把哲人的严肃、诗人的激情、艺术家的虔诚以及一切从古代神话中创造出来的阿拉贝斯克诗风融为一体，而造就了总体上美的极致。美的极致意味着"他们想象的丰盈与飘逸，他们的反讽意识，尤其还有他们蓄意使用多样而统一的色调"，因此"一切清晰透明，浪漫精神快乐地做着自我的白日梦"。①

这种非诗亦非散文且泯灭想象与现实界限的叙述形式，就是《卢琴德》的基本况貌。开篇与结局，各有六个部分，这种叙述在品格上是阿拉贝斯克，诡异非凡，而在本质上自成镜像，前后照影。而叙述的核心部分描述了一段进化的历史，叙述了一个成长的故事，主人公在其中从飘忽迷茫而渴慕浮躁的青春进阶于人格成熟、知晓艺术之美的位段。不妨说，小说以阿拉贝斯克为叙述的总体架构，而忏悔抒情构成了核心叙述的基调。架构与核心、阿拉贝斯克与忏悔之间的差异一望

---

① F. Schlegel, "Athenaeum Fragment," in *Friedrich Schlegel's Lucinde and the Fragments*, trans. intro. Peter Firchow, Minneapolis: the University of Minnesota Press, 1971, pp. 230-231.

便知,其叙述的语式也色调分明。前后六章中,尤里乌斯本人或者通过他在对话中展开叙述架构。而在核心叙述中,佚名的声音客观地叙述一个男人的学徒时代。如果从严格的时序来看,小说前六章描述了主人公尤里乌斯与卢琴德两情相悦而实现的情感状态,而现时的快乐偶尔还会因为回瞥过去的忧伤而被强化了。

叙述的中间部分或小说的中坚成分,描摹了主人公充满渴慕的往昔,直到他与爱侣永结同心。这一部分叙述了众媛为师、爱为导引的教化之途,上达之路,以及和谐生命的秘密。鲍尔(Mark Bauer)指出,小说的中坚部分构成了叙述的隐秘中心(Der verborgene Mittelpunkt),而名媛莉塞特的悲剧性死亡将叙述者和叙述对象的焦虑推至极端。尤里乌斯在书简中将莉赛特的情欲之殇描述为一场"献祭",甚至是一份神圣的牺牲。尤里乌斯拒绝为人之父的责任,直接导致了莉赛特的自缢。名媛情欲之殇,便在父性、母道、生死之间建立了一种宿命般的关联。从小说字面意思上,读者对莉赛特的性格及其超越死亡的抱负略有所知,所以她的悲情自杀显然仅仅是在形式上才有可信度。尤里乌斯的叙述策略不无反讽意味,他要求这种类型的"整全"而又"完美"的女性慷慨赴死。同时,莉赛特的死亡也确有讽喻意味,因为她激荡随后又摧毁了尤里乌斯的全部激情。他的激情是既要否定莉赛特的死亡,又要否定莉赛特独立个性的意义。在修辞之花编织的绚丽花环中心,藏匿着名媛莉赛特的自我献祭。正如美轮美奂的庙宇中央,供奉着一尊死神,而不是生命之神。由此可见,在浪漫主义者伤感的幽美心灵深处,蛰伏着凶残如魅的虚无主义。莉赛特及众多的名媛牵荡着尤里乌斯的激情,引领着尤里乌斯一步一步破除青春的迷惘而进阶于爱本身、美本身和善本身。然而,这爱本身、美本身和善本身,却缺乏明确的对象,仅有虚灵而绝无真实,有如白璧德所讥讽的"为幻觉而追求的幻觉"[1]。幻觉滋养的,是一颗颓败的诗心。以这颗诗心鉴照,女性与文字互为镜像,且成为生命体验的镜像,映照出主人公的沉思与行动,闲散与幻象,灵知与迷惘。以女人为镜,复以文字为媒介,主人公自认且自爱。从女性与文字的互相映照产生的连环镜像之中,尤里乌斯塑造出卢琴德完美的倩影,以及隐含在双重自我镜像之中的

---

[1] 白璧德:《卢梭与浪漫主义》,孙宜学译,石家庄:河北教育出版社,2003年版,第134页。

全部人性形象。女性与文字,两面镜子,其位置无穷回溯。正是从这种无穷回溯之中,确定的无限性与永恒性才向叙述者敞开。[①]

后六章叙述架构再现了尤里乌斯的未来,及其进入交往世界。如果说,前六章同"男性学徒"结尾主人公之心态与情态相对应,用极端变幻的方式描述爱的幸福,将爱同自然、闲暇、体面行为以及忠诚等主题联系起来,那么,后六章则转而呈现活的心灵一系列新的变形,表现一系列复杂的主题,诸如财富、阶级分化、病态、颓唐、死亡与衰朽。然而,参照核心叙述("男性学徒")与架构叙述(前后六章),应该不会让读者觉得,叙述的引力中心在中间。相反,叙述结构呈弥散状态,中心是多元的。波尔海姆所言不虚:同阿拉贝斯克诗风相比,施莱格尔的忏悔诗风层次更低。

如此散乱几乎没有任何情节的一篇小说如何收束?施莱格尔解决这个难题的办法是以一种高度技巧化的方式,用"想象的调情"终结全篇。在这最后一章,叙述者越来越倾向于使用"脆弱而且透明的散文体,最后将一切化为虚无"。施莱格尔和叙述者在这个结局之中都陷于困境。施莱格尔绝望地尝试写出续篇,以完成"四大浪漫福音"的心愿,但一切都好像已经功德圆满。只有山穷水尽,不见柳暗花明。存留的续篇残片,以及为之而写作的六十几首诗歌表明,再也没有需要补充,诗的潜能与主题的潜力都已经随着文本的展开而枯竭。套用解构论的术语来说,"文本之外别无他物",一切都已尘埃落定。如果硬要赓续前缘,那就似乎必须完全颠覆叙述者的视野,而站到卢琴德的位置上去叙述爱的传奇,再掀情感波澜。因为,在小说中,男女主角,尤里乌斯和卢琴德,就好像椭圆中的两个焦点,彼此映射而互见得失。

三、"爱本身"与新宗教

如上所论,小说谋篇布局杂而不越,形散神凝。虽所涉主题甚多,基本命意却呈现在不同层面上。用施莱格尔自己的话说,叙述有众多

[①] Mark Bauer, "Der verborgene Mittelpunkt: Issues of Death and Awareness in Friedrich Schlegel's *Lucinde*," in *Monatshefte*, Vol. 92, No. 2, 2000, pp. 139-163.

潜能,主题又有多"次幂"。小说读来像爱情故事,因而其最为明显的主题乃是爱——浪子之爱。少年不识愁滋味,青春郁然感慨生。尤里乌斯闲散无聊,忧郁成疾,长吁短叹。这种青春喟叹将"时间情感化"了。从康德到德国早期浪漫主义,"时间"即内在感觉形式,不是认识的架构,而是审美的体验。这种内在感觉形式是"一种本体性的情感的历史感受","时间在这里通过人的历史而具有积淀了的情感感受意义"。人的时间即"内感觉",它完全不同于任何公共的客观的空间化的时间。故而"时间成了人依依不舍、眷恋人生、执着现实的感性情感的纠缠物"。① 在爱的追求、期待、体验以及转型之中,时间的情感化更为彰显。尤里乌斯"如饥似渴地依恋着现在,无休止地沉浸在时间长河的每一个无限短暂而又深不可测的部分中"。于是,他把整个现实生活感受为神话,而把故乡感受为异乡,把可见者感受为不可见者在这个世界的惊鸿一瞥。小说中关于爱的狂想,就是情感化时间之道成肉身。

  然而,这么一种可能存在的幸福,这么一种我当下感受的爱,这么一个既是最雅致的爱侣,又是最迷人的良伴,且是最完美朋友的女人——我以为只不过是一个神话而已。

为了全面理解这么一种幸福境界,我们应当将这种境界同尤里乌斯的其他心境与情态予以对照。在他身上,有吞噬一切的渴望,有令人难堪的沉默,以及孤苦无望的凄迷,如此等等,构成了"男性的学徒"开篇所刻画的人物个性及其严重的精神危机。不仅如此,这个形象也是现实的施莱格尔境遇的写照。

1791年至1793年间,施莱格尔离开哥廷根而去往莱比锡,先是研究法律,后来全身心投入到艺术史、哲学与文学的研究中。这段时间,他的社交圈子扩大,认识了诺瓦利斯和席勒等文坛巨子,但最亲近的朋友还是他的兄弟奥古斯特。兄弟俩频繁地通信,小施莱格尔向乃兄倾诉衷肠。他说,他经历了越来越严重的精神危机的各个阶段。正如"男性的学徒"所描写的那样,其精神危机的根源是多重的:首先是无

---

① 《时间的情感化》,参见李泽厚:《华夏美学》,合肥:安徽文艺出版社,1994年版,第262页。

法实现理想与现实之间的和解,其次是可能由性关系所激起又为经济困境所强化的自我厌恶感,最后还有对法律以及各种人类的现实事功引起的焦虑。从法律转向文学和哲学,多少缓和了这种精神危机。

但真正能治愈精神危机的,却只有爱——不是俗世的爱,而是"爱本身"。"爱本身",同柏拉图的"美本身"血脉同根,内在而又超越。"爱本身",其源不在尘缘俗事之中,而在超越神性之内。在《会饮》篇中,柏拉图假托苏格拉底,苏格拉底又假托女圣人(女先知)第俄提玛劝勉世人说,我们应该超越感性世界那些虚幻的影像,"追寻形相上的美"("ideal beauty",即理想的美,或者美本身)。这个"形相上的美",乃是激情、言辞、思想以及信仰彼此涵濡而建构的一道美的奇观。第俄提玛言之钧钧,内涵无穷启示:"一旦转向美的沧海,领略过美的奇观,他就会在对智慧的不可限量的热爱中孕育出许多美好的言辞,大器的思想,使得自身不断坚实、圆满,直到可以瞥见一种知识——美的知识。"①魅压群芳而神超俗世的卢琴德,便是"爱本身"的道成肉身。只有在卢琴德的怀抱中,这个孤独绝望而忧伤羸弱的男人才振作如常,恢复自信。"一切被抑制的信仰与慈悲情怀,流荡为话语之流,滔滔不绝,唯有在两情相悦、颠鸾倒凤的时刻,才休止片刻。"这种爱的关系让尤里乌斯惊讶万分,觉得卢琴德不比寻常女人。在她身上,"习性""固执"以及"阴柔"等所谓"女人味"荡然无存。换言之,她能整个地投身于爱的关系,因而就像但丁的贝亚特丽斯、荷尔德林的第俄提玛以及诺瓦利斯的索菲一样。为爱而生,为爱而死,自负天下有情至极,所以,她就是爱本身、善本身和美本身。

与柏拉图主义—基督教、笛卡尔主义、现代布尔乔亚灵肉二元论截然对立,这种作为爱本身的整体关系显示在人格的整全之中:个体之各个构成部分,从激情至极的血性到精神至极的灵性,整个地沉迷于爱本身。正如小说所描绘的那样,爱本身一统人间万象:"友爱,快乐的社交,感性兴发,激情涌荡,所有这一切都必须于爱中在场,我们必须给他者以似水柔情,又必须予他者以奔放之力,让他者生机勃勃,让他者高贵典雅。"将这种爱意融融的整体诉诸语言,施莱格尔用了许多矛盾修辞,诸如"灵性的情欲"与"感性的福惠",如此等等。这种整

---

① 柏拉图:《会饮》,刘小枫译,北京:华夏出版社,2003年版,第90—91页。

体关系还显现在全面呈现爱恋对象个体人格的努力之中,而不忽略他或她身上的任何一部分。尤里乌斯对卢琴德说,她从自己身上获取了一切,如此庄严神圣,如此漫不经心,而又如此完美无缺,以至于没有留下一丁点给江山社稷,给后代子孙,给朋党亲友。像女先知第俄提玛对苏格拉底的启示那样,爱不仅是"静谧地慕悦永恒",而且也是"一种在场的爱造就的圣洁欢愉"。爱不只是一种混合,"一种从朝生暮死到灵魂不朽的过渡",而是"两个人整体上两情相悦,永结同心"。

婚姻也是《卢琴德》的主题之一。婚姻,正是这些多面相关系建构和整合而得到的成果。但这是自然状态的婚姻,而非国家或教会法定的婚姻。因此,婚姻是两个人最亲密的融合。在前六章架构叙述的最后一部分,即"忠贞与游戏"之中,两个彼此相爱的人赤裸裸地被再现在我们眼前。互相亲昵,情意绵缠,一番呢喃絮语之后,便是一场激情满溢的肉欲风暴。施莱格尔的叙述仿效了希腊田园诗人拜戎(Bion)。拜戎以六步韵诗体铺叙一场情人絮语,句句生韵,因韵迷情,一句一韵地再现了钟情男女涉过苍茫爱河直达血肉吻合、情欲同流的过程。①但古今有别:在希腊诗人的古典模式之中,乃是牧羊人引诱妙龄少女,对话主要是男性自说自话;而在"忠贞与游戏"之中,则是两个成熟的男女在对谈,慧黠而又嬉戏,道说忠贞与怨毒。词语游戏,思想戏谑,点燃情欲之火。情欲之火将思绪感性化,将感性灵知化。

依照性别批评学说,一望便知:小说完全是按照男性视角写出的。而只有在以卢琴德为主角的第二部分,女性声音才有置换男性声音之势。然而,这种男性为主体的叙述导致了这部作品的最后"次幂",这也同样一望便知:这种革命的恋爱观基于恋爱男女双方绝对的平等,因而就有一种新型女性观脱颖而出。"指向解放"的趋势,乃是小说的一个隐含主题,不难觉察,但探讨得不够。也许,施莱格尔的小说以辞害意,绚丽的语言包裹着激进的思想,以至于人们每每拙于辨别这种激进的思想,甚至还抵制这种激进的思想。恋爱男女双方地位平等,

---

① 古希腊田园诗人的爱恋诗,用中国古典范畴说,多是"香艳诗""艳情诗"。比如一首题名为《向村女求爱》的诗,从礼赞春天、描摹美景开始,经过赞美村女的肤色、发色和脸色,最后恳求与之嬉戏、做爱:"让我俩一块儿嬉游,唇对着唇,胸靠着胸,我们这样的同死同终。"见《古希腊抒情诗选》,《罗念生全集》第 6 卷,上海:上海人民出版社,2004 年版,第26—28 页。

却不是说男人和女人,尤里乌斯和卢琴德完全同一,而是说男女之间结成一种椭圆关系,像"我"和"你"之间的关系。正如尤里乌斯在写给卢琴德的信中所说,唯有在"你"的应答之中,"我"才能感到无拘无束的浑融一体。或者,就像我们读到的那种男欢女爱,浑融一体:"他们完全委身对方,融入对方,但他们又各自独立,空前自在。"用费希特(Fichte)的话说非常合适:他们"互相成全"(reciprocal effect),"彼此决定"(mutual determination)。但又不是说,男人或者女人的命运总是永恒地落在椭圆的某一边。所以,解放必须是互相成全。而小说之第二章"世间至爱情境的酒神狂想"又暗示我们:男人和女人必须"交换角色,以儿童一般高贵的精神,竞相感悟究竟谁更能惟妙惟肖地摹仿自己"。施莱格尔的理论作品又告诉我们,"阴柔之气太重"或者"阳刚之气太盛",都同样丑陋不堪,令人厌恶。所以,他渴望"自律的阴柔"和"典雅的阳刚",用中国古典范畴说,理想的男女当是"刚柔并济""剑胆琴心"。世间男女之成长,当趋向于完美充盈的人性。

尤里乌斯向卢琴德信誓旦旦地保证:"像我俩一样涉足爱河,人性即归向其本源的神圣。"这也许是整篇小说所提撕的虚灵之真实境界。所谓"爱的革命化",所谓"女性的平等地位",所谓"两性之间自然关系",都水到渠成地放射出这么一种福慧双佳、哀慧同调的光辉。这是人性可以无限完善的前景之光。尤里乌斯描摹了他的幸福梦境:

> 美梦成真,幸福就在眼前,死亡河川的波澜中升起粲然纯洁的新天新地,像美爱女神一样美,舒展他们的形体,驱逐迷离的黑暗。

读到这里,我们发现自己已经置身于浪漫主义的新天、新地、新人性的乌托邦世界。新天新地显现在失而复得的纯真之中,显现在免于偏见和虚假谦和的自由之中,显现在"圣洁的闲散之道"以及"植物一般舒展的快意"之中。此等生命技艺源自一种善意良知,而在一种崇高的反思心境之中亦有对应之物。所以,尤里乌斯情不自禁地说:"敞人从来就不只是简单地享用快乐,而是用心体会和享受快乐本身。"这快乐本身,乃是同"爱本身""美本身"和"善本身"分享同一种神圣,摹仿同一种理念。首先,施莱格尔突兀地将闲暇与懒散同普罗米修斯的悲苦之境对立起来,后者"锁链加身,亡命劳作,紧张而又急切"。其次,施莱格尔还把闲暇与懒散同现代世界的"虚空而不安的事业"对立起来,后者壮志未酬,进化永无止境,简直就是北欧人茹毛饮血,以至于主人公尤里乌斯徒生喟叹:"事业与事功简直是死亡天使,他们用火剑堵死了人类归向天堂的道路。"不仅如此,唯有毫不费力、自然而然的行为模式之中的爱,这种水流花开而无刻意做作的爱,才会产生铭心刻骨的忠贞。

借着"爱本身",《卢琴德》从现世的贪婪、事业、事功、财富和占有走向了幸福的自然状态,复归于健康的人性。归根到底,正是爱本身造成了这种洗心革面、脱胎换骨的改变。爱本身成全了生命的本质,让我们成为"真人"与"完人"。尤里乌斯感受到自己的骨子里发生了巨变:"一袭普遍的温柔和甜蜜的温暖滋润着灵魂和心灵。"在这种状态中,两人爱从前他们之所爱的一切,爱意愈深,情意愈浓,正如尤里乌斯所说:"唯有现在,一种对世界的爱感才如破晓,真正地光照我们。"直到现在,他才准备携手卢琴德,在这个爱意融融的世界上赢取一席之地。他将同她一起,"进入人性的舞蹈","当下撒种,未来收获"。然而,施莱格尔并不忌讳用最为现实主义的方式来呈现心灵与灵魂的剧变。他们两情相悦,致使卢琴德红颜结胎。在第六个阿拉贝斯克架构叙述之中,尤里乌斯再次显示出功利态度,突然"销魂狂赞有一个自己的家该有多好,儿女绕膝,何等其乐融融"。当卢琴德身患重病,死亡在即之时,我们看到尤里乌斯是一个体贴的丈夫,忧心忡忡,恨不得以自己的死亡来换取爱侣的生命。他追思怀想,忧从中来:"过去,只有爱与激情在我们之间。"他甚至还说,他们之间早期的情感状态,也是悬置在"普遍激情的虚空之中"。从前六章到后六章,架构叙述的转换之中,天堂境界也发生了相当大的变化。天堂境界被严重地弱化了,被限制在布尔乔亚的王国,以及一个体面可亲的世界。在此,我们当记得,《卢琴德》被认为是一部讽喻小说,而尤里乌斯和卢琴德的命运象征着浪漫主义乌托邦的新天新地新人性。但这种天堂境界却不局限于父母与家庭,但婚姻也关联着阶级共同体和社会集团,关联着人与人之间的普遍兄弟关系——普世的博爱。尤里乌斯和卢琴德的家庭意识直接联系着这方新天新地,温馨之家和迷人之舍,将美化世界,取代荒芜颓败和病入膏肓的现代城邦。在小说收束之前,"渴慕与宁静",赞美诗一般的爱之絮语,将爱、夜晚、死亡联系在一种象征

体系之中,远远超越了早期浪漫主义的革命乌托邦境界:

> 哦,永恒的渴慕!直达最后,这种不结果实的渴慕和无聊而灿烂的时日将渐渐淡灭而无影无踪,伟大的爱之夜晚将在永恒的宁静之中降临,而可感可触。

这就是施莱格尔缔造的"新宗教",而他自己很乐意充当这种新宗教的预言家。这种宗教乃是人的宗教,更是艺术家的宗教。这种宗教集中表述在架构叙述的前六章。"世间至爱情境的酒神狂想"遮遮掩掩,半是幽默半是严肃地描述了两性相悦、巫山云雨,但一开始就暗示女性在小说之中极端重要的地位。"小威廉尼性格素描"继续聚焦于女性,开始以一种玩世不恭的讽喻,区别了习俗的道德和自然的道德。"无耻的讽喻"充分展开了这一区别。而且,在这一章中,施莱格尔还以隐喻手法,简单地勾勒出了主人公尤里乌斯在小说的主体部分将要明白而直接地经历的过程。这个过程,就是他渐渐学会拒绝古老习俗的道德禁令而接受新的非习俗的道德真理。这种属灵的转型被设定在宗教框架之中,而这个宗教框架进一步显示,这种属灵的转型不是一个日常的过程,而是一个意蕴深刻的转型过程。它不是道德系统的改变,而是一种宗教皈依。

"闲散的牧歌"详尽地描述了这种新宗教的本质与原则,特别强调被动性(受动性)原则的重要性。叙述者赞美东方哲人的智慧,仿效他们"完全沉浸在对永恒本体,尤其是你我两个本体的神思和静观中","静心时的伟人是艺术的最崇高对象"。只有东方智者才深谙"消极无为"之道,只有他们才懂得躺着的美妙和闲散的权利。被动性的最高境界,就是近乎植物的境界。"一个人或一个人完成的事业越是神圣,他们就越像植物;在自然的所有形态中,植物是最有德行、最美丽的形态。"紧邻着智慧之神、无耻之神、幻象之神,赫尔克勒斯也被施莱格尔迎进了万神庙。赫尔克勒斯之为神,其神性属于造物的自然之神。这就进一步把尤里乌斯推到了崇高先知的位置上,让他传扬浪漫主义新宗教的福音。

"忠贞与游戏"是由两个赤裸裸的男女夜间对话构成。尤里乌斯和卢琴德絮语呢喃,绵绵情切,乃是这种新宗教的现身说法。这种新宗教本质上是感性的,其仪式简约而且简单。其最为重要的仪式有两个：一是净化，通过忏悔而净化，让恋人之间的误解烟消云散，从而"执子之手，与子偕老"；二是性爱狂欢，在颠鸾倒凤之间亵渎神灵，取悦被冒犯的神祇。这一章床上戏、枕边话倒是提供了一个讨论新宗教含义的机缘，这些机缘特别与社会行为相关。而读者或许期待，这些社会行为也有性爱的含义。感性宗教在此全面展开，几近色欲迷离，钟情爱侣沉入茫茫黑夜，就好像预演人生的大限，在快感的高潮时分亲近了死亡。一种极端野蛮然而万分温柔的力量，以超自然的方式顷刻之间渗透了生命，生命被升华在灵知的光亮之中。

正是在新宗教仪式臻于高潮的时刻，施莱格尔嵌入了小说的主体断章"男性的学徒"。因缘际会之中，这是一个最佳点，因为读者们现在已经领教过这种新宗教，且对其本质要义与实践仪式已经不算陌生了。现在，关键是要让读者明白：这种新宗教如何实现？尤里乌斯如何皈依？新宗教之实现，尤里乌斯的皈依，乃是一体两面之事。这个断章一开始，读者就看到，尤里乌斯沉沦于精神绝望的深渊，万物于他都无意义，一切行为均属枉然。然后，读者看到，他与众多女人相遇以至相爱。佳媛引领，大爱随行，尤里乌斯便走出死荫的幽谷，超凌于绝望的深渊之上。最后遭遇到卢琴德，尤里乌斯就爱上了"爱本身"，不仅获得了精神上和血气上的宁静，而且克服了绝望与闲散，释放出潜存的创造性活力。与卢琴德在一起，尤里乌斯感到，"岁月像一首优美的歌曲，轻盈悠扬地从他们眼前飘流而过"。他拒绝习俗社会的那些人为的礼法，以及各种摧毁人性的道德规范，而敞开胸怀，接纳自然的良善与圣美，领纳其创造性与建构力量。自然，第一次带给他一种生命完整和气韵生动的感觉。通过卢琴德而遭遇"爱本身"，游子的闲散被代之以赤子的虔诚。他感觉到，自己找到了一种新宗教，"一种最美的宗教"：

> 一种普遍的柔情似乎赋予了尤里乌斯以生气，这种感情不是对民众的有益的或同情的善意，而是观看人——人是永恒的，消失的只是单个的人——的美丽时赏心悦目的欢乐，对自己和他人心灵的强烈而坦率的兴趣。他几乎常常同时有两种心绪：一方面是天真地开玩笑，一方面是摆出庄重严肃的样子。他不再只是爱他的朋友的友谊，而是爱他们的人。他在与有类似思想的人交谈

时,总是力图把他心灵里的每个美好的预感和暗示揭示出来并加以发展。这样,他的思想在许多不同的方向上得到了补充和丰富。但是,他也只有在卢琴德的心灵里才找到这种完美的和谐,在她的心灵里,一切美好和神圣的东西的萌芽只等待着他的思想的光照,一旦得到了,就会发展成最美的宗教。

尤里乌斯同爱本身的遭遇,完全泯灭了沉思的生活与行动的生活之间的界限。钟情与怀春,都不是一种单纯的心境,而是一种两性相悦、阴阳激荡的肉体行为。爱本身让钟情者跨越了心灵的业障而彼此触摸,在血肉对流中亲近了真本身、善本身和美本身。施莱格尔在此却不只是秀幽默、玩反讽。在他看来,两性相悦乃是自然行为和宇宙生命的象征。黑格尔、费希特和谢林的哲学,以及早期浪漫主义诗哲都远承古希腊思想家赫拉克利特的思想,断言宇宙的动力原则是对立面的同一,而两性相悦、云雨交欢就是对立面的完美圆融。施莱格尔表面上幽默,内在却含蓄地确立了一种类似于东方智慧的信念:一阴一阳谓之道。而且,"情动形言,取会风骚之意;阳舒阴惨,本乎天地之心。"(孙过庭:《书谱》)浪漫主义诗哲在骨子里相信,男人和女人不能形单影子存在于世,唯有在对方身上实现彼此的完整与个性。从这种普适的信念出发,并扎根在生命体验之中,施莱格尔建构了不仅令他自己着迷而且对全人类有效的感性宗教。

四、面具与隐微

"一个鲁莽愚者",是带着尤里乌斯面具的施莱格尔,及其所代表的早期浪漫主义诗哲。鲁莽与愚蠢,乃是青春、转折和创造的否定面相,也就是浪漫主义的负面呈现。小说亦有生命与个性,也像尤里乌斯一样鲁莽愚蠢。小说的缺点不是施莱格尔的过错,而是面具人物尤里乌斯的过错。尤里乌斯本人也没有过错,要硬说他有过错的话,那就只能归咎于,他生不逢时,置身在一个以"青春""转折"和"创造"为特征的浪漫时代。或者说,一个因个性张狂而未免迷惘伤感、因活力乱奔而无所节制的叛逆时代。

施莱格尔本人对于"面具"(persona)概念特别感兴趣。其实,正是面具概念塑造了他的"反讽"和"机巧"理论。这两个概念对于《卢琴德》的形式和意蕴都具有决定性。施莱格尔追根溯源,在古希腊谐剧中去寻觅"面具"技法的草蛇灰线,尤其注意到"剧中旁白"(parabasis)。所谓"剧中旁白",是指在戏剧演出过程之中,以诗人之名且用诗人之声音,对观众发表的讲演。剧中旁白大多是针对剧情、剧中人以及戏剧意义而展开反思性的评判。用现代的术语说,剧中旁白就是"元戏剧",或者批判的戏剧。施莱格尔觉察到,这种中断剧情插入演讲的技巧,本质上乃是面具人物或叙述者用来制造陌生效果的方法。他本人所推崇备至的作家,如塞万提斯、狄德罗、斯泰因、让·保尔,都采用这么一种手法。《卢琴德》的中断叙事插入旁白的手法显然仿效了斯泰因和让·保尔。

在施莱格尔心中,剧中旁白同反讽难解难分。在一则断章之中,他断言"反讽就是一种永恒的剧中旁白"。换言之,反讽之本质,即在于作品持续不断的自我意识、自我反省和自我批判。艺术作品通过反讽而意识到自己是虚构,同时又是对现实的摹仿。艺术作品乃是对现实的虚构摹仿,带着批判的距离重复现实。据此看来,艺术作品的反讽对应于反讽立场——施莱格尔认为,这种立场在现实生活之中必不可少。只有通过反讽,人们才能同时亲近现实又远离现实。只有反讽立场才能让人全身心地投入有限的现实,同时又让他认识到,从无限视野来看,有限的现实猥琐而且渺小。借着反讽,艺术家与现实若即若离,不离不弃。在离合引生之处,艺术展示出内在而又超越的双重品格。

反讽与机巧,在施莱格尔和浪漫诗哲那里,是同根共生的。当他使用"机巧"概念时,他不取现在流行的那种意义——玩笑或者双关。像18世纪大多数作家一样,施莱格尔认为,机巧是那种于差异之中发现相似且从素材之中提炼出观念的特殊能力。"机巧"不是简单的幽默,而是深刻的理智。也许,在这种古老意义上,最为贴近"机巧"(wit)的现代同义词是"偶然发现"(serendipity)。通过机巧的偶然发现,真理是神启而非理知。机巧不是理性:理性之知机械刻板,劳神费力,而机巧之悟当下即是,灵感催发。从"机巧""偶然发现"的角度来理解《卢琴德》杂而不越的结构,即可谓这部小说作为艺术品不应该靠理性而应该由机巧来赋予秩序。小说不必有一种理性的规范行使,但必须有一种自然的"机巧形式"。在其断章中,他还提出,每一部小说都必须有"紊乱"与"情欲",必须将"幻象形式"与"感伤情节"结合在一起。但这种"幻象形式"并不是指作家唯奇思怪想是从,听命于紊乱情欲,而是指以机巧驾驭想象,化奇思怪想为平实朴素。所以,小说必须奇中含朴,朴中蕴奇。用《谈诗》中的话说,小说布局谋篇当遵循"精心培育的随意性",将作品组织成一种"艺术地整饬的迷乱"。施莱格尔有几分类似于超现实主义者,但他绝不提倡自动写作。《卢琴德》的篇章结构处处印证这一点。比如,在开篇第一次中断之后,叙述者尤里乌斯突然嵌入"世间至爱情境的酒神狂想",且向读者解释何以要在这个特殊的环节插入这个断章。一切紊乱仿佛都是刻意露心思,紊乱是精心布局的艺术秩序。斯泰因的《商狄传》,菲尔丁的《约瑟·安德鲁》和《弃儿汤姆·琼斯》早就将这种机巧运用到了得心应手的境界。

戴着面具的反讽叙述,充满了剧中旁白和情节断裂,并以"机巧"将紊乱情欲艺术化为一种有机的迷乱,这是施莱格尔蓄意创造和广泛流布的浪漫诗风。在其《文学杂记》之中,施莱格尔写下了他自己对《卢琴德》的反思:"革命诗风与浪漫诗风完全分裂,浪漫诗风以紊乱而自成机体,而革命诗风恰恰是离心而未完成的圆圈。《卢琴德》便是从革命到浪漫的诗风转化。""离心而未完成的圆圈"是一个奇特的符号,不仅是对《卢琴德》布局谋篇的概括,而且也是对浪漫小说理论精粹的提炼。这个奇特符号乃是施莱格尔以及浪漫主义敌对阅读、反抗阐释的象征性表达。施莱格尔说:"我们将这种指向时间的悖论称之为离心运动,但它确实首先是一条可钦可敬的公理,以一种采自词源学的洞见来表达神秘的意味。"换言之,表面上的章法全无,紊乱失序,内在却蕴含着隐微的神秘。"同样,哲学生活的悖论也有一种美的象征,正如弯弯曲线,亦可能在断裂之中呈现出可见的连续性与合理性,而一种恒定的中心当时在无限性之中。"无限之中恒定的中心,便是浪漫主义诗学所慕悦的悲剧性绝对。施莱格尔的"神秘词汇体系"逃避而且逾越了日常语言,因为这种隐微的语言总是脱离文脉,并不指称确定的有限世界之中的显白依依,而是唤起超越世界的悲剧性绝对。

这种悲剧性的绝对,作为浪漫主义的观念图腾,触目惊心地表达在施莱格尔的一则哲学断章之中:"生命的对立物不是死亡,而是世界!"在《文学杂记》中,他也写道:"世界一片紊乱,乃是一切低俗关系、杞人忧天、患得患失、虚弱病态、理性与疯狂的大杂烩……确实,有必要同一切内在(而非神秘的)诗风确立一种命定的关系……这就是世界的隐微奥秘。"书写这种隐微奥秘,就必须永绝于世界概念,摆脱它的约束,回避它的意义,而不复对俗世的利益与需要心醉神迷。转换康德的审美自律概念,浪漫主义的隐微书写(esoteric writing)及其神秘诗篇,将一扫时间秩序、前后一致以及因果规律的制约。一言以蔽之,浪漫的小说享受着一种卓然独立的生命。①《卢琴德》乃是这种神秘诗篇的范本,而且是一个极端怪异离心的范本。在才华横溢、卓尔不凡的19世纪哲人的话语之中,神秘诗篇及其对小说的敌意,早就演绎出一部崇高而且风采各异的历史。黑格尔因其武断随意、率性自足的为我独尊而视之为邪恶之魁首。克尔凯郭尔同样对之目瞪口呆,说它"享受肉体快感还不够,还要享受否定精神的快感"。然而,表达在《卢琴德》之中的隐微真理在于,浪漫主义不仅要清除形而上学的"世界"概念,存在概念,绝对真理概念,不论这些概念是理性的还是神学的。而且他们还要清除日常的市民社会的质朴现实。那些被清除在文学、哲学以及一切思想秩序之外的残渣余孽,实质上乃是本源的真实,它却唯有在更崇高更精美的实在层面上才得以复活。

这场"真实的复活",或者说"生命的复性",乃是古代异教审美主义的浴火重生,感性的宗教与理性的神话再度流布人间,黄金时代再度降临人世。

结语:未完成的《卢琴德》与浪漫诗风

《卢琴德》只不过是感性的宗教与理性的神话之一个断章。或者说,人间一场神圣革命的一个环节。或者说,那是复数弥赛亚降临的依稀预兆。这个断章、这个环节、这些预兆,属于一个庞大的计划——用施莱格尔自己的话说,那是"厚颜无耻讽喻的不朽四部书",浪漫主义新宗教的四部福音书。诺瓦利斯在其断章补遗之中留下了两段重

---

① Marcus Bullock, "Eclipse of the Sun: Mystical Terminology, Revolutionary Method and Esoteric Prose in Friedrich Schlegel," *MIN*, Vol. 98, No. 3, 1983, pp.454-483.

要的文字,指引我们将《卢琴德》、基督教隐微书写传统以及人间神圣革命联系起来考虑。诺瓦利斯将尤里乌斯(即施莱格尔)摆上,让他做"新宗教的保罗",成为"虔信时代的初生儿"。

> 如果有任何人适合做我们时代的使徒并已诞生的话,那就是你。你将是这个处处萌芽的新宗教的保罗,成为新时代即虔信时代的初生儿。一段新的世界历史随着这个宗教开始了。你了解时代的秘密。革命对你产生了应该产生的影响,或者你其实是这场出现在人间的神圣的革命——一个复数的弥赛亚——的一个不可见的环节。你是我的朋友并把这些内心深处的话赠予我,我一想到这里就有一种令我振奋的崇高感觉。我知道,我们在许多方面是一致的,并且相信我们是这样的,因为我们的生和我们的死是一种希望、一种渴慕。
>
> 一种福音的概念。不能设想制造多种福音吗?福音必须是纯历史性的吗?抑或历史不过是工具?不是也有一种关于未来的福音吗?——为此目的与蒂克、施莱格尔和施莱尔马赫结盟。①

第一段话强化了浪漫诗风开启新天新地实施普遍拯救的使命,尤其是强化了浪漫福音的隐微性。第二段话是对基督教传统的质疑,而希望通过浪漫诗哲的结盟而书写未来的福音,传递生死的渴慕,敞开胸襟,准备弥赛亚的降临。复数的弥赛亚、多种福音,将超越纯粹历史性而染色属灵性,从而舒展一部"关于未来的福音"。我们还可以看到,这种浪漫福音扎根于人间神圣的革命——法国政治革命,总是一则不可磨灭的神话。新时代或虔信时代的福音,当是浪漫的、革命的以及神圣的福音。理所当然,《卢琴德》便是这浪漫诗风、虔心信仰以及神圣革命的灿然演示——进化的宇宙诗,包罗万象,杂糅文体,叙述加抒情更添戏剧,泯灭雅俗之分,不复古今之别,而且正在生成,永无止境。因为它永无止境,所以它绝不是一部小说。因为它绝不是一部小说,因而必须奋力向一部小说生成。当代解构批评理论可能会一言以蔽之曰:浪漫诗风即"延异"诗风。《卢琴德》从其文本架构之中驱

---

① 诺瓦利斯:《断片补遗》,见《夜颂中的革命和宗教》,林克等译,北京:华夏出版社,2008 年版,第 194—195 页。

逐了本体神学的一切要素(世界、存在、友爱、社交、市民生活、真理),而唯独"爱本身"被顶礼膜拜,因而它截然孤立于"在场形而上学"之外。然而,悖论依然存在,《卢琴德》通过"爱本身"的坚定追寻和绝望守护,捍卫着一种真实意识的绝对自由。它的面具叙述、反讽意识、机巧结构,都是用显白之词蓄意遮蔽内在隐微的教义。这份隐微教义指向真实界。将真实界的隐微本质当作无条件者开显出来,就以一种欺骗性的恒定性原则重新将一切条件、一切律法与一切对自由的侵犯都设定为对真实存在的压抑。一切分流,一切排斥,仅仅适合于存在的文字,而不适合于文字成全的圣灵。文字让人死而圣灵让人活。呈现在浪漫诗风之中,隐微教义就是"宇宙诗"的宏大理想——融合一切形式,不仅融合一切文学形式,而且还要融合一切文字形式。科学、哲学以及批评,都是"宇宙诗",也是那未完成且在生成的"浪漫福音书"。浪漫福音书,以未封闭的离心圆,启示无限的隐微和谐。

无限奥秘的寂静信使

——《夜颂》与灵知主义

引言:奇异,诡异与灵异——《夜颂》印象

诺瓦利斯(Novalis, Friedrich von Hardenberg)的《夜颂》(*Hymnen an die Nacht*)①酝酿于 1797 年,断续写作于 1799 至 1800 年间。诗人经过一场畸形的爱恋,又因爱侣索菲的早夭而居丧蒙哀。将个人的深秘体验转化为人类的神话历史,从自然神秘主义走向宇宙象征主义,《夜颂》以诗艺开启了人类心灵上达之道,又指点了人类生命下行之途,更是预示着灵知的回归之路。用著名"超心理学"理论家肯·威尔伯(Ken Wilber)的专门术语,我们不妨说,《夜颂》上溯空性(evolution),下及万有(involution),②将缥缈无形而威力无比的"灵知"写入浪漫化的象征体系之中,一种普遍的中介宗教以及浪漫的新神话粲然成型:

---

① 诺瓦利斯《夜颂》德文原文见于克拉克洪、萨缪尔编《诺瓦利斯文集》(历史考订版),第一卷《诺瓦利斯诗全编》(*Novalis Schriften*, *I Das dichterische Werk*, ed. Paul Kluckholh and Richard Samuel, Stuttgart: Kohlhammer, 1977—)。《夜颂》英文译本见 Dick Higgins 翻译的德—英对照本《夜颂》(*Hymns to the Night*, New York: McPherson & Co. Publidhers, 2005)。《夜颂》汉语译本见于刘小枫编《诺瓦利斯选集卷一》,林克译,北京:华夏出版社,2008 年版。本文所引诗句,笔者依据德文,并用英译校勘,略有调整。

② 威尔伯:《意识光谱》,杜伟华、苏健译,沈阳:万卷出版公司,2013 年版。"上溯空性",是指心灵铺展、展开、开显出真实的灵知维度(化用佛教术语则曰"空性"),而"下及万有",是指心灵牵涉、纠缠、深陷,失落于表象世界,隐微而不得开显。威尔伯写道:"'回溯',下及万有,意味着'牵涉'、'纠缠'、'深陷'。而这样说来,'回溯'即灵性'陷入'表象世界,并'失落'或者'卷入'其间。在回溯的过程中,灵性从自性中脱离出来,与自身疏离,产生了充满他者(otherness)与万物的表象世界,变成幻觉世界之中的纠缠与牵绊。接着,灵性开始以灵性的方式回归于灵性;它成长、演化并发展起来,从物质到肉体到心智到灵魂再到自性。这样的运动就应该称为'上溯'了;灵性,就是从你我之分的幻觉中觉醒。"(XIII-XIV)。

> 你正从古老的历史向我们走来,将天堂打开,还带着福人之家的钥匙,无限奥秘的寂静信使。(第三首颂诗之结句)

所以,两个多世纪以来,《夜颂》的读者无不一读觉得"奇异",二读觉得"诡异",再读觉得"灵异"。"奇异"之处在于,《夜颂》不仅代表诗人哈登伯格诗艺的巅峰,而且为浪漫主义抒情诗提供了难以逾越的诗艺范本。"诡异"之处则无所不在,诗人将黑夜作为歌咏的对象,将死亡作为抒情的至境,在黑暗与光明交替的节奏中安置个体心灵和人类精神。诗人以自然象征主义为手段,重构了"进化的宇宙诗":从物性到生命,从生命到心灵,从心灵到历史,从历史到灵知,渐渐进化,永无止境,诗兴流韵。至于诗篇的"灵异"因素,归根到底要溯源至诺瓦利斯以及德国浪漫派的"灵知"。为了了解人类灵性的深度,浪漫主义诗哲沿着一条神秘的路,通向了内心。内心乃是灵知的寓所,因为灵知本来就不是格物而至之"知识",而是返身而诚之"灵见"。

1800年,浪漫诗艺的守护神之一以及浪漫诗学宪章的制定者,F.施莱格尔给诺瓦利斯献诗,赞美诗人"以幽灵的步履轻盈地漫游","像巫师通过符咒和手势,唤起那消逝的神灵与心的融合","当我惶恐的时候,从你的眼中窥见那极乐的幽灵之国的映像"。诺瓦利斯一来到世界,就仿佛要证明灵知的确然存在。这个少年羸弱而又忧郁,智力滞后于同龄孩子,唯一的优点是十分依恋他的母亲。九岁那年一场重病扫荡了他身上的蒙昧与恍惚,他突然开窍,成为一个卓然不凡的觉者。"他的灵智好像突然苏醒了,"他的弟弟卡尔在《诺瓦利斯小传》中如是说。同少女索菲的遭遇,通过索菲同死亡的遭遇,以及用诗艺将索菲、灵知、神话、哲学和基督融为一体,诺瓦利斯的生命之中一个深层维度便开显出来,他的诗篇也因此成为隐微书写的典范,传递出无限的奥秘。正是这种与生命大限相冲撞转化而来以及被开悟的复活之光,照彻了死亡的幽暗。

所以,黑塞所言极是:"诺瓦利斯……因为一种创造性的虔敬,使他能够蔑视死亡。"[①]《夜颂》启示读者,唯有遭遇黑暗才有可能获得拯救的灵知,唯有虔诚地面对死亡才能蔑视死亡,从而通过死亡返观生

---

① 转引自魏尔:《诺瓦利斯及其隐微诗文》,诺瓦利斯:《夜颂中的革命和宗教》,林克等译,北京:华夏出版社,2008年版,第228页。

命,引领生命走出死荫的幽谷,而亲近柔情似水的神圣(the divine of motherly water)。创作《夜颂》的诺瓦利斯向理性发起了近乎绝望的冲击,他不住地追问:是否存在一个超越感性也不凭靠理性的世界?心灵是否该自觉地养育一种唯灵是求的能力,以便与这个灵知的境界圆融?魔力的观念论是不是敞开了一个客观的灵性世界,而诱惑朝生暮死的存在物向着永恒不朽的存在奋力上行?一种百科全书的文化意识,一部进化的宇宙史诗,能否囊括万有,创生万物,能否象征人类无限可完善性,能否建构"浪漫的新宗教",能否复活"理性的新神话"?

《夜颂》就是力求回答这些终极问题。同《塞斯的学徒》与《奥夫特丁根》相呼应,《夜颂》诗学地呈现了从异乡出发回归家园的灵之旅程。描摹内在之灵的异化到回归,它将个体历史化,将历史神话化,将神话宗教化,将宗教灵性化,而把生命提携到宇宙境界中。生命进入宇宙境界,诗人的情感结构就发展出信仰结构,个体心灵与宇宙意识之间的同构对应关系得以开显,人间欲爱便上升为神性圣爱。诗艺呈现的回归之旅,上达之道,以及下沉之路,断裂之时却在连续,无序之中蕴含有序,一道灵知主义的缘光笼罩着诗人的呼吸,诗句的断续,修辞的节奏,意象的隐显,境界的开阖。那么,诗人的灵性,以及浪漫的灵知,来自何处呢?

一、放逐异邦的忧郁之子——《夜颂》之灵知渊源

诺瓦利斯诗艺中的灵知,最早最明确的表达,是在《致蒂克》一诗中。诗中写道,一个"极端忧郁之子被放逐到异邦"。他厌弃新世界的浮华,而渴慕古世界的质朴。浮华掩盖着破碎,诗人徒作感伤。而质朴表征完满,诗人殷殷回望。放逐异邦的忧郁之子的命运,也就是灵知追寻者的命运。灵知主义是古代异教与基督教、东方智慧与西方知识在公元1世纪涵濡而为人类造就的共同文化遗产。在灵知主义早期教义神话、歌曲和历史记载中,就留下了孤独的异邦人寻找家园的足迹。按照灵知主义的教义神话,人类乃是灵知的火星,飞溅到低俗肮脏的物质世界,灵知就晦蔽无明。故而,此生此世与灵知疏离,若想寻回灵知,做回自己,孤独的存在者就必须经由一条凶险四伏、诱惑致命的道路。放逐异邦的忧郁之子探寻自我的道路,正是蓝花少年奥夫

特丁根追梦还乡的道路,也就是现代灵知主义者追寻灵知的道路。诗中那位忧郁之子,在艰苦跋涉之后,经过漫长的寻找和痛苦的期待,终于得到了一本"金光闪闪的古书"。"书上的话闻所未闻",但在他心中催生了一种新的感觉,一个崭新的世界在他一瞥之间敞开。衣冠古朴的老者飘然而至,神态稚气而又神奇,高深莫测且满面春风。这本古书和这位老者,让忧郁之子顿悟了"崇高的灵"。忧郁之子的使命,将是继承圣业,传递隐微密教。老者嘱咐少年,要忠实于圣贤的遗骨,让自己沐浴在永恒的蓝光里。这位开示忧郁之子的老者,便是德国十六十七世纪之交的神秘主义者雅各布·波墨(Jacob Böhme, 1575—1624)。"同波墨再度相见",就是这首灵异启示之诗的结句。

波墨对诺瓦利斯后期创作产生的决定性影响,亦见于《虔敬之歌》《死者之歌》《酒神……》等诗作。与诗人蒂克结缘,随之产生了深厚情缘,以及生死不渝的友爱。蒂克引介波墨,诺瓦利斯与这位神秘主义者(mystic)和神智论者(theosophist)孤魂相交。通过波墨的《曙光女神或朝霞》("Aurora oder Die Morgenröte in Anfang"),诺瓦利斯接受了灵知主义的洗礼,而担负起复活灵知、复兴信仰和传承秘教的使命。这位来自格尔利茨(Görlitz)的后宗教改革时代的神秘主义大师波墨,以其卷帙浩繁的著作传递一种强烈的源始宗教体验。这种源始宗教体验清楚地属于灵知主义传统。波墨深信,源始的宗教体验蕴涵着强大的解放潜能,足以把陷入绝望与忧郁之中的人解救出来。早期灵知主义敏感于此生与灵知疏离而产生的剧痛,而强烈渴望从时空对生存的束缚之中摆脱出来。波墨灵台溢满感伤,而表达出一种属灵的梦想,那就是要摆脱有限个体及其顽固的"我执"(Seblstheit),抚平这种"我执"对灵知的深度创伤。波墨还触及了灵知主义的另一个传统主题——异邦游子还乡。灵知主义教义神话描述说,生命"下及万有",而羁留于异国他乡,离弃灵知既久,所以渴望重返失落的家园,寻回被吸入的"深渊"(Abgrund),重获新生的宁静泰然(Gelassenheit)。波墨还瞩望,通过宁静泰然的新生,生命即可拥有一种灵知(gnosis),借以揭示所有的奥秘,洞穿实在的不同层次,对历史过程提供一种澄澈的观照。寻找灵知,重返家园,建构历史,这场灵知主义的宏大戏剧预示着一个"百合花时代"(the time of the lily)的降临。在这一方新天新地里,人类将脱胎换骨,成为亚当一样的天堂原人(Proto-man in the

Paradise)。①

波墨在后宗教改革的氛围中复兴灵知,传承密教,而他的思想被誉为"现代性最具有弥漫性的象征体系"②。波墨的影响与埃克哈特大师一样广泛、深远。在德国文化传统中,波墨的作品被欧廷格尔和巴德尔发掘,通过赫尔德、谢林、黑格尔、蒂克、诺瓦利斯而汇入德国早期浪漫主义。而经过波墨发扬光大,灵知主义作为一种诡异的非人的力量,渗透在浪漫主义的感性宗教与理性神话之中,尤其是渗透在费希特的"张狂自我论"以及诺瓦利斯的"魔法观念论"之中。史家断言,波墨对欧洲哲学的影响史,乃是欧洲精神史上最激动人心的篇章之一。③ 波墨的神秘主义具有浓烈的神智主义色彩。神智主义思潮在 16 世纪末天翻地覆的剧变之中蔚然成风。波墨的作品表明,神智主义同古老的"全智精神"(Pansophen)不仅具有血缘关系,而且还直接扎根在这种精神之中,一心寄系于领悟"大全"。一如斯宾诺莎的泛神论所喻陟的那样,借着深刻认知周围世界的自然元素,人们就可以发现和亲近上帝。波墨以降,直至 20 世纪神智主义运动,一些志在传承密教的思想家分享着印度教、佛教以及基督教的精神元素,涵濡东西方的智慧,将复杂的灵知元素据为己有,建构普世宗教,展示文化融合景观。④ 德国浪漫主义是这一灵知主义传统中重要的环节之一。而神秘主义、灵知主义都是神智主义的姐妹,都宣称自己的学说乃是只可秘传而不可广布于天下的真理。一部《宗教百科全书》对"神智主义"进行了如下释义:

> 神智主义乃是举世闻名的密教,作为一种广为传播的宗教现象的构成部分。在严格意义上,"秘传宗教""隐微教义"这么一些词语,是指一种灵知。通过认识那些据信可以将个体同神圣的中介神灵融为一体的约束力量,这种灵知开示个体,使其觉悟,获

---

① 汉拉第:《灵知派与神秘主义》,张湛译,上海:华东师范大学出版社,2012 年版,第 57—63 页。
② 同上书,第 63 页。
③ 同上。
④ Veronica G. Freeman, *The poetization of Metaphors in the Work of Novalis*, New York: Peter Lang, 2006, p. 30.

得拯救。具体说来,神智最为关注的是隐秘的神圣奥秘。①

神智主义强调,灵知之本,就是探究隐秘,开显奥秘。这一精神重音同诺瓦利斯的《奥夫特丁根》构成一种完美的应和关系。蓝花少年的矿山探险以及对自然的爱恋,说到底都是在灵知的引领下追寻隐秘的神圣奥秘。所以,在他眼里,解读自然的象征体系之中的象形文字,乃是灵知主义者的使命。灵知主义者探幽索赜,力求获取自然符码以及象形文字的隐秘意蕴。《夜颂》也是如此,诗人从光明下转于黑暗,从世俗幸福而上达神圣启示,超越个体意识而融入历史与神话,以至最后返回故乡,陶醉于神婚之中而瞻仰终极的神圣。灵知引领诗人上达与下行,远游与还乡,分离与融合,一切都是为了开启那隐秘的神圣奥秘。诺瓦利斯的诗文,便是隐微的诗文。诗人就是那个放逐于异邦的忧郁之子,他的使命就是在寂静之中传递无限的奥秘。

1800年2月23日,诺瓦利斯欣喜若狂,给挚友蒂克写信,将波墨的学说描绘为温馨而强大的春天:

> 在读波墨时,我现在力求融会贯通,尝试以他能被理解的方式来理解他。我们完全可以把他看作强大的春天,具有喷发、驱动、建构和融合的力量。这些力量从内心孕育出世界,那是一团充满神秘欲望和神奇生命的纯粹混沌,一个不断自我分化的真实宇宙。②

有确切的证据表明,1800年春天诺瓦利斯所读到的波墨,是撰写了《曙光女神或朝霞》的波墨。那一缕预示着黄金时代回归的温馨而强大的春光,柔情似水而无孔不入地渗透在诺瓦利斯的诗魂艺魄之中。像巴德尔、赫尔德、谢林一样,诺瓦利斯身上苏醒的灵知,将引领他通过对自然的静观默想而亲近神圣者,驱使他通过对历史的神话再造而复兴黄金时代。所谓"神圣者",所谓"黄金时代",就是波墨所说的"万物必复归于作为大全的太一,多样性必然包含着争斗与不安,但在太一之中只有永恒的静谧,而没有对立的意志"③。用赫尔德的话

---

① Antoine Faivre, *The Encyclopedia of Religion*, New York: Macmillan, 1987, p.465.
② *Novalis Schriften*, I V Briefen, ed. Paul Kluckholh and Richard Samuel, Stuttgart: Kohlhammer, 1977-, p.322.
③ 转引自汉拉第:《灵知派与神秘主义》,第61页。

说,就是"万物都有所感,生命互相呼应"。从物质到生命,从生命到心灵,从个体到历史,从历史到神性,每一个阶段上都发生着"融汇,区分以及整合",渗透着一种诡异非人而上善若水的灵知。灵知将慈悲风调播撒在放逐异邦的忧郁之子的还乡路上,而不受时间空间的限制。生命上溯空性而沐浴着神圣之爱(agape),下及万有而享受血气之爱(eros)。两爱交融而大爱无疆,这是柏拉图主义、新柏拉图主义及其所涵养的灵知主义所持有的共同信念。① 通过奥古斯丁、狄奥尼修斯的默观冥证,这种灵知主义的信念润物无声地渗透了整个基督教。故此,灵知主义和基督教兴衰交替,构成了欧洲思想史的辩证节奏。布鲁门伯格断言,作为一个思想史范畴与方法,"现代"乃是继奥古斯丁之后第二度"对灵知的超克"(überwindung der Gnosis)。② 在中世纪开端,第一度对灵知主义的征战无功而返,但灵知主义不仅没有摧毁古代秩序,而且将这种秩序变成了暴政。作为现代之根本标记,人类在宇宙秩序之中无止境的"自我伸张"(Selbstbehauptung),也只能是灵知主义被颠倒了的遗产而已。换句话说,灵知主义乃是对基督教的持久挑战和一切普世宗教的强劲对手。而沃格林针锋相对地断言,作为人类寻求秩序的姿态,"现代"乃是灵知主义对上帝的谋杀,或者说是灵知主义的自觉生长。"现代概念紧随中世纪降临,本身乃是灵知运动所创造的象征之一。"③按照这一逻辑,文艺复兴、宗教改革、启蒙运动、法国革命以及浪漫主义,甚至社会主义运动,都是灵知主义的复活、涌流、激荡以及反抗的历史运动。

具体到德国近代文化史,灵知主义在宗教改革之后潜入了施瓦本新教教会,最终渗透到浪漫派和观念论之中,尤其渗透在黑格尔、荷尔德林、谢林以及诺瓦利斯的思想之中。在这一脉传统中,浪漫灵知的渊源也许应该上溯到伪狄奥尼修斯(Pseudo-Dionysus),而他直接影响到了现代门槛上的库萨尼古拉(Nikolaus von Kues),经过埃克哈特大

---

① 参见威尔伯:《性,生态,灵性》,李明等译,北京:中国人民大学出版社,2009年版,第353—354页。
② Hans Blumenberg, *Die Legitimität der Neuzeit*, Frankfort am Main: Suhrkamp, 1978, p.138.
③ Eric Vögelin, *The New Science of Politics*, Chicago & London: The University of Chicago Press, 1952, p.133.

师(Meister Eckhart)、波墨(Jacob Böhme)以及西勒西乌斯(Angelus Silesius),而百川归海一般地汇入浪漫主义思潮。德国早期浪漫主义者谢林和诺瓦利斯堪称关键人物,正是他们将灵知的星火撒播在法国革命后的欧洲,而一场反叛和超越启蒙时代及其理性主义的燎原大火则经过浪漫主义蔓延,一直蔓延到20世纪精神分析运动和文学现代主义之中,为文化史留下了"心理学+神话"的珍贵遗产。在更为广阔的现代性语境下,灵知主义成为思想家论衡古今和诊治现代世界的概念工具。

在18世纪和19世纪之交的德国文化语境中,早期浪漫主义凸显了灵知主义的三个要素:善恶对立、光暗交织的精神结构二元论,异化与复归的生命辩证法,以及不断趋向于终极实在传递隐秘真理的末世论。德国观念论和浪漫派重构了灵知主义的"神话逻各斯",描述了人与宇宙整体断裂的灾异图景。这幅整体断裂的灾异图景覆盖了神祇与世界,上帝与世界,永恒的神圣与终殁的生命,生命的内在和外在。灾异渗透之处,只见断简残篇,不见圆满和谐,一切都橛为两半,表征生命陷于绝境,一种悲剧绝对主义成为观念论的基元,成为浪漫派的元音。浪漫派带着伤感去哀悼朴素,去缅怀人神推杯换盏、天地圆融的境界。而这种圆融境界已经被废黜,生命离弃灵知而羁留异乡。要重建圆融宇宙,要指点生命还乡,就必须通过心灵向灵知的超升而实现。但超升也是超克,即逾越、超凌、战胜有限的生命,消除世界和永恒之间的无限距离。这么一种源自前基督教时代的极端宗教情怀,为早期浪漫主义理解现代世界提供了一种充满激情的批判力量。早期犹太教、波斯琐罗亚斯德教以及影响及于亚非欧的摩尼教,都坚持把善和恶、光亮与暗夜、创世之神与拯救之神决然对立起来,在作为造物主——立法者的上帝同一切造物之间勘定出一道深渊。"唯有在其勘定深渊的地方,浪漫的乡愁才想要沟通深渊。"[①]所以,浪漫主义者遥远地回应保罗:诗是造物的叹息。造物为何叹息?因为离弃了灵知,失落了整体,远离了家园,羁留于异邦。瓦伦廷灵知主义者绝望的沉思

---

① Jacob Taubes, *Vom Kult zur Kultur*: *Baustene zu einer Kritik der historischen Vernunft*, ed. Aleida und Jan Assmann, Wolf-Daniel Hartwich, und Winfried Menninghaus, Munchen: Wilhelm Fink Verlag, 1996, pp. 99-113.

表明,宇宙的进程乃是一种不可言喻的灵知从自身分离出来,释放出一道光亮,而愈来愈沉沦到堕落的物质世界。堕落的灵知可能沉溺于物质,也可能思念已经疏远了的家园。前者乃是"下及万有",而后者却是"上溯空性"。生命在灵知的召唤和引领下,朝着虚灵而又真实的"天光"奋力上行,则预留着一种救赎的希望。这种救赎的希望,乃是末世论的希望(eschatological expectation)。因为,堕落于物质世界而沉沦在血肉之躯的黑暗之中,灵知只有不幸,而不可能有家园感。陶伯斯(Jakob Taubes)印证古代灵知主义文献残篇,论证异化与复性的"转型神秘主义":

> 在同自己起源的疏远中,由于迷失在此世周围的异己之中,生命的自我异化达到了顶峰。借助对"生命"的再回忆,即它在此世确实是异己的……而开始了复归。觉醒了的乡愁标志着已开始的复归故里。①

灵魂觉醒,并奋力克服这种疏远,追求从血肉之躯的羁绊之中释放出来,再度与神圣的本源合一。而灵知指引着这种复性,伴随着流落异乡的忧郁之子的还乡。德国观念论和浪漫派分别以哲学和诗学的形式绘制出了还乡路线图。还乡之路,亦是亲近救恩之路,同时还是一条为悲剧绝对主义所笼罩的死亡之路。灵知把"灵"的苦难史昭示为悲剧,昭示为一位遥远的超越的造物主上帝以及陌生的完全异在的上帝的悲剧。我们不难从浪漫诗文中读出方生方死、出死入生的悲剧纠结。诺瓦利斯的《夜颂》又堪称这种绝对悲剧的典范之作。诗人在生命的极限返观生命,以死观生,将死亡视为生者朝向真正自我迈进的救恩之必然环节。作为真正自我意识的灵知,就不是理性所能澄明的思维,而是一种半明半昧的内省,一种自律接受他律的拯救行为。再度唤醒灵知,而生命因灵知的觉醒而改变,世界也因生命的更新而新异,这就是《夜颂》以诗艺开启的"转型的神秘主义"(transformative mysticism)。诗中,一位"庄严的陌生者"穿越光与夜交织的宇宙,上行而下达,远游又复归,亲近死亡而渴望永生,让亡灵的烈火燃尽肉身,经历圣父—圣子—圣灵三约国,最后返回故乡,温柔地长眠于神圣。

---

① Jacob Taubes, *Abendländische Eschatologie*, Mattes & Seitz Berlin, 1995, p. 26.

异乡人悲壮还乡,忧郁之子传递无限奥秘,这是《夜颂》的整体抒情架构。那么,诺瓦利斯选择何种文类形式来担负这转型的神秘主义,及其秘传的浪漫宗教呢?

二、"颂主告神,义必纯美"——颂诗体源流略考

诺瓦利斯将其抒情诗的巅峰之作命名为"夜颂",这是他对于文类形式的选择。媒介就是信息,而文类形式同诗兴逸韵水乳交融,不可以人为区隔。从可以掌握到的史料看,诺瓦利斯对文类进行了悉心的比较,在所读经典之中最后选择了"颂体",将他要传递的无限神圣奥秘托付给了这一媒介。少小习颂古典文学,尤其长于修辞与诗学,诺瓦利斯很早就将目光投射到了远古:

> 远古的进程柔和而伟大:一道神圣的面纱将远古掩蔽起来,使凡俗人不得窥见,可是命运从源泉的缓缓流淌中造就了凡俗人的灵魂,这灵魂凭借魔镜看见远古在神性的美丽中。①

这是他的断章补遗之中看似随手写下的一则笔记。仔细辨析,"魔镜"这个意象却来自秘传宗教仪式上的魔术,据称炼金术和灵知主义都利用魔镜来窥见生命的终极真实。在神秘主义者和神智论者波墨的思辨体系之中,魔镜是一个圆融的象征,人们借着它可以窥透深渊,瞥视圆满。而人的生命也是这么一面魔镜,"上帝在哪儿凝视自己,并像在天使身上和天国领域一样,在人类身上获得他全部的光辉和能力"②。那么,诺瓦利斯这位自觉放逐异邦的忧郁之子,如何传递在魔镜之中窥见的神圣光源和巨大能力呢?

1799 年至 1800 年发生在诺瓦利斯生命史和精神史上的事件以《夜颂》为棱镜折射出来。换言之,诗学事件、生命事件和精神事件三者互相成全,彼此建构。索菲之死,牵荡诺瓦利斯对生死奥秘的激情。这种激情让他把"智慧"(sophie)诉诸象征,而转化为"虚构"(fic-

---

① 诺瓦利斯:《夜颂中的革命和宗教》,第189 页。
② 转引自汉拉第:《灵知派与神秘主义》,第62 页。

tion)。① 索菲尸骨未寒,诺瓦利斯与自己导师的女儿尤丽叶(Julie von Charpentier)再结姻缘。如果说对索菲的情缘是圣爱,与尤丽叶的姻缘是欲爱,那么,这段情感史则是圣爱与欲爱的辩证,超越与内在的交融,以及上达与下行的悖谬。在个体精神史上,他问学弗莱堡,开始构思浪漫的百科全书,致力于会通诗与科学,以灵知宇宙论为视角整体地把握自然与精神的关系。交往圈子的扩大,诺瓦利斯被带入了耶拿浪漫圈,同施莱格尔兄弟探索诗学,同施莱尔马赫探讨浪漫的宗教。在盐场担任记录员,又表明诺瓦利斯绝非孤标傲世,不食人间烟火,相反倒是乐于事功,甚至还积极筹划俗世的婚姻。其生命史和精神史初看起来杂乱无章,一如浪漫的断简残篇,但这些复杂的生命体验要求诗人决断一种文学形式,将一种文类的表现潜能发挥到极致。

这三年间的阅读史也同样支配着诺瓦利斯的诗学形式决断。波墨的神秘主义作品,赫姆斯特惠斯(Franz Hemsterhuis)的新柏拉图主义,德国虔诚派宗教文学的圣歌,它们不仅滋养了诺瓦利斯的宗教情怀和神秘倾向,而且涵养了他对象征形式和隐微修辞的高度敏感。英国诗人爱德华·杨(Edward Young)的名篇《静夜思》(*Night Thoughts*),通过博德默尔、克洛普斯托克和施莱格尔的翻译在德国广为传颂,对诺瓦利斯决断诗学主题产生了直接的影响。黑夜、少女、母亲、基督之间的奇异关联,还来自于15世纪以来在德国普遍流行甚至妇孺皆知的墓园吊歌和宗教赞歌。莎士比亚的悲剧《罗密欧与朱丽叶》,赫尔德的《神话断章》,让·保尔(Jean Paul)的小说《无形教会》(*Unsichtbar Loge*),席勒的《希腊众神》,也融入诺瓦利斯的思辨与构想之中。诺瓦利斯独到的诗学形式决断则表现在,他挪用了神秘主义的象征体系,营造墓园吊歌和宗教赞歌的氛围,吸纳了哀歌的凄艳华美,表现了贯穿生死的悲剧意蕴,而将观念论和浪漫派的"感性宗教""理性神话"推至极端。其诗学决断的终极成就,就是《夜颂》——以"颂"为载体,传递"夜"的无限奥秘,将观念论和浪漫的"新神话"实现在一种仅对神圣奉献丽词雅意的文体之中。"颂"体平易而又神圣,古朴而又雄奇,空灵的宗教意识化为缱绻的诗兴流韵。

---

① 参见 Wm. Arctander O'Brien, *Novalis: Signs of Revolution*, Durham and London: Duke University Press, 1995, pp. 77-81。

"颂"或"颂歌"(Hymn,古希腊语 ὕμνος)意为"赞美之歌"。最早的"颂"可溯源于苏美尔晚期青铜时代的赫第语文献。这首残缺的"颂诗"追述了战争、死亡和毁灭之神奈格尔(Nergal)的诞生和神谱。诗中唱道:"奈格尔啊,你这狂暴精液和令人敬畏的恐怖所生之子,你这巨牛所生之子,你这注定担负强大命运之子,你这大山的头生之子。"①作为一首典型的颂神之歌,它赋予了神祇以辉煌灿烂的外表以及令人敬畏的恐怖大能。古希腊游吟诗人咏叹史诗,总是习惯于从神说起,但荷马、赫西俄德的颂诗所歌咏的对象却没有多么浓烈的宗教含义。品达的奥林波斯"颂诗"以歌颂胜利者的荣耀为主题,标志着古代颂歌的艺术形式臻于峰极,为后世众多歌咏体艺术提供了典范。《赞美阿波罗的颂歌》中内含两篇颂歌,一篇为爱奥尼亚诗人所咏,叙述了爱奥尼亚神祇在提罗斯浮岛上诞生,另一篇为希腊中部行吟诗人所唱,讲述的是祛除蛇害和建立神坛的故事。虽然传世的希腊颂诗为数甚少,但它们是希腊抒情艺术的精粹之作。行吟诗人歌唱道,在绿草如茵鲜花遍地的草坪上,人神共嬉,少女如花,永生之神和凡俗之人在沁人心扉的芳香之中陶醉,在寥廓苍天之下狂欢。"那位惊喜若狂的少女,伸出双手,采取美丽的水仙花,尽情玩赏。"②当今学者经过种族志实地考察,并同地方知识的报告者实际接触,发现古代颂歌具有戏剧表演的仪式性。荷马的颂诗就是一种通过表演来凝聚社会共同体的象征行为,一种关于"社会承认"的主题蕴涵其中。③ 柏拉图在《理想国》第九卷中明确地展开了颂歌的"承认"主题:"实际上我们是只许可歌颂神民的赞美好人的颂诗进入我们的城邦的。"④歌颂神民和赞美好人,这是柏拉图为后世颂歌定下的基本主题。所以不妨用中国古代文类范畴说,"颂者,美盛德之形容,以其成功告于神民者也"(《诗大序》),"颂主告神,义必纯美"(《文心雕龙·颂赞第九》)。《诗经》中的大雅和颂因其赞美先祖建邦立国事业的诗篇,似可归于颂歌范畴。

---

① Maurizio Viano, "A Sumerian Hymn from Boğazköy," in *Die Welt des Orients*, Bd. 42, H. 2(2012), pp. 231-237.
② 早期希腊诗人所作《第米特的颂歌》,转引自默里:《古希腊文学史》,孙席珍等译,上海:上海译文出版社,2007年版,第37页。
③ John F. García, "Symbolic Action in the Homeric Hymns: the Theme of Recognition," in *Classical Antiquity*, Vol. 21, No. 1 (April 2002), pp. 5-39.
④ 柏拉图:《理想国》,郭斌和、张竹明译,北京:商务印书馆,1997年版,第407页。

《圣经·旧约》诗篇就是对神(耶和华)的歌颂,对先圣(先知)的赞美,基督教会演唱和演奏颂诗,又再一次将古风时代分离开来的"仪式颂诗"与"英雄颂诗"结合起来,颂诗便成为教会建制的重要构成部分。罗马帝国的文学处在希腊诗风和基督教信仰的双重影响下,颂歌将祷告、呼求、赞美、祭祀、叙事、歌咏、合唱等各种语言行为融为一体,发展出庞大博杂的颂歌体系。即便是在基督教成为国教的时代,罗马的颂诗也还是不改多神教审美主义的执着。罗马颂歌诗人感到有一种超自然的强力涌动在宇宙之间,而被他们当作神来崇拜"灵"寄居在山川河流、草木花卉之中。诗人极力提天下苍生呼告,为了避免邪恶精灵的伤害,人们就必须求助于魔咒,或者怀着真正的宗教精神载歌载舞,对善良的神灵顶礼膜拜,以便取悦于他们,获取他们的恩宠。虽然罗马仍然处在希腊诗风的影响下,但罗马宗教的形式主义,拘泥礼数,仪式至上,在相当程度上弱化了希腊异教神话审美主义的创造力量和诗学想象。①

在基督教时代,颂歌作为宗教抒情诗的重要体裁,其诗学定制及其仪式用途,一直主导着整个中世纪,甚至还延续到后宗教改革时代。马丁·路德既写作文字颂歌,又创作音乐颂歌,其中就包括迄今在许多宗教派别的集会上还歌唱的《我们的神就是强大的城堡》。17世纪诗学家欧丕慈(Martin Opitz)的颂歌定义,反映着中世纪文学精神及其宗教艺术的导向:"颂或者赞歌自古有之,那时人们在祭坛前歌咏他们的众神,而我们则应该歌咏我们的神[基督教的上帝]。"②宗教颂歌的写作中,一些韵律形式取自圣经诗篇,另外一些则具有原创性。然其艺术形式在文艺复兴和宗教改革之后依然得以延续,而歌咏世俗主题或异教题材的"文学颂歌"的复活造就近代经典颂歌形式。大量的中世纪拉丁诗人保护了颂歌,而近代拉丁诗人创作颂歌却不是让人吟唱而是让人阅读。埃德蒙德·斯宾塞(Edmund Spenser)所创作的《四篇颂诗》(*Fowre Hymnes*)则为近代文学颂歌确立了结构的模型:第一二首颂歌赞美尘世的爱与美,第三四首颂歌则赞美天国(基督教)的爱与

---

① Gladys Martin, "The Roman Hymn," in The *Classical Journal*, Vol. 34, No. 2(Nov., 1938), pp. 86-97.

② Martin Opitz, *Buch von der deutschen Poeterei*, Halle a. S.: Max Niemeyer, 1913, Kap. V, 24.

美,而在整体上有一种灵韵涌荡其中,漫溢其外。①

18世纪德国诗学家对颂歌的论说,直接影响了早期浪漫主义诗人。在这批诗学家中,除了欧丕慈之外,还有苏尔策(Johann Georg Sulzer)和赫尔德(Herder)。苏尔策在其《美的艺术通论》(*Allgemeine Theorie der schönen Künste*)中论道:颂歌的主要感情是祈祷及其敬畏感,主要内容是摹状神性特征和神性行为,主要调式是节日庆典一般的激情。② 赫尔德意识到颂歌与古代宗教崇拜氛围的脱节,而特别称道古代重要抒情诗体——酒神颂(Dithyrambische Hymn)。"它过去对巴库斯女神的礼赞,是一种醉中狂情之表达,在比喻上狂野,在表现上充满史诗的崇高感,而在音律上自由。"赫尔德尤其强调"颂歌达到了灵性充盈的最高状态"。③ 在后宗教改革时代,赫尔德试图以一种内在的灵性取代上古异教时代的超自然对象。这样的想法构成了浪漫主义新神话和审美宗教的基本内涵。诗人克洛普斯托克也主张,在诗人沉思和吟诵的最高境界,全部灵魂都要为那个大写的他者之灵充盈,以至于灵魂出窍,心醉神迷,多种思想和情感都凝聚为一种神圣的灵性。

这么一种重灵性和崇神性的综合抒情艺术形式,在18世纪中后期德国找到了复兴的黄金时代。歌德创作了《法兰克福颂歌系列》,席勒创作了《爱的凯旋》和《喜乐颂》,荷尔德林创作了《希腊精灵颂》,诺瓦利斯的《夜颂》就归属于颂诗复兴的黄金时代。"颂诗"在内容上大踏步地世俗化,同法国大革命激荡的灵知主义叛逆精神互相推助,彼此成全。如果我们同意沃格林的见解,"灵知主义"构成了现代社会运动的动机、象征和思想模式,那么,法国大革命就是古代宗教灵知主义的世俗化形式。这种世俗化的灵知主义转型为革命,其目标是要摧毁现存秩序,以人的创造力建立一个完美公正的秩序,以取代那些感觉不完美不公正的秩序。革命就是世俗的节日,浪漫诗人为这个世俗的

---

① M. H. Abrams, *A Glossary of Literary Terms*, 7th edition, Rinehart and Winston: Thomson Learning, 1988, p. 119.

② J. G. Sulzer, *Allgemeine Theorie der Schönen Künste. In einzelnen, nach alphabetischer Ordung der Künstworter aufeinander folgenden Artikeln abgehandelt*, Zweiter Teil, Leipzig: Hildessheim 1967-1970, p. 659.

③ Johann Gottfried Herder, "von der Ode," *Werke*, Hrsg. Von Gunter Arnold, Frankfurt am Main: Deutscher Klassiker, 1993, Teil. I, p. 60.

节日而狂欢。基督教徒景仰的唯一之神经过文艺复兴、宗教改革、启蒙运动以及革命荡涤之后已显衰微之相,而古代世界异教之神借着自由、平等、天下兄弟关系之名而复活。荷尔德林的诗学志业,是在圣名阙如的时刻"以不神圣者为神圣"。充盈人的灵魂者,绝对不可能使古代的神或基督教的神,而是呼吁自然、友爱、欧洲、国族以及革命作为神圣者涌入灵魂。"每个民族的神甚至个人的神,都是一个已经浪漫化的宇宙。"①置身于法国大革命余波之中的诗人诺瓦利斯,痛感尘世生活的不完美,而通过歌咏黑夜而构想天国的完美,把黄金时代重临的幻象升华在浪漫的宗教暗夜之中。与其说诺瓦利斯的"宗教"是"非宗教",荷尔德林的"神圣"是"非神圣",不如说浪漫主义诗人的信仰乃是复活在尘世生活之中的"灵知主义"信仰。异乡神渴望回归,浪迹尘世的游子渴望还乡,这就是诺瓦利斯的《夜颂》要传递的灵知奥秘。以不神圣为神圣,以非宗教为宗教,这样的浪漫主义观念长驱直入,蔓延到了德国之外,水银泻地一般浸淫着19世纪欧洲。济慈的《阿波罗颂》,雪莱的《阿波罗颂》和《牧神颂》,亦如古希腊颂歌原典一样,将赞美之歌、虔敬之情和信仰之道献给了异教诸神。

"世界必须浪漫化。"②《夜颂》以一种抒情诗学再现了这么一种浪漫化的运动。浪漫化就是让人们重新寻回家园的心灵之旅,就是重新发现"本真意义"的问道之途。家园内涵三义,一是自我意识,二是共同体身份,三是与疏离了的灵知再度合一。与家园相应,本真意义也包括三个层次,一是个体生命的体验,二是群族历史的神话,三是神圣的灵知。《夜颂》以一种浪漫语言学体现了这种"交替提升与降低"的辩证法。提升是"上溯空性",而降低是"下及万有",提升和降低的交替,则是往返于世俗幸福与整体偿还之间的心灵旅程。心灵之旅便是浪漫之旅,浪漫化即一种"质的强化",低级的自我和卓越的自我不仅因此而被强化而且也被同一化了。于是,卑贱之物获得了崇高之义,寻常之物获得了神秘模样,已知之物具备了未知之物的庄严,有限之物寓于无限之表象,一切可能之物都指向了渺茫的不可能之物。此乃

---

① 诺瓦利斯:《新断片》,《夜颂中的革命和宗教》,第147页。
② *Novalis Schriften*, *II Das philosophische Werk*, ed. Paul Kluckholh and Richard Samuel, Stuttgart: Kohlhammer, 1977-, p.545.

浪漫的哲学,更是浪漫的语言学,浪漫的诗学。《夜颂》的结构就是这种浪漫的哲学、浪漫的语言学以及浪漫的诗学之具体化。在交替上行与下达的心灵之旅中,诺瓦利斯从个人的悲苦走向了历史的神话,最后归宿于浪漫的宗教。这是一个走向内心、净化内心的过程,一个更新自我、淑易世界以及纯化宇宙的过程,更是一种泯灭差异、融入黑夜以期遭遇灵知、完成救赎的过程。从表白到沉思,从叙说到祈祷,从智慧(Sophia)到虚构(fiction),从个体的忧惧到共同体的福祉,《夜颂》的诗艺特质就在于安谧与飞翔的节奏描摹浪漫的"质的强化"。远观其势,足见《夜颂》往复盘桓,时空合一,一切等级差别化为无有。近观其质,则见《夜颂》灵知涌荡,神性流溢,一种浪漫的中介宗教槃然赋形,凄艳而且张狂。

《夜颂》严格遵循近代颂歌的基本模型而完成其内在结构:六首颂歌,三个阶段以及二元对位。以赞美黑夜为题的六首颂歌,描述心灵之旅上行下达的三个阶段,而相邻的两首诗对位成篇,互文足义。整个诗篇由结构模式基本相同的三组诗构成。而每组诗的第一首都预演整体三个阶段:从光明王国的尘世生活转入黑暗王国,通过主动遭遇黑暗,体验痛苦,享受爱意,而获取灵知,最后上达神圣的永夜,实现终极救赎。每组诗的第二首都抒情地呈现异邦人回归的渴念:从灵魂出窍的永夜幻觉之中醒觉,表达从光明世界返回永夜的渴望。于是,诗人,表白者,在整个诗篇中往返于光明与黑暗之间,借着"质的强化"而渐渐加深对黑夜的体验,将历史与神话融入灵知,将对未来的期盼寓于对现实的灵知体验之中。

三、形上暴力中一袭温柔

《夜颂》从对光的狂暴赞美开始,一种形而上的暴力逾越时空蔓延,无休无止,所向披靡。石头、植物、动物、生物以及灵长生命依次登场,再现了无中生有的创世行为。"面对自己周围的辽阔空间的一切神奇现象,哪个有活力、有感觉天赋的人不爱最赏心悦目的光——连同它的色彩、它的辐射和波动?它那柔和的无所不在,即唤醒的白昼。"开篇不是赞颂黑夜,也非对黑夜倾诉情怀。将一切变成表象,诗人在表象之中开始表白,真实无欺,诚实无伪。从这第一个句子以降,颂歌之中的表白者就一直是对光抒怀。光不是表象(Erscheinung),而是展开在"一切神奇现象"面前的一切。一言以蔽之,光造就了一切可能的奇观。尤其值得玩味的是,《夜颂》开篇不仅赞美表象,而且更是赞美借着表象并作为表象而呈现出来的一切。

作为浪漫化的初阶,被《夜颂》赞美的"表象"单纯却不简单,因为它蕴含着"生命最内在的灵魂"(des Lebens inneste Seele)。"生命最内在的灵魂"构成了一切表象的引力中心。"灵魂"为生命最内在之"灵",这是诺瓦利斯时代普遍流行的自然科学概念,遥远地契合于古代世界"万物有灵"的宇宙观。"光"(Licht)与"轻"(licht)的谐音关系,令人想起浪漫主义哲学关于"光明"与"黑暗"、"轻"与"重"的源始二极对立。谢林的思想便是这种自然观和灵性观的代表。按照他的看法,"黑暗的原则按其本性而言,恰好同时就是耀升为光明的原则,并且两者在每一自然存在中都是同一个东西"①。光明与黑暗的交替,便是上达与下行的辩证,这种曲折的思绪旨在通过光/暗的互相成全以及上/下的彼此协调来展示浪漫化过程,以便完成对灵性的"质的强化"。

"像生命最内在的灵魂一样呼吸它的,永不休止的天体的恢宏世界,并且遨游在那蓝色的潮水里。"这"蓝色",便是一个突破"光"的暴力而温柔彰显的灵知意象。这个灵知意象呼应着《塞斯的弟子们》中蓝色的流体和《奥夫特丁根》中幽美的蓝花。《塞斯的弟子们》有一断章题为"自然",其中把蓝色的流体描述为自然的引力,同情的表露:"此一人在这些蓝色的、远方的形象后寻找为它们所遮蔽的故乡,寻找他青年时代的情人、他的父母和姐妹、他的旧交、他可爱的往事;彼一人认为,在彼岸未知的美好事物等待着他,他相信那后面隐藏着充满生机的未来,他急切地伸出双手迎接一个新世界。"②蓝色是生命旅程的颜色,更是未来新天新地的颜色。《奥夫特丁根》的开篇,少年于梦幻之中凝视蓝花,心中充满难以言喻的柔情。在少女玛蒂尔德的面孔上真正遭遇到蓝花,追梦少年便称她为看得见的诗魂,感到她能将他

---

① 谢林:《对人类自由的本质及其相关对象的哲学研究》,邓安庆译,北京:商务印书馆,2008年版,第76—77页。
② 诺瓦利斯:《塞斯的弟子们》,《大革命与诗化小说》,林克等译,北京:华夏出版社,2008年版,第9页。

融为音乐。然后,追梦少年和蓝花少女双双沉入一条蓝色的河流,在甜美的忧郁中永结同心。① 遨游在那蓝色的潮水里,就是归向了故乡,而这悲情的回归乃是终极救赎的隐喻。故此,我们不妨说,蓝色是生命最内在的灵魂的颜色,是浪漫的宗教的颜色。

颂歌的表白者张口就赋予了"光"以超越万物的势力。这道形而上之光寓涵着一种经纬天地、创化宇宙的暴力。色彩、辐射、波动、呼吸,因着这道暴力之光而成全。长眠的岩石、吸吮的植物以及野性而狂热的动物都沐浴在这道温柔而残暴的光里。最后闪亮登场的,是那个"庄严的陌生者"(herrliche Fremdling)。他有着"深邃的目光,飘逸的步容和轻轻抿住的浅吟低唱的嘴唇"。庄严的陌生者,就是漂泊的异邦人。漂泊,让他把一切感受为异乡,把深邃的目光投射到生命最内在的灵魂。这个庄严的陌生者,步容飘逸,低吟浅唱,忧患深广,而负有一种穿越尘世的崇高使命。他来自何处?去往何方?颂诗没有明示。不过,诺瓦利斯在他的断章之中留有大量的暗示。"我们到处寻找绝对物,却始终只能找到常物。"②可见,这个庄严的陌生人,乃是绝对之物的追寻者。没有找到绝对之物,他就只能永远漂泊。"哲学本是乡愁,处处为家的欲求。"③寻找绝对之物,就是寻找家园,哲学与诗本无二致,都是寻找以家园为隐喻的绝对之物。这个在形而上的暴力之光中最后现身的庄严异邦人,命定必须端庄地迎着黑暗走去,在黑暗的遭遇中获取救赎的灵知。在光的笼罩中,"世间各王国的美景奇观",对这个庄严的陌生人而言,不啻是魔鬼对耶稣的诱惑,以及世间恶对神圣至善的挑战。耶稣受洗40天之后,魔鬼多番试探他。最有诱惑的试探是:"魔鬼带他上了一座最高的山,将世上的万国与万国的荣华都指给他看,对他说:'你若俯伏拜我,我就把这一切都赐给你。'"(《马太福音》4:9)耶稣不为所动,正义凛然地喝退了魔鬼,然后就有天使来侍候他。福音书的这个情节特别富于灵知气息,它暗示寻求救赎的人:光照之下的尘世万物,是必须祛除的虚幻表象。祛除虚幻表象,唯有离开光明王国而沉入黑暗之一途。颂诗的告白者别无选

---

① 诺瓦利斯:《塞斯的弟子们》,《大革命与诗化小说》,第107—109页。
② 诺瓦利斯:《花粉》,《夜颂中的革命和宗教》,第77页。
③ 诺瓦利斯:《新断片》,《夜颂中的革命和宗教》,第132页。

择。庄严的陌生人之出场,已经预示着一个更高的他者及其神圣王国的存在。他者的启示之光,神圣王国的启示之光,不再是显耀表象的"光",而是更为璀璨也更为神秘的"黑夜之光"。

在第一组颂歌之开篇诗章中,"光"的意象突兀而又霸气。诺瓦利斯以诗学方式再现更深化了的对于哲学"表象"问题的迷恋。这种对表象的迷恋早就体现在他对康德和费希特哲学的研究之中。作为德意志观念论的重要缔造者,这两位哲人都对表象及其所寄寓的空间展开了超验的沉思。"表象""空间""灵魂"甚至还有隐而不显的"时间"都秘写在《夜颂》的第一首颂诗之中。第一行就赋予了"光"相对于一切"表象"的优越地位。霸气浩荡的光,一直可以溯源到万物之起源,是它开创了一切表象生成的可能性。"光"为万"象"奠基,流射于宇间万物,如同月影万川。不仅如此,它还允许界域分封,光照之处,万物各正性命,一如《易经》所说"葆合太和""正位凝命"。"犹如尘寰的一位的君王,光令每种力量呈现无穷变化,结成并解散无数的联盟,让自己那天堂般的形象笼罩一切尘世之物。"这是凸显光的形而上学暴力的诗句。显然,"光"绝对不是诺瓦利斯歌咏的主题,而是他所歌咏的"夜"之反题。质言之,"光"的形而上暴力是他绝望地逃避的对象。

应该说,"光"的形而上暴力,蕴藏和积聚在古希腊思想的开端处。"理论"或者"静观"的初始意义,就是"以视觉取物""在光照处求知",显然与"光"唇齿相依。哲人德里达在犹太哲人列维纳斯的启发下,将欧洲形而上学传统中"光"的暴力直截了当地称之为"形而上暴力",并断言"逻各斯中心论""欧洲中心论""人类中心论"之内核不只是"言语中心论",更有"哲视专制论"(theoreticism)。Theoria,在希腊语中不是理论,而是眼光注视,视觉观察,后来发展出沉思静观。这就赋予了视觉在认知世界中的优先地位。依据欧洲形而上学的这一母体精神,"百闻不如一见",只有看到的才能相信,唯有目击才证成知识。"即便某种'非光'的灵悟,令所有暴力都必须对之缴械投降而无奈缄默,但它也仍然必须暴露在某种光照之中。"[①]这是一种令思想史上无数反思欧洲传统的思想家苦恼甚至绝望的形而上暴力,从柏拉图到现

---

① Jacques Derrida, *Writing and Difference*, trans. A. Bass, London: Routledge, 1978, p. 85.

象学,这种"光的暴力",笼罩一切尘世之物的天堂般形象,几乎一以贯之,赫赫威仪。它是大写的无限的古希腊经验,是超越本质之物的喻体——"太阳"。在柏拉图的隐喻体系之中,"太阳喻体"(heliotrope)喻涉那个非言非默、无声无息的"至善"。至善乃是"光外之光""象外之象""境外之境""太阳之外的太阳"。柏拉图将"太阳喻体"再度转换为"太阳政治"(heliopolitics),其后果便是一场极权主义的灾难:"社会理想将在一种融合理想之中被殷殷顾盼……主体便迷失在某些集体表征之中,迷失在共同理想之中。"于是,"我"变成了"我们","经验"变成了"知识","故事"变成了"神话",而"理性"压制着"灵性"。在理性的独白中,也存在着"光的孤独"。德里达追随列维纳斯一起反思和控诉欧洲形而上学传统之中"光的暴力",充满忧患之情,奠基解构志业:

> 由于现象学与本体论没有能力尊重他者的存在和意义,恐怕它们将会变成一系列暴力哲学。因着这些暴力哲学,整个哲学传统也恐怕会在境界幽深处与同一者的压迫以及极权主义沆瀣一气。在古代,光与强权之间暗送秋波,情意绵绵,哲视专制之物与安邦治国之术狼狈为奸,秘密合谋。①

第一首颂诗的结句将超验的沉思之诗化表达推至极点,读起来几乎就是用现象学的术语先行呼召德里达的解构事业:"唯独它的亲在展示世间各王国的美景奇观。""亲在"(Gegenwart)是一个经典的现象学概念,诺瓦利斯不仅先行灵悟,而且在隐喻意义上用它来写照"光"的独一无二威权。光的"亲在"仅仅是隐喻的:它事实上没有形体,也不会现身,只不过是"让自己那天堂般的形象笼罩一切尘世之物",将自己无所不在的威力高悬在万物之上而已。结句呼应首句,首句之中被赋予"光"的恐怖威仪也不是明说而是隐喻。一个像陈述又像疑问的句子——"哪个有活力、有感觉天赋的人不爱最赏心悦目的光",预示着第一组颂歌第二首颂诗对"光的否定"。对光的赞美显得像是矫揉造作,言不由衷。《夜颂》马上急转直下,朗如白昼地表明,它非赞美

---

① Jacques Derrida, *Writing and Difference*, trans. A. Bass, London: Routledge, 1978, p. 92.

"光"本身,而是以"光"设喻的修辞手法——明喻、比拟或隐喻:是"唤醒的白昼",如"生命最内在的灵魂",像"尘寰的一位君王"。不错,太阳像君王被顶礼膜拜,但众多的君王却非太阳,而是喻涉某些隐于其后或位于其上的某些属灵的东西。第一首颂诗的庄严赞词预示着一场突转,接下来表白者立即就剥夺了"光"的赫赫威仪,摧毁了"表象"的充足根据。

第一组颂歌的第二首颂诗实现了这场突转。置身在"光"之中而感受到无休无止的形而上暴力,表白者充满焦虑地"朝下转向神圣、隐秘、难以名状的夜"。下转就是内转,内转就是"下及万有"。"我"——表白者——通过遭遇神圣隐秘难以名状的黑夜而奋力获取灵知。下转、内转,就是离弃"表象",进入荒凉而寂寞的地盘,奋力建构一种与"光"的暴力对立的话语。表面是下转,隐秘是内转,无论如何转都是一场及物而必须有后果的灵魂运动。一方面,灵魂下转之时仍然维护了"光"的传统至上性。另一方面,灵魂内转暗示着一种更深沉、更低沉、更深邃的渊源,从而削弱了"光"的形而上威权。曾几何时,光不再是表象的充足根据,而在形而上被"去势"了。这就立即颠倒二极等级关系:"这世界很偏僻——沉在一个深渊里。""偏僻"(fernab)之中"ab"重复了首句"朝下"(abwärts)之中的"ab",这个表示方向的小品词指示距离和深度,从而完成了光与夜之间的翻转。这种翻转属于空间,但表白者忧心如焚,渴望这种颠转。诗篇开始合乎传统,将"夜"置于"光"之下,随即却以"夜"为视角将"光的世界"描写为"沉沦的世界",从而彻底翻转了空间关系。

为了描摹表象世界的充足依据,第一组颂歌利用了许多彼此矛盾的空间隐喻:"光"在表象"之前",在表象"之上","夜"在"光"之下,又立即腾升于"光"之上。不过,第二首颂诗行将结束之时,诗人写道:"光已在别的空间搭起欢情的帐篷。"这就暗示光与夜各自占据自己独有的空间,从而平衡了空间关系,平息了空间冲突。然而,一些诡异非凡的灵悟渐渐成型,其中最重要的,乃是时间要素的强力介入,扭曲了空间的等级秩序。"遥远的回忆,青春的心愿,童年的梦幻,漫长人生的短暂欢乐,和注定落空的希望披着灰蒙蒙的衣衫纷至沓来,像日落后的暮霭。"这个长句呈现了为情感所浸润的时间。"深深的悲情拂动着心弦。"悲情涌动之处,时间就被情感化了。时间只能是一种不可言喻的内在体验形式,一如那神圣隐秘难以名状的夜。回忆、心愿、梦幻、欢乐、希望,都不能通过理知或天启而只能通过人的情感而得以领悟,通过内在形式而得以把握。在这首颂诗中,时间被情感化了,它的绵延和顿挫,它的存在与消亡,同情感紧密相连。"如果时间没有情感,那是机械的框架和恒等的苍白;如果情感没有时间,那是动物的本能和生命的虚无。只有期待(未来)、状态(现在)、记忆(过去)集于一身的情感的时间,才是活生生的人的生命。"①将时间情感化,当是诺瓦利斯以及早期浪漫主义的一种灵知主义诉求。别看他们迷恋死亡,咏叹黑夜,但他们总是用情感浸润时间,从而表达了对生的执着,对存在的灵悟和对生成的敏感。"难道它永远不再到它那些怀着无罪的信念守候它的孩子们身边?"这么一个修辞学问句,恪尽温柔敦厚之旨,且把一袭令人迷醉的温柔挥洒到情感化的时间之流中。至此,情感浸润之处,时间吸尽了空间,表象无影无踪,而表白者心中涌出预感,吞灭"悲情的软风"。

  表白者彻底离弃了表象,而真正感受到了黑暗的一袭温柔。同时,颂诗彻底完成了空间翻转,而把"光"包孕于"夜"中。穿越黑夜之中的"光",亲近"光"中黑夜的唯一法门,就是直接变成黑夜。"你竟然喜欢我们,幽暗的夜?"称谓变了,第二人称将幽暗之夜变成了一个可亲的对象。将第一人称单数换成第一人称复数,则更是凸显幽暗之夜的无边温柔。它所笼罩之处,不止孤独的诗人,还有诗人的族类。表象在幽暗笼罩之所凄然退潮,随之而来的是汹涌的情潮。"情"先于"理","理"难节"情",此乃诺瓦利斯研读费希特哲学所得到的启示。"情潮"对表白者构成的威压,丝毫不逊于"光流"对表白者的窒息。幽暗之夜涌动的温柔"情潮"托举着心灵的沉重翅膀。当他窥见一张端庄的脸孔,于无限缠绵的卷发之中看到母亲青春的妩媚,表白者幼稚的恐惧与焦虑平息了。他继续在黑夜里巡视,感到了白昼的贫乏与幼稚,领纳着幽暗的万能与恩惠。沉入幽暗而下及万有,看到了黑夜在广袤的空间播下的闪亮星球。黑夜在我们内部开启无限的眼睛,比闪耀的星辰更美妙。黑夜开启的眼睛,当然是灵知的器官,是灵视的装置,所以表白者无须光照即可望穿一颗挚爱心灵的深渊。这灵知的

---

① 李泽厚:《华夏美学》,合肥:安徽文艺出版社,1994 年版,第 262 页。

目光,以不可言说的情欲充满了一个更高的空间。于是,下及万物同时也上溯空性,表白者满怀情欲,开始赞美宇宙的君王。

第一组颂歌的第三首颂诗,尽情地歌咏了幽暗之夜那一袭拯救的温柔。表白者从完全"丧我"的忧惧之中复性归真。表象在幽暗的围剿之中化为苍茫无有。幽暗之夜开始仿佛是以死亡胁迫幼稚的"自我",但立即发生翻转,展露出解放潜能,倒反衬得白昼"贫乏与幼稚"。追忆血脉相连的母亲及其妩媚青春,表白者再度获得了自我感——他独一无二的"自我"意识。珍贵的香膏从暗夜之中滴落,给他带来一束迷人的罂粟花,表白者就开始超越孤独,而体验到拓展的自我。他称幽暗之夜为"宇宙的君王""神圣世界的崇高的报告者""极乐的爱的守护者""温柔的爱人""黑夜迷人的太阳"。表白者醒来,灵悟到"自我"与黑夜互相归属,彼此合一。与黑夜的圆融,诗人真正成为人。他希望延续这亲密的圆融,让永结同心之夜延续到永远。

如果说光是形而上的暴力,那么夜就是超验的温柔。《夜颂》第一组颂诗就在暴力和温柔的消长节奏之中展开了浪漫化运动。上溯空性,庄严的陌生人置身于无休无止的形而上暴力之中,奋力地在空间之中挣扎,意欲"向后""向上""向前",渴望反身而诚,触摸生命最内在的灵魂。下及万有,庄严的陌生人下转到神圣隐秘难以名状的夜,忧郁地在时间之中浮沉,纠结在回忆、心愿、梦幻、欢乐、希望的悲情复合体中,最后与一袭幽暗的温柔圆融合一。在一个同样不可言说的他者空间,上溯空性与下及万有合二为一,光与夜圆融于"黑夜的迷人的太阳"。如果说,形而上的暴力之光象征着圣父时代的霸气浩荡的正义,那么,超验的温柔之夜则象征着圣子时代万分荣耀的恩典,且预示着圣灵时代脆弱柔美的爱心。第一组颂诗的结句中,表白者呼吁亡灵之火燃尽他的肉身,在亲密的圆融之中将新婚之夜延续到永恒。光与夜终于合一,温柔收服了暴力,幽暗就获得了囊括万有和化育万物的神圣伟力。这是《夜颂》以诗学形式呈现的一个典型的灵知主义命题,用哲人黑格尔的话说:

> 黑暗是积极、实质的一面,就像光是概念的一面。夜包含着自我溶解的酵素以及各种力量互相消灭的战斗,它是宇宙——混沌、深渊之中不包含任何单一之物——的绝对可能性,但即使在其湮灭中也包含万物。夜是母亲,是宇宙的滋养与生计,是纯形式的光,第一次在与夜的圆融中存在。对黑夜的恐惧与战栗是实

体所有力量的生存与搅乱,白昼的明亮是其没有任何灵性的外化,而被作为一个没有精神或力量的现实被撕开被抛弃。但真理如其所是,乃是光与夜的统一,光不再黑暗中闪亮,而是被作为本质的黑暗所穿透。因被穿透,光就成为现实,在其中被精确地具体化了。光不在黑暗中闪亮,也不能照彻黑暗,它隐没在黑暗之中而支离破碎……①

不是光亮照彻黑夜,而是黑夜穿透光亮。不仅如此,黑夜还包容、孕育了光亮,赐给了光亮以白昼所无法赋予的灵性。这不仅是《夜颂》的吟诵者焦虑地传递的神圣隐秘,而且也是早期浪漫派和观念论者所怀藏的隐微信念。《德国观念论体系的源始纲领》的匿名作者称诗歌为人类的"女导师",施莱格尔的《卢琴德》之闲散主人公称爱侣卢琴德为"黑夜的女祭司"。卢琴德掌控着终极救赎的钥匙,象征着主动无为的宗教心境。相对于白昼,黑夜是灵修的时间,做梦的时间,爱与激情的时间,而非经济的时间,行动的时间,恨与算计的时间。在论述多难而伟大的19世纪及其代言人瓦格纳的歌剧时,托马斯·曼称《特里斯坦》"膜拜黑夜,诅咒白昼",堪称浪漫主义音乐圣典,堪称用音符和文字写出的又一套《夜颂》。安详的睡眠、平静的天国、神圣的惰性、圆融的灵境,以及神秘寂静主义,便是浪漫主义诗哲所钟情的赞美对象,从诺瓦利斯到瓦格纳,直到托马斯·曼和黑塞,一脉流传,一以贯之。黑夜主导,是源始的浪漫主义和极端的浪漫主义。②从心理学和神话看,浪漫主义与一切母系氏族的月亮神话崇拜联系在一起。在思想史上追踪溯源,浪漫主义同柏拉图的洞穴神话亦具有遥远的血脉关系。

四、内在而又超验的沉思

第二、四两组颂诗互文见义,一种对位关系表现在其首句中。第二组颂歌就一首颂诗,其发句是一个修辞问句:"早晨总是要复返?"第四组颂歌第一首颂诗的第一句回答:"现在我知道,最后的早晨何时来

---

① 转引自汉拉第:《灵知派与神秘主义》,第130—131页。
② 参见托马斯·曼:《多难而伟大的十九世纪》,朱雁冰译,杭州:浙江大学出版社,2013年版,第48—49页。

临。"这一问一答之间,横亘着绝地通天的沉思,这种沉思内在而又超验。而且,在第二组颂歌与第四组颂歌之间,插入了一组自传性相当浓烈的墓园哀歌——第三组颂歌。诗人仿佛在暗示,早晨复返的信息以死亡为中介。那个庄严的陌生人将要传递的无限神圣奥秘,寓涵在生死纠结之中。

"早晨总是要复返?"修辞问句之后,紧跟着一个修辞问句:"尘世的势力永无尽时?"两个修辞问句之间的差异一望便知:前一个问句是一种预言行为,仿佛在许诺早晨一定复返;后一个问句则是一种怨诉行为,仿佛在延续着对形上之光的暴力的诅咒。表象完全为幽暗的夜光吸收净尽,黑暗升上了王者的宝座,但表白者毕竟醒了,尽管这种醒觉依然缥缈,依然恍惚。以疑问来预言早晨复返,颂诗开启了内在而又超验的沉思。读完简短的第二组颂歌,读者没有得到答案:早晨为何总要复返?何时复返?诗人抱怨尘世的势力,理由是繁杂的俗务阻挡了夜的飞临。"爱的秘密牺牲从不永远燃烧?"尘世俗务与神圣爱意、光与夜的对立依然如故,不可言表。

"爱的秘密牺牲"是一个灵知主义的典故,传承着古代占星术和炼金术的神秘技术。中世纪占星术和炼金术的目的之一,是通过爱的秘密牺牲完成灵魂的净化和转变,生命的更新与超越。1616年,与这一传统相联系的神秘主义者,"玫瑰十字会"(Rosenkreuzer)信徒主张通过"化合婚礼"(Chymische Hochzeit)的途径获取灵知,造就灵性生命。以此为依据,基督教的秘传派重新解释了"圣餐变体"。无论是以圣餐的仪式,还是以圣杯的传说,无论是以炼金术为工具,还是以占星术为手段,基督教义中血肉转化为酒与饼的象征行为,都是为了引领信徒向外把握世界,向内领悟灵魂。因此,内在而又超验,便是灵知主义的双重约束,当然也是对《夜颂》诗人的双重约束。在《塞斯的学徒们》之"自然"章节中,俊美少年诗意盎然地赞美炼金术,将神秘主义者等同于诗人。最圣洁最迷人的自然现象掌握在炼金术士死一般的手中,而爱的秘密牺牲与人性的无限奥秘只能由炼金术士一般的诗人用魔力来唤醒。自然之子永远是阴阳合一,雌雄同体,其繁衍和生育是一种无限永恒的婚姻,爱的伟力所驱动的"存在巨链",乃是充盈爱欲的河流,情欲的长链。①

沿着"存在的巨链"所启示的"自然之教"追寻超验的意义,是第二组颂歌的主题。表白者以修辞问句探寻"爱的秘密牺牲"从不燃烧的奥秘。但他马上就陷入双重约束之中:"光的时间已被限定,而夜的统治却超越了时空。"悖论在于,夜的统治根本化解不了二极对立及其带给生命的困境。光照之下"表象"被限定了,但它们并没有终结。在黑夜的尽头,又是一个复返的早晨。在黑夜得到爱的慰藉和神的眷顾之后,生命仍然必须烦劳烦神于尘世的俗务。日复一日,年复一年,时序匆匆,光阴荏苒,如何窥透这"爱的秘密牺牲"? 表白者即那个诗学的"我"如何可能超越那些光照之下的表象,甚至超越自我的表象,进而体验外在超验之物? 谁又能真正超越形上之光的暴力,亲近外在超验之物或那个超验的他者? 而且,假如那个超验之物,超验之他者,确实处于一切表象之外,它又如何可能成为生命体验的可能对象? 如果这不在光照之下却在黑夜统治之中的外在超越之物既无时间也无空间,那么,它究竟可能位于何处,存于何时? 即便"无始无终""无休无止",黑夜过去不可能、现在不可能、将来也不可能扬弃为它包孕于己内的"光亮"。光与夜,尘世的烦劳与神圣的慰藉,不仅交替主宰,而且互相包涵,甚至彼此开显。于德国观念论,这个悖论是思维的绝境。于德国浪漫派,这个悖论是诗学的灵境。诗学的灵境化解了思维的绝境,这就是浪漫派功不可没之处。

诗人走出双重约束及其绝境,以一种更有成效的办法陈述夜的奥秘,从而更成功地超越光与夜之间的恶性循环。他再也不想把夜置于表象之上或表象之外,而是歌咏睡眠、药物和性爱来对幽暗之夜表示敬意。首先,诗人赞美说,神圣睡眠慰藉献身者,给予烦劳者以宁静,在真实的夜的朦胧中怀着悲悯投射阴影于"我们"。"只有愚人才错识你。"对错识神圣睡眠的人,诗人报以蔑视之情。其次,诗人罗列一系列带有流体性质的药物,以明喻和比拟修辞来描述"夜"。金色葡萄酒、巴旦杏仁魔油、棕色的罂粟汁,诗人用这三种流体药物设喻,暗喻基督教"圣餐变体"(trans-substantiation),暗示黑夜可能就是这些神圣的药物,具有医治世间疾病的疗效。因为诺瓦利斯早就指出过,"圣餐

---

① 诺瓦利斯:《塞斯的弟子们》,《大革命与诗化小说》,第26—27页。

变体"之秘密就是根本的幻觉,或者说根本的错觉。在第四组颂歌中,"圣餐变体"通过基督形象得到了完满的展开。在这里,诗人只是用三种流体药物巧设明喻和比拟,暗示人们带着醉与爱进入永恒的睡眠,与幽暗之夜圆融为一。第三,性爱意象不可抑制地出现在明喻和比拟的最高层次上:"团团浮荡于娇柔少女的酥胸,使怀腹成为天堂。"这个性爱意象,一半甜美温柔,一半色欲迷离,呼应着第一组颂歌最后的女性意象。娇柔少女的酥胸和怀腹,这两个色欲迷离的意象,直观地呈现了诺瓦利斯的"色情理论"(theory of voluptuosity)。在其魔幻观念论的核心,弥漫着一种对性爱和疾病的沉思。这种沉思的宗旨,则是通过爱欲的接触,直达绝对,直达悲剧的绝对,直达超绝尘寰的绝对。诺瓦利斯写道:

> 是爱欲,强行让我们百年好合,永结同心。舞蹈,进食,谈话,灵修,劳动,友爱,一如自我倾听,自我观视,自我感触,举凡一切活动的基础,无非都是色情(传感同情)而已。真正的色情之功,恰在于最高的神秘,最高的绝对。或者说,色情驱使吾人直逼统一的整体——化合婚姻。①

色情或爱欲意象的出场,隐秘地道出了"爱的秘密牺牲"。色情的传感,爱欲的播散,将自然世界变成了爱欲的河流。此乃浪漫主义的"自然之教""情欲之教"以及"圣爱之教"。诺瓦利斯不可避免地接受了18世纪自然科学传感医学和混合化学的熏陶,而将他自己的哲学和诗学思考凝练为"色情理论",借以表达对完善圆满的绝对欲念,以及对绝对悲剧的忧郁慕悦:

> 一种直逼完善圆满的悲剧欲念,一旦表现出对不完善不圆满的毁灭之意与厌恶之情,它就是疾病。
>
> 如果吾人沿此途径而意欲达到特殊之物,那么,他就必须划出确定的即便是临时的界限。谁要是不可能自己划出这条界限,谁就是完美主义者,他会拒绝下水,直到真正知道如何游泳。
>
> 恰恰因为有不少魔幻实在论者,他也是个魔幻观念论者。魔

---

① *Novalis Schriften*, *II Das philosophische Werk*, ed. Paul Kluckholh and Richard Samuel, Stuttgart: Kohlhammer, 1977-, p. 666.

幻观念论者追寻奇迹的运动，寻找一个奇迹的主体。而魔幻实在论者追寻奇迹的对象，勾勒一幅奇迹的轮廓。然而，二者都患上逻辑病，陷入幻觉形式之中。毫无疑问，在这种幻觉之中，理想境界以双重约束的方式揭示或映照自身。二者都是圣洁而孤独的存在物，奇幻地折射了更高的光，因而都成为真正的先知。①

黑夜成为浪漫派的绝对。诗人要担负的使命就是置身黑夜而沉静地传扬无限的奥秘。而那些陷于尘世烦劳的人们却没有这种奇幻的预感，更没有这样神圣的慕悦。在第二组颂歌的末尾，"黑夜"化为古老历史的使者，天堂之门的守护者，以及人类福祉的担保者。也许，那个遥远的古代，就是黄金时代。因为，诺瓦利斯说过：

新生者将带着父亲的面容，而成为新的弥赛亚，新黄金时代睁开黑暗无限的眼睛，传播预言，带来安慰，创造奇迹，以及治疗伤痛，点燃永恒生命之火，实现伟大的和解，将唯有信而不能见的救世主变成人类真正的亲切的守护神，他将以无数的面目示以信徒，变形为饼与酒让人吃喝，作为爱人被人拥抱，作为空气被人呼吸，作为言语和乐曲被人聆听，且伴随着神圣的性爱快感，作为死亡在爱的极度痛苦中被纳入狂暴后平息的肉身之内。②

死亡在爱的极度痛苦中被吸纳，"光"在"夜"的涵化中更加璀璨，救赎的伟力在孽障的尽头开显，这是第三组颂歌的主题。被开显的救赎景观凝聚在"新弥赛亚"身影之上，便是第四首颂歌祈祷的对象。而"黄金时代"，构成了第五组颂歌神话历史铺陈的伟大愿景，一种灵知的历史得以强力赋形。

五、墓畔哀歌

第三颂歌乃是整个《夜颂》的"起始颂诗"，其中注入和铭刻着诺瓦利斯的"自传"情节。这种情节是一场未竟的神秘之爱引发的震惊

---

① *Novalis Schriften*, *II Das philosophische Werk*, ed. Paul Kluckholh and Richard Samuel, Stuttgart: Kohlhammer, 1977-, p.623.

② Novalis, "Christendom or Europe," in *Novalis Philosophical Writings*, trans. & ed. By Margeret Mahony Stoljar, Albany: State University of New Press, 1997, pp.147-148.

体验,以及对无限奥秘的致命慕悦。与少女索菲的遭遇,一年半的交往,以及索菲的早夭,如此等等非同寻常的经历把诺瓦利斯驱赶上了内在精神之旅。在这个旅途上,他又与一个无限奥秘的深渊不期而遇。1797年5月13日,诺瓦利斯写下了墓地凭吊的日记。在索菲的墓地,他感到一种说不出的喜悦,一如圣灵降临时分,灵魂无比幸福。这是一种为璀璨的黑暗所包孕的"光"照之下感受到的喜悦。这种灵异体验进入《夜颂》文本之中,便有了"一片暮霭骤然降临——霎时断裂了诞生的脐带——光的束缚"。挣断了光的束缚,便意味着诗人完全遁迹在表象世界之外,超凌于尘世俗务之上,而一头扎进了内在灵魂的深渊之内。"我把她的坟墓像尘埃一样吹散,"他在日记中如此写道。吹散坟墓于一瞬间,是善待生死、善待死生,置身于方生方死、方死方生的奇绝妙境之中。同时他还在期待索菲出死入生,展艳归来,死者复活。

第三颂歌是典型的墓园吊歌,悲苦忧伤是其情感基调。但同第一组颂歌的第一首颂诗相呼应,第三颂歌的情感呈现一种向上对流而上溯空性的指向。由悲苦而彷徨,由彷徨而惊颤,由惊颤而欣喜,构成了这首颂诗的动感与节律。爱人早夭,吟魂已共花魂化,凋敝墓园难觅芳踪。所以,诗歌开篇大写"悲苦",辛酸的泪水,化为乌有的希望,以及埋藏在幽暗空间的卑微生命形影。接下来诗人在孤独中寻寻觅觅,在无法言喻的恐惧中凄凄戚戚,于是一种彷徨不安、手足无措的状态跃然纸上。但"耗尽了力量,惟余悲苦的念头"。诗人在悲苦彷徨之中顿悟,飘自蓝色远方的暮霭,将一份不可抗拒的惊颤带到孤独吊墓者的心头。诗人惊颤于光的束缚之断裂,惊颤于尘世荣耀的消逝,惊颤于哀伤消退,惊颤于坟墓化作云烟。然而最为惊颤的,却是"新生的灵"。诗人的欣喜,当然就是灵的欣喜。"透过烟尘,我看见爱人神化的面容。她的目光里栖息着永恒。"诗人强调,浴"灵"而再"生",是他"第一个也是唯一的梦"。在墓园悲悼中,诗人经历了一场洗心革面、脱胎换骨的改变,从此感觉到永不改变的信念。在这种浴灵再生的体验之中,夜之天堂、天堂之光、圣洁的爱人,三位合为一体。此乃诗人永恒的眷注与祈望。

诺瓦利斯与索菲的遭遇,只不过是诗人短暂行传之中的一个要素。但索菲在浪漫主义诗学史和诺瓦利斯的生命史上被塑造为一则关于爱与死、哲学与女性、基督与圣灵的神话。值得注意的是,《夜颂》之三脱稿时,恰恰就是诺瓦利斯同第二任女友尤丽叶订婚的时候。或许,读者完全有理由怀疑:索菲灵息尚在,当事人就张罗着与别人订婚,诗人诺瓦利斯根本就算不上是么挚爱者、钟情人,甚至还可以说是一个用心不专、处处留情的"采花大盗"。第三颂诗之中的"爱人""夜之天堂""天堂之光",究竟是不是指索菲?看来也无法定断。而由出版商蒂克、浪漫主义诗学的"立宪者"F.施莱格尔以及诺瓦利斯的胞弟卡尔所建构的"索菲神话",也总是难以让人释怀。

1794年11月17日,诺瓦利斯在腾施德特附近的格吕宁根与13岁半的少女索菲相遇。仅仅一刻钟,他就好像怀着挚爱洞察了这个少女的内在隐秘。在一封写给其顶头上司约斯特的妻子的信中,他把这场遭遇描述为一场难遇而美好的偶然事件。他用近乎夸张的修辞说,在索菲家里他找到了自己一直在寻找而永远不可奢望的东西,在索菲身上感受到比血统维系的亲缘更亲密的亲缘。显然,不是别人,正是诺瓦利斯自己将同索菲的遭遇描述为一场灵知遭遇,将索菲建构为一则灵知的神话。同时,为这则神话添油加醋者还有卡尔和蒂克。卡尔如此描述乃兄与索菲小姐的第一次见面:

> 到达腾城不久,哥哥就在格吕宁根临近的一家庄园里见到了索菲。粲然灵见,一瞥永恒。索菲同样温柔可爱,高贵典雅,芳龄十三,但谁都会看到,她不久就要诀别尘世,永居天国。哥哥生命之中真正的春天,于1795年春末夏初降临。在格吕宁根,他度过了他最为自由的时光。①

卡尔堪称事后诸葛,夸夸其谈地描述一场并无特别之处的"奇遇"。在当时即1795年,完全可以肯定,没有人能预见索菲的致命绝症。据说,索菲确实有过人的惊艳,诺瓦利斯在惊艳之中也确实感到了无限的欣喜,但卡尔将这种欣喜转化成了死亡的预感。卡尔将索菲描述为一个病怏怏的天使,还断定乃兄一见钟情,一瞥之际注定终身。这种神话般的描述同出版商蒂克苦心经营的传记互相印证,他们都把

---

① *Novalis Schriften*, *IV Tagebücher*, *Briefwechsel*, *Zeitgenössische Zeugnisse*, ed. Richard Samuel in collaboration with Hans-Joachim Mähl and Gerhard Schulz and Richard Samuel, Stuttgart: Kohlhammer, 1975-, p. 532.

诺瓦利斯与索菲的关系彻底戏剧化和神秘化了:

> 到达腾城不久,他就见到了索菲。她美艳绝伦,高雅圣洁,自非人间尤物。他一见倾心,终身不改,爱到永恒。我们不妨说,这种情感顿时渗透了他,给他无穷灵性,且构成了他整个生命的内容。一种印迹开显在这个少女的脸上,圣洁无比,灵异无比,诱人钟爱,令人销魂,因而我们必须称之为超绝尘寰,当归天上。粗略看去,这些令人脱胎换骨而又近乎透明的表情不由令人心生恐惧。这些表情太温柔,让生活太典雅,以至于死亡和不朽会透过闪亮的眼光而偷窥芸芸众生。她的表情和眼神将如同一现昙花,转眼凋零,这只不过总是在印证我们恐惧的预感。这些表情,这些眼神幸福地隐藏着天真稚气,这等尤物又更是楚楚动人,娇艳绽露,化为少女的娇羞。只要见过我们这位朋友的神奇恋人,没有人不觉得,神仙一般的尤物令人感动的高贵典雅、惊艳魅力、熠熠闪光的美,以及包裹着她的深邃的情感和巨大的力量,都是不可言喻的。每每说到她,诺瓦利斯就成为诗人。他遇到她时,她过了十三岁生日。1795 年春末夏初,是他的春天。①

索菲病逝之后,诺瓦利斯居丧蒙哀。对于这段痛苦的日子,弟弟卡尔语焉不详。而蒂克则予以特别渲染:

> 在[索菲去后的]日子里,他完全生活在痛苦之中。……他生活的本质,他全部思想,均可以从圣洁的痛苦、狂热的爱恋和对死亡的虔诚渴望来解释。假如天多赐寿,假以时日,他那种无所不在先天注定的命运没有这么早地被剥夺,那就完全可以说,这段时间的深刻悲哀在他身心播下了死亡的种子。②

卡尔给铁,而蒂克点铁成金。乃兄对索菲的那种想象的情感,恰恰就是神话般的传记所需要的素材。这种对一个未成年神秘少女的挚爱之情,不仅是诺瓦利斯诗意的生命之春,而且也是其整个生命的

---

① *Novalis Schriften*, *IV Tagebücher*, *Briefwechsel*, *Zeitgenössische Zeugnisse*, ed. Richard Samuel in collaboration with Hans-Joachim Mähl and Gerhard Schulz and Richard Samuel, Stuttgart: Kohlhammer, 1975-, p. 552.

② Ibid., p. 554.

内容。索菲被写成神仙,而仙情不比人情薄。与索菲的风流韵事,便成为诺瓦利斯生命、精神和诗艺的命门:诗艺的隐秘渊源,存在的内在本质,以及一切思想的隐微意蕴。索菲是开端也是终结,因而是"浪漫的哥林多新娘",一位播撒死亡之种的早逝少女。

显然,卡尔和蒂克的神话夸大了索菲对诺瓦利斯及其诗学的意义。但是,通过诗人的个体经验而逼近人类内在灵魂,神话建构确实不乏正当性。神话将陌生化为亲近,将恐怖之物变为游戏之物,将惊险化为惊艳。"只要诗学想象自在出现,就可能存在着一个'新神话',而这神话本身的故事,也就成为神话的主题。"①在诺瓦利斯相关的索菲神话里,故事的主角是死与爱,而神话的主题是生命与信仰。其实,携带和播撒死亡之种者,除了索菲还有诺瓦利斯的胞兄埃拉斯穆斯。在不到一个月的时间里,诗人经历了爱侣早逝、兄长丧亡的惨痛。"茜云冉冉遮无际,何限愁红更惨绿。从教修到不达天,回睇人间犹有泪。"经过一番"赴死还是苟活"的心灵挣扎,诺瓦利斯终于走出了情感的炼狱。他整个都变了,内心变得刚强甚至冷酷,有勇气蔑视死亡。"我们不了解我们灵魂的深度。这条神秘的路通向内心。"②从死亡的阴影中挣扎而出,诗人主动地朝着黑暗走去,企图通过同黑暗的惊颤遭遇,而获取救赎的灵知。在写给约斯特夫人的信中,他倾诉痛苦,更是向神祷告:

> 我永远摆脱不了她的苦痛。这天堂的灵魂将始终是我余生的荆冠。唯愿上帝——我为此恳求他——把这煎熬缩短一些。③

由此可知,《夜颂》乃是慰藉这种苦痛,以及缩短灵魂煎熬的祈祷之歌。诗人毕竟没有紧随索菲而去,而是绝望地努力,争取纯粹以死亡之中的"灵"的提升来实现与索菲的合一。《夜颂》之中、书信之中的索菲,已经不是那个形若病态天使而神似美艳神仙的少女,而是人类生命极限的象征,神圣呼召的代理,灵知精神的符码,以及浪漫宗教的中介。

---

① 布鲁门伯格:《神话研究》(上),胡继华译,上海:上海人民出版社,2012年版,第68页。

② *Novalis Schriften, IV Tagebücher, Briefwechsel, Zeitgenössiche Zeugnisse*, ed. Richard Samuel in collaboration with Hans-Joachim Mähl and Gerhard Schulz and Richard Samuel, Stuttgart: Kohlhammer, 1975, p.17.

③ Ibid., p.558.

诺瓦利斯在日记中忠实地记录了墓地凭吊之时感觉:

> 黄昏时我去看望索菲。在她的墓旁我感到难以言喻的快乐——瞬间——我感觉她就在我身边——我相信她永远站在我面前。①

在颂诗之三里,灵异的感觉经过灵知的浸润而提纯为一种信仰——对爱、夜之天堂、天堂之光的信仰。灵异向信仰的转型,灵感到灵知的提纯,感觉到超感觉的飞跃,说到底乃是存在的飞跃,个体自我朝向一个更高自我的奋力上行。飞跃与上行的前提,是挣断"诞生的脐带",冲决"光的束缚",免于尘世俗务的骚扰,"让悲情汇入一个深不可测的世界"。诺瓦利斯灵异的敏感,让他过早地灵悟到生存的艰难,灵悟到幻想与希望之间的反比关系,灵悟到尘世生活的一切都是虚空的虚空,而真正的生活只能高飞远走、上溯空性而直达天国。在恋人逝去而兄弟早亡的情感绝境之中,诺瓦利斯真正领悟到了"方生方死,方死方生"的纠结,表达了由死观生以便出死入生的渴求。在万般无聊且无奈的感受之中,诗人诺瓦利斯怀藏着对未来世界中首要的情感生活的执着。

在诗人诺瓦利斯心中,索菲首先不是血肉凡胎的少女,而是"无限奥秘"的道成肉身。遭遇索菲,参政事功,以及费希特哲学研究,诗人的三维生活几乎就同时开启于1795年那个生命之春。索菲就是他心爱的学问,研究哲学(philosophizing)就是"爱索菲"(filosofie)。而美如仙女,形若天使的少女,就是一条通往内在心灵生命的幽暗道路。第二组颂诗之中那位握有福乐之门钥匙的信使,也许就是这个凄凄惨惨戚戚的索菲。索菲出场纯属偶然,可是偶然的遇合却成全了一种美丽的因缘。爱与死的奥秘,生与死的纠结,在天堂之火和黑夜之火的烛照下粲然绽露。在西方秘传宗教传统之中,这场遇合堪称"神秘的灵交"之中的"化合婚姻"。神秘灵交之中的化合婚姻,让人决裂表象,挣脱世俗枷锁,而脱胎换骨,做回了那个超越尘缘的"真实自我"。然而,肉体之爱中,色情之恋中,绮障万重,孽缘无数,那个让浪漫诗人慕

---

① *Novalis Schriften*, *V Materialen und Register*, ed. Richard Samuel in collaboration with Hans-Joachim Mähl and Gerhard Schulz and Richard Samuel, Stuttgart: Kohlhammer, 1988-, p. 35.

悦若狂的少女索菲却并非"爱本身"。诗人借着本能的性爱渴望诉说着爱的激情，但那种狂热激情所指向的欲望客体必须消逝。绮障的尽头，才是昭昭灵灵的爱本身。索菲必须夭亡，让诗人倾空内在，为爱本身的持驻腾出空间。这就是为什么要到索菲仙逝之后，诗人诺瓦利斯才在墓地的荒凉和生命的孤苦之中获得灵知。神秘暮霭从蓝色远方飘来，他终于得到了眺望神圣的时机，终得以睁开灵视之眼，对一个真实的自我遥遥注目。经过出死入生的挣扎，体验到爱与死的绝境，诺瓦利斯找到了进入神性的"索菲"（智慧）之真实的通途。这种灵知宗教与基督宗教混杂的救赎奇观，在基督教历史上堪称惊异事件。作为浪漫宗教的中介形象，索菲在传统基督教父权主义链条上打开一道缺口，在狭隘而又刻板的虔诚主义之外敞开了无限的奥秘。所以，诺瓦利斯深信，一个像索菲这样的迷人少女就是一个魔法师，把柏拉图式的爱本身化作"匮乏之子，需求之子——丰裕之子"。女性本来就是一个半明半昧、欲盖弥彰的诱人秘密，但她们终归是"善与美的象征"。故而，"艺术将一切化为索菲"。甚至索菲就是基督，与索菲灵交就是与基督合一。这种浪漫的中介宗教便是这样扎根在诗人生死体验之中，并通过诗人独特灵视而建立起来。生死体验，与接吻、拥抱、云雨交欢有扯不清的纠缠。而独特灵视，也与尘世的那些欲爱对象的血肉之躯水乳交融。色情与爱欲，总是一些隐喻，但在诺瓦利斯令人窒息的诗韵之中一直推进到圣体转化的奥秘。肉与血，充盈着整个奥秘世界。人间天上，血肉隐喻在深渊之上架设起危险的桥梁。在《奥夫特丁根》上部残篇的最后，在冰雪王国的童话末尾，诗人预告了灵知带来的最后救赎："永恒之国终于建成／纷争止于爱情与和平／漫长的痛苦之梦早已过去／索菲永远是心灵的祭司。"

　　索菲是诗人心爱的伴侣，是智慧的本名，更是心灵永久的祭司，以及无限奥秘的福音负载者。总之，索菲是浪漫宗教的中介。诺瓦利斯对索菲的感情是绝对的激情，而绝对的激情就是宗教。"我们一切爱慕对象好像不是别的，仅仅是实用宗教……要是我们使自己的爱人变成一位这样的神，这就是实用宗教。"实用宗教，就是浪漫的中介宗教的别名。索菲就是这种浪漫宗教的中介。这个中介形象广泛流布于18世纪末19世纪初的文学文本之中。恋人之死，泯灭时空差异的神秘境界，精神浴灵重生的体验，幽灵回访的幻象，永恒的灵交，绵延到天老天荒的永结同心之夜,这些出现在《夜颂》之三的幻觉奇观,是灵知主义在近代复兴的征兆。神圣的"索菲"是基督教神秘主义传统中一传再传的原型,同远古的"大母神""地母神""女性先知"以及圣母玛利亚等形象交织在一起。神智论者波墨发现了这么一个原型,而通过浪漫派和观念论带入后宗教改革、后启蒙运动和后革命的语境之中,并通过感性宗教的养育和理性神话铸造,这个原型获得了多维的象征意义。诺瓦利斯的《夜颂》则表明,索菲具有更为古老更为幽暗的渊源。在他的沉思冥想中,基督和索菲本为一体,是"渴望和结合"的元素,"甜蜜的忧郁正是纯真的爱的根本特性"。在灵知主义传统中,一些经典残篇将神圣的索菲描述为一个高级的圣体。她是人的伴侣,是神秘莫测的父亲的第一道流溢,是原人的第一脉流裔。早期基督教教义神话中,索菲和逻各斯、基督乃是一个原型的几个维度,同苍茫的命运、神圣的告谕以及上帝的创造意志紧密相关。索菲亚被视为欧洲文明创造者的先驱,只是在后来男性人出现并取代了女性元祖,灵知才隐匿于父权主义的阴影之中。① 草蛇灰线一直延续到早期浪漫主义,灵知注入诺瓦利斯诗文之中,赋予了其诗文以隐微的意蕴。

在《但丁传》中,梅列日科夫斯基提出了一个非常简单的问题:"一个活着的男人能够在感情上爱上一个已死的女人吗?"他所质疑的,是但丁对贝亚特丽斯的爱。诺瓦利斯对索菲的爱,也逃不过此一追问。梅列日科夫斯基回答说:这样的爱,在最好情况下仅仅是一种生动艺术象征,而在不好的情况下则是一则僵死的隐喻。"生育——性爱与死亡,生命的开始与结束,——不仅对当代人来说,而且对于整个基督教时代的人来说,在这种情感肉体上和形而上的超情感上是两个无法调和在一起的范畴,两种互不相容的程序。"②然而,在异教灵知主义那里,感性的宗教就已经开出了绚丽的信仰之花。厄洛斯(Eros)与塔那托斯(Thanatos),本来就是亲若兄弟的两个神祇。因而,对于但丁和诺瓦利斯而言,爱上死去的女人,根本就不是一个问题。他们坚信,这不仅可能而且已经是现实,无论人间天上,都没有任何事

---

① 参见库里亚诺:《西方二元灵知论——历史与神话》,张湛、王伟译,上海:上海人民出版社,2009年版,第93—98页。
② 梅列日科夫斯基:《但丁传》(1),刁绍华译,沈阳:辽宁教育出版社,2000年版,第103页。

情比爱上逝者更美好、更纯洁、更神圣。1799 年,诺瓦利斯在一条札记中朦胧地表述了返回到基督教之前而复活灵知宗教以期给其时代信仰的苍白补充血色的希望:

> 宗教仍然阙如。我们仍然必须为真正宗教建立教堂。假如你相信宗教存在,那就必须许多群体聚集起来,从而创造宗教,引生宗教。①

真正宗教的教堂里,供奉着浪漫的中介女神。"索菲与基督",都是道成肉身,都是可感可触可知可交的中介。福音通过浪漫的中介形象而流布,中介形象诱人进入内在的沉思生活。诺瓦利斯的《夜颂》几乎就是早期浪漫派雄心勃勃的"福音计划"之组成部分。F. 施莱格尔发起了这个计划,却只留下了《卢琴德》这部小说残篇。诺瓦利斯也坚信,写作的最高使命是一部《圣经》,其主角是"基督即新亚当",其主题是"重生的概念"。索菲与基督互相映现,难解难分,索菲之死一如基督之死,将浴灵重生的景象升华到夜之天堂和天堂之火的荣耀中。与索菲之恋,间接就是与基督之恋,那是一种属灵的婚恋。"这就是超出一切样式的样式,一个人通过它走出去,进入到一种神圣的沉思和永恒的凝视里,人在其中被转化和升华到神圣的光辉中。"②直到第六组颂歌的低音祈祷涌动之时,这种向内在性的凄艳回归才得以完成。祈祷,将成为颂歌的主调。

六、眺望新天新地

第四组颂歌的表白者就是祈祷者。这个祈祷的"我",无名、无形、无体、无根,是第一组颂诗中那个"庄严的陌生人"的影像。但这个"我"不是诗人,而是诗人的"幽灵"。在第三组颂诗之中,诗人已经随着索菲一起死去,只有一个幽灵式的生命执着地行进在朝圣之旅途。现在,这个幽灵式的生命在虚拟自己与绝对者的关系,并且以这种关系图景为框架,审视尘世与天国,返观生命与死亡。他以散文体自我

---

① *Novalis Schriften*, *III Das philosophische Werk* 2, ed. Paul Kluckholh and Richard Samuel, Stuttgart: Kohlhammer, 1977-, p. 557.
② 吕斯布鲁克:《精神的婚恋》,张祥龙译,北京:商务印书馆,2012 年版,第 165 页。

叙说,在诗体中臻于高潮。"自我"在叙说的节奏之中微妙轮转,从俗世之"我",沉入了内在之"我",而最终指向了超越之"我"。超越之"我"被置于神话化历史视角之下,笼罩在神性的缘光之中。俗世之"我",在第一组颂诗之中已经沉入黑夜,在第二组颂诗之中挣扎于情爱与圣爱之间,在第三组颂诗之中经过死亡的浸润而生"实体之变",而必将在第四组颂诗之中超越个体的有限而进入神圣的无限。跨越世界的分水岭,"我"将在不可焚毁的十字架上亲近"天堂的自我",实现极乐的归返。当然,这只是祈祷,也仅仅是眺望,其祈向和归向之鹄的,乃是浪漫宗教的"新天新地"。

与第三组颂诗比较,第四组颂诗的"属我叙述"(Ich-Erzählung)的色彩更为浓烈。第二组颂诗已经提出了问题:"黎明总是要复归吗?"表白者在死后回答:"现在我知道,最后的早晨何时来临——光何时不再驱逐夜和爱。"隔着哀歌萦绕的目的墓地,表白者幽灵一般自言自语,如叹息,如呼吸。我们应当记住,由于绝望地沉入内在,浪漫表白者的灵魂世界完全是私密的。如法炮制地将这个宇宙也当作浪漫灵魂一样的存在,那么它也一样完全是私密的。这就是黑格尔所说的"优美的灵魂"。然而,"优美的灵魂"无论是对于宇宙,还是对于人,均不透明,均为深沉的黑夜。这就是浪漫个体交流之梦,美梦与噩梦融合而又纠缠。① 如何在个体与群体、尘世与天国、内在与超越之间建立真正的联系,在深渊之上架设沟通的桥梁? 颂诗马上拾起了浪漫之梦的坠绪:"小憩何时变得永恒,何时只有一个永不枯竭的梦。"这种"属我叙述"的诗艺彰显诺瓦利斯关于"独白"的哲理。按照诺瓦利斯,独白乃是窥透宇宙照彻自我的特殊语言游戏。"于是,万物之间独异的关系游戏也借着语言而展开:如果你对语言的使用、语言的节奏以及语言的音乐精神充满炽热之情,如果你在自体之内感受到内在性的柔美,而歌咏之和手舞之,那么你就一定是先知。"② 诗中表白者就是这么一位对万物游戏关系充满灵知的先知,他随即预言朝圣之路迢迢遥遥,朝圣者疲惫憔悴,十字架沉重不堪。表白者还自觉地将自己

---

① 彼得斯:《交流的无奈——传播思想史》,何道宽译,北京:华夏出版社,2003年版,第173页。

② *Novalis Schriften*, *II Das philosophische Werk*, ed. Paul Kluckholh and Richard Samuel, Stuttgart: Kohlhammer, 1977-, p.672.

摆到了先知的位置上:"在这世界的分水岭上,遥望那崭新的国度。"随后的叙述,将视角转换到了他者的位置。"宁静的草棚"中那个他者,将开启"新天新地",将那个幽灵般的浪漫个体之"血"化为香膏和醇酒,让他虔诚而坚毅地归向那片应许之地,救赎之乡。

"世界的分水岭",对《夜颂》全篇而言堪称澈亮的诗眼。但它蕴含多义,歧异解释丛生。在最为浅近的层次上,可以理解为前现代与现代世界的分水岭,或者直接理解为"现代性的门槛"。天不留寿,诗人英年早逝,但他所禀赋的特异灵知,却让他以诗学方式干预那个剧变的时代,推动人类完成"存在的飞跃"。《诺瓦利斯选集》的编者伯尔舍(W. Bölsche)准确地描述了歌德到诺瓦利斯、从古典到浪漫转换时代的作家所处的精神境遇:"在伟大的歌德时代的众多人物中,乃是诺瓦利斯最明显地处在 18 世纪与 19 世纪的分界线上。晚霞和朝霞同时映照着他。置身于这种神奇的复光之中,他仿佛被一种人造的火光包裹起来……他是一个极端浓缩的形象,被戴上了王冠,时而也有些被充盈的时光所压抑。"①不过,将"世界的分水岭"完全理解为"世纪的转折点",对于解读诺瓦利斯仍然不够。第四组颂诗承接第二组颂诗而来,诗人发愿要介入世俗与神圣的张力之中。上行而又下达,诗人徘徊在两种"爱"之间:柏拉图式的追求生命原型的"情爱",还是奥古斯丁式的"圣爱"?是对遥远而无限的对象直接的爱,还是通过中介而施爱和被爱而接近绝对的爱?第四组颂诗穿行于这种张力之间,直到最后完成彼岸的朝圣,表白者怀着神圣的激情在夜里死去,这种强大的张力才真正松解。在"情爱"与"圣爱"之间彷徨无着,表白者显然也位于"生"与"死"的分水岭上:回首来路,尘世之光满溢,形上暴力流荡;瞩望远方,黑夜之光璀璨,温柔的光明与脆弱的爱心寓涵其中。典型浪漫主义者诺瓦利斯,及其典型的浪漫抒情诗篇《夜颂》确实堪称分水岭,诗人和《夜颂》在两个世纪之间,在前现代和现代之间,在尘世与天国之间,在生与死之间,在艺术与哲学之间,在自然与历史之间,在爱与宗教之间——总之,在尘世俗物与新天新地之间。

其实,第三组颂歌已经把死亡的奥秘之隐喻化臻于至境,所以我们上面说表白者已经在墓地随着索菲一起死去,将尘世的光之风暴化

---

① 转引自巴特:《论诺瓦利斯》,见诺瓦利斯:《大革命与诗化小说》,第 234—235 页。

为云烟。死之奥秘,不仅是浪漫宗教的中心奥秘,而且尤其是以灵知的寂静信使自居的诗人诺瓦利斯所认为的"一切宗教的中心奥秘"。剩下三组颂诗,则全面阐发这种奥秘同绝对、历史以及宗教共同体的关系。第四组颂诗乃是最为令人困惑不解的文本,但在《夜颂》的整体布局之中又堪称中介。它在前三组颂诗所叙的个人体验与第五组颂诗所展示的普遍历史之间架设了一座桥梁。第三组颂诗之中的"我"继续在第四组中歌吟,但经过戏剧性的变形之后便消逝而无迹可寻了。初看上去,这是同一个"自我",但它的指称对象发生了根本的变化,它再也不是那个活着的表白者,而是死后的表白者了。那个死去的表白者,用"绝对自我"的口吻开口表白。当散文体突然中断,而诗体将表白者情绪引至虚灵,这种"自我"的转变就完成了。

个体自我转向绝对自我之前,颂诗的散文体部分歌咏表白者向着光的世界回归。这种回归是快乐的,表明他并没有忘却尘世的使命。不过,他对于尘世生活的肯定确实是通过对黑夜的秘密忠诚来完成的。《夜颂》文本的这一解构性让批评家不胜困惑。他们或是赞美或是谴责,但都一致断定《夜颂》迷恋死亡而敌对生命,绝对是病态的诗歌。第四组颂诗开篇,表白者充满快乐而决然归向白昼,对于这种酷评不啻是一种有力的反击。不错,《夜颂》关注死亡问题,但诗人力求在同绝对的关系中来肯定生死,描绘出死入生的景观。正是在表白者同绝对者的关系之中,颂诗文本最令人迷惑的维度敞开了。第三组颂诗在生命终有一殁的思想之内呈现了绝对者虚灵的在场,而第四组颂诗又以个性化的散文语体从一种不可能的位置上即死后的幽灵位置上,以及不可能的绝对者位置上开口诉说。已经飘逝的早晨终将归来,俗世依然为白昼之光普照。这是表白者微弱而决然的信念。通览《夜颂》全部颂诗,没有一处像此处这样,由死后的表白者做出这么一种怨诉——不是信仰,而是知识的怨诉。以一种不可能的知识为基础,以及怀着一种对不可能之物的激情,表白者不仅苛刻地表达对光的怨诉,而且直接告白它:"我心中感到一种美妙的困倦。""我"在光之前,在璀璨的黑夜之中,对光的回归充满信心。这种怨诉便在逻辑和指称上导致了一场从经验自我到超验自我的轮转。经验自我,乃是一切表象的基础;而超验自我,则是超越表象的灵知主体。从经验自我轮转为超验自我,表白者就必须跟进在上溯空性的朝圣之途。

逻辑与指称发生了一次彻底的断裂。在断裂的深渊，表白者将自我绝对化，从而以僭越性的虚构姿态介入到精神内在之旅途。《夜颂》的宗教灵见，或者说非宗教的浪漫宗教灵知，便在第四组颂诗之第二段中大幅度地展开，并力求克服犹太—基督教传统的局限。第四首颂歌之中，那个朝着"绝对的超验之我"奋力上行的个体，虽一心向神，却难以免俗。所谓难以免俗，是指他并未忘却其教化尘世、引领众生祈向善美合一之境的使命。非但没有忘却尘世使命，反倒凸显了那种非宗教的浪漫宗教灵知。这种灵知对立于《圣经》中两个著名的灵见景象，而张扬其奢华之心与僭越之举。《圣经》中的灵见不是鼓励放肆而是传扬禁令。在旧约《申命记》之中，有摩西死亡的场景及其变形。在新约《马太福音》中，也有为摩西以及先知、基督搭建帐篷的记载。第四组颂诗第一段末和第二段首，表白者就呼唤那个"曾经在这世界分水岭上，遥望那崭新国度"的人，"会在那上面给自己搭起帐篷"。索隐派考据学家断言，诺瓦利斯在此引用了新约圣经福音书："你若愿意，我在这里搭三座棚：一座为你，一座为摩西，一座为以利亚。"（《马太福音》，17:4）帐篷为先知和基督而建，为的是供他们变形，显示他们的荣耀。然而，诺瓦利斯援引福音书入诗，却离弃甚至废黜了新约圣经的教理。"遥望那崭新的国度"，暗喻着旧约圣经中上帝对摩西的诀别之词："我所赐给以色列人的土地，你可以远远地观看，却不得进去。"（《申命记》，32:52）颂诗坚执地叙说，灵知者为自己搭建帐篷，所喻涉者自然就是表白者认同于先知和基督。表白者目眺远方，其精神之旅的归宿不在上帝的应许之地，甚至也不在超越的彼岸，而在时辰引领下通往"发源之泉"。于是，他的奢华之心与僭越之举，完全不受任何限制，即便是上帝对摩西的限制也注定要被僭越。《夜颂》虚构出这么一个灵知的表白者，让他通达任何一种哲学体系以及任何一套教义体系都不允许通达的"诗性天国"，而僭越了《圣经》新旧两约之中的天父、圣子为尘世众生所设立的禁区。灵知者能去无人能去之地，而据有了通往绝对的要津。"不可焚毁的十字架"成为第四组颂诗散文体的顶点，然后转向了诗体歌吟。"我去彼岸朝圣。"对他而言，一切异乡都不妨被感受为故乡。不像荷马史诗中的奥德赛在漫长漂泊之后归向故乡，而像《创世纪》中的亚伯拉罕，这位颂诗中的灵知表白者也要远离母邦父国，到彼岸之外的崭新国度、在远方之外的远方去寻找家园。

然而,旧约中耶和华对亚当说:"你必将终身劳苦。"(《创世纪》,3:17)颂诗的表白者明白,他必须怀着信仰和勇气活在白天。无论他是何等地渴慕超越之地,他都不可以忘却尘世的日常工作,而不能于"神圣的黑夜"长眠不醒。以一个彼岸之外的超越之境为前提,以一方远方之外的家园之所为安慰,表白者暴露在白昼之光里,融身在生活世界中。由是观之,浪漫派并非一味消极遁世,而在相当程度上也积极入世,在相当程度上注重在世的功业。表白者在诗中唱道,劳作、艺术以及科学,同睡眠、死亡以及宗教相比,一点也不逊色:

> 活泼的光,你仍在催唤这昏昏欲睡的人儿去工作——仍为我输入快活的生命——可是你无法将我引离长满苔藓的回忆的碑柱。我乐意活动勤劳的双手,处处留意你需要我的地方——赞叹你的光芒绚丽多彩——不懈地关注你的艺术品呈现的美丽关联——乐意观察你那威武而闪烁的时钟的意味深长的步伐——探索各种力量的均衡和无数空间及其时间的神奇游戏的规则。但是我隐秘的心始终忠实于夜,以及创造的爱,夜的女儿。

活动勤劳的双手和隐秘的心忠实于夜,便是贯穿于夜颂全篇的巨大张力。超越而又内在,就是这一张力所激荡起来的诗学的和宗教的激情。在此,诗人诺瓦利斯入世的姿态得以凸显,其热衷功业的情志得以张扬。深受费希特哲学熏染的诗人自然而然地希望将观念与激情、沉思与行动结合在一种浪漫的诗学机制之中。涉世即行动,而沉思即超越,光的世界与夜的世界绝非并列关系,而是结果与原因、表象与本质的关系。具体到颂诗的意象,我们可以看到,劳作、艺术与科学及其辉煌成果,源自"对夜的忠实""创造的爱""夜的女儿"。二者的张力贯穿在朝圣途中,驱使着表白者追逐到了恋人的墓穴,甚至追逐到了耶稣的墓穴。直到第四组颂诗的最后两行,这种张力才得以暂时缓和,为宏大的神话历史和灵知生命的全面渗透预留一派虚空:"在白天我活得/虔诚而坚毅/怀着神圣的激情/夜里我死去。"神圣激情驱使诗人渴慕彼岸之外求超越,远方之远方求家园,而这就是让浪漫派和观念论者心灵备受折磨备受毒害的"悲剧的绝对"。第四组颂诗的那个被假设已死却在寻求新生的表白者断然说出的绝对声音,预示着宗教最后被浪漫化。紧接着第五组冗长的颂歌就把一部普遍而神秘的西方宗教历史描绘为死亡奥秘的启示，而第六首颂歌乃是灵知者与神性灵交的凄艳归宿。除了"沉入天父的怀抱"，那超越之境和家园之所依然在彼岸之外，依然在远方之外的远方。

七、灵知的历史哲学

通往这彼岸之外的超越之境，回归这彼岸之外的家园之所，便演绎出人类的宏大叙事。一部灵之放逐、浪游、寻觅、回归的历史，就在这宏大叙事中展开，并向浪漫的新神话生成。第五组颂诗所展示的，就是这种灵知的历史哲学，或者说人类历史的"神话逻各斯"。那个沉湎于黑夜而坚执地走向内在的表白者，现在必须突破主观经验的空间，借着第四组颂诗所建构的"基督"隐喻，而将个人宗教体验与人类历史宗教体验涵濡为灵知的神话史。在第五组颂诗中，经验的自我转型为超验的自我，信仰的"个体"便转化为历史的"主体"。"我"便跃升为"我们"。那个卑微、羸弱、忧郁、伤感的"自我"，经由神话逻各斯的锻造，而获得了崇高、坚韧、欣喜甚至狂欢的品格。三段散文，三首诗，第五组颂诗将自古至今、由东及西的人类历史把握为"神话逻各斯"。表白者借着"神话逻各斯"这一视角，而观照、亲近以及抚摸灵之浪游与回归、放逐与救赎、尘世苦难与整体偿还的历史节奏。表白者对神话逻各斯的展示与拓宽，遵循着浪漫历史观的三段论原则。他把人类历史把握为异教神话时代、诸神衰朽时代以及新天新地时代三个阶段。

三段散文被三首诗所打断，诗文互动，一如合唱队与独唱者交替表演，展示超验宗教的多个维度，以及宗教中介的多重品格。诺瓦利斯的"浪漫中介宗教"在此转型为"超验的诗意宗教"。诗人利用耶稣基督这个人物来启示神圣中介过程，但中介者却不是一个形象，而是多个被挚爱者。这种超验诗意宗教，乃是启示之启示，通过神话化的历史来完成。第五组诗文中，诗体突破散文体，推进了宗教的浪漫化，同时也预设了最后一组颂诗的诗体形式。最后一组颂诗，乃是唯一的全诗体形式。第五组诗文先后三次由散文体突转为诗体，突转的环节都是灵知神话叙事的关键情节。第一首诗出现在诸神时代的黄昏,它描写了希腊神话体系之中的死亡意象。第二首诗是一名改宗歌手所吟唱的歌,歌中唱道"基督是死亡"。第三首诗是人类复活之歌。而每一首诗都实现了一种特殊的浪漫化运动:第一首诗经营了一个不可能的死亡意象,第二首诗自我反思地宣告一位歌手担负着传扬基督宗教的使命,第三首诗从一个绝对化的视角宣告人类整体复活。随着神话逻各斯的展开与拓展,诗句越来越简单明快,最后平稳地过渡到了第六组颂诗。像《虔诚之歌》一样,最后一组颂诗在形式上滑稽地摹仿了教会歌曲。而第五组颂诗的最后一首诗,已经使用了更为传统的教会歌曲的复数主语"我们",已经将《虔敬之歌》以及《夜颂》前四组诗歌的形象融构在一个系统之中:从光的束缚之中获得解放,赞美中介者马利亚,宣告终结差异、结束分离以及第一次提到上帝这个名字。散文体与诗体的交融互渗,是浪漫诗艺的"质的强化",隐微教义的"神话化",灵知精神的"神秘化"。强化、神话化、神秘化贯穿于古今东西,展开在人类历史的三个时代。

异教诸神时代,即为人类起源的乐园,铁一般的命运主宰着人类之灵,大地乃是诸神与人类的故乡。"河流、树木、花卉和鸟兽都有人类的情欲"。青春、甜美、享受甚至淫乐,通过葡萄酒神狄奥尼索斯而得以生动写照。爱情的神圣的迷醉,就是最美丽的神妇的美差。"天堂的孩子们和大地的子民的一个永远绚丽的节日陶醉了生命,像一个春天,穿越了数百年。"对异教诸神时代爱与青春的礼赞,也出现在荷尔德林、施莱格尔这些诺瓦利斯的同侪笔下。《许佩里翁》的主人公给第俄提玛写信赞美希腊世界"钟灵毓秀之德",说希腊的日子是天堂的日子,东方吹来的风和煦而且明亮,诱惑草木绽露繁花,诱惑人类说出爱人的名字,"爱的所有至乐的秘密从我的心扉吐露出来"。[①] 荷尔德林和诺瓦利斯的诗文中所呈现的,就是古代异教世界的神话景观,正如施莱格尔所说,"古代神话与感性世界中最直接、最活泼的一切亲密

---

① 荷尔德林:《许佩里翁》,见《荷尔德林文集》,戴晖译,北京:商务印书馆,2006年版,第105页。

无间"①。诗中写道:"所有族类幼稚地崇拜温柔的千姿百态的火焰,世界的至尊。"然而,好景不长,异教诸神注定会衰朽,而神话对世界的解释也随之化为"一个可怕的幻影",古老的世界将垂向它的终点。唯一一个"念头"阴森地飘向欢腾的、青春的、狂欢的宴席,让无边的恐怖笼罩了心灵。

人类历史无法拒绝的黯淡时代不期而遇地降临。这便是**诸神衰朽的时代**:"诸神隐去之时,鬼神会来统治,欧洲鬼魂真正产生的时代——这些鬼神的形象也相当完整地解释了那个时代——是从希腊的神话学说到基督教的过渡阶段。"②诺瓦利斯将这一过渡时代定位为历史的分水岭,即晚期希腊和罗马时代。颂诗以诗体描摹了这一诸神隐迹时代的况貌:诡异的暴力和死亡粗暴地打断了欢乐的喜宴,被离弃的爱人在尘世期待和守望,享乐的波浪撞碎在无限烦恼的礁石上,死神化身为温柔的少年安然睡去,留下了永恒的夜及其难解之谜。"温柔的少年熄了灯,安然就寝——轻柔的终结,像琴声飘散。"这是罗马人常用的死亡意象,死亡等同于无穷的夜,生命的终止像琴声飘散那般轻柔地终结。于是,异教诸神时代一去不返,人类童年的乐园无迹可寻。诸神隐迹之后,人类不复幼稚,却不得不面对空旷寥廓生机全无的自然,不得不接受干瘪的数字和严格的规范的束缚,不得不忍受寒冷无情的悲风的摧残。"终于消遁了,那召唤神灵的信仰,和那位天堂的女友。"诗句又一次指向了索菲,因为她虽然荣归天上,但绝对是浪漫宗教的血肉媒介。因为,她转化一切,并使一切亲密无间。最后,她还叠合于下段诗文的圣母意象,终归引领天国之心孤独地成长。正如《虔敬之歌》之十三所咏叹,诗人对圣母所怀有的"孩子的忠诚和孩子的爱","我始终未改,自从那黄金时代"。

"**黄金时代**"就是颂诗所预言、**期待以及呼吁人类为之奋斗的新时代**。诸神在隐退之后荣耀归来,人类也在夜的怀腹中复活,并酝酿着更庄严的启示录。诗人将神话逻各斯归还给一个担负着拯救的东方

---

① F. Schlegel, "Dialogue on Poesy," in Haynes Horne etl. (ed.), *The Theory as Practice: A Critical Anthology of Early German Romantic Writings*, Minneapolis and London: University of Minnesta Press, 1997, p. 183.

② Novalis, "Christendom or Europe," in *Novalis: Philosophical Writings*, trans. and ed. by Margaret Mahony Stoljar, New York: State University of New York Press, 1997, p. 148.

民族，一个备受蔑视而卑微屈辱的东方民族。诗中暗示，救恩使命的承担者将诞生于"诗意的贫寒的草棚"，东方三博士将在星辰的指引下向未来执掌世界王权者顶礼膜拜。不过，颂诗并非对福音书相关细节的诗意改写，而是以浪漫的新神话表述一种"非宗教的宗教"。非宗教的宗教，是为感性的宗教。正如诺瓦利斯在《基督教或欧洲》之中所道说的那样，非宗教的宗教具有一种深厚而且诚挚的浪漫东方情结："诗更迷人，更绚丽多彩，宛如一个浓妆的印度与那种书斋理智的冰冷而僵死的尖峰相对峙。"[1]可见，这种浸润着浪漫东方想象的宗教及其启示未来的预言，将要扫荡"干瘪的数字"和"严格的规范"，将东方和西方、过去和现在一起带入新天新地。那时刻，那光景，那气象，正是"如花开放的孩子那预言的目光含着深情的慈爱瞭望未来的日子，巡视他所爱的人们"。人类均为神族的后裔，尘世的忧患与有限的命运都将烟消云散。这是对人类最为本源的诱惑，也是最古老神话的复兴，更是新时代必将到来的征兆。诗意的不知不觉的流转之中，诺瓦利斯几乎整个颠倒了《夜颂》所开启的方向。表白者不复上溯空性，而是下及万有，不再奋力出世、走向内心，而是激扬入世、心系共业。他要通过行动重新承认并宣告自然的神圣性，艺术的无限性，知识的必要性，世俗的价值，以及无所不在的历史真实性，从而最终结束由恐怖鬼神统治的无神时代。在对新天新地的瞩望中，一种浪漫的新神话纲领粲然成型。

诺瓦利斯的"浪漫新神话"丝毫不像佚名作者们在《德意志观念论体系的源始纲领》之中所描述的那么虚灵抽象，丝毫不像施莱格尔《谈诗》之中假托路多维科所描述的那样简略苍白。诺瓦利斯的浪漫新神话寄寓在"基督传奇"之中，而凸显了深沉的寓言意义。他打破圣经叙事生死置换的框架结构，塑造了一位诞生于东方而到达巴勒斯坦并前往印度斯坦的古希腊歌手形象，隐喻浪漫福音的普世意义，表明颂诗的神话性质。一位歌手诞生于古希腊的晴空之下，从遥远的海岸前往巴勒斯坦，将整个心灵谱唱成诗，向那位负载救恩使命的神童献唱，传扬永不枯竭的话语，将救赎的福音告谕天下。歌手的咏唱预言

---

[1] Novalis, "Christendom or Europe," in *Novalis: Philosophical Writings*, trans. and ed. by Margaret Mahony Stoljar, New York: State University of New York Press, 1997, p.148.

了基督的死而无怨:"永恒的生命在死亡中彰显,你是死,你才使我们强健。"歌手的行迹,则是福音传播的轨迹。歌手的哀怨,亦是诸神隐迹时代人类普遍的哀怨。"旧世界沉重地压在他身上""永恒的爱伸出了拯救之手",这就是尘世苦难与整体偿还之间的强大张力,而诸神的荣耀将在这种张力之中醒来,登上新生世界的峰巅。

歌手传扬福音,而圣母实施拯救。《夜颂》最后让圣母玛利亚出场,而彰显了浪漫新神话的灵知主义。"你的爱人们今天仍在你的墓旁抛洒喜悦的泪水",颂诗用这个充满反讽的句子再次指向了早逝的索菲。索菲在此一如灵知神话中的那个为引领众生归向真神而受难的索菲亚:"有时她哭泣悲伤,因为她被独自留在黑暗与空虚之中,有时她想起了离她而去的光明,就快乐起来并且微笑,有时她又陷入到恐惧之中,或是感到困惑与惊异。"①在诺瓦利斯的诗中,索菲既等于基督,又叠合于圣母,而成为天堂凯旋的象征,爱的王国的守护神。"千万颗心,玛利亚,正向着你飞去。"诺瓦利斯在此完成了恋人的实体转型。一如《塞斯的学徒》中夏青特将洛森绿蒂转型为救赎之神,一如《奥夫特丁根》中还乡诗人将玛蒂尔德转型为救赎之神,《夜颂》也将索菲转型为玛利亚,将玛利亚转型为我们行动和受难的无限对象。爱的神圣化和神秘化臻于至境,浪漫的新神话臻于至境,非宗教的宗教也臻于至境,而灵知主义也因这种转型而朗然澄澈。在《基督教或欧洲》中,诺瓦利斯将圣母形象神话化了。童贞女玛利亚戴上了披纱,一如灵魂之于肉体。披纱的褶皱是她甜美的报道文字,而无限的褶皱游戏乃是密码——音乐,而且她的嘴唇只为歌唱才开启。圣母的歌唱是源始的召唤,召唤凡夫俗子参与一个源始的聚会,迎接每一个人的新生。② 神话逻各斯在《夜颂》中的展开已经表明,人类的救恩历史上,实施终极拯救的,不是圣父,不是基督,而是以圣母为载体的圣灵。故而,诺瓦利斯的浪漫宗教是反基督教,是借浪漫诗风而复活和传扬的灵知宗教。

诺瓦利斯劝勉世人,对于这种浪漫的福音及其对新生的预告,"一

---

① 转引自汉斯·约纳斯:《诺斯替宗教:异乡神的信息与基督教的开端》,张新樟译,上海:上海三联书店,2006年版,第173页。

② Novalis, "Christendom or Europe," in *Novalis: Philosophical Writings*, trans. and ed. by Margaret Mahony Stoljar, New York: State University of New York Press, 1997, p.149.

定要有耐心"。他坚信新天新地必然降临尘世,苦难之后的整体偿还不是空洞的许诺。"面对时代的危难你们一定要保持乐观和勇气",此乃浪漫主义的希望原则。在宗教思想史上,诺瓦利斯绝非形单影子,同衰败基督教的抗争亦非孤军作战。中世纪意大利宗教先知约阿希姆(1245—1202)便是他的前驱和盟友之一。1190年至1195年间,约阿希姆在一个圣灵降临节期间顿悟而获得启示,领悟到《旧约》和《新约》中的隐喻、象征、征兆既具有历史意义,又具有神秘意义,它们凝聚为救恩历史而从头到尾地寓涵在人类谋划的整体画卷之中。依据神圣三位一体来领悟历史,约阿希姆为历史建立了三种普遍秩序:圣父秩序,圣子秩序,以及圣灵秩序。正义主宰圣父秩序,恩典主宰圣子秩序,而慈爱主宰圣灵秩序。圣灵秩序开始于中世纪晚期,朝着"灵"的完美自由而发展。① 这是一种典型的灵知主义神话历史观,旨在劝勉世人超越律法,含纳恩典,为通达绝对拯救而生活在信、望、爱之中。在圣灵尚未降临的时代,灵知主义者自己觉得被抛进了一个非神非人的敌对自然状态之中。作为灵知主义的隐秘传人,浪漫诗人和哲人都觉得自己被抛进了一个冷漠空顽而无情无爱的机械宇宙,生活在幻象破碎而救赎无望的深渊。诺瓦利斯通过莱辛、谢林、施莱格尔而接触到了约阿希姆的灵知历史观,追随中世纪先知而坚定地瞩望一个新生时代。圣灵之约,必将在圣父之约和圣子之约后面缔结,超越律法和恩典的慈爱必将广播人间,新天新地将沐浴在爱本身的光照之中,世界将漫溢慈悲风调。莱辛在《论人类的教育》(1777—1780)中,用充满嘲讽的否定语气把约阿希姆称为13、14世纪的狂热之士,说他截取了新的永恒福音的一束光芒,预言"同一个上帝的同一个救恩计划""同一个人类的普遍教育计划"。② 同散发着启蒙气息的莱辛不一样,诺瓦利斯对圣灵时代的憧憬充满了浪漫宗教的灵韵。自觉地作为一位瞩望完善的沉思者,诺瓦利斯的诗学思辨在灵与肉的张力之中展开:一方面,"作为尘世的存在者,我们追求灵的发展——总之追求灵";另一方面,"作为非尘世的、灵的存在者,我们追求尘世的发

---

① 卡尔·洛维特:《世界历史与救赎历史:历史哲学的神学前提》,李秋零等译,北京:三联书店,2002年版,第176—177页。
② 莱辛:《论人类的教育——莱辛政治哲学文选》,朱雁冰译,北京:华夏出版社,2008年版,第127—128页。

展——总之追求肉体"。① 同时他还认为，世界乃是圣灵的表达，而上帝之灵在理性主导的时代已经不复存在，世界的意义已经迷失。"圣灵高于圣经。我们的基督教导师应该是圣灵，而非僵化的世俗的歧义的经文。"② 所以，他构想的圆满宗教境界是灵与肉的圆融，以及圣灵与经文的交融，亦是上溯空性与下及万有两条无限线路的交汇点。这一交汇点，也是由异教诸神时代经过诸神衰朽时代和基督教时代而抵达第三约国的新生时代的标界点。在这一交汇点上，有狂喜的一夜，有永恒的诗章，上帝的脸庞是众生的太阳。于是，个体的内在沉思及其对超验的玄思，最后都皈依于那个内在的超越者之上。浪漫的宗教，就是反基督的灵知宗教，而历史地转化为道德的自然、浪漫的诗风以及理性的神话。约阿希姆的灵知主义神话历史观乃是中世纪晚期千禧年运动的产物，为解决尘世苦难、人间邪恶、时空局限、历史进程等问题提供了一套世界性变革的激进方案，而鼓荡了无数乌托邦幻象和末世论预言。在启蒙后的西方，在浪漫主义文学与文化运动中，灵知主义神话历史观也牵荡着诗人和思想家的忧患意识。经过改造和变形，这种灵知主义与浪漫派、观念论互相涵濡，在诺瓦利斯的诗学与宗教思考中，成为一份极有影响力量的因素，甚至成为浪漫主义的一份遗产，为现代主义、后现代主义文学和文化所继承，为批判当代低俗的物质世界提供了思想资源。

诺瓦利斯的圣灵王国即基督教的第三约国，乃是德国式观念论之象征性表达的典范。高飘的德国观念王国如此不食人间烟火地树立于世界之上，而成为尘世生命可望而不可即的幻象，以至于人们觉得，观念王国与人间世界毫无联系，生命与观念也保持着永恒的距离。正如布洛赫所说，德国人的绝对悲剧在于，"世界总是停留在邪恶之中，道德取决于遥远的天国，人们一次也没有渴望过美学理想，而仅仅为其富丽堂皇感到高兴"③。作为观念王国而存在，理想之星在远方之外的远方，可望而不可即，它并非"行动生活"的目标，而是"沉思生活"的祈向。因此，浪漫宗教福音所告谕的新天新地，诱惑人们不断接近理想之星的幻觉，驱使人们不断地追慕这个观念王国。

---

① 诺瓦利斯：《新断片》，《夜颂中的革命和宗教》，第154—155页。
② 同上书，第240页。
③ 布洛赫：《希望的原理》，梦海译，上海：上海译文出版社，2012年版，第196页。

八、凄艳的归宿

第六组颂歌是纯诗,诗人吟唱于人类复活之后,就好像是第五组诗文中"人类复活之歌"的延续。人类复活之歌终结于对"万众的太阳"即"神圣的上帝形象"的倾情赞美,而题为"渴望死亡"的第六组颂诗开始于深渊的呼唤。经过变形而抵达超验自我的诗人,劝勉尘世光照下的芸芸众生"赶快坠入大地的深处",亲近那个远离光明的国度,驾驶一叶扁舟直达天堂的港湾。

下降至深渊,令人想起福音书中耶稣基督十字架上殉难之后和复活之前"降至地狱"的情节。"降至地狱",耶稣基督于冥府之中拯救那些在他之前被罚的善美灵魂。这是一个不见于新旧两约《圣经》文本的隐微教义,而染色了灵知主义气息。这项教义常常以神话逻各斯的形式而隐约地流布在思想史,成为一道具有颠覆力量的潜流。然而,降至地狱与冥府之旅,在柏拉图的苏格拉底对话之中采取了一种终极神话的形式。这种终极神话形式在中世纪神秘主义传统中同"末世论"合流,所以异教传统与基督教传统对这一灵知主义神话都不陌生。使徒保罗的亚略巴古演说预示着终极神话将要开启基督教"末世论",而利用神话的意义蕴涵功能得到了一个比启示录更具有启示效应的论题:"因为上帝已经定了日子,要借着他设立的人按公义审判天下,并叫他从死里复活,给万人做可信的凭据。"基督死里复活,出死入生,生至永恒,这就是基督教生死转换的神秘/神圣意义。从这个视角重读诺瓦利斯《夜颂》对死亡的赞美以及渴慕,就不能简单机械地认为浪漫主义者消极遁世、一心求死。相反,死亡不是本体而是隐喻,隐喻的本体是生命浪漫化和生命质量强化的原则。死亡不是删除生命,而是以一种超验的高强能量渗透从而增强生命。诺瓦利斯一如使徒保罗,浪漫福音传承者约翰福音的隐微灵知教义。

保罗说,"死亡同原罪进入世界,因而世界从此充满罪孽"。前一句断言是神话,而后一句断言是教义,神话与教义合一也是隐喻与解释的圆融。无论是隐喻还是解释,死亡作为一个终极神话的符号展示,都说明无限的渴慕如何隐忍迁就有限的生命。布鲁门伯格指出:"死亡的霸道可能构成了世界的源始处境,即构成了一旦被承认就无法再次被打破的权能,而长存的罪孽则只是构成了世界的派生处境。"①以灵知主义的神话逻各斯(教义)返观《夜颂》,我们则不妨将浪漫主义者所渴慕的"死亡"解读为一个"革命的符号":经由灵知的自我,完美地实现从尘世自我到神圣自我的转型。"自我"洗心革面,脱胎换骨,是为革命及其永恒轮回,而死亡是为这种永恒轮回的象征。灵知的寂寞信使,那个漂泊尘世的异邦诗人,正在虔敬地洗刷"厌倦的心",正在同"空虚的世界"抗争,而一心要归向家园,瞻仰那神圣的时代。神圣时代却在远古,远古就是这场浪漫感伤的朝圣之旅的终点,那是一个凄艳的归宿之地。

人们讨论诺瓦利斯及浪漫诗人,总是习惯于将他们的诗文读成"病态之极"的表达。人们尤其习惯于将《夜颂》,尤其习惯于将第六组颂诗"渴望死亡"解读为浪漫主义"不幸诗学"的文本标本。这种解读确实不无理据,诗题以及整个颂歌的基调,都散发出病态和不幸的邪灵之光。然而,第六组颂诗的病态表达,一如整个《夜颂》的悲情诉说,都不能简单地被看作是以基督天国之名而弃绝尘世的堕落。不错,诺瓦利斯是说过,完美的生活在天国。但他同样也说过,最神奇的永恒现象就是自己的此在。在完美的生活与自己的此在之间、在天国与尘世之间,总有一种张力牵荡其中,而激起并强化了浪漫诗人对于无限的慕悦。这种对无限的慕悦是令人憔悴的悲情。于是我们读到:

> 还有什么挡住我们的归程?
> 至爱的人们早已安息。
> 他们的坟墓结束了我们的人生,
> 如今我们惶恐而伤悲。
> 我们再也没有什么可寻求——
> 心已餍足——世界空虚。

然而,希腊异教神话、基督教教义以及诺瓦利斯虔诚宗教背景所提供的诸多意象都在浪漫主义"新神话"之中被重构了。开篇呼呼坠入大地的深渊,紧接着凸显永恒的黑夜与温暖的白昼之间的张力,诗人把憔悴的目光由近及远地移到了远古。远古的情欲、繁荣、爱恋以

---

① 布鲁门伯格:《神话研究》(上),第291页。

及神圣,映衬着现代的机械、荒芜、冷漠以及世俗。远古与神圆融一体,而现代离弃了神圣,所以痴心热爱远古者,注定忧伤,注定孤独。颂诗的最后两段中,死亡隐喻变得凄艳,甚至可以说变得色情迷离:"甜美的战栗穿过我们的躯体","沉坠吧,向着甜美的新妇"。这么一些张狂着感性宗教取向的隐喻,当然不能包容在传统基督教玄思之中。换言之,对死亡的慕悦,对黑夜的礼赞,指向了一种对于悲剧绝对的渴望。一个活着的生命体不再有生命,一副血肉之躯不在有活力,这么一种物质上的死亡,如何能够涵盖这种对于悲剧绝对的渴望?《夜颂》终篇表明,灵知一直向下,向下就是归家,向下就是救赎。而下降的路也是上升的路,下及万有也是上溯空性。灵知借着死亡隐喻却没有直接指向悲剧的绝对,而是指向了宗教的中介:"沉坠吧,向着甜美的新妇,向着爱人耶稣"。这是两行诡异的诗句:

> Hinunter zu der süssen Braut
> Zu Jesus, dem Geliebte.

语法结构上歧义难解:"甜美的新妇"和"爱人耶稣",是同位关系还是并列关系?宗教的中介是男性还是女性?抑或雌雄同体?二者是同一还是差异?但死亡隐喻暗示着这种漂浮关系一直会延续到永恒,而男女的永结同心和人神的永恒圆融总是一种令人憔悴的慕悦。新妇与耶稣、男人和女人、同一与差异,总是充满张力,鼓荡生命,不离不弃,不即不离。"一个梦解开我们的链铐,让我们沉入天父的怀抱。"这就是既不存在却也不缺席的"悲剧绝对",一如德里达所说的"延异",总是浮动在"存在/缺席"之间,作为梦境而上演"蝴蝶/庄子"的滑稽戏剧。"天父的怀抱",诺瓦利斯用的德文词是"Schooss",这个词语在《夜颂》中出现7次之多。Schooss既指膝盖,又指子宫,二者之间却有某些隐秘而不可言传的差异。天父的膝盖/子宫?无论如何是说不通的。但作为一个绝对之物的隐喻,一切都有可能,它指向一个神圣的整体,而没有性别差异。而且对于绝对之物的言说永远只能在语言的边缘,在心智的界限,在不可表达的极限处。因而,诺瓦利斯对绝对的道说,最后撞上了"永恒的绝境"。浪漫主义者习惯说,永恒的绝境就是反讽的真谛,也是灵知自我呈现的方式。对于渴望还乡的异邦诗人,凄艳的归宿乃是一个只能用反讽来呈现的永恒绝境。

这个永恒绝境不可言传,但浪漫诗人和哲学却刻意要化绝对悲剧为诗文,呈现永恒绝境于象征之中。《夜颂》比较成功地体现了"再现不可再现者"的努力,因而堪称"崇高美学"的标本,"后现代文学"的前驱,以及"革命符号"的标本。1800年秋天,诺瓦利斯具体而且明晰地表述了这一贯穿于浪漫时代到当今的文化表征难题:

> 诗的感觉与神秘主义的感觉多有共通。这种感觉独一无二,一己私有,不为人知,隐秘而且富于启示。这必然是一种偶然突发的感觉。它再现了不可再现之物。它目击了不可目遇之物。它感觉到了不可感觉之物。①

这段警策的话语常常被引用,且被看作诺瓦利斯的诗学宣言。他再现不可再现者,目击不可目遇者,感觉不可感觉者——他的一切充满绝对悲情的努力,一切征服永恒绝境的坚执,在后浪漫主义时代被神化和被摹仿,然而他的诗学及其实践因其独一无二而绝对不可复制。自觉开启再现之不可能性,点燃对不可能之物的激情,诺瓦利斯在"再现诗学"的疆域内筚路蓝缕,为德里达的解构开辟了一条布满荆棘之路。在灵知的暧昧氛围之中,《夜颂》拒绝光亮,也就是拒绝透明的阐释,这就是退守内在而保护诗与哲学之"不可理解性"。第六组颂诗赞颂异邦者凄艳的归宿,成功地"再现了不可再现之物",因为诗人依然让不可再现之物滞留在黑夜之中,也就是说将不可再现之物当作不可再现之物来再现。这是何等沉重的使命!这是何等永恒的绝境!这是何等不可规避的命运!在凄艳的归宿处,《夜颂》再现了不可再现之物的不可再现性。

诺瓦利斯的诗学成就还远远不止于再现不可再现之物,而且更是再现了不可再现的浪漫宗教。挚爱的对象已经安息,他们的墓地已经终结了诗人的人生,第六组颂歌的哀诉再次指向了早逝的索菲。诗人在遥远的悲情的回声中感受到了爱的讯息,从而确定了慕悦的方向,期待的前景,以及救赎的希望。从《夜颂》第四组诗文开始,我们读者就只能听到一个诗人的亡灵在真实血肉之躯烟消云散之后的绝对冷

---

① *Novalis Schriften*, *III Das philosophische Werk*, ed. Paul Kluckholh and Richard Samuel, Stuttgart: Kohlhammer, 1977-, p. 685.

酷告白。索菲之死,诺瓦利斯自己对于死亡的预感,都将还乡者的凄艳归宿同不祥征兆联系在一起,而凸显出"不幸诗学"的启示能力。经验自我与绝对自我之间的纠结,个体生命行迹与普遍宗教历史之间的类似,作为启示宗教的基督教与作为异教的灵知主义之间的涵濡,都最后集结在作为隐喻的死亡意象之中。在死后遭遇、触摸和拥抱中介,诗人假托幽灵之词表达了一种绝地通天的象征主义中介论。所谓宗教中介,即一个形象位于神与人、圣与俗、无限与有限之间,从而开启两个世界之间的对流与转换,推进两个世界的互动与圆融。从这个视角看,《夜颂》堪称浪漫中介宗教的透彻阐释,诗人诺瓦利斯正像中世纪末诗人但丁一样,同时肯定了光的世界和夜的世界,而成为宗教历史和诗学历史上伟大的象征主义者。在浪漫的渐进的总汇诗中,一切都必须被追究和发掘到最深最隐秘之处,被追究被发掘到一切表象的背后。所以,对于浪漫主义者,一切形象都是"带有预言性的符号,是另一个世界的征兆",总之一切都是象征。[①] 象征,就是中介、灵媒、媒介、中保……一个浪漫宗教的共同体就围绕着这个中心而被建构起来。《夜颂》《死亡之歌》以及《虔诚之歌》,都是浪漫宗教共同体的圣歌。任何一个教派都不会唱这样的圣歌,因为《夜颂》只对一种尚未建立的灵知教会才有意义。"尚未",既是一种诱惑,又是一种拒绝,却成为浪漫主义心仪的未来。所以,毫不奇怪,在浪漫主义文学中,青春与所有意识的创造性都指向这个恍兮惚兮、朦胧暧昧的"尚未"。异邦漂泊者的家园,就摇曳在这个"尚未"之中。

　　这个"尚未"是在时间绵延之中由主体所虚拟的一个动态端点。动态的端点,只能存在于和他人的关系之中,而这个他人已经死去,所以恰恰就是没有端点。通过他人之死而丈量自我之生,而非涉足"此在"阴沉的河川"向死而生",诗人诺瓦利斯先行道说出"正义"的秘密。20世纪立陶宛裔法国哲人列维纳斯(Emmanuel Levinas)给"正义"所下的定义,就是"正义在于与他人的关系",而这种"正义"关系的至境乃是"他人的死亡"。正义不可解构,曲折地道出了死亡不可解构这个悲情的命题。列维纳斯建议我们设想,海德格尔式"此在"的终

---

　　① 梅列日科夫斯基:《但丁传》(2),刁绍华译,沈阳:辽宁教育出版社,2000年版,第234页。

结,契合于存在意义上的结构。所以,"死亡并不是由白天和黑夜构成的一段持续的结束,而是一种永远开放的可能性。永远开放的可能性是最自身的、最绝对排斥他人的、最与人隔绝的可能性。它是最极端的或不可超越的可能性"①。换言之,不可解构的正义,不可解构的死亡,不可趋近更不可触摸的他人之死亡,就一定持驻在那个未开启的"尚未"之中。

这个"尚未"是新生,是那个死去的亡灵诗人尚未托生的"新生"。他是深情的恋人,忧伤的信徒。他在光与夜的交织之中,在圣与俗的纠葛之中,在澄澈而又崇高的生命幽光中,他以长时段的眼光抚爱宇宙乾坤,灵知掠过三个时代,而寻求那一袭幽暗的温柔——那是他自身之中的永恒之光。对于这位诗国的浪子,天国的宠儿,但丁早有训诫在先:"你在圣父身上只是领悟了自己,你在圣子身上只是为自己所领悟,你在圣灵身上只是把爱转向自身。"(《天堂》XXXIII,115—126)新生,就是在圣灵身上把爱转向自身。浪漫宗教经过《夜颂》而彻底个体化,在彻底个体化的意义上,《夜颂》堪称浪漫宗教的圣经。

> 《圣经》以伊甸园——青春的象征——开始,辉煌壮观,而以永恒的王国,以那座圣城结束。它的两个主要部分也堪称宏大的历史(在每个部分中,宏大的历史想必象征地回复了青春)。《新约全书》的开端便是第二个更高的罪案——新阶段的开端。每个人的历史应该是一部《圣经》——也将是一部《圣经》。基督即新亚当。重生的概念。一部《圣经》正是写作的最高使命。②

"重生",是《夜颂》的最后低音主题,但将救赎的希望升华在甜美的战栗中。"重生"就是浪游的疏离的异邦人所渴望的家园。颂诺瓦利斯的诗,品诺瓦利斯的文,读诺瓦利斯的教养传奇故事及其绚丽的童话,都无非是体验乡愁。"哲学本是乡愁,处处为家的欲求。"(Die Philosophie ist eigentlich Heimweh, ein Trieb überall zu Hause zu sien)这是一句耳熟能详的名言,堪称诺瓦利斯的思想纲领。不过,阐释这句名言,却不止一种方式。阐释的结果,取决于阐释者将重心置于何处:

---

① 列维纳斯:《上帝,死亡和时间》,余中先译,北京:三联书店,1997年版,第48页。
② *Novalis Schriften*, *III Das philosophische Werk*, ed. Paul Kluckholh and Richard Samuel, Stuttgart: Kohlhammer, 1977-, p. 321.

或者关注普遍的苦难、痛苦的欲求、生存的匮乏,或者关注令人憔悴的欲望本身,关注那种被痛苦地剥夺了欲望对象的欲望,或者关注被欲望的对象,关注令人向往之物,关注令人向往之物的意象,如显示为欲望对象并给予欲望对象以形式的家园、住所、祖居与国家。① 然而,诺瓦利斯的"乡愁"所托归者,不是"已然"而是"尚未",不是雪月交融的田园夜景,而是幽灵徘徊的异教圣土。在这方圣土之上,"主体的黑暗(存在本身)被一束来自乌托邦未来之光所穿透"②,即被一道灵知的缘光所穿透,为一种上溯空性下及万有的宇宙能量所渗透,而给予主体一种"震惊"。乡愁浸润所及,震惊无处不在。枯叶在风中颤抖,优美旋律在空中荡漾,少女的红晕与初潮,婴儿的啼哭与微笑,都会让人虚拟地目击"尚未"而阵阵震惊。恩斯特·布洛赫(Ernst Bloch)用"家园"一词来描绘这种"震惊"——家园预示着"一个独特性质黑暗消失于干净的完成世界"③。可是,无论我们将关注的重点置于何处,乡愁都是一种因过度慕悦而泛化的人类普遍情欲。这种情欲浸润之所,无不染上"悲剧绝对"的色彩,归向命运的旅途因此而凄艳如歌。

---

① 参见 Jacques Derrida, *The Beast and the Sovereign*, Vol. II, ed. Michel Lisse, Marie-Louise Mallet, and Ginette Michaud, trans. Geoffrey Bennington, Chicago and Lodon: The University of Chicago Press, 2011, p.95。
② 列维纳斯:《上帝,死亡和时间》,第114页。
③ 同上书,第115页。

诗人的慕悦，灵魂的憔悴

——诺瓦利斯的《亨利希·奥夫特丁根》论略

题记

那是激荡的风，
那是流逝的水。
飘逝
在瞬间的，正是那
永恒的灵
当土地饮血，而鲜血生锈
金色的怪兽将用一声优雅的叹息
荡漾新天新地的狂飙……

路，在眼前消失
梦，在夜晚袭来
火，在变幻的河流上燃烧。

谦卑的少年，忧郁的歌
整个世界更加忧郁成疾

还是那激荡的风，和
流逝的水——

2008年春夏之交，笔者同跨文化研究院2007级研究生一起研读德国早期浪漫主义诗文。5月12日，正当我们读到诺瓦利斯的《夜颂》之际，四川汶川特大地震爆发，9万同胞罹难。笔者发表《无限渴望的象征:漫谈德国浪漫主义的自然观》①,向死难者志哀,告慰他们的在天之灵。这首被引入浪漫主义课程的诗歌,与这篇以学术语言写成的祷文,标志着笔者学术研究的一个转向——转向古典,以古鉴今,谦卑地向古人讨教生存的智慧。而这也是还乡,因为不论在无归河上浪迹至于何处,故乡总是人不改的牵挂。乡愁不是一种奢侈,而是一项律令。而且,后现代思潮退落,让越来越多的人明白,与价值无涉的学问,乃自欺欺人之谈。

于是,荷尔德林的歌吟,在海德格尔的咏唱之中,格外令人动容:

> 因为灵魂,并没有在开端中居家,
> 并没有依于源泉。故乡使灵魂憔悴。②

还乡是一种渴望,一种源自诗性灵魂的慕悦,一种让灵魂万分憔悴、忧郁成疾的慕悦(Sehnsucht, languishing desire)。而这种慕悦正是诺瓦利斯诗歌和诗学之最强的心灵元音。为了悉心倾听这一心灵元音,让我们认识诺瓦利斯,触摸他的《亨利希·奥夫特丁根》。

一、谁是"诺瓦利斯"?

1798年2月,一名24岁的文学青年给施莱格尔主编的《雅典娜神殿》投稿一组,并随信提出一项特别的请求:如果他的文稿能蒙诸贤接纳,愿能署名为"诺瓦利斯"(Novalis)。他还解释说,这个名字是他的古老家族之名,用起来"毫无什么不得体"。年轻人宣称,"诺瓦利斯"是12世纪日耳曼北部伟大拓荒者建立汉诺威公国时所使用的家族通名。这一家族支脉常常自称为"来自开垦的土地"(de Novali or von der Rode)。然而,这位文学青年十分慧黠,继续用"诺瓦利斯"作为笔名写作和发表作品,但对古老的家族通名予以变更。从历史境遇来看,当时神圣罗马帝国公布最后的贵族权限,当时许多声望显赫的作家得以在自己的名字前面冠以日耳曼贵族标识,其中就包括歌德和席勒等人。这些出身显赫的小资产阶级日趋反动,却愿意以贵族情怀证

---

① 参见《外国文学》2008年第4期。
② 转引自海德格尔:《荷尔德林诗的阐释》,孙周兴译,北京:商务印书馆,2000年版,第107页。

实他们在文学上的明星地位。这位《雅典娜神殿》的年轻撰稿人聪颖卓越,将"de Novalis"之中的古老属格标记"de"改变为"Novalis"之中的现代属格标记"s"。这个不起眼的改变,乃是对于其贵族血脉的执着坚守。不难看出,"诺瓦利斯"之为一个笔名,象征着古老秩序的断裂与连续,变异与持存。不仅如此,这个笔名,在年轻人的作品与德国更为中古的"浪漫"过去之间建立了一种虚拟的联系,这种联系乃是一种"乡愁"——振叶寻根,返本归源。因而,这个名字不只是个人的或者家族的,同时它同日耳曼及其土地相关联,故而也是民族的和有机的。

"诺瓦利斯",朗朗上口,掷地有声,而且漫溢温馨的诗情。这个名字如此广为人知,以至于这个文学青年的真名完全被湮没到了历史的尘埃深处。即便是今日,人们仍然不知道,或者根本不记得,这名文学青年仅仅用这个笔名四次发表作品,在其他地方从来没有用过同样的笔名。他没有用"诺瓦利斯"写过一封信,没有用"诺瓦利斯"找过一份工作,没有用"诺瓦利斯"谈过恋爱。"诺瓦利斯"英年早逝,终年29岁。在他死后,那个真正的年轻人似乎从来就没有存在过,因为这个绚丽的笔名隐蔽了本名,那个本名及其所指代的那个人更为飘忽、毫无觉察地消逝在历史文献之中。"也许,这是一个反讽,天衣无缝地吻合于这么一位作家,他拥有反讽的材资,如此沉湎于浪漫,以至于这些反讽倒转锋芒毁灭了他自己,而且他本人的出生之日,恰巧有偏日食。可不幸的是,在诺瓦利斯死后,这个笔名广为传播,获得绝对主导地位,从而大大地深化了笼罩着其作品的忧郁情结,模糊了这些作品同法国大革命的绚丽关联。"①奥布莱恩教授真情感叹,因为真实的德国浪漫诗人遁迹历史。时至2008年,诺瓦利斯两卷本精选文集在中国出版,编译者将其中一卷命名为《大革命与诗化小说》,忧郁诗人与灿烂历史的联系得以凸显。故而,拂去诺瓦利斯神话的灵光,还原一个浪漫政治诗人的面目,已经是时候了。

诺瓦利斯,本名弗里德里希·封·哈登伯格(Friedrich von Hardenberg, 1772—1801),确实是古老贵族的后裔,其父性格暴烈,严守宗

---

① Wm. Arctander O'Brien, *Novalis: Signs of Revolution*, Durham & London: Duke University Press, 1995, p. 3.

教教规,任维森菲尔斯盐场的场长。其家庭过着一种严肃安静的生活,一种质朴无华、谦卑诚信的生活,一家人恪守兄弟会教规教义,任何形式的革新和开化都是老父亲憎恶的对象,他总是一心向往和倾心赞美古老的时代。哈登伯格自少小时便沉湎于梦幻,常常好似临水鉴影的那喀索斯,身体羸弱,但进取向上。神圣罗马帝国衰微不振,而古老贵族日薄西山,但尚思好学、重访古典的闲暇时间还是有所保证。哈登伯格在人文中学就喜念古书,柏拉图的哲学戏剧对话,贺拉斯的诗篇,都是他的钟爱所在。1789 年,法国革命爆发,他迈出中学校门。他优哉闲也,进入耶拿大学学习法律,怀抱父辈之愿,将来在政府谋个一官半职足矣。可谓胸无大志,历史的"创局"对他似乎影响甚微。

他在大学里结识了小施莱格尔,马上成为趣味相投的密友,称他为"埃琉西斯的高僧"。1797 年,施莱格尔登门造访,诺瓦利斯正因神秘恋人索菲·封·库恩之死而沮丧蒙哀,心碎绝望,痛不欲生。然而,这也许是施莱格尔、蒂克以及哈登伯格的兄弟卡尔所铸造的一个神话——索菲神话。哈登伯格 22 岁,索菲 13 岁,二人神秘相恋,但恋得畸形。索菲之死,加深了哈登伯格的忧郁,同时提供了忧郁诗化和诗人神化的契机。像贝亚特丽斯之于但丁,索菲之于哈登伯格,也是唯一圣化的女子之于唯一神化的诗人,前者之存在仅仅是为了后者的诗歌与神话。《夜颂》第三首记述了哈登伯格在索菲墓地上所见的奇幻景象:"坟冢化为烟尘——透过烟尘,我看见爱人神化的面容。她的目光里栖息着永恒……"①哈登伯格结识过一位研究《圣经》的朋友约斯特(Just),他曾向后者告白说:在自己的宗教意识中,有生命之中最精致的因素——幻想。

1799 年夏天,路德维希·蒂克访问耶拿,初会哈登伯格,加上奥古斯特·施莱格尔,他们相识并成密友,互诉心曲,把酒凌虚,常常夜半出户,欣赏夜月美景。正是因为蒂克的刺激与推助,哈登伯格于 1799 年至 1801 年去世之前创作诗化政治教育小说——《亨利希·奥夫特丁根》。作品创作近一半时,哈登伯格大限已至,肺痨病夺走了诗人的血肉之躯,然而他的精神生命却经过蒂克、施莱格尔而被神化,延续在

---

① 诺瓦利斯:《夜颂》,见《夜颂中的革命和宗教》,林克等译,北京:华夏出版社,2008 年版,第 34 页。

文学历史之中,宛若流星划过璀璨的苍穹。即便霜冷长河,他依旧流光溢彩,忧郁的诗兴流转不息,浪漫的灵知余韵幽然。在文学史上,现代诗人深刻地纠结于神化的例子不在少数。然而,同神化纠结如此之深者,实在难有出哈登伯格之右的。哈登伯格遁迹无形,其笔名诺瓦利斯终归成了诗人命运的象征。即便在两百多年过后,哈登伯格也仅仅只能从"开垦的荒地"上再显幽灵,他的生平行传和文学作品被剥离在两百年历史之外,忧郁与病态在其中长驱直入,过度生长。

　　围绕着"诺瓦利斯",两个神话被建构出来了。一个是索菲神话,那是一个少年与幼女畸形相恋而演绎神秘爱情的神话,索菲被神化为圣爱的象征,感性宗教的中介,理性神话的符号。对索菲的爱恋,超越了尘世之情,而成为一种对神性的慕悦。另一个是诺瓦利斯神话,那是一个身体羸弱、心灵敏感的诗人将整个世界浪漫化的神话。"世界必须被浪漫化","浪漫化无非是一种质的强化","给卑贱之物一种崇高的意义,给寻常物一副神秘的模样,给已知物以未知物的庄重,给有限物一种无限的表象"。而这种浪漫化的途径就是"诗艺","诗艺"将索菲变成传奇,把"爱智之道"(Filosofie)转化为"小说之道"(fiction)。"艺术将一切化为索菲——反之亦然。"①两个神话,将早期浪漫主义的诗学纲领坐落于个体诗人的境界,但个体诗人却成为一个失真的赝品,一个人为的发明。

　　在哈登伯格因病辞世后一年,诺瓦利斯神话就初具轮廓。1802年,蒂克和小施莱格尔出版了两卷本《诺瓦利斯文集》。哈登伯格生前的作品备受争议,而蒂克、施莱格尔作为著名的作家和精明的出版家,在哈登伯格生前未发表的作品上做了手脚,为当时的公众提供了一套精明改装和蓄意重构的文本体系。这套文本体系适应了战时普鲁士的政治氛围,解了柏林出版业的燃眉之急,同时还满足了哈登伯格家庭成员的要求。十几年过去了,普法战争结束,欧洲进入和平时代,政治气氛趋于反动保守,蒂克又开始做文章了。1815 年,《诺瓦利斯文集》第三版问世,蒂克加上了一篇前言,便给予诺瓦利斯神话一个传记学的样式。精明而且诡异的蒂克当然深知,何等诗人神话能满足新纪元和平年代的公众之需求,于是他做了一件雪里送炭的事情:送来一

---

① 诺瓦利斯:《新断片》(节选),见《夜颂中的革命和宗教》,第 134、143 页。

个让他们深感自豪的"诺瓦利斯",一个纯种的日耳曼贵族后裔,一个耽于梦想、醉心神话、迷恋于早逝未婚妻的青年诗人。蒂克的神话在当今已经退去光华,哈登伯格也该从绚烂之极归于平淡。然而,蒂克、施莱格尔制造的文本与传记偏见一直支配着诺瓦利斯的考释和阐述。直到20世纪30年代,克鲁克霍恩(Paul Kluckhohn)主持校勘《诺瓦利斯全集》,蒂克、施莱格尔的影响及其形成的偏见才有所减弱,将诺瓦利斯研究从"两个神话"的笼罩中解救出来。但此后的研究又摆向了另一个极端,那就是沉湎于过度的考证考据,而忽略了对浪漫诗风的寻觅,淡化了对辞章义理的阐释。

为缔造诺瓦利斯神话,蒂克可谓用心良苦,甚至在选择《诺瓦利斯文集》之扉页画像上,也做足了文章。在哈登伯格伯爵领地的府宅里,出版家找到了一幅画像,然而尘封污垢,破烂不堪。蒂克雇佣版画家埃钦斯(Eduard von Eichens)修复和美化一张哈登伯格16岁时的画像:一个耽于幻想的青年,病态优美,忧郁如诗,困倦如梦,前额透明,嘴角稍稍上挑,挂着一丝反讽的微笑,棕色眼睛闪射出异样的光泽。"他是新潮流的圣约翰,外表上也同那个圣徒相像。"①

然而,从这张放在扉页上的画像看来,这个青年诗人最主要的面相特征乃是"疲惫"——"心灵的疲惫""致死的疲惫"。在亨利希的还乡路上,绚丽黄昏,景色迷人,东方少女的歌声唱道:

> 这疲惫的心灵在异乡,至今仍未破碎?
> 那暗淡的希望之光,是否还映在眼里?
> 兴许还能回到古老的村庄,
> 迎娶那蒙着面纱的新娘……

乡愁令诗人身心疲惫,疲惫于希望之光的强烈灼伤,疲惫于对古老村庄的怀想,疲惫于对蒙着面纱的新娘的渴念。总之,疲惫于一种浪漫的慕悦。因为,这是一份神圣的慕悦,一种令灵魂憔悴的慕悦。"怀着乡愁寻找故园",这份慕悦写在《亨利希·奥夫特丁根》之中。要回味这份慕悦,唯有从这个复杂的文本开始。

----

① 勃兰兑斯:《十九世纪文学主流·第二分册:德国的浪漫派》,刘半九译,北京:人民文学出版社,1997年版,第185页。

二、启示的浪漫诗

《奥夫特丁根》(Heinrich Ofterdingen)为诺瓦利斯/哈登伯格的传世之作,但传世之作又是未竟之作,甚至是失败之书。在1799年至1800年之间,诺瓦利斯在蒂克的呼召下所写作的那部作品,仅仅完成名之曰"期待"(Die Erwartung)的第一部分,第二部分"实现"(Die Erfüllung)刚刚开头,诺瓦利斯罹患肺病,与世长辞。他是否真的是在写作一部小说,或者有意取名为《亨利希·奥夫特丁根》?一切都不得而知,因为诸多文献佚失,而作品现存样态又打上了编者改造的印记。作品写了一个诗人的成长及其被神圣化的过程,因而有理由将之视为"浪漫诗"的另一典范之作,但又绝非一般意义上而是启示意义上的"浪漫诗"。

诺瓦利斯创作《奥夫特丁根》之动机,还与歌德的《麦斯特学习时代》紧密相关。歌德当时堪称德国诗坛的奥林匹斯君王,集荣耀与尊严于一身。即便是对其古典理想深怀厌恶之情的浪漫诗哲施莱格尔兄弟和诺瓦利斯辈,也为《麦斯特》拍案叫绝,击节赞赏。小施莱格尔在《谈诗》之中加入的一篇歌德论断章中,《麦斯特》被认为体现了"艺术家的总汇倾向和不断进步的指导思想",在"艺术的极高处"第一次囊括了古人的全部诗风,因而被认为是"浪漫诗"的范本之一。① 诺瓦利斯显然接受了施莱格尔误导性评判与创造性误解,跟着声称《麦斯特》在哲学上和道德上"是浪漫的","最普通的如同最重要的,皆以浪漫的反讽来审视和刻画"。不过,诺瓦利斯对歌德的肯定是抽象的,而批判却更为具体,切中要害:在歌德的作品中,"玄思"与"事实"如影随形,"事实"证明或者证伪"玄思"。1799年,他致信卡洛琳娜·施莱格尔-谢林,表达自己对歌德的稳妥评判以及意念之中的浪漫诗风:

> [我]很有兴趣,尽我一生写出一部小说来——它可以独自充当一整座图书馆——也许应该包含一个民族的学徒时代。"学徒时代"这个词是错误的——它表示一种确定的去向。可是,在我

---

① 参见施勒格尔:《浪漫派风格》,李伯杰译,北京:华夏出版社,2005年版,第209—215页。

这里,它却唯一应该表示从有限到无限的过渡时代。我希望以此同时满足自己在历史和哲学上的渴求。①

他要表现一个民族而不仅仅是一个诗人的奋力追求,这种追求与其说是学徒不如说是无限漫游。这个时代没有确定的目标,也没有终局,因而只能是有限向无限漫游——"永远的过渡"。而这种不息生成而永无止境的漫游,不仅是诺瓦利斯在历史上和哲学上的渴望,而且是他在诗学上的渴望。他与施莱格尔一起,走在通往"浪漫诗"的途中。他要让"所有的形式和所有的材料交替地得到满足","凭借诗与哲学的结合"让宇宙诗达到和谐,展现生命的"一连串不间断的内在革命",而让宇宙诗人成为"真正的多神论者""胸怀整座奥林匹斯山上的全部神祇"。② 奥林匹斯山的全部神祇,意味着审美的多神论,即早期浪漫主义渴念加心仪的感性宗教与理性神话。此等宗教与神话,便是体现在《奥夫特丁根》中的"启示的浪漫诗"。同时,施莱格尔也对诺瓦利斯的启示浪漫诗翘首以待。在其《断想集》之末,一个断章专门献给了诺瓦利斯:

> 你并非徘徊在诗与哲学的交界线上。在你的精神里,这二者亲密地互相渗透,融为一体。在这个不可理解的真理的种种景象之中,你的精神与我最接近。……讨论永恒东方的任何学说,属于一切艺术家。而我不提他人只举出你。③

二人之间的亲和之力贯注在字里行间,两人互相景从,彼此激励,合力推进哲学与诗的融汇,志在创造出"进化的宇宙诗"。

怀着书写一个民族"漫游时代"的启示之诗的强烈愿景,瞩望"进化宇宙诗"的浪漫境界,诺瓦利斯马上就与歌德的古典"经邦济世(Ökonomie)之诗"分庭抗礼了。他认识到,诗不仅应该超越日用伦常的琐碎,而且超越经邦济世的理想。歌德作品之中的"生活思想"和"济世意图",与"浪漫诗"形同陌路。麦斯特本该追求"至高之物",却

---

① 伍尔灵斯:《〈奥夫特丁根〉解析》,见《大革命与诗化小说》,林克等译,北京:华夏出版社,2008年版,第191页。
② 参见施勒格尔:《浪漫派风格》,李伯杰译,第107页。
③ F. Schlegel, "Ideas," in *The Early Political Writings of the German Romantics*, ed. Friedrick C. Beiser, Bloomington: Indiana University Press, 1996, pp.139-140.

进入了商界,而"经济"湮没甚至攫夺了诗性精神。诺瓦利斯写道:"再也不能继续这样——一个必须克制另一个——麦斯特必须离开商界,或不得不放弃追求——或可说得更清楚——对美的艺术的感觉与商人生涯在麦斯特心中争执不休。"纵观《麦斯特》,这种内在的冲突最终也没有和解,这就意味着浪漫诗遥遥无期,而诗歌的神圣精神或者属灵性被背叛了。诺瓦利斯对《麦斯特》的酷评,在1800年2月23日致蒂克的信中达到了怨愤的高潮。他怒骂《麦斯特》是"反诗的毒瘤",并发誓要写一部与之针锋相对的作品。灵光乍现,豁然顿悟,他如此清楚,如此明白地看到,诗性将在麦斯特身上自我毁灭了。伴随着诗搁浅于背景,经邦济世之士将与他的朋友们安然无恙地登上坚实的陆地,耸一耸肩膀遥望无限浩渺的海洋。诗性在歌德那里陷入灭顶之灾,面对此等灾异境遇,诺瓦利斯立意创作一部启示录式的浪漫诗。这部启示的浪漫诗就是《奥夫特丁根》,以诗(包括广义的和浪漫意义上的生命之诗)为主题,以(成长的)诗人为主角,以中世纪历史为参照,以未来政治为愿景,以还乡寻梦、漫游世界为主线,将诗神圣化,并展开神圣诗国的启示画卷。

《奥夫特丁根》的主题是诗。浪漫主义视野中的诗,是施莱格尔所说的"超验诗"。在诺瓦利斯的核心思想中,"诗是纯粹而绝对的实在",而诗的感觉近乎神秘主义,"它表现不可表现的,窥见不可窥见的,感觉到不可感觉的"。① 在哲学与诗、经世与诗、诗与非诗的古远争执及其现代延伸的语境之中,诺瓦利斯希望"将日常生活中与诗对立的质素诗化,并克服其抵制",拯救陷于灭顶之灾的诗性启示。他以歌德及其《麦斯特》为反衬素材,用《奥夫特丁根》与之一较短长。

> 歌德是个完全务实的诗人。他的作品就像英国人的商品一样:简单,干净,便利,耐用……他像英国人一样,有一种天生的节俭性格,一种通过理智获得的高雅趣味。……《威廉·麦斯特的学习时代》似乎全然是近代的散文。浪漫气息,还有天然的诗意,还有神奇现象,都从这里消失了。这本书只写普通人常见的人事,自然和神秘主义被忘却得一干二净。它是一个以诗的形式出

---

① 诺瓦利斯:〈新片断(节选)〉,见《夜颂中的革命和宗教》,第123、127页。

现的市民家庭故事,里面把神奇现象明明当做诗和空想来处理。艺术家的无神论就是这本书的精神……《威廉·麦斯特》真是一本以诗为敌的书,就像伏尔泰的《老实人》。①

反之,他自己的《奥夫特丁根》则要将一切化为诗歌,将整个世界"精神化",赋予自然、矿山、商业、东方少女、战争、古老城堡、诗人及其女儿、梦境以及梦中蓝花等等以属灵的气韵。在小说中,诺瓦利斯蒐聚了22首各种体裁的诗篇,有商籁体诗、艺术献诗、民间歌谣、游吟诗章、宗教赞歌、矿工之歌、隐士诗歌、饮酒歌诗、织歌、无韵诗、咏叹调、行会诗。这些诗歌都是德语文学史上璀璨的珍珠,将它们融入叙事,则赋予了整个故事以优美的节奏,虚灵的神韵。而万物属灵,整个世界都被移植到神圣诗国,而这个诗国乃是"上帝国"在浪漫主义者心灵之中投射的美妙剪影。

《奥夫特丁根》的主角是诗人。在致蒂克的信中,诺瓦利斯写道:"整个作品当是诗之神化(Verklärung),奥夫特丁根将在第一部中成熟为诗人,第二部中则将他作为诗人加以神化(Apotheose)。"前一个"神化"(Verklärung),是指让诗闪闪发光;后一个"神化"(Apotheose),是指把诗人提升到神的地位。诗人之诞生及其生命的节奏,在小说中经过了商人、矿工、隐士、诗人的启蒙,而他们所讲述的历史、神话、寓言对诗人自由意识和超验境界的提升起到了恰到好处的调节作用。更重要的是,女性在诗人诞生以及神化的过程之中扮演着导师的角色。

> 不过,这个世界还寂静无声,它的灵魂,即对话,尚未醒来。一位诗人已经临近,挽着一个柔美的姑娘,好以母语的音韵和娇嫩甜美的嘴来亲吻,打开那羞怯的双唇,将简单的和弦展开为无限的旋律。②

祖莉玛、玛蒂尔德、齐亚娜,还有始终陪伴着他旅行的母亲,构成了一个形象变异的系列,一套形象的链条,引领着诗人穿越历史和宇宙等级,亲近了超验的象征世界,通达于失而复得的"黄金时代"。诗人在女性的引领和陪伴下成圣,"诗之神化"便大功告成了。

---

① 勃兰兑斯:《十九世纪文学主流·第二分册:德国的浪漫派》,第213—214页。
② 诺瓦利斯:《奥夫特丁根(第6章)》,见《大革命与诗化小说》,第98页。

《奥夫特丁根》将诗人的神化和诗人对诗的慕悦投射到了中世纪的背景上。首先,主角奥夫特丁根和克林索尔都是中世纪宫廷诗人。他们歌咏骑士爱情,相传还联手参与瓦尔特堡的诗歌比赛,其对手乃是《帕西法尔》的作者、中世纪杰出的宫廷诗人埃申巴赫(Eschenbach)。奥夫特丁根、克林索尔代表自然诗派,而埃申巴赫代表艺术诗风,不过埃申巴赫在竞赛中成功地破译了克林索尔的复杂谜语,自然诗派完败,从此退隐江湖。诺瓦利斯在小说中让奥夫特丁根、克林索尔复活,由他们代言自然象征主义诗学,显然是以中世纪为参照,表达自然诗与艺术诗合一的浪漫主义诉求。其次,叙述结构延伸了中世纪宫廷诗歌的口语文化。在中世纪宫廷—骑士时代,贵族教育之外还有俗士教育,书面文学覆盖面小,而口语文学受众面大,因此口传文学自成一体,英雄史诗的口传形式在当时不仅广为流行,而且行之有效,甚至几乎不存在将之转化为书面文学的必要。① 在《奥夫特丁根》的叙事之中,亚努斯神话、亚特兰蒂斯神话、十字军东征的历史、东方神秘的传奇、克林索尔艺术寓言,都是通过他人的讲述而间接呈现出来的。读完小说,我们不难感觉到,笼罩着奥夫特丁根诗性之旅的,不是书面文字,而是口头传说。口传文学踵事增华,经过受众接受过程的磨砺,而让神话、传说与寓言的形式趋于精致,而内在意义趋于丰盈。"词竞天择,菁者生存",经过"词语的进化"的磨炼,②诗学形式趋于凝练,而这也是浪漫主义进化宇宙诗的题中之意。再次,小说利用中世纪基督教的类比手法建构复杂的象征体系。从奥古斯丁到阿奎那,以至于但丁,中世纪文学将宇宙秩序、社会秩序和精神秩序都建立在类比基础之上,从而构建出信仰的象征主义。诺瓦利斯通过诗人克林索尔口述大角星艺术寓言,在神国与俗世之间、自然与精神之间建立了一种类比关系,表达了终极救赎和永久和平的梦想。最后,小说赞美了中世纪骑士精神。骑士文化最内在的精神就是道德精神,而基督教说到底就是骑士的宗教。基督教不像古代各种宗教那样沉湎于外在的功业,而是要占有整个内在的人,"所以自由的意识成了一种与虔信并存、有

---

① 约阿希姆·布姆克:《宫廷文化:中世纪盛期的文学与社会》(下),何珊、刘华新译,北京:三联书店,第551页。
② 参见布鲁门伯格:《神话研究》(上),胡继华译,上海:上海人民出版社,2012年版,第179页。

时又与之产生矛盾的世俗的道德法则"①。《奥夫特丁根》通过诗人的成长历程凸显了自由与虔信之间的张力,但最后通过对女性的骑士之爱,并以女性为中介将自由与虔信和解在诗性的宗教之中。甚至残酷的战争,也不悖于中世纪精神,"诉诸武力亦是诗的事业,两军追随一面看不见的旗帜"②。看不见的旗帜,就是中世纪骑士之道德,基督教精神。

《奥夫特丁根》引领人瞩望一个永久和平的未来政治愿景。"永久和平论",源自康德的普世主义政治构想。它是人类历史的合目的性之终极呈现,因而成为普世政治的命运。康德写道,永久和平的保证,乃是"一种更高级的、以人类客观的终极目的为方向并且预先就决定了这一世界进程的原因的深沉智慧",也就是基督教念兹在兹的"天道神意"。然而,天道神意落实到人间俗世,就不能不仰仗国家的立法权威,授权哲人运用这种"深沉智慧",让哲人自由而公开地"谈论战争和调解和平的普遍准则"。康德把人间俗世的权杖授予了哲人,因为他明白地看到,"不能期待着国王哲学化,或者哲学家成为国王"。③同样,诺瓦利斯也认为,"永久和平"必然是天道神意在人间俗世的实现。成千上万历史细节做出了神圣的暗示,"一种广博的个体性,一种新的历史,一种新的人类,对一个令人感到惊喜的年轻教会和一个挚爱的上帝的最甜蜜的拥抱,以及对一个新弥赛亚的真诚接纳"。但这个人类历史的"黄金时代"之愿景,在心灵敏感和身体羸弱的诗人那里,依然是一个"甜美的羞涩的美好希望"。④ 诺瓦利斯将人间俗世的权杖授予了诗人,因为他也敏锐地觉察到,不能期待国王诗化,或者诗人成为国王。《奥夫特丁根》第一部中,"期待"的高潮就是索菲(哲学)的许诺和寓言(诗)的歌吟。索菲许诺:"母亲就在我们中间,她的亲在定会使我们永远幸福。"寓言歌唱:"永恒之国终于建成,/纷争止于爱情与和平,/漫长的痛苦之梦已经过去,/索菲永远是心灵的祭

---

① 奥古斯特·施莱格尔:《中世纪(节译)》,孙凤城主编:《德国浪漫主义作品选》,北京:人民文学出版社,1997年版,第369页。
② 诺瓦利斯:《奥夫特丁根(第8章)》,见《大革命与诗化小说》,第114页。
③ 康德:《永久和平论》,见《历史理性批判》,何兆武译,北京:商务印书馆,1991年版,第118—119、129页。
④ 诺瓦利斯:《基督世界或欧洲》,见《夜颂中的革命和宗教》,第213页。

司。"诗哲合璧,诗人神化臻于完美,寓言与真实以及过去与当下之间的壁垒冰消雪融,"信仰、想象与诗开启了最内在的世界"。①《奥夫特丁根》终于未竟,但诗人的叙述铺陈的政治愿景表明,诗化神国的未来,乃是大地的希望。

《奥夫特丁根》的叙述主线是少年寻梦和世界漫游。忧思成梦,因梦漫游,一个出生在市民家庭的少年怀着对"陌生事物的慕悦"(Sehnsucht nach dem Fremden),而张开了想象的罗网,启动了穿越时空的世界漫游。自然风光、功业世界、异域风情、荒蛮洞穴、旷古战争、醇酒美人、诗书礼仪,一一展现在他的眼前,并浸润他的肉体,净化他的灵魂,激活他的诗心,发弘他的幽怨,升华他的灵性。因梦离家之时,他心中满怀幻象。漫游回来之后,他心灵饱经沧桑。奥夫特丁根往返古今,上下求索,出入神话与现实,以一种宏大的方式,经历着自然、生死、战争、东方、历史和诗,最后走进了内在境界,返回到了一个更古老更悠远更幽深的故乡。那是基督教精神的不绝之源,德意志性格和德意志历史显露无遗之所。"从我离开家园,见过许多别的地方以后,我才真正认识自己的故乡"②,奥夫特丁根呢喃自语,道说人生。可见,人生在世,无非总是在离家漫游,又返本归家,远游的路也是复归的路。带着乡愁漫游,一切归途总是征途。故乡的影响已经成为对人类心灵的一种奇异的暗示,让人深刻地认识到命运和心灵是同一个概念的两个名称。没有远游的思念,何来还乡的亲切?没有真切的当下,何来缥缈的故园?

《奥夫特丁根》述说诗人,神化诗艺,其至境却在启示,启示天道神意,启示人间俗世的未来。《奥夫特丁根》究竟是什么样的体裁?是诗篇?还是戏剧?抑或是小说?是成长小说?还是历史小说?这都是长期令研究者困惑的问题。施莱格尔有言在先,大凡诗文,皆可别为"隐微"(esoteric writing)与"显白"(exoteric writing)两类。显白诗文述人生境况,绘美好境界,但局限于此,不越雷池一步。隐微诗文则出人意表,包罗万象,异体化韵,境生象外,言外重旨,而对读者的想象力和自由变更能力提出了更为苛刻的要求。显白诗文可以广播人世,为大

---

① 诺瓦利斯:《奥夫特丁根》,见《大革命与诗化小说》,第142、165页。
② 诺瓦利斯:《奥夫特丁根(第2部)》,见《大革命与诗化小说》,第154页。

众喜闻乐见,而隐微诗文只能秘传,天机不可泄露,受者必备慧根。一般而言,显白诗文是以普通大众为对象,而隐微诗文乃是以秘传团体为对象。真理只能秘传,诗化的启示真理犹为如此。列奥·施特劳斯说,在隐微诗文中,"只要涉及至关重要的问题,真理就毫无例外地透过字里行间呈现出来……通过自己的著作对少数人说话,同时又对大多数读者三缄其口,这真是一个奇迹"①。不仅是奇迹,而且是在极权高压和政治宗教迫害之下修炼出来的写作艺术。这么一种特殊的表达技巧,乃是哲人智慧的表现,具有苏格拉底反讽的全部特征。虚凤假凰,指鹿为马,言意乖谬,众人不胜迷惑,唯有自植灵根、敏于灵知的人才能与圣人同行,尽心、知命、知天,从圣贤书之字里行间汲取启示的真理。

《奥夫特丁根》乃是诺瓦利斯的隐微诗文之一,是浪漫启示之诗的典范之作,更是德国思想史上形式奇特、意蕴神秘和启示精微至极的作品。从叙述学角度,《奥夫特丁根》可以被离析为三个层面的叙事。第一层是寻梦少年漫游世界、阅历人间、经受启蒙以至成为诗人的生命演历。在这个层次上,"蓝花之梦"笼罩他对自然的感受,对功业的沉思,对历史的怀想,对爱的追逐,对诗性世界的慕悦。第二层是寻梦少年在旅途之中遭遇的各色人等,及其所讲述的神话、传奇和寓言,它们构成了框架叙事之内的叙事,所叙故事影射着主人公的生命状态,预示着他的终极命运。在这个层次上,我们看到普通的叙事经过传奇、神话而渐渐上升,最后抵达了"绝对的寓言"。普通的叙事消逝在亚努斯传说、亚特兰蒂斯神话、隐士的洞穴寓言之中,最后上升为克林索尔的大角星童话——那是一个对应于柏拉图《理想国》城邦构想的绝对寓言。它超越叙事的字面意义(literal meaning),指向了理想城邦的政治生活而获得了寓言意义(allegorical meaning),展开了浪漫诗的人文化成之功(Bildung),从而获得了道德意义(moral meaning)。第三层叙事对象是诗性的神化,以及诗人成为圣人。这一层面之意涵是爱,爱是梦想之根,又是诗化之力,更是人化之功,以及神化之境。1800年4月,正在写作《奥夫特丁根》的诺瓦利斯,在日记中写道:"甜蜜的忧郁是纯真的爱的根本特性——渴望和结合之元素","爱本该是

---

① 列奥·施特劳斯:《迫害与写作艺术》,刘锋译,北京:华夏出版社,2012年版,第19页。

一个真正的基督徒的真实的安慰和生命享受"。诗人的慕悦之情跃然纸上,最后是一声近乎绝望的感叹:"哦!但愿我有殉道者的心!"①"真正的基督徒""殉道者的心",毫无歧义地表明诺瓦利斯在《奥夫特丁根》之中慕悦和寻觅的"爱",绝非英雄志短儿女情长的"爱",而是洒向俗世人间而拯救人类种族的"圣爱"。这份圣爱,正是《信仰与爱》中那句名言的神圣底蕴:"我的爱人是宇宙的缩影,宇宙则是我爱人的延伸。"②这份圣爱,也正是《基督世界或欧洲》中所启示的未来政治愿景的秘密:一个伟大和解的时代,有一位弥赛亚充当世俗人间的真正守护神,隐身无形,俗目难遇,唯有被认信,唯有被当作爱人来拥抱。③ 少年往返奔波,漫游永无止境,但他的生命总是在上行对流,诗人的慕悦由从凡俗之爱不可逆转地升华到神圣之爱。此乃《奥夫特丁根》之中凌虚一切的神秘意义(anagogical meaning)。为了暗示这层意义,隐微诗文《奥夫特丁根》以《圣经》叙事为内隐结构。出于虔诚派宗教传统,诺瓦利斯熟悉《圣经》的类型学解释,他将诗学设定为浪漫启示的索隐解释法(figuralismus),并以写一部《圣经》为最高使命。因此,《奥夫特丁根》摹仿《圣经》新、旧两约,叙事亦分"期待""实现",前者预言后者,后者应验前者。诺瓦利斯就这样化用《圣经》叙述框架而将多层叙事建构的众多形象统合为一个属灵的象征系统,浪漫地启示了永久和平的神圣时代必将到来。《奥夫特丁根》以残篇传世,但从浪漫启示这一角度看,也不妨断言这是一部根本就无法完成的圣书。"圣书"之书写永无绝期,永无止境,因而它永远是开放的。《旧约》预示《新约》,《新约》导向《启示录》,正如中古先知和圣徒约阿西姆(Joachim von Fiore,1145—1202)预言,《旧约》为分配正义的圣父时代,《新约》为传播恩典的圣子时代,而第三约神国乃是沐浴在圣爱光辉之中的圣灵时代。第三约神国正在降临,人类将以女性为永恒的先导,在温柔的光明之烛照下,在脆弱的爱心之呵护下,满怀谦卑的道德和唯美的诗心,一步步地回归于这丰盈博大、风情万种、温馨甜美的家园。这就是诺瓦利斯的浪漫启示之中的隐微教义。他熟悉中世纪"神

---

① 诺瓦利斯:《日记选》,见《夜颂中的革命和宗教》,第224—225页。
② 诺瓦利斯:《信仰与爱》,见《夜颂中的革命和宗教》,第108页。
③ 诺瓦利斯:《基督世界或欧洲》,见《夜颂中的革命和宗教》,第213页。

圣三约"的思想传统,并从启蒙思想家莱辛的《论人类教育》之中吸纳了这种思想。但他胜出浪漫派同侪之处,恰在于他在"显白"处歌吟,而在"隐微"处祈祷,面对俗世人间的公众书写这些诗兴流溢的华章,而对神圣天国的仰慕之士秘传这些灵韵蒸腾的启示。蒂克堪称诺瓦利斯的秘传弟子,他在预告《奥夫特丁根》的第二部叙事之时,让主人公来到索菲的国度,并在齐亚娜的忠实伴随下返回到了神奇的家园。在那里,"童话世界变得清晰可见,现实世界倒被看成一个神话"①。在这个"绝对的童话世界",主人公找到了梦境中的蓝花,那就是玛蒂尔德,她长眠在这个童话世界,而他和她所生的一个小女孩,便是太古世界、终结之时的"黄金时代"之影像。基督教与异教世界在这里和解,奥尔菲斯(诗人)与普绪刻(心灵)的故事,以及许许多多的故事,随着歌声传扬。

写作浪漫启示录《奥夫特丁根》的过程中,诺瓦利斯完全纵身于心灵的内在深渊。小施莱格尔在《献给诺瓦利斯》一诗中叹曰:"你懂得悲伤,你知道,在烧死异教徒的火堆上,爱如何把它的火炬燃得更亮。"②像基督自我献祭于十字架上,为挽回俗世人间的种种罪孽而死,死而无怨,诺瓦利斯也自我献祭于心上的"火刑堆",为了基督教和异教世界的和解忧郁而死,歌吟不绝。在他那里,万物尽入属灵的象征系统,而成为一部永无结局的小说之索隐符号,成为看不见的上帝之手干预人间的"机缘"(Kontigent),成为天道神意在俗世人间灵光乍现的契机。故而,卡尔·施米特(Karl Schmitt)言之凿凿:"我们必须看看浪漫运动背后的绝望——不管这绝望是在一个洒满月光的甜蜜夜晚为了上帝和世界而变成抒情的狂喜,还是因尘世的疲惫和世纪病而叹息,悲观地撕裂自我,抑或疯狂地钻进本能和生命的深渊。"③施米特将浪漫诗学等同于机缘政治学,并断言浪漫现象的终极根源在于"私人教士制度"之中。他还说,拜伦、波德莱尔、尼采,正是私人教士制度中的大祭司,也是祭坛上的三份牺牲品。然而,施米特忘记补充说,诺瓦利斯乃是这些私人教士制度的创立者,是这些大祭司的元祖之一,其作为牺牲品比这三个诗人的分量更为凝重。

---

① 蒂克:《关于续集的报道》,见《大革命与诗化小说》,第165—166页。
② 伍尔灵斯:《诺瓦利斯的隐微诗文》,见《夜颂中的革命和宗教》,第233页。
③ 施米特:《政治的浪漫派》,冯克利、刘锋译,上海:上海人民出版社,2004年版,第18页。

三、自然象征主义

诺瓦利斯的读者,最难以忘怀的是《奥夫特丁根》之中少年诗人梦里的那朵蓝花。蓝花入梦,直达心的幽微之境。蓝花为媒,既表露浪漫诗人那份令灵魂憔悴的神圣慕悦,又在有限之物和无限绝对之物中间架通津梁。

华兹华斯在《玛格丽特的悲苦》中凄艳的歌吟不绝于耳:"天上鸟儿生双翼,大地海洋锁吾身"(The fowls of heaven have wings.... Chains tie us down by land and sea)。中国南朝齐代诗人谢朓诗曰:"驰晖不可接,何况隔两乡。风云有鸟路,江汉限无梁。"(《暂使下都夜发新林至京邑赠西府同僚》)如何超越有限,而趋近那无限的绝对之物?这便是浪漫主义的渴念,更是诺瓦利斯笔下少年缀梦诗人的神圣慕悦。

在《花粉》断章第一条,诺瓦利斯就道出了这份神圣慕悦的秘密:"我们到处寻找绝对之物(das Unbedingte),却始终只找到常物(Dinge)。"[①]然而,俗世人间那些有限的常物,却是神圣领域那一无限绝对之物的踪迹。自然为媒,常物为象,诱惑、中介、牵引人心去趋近那个无限的绝对之物。自然,因为指向神圣和传递灵性,而成为诗的"灵媒"。这就是浪漫诗学之中堪称纲维的自然象征主义。

自然象征主义诗学,有其人类学的依据。众所周知,人类最初所能得到并用来表达情思的,只能是俯仰即是、鸢飞鱼跃的自然媒介。故而,在法国象征主义诗人波德莱尔(Charles Baudelaire,1821—1867)眼里,日月山川,草木鸟兽,色彩香味,一并作用人的感官,而产生多层次的共契,整个宇宙俨然一个象征的森林。自然象征主义乃是西方思想的一脉传统,师宗古希腊前苏格拉底自然哲学,在柏拉图城邦—宇宙—灵魂整体类比的政治诗学之中得到了经典表达,在中世纪神学之中发展为一套复杂的神秘主义,从文艺复兴到启蒙时代它支配着对文学的思考,而被发挥成一套诗学纲领。在自然象征主义的发展中,德国早期浪漫主义上承古希腊诗学传统,经过创造性的转换,向下开启了象征主义诗学之历史契机。18 世纪德国学者赫尔德(Johann Gott-

---

① 诺瓦利斯:《花粉》,见《夜颂中的革命和宗教》,第 77 页。

fried von Herder, 1744—1803) 就抢得先机, 断言自然声音是传播激情的媒介。虽然在进化中理性压倒了感觉, 人为语言取代了自然声音, 但演说者慷慨激昂的陈词, 诗人如泣如诉的歌吟, 歌者催人迷狂的演唱, 舞者风情万种的表演, 无不是在模仿自然声音, 传递着自然声音的幽远余韵, 及其源始野性的生命力。人类在童年时代第一次听到这些自然声音, 看到这些令人惊叹的浪漫媒介之自然运用, 而并不知道那时候它们把多少畏惧与狂喜、惊恐与欣慰的色彩注入我们纯洁的心灵。自然媒介之运用及其效果, 总是有几分浪漫神奇之效, 而无分古今中外。"因归鸟而致辞兮, 羌宿高而难当。"(《九歌·思美人》)归鸟是屈原寄情的自然媒介, 往后便有"思附鸿雁达中情"的传统。① 鸿雁传书, 青鸟达情, 人在天涯缥缈间。自然媒介之脆弱, 往往引发了骚人墨客绵延不尽的忧生忧世之情。"征雁务随阳, 又不为我栖"(李白《感兴》)。"莫就离鸿寄归思, 离鸿身世更悠悠"(宋祁《感秋》)。"欲问归鸿向何处? 不知身世更悠悠"(李商隐《夕阳楼》)。"玉铛缄札何由达, 万里云罗一雁飞"(李商隐《无题》)。"青鸟不传云外信, 丁香空结雨中愁"(李璟《摊破浣溪沙》)。德国早期浪漫主义的精神领袖之一, 哲学家谢林(F. W. J. Schelling, 1775—1854)说, 我们人类拥有一种比任何文字媒介都强大的启示媒介, 那就是"自然", 它包含着种种尚未破译的密码蓝本。

《塞斯的学徒》中, 最后出场赞美自然的英俊少年, 将这种以象征主义为底蕴的浪漫自然观称之为"固有真实的自然教"。按照他的说法, 人们与自然交往不论多么亲密, 跟它交谈不论多么温柔, 对它的观察不论多么专心致志和谨小慎微, 都不算过分。他感到在自然之中, 宛如依偎在贞洁的新娘怀抱之中, 在向她倾诉衷肠之时, 在同她甜蜜热吻之时, 获得了对她的透彻灵知。而俊美少年说这番话的时刻, 便是作为诗的代言人, 以诗的名义赞美自然之子, 并以自然的宠儿自居。"自然允许它的这个儿子因为它的两位一体而将它看成是繁衍和生育力量, 因为它的单一性而将它看成是一种无限的永恒的婚姻。"如此深沉的自然赞歌令人想起《易经》而阴阳开阖天地弥荡的宇宙生命观。"我们的宇宙是一阴一阳, 一虚一实的生命节奏, 所以它本质上是虚灵

---

① 钱锺书:《管锥编》第 2 册, 北京:三联书店, 2007 年版, 第 947—949 页。

的时空合一体,是流荡着的生动气韵。"① 这是宗白华先生对《易经》宇宙观所做的诗化解释。这种诗化自然将自然生命化进而将生命象征化的解释,显然是以浪漫主义为视野返观中国古典宇宙观,又以中国古典美学及东方的智慧为参照来涵化浪漫主义诗学。

怀藏着对东方智慧的向往,诺瓦利斯也将"小我"生命视为"大我"宇宙的缩影,把个人的生活视为一条充溢着情欲和幸福的河流,而每一条河流都把生命带向蓝色的远方。虔心赞美自然,隐秘与自然合一,诺瓦利斯的诗学便超越了自然象征主义,而趋向于"自然神秘主义"(nature mysticism)。诺瓦利斯所谓的"自然",是广义的"自然",不仅是指源始的自然环境,还包括融入灵性并象征着内在自我的艺术作品以及审美化的生活。自然彰显神性,这是一个浪漫派的隐喻,又是一条思想史的线索,将 19 世纪诗哲与 17 世纪神秘主义者波墨及其先驱普罗提诺、柏拉图,还有古代灵知主义者联系起来。这条思想史线索标志着自然神秘主义流布不息,为浪漫主义、象征主义以及现代、后现代主义文学注入了神意与灵知。孤独的自我与自然的对象圆融合一,在一种强烈的一体感之中消散无形,此时此刻便有自然神秘主义体验的灵韵蒸腾。此等灵韵体验之中,主体与客体之间再也没有分别。多数人与自然灵交而获得某种难以言喻的喜乐感。艺术气质越浓,越是内省,自然神秘主义的体验越深。昂德希尔(Evelyn Underhill)将这种体验描述如下:

> 在自然之中见出神,在自然之物的"他异性"上获致一种闪亮的意识,此乃简朴至极而放之四海而皆准的启悟形式。在美的魔咒和情绪的诱惑之下,多数人都可以知悟这种……自然神秘主义的残余灵见之光。②

在其生命的最后两年,诺瓦利斯发现了波墨,通过波墨而接上了普罗提诺的新柏拉图主义神秘传统。通过普罗提诺,诺瓦利斯熟悉了自然神秘主义。公元 205 年,普罗提诺生于埃及,史称异教神秘主义

---

① 宗白华:《中国诗歌中所表现的空间意识》,见《宗白华全集》第 2 卷,合肥:安徽教育出版社,1994 年版,第 437 页。

② Evelyn Underhill, *Mysticism: A Study in the Nature and Development of Man's Spiritual Consciousness*, 12th ed. New York: Meridian, 1995, p. 22.

者,在基督教传统之中由于他代表着希腊神秘思想支脉而长期被目为异端。然而,基督教神秘主义特有的灵魂概念却根植于晚期希腊文化。当浪漫主义构想出如此强劲的自然概念,史家却宣称其主要灵感来自于普罗提诺。"普罗提诺以非常微妙的修辞,描述二元意识与统一意识之间复杂的过渡,从而描绘了神秘境界的灵魂,在古代作家之中几乎无出其右。"①但普罗提诺的神秘主义极端执迷于灵魂,而只能是精神神秘主义的典范。奥托(Rudolf Otto)对精神神秘主义和自然神秘主义作出了一个重要的区别。自然神秘主义的根本特征在于一种神秘情感,即渴望与自然对象圆融为一。②

诺瓦利斯对这一自然象征主义(神秘主义)传统非常熟悉,并倾心认同,故而在他笔下,自然世界的光、色、火、水、山峦、雾霭、夜空、星月,一切都是神秘或神圣启示的媒介,不仅为诗人的情感而存在,而且为神性的圣爱而存在。人类利用外在自然符号,创形象以象征,化实景为虚境,上达虚灵的神性,内至深邃的心性,从而建构一个有别于物质宇宙的符号宇宙。在《奥夫特丁根》中,主人公从语言自律性来理解诗的本质:"语言确实是""一个符号和音韵的小世界。人怎样掌握它,就同样乐意掌握大世界,并希望能用语言来自由地表达自己。诗的源头恰恰在这种喜乐之中:以语言来披露世界之外的事体,并能够践行我们生存的原初的本能。"③这段出自寻梦诗人之口的诗学论说,将启蒙的人道主义(人自由表达自己)、浪漫的自然观(生命与本源同流)、理念绝对主义(披露世界之外的事体)相当悖谬地融为一套自然象征主义织体,尤其突出了语言建构世界的权力。

有论者大胆指出,在诺瓦利斯成熟的诗学之中,自然象征主义乃是一种超越了哲学(思)与虚构(诗)之对立的符号学。介于18世纪的莱辛、沃尔夫、鲍姆嘉通、赫尔德、费希特和席勒和20世纪的索绪尔、海德格尔和德里达之间,诺瓦利斯的符号学可以说真是承上启下,继往开来。对诺瓦利斯的传统哲学探讨或者美学阐释,常常过分地强调费希特和席勒对他的影响。反之,那些放言无忌的冒险论者,则不

---

① Bernard McGinn, *The Foundations of Mysticism*, Vol. 1, *The Presence of God: A History of Western Christian Mysticism*, New York: Crossroads, 1991, p.45.
② Rudolf Otto, *Mysticism East and West*, New York: Collier, 1962, p.92.
③ 诺瓦利斯:《奥夫特丁根》,见《大革命与诗化小说》,第116页。

当地凸显了诺瓦利斯的解构倾向。事实上，诺瓦利斯在他的笔记断章中，正如在小说《奥夫特丁根》中，表达了一种受制于双重约束的诗学。一方面，他以符号学的方法来批判哲学，这预示着德里达的解构符号学；另一方面，对哲学的批判依然完全停留在"存在哲学"的框架之内，这决定了他后来走向神秘主义。诺瓦利斯伫立在古典与现代符号理论的风口浪尖，其地位岌岌可危，飘忽不定。① 所以，他被迫从不同的秩序之中获取策略，在符号学分析之中兼收并蓄，集腋成裘，一套复杂的自然象征主义诗学由此生成。

《奥夫特丁根》中的"蓝花"，一旦在忧郁少年的梦中浮现，即成为浪漫主义的图腾。"花"为寻常物，但"蓝花"不寻常，总非俗世人间所有，如非灵想之所独辟、梦寐之所达至，俗目岂能窥见？"花"带"蓝"色，蓝色给自然之花抹上了一层诡异、神秘的色彩。诗人痴迷蓝花，借此象征浪漫心象、忧郁心境、谦卑情怀，以及令灵魂万分憔悴的对于绝对之物的慕悦，铭心刻骨的对于超验上界虚灵家园的追思怀想。

小说一开头，"蓝花"便借异乡人所讲述的故事，潜入了少年诗人的心。万籁俱静时分，幽幽月色笼罩大地，壁钟不倦地发出单调的声音，少年忧郁入梦，柔和、明亮、湛蓝如洗的天光呵护着他甜美的睡眠，一株亭亭玉立的蓝花带着绝非人间的魔力吸引着他，摩挲着他。他眼里只有蓝花，他长久地凝视着，心中满溢难以言喻的柔情。更加奇妙的是，枝叶扶苏，芳香飘逸的蓝花，中间浮现一张少女娇嫩的面孔。这朵神秘蓝花，及其幻变的少女面容，诱惑着少年诗人开始了漫漫的寻梦之旅，甚至可以说是在蓝花的劫持下亦步亦趋地走进心灵的深渊，与人间俗世渐行渐远，义无反顾地寻找超验上界的家园。

"蓝花"首先是从"异乡人"那里听来的，它来自不同的传说、童话和民间故事。根据中世纪图林根曲弗霍尔泽一带的传说，"蓝花"与宗教节日有剪不断的关联。相传每一年的6月24日，乃是施洗者圣约翰节，在德国叫作"约翰尼斯日"，当日蓝花盛开，天地一派祥和宁静。而奥夫特丁根寻梦之旅，也恰巧在约翰尼斯日之后几天。在当时的矿工中间，也流传着"奇花示宝"的传说，说的是奇花所在之处，便有地下

---

① Wm. Arctander O'Brien, *Novalis: Signs of Revolution*, Durham & London: Duke University Press, 1995, pp. 5-6.

宝藏。显然,诺瓦利斯糅合了其源各异的传说,将"蓝花"移入诗人梦中,以建构浪漫心灵的基本象征。

将眼前一切都浪漫化,这是自然象征主义。"蓝花"最能体现诺瓦利斯的自然象征主义观念,因而成为典型的浪漫象征。当你凝神注目,蓝色就如水消融。对可望而不可即的事物的慕悦,便是浪漫主义的核心主题,蓝色即成为这一主题的微妙缩影。它状在目前又恍惚如梦,一缕芳魂飘荡在奥夫特丁根的还乡之路和精神之旅。"他眼里只有蓝花,他久久凝视着它,心中充满难以言喻的柔情。"这个浪漫诗学的原型隐喻主观地内转,而聚焦于自我及其与爱、与自然的关系。蓝色常常令人联想到天堂之门敞开,以及深不可测的水流。有趣的是,F. 施莱格尔曾作出过这样一种知心之论:智慧之开端可能就在水中,水是蓝的,代表着无意识,正如亨利希拜谒圣贤的矿井洞穴,不是黑暗,而是深蓝。学者里德尔(Ingrid Riedel)写道:"蓝色本身就携带着某种神秘的气息,让人感到轻飘如梦,渴慕成疾,忧郁兴诗,静若处子,美梦春深。"①不仅如此,蓝色还被认为是内省、沉思、返身而诚的颜色。歌德曾指出,蓝色以温柔和敏感的渴望感染了旁观者。在最为纯粹的浪漫意义上,蓝色是未知之物、神秘之物的色调。谢林将其超验哲学之主要学理都建立在一种崇高感觉之上,但他苦于没有找到合适的言语来描述这些玄学的沉思。诺瓦利斯推荐的蓝色,也许正可用来表示这种对无限的慕悦。因为在浪漫主义看来,对无限的慕悦乃是人类所能达到的最高境界。借着这种境界,人类便超越了其他的存在物。

浪漫心灵像矿井一样幽深、迷暗。德国人将心灵称之为"情致"(Gemüt),意思是情感炽热至极。那是歌德所说的"内在的灵魂的热"及其所发出的"烈焰"。诺瓦利斯一言以蔽之,"情致"就是世界,就是诗。而以自然符号来象征情致,就是以魔法将世界神秘化。当这种幽深、炽热、神秘的心灵覆盖万物,"树木只能变成开花的火焰,人变成言说的火焰,动物变成游走的火焰"②。厌倦于歌德的古典情致论,早期

---

① Ingrig Riedel, *Farben in Religion, Gesellschaft, Kunst und Psychotherapie*, Stuttgart, Germany: Kreuz, 1987, p. 51.

② 诺瓦利斯:《新断片(节选)》,见《夜颂中的革命和宗教》,第151页。

浪漫主义诗人将"灵魂的热"变成了达到沸点的炽热,用炽热的火焰焚烧了一切坚固的形式、形象和思想。浪漫诗的荣耀,就在于创造经天纬地的诗篇,调遣自然万物为符号,象征其内心燃烧到极致的激昂感情。诺瓦利斯将这份炽热至极的"情致"铭刻在梦中,融入女性身上,建构了一套富有浪漫启示韵味的自然象征主义。

情感炽热至极,憔悴的渴念由此而生,神圣的慕悦永无绝期。"慕悦"(Sehnsucht)是浪漫主义渴念的基本形式,是诗感、诗兴、诗情、诗性的源始酵母。所谓"慕悦",是对俗世人间所匮乏的东西之激越渴慕。忧郁少年梦中的"蓝花",表明了浪漫主义者对那"灵想之独辟,总非人间所有"的无限绝对之物的信念。勃兰兑斯臆测,蓝花是个神秘的象征,是基督教神秘的符号——ICHTHYS(古希腊文的"鱼"字)。

> 它是个缩写字,是个凝练的说法,包括了一颗憔悴的心所能渴望的一切无限事物。蓝花象征着完全的满足,象征着充满整个灵魂的幸福。所以,我们还没有找到她,她早就冲着我们闪闪发光了。所以,[像奥夫特丁根那样],我们还没有看见她,早就梦见她了。所以,我们时而在这里预感到她,时而在那里预感到她,原来她是一个幻觉;她刹那间混在别的花卉中向我们致意,接着又消失了;但是,人闻得到她的香气,时淡时浓,以致为她所陶醉。尽管人像蝴蝶一样翩翩飞舞于花丛之中,时而停在紫罗兰上,时而停在热带植物上,他却永远渴望并追求一个东西——完全的理想的幸福。①

寒塘雁迹,转瞬无形。镜花水月,虚无缥缈。其实,在《圣经·旧约》里面,"鱼"却没有宗教内涵。在《新约》中,"鱼"的角色非常显著,其象征意味也更是深沉。耶稣所行神迹之中,就有两条鱼和五块面包的故事。在《约翰福音》里,基督在象征性的最后晚餐中授门徒以鱼。这一宗教含义及其在最后晚餐中具有象征意义的符号在早期基督教绘画中具有标准的视觉形象。在圣餐变体的意义上,基督不仅像奥西里斯一样化肉体为饼,变血为酒,他还同样变身为鱼。在宗教绘画作品中,他还被描绘成两条鱼。公元 200 年左右,早期教父思想家德尔

---

① 勃兰兑斯:《十九世纪文学主流·第二分册:德国的浪漫派》,第 228 页。

图良(Tertullian)就写道:"我们这些小鱼,依照 Ιχθυs(希腊语'鱼')的形象,出生在水里。"这一信仰便解释了,西方传统为何要用鱼来象征基督和基督徒。Ιησους Χριστs θεου υιοs σωτιρ(基督教谜语:耶稣基督,神之子,救世主)。基督教使用鱼这个形象作为信仰的象征大约出现在公元2世纪的亚历山大城。这个时代是信仰动荡的时代基督教总是以灵知主义为论辩对手来自我辩护,在自我辩护之中又有意或无意地吸收了灵知主义因素。宗教历史表明,信徒用多种符号来象征基督,其中公羊—羔羊白羊座象征最为醒目,但作为黄道宫之标记,"两条鱼"的符号也是基督的象征。因为耶稣基督自己认为,也被信徒认为,是新的双鱼时代新宗教的追随者。①

　　小说中的主人公在旅人的引领下作时代穿越,进入中世纪去体验十字军东征,就是这么一种对于新宗教的追随。在他看来,十字军东征,非常类似于寻梦蓝花之漫游。不是宗教战争,不是剿灭异教世界,不是占有古墓,十字军东征乃是以诗之力量在宗教上唤醒欧洲,将欧洲带入一个充满神圣之爱的永久和平时代。"蓝花",不仅是诗人个体的神话,而且也成为整个欧洲历史的神话。庄严而又热烈,"蓝花"是欧洲中世纪整体慕悦的象征,对神圣的渴念带有十字军东征的激情。欧洲人急不可待地踏上远征之途,去追逐一个神圣的目标。"蓝花"与蓝天融为一片,安详静谧不在当下,而在无限的远方。"蓝色"暗示着,不安的灵魂,属于漂泊在世界上的异邦人。

　　探测蓝色在浪漫象征物之中的含义,我们还必须考虑一下东方的异国情调。施莱格尔对古代印度充满了迷恋,在探索印度语言和词汇之起源时还营造出一种浪漫的东方情结(Romantic Orientalism)。不独如此,浪漫主义者常常情系东方,对印度尤为迷恋。施莱格尔对诺瓦利斯的影响众所周知。《奥夫特丁根》第四章中就出现了一对迷人的东方女性——祖莉玛和女歌手。女歌手心怀渺茫的希望,追寻她漂泊他乡的兄长。祖莉玛给女歌手以安慰,陪同她浪迹天涯。黄昏时分,亨利希离开骑士们,战争的狂热已经褪去,两位东方少女让他领悟了救赎世界的使命。月色幽蓝,歌声缥缈,他像一个慰藉的旁观者,超然

---

① 参见贝尔纳:《黑色雅典娜:古代文明的亚非之根》第1卷,郝田虎、程英译,长春:吉林出版集团有限公司,2011年版,第113页。

注目这个混乱而神奇的世界。小说的第六章,诗人克林索尔的女儿玛蒂尔德的迷人面相与亨利希梦中的蓝花合而为一,于是亨利希身上沉睡的青春被惊醒了。玛蒂尔德和亨利希沉入蓝色的河流,越沉越深,蓝色的波浪在他们头上翻腾,二人在蓝色深处泪流满面,永结同心。这两章所摹状和赞美的女性,都散发出浓郁的东方情调,启示来自他者的救赎之光。

这种浪漫的东方情结,乃是理性主义启蒙时代之后的欧洲复兴信仰和重构神话的艰辛诉求之一。以古代异教时代神话审美多元主义来唤醒古代信仰,基督教内在精神就发生了一场强烈的冲突,随之发生了一道根本的颠转。冲突与颠转,又重演了古代灵知主义二元对立的悲剧绝对性:创造与毁灭,天堂与地狱,放逐与回归,死亡与再生,绝望与欢愉,失乐园和复乐园……由于置身于后启蒙时代理性主义的氛围中,浪漫主义者不得不以新的方式重铸这些古老的信念。他们主动担负人类的罪孽,着手拯救陷入绝对邪恶之中的人类。但是,他们既不想抛弃天道神意和历史所趋,又想拯救既存精神范式和宗教遗产的基本价值。于是,他们想象,欧洲可以通过亚洲而获得新生的契机。这么一种浪漫的东方情结根深蒂固,影响深远,深藏在浪漫主义者永无止境的浪漫诗之中。F. 施莱格尔和诺瓦利斯呼吁其德国同胞以及全体欧洲人,对印度加以虔诚的效法和细致的研究。他们认为,"可能挫败西方文化的物质主义和机械主义(与共和主义)的是印度文化和宗教","从这一挫败中将复活、再生出一个新的欧洲","这一描述明显地充满着圣经关于死亡、再生和救赎的意象"。①

东方古代宗教之中,脉轮色谱(chacra color scheme)之第五层是咽喉层,据信就是天蓝色。在脉轮的这个层次上,坐落着自我表达的能力和创造力。其主导感官是听觉,而听觉乃是最高级的感觉,而脉轮的其余两个层次同感官不再有联系。而听觉的要素乃是天蓝色的清虚(ether)。因而,一点也不意外,诗人相信,天蓝色的清虚流淌在他们的血管中。脉轮色谱第六层为靛蓝色,位于眉心,催生出超自然的强力。而病态则同更高层次脉轮的不平衡态相关,其中就包括灵魂出窍和身心迷狂的情绪。靛蓝近乎紫罗兰,那是佛家之花——莲花的色

---

① 萨义德:《东方主义》,王宇根译,北京:三联书店,2007年版,第149页。

泽。《奥夫特丁根》中,诗人克林索尔之女玛蒂尔德就被形容为蓝宝石。"亲爱的玛蒂尔德啊,我可以称你为珍贵的纯色蓝宝石么?"基督教思想家宾根(Hildegard von Bingen)同样也对蓝色情有独钟,她认为耶稣基督的慈悲恰如宝石蓝色笼罩着芸芸众生。在宾根的色谱上,一切色彩的原色不是白色,而是蓝色。①

蓝色还让人联想到面纱隐喻。面纱悬在自我与意识之间,威廉·布莱克称之为知觉之门,严实地遮蔽着循规蹈矩的日常意识。在灵感涌流的时刻,艺术家与诗人发现自己心灵之中的能源顺着几乎透明的面纱渗透眼前的万物。圣经传说以及种种迷人的童话也让人确信,人类一无例外地被诱惑,总是对隐秘之物和禁忌之物常怀好奇之心。昂德希尔写道:"人称真理为伊西斯,所以凡夫俗子总会钟爱这位戴着面纱的女神。"②席勒的塞斯女神颂中,伊西斯的秘密被留给了想象,而诺瓦利斯的《塞斯的学徒》中,伊西斯的秘密就是自我的秘密,这一发现令人惊奇。《塞斯的学徒》中,夏青特和洛森绿蒂的童话同样也描述了掀起面纱目睹爱侣芳容的情节。有面纱即有隐秘,所以人人都会对面纱之后隐藏着的东西浮想联翩,心襟摇荡。但诺瓦利斯在小说中扭转了好奇心的指向:面纱遮蔽的秘密不是他人,而是我们自己。虚幻自我就是一层面纱,掀开这层面纱,我们就破解了自身的秘密,而找到了真实的自我,皈依于天堂。这就像佛家破我执而获觉解,最后进入色空不二、观照凌虚的境界。

浪漫的蓝色之花,常是自我摧毁的对象,而非独立的实在。蓝花还是一种临水见影而顾影自怜的美,散发着致命的诱惑。归根到底,蓝花代表着诺瓦利斯自己及其憔悴的渴慕。将少女面相的类似神意投射于花容之中,这种阴柔性便是玛蒂尔德,蓝宝石,或者任何一位女性的象征。传世的诺瓦利斯画像,也确实散发着这种阴柔、温馨以及难以言喻的神秘。蓝花的诱人之美以及迷人之魅令他梦系魂牵,这种美与魅终归牵扯着他回归一己,归向万物之始。"花与儿童一模一样。"因而,我们通过花朵而联想到了青春、转折与创造。花朵,以及含

---

① eronica G. Freeman, *The Poetization of Metaphors in the Work of Novalis*, New York: Peter Lang, 2006, pp.113-114.

② Evelyn Underhill, *Mysticism: A Study in the Nature and Development of Man's Spiritual Consciousness*, 12th ed. New York: Meridian, 1995, p.3.

苞待放的花蕊,已经蕴涵着生命的魔力。我们看到,生命的魔力,灵知的奥秘,集结在万物之开端:"我们发现,无限生命的丰盈的财富,较晚的时代的强悍势力,世界终结的荣耀和万物的金色未来,在此依然紧密地交织在一起,但最清晰的则是,一切正在变得娇嫩年轻。"随后,亨利希朝着云彩遥遥注目。他以为,云彩之上便是失而复得的乐园,以及第二度更崇高的童年。他的浪漫想象依旧奔流不息,认为云彩润泽大地以仁慈,浇灌大地上的花朵,造就一切真实的美与想象的美。主宰着乐园之中的黄金时代者,乃是无上荣耀的自由,因而没有道德约束和古典的形式强制窒息自然的节令。但是,超心理学家威尔伯却对浪漫主义者所呼召的理想乐园景观持有异议。他写道:

> 为了找到一种更纯洁的实在,一个更真实的自我,一种更真诚的情感,以及一个更公平的共同体,我们必须首先归向一个"文化的犯罪世代",重新发现一段历史的往昔——在这段历史上,犯罪尚未发生。只要发现了丧失的乐园,我们就必须将源始的根本的纯朴的生活方式转化和吸收到现代世界之中,从而将之作为一项社会纲领,让失而复得的乐园成为希望之乡,应许之地。①

在《灵眼》(*Eye of Spirit*)中,威尔伯又指出,浪漫派的信仰迎合了这么一种想法:儿童生而就是无意识的整体,而决裂了理性的强制。可是,浪漫主义意识却离弃了这个无意识的整体,而绝命地要求回归到意识整体。这个意识整体,也同样是被重访的源始状态。质言之,浪漫意识在更高的层面上重新夺回了源始根基,正如庄严论者(elevationalist)力求将高级功能解释为低级功能。诺瓦利斯的诗文表明,他在艺术家的创造层面上瞩望乐园,但乐园于他永远是一个遥远的境界。在慕悦的层次上盘桓流连,这就是他的苦恼。这么一种精神境遇部分地缘于他的朋友小施莱格尔的影响。绝无仅有,施莱格尔乃是公开宣称理想境界永远不可实现的哲人。蓝花究竟象征着什么?解释纷纭,是为诗无达诂。虽然确定无疑地象征着黄金时代的忧乐圆融,但它也可能代表任何一种浪漫境界。诺瓦利斯渴望体验圆满,可他的体验总是被粗暴之物截断。譬如说,设若玛蒂尔德没有从他身边被强

---

① Ken Wilber, *A Brief History of Everything*, Boston: Shambhala, 1999, p.289.

行夺走,他就能体验到降临大地的诗歌王国。目之所遇,味之所品,耳之所闻,鼻之所嗅,身之所触,对于其慕悦的对象无论是多么热切多么动情,虽然希望的神国叠影着蓝色的花容,这个神国都永远逃逸在他之外,可远观而不可通达。诺瓦利斯的信心寄寓在拼图、断章以及未完成的交响乐之中。读读下面一则断章,即不难理解,在诺瓦利斯看来,人类之鹄的,却非归向黄金时代:

> 世间生命永无止境——因而我的思想不可能终结多种多样的关联,不能通达思想的闲散无聊状态——它显现黄金时代——但它不会终结万物——人类的鹄的不是黄金时代——他必须永存,作为一个美的和谐个体而存在,并永远如此。①

这则断章准确无误地告诉我们:诺瓦利斯从根本上相信,他的探索永无止境,也不可能完结。做人欲达至善至美,则必须永远对超越之物保持眷注。

异邦人渴望还乡,而故乡让灵魂憔悴。对浪漫派而言,家园和蓝花一样飘忽。诗人克林索尔的世界流布一种强力的暗示:亨利希依然在诗学的王国酣睡,梦中也抵达不了他的诞生地。小说的间架叙述模型预表了亨利希的旅程,乃是从东方经过耶路撒冷还乡,最后归向西方。亨利希一踏上精神之旅,就好像行走在沙漠,归乡之路不止一条。整体意识的目标可能为一,而通达这个目标的道路则有多条。一如《塞斯的学徒》之中的导师,他启发弟子们各自寻找一条归向同一家园的路。这就是一种共同的神秘教义:众多道路敞开,但你们还是要走自己的路。"他希望我们走自己的路,因为每一条新路都通过新的国度,而每条路最终都通往这住宅,通往这神圣的故乡。"《塞斯的学徒》结束于一条圣训:撩起面纱,超克愚昧,进入崇高的生命王国。这个王国乃是神秘主义者所向往的天国。作为神圣的故乡,它是一个善恶相待忧乐圆融的国度,而不是灭绝一切邪恶将善性臻于至境。如果仅有真善美,那就不是道法自然。凝神注目于两极之一,比如想象那种无幻之真、无恶之善以及无丑之美,也不能化解那些永恒的对立。圆融

---

① *Novalis Schriften*, *II Das philosophische Werk*, ed. Paul Kluckholh and Richard Samuel, Stuttgart: Kohlhammer, 1977-, p. 269.

本身就假设了可见的差异及其引发的分崩离析。整体是一个完整的要素,用威尔伯的比喻,不妨说整体就是一重波浪,有波峰就有浪谷,波峰即上溯空性,而浪谷是下及万有。波峰存在于同浪谷的平衡和谐之中。在体验天堂之前,人类必经地狱与炼狱,最后才体验到真实的实在。心理分析主义者拉康几乎用佛家的词语描述了这等悖论:追求和超克匮乏,我们度过此世此生。浪漫主义作为一种感性的宗教,同心理分析理论暗合,且同佛家救赎说法遥契。浪漫的渴望之本质在于,复活我们心中源始的天堂,以创造性语言想象出一个间架,将不可能之物变成可能。因此,浪漫的慕悦,乃是一份对于不可能之物的激情。

诺瓦利斯的生命就是对不可能之物的激情的象征。诗人命短,红颜命薄,他们注定熬不到成熟,发挥其含苞待放之花的潜能。诗人顾影自怜,美化童年,将他自己神秘的醒悟之本质与青春、转折、创造的本质对应起来思考。"人类学。孩童反抗成熟——花对果的抗拒——春对秋的抗拒。"①不是观其成熟性的渐次展开,诺瓦利斯相信我们生而就领纳了一切,因此生而就必定有理想。时光悠悠,岁月无痕,人只不过是不断地离开这理想渐行渐远而已。在天国的中心,尚有挚爱之物。诺瓦利斯凭着这种想法而聊以自慰。"每一个挚爱的对象都在天国的中心。"②这是一份珍贵的记忆,更是一份神圣的渴念。

这是一种存在的分裂激起心灵的渴念———一种对神圣的慕悦(Sehnsucht nach der Deus)。对于浪漫主义的慕悦,对于德意志唯灵主义的炽热心灵,谢林的哲学沉思深深地发掘到了其终极的渊源。谢林将这种神圣的慕悦称之为"渴望"(Sehnsucht),但它不是一般的渴望,而是一种令灵魂憔悴的渴望,其根源在于存在(Wesen)与根据(Grund)之间的分裂,人对神圣的离弃。谢林写道:

> 如果我们想要从人的角度来理解这个本质,那么我们可以说,它是永恒的太一感到要把自身生育出来(sich selbst zu

---

① *Novalis Schriften*, *III Das philosophische Werk*, ed. Paul Kluckholh and Richard Samuel, Stuttgart: Kohlhammer, 1977-, p. 260.

② *Novalis Schriften*, *II Das philosophische Werk*, ed. Paul Kluckholh and Richard Samuel, Stuttgart: Kohlhammer, 1977-, p. 433.

gebären)的渴望(die Sehnsucht：Languor, languishing, longing, yearning)。渴望还不是永恒的太一自身,但与太一一样是永恒的。渴望上帝,也就是意欲生育出这个无底的统一性,但在此限度内,在渴望自身中这个统一性尚不存在。①

谢林所描述的"渴望",勃兰兑斯从《奥夫特丁根》之中读出的浪漫主义"憧憬",诺瓦利斯用"蓝花"象征的诗心与神韵,都是那种对神圣的无限的绝对之物的慕悦。存在与根据的分裂是铁一般的运命与律令,俗世间的存在者就不可避免地感受到忧郁、痛苦,无限憔悴。然而,这是一种神圣的激情,一种慕悦神圣的憔悴。这份悲情无限蔓延,整个自然世界都广披忧郁的面纱。此情无计可消除,浪漫的欢乐必然伴随苦难,而苦难在欢乐中得以升华。古典学家柯雷尔(David Farrel Krell)细绎谢林的文本,对词汇考镜源流,不无道理地指出,"渴望"一词歧义迭出,可谓"诗无达诂":传染、疾病、蔓延、困乏、悲伤、苦难、精神抑郁、情绪低落、萎靡不振、枯竭无能……然而,在浪漫主义的神圣慕悦之中,有一种基本精神隐藏其中,那就是性爱所象征的炽热激情。因爱与渴慕而生的烦恼,或者情爱所致的忧伤与苦痛,都是神圣慕悦题中之意,色情意味不证自明。罗兰·巴特在奇书《恋人絮语》之中,专设断章抒写"爱的憔悴/渴念/慕悦"(Love's languor)。柯雷尔以此断章所用典故为线索,在笛卡尔、歌德、萨德和欧里庇得斯等人的文本之中去寻绎"神圣慕悦"的踪迹。他最后得出的结论,为我们更深层次地理解诺瓦利斯的诗人慕悦与自然象征主义提供了一个哲学的视角。"在西方思想传统之中,也许除了荷尔德林之外,没有人比谢林更能彻底地理解神圣的代价,人类为通达灵魂不朽所付出的代价;这种代价乃是'慕悦/渴念/憔悴/激情'之类的言辞所下达的专制令。"②

然而,柯雷尔紧紧抓住谢林,却将诺瓦利斯轻轻放过。事实上不妨说,除了荷尔德林之外,没有人能比诺瓦利斯更彻底地以自然象征主义的方法呈现神圣的代价,人类为通达灵魂不朽所付出的代价。在

---

① 谢林:《对人类自由的本质及其相关对象的哲学研究》,邓安庆译,北京:商务印书馆,2008年版,第72页。

② David Farrel Krell, *The Tragic Absolute：German Idealism and the languishing of God*, Bloomington and Indianpolis：Indiana University Press, 2005, p.89.

小说的第二部分开篇,诺瓦利斯对一个沉思的朝圣者的描写,令人刻骨铭心地见证了神圣的代价,浪漫诗人慕悦的绝望境界:

> 可怜的朝圣者想起过去的时代及其难以言表的喜乐——可是这些珍贵的回忆多么黯淡,一闪而过。宽宽的草帽遮住了青春的面孔。它很苍白,像一朵黑夜之花。年轻生命的香膏蜜汁化作了泪水,潮水般的生命气息化为深深地哀叹。一切生命都褪败了,只剩下一片骨灰般的惨白。①

"蓝花",香满乾坤,神韵动人,不可方物,然而凡夫俗子不得一见,血肉之躯不可亵玩。她绽放在爱人心里,永驻在神圣的诗国,只有全心全意地爱,方可知其奥妙,得其天真。然而,慕悦之境何时是个尽头?梦中之花,何处得以采摘?所以,少年诗人忧郁成疾,整个诗的世界也满目悲风。

四、中西慕悦——从比较文学的观点看

临近结束,容许我们从比较文学角度思考两个问题:一是中国抒情诗学中的慕悦;二是"蓝色"的象征意义。这两个问题,同自然象征主义休戚相关。

关于中国抒情诗学之中的慕悦之境,钱锺书先生有明确的论说和适切的类比。② 他指出,《诗经》之"蒹葭""汉广","二诗所赋,皆西洋浪漫主义所谓企慕(Sehnsucht)之情境也。"

> "所谓伊人,在水一方;溯洄从之,道阻且长;溯游从之,宛在水中央。"《传》:"一方,难至也"。按《汉广》:"汉有游女,不可求思。汉之广矣,不可泳思。江之永矣,不可方思。"陈启源《毛诗稽古编》论之曰:"夫说之比求之,然惟可见而不可求,而慕说(悦)益至。"

钱锺书引海涅、维吉尔、但丁、德国古典民谣以及近代法国诗人的诗歌、哲理金句种种,参证中国典籍《易林》《搜神记》《史记·封禅书》

---

① 诺瓦利斯:《奥夫特丁根》,见《大革命与诗化小说》,第147页。
② 钱锺书:《管锥编》第1册,北京:三联书店,2007年版,第209—210页。

《杂阿含经》中类似境界,多层次地阐释中西慕悦之诗学境界:

> 海涅赋小诗,讽喻浪漫主义之企慕(Sehnsüchtelei),即取象于隔深渊(ein Abgrund tief und schaurig),而睹奇卉,闻远香,爱不能即,愿有人为之津梁(kannst du mir die Brücke zimmern?),正如可见而不可求,隔河无船。

不难看出,钱锺书所引的海涅之诗词,讽喻目标正是诺瓦利斯的蓝色掌故花。浪漫诗文与抒情传统,皆取象于深渊,寄意于境外,意旨遥深,流兴不息。这一点无古今中外之分,也无诗文流别之判,"抑世出世间法,莫不可以'在水一方',寓慕悦之情,示向往之境。"引庾信《哀江南赋》那千古动情之叹,钱锺书率性抒写了浪漫主义的炽热激情:"况复舟楫路穷,星汉非乘槎可上;风飚道阻,蓬莱无可到之期。"然而,中国抒情诗学与浪漫主义的慕悦诗学之间有一个不可小觑的差异:抒情诗学张扬的是人间之情,渗透着人文化成的道德关怀,而德国浪漫主义的慕悦诗学倾心于超验之境,被笼罩在宗教信仰的神秘氛围之中。

关于"蓝花"之蓝色的象征意义,我们只能跨越浪漫主义传统界限在其他国别的文学作品之中寻求参照,摘引诗文来,略作猜测,尤其意欲突出"蓝色"的宗教末世论含义。

托尔斯泰的《战争与和平》中,塔莎娜在和她母亲谈心时评价两位男性,说其中一个是"蓝色的,深蓝中带红的颜色",这个"深蓝色"作为修饰语出自女性之口,显然含有渴慕之义,同浪漫主义的修饰语诗学,以及基督教世界观有着剪不断的内在关联。

法国象征主义诗人兰波(Arthur Rimbaud)在一首题目为《元音》("Voyelles")的奇特诗歌之中写道:

> O,至上的号角,充满奇异刺耳的音波,
> 天体和天使们穿越其间的静默:
> 哦,奥美加,她明亮的紫色的眼睛。①

这么一种抽象的诗句,却明白无误地传递着性爱的慕悦及其神秘含义。

---

① 飞白编译:《诗海:世界诗歌史纲·现代卷》,桂林:漓江出版社,1989年版,第923页。

电影艺术大师基耶斯洛夫斯基(K. Kieslowsky, 1941—1996)《爱情三部曲》之《蓝色》(1993)中的蓝色影像就是一种"想象的能指",将主人公的悲情净化在宗教的安宁之中:

> 已故音乐家的居室是蓝色的,游泳池里的水是蓝色的,悬挂的各种装饰是蓝色的,遭受伤逝苦痛打击的女主人公朱莉的幻觉空间也是蓝色的。蓝色影像弥漫整个影片,而超越了真实生活时空的色调,浸润着女主人公身心,悲情与欲望构成了这个想象能指的"内涵"。不仅如此,蓝色还是法国国旗的象征意义之一,在电影中代表女主人公走出死亡的阴影,征服哀悼的悲情,一往无前地追求爱情的自由,而这种大写的人性渴望构成了这个想象能指的"神话"。

最为临近诺瓦利斯的德国诗人特拉克尔(G. Trakle, 1887—1914),在其诗歌《致早逝者》当中延续着浪漫主义的神圣慕悦传统,将"蓝色"的象征意义同西方文化没落和基督宗教的末世论意义关联起来。他写过一首诗专门献给诺瓦利斯,可谓孤魂相交,灵犀相通:"安息在透明的大地,神圣的异乡人/上帝从他黑暗的唇边取走了哀怨。/他在血液中湮沉/胸中渐渐止息/弦乐轻柔的拨奏,/春天将棕榈叶抛撒在他面前。/踯躅的脚步/他沉默地离开了夜色朦胧的小屋。"[①]哲学家海德格尔的阐释,探入了浪漫主义传统的内脉,尤其深得慕悦诗学的神韵。

致一位早逝者

啊,黑色的天使,悄悄走出树干,
当我们还是蓝光幽幽的水井边
暮色中宁静的玩伴。
我们步履轻松,圆圆的眼睛没入秋天
褐色的悲凄
啊,星星紫色的甜蜜。

而那天使走下修士山的石阶,
面带一丝蓝色的微笑,诡异如蛹,

---

① 特拉克尔:《诗集》,先刚译,上海:同济大学出版社,2004年版,第180页。

> 自闭于他更寂静的童年中去,死去;
> 花园里留有朋友银白的面容,
> 它在葡萄叶或古老的岩石中静静地倾听。
>
> 灵魂歌唱死亡,肉体绿色的腐烂
> 而森林中的轰鸣
> 是野兽激烈的哀怨。
> 朦胧微光的尖塔上总是传来黄昏
> 蓝色的钟声。
>
> 时辰已到,那天使看见紫色的阳光中的阴影,
> 枯枝头腐臭的幽灵;
> 傍晚,当乌鸦在闪烁的墙角婉转低鸣,
> 早逝者的魂灵在小屋中静静显现。
> 啊,鲜血,涌出发声的咽喉,
> 蓝花;啊,炽热的泪水
> 在彻夜的哭泣中淌流。
>
> 金色的云朵和时间。居孤寂之所
> 你更频繁地邀请死者诸友,
> 伴其榆树林间亲密的交谈
> 你沿着绿色的小河往下漫游。①

特拉克尔对蓝色着迷,蓝色的诗句充盈着他的诗篇:

> 蓝色的花,/在泛黄的岩石中轻轻地发出鸣响。(《神化》)

> 鱼和兽,疾速地一滑而逝,/蓝色的灵魂,昏暗的流浪。/很快使我们与爱人、与他人分离。/夜晚变换着意义和图像。(《秋天的灵魂》)

> 噢,路,顺着这蓝色的沙,暗暗而下。/……画眉鸟呼唤着异乡者走向没落。(《梦中的塞巴斯蒂安》)

> 莽莽丛林,笼罩着的宗教的蓝光渐渐变成朦胧一片……(《梦

---

① 特拉克尔:《诗集》,先刚译,第123—124页(少数诗句略有调整)。

中的塞巴斯蒂安》)

这绿色的夏夜变得如此轻柔,/异乡人的脚步回荡在银白色的夜空。/一只蓝色的兽怀念它那羊肠小径,/怀念它宗教之年的悦耳之声。(《夏末》)

在神圣的蓝光中,闪光的脚步声继续作响。

蓝光圣物……感动了赏花人。

……一张兽脸,
为这蓝光,为它的神圣所惊呆。

海德格尔对于特拉克尔诗歌的阐释,从诗中的语言开始,渐渐沉入到诗中"孤寂的异乡人"的渴念与憔悴之中。① 那个早逝者的形象,令人想起诺瓦利斯浪漫慕悦的对象——夭折的少女索菲。海德格尔解读的要点为:

异乡人即孤寂者(Ab-geschiedeue),他被呼唤而走向了没落,那是"宗教之年"的没落。孤寂不是存在,而是一种更纯粹的精神,以"蓝色"为标志的纯粹精神。诗歌的语言从过渡之中"道"说,语言像一条小径,从向衰败者的没落中过渡到圣物朦胧的蓝光中。这是特拉克尔唯一的以"诗的语言"为主题的诗篇。语言在过渡之中,"道"出并且穿过了宗教之夜晚的"夜池塘"。这语言属于漫游在大地上的异邦人,吟唱被分离的还乡之歌。异邦人的还乡,迥异于奥夫特丁根的还乡——前者是从腐烂的后期返回到更宁静的尚未出现的早先。在这个语言中,"路途"得到了表述。通过这路途的呈现,孤寂异乡人的宗教之年发出了悦耳之声,在诗歌中被有声有色地表现出来。

然而,早逝者在没落中进入的土地,乃是傍晚的土地。傍晚的土地,古人称作"夕阳之国",或者称为"西方"。将诗人特拉克尔那首唯一的诗,集中于自身中的那个"场所"之位置,便是被孤寂的本质所占有的位置,并且它被称作"傍晚的土地"(Abendland)。这片傍晚的土地比柏拉图—基督教的土地以及欧洲观念的土地更老、更早,因而也更有希望。因为被孤寂是一个上升的"世界之年"的开端,而不是衰败

---

① 海德格尔:《诗中的语言》,倪梁康译,见刘小枫主编:《20世纪宗教哲学文选》,上海:上海三联书店,1994年版,第1326—1381页。

的深渊。

　　特拉克尔的诗,歌唱"深切的无历史的命运",歌唱着灵魂之歌。灵魂是大地上的异乡人。大地是还乡的种类的更宁静的家园。而灵魂在大地上流浪。因此,在海德格尔看来,蓝色之慕悦,不是浪漫的咏叹,而是对于无命运的未来、对于衰落的大地的警告。特拉克尔直追诺瓦利斯而去,期待一种蓝色宗教之年的救赎。这是一种浪漫的世界主义,或者说普世的审美宗教。

文学的绝对

——从浪漫主义到解构论

"文学的绝对"(the literary absolute),是指文学的自律及其独特使命的自觉。南希(Jean-Luc Nancy)用这个术语来描述德国早期浪漫派的文学观念。在媒介文化日益拓展疆域和全球化理论空前占据话语霸权地位的语境下,反思"文学的绝对"及其由浪漫主义到解构论的逻辑行程,可能为文学在文化系统中定位以及反思文学的当代命运提供一种可能的视角。

德国早期浪漫主义的文学观,乃是文学在19世纪欧洲文化语境下的自我发明,随后演绎出了文学获得美学(感性)品格,并让位于哲学,哲学最终屈从于宗教的悲剧性的命运。文学即观念之象征,象征为悲剧的肉身化。

从"绝对性"视野及其"奥伏赫变"(Aufhebung)的逻辑行程看,文学的绝对即观念的绝对,观念的绝对乃是悲剧的绝对。德国早期浪漫主义文学的自觉,凸显了体系与自由的矛盾、命运与个体的冲突。F.施莱格尔的"浪漫诗",诺瓦利斯的"世界浪漫化",谢林的"自由"与"观念世界史"的悖论,不仅为文学的绝对提供了观念的宏观架构,而且为文学的绝对之自我解构预留了不可逾越的界限。

20世纪中期,德里达一方面重述了"文学的绝对",将文学描述为"随心所欲,畅言万物"的奇特体制,另一方面又解构了"文学的绝对"("百科全书式书写")之深层的逻各斯原动力,从而预示着文学自律性在媒介文化中的自我崩塌。文学的绝对再度演绎为悲剧的绝对,但肯定了文学永远不会封闭和终结的命运。

一、重审文学绝对性问题的背景

第一,文学的地位之争由来已久,"文以载道""寓教于乐",这些命题表明文学从来就没有成为"绝对"。柏拉图反对诗人的理由,在某种程度上是对诗的绝对地位的质疑。第二,文学的自律,始终是一个理论上的设定,但在实践中从来就缺乏可行性。文学,或者说诗性,总是受到伦理、政治的纠缠。"政治无意识",或者"文化无意识",成为文学他律论的隐秘表达。微言大义,总是诗难以承受的重负。第三,全球化时代"文学的终结论"将文学拖向了相对论的深渊,自律性似乎万劫不复。2003年美国比较文学学会的一份学科评估报告竟然指出,由形式主义滥觞和由解构主义集大成的"文学性"(或者文学语言性)研究招致了文学批评的弱势,而引发了批评家的天生焦虑。① 传统人文主义文学批评被妖魔化,人称自由人文主义的史前逃龙。该报告断言,文学性并非文学的固有属性,而是随着语境而不断地消解其意义,因而将文学性置于学科的中心必然是一个虚拟的模式。在虚拟的学科模式下,文学性全然是相对的东西,而其自律性荡然无存,古典人文主义的尊严与荣耀风流云散。

二、"文学绝对性"概念出场的历史语境

第一,从一般思想史或者观念史的角度看,18世纪末到19世纪初的德国早期浪漫主义,乃是欧洲文化历史盛期的标志。在各个文化领域(哲学、诗歌、绘画、音乐、建筑等),欧洲文化所表现出来的强力意志与创造精神,可堪比之于古典时代的雅典。而且在一定程度上,德国早期浪漫主义乃是以古希腊为范本摹制自己的文化的,随之一种希腊主义文化在欧洲蔚然成风,构成了欧洲现代性的内在精神气质。第二,从特殊民族历史的进程看,我们不难从德国早期浪漫主义文化运

---

① Haun Saussy, "Exquisite Cadaver Stitched from Fresh Nightmare: Of Memes, Hives, and Selfish Genes," in *Comparative Literature in an Ages of Globalization*, ed., Haun Saussy, Baltimore: The Johns Hopkins University Press, 2006, pp.3-42.

动中探测出"德国特有的现代之路",甚至还可以探测出"从谢林到希特勒"(卢卡奇语)的命定历史之起点。普世主义与民族主义互为面具,为总体思想自我构造和民族身份建构提供了精神图腾。总体艺术作品成为文学(诗)的神话,散播着文化民族主义、政治极权主义意识形态的种子。第三,具体到美学和哲学思想领域,在早期德国浪漫主义的思想巨子和文学天才的著作中,我们不难发现一种堪称"悲剧绝对性"的双重运动。一方面,古希腊悲剧占据着绝对的地位,悲剧氛围与忧郁情致不仅笼罩着文学理论和一般的美学思考,而且深深地浸润着形而上学和道德哲学;另一方面,一脉流传地被定义为"无源无主,自有永在,不以时间为转移,自我肯定"的形而上学绝对性或者本体神学的绝对性,而今却不得不经历一场悲剧性的命运逆转。这场悲剧性的逆转不妨描述为"悲剧在美学中上升,而绝对在形而上学中悲剧地陨落"。谢林、荷尔德林、黑格尔苦心经营的"绝对"直落绝境,而灾难深重。恰恰就是在玄学与美学、本体论与文学论的交汇处,文学的绝对性与悲剧的绝对性出场了。①

三、无法逃脱的康德,无法规避的《判断力批判》

康德的《判断力批判》筚路蓝缕,开创了美学,设定了美学基本命题,但他仅仅是为了添加一种判断力来完善批判哲学体系,因此,他本人对真正的美学既无兴趣,又没有能力处理实质的美学问题。康德及其后学仍然不可能沿着不同的途径去研究美学和形而上学,同样也不可能超越本体论和文学论的交汇点。因此,悲剧的绝对也就成为文学的绝对。悲剧对文学和美学反思的意义被绝对强化,但一切绝对性形而上学的命运也就成了悲剧的命运。

康德缺乏符号实践,也鲜有现实关怀,因而没有具体地思考"文学的实在性"。虽然没有从理论上探索"文学的绝对性",以文学的方式将思想与存在统一起来,但他在阐述审美观念概念时反复论述了诗与象征。诗歌被视为一种不可还原为纯粹物质或纯粹形式的"物质实

---

① David Farrel Krell, *The Tragic Absolute: German Idealism and the Languishing of God*, Bloomington and Indianapolis: Indiana University Press, 2005, pp.1-3.

在",即一种理想的境界。康德的理想境界乃是一种"政治批评"(利奥塔语),事关正义和终极目的论,而康德的诗学也就必须被理解为一种"实践的哲学象征"。这种诗学代表了符号化的象征,因而最为合适地完成了哲学象征的使命。作为实践的哲学象征,康德的"诗学"概念的含义在于:即便是独立于经验而努力思考自身之时,哲学也完全不能独立于其他领域而自我思考;不仅如此,还必须依据一种对诗和语言的特殊理解,来反思哲学与物质实在性的关系。在康德对"审美观念"的思考之中,德国早期浪漫主义的"文学绝对性"概念脱颖而出了。

四、审美观念——文学绝对性的雏形

审美观念类似于德里达的"文学之理想"。第一,精神与物质实在性的融构,通过符号将精神物质化和物质精神化。

> 在审美的意蕴之中,精神可谓心灵之气韵生动的原则。但这项原则之所以令心灵气韵生动,乃是因为它征用于此的物质材料,将心灵诸力合乎目的地置于生气活跃的状态,亦即置于游戏状态,它不仅自动自我维持,而且还强化心灵的各种力量。

> 故此吾人主张,此项原则非他,正是将诸种审美观念表现出来的能力。但吾人将审美观念当作想象力的表象来把握——它引发许多思想,却并不对应于任何一种确定的观念或者合适的概念,因而没有任何语言完全能框范它,以及使之完全得以理解。(KU,49)①

第二,审美观念所规定的直观/概念关系的颠转,过渡的思想,思想作为过渡。无限的激情源自命运之爱。

> 在普遍已极的意义上,观念就是依据某种主观或客观的原则而与一个对象相关的表象。不过,这是就这些表象永远也不能成为这对象的知识而言的。这些观念,要么是按照各种知识间(想象力和知解力之间)协和一致的纯粹主观性原则而与一个直观相

---

① I. Kant, *Critique of the Power of Judgment*, trans. P. Guyer, Cambridge: Cambridge University Press, 2000, p. 192.

关,这时它就被称为审美观念;要么就是按照一个客观原则而与一个概念相关,但它永远也不能成为一个对象的知识,这时它就被称为理性观念。在后一种情况下,这个概念就是一个超验的概念,与知识概念完全不同,知性概念任何时候都能得到一个与之适当地相应的经验的支持,因此,这个概念被称为内在的。

一个审美观念不能成为任何一种知识,原因在于它已经是一个(想象的)永远不能找到一个概念与之相适应的直观。一个理性的概念决不能成为知识,原因在于它包含了一个(有关超感性东西的)永远不能提供一个直观与之相适应的概念。(KU,57)[①]

非知识的审美观念,是一种绝对的玄设,心灵的纯象,或者象征的母体。对文学之绝对性的激情,乃是一种不可能的激情。在追寻真理的漫漫征途上,哲学不只是智慧之爱,更是命运之爱,即对无限绝对的渴望。浪漫主义追寻的真理,就是那种令人憔悴的渴望。"我们到处寻求绝对,可是只找到了万物"(诺瓦利斯),对绝对的激情,对不可能之物的激情,因浪漫主义而空前强化,以至于成就了一种悲剧的绝对。

第三,思想超越语言,诗学通往超感性境界。康德通过审美观念和诗学讲述了复活与牺牲的历史,即文学绝对性伸展和收缩的节奏,人文性的堕落与拯救的节奏。康德的诗学与否定神学具有同样的理路。

在一切美的艺术之中,诗艺保持着至高无上的地位。它将自己的渊源几乎完全大白于天下,并起码要借着规范或范本来指引。它把想象力置于自由之中,并在一个给定概念的限定之内,在可能与之协调一致的那些形式的无限多样性之间,呈现出一个把这个概念的具体化与某种观念的丰盈度联系起来的形式,这些观念的丰盈度是没有任何语言表达与之完全适合的,这些形式就通过审美把自己提升到理念王国。诗艺以这种方式拓展了心灵境界。同时,诗艺也加强了心灵境界,则是通过它让心灵感到自己自由的独立和不依赖于自然规范的能力,即把自然按照其外

[①] I. Kant, *Critique of the Power of Judgment*, trans. P. Guyer, Cambridge: Cambridge University Press, 2000, pp. 217-218.

观来作为现象观看和评判的能力。这些外观并不自然地存在于经验之中,不论是对感官还是对知性,自发地呈现出来,因而这能力也就是自然作用于超感性之物的目的,并仿佛用作超感性之物的图型的能力。(KU,53)①

通往超感性境界的审美观念,成就了批判哲学视野下的诗学。诗艺将心灵从规定的重轭之下绝对完全地解放出来,使一种不再参照经验或理性之法则的对自然的判断成为可能,因而就可能架设通往超感性境界的津梁。诗艺不能还原为任何概念,因而它就是思想逾越语言的力量之所在。诗艺,在逾越语言之时作为一种语言而呈现。在康德看来,诗艺与修辞赋予了精神以物质生命,复活了精神,同时又宣称语言躯体死亡,为更高的精神境界做出牺牲。作为一种无论如何都不自暴自弃而自我超越的物质实在性,语言赋予了绝对以生机盎然的形式。

五、文学绝对性的含义及其理论结构

文学自律性的构想萌芽于康德的美学,但其精确的构想却要等待德国早期浪漫主义的到来。浪漫主义标志着"文学作为文学的发明"(invention of literature as literature as such)。浪漫诗,乃是不断进化的宇宙之诗(F. 施莱格尔,《雅典娜神殿片段》116)。在这个意义上,浪漫之诗,开始窥透文学的本质,文学之物引发了创造性真理本身,由此还引发了自身创造的真理,即自动创造之诗。"自动创造构成了思辨绝对性的终极境界和封闭形态——如果此言非虚,那么浪漫思想就不仅导致了文学的绝对,而且文学就是绝对。浪漫主义,乃是文学绝对性的滥觞。"②然而,"文学作为文学的发明",却必须追溯到德国启蒙思想家赖马鲁斯(Samuel Reimarus),而赖马鲁斯对浪漫主义诗人诺瓦利斯产生了不可估量的影响。赖马鲁斯注意到了某些渗透到了哲学

---

① I. Kant, *Critique of the Power of Judgment*, trans. P. Guyer, Cambridge: Cambridge University Press, 2000, pp. 203-204.
② Philippe Lacou-Labarthe & Jean-Luc Nancy, *The Literary Absolute: The Theory of Literature in German Romanticism*, trans. P. Barnard and C. Lester, Albany: State University of New York Press, 1988, p. 12.

思维过程之中的不确定要素,然后称之为"发明的要素"。

>所谓发明,就是要趋近那些从前为思想活动所无法认知的知识……首先,发明者并没有获得通过机械运用规则、预先保证其研究对象而发现的东西,其次,我们也没有发明通过机械地运用一条规则而创造的东西。因此,我们不妨说,所谓发明,是指在我们以一种并不纯粹遵循预先所知的规则进行活动的方式而发现的某种先前不为我们所知以及在我们知识范围之外的东西。①

哲学研究和文学创造之共同点就在于这种"发明"——"自己设定规则,然后自己遵循。"正因为源自发明,所以哲学与诗一样荒诞,难以置信。"如果说,形式与材料的每一个纯粹任意的或纯粹偶然的结合是荒诞的,那么,哲学也同诗一样具有荒诞不经的事情。"(F. 施莱格尔,《批评片段》389)更精准地说,浪漫主义构成了一个开创的环节,在这个环节上,文学就是其自身理论的创造,理论就自认为是文学。甚而至于,谈到文学的发明,事实上就是描述一种形而上学,文学的自我理论化等同于形而上学作为文学而存在。只要文学作为其自身的理论化而存在,文学本体论就和思想本体论难解难分。文学将其自身理论化,就自我封闭,一如自我包容,其结果是在其自我关系之中排除了一切差异,文学作为其自我之思而自我同一。文学的绝对复活了同一的差异,单一之多元,自我确立为存在与思想、实在与理想、虚灵与真实的终极同一。它最终维持着充满"差异"的绝对理想主义结构,以至于绝对性在文学之中得到了最终实现。②

文学绝对性概念的基本结构包括:第一,进化的宇宙诗消解了科学与艺术的界限:"现代诗的全部历史,便是对简短的哲学文学的无休止注疏:一切艺术都应该成为科学,一切科学都应该成为艺术,诗和哲学应该结合起来。"(F. 施莱格尔,《批评片段》,115)第二,将诗理解为精神的物质生命,精神像火凤凰一样在牺牲的灰烬之中复活。第三,

---

① 转引自 Manfred Frank, "Philosophy as Infinite Approximation: Thoughts Arising out of the Constellation of Early German Romanticism", in Espen Hammer (ed.), *German Romanticism: Contemporary Perspectives*, London & New York: Routledge, 2007, p.302。

② 参见 Philippe Lacou-Labarthe & Jean-Luc Nancy, *The Literary Absolute: The Theory of Literature in German Romanticism*, trans. P. Barnard and C. Lester, Albany: State University of New York Press, 1988, pp.15-16。

以艺术来完成先验唯心主义体系,将文学绝对性推向最高境界,以同样的姿态将语言的物质实在排斥在绝对之外。第四,将哲学与艺术理解为一种绝对的行动,绝对的事件,绝对的表演,作为绝对行动的风格,呈现自由意志而摆脱血肉之躯的制约,从而凸显一种表演和交流的渴望——同样是悲剧性的令人憔悴的渴望。

文学的绝对并不是绝对实现在观念的具体化之中,它同样表明绝对永远是绝对,在任何约定俗成的意义上,绝对都是不可以具体化的。在文学的绝对中,绝对依然是绝对。以物质实在性来打破思想与存在的绝对合一,让具体化的观念分崩离析,就是抗拒观念的物质化,或者说"冷却绝对性"(本雅明语)。"文学的绝对不仅恶化了总体之思和主体之思,而且使之登峰造极了。它使这种思想趋向于无限而平息了其歧义。这并不是说,浪漫主义本身并没有开始扰乱绝对,或者无论如何也没有继续消解绝对的作品。但重要的是去仔细区分这种微观而复杂的裂变符号,从而知道首先如何把这些符号理解为一种浪漫地而非怪异地理解浪漫主义的标记。"①

六、悲剧的绝对性

浪漫主义完成了绝对,但随即中断了绝对。因直落绝境而预示着解构,这就是绝对的悲剧。从诗学到美学,从哲学到宗教,从浪漫主义到黑格尔的绝对唯心主义,绝对性经历了自我扬弃,文学的绝对性转换为观念的绝对性,二者同时表现了悲剧的绝对性。

悲剧的绝对性,是一个超越矛盾修辞的词语误用。如果说,悲剧的绝对乃是绝对的一种终极可能性,那么,"悲剧的绝对性"就是一个混合的隐喻。隐喻,是一种危险的转换。它表明一切活着的岌岌可危,直到抵达最后的终点,直到完成他们的命运。埃斯库罗斯在《普罗米修斯》中让歌队咏叹:"人最好不要出生,即使出生也应该尽快死亡。"又在《欧米尼得斯》之中借雅典娜之口追问:"无聊的生命何时是

---

① Philippe Lacou-Labarthe & Jean-Luc Nancy, *The Literary Absolute*: *The Theory of Literature in German Romanticism*, trans. P. Barnard and C. Lester, Albany: State University of New York Press, 1988, p.15.

个尽头？"说人类拥有语言,也无助于克服悲剧。悲剧的歧义性就展现在语言之中。有时人们觉得,观众仿佛就是戏中人,因为他们从上而下地观照表演,能够理解舞台上女巫师的神谕之一切命定的口误和致命的解释。剧作家和观众并非真正是戏中人,悲剧必须告知我们：在人类生命、行为和言语之中有些晦昧不明和不可交流的阴影带。韦尔南指出,在悲剧之中,越来越清楚的是,事情一团烂泥,思想混沌不堪,谈话语无伦次,事态屡屡受挫,行拂乱其所为,而且更有自我分裂的剧中人尝试重整乾坤。①

悲剧的绝对性,乃是涵盖了人和神的忧郁面纱。在《神话哲学引论》讲演中,谢林论说：

> 世界之份额,人类的份额,本质上都是悲剧的份额。展开在世界进程之中的一切悲剧事件都无非是持续更新反复出现的宏大主题之上的变体而已。与一切苦难铭刻在一起的事件并非发生一次就完了,而是常常发生,永无止境。因为并非像当代一位诗人所说的那样,它是从未有过的事。它是常常发生,永远存在。"唯有它永不老去,万古长青。"②

而且,悲剧的份额也不局限于自然世界和人类世界。即便是绝对的幻影,鬼魂也无法逃避悲剧的份额。梅尔维尔写道：

> 亚哈认为,哪里会是一样,大大小小的不幸总是多于大大小小的幸福。要追溯这种无穷无尽的不幸的根源,最后会使我们走进那无源无主的神鬼阵里去；因此,不管那个喜洋洋的伏天的太阳,也不管那个小铙小拨似的浑圆的中秋月,我们都得承认这一点：神鬼本身并不是始终快快乐乐的。人类眉头上那颗抹不掉的暗淡的黑痣,原来就是那些独立宣言上签过名的人愁伤的印记啊！③

悲剧的绝对提醒我们重审关于整体性和主体性的一切思想,无论

---

① 参见 David Farrel Krell, *The Tragic Absolute: German Idealism and the Languishing of God*, Bloomington and Indianapolis: Indiana University Press, 2005, p. 15。
② 转引自 David Farrel Krell, *The Tragic Absolute: German Idealism and the Languishing of God*, Bloomington and Indianapolis: Indiana University Press, 2005, p. 14。
③ 梅尔维尔：《白鲸》,曹庸译,上海：上海译文出版社,2007年版,第106章。

是伦理学还是美学的宏大叙事,还是作为政治摹本的总体艺术作品。在解构思想的论域下,文学根本就不存在(德里达:《散播》),是一种人为发明的奇特建制,它允许任何人以一切可能的方式言说一切。对于任何一种宏大叙事,不论是传统教义还是现代意识形态,文学都不负有责任。文学的责任是释放一种表现性力量,呼唤事件的发生,预言弥赛亚的到来。因此,解构重述了浪漫主义开创的文学绝对性,延伸了悲剧绝对性。

忧郁的面纱笼罩憔悴的渴念

——早期德国浪漫主义绘画的风景略论

引言

德国浪漫主义视觉艺术(含雕塑、绘画、建筑艺术)大约出现在1796年到1830年间,这个时段恰巧同德国早期浪漫主义文化运动一致,并成为这场文化运动的重要构成部分。在早期德国浪漫主义哲学和诗歌中,自然及其风景的出现不是一种物质现象,而是一种属灵的存在。

所谓"属灵性",是指艺术之中所表现出来的那种超越物质而趋向于精神的性质。在《对人类自由的本质及其相关对象的哲学研究》中,早期德国浪漫主义文化的代言人谢林提出了两个关于"自然属灵"的命题。他首先提出,如果我们要从人的角度来理解世界的本质,那就必须说世界的本质是一种内在性,"是永恒的太一感到要把自身生育出来的渴念"①。但这种渴念是令人憔悴的渴念,因为世俗化进程无情地扫荡了自然的神秘与神圣意味,人与自然的对立取代了人与自然的圆融,而与此同时人也内在地经历着意志与理性分裂的痛苦。于是,谢林进一步提出,生命有限性的悲哀,源自对于无限神性的渴念,因而就有一种"广披于整个自然之上的忧郁面纱、所有生命都无法祛除的深沉忧愁"②。

---

① 谢林:《对人类自由的本质及其相关对象的哲学研究》,邓安庆译,北京:商务印书馆,2008年版,第72页,参照薛华先生的译本和 Jeff Love and Johannes Schmidt 的英译本,引文中的译文略有调整,下同,恕不一一注明。
② 同上书,第118页。

永恒的渴念,广披的忧郁,这便是书写在荷尔德林的《还乡》、诺瓦利斯的《夜颂》、F.施莱格尔的《卢琴德》之中的浪漫精神。"我遵从降临到我灵魂中的源于精神的形象"①,瓦肯罗德在《一个热爱艺术的修士的内心倾诉》中引用拉斐尔的话来表述浪漫主义视觉艺术的属灵性。本文尝试将浪漫主义文化运动作为一个整体来观察,以视觉艺术的属灵性作为视角,从而把握早期德国浪漫主义风景画中所呈现的渴念与忧郁,以及艺术主体所追寻的那一"悲剧的绝对性"。

一、"自然"如经典,风景是"发现"

风景作为一种自然现象,亘古有之,但它在相当漫长的历史时期内却没有作为精神现象进入文化空间。风景成为艺术的"第一主题"大约在中世纪晚期。伴随着异教诸神的复活,人们向内发现了心灵,向外发现了自然,风景才得以在艺术中登堂入室,取代人物成为艺术表现的优先对象。自然是一本书,风景是书中的文字。只有当人打开这部书并倾心读解其中的文字,风景才算是存在,也就是说才被发现了。早期浪漫主义的哲人和诗人就建议人们把"自然"当作"经书"来读。谢林说,"自然"乃是人类所拥有的"一种比任何成文的启示都更古老的启示",而通过解读这部神秘的"启示之书",人类得以超越一切古老的对立,置身于一切冲突之外去寻找新的安身立命之所。② 诗人诺瓦利斯提示我们,"自然"乃是柔和而伟大的"远古进程"的产物,而一道神圣的面纱将之所由而来的远古遮蔽起来了,凡俗的灵魂借着诗歌这一"魔镜"窥见了"在神圣美丽之中"的"远古"。③

早期德国浪漫主义诗哲留下的精神启示在于,解读"自然"如同解读永恒的经典,揭示"风景"就是暴露自己的灵魂。这就启示我们从接受理论的视角去审视早期德国浪漫主义风景画的兴起及其主要特征。如果把"自然"看作是一部神秘而又神圣的经典,那么,历史上生息栖

---

① W. H. 瓦肯罗德:《一个热爱艺术的修士的内心倾诉》,谷裕译,北京:三联书店,2002年版,第5页。
② 谢林:《对人类自由的本质及其相关对象的哲学研究》,邓安庆译,北京:商务印书馆,2008年版,第137页。
③ 诺瓦利斯:《夜颂中的革命和宗教》,林克等译,北京:华夏出版社,2008年版,第189页。

居于自然之中的人对于"风景"的发现,就好像是不同时代读者对这部经典的接受过程。"风景的发现"超越了一般所说的"风景的观赏",正如接受理论中的"解释"超越了一般的"说明"。在这个意义上我们不妨说,风景本非自古有之,而有待以特殊敏感的心灵为装置去发现,甚至去建构。

在中国历史上,"风景""风光"和"风物"之类的词汇在魏晋南北朝时代普遍流行,这或许表明当时的历史文化语境养育了人们发现自然的敏感心灵。"日华川上动,风光草际浮。"(《文选·谢朓和徐都曹诗》)"过江诸人,每至美日,辄相邀新亭,藉卉饮宴,周侯中座而叹曰:'风景不殊,正自有山河之异!'皆相视流泪。"(《世说新语·言语》)

在欧洲语言历史中,"风景"一词在中世纪晚期出现,"风景"概念广泛流布于17世纪初,"风景画"在17世纪法国和意大利先于诗歌和小说从审美角度发现了万古常新的"自然"。在英语中最早使用"风景"(Landtschap)来描写画面的作家是 B. 约翰生(B. Johnson),在他的《褐色面具》(Masque Blackness, 1605)中有这样的句子:"这般场景上首先被画出的是一片小树林构成的风景。"17世纪末期,像德莱顿之类的英国作家已经泛化"风景"概念,直接用它来指代绘画本身了:"将这部分风景移入阴影,以便强化画面的其余部分,让它们显得更美。"

真正将"风景画"作为视觉艺术的一种类型,则在17世纪后期。罗伯特·耀斯断言,17世纪的法国和意大利风景画的审美意义超出了同一时期的田园小说和英雄小说,荷兰日常生活风景画的审美意义也胜过了类似的流浪汉故事。① 之所以如此,那是因为"自然的经验"和"自我的体验"之互动过程中,一种审美对话与交流的关系在17、18世纪历史中缓慢地展开,一种源自孤独心灵的渴念正在艰难地寻求表达。到了18世纪末19世纪初,德国早期浪漫主义的诗人、哲人和艺术家将这场精神的剧变推向了一个高潮,漫游小说、"渐进的宇宙诗"以及"情绪风景画"把自然与自我的这场对话呈现为悲剧的场景,而把孤独心灵的渴念提升到了绝对的高度。

---

① R. 耀斯:《审美经验与文学解释学》,顾建光等译,上海:上海译文出版社,1997年版,第116页。

二、风景如何被发现？价值颠倒

在风景体验中，自然与自我呈现出一种奇妙的悖论关系：只有当自我退回到内心的孤独时刻，自然风景才能自由兴现。日本学者柄谷行人将这一风景体验的悖论理论化为"价值的颠倒"[①]。按照他的看法，风景是和孤独的内心状态紧密连接在一起的，只有在那些对周围的外部环境中的东西表示"漠不关心"时，风景才能得以发现。一句话，风景是被无视外部的人发现的。这里存在着一种内在与外在的价值颠倒：对外界的漠不关心恰恰是发现外在风景的条件，因而风景是心灵的风景，自然是属灵的自然。诺瓦利斯在《塞斯的弟子们》中将这种内在外在价值的颠倒称为"奇迹之奇迹"：一个人成功地掀开了塞斯女神的神秘面纱，他看到的却是他自己，这般破解了奥秘而感受到的狂喜化作了柔和的夜曲。[②] 早期德国浪漫主义风景画，以视觉形式演奏了这种柔和的夜曲。由于其中涌动着渴念、弥漫着忧郁，这夜曲的柔和中又传达出几分焦虑与不安。

为准确感受早期德国浪漫主义风景画中的蕴含的柔和与焦虑并存的属灵品质，简要回顾一下欧洲文化历史上风景的感受史及其建构之中的价值颠倒，可能大有裨益。欧洲文学中最早的风景建构可以追溯到荷马史诗。在《伊利亚特》中，荷马让赫非斯托斯把风景刻上了阿喀琉斯的盾牌，那里有展开农事的田园与果园，有姑娘唱歌、小伙舞蹈的树林，还有象征着人类开拓生存空间的大海，生活在风景之下展开，和谐宁静，绵延不朽。在《奥德赛》中，荷马又以隐喻的手法呈现了另一种风景，那是险恶的航程中浪里求生的奥德修斯及水手们听到的塞壬的歌声，抗拒诱惑的奥德修斯把自己禁锢在桅杆上，从而能欣赏到歌声中的风景，又有效地抑制了肉体的冲动，得以免于灭顶之灾。值得注意的是，在欧洲文学最早的风景建构及其视觉转换之中，表现了两种倾向：一是风景是展现生存的背景，而不是支配性的主题；二是必须抑制感性冲动才能欣赏到风景之美。

[①] 柄谷行人：《日本现代文学的起源》，赵京华译，北京：三联书店，2003年版，第12页。
[②] 诺瓦利斯：《大革命与诗化小说》，林克等译，北京：华夏出版社，2008年版，第30页。

基督教时代到来,希腊式的风景被当作异教世界的残余而被放逐到了天堂寓言之外。德国早期浪漫主义哲人让·保罗(Jean Paul)在《美学初阶》之"何谓浪漫主义诗歌?"片段之中这样描述基督教风景建构中的价值颠倒:"基督教使出浑身解数摧毁了感官世界,把它送进了坟墓,或者把它变成了通向天堂的一把梯子,用一个新的精神世界取代了它……现实世界化作了天堂般的未来,外部世界崩坍了,这对诗歌精神来说还剩下什么呢?还剩下内在世界!"①我们在下文的论述还会强调,德国早期浪漫主义文化运动延续了这种价值颠倒:为了追寻精神的深度,他们沿着一条神秘的路通向了内心。在中世纪天堂学、天使学、诗艺学中,内心世界成为聚焦的中心。在《忏悔录》第十卷第八节中,奥古斯丁谴责人们"赞赏山岳的崇高,海水的汹涌,河流的浩荡,海岸的逶迤,星辰的运行,却把自身置于脑后"。在第十节他直截了当地告诫说,一切风景、声音、符号所表达的意义,除了心灵之外别处都看不到,因此唯一值得赞美的不是风景,而是心灵。中世纪风景建构仅仅是向上通往天国的梯子,向内通往心灵的神秘通道,古典异教时代感觉世界崩坍之后,留下了巨大的空白。而12世纪之后,宗教诗人与世俗诗人都争相构建一个乌托邦世界来填补这个空白,慰藉心灵的空虚。

文艺复兴时代,是诸神复活的契机,也是价值再度颠倒和风景再度建构的历史环节。1336年4月26日,诗人彼特拉克记录了他攀登旺图山时的风景体验。当他在孤独中享受自然和欣赏风景时,奥古斯丁《忏悔录》第十卷第八节中的句子让他从壮美的风景中退回到内心——因为只有灵魂才值得赞美。布克哈特把这项体验记录解读为文艺复兴时代自然和人的双重发现的象征,诗人的矛盾体验表明:一方面,审美知觉已经苏醒,感官世界将要复活,风景将会从基督教禁欲主义的内心世界和救恩历史之中解放出来;另一方面,风景的建构却受到基督教教义思维的压制,无法作为文学的核心主题来呈现,因此也只有通过与心灵的合一,自然才能放射出审美的光芒。俄罗斯象征主义作家梅列日科夫斯基将画家达·芬奇的生平与艺术当作"诸神的

---

① 转引自 R. 耀斯:《审美经验与文学解释学》,第101—102页。

复活"来重构,我们确实也能从达·芬奇的绘画中体会到"风景的发现"。荷兰精神病理学家 V. 伯杰(Van den Berg)指出,在欧洲最初把风景作为风景来描写的作品是《蒙娜·丽莎》,这部杰作与路德的《基督徒的自由》(1520 年)几可等量齐观,意味着心灵与风景的双重解放。在《蒙娜·丽莎》永恒神秘的微笑后面,观众看到的左上方那片风景,正是"风景作为风景而被描写的最初的风景","是通过人的眼睛看到的最为奇妙的风景"。① 这片风景之深邃、诱人、永恒,比蒙娜·丽莎的微笑更能抓人眼目,动人心弦,因而达·芬奇的蒙娜·丽莎是第一个被风景疏远了的形象。"当画家看见峡谷的底部,或者站在高山顶上俯视展现在他面前的辽阔原野以及原野背后的大海的地平线时,他便成了他们的主人。"②艺术家颠倒了神圣与世俗的价值,让世俗的艺术家发现、主宰和建构了风景,从而开辟了通往现代性自我确信的道路,预示着浪漫主义文化运动中艺术对于绝对属灵性的追求。

18 世纪到来,一种新的风景建构缓慢开启,一种新的感受模式渐渐形成。启蒙在一定程度上扫荡了教义思维的阴森迷雾,艺术家渴望将风景从神话、神学、救恩历史等主题的压制下解放出来,让神话的崇高、神学的尊严服务于风景,而不是相反,从而提升人的精神境界,寄托人的生命理想。风景不应该成为神话、神学主题的背景,而应该成为高尚纯洁的人类部落可居可游的空间。席勒认为,只有与人类生命世界、精神世界建立联系,风景才获得独立的审美价值。此时,风景的审美属性就是崇高:无垠的狂野,高耸的山峰,烟波浩渺的大海,繁星密布的苍穹。崇高之物不可再现,唯有同灵性相联系,才能让个人超越狭隘的实在,冲破肉体的牢笼,而象征人类强大无比的尊严。在风景感受史上起决定性作用的还不是席勒,而是英国的博克和法国的卢梭,他们在《对我们有关崇高和美的观念的根源的哲学探讨》(1758 年)和《新爱洛绮斯》(1761 年)之第 23 封信中,分别以论文和小说的形式表述了新的风景感受模式,将风景从传统的审美惯例中解放出来。此后,人们在绘画中相继发现了欧洲的阿尔卑斯山,发现了欧洲

---

① 转引自柄谷行人:《日本现代文学的起源》,第 18 页。
② 转引自 R. 耀斯:《审美经验与文学解释学》,第 116 页。

的湖泊与山脉,诗人也纷纷用风景来寄托自己的梦想。这已经预示着浪漫主义文化对启蒙理性文化的再度颠倒了,"浪漫风景画"运动重启了返回心灵、重访神性的道路。

三、悲剧的绝对——早期德国浪漫主义的隐秘动机

卢梭的《新爱洛绮丝》之后,成千上万令人惊叹的风景被建构出来,仿佛被置于一座真实的剧院中,以某种超感性和超自然性的魅力冲击人的感官,愉悦人的心灵。对风景之美的耳濡目染,对自然世界的静观默察,让人们发现自己置身于一个新天新地,享受着其中无穷的乐趣。这便是卢梭所实现的欧洲自然感受史的巨大转折:科学只对自然世界进行原子论的分割和局部的说明,而审美的想象力承担了将整个自然作为活的形象呈现在人们眼前的任务,诗人与艺术家为这种想象力铸造了合适的表现形式。不过,卢梭给予浪漫主义文化的灵感不只是通过想象建构风景,而且通过将自我绝对化而建构了孤独的灵魂。一个孤独者在漫步时分的遐想,便是现代主体的典范。他感到,一个孤独的主体是绝对自由的,因为他完全同和平的自然环境分离开来。绝对的分裂因此而产生了忧郁的渴念,分裂与渴念构成了自由的必要条件。这个在分裂和渴念之中执着地寻求自我的漫步者,就是早期德国浪漫主义诗人、哲人、艺人心目中存留的一道幽美的神圣剪影——这是一个悲剧的绝对。

1795 年,诗人席勒创作诗歌《散步》(*Der Spaziergang*),祝福褐色的群山、灿烂的太阳、苏醒的原野、宁静的蓝天、碧绿的森林、丰饶的河岸,同时暗示日内瓦那位孤独漫步、寻找自然状态的先驱者:人与自然圆融的状态一去不返了。在人日渐远离和谐的自然怀抱之后,风景正在渐行渐远,成为正在消逝的美丽。同年,席勒写作了《论素朴的诗和感伤的诗》,在古典立场上以理论形态表述了早期德国浪漫主义的基本精神:"我们曾经是自然,就像它们一样,而且我们的文化应该使我们在理性和自由的道路上复归于自然。因此,它们同时是我们失去的童年的表现,这种童年永远是我们最珍贵的东西;因而它们使我们内心充满着某种忧伤。同时,它们是我们理想之最圆满的表现,因而它

们使我们得到高尚的感动。"① 当我们是"自然"时,诗歌是素朴的;当我们行进在理性和自由之路上而同自然分离时,诗歌是感伤的,不仅感伤,而且充满了对自然的渴念,以及再度与自然合一的激情。

在哲学家谢林那里,席勒的命题转化到了另一个维度上。人与自然的分离,就是人与神性的分离。人对自然的渴念,本质上是对神性的渴念。人与自然再度合一的激情,终归是与神性再度合一的激情。而人与神的再度合一,是由艺术来实现的。在专论造型艺术与自然的文章里,谢林提出:当自然使艺术成为展现自然的灵魂的媒介时,自然与艺术之间便产生最佳的和谐关系。故而,在《先验唯心论体系》的结论中,谢林说自然界"就是一部写在神奇奥秘、严加封存、无人知晓的书卷里的诗",而只要揭开了自然之谜,我们就能从中认出"精神的漫游[奥德赛]"。② 在谢林的《对人类自由的本质及其相关对象的哲学研究》之中,这一切之最高境界——阅读自然之书,揭开自然之谜,以及再度与自然合一——都归结为与神性合一的绝对渴念。按照谢林的形而上学玄思,世间万物都有其实存的根据。如果从人的角度来理解这个根据/本质(Wesen),那它就是"永恒太一感到要把自身生育出来(sich selbst zu gebären)的渴念(die Sehnsucht)","对神性的渴念,也就是意欲生育出这个深渊一般的统一性"(Sie will Gott, d. h., die unergründlich Einheit gebären)。③ 特别值得注意的是,谢林使用的这个"渴念"兼有欲望、意志、渴望等多层含义。渴念源自人的痛苦(Schmachten),痛苦来自人与自然、人与神性的分裂(Unterscheidungen),因这种分裂而渴念格外强烈。如果一个人,因情欲而枯萎憔悴,因思念而忧郁成疾,因爱恋而悲伤痛苦,那么他就是浪漫主义的渴念者。诺瓦利斯的奥夫特丁根就是这个渴念者的化身:他的面孔很苍白,像一朵黑夜之花,在黄昏笼罩的夕土(Abendland)深深地叹息。这种令人憔悴的渴念,是早期德国浪漫主义的隐秘动机,一种充满悲剧

---

① 席勒:《秀美与尊严——席勒艺术和美学文集》,张玉能译,北京:文化艺术出版社,1996年版,第263页。
② 谢林:《先验唯心论体系》,梁志学译,北京:商务印书馆,1998年版,第276页。
③ 谢林:《对人类自由的本质及其相关对象的哲学研究》,第72页。

色彩的绝对追求(the tragic absolute)。①

诺瓦利斯用他的诗歌、诗化小说以及诗性的片段书写方式将这种"悲剧的绝对"淋漓尽致地表现出来,凝聚为"世界必须浪漫化"的命题。"浪漫化是一种质的强化",就是给卑贱的事物以崇高的意义,给寻常的事物以神秘的模样,给已知的事物以未知事物的庄重,给有限的事物以无限的表象。② 这种浪漫化的心灵律动就呈现在想象之中,诗人要么将未来的世界置于高处,要么将未来世界置于深处,要么将未来世界在灵魂的转生之中置于我们。不论将未来世界置于何处,诗人都是怀着梦想穿越宇宙,而宇宙在人的心中,自然的真理在自我之内。③ 于是,我们看到,早期德国浪漫主义文化运动之中,诗人、哲人和艺人将一个脆弱的自我提升到了神圣的位置上,从而完成了一次对欧洲文化价值的再度颠倒:不是宇宙世界,不是神圣的上帝,不是外在自然和内在理性,而是以梦为马的自我和灵魂成为艺术探索和哲学探索的中心。

作为一种"悲剧的绝对",渴念赋予了早期德国浪漫主义艺术以独特的个性。一条神秘的路将孤独的灵魂与茫茫的宇宙沟通,这就是早期德国浪漫主义艺术所表现的"内在性"。德国浪漫主义绘画与它的诗歌和哲学精神一致,而区别于同时期的瑞士、西班牙、英国艺术家,后者即欧洲同时代的艺术家总是将自然幻想化进而使之同现实的生命疏离开来。与这种趋向相反,德国浪漫主义艺术家有一种将整个生命浪漫化的强烈渴念,将独一无二的灵魂光亮赋予万物,在平庸中发现神奇,在一切场合遭遇神圣与神秘。同时,早期德国浪漫主义艺术备受歌德为首的古典主义者打压和贬低,它在与古典主义的抗争与妥协中寻找自身的合法性。因而,早期德国浪漫主义艺术同古典主义的区别不是其风格与形式,而是其"精神姿态"(Geisteshaltung)。④ 这种精神姿态源自对包罗万象的宇宙中隐秘意义的探求,而自然就成为神

---

① David Farrel Krell, *The Tragic Absolute: German Idealism and the Languishing of God*, Bloomington and Indianapolis: Indiana University Press, 2005, pp. 84-89.
② 诺瓦利斯:《夜颂中的革命和宗教》,第134页。
③ 同上书,第80页。
④ 参见 Beate Allert, "Romanticism and the Visual Arts," in *The Literature of German Romanticism*, ed., Dennis F. Mahoney, New York: Camden House, 2004, p. 276。

秘或者神圣本身,风景成为神秘或者神圣的符号。早期德国浪漫主义诗人、哲人和艺人的这种对于"悲剧绝对的渴念"表现在他们将生命艺术化的姿态中。在他们看来,艺术是人类天然的表现神圣的语言,而神圣本身就毫无分别地表现在宇宙之中。将这份外至宇宙、内达灵魂的隐秘渴望视觉化,就是早期德国浪漫主义艺术家所担负的共同使命。当然,这也是浪漫主义风景画运动所分担的使命。

四、风景的神话

如诺瓦利斯《塞斯的弟子们》中的碎片故事所启示的那样,一个浪漫主义艺术家的成长同时也就是在追求天人和合的过程之中的自我发现。又如歌德笔下的浮士德那样,在外部空间无限冒险最后却驰情入幻,外间万象在一个永无止境的过程之中彼此反射,互相关联,前后比邻。一切都是正在消逝的环节,而迷人的自然和困惑的自心,都是一些象征而已。通过象征与隐喻,早期德国浪漫主义艺术把风景建构成一种关于自然的新神话。

1796年,瓦克罗德创作、蒂克补充和编辑的《一个热爱艺术的修士的内心倾诉》一书匿名出版。这个事件被公认为是德国浪漫主义文学与艺术的开端。这部重要著作为龙格、诺瓦利斯、蒂克等艺术家、诗人和作家的闪亮登场做了诗意的铺垫,为浪漫主义艺术的风景神话埋下了深邃的伏笔。在远离尘嚣的修道院里,挚爱艺术的修士在平静与谦卑的心境下,依然还怀藏着"对已逝时代中神圣事物的敬畏",毅然决断以整个生命和宗教激情去履行艺术家的使命。在瓦克罗德的"倾诉"中,浪漫主义风景艺术的"自然崇拜"主题已经朗然照人了:

> 我知道有两种神奇的语言,造物主通过它们赐予了人类一种能力,即他可以在受造物可能的范围内……不偏不倚地认识和理解那些神圣的事物。它们并非借助话语的帮助,而是通过与之迥异的渠道进入我们的内心;它们会以一种神奇的方式猛然触动我们的灵魂,渗入我们的每一根神经和每一滴血液里。这两种神奇的语言,其一出自上帝之口;其二则出自为数不多的遴选者之口……我指的是:自然与艺术。——少年时代的我就从宗教那古

老的圣书中认识了人类的上帝……自然就是一部解释上帝的本质和特性的最全面最明了的书。树林中树梢的沙沙作响，滚滚的雷声，都向我诉说着造物主神秘的事物，我无法用话语表达它们。一段优美的山谷，为许多千奇百怪的岩石所环绕；或是一条平静的河流，其中倒映着婀娜的树姿；或是一片开阔的绿色草坪，映照在蓝天之下；——啊，所有这些事物，都比任何话语更能神奇地触动我内在的情怀，更能深刻地把上帝万能的力量和他万有的恩泽载入我的精神，更能使我的灵魂变得更纯洁和高贵。①

在此，瓦克罗德的动情呼唤并不只是指向风景画，而是用神圣将艺术与自然关联起来。艺术，就像谢林在《先验唯心论体系》里所说，是唯一永恒的启示和唯一永恒的神迹，如果它仅仅是惊鸿一瞥，那么它一定会让我们深信至高无上的存在具有绝对的实在性。同样，自然，就像17、18世纪的科学研究的成就所证实的那样，并非以机械的范式，而是以有机的生命范式而存在。早期德国浪漫主义为一种自然哲学推波助澜，这种自然哲学将自然概念与上帝概念联系起来。早期德国浪漫主义风景画便是这种万物有生论与万物有机论的视觉表达，从而为表现宗教信仰与超验灵性铸造了一种新的语言。在 C. D. 弗里德里希（Caspar David Friedrich, 1774—1840）那里，这种新的宗教语言就是"情绪风景画"或者"寓意的风景"；在 P. O. 龙格那里，这种新的宗教语言就是"风景的神话"。

弗里德里希的风景画是早期德国浪漫主义自然感受方式的视觉呈现。也就是说，作为风景艺术家，他在超验神性的笼罩下以一颗微妙的诗心去触摸风景，艺术地把自然解读为古老的启示语言。《云山雾海浪游人》(wanderer above the Sea of Fog) 便是早期浪漫主义情绪风景画的典范之作。云雾弥漫的山崖之巅站着一位年轻的浪游人，他面朝一片苍茫的背景，背对着看画的观众。我们观众永远也无法知道，这幅苍茫风景是令他欣喜还是令他忧惧。我们只知道他在沉思默想，在用心体验自然浩渺无垠的生命给予他灵魂的激荡。这件作品至少为早期浪漫主义风景画确立了三项规范。首先，它的意象堪称典型，

---

① W. H. 瓦肯罗德：《一个热爱艺术的修士的内心倾诉》，第67页。

因为它典型地描摹了沉思默想的人。我们看不到他的面孔,无法与他进行眼光交流,他在黑色天幕之下和云山雾海之间孑然一身,或者在荒野的树林中、哥特建筑的废墟上踽踽独行。其次,它的布局堪称典范。将视野逼仄的人放置在宽阔的风景中,画面将观者的视线引向遥远的灭点,超越有形风景而奋力上升到"形而上"维度。最后,它的意境充满了悖论与张力。这是指画面上那个青年浪游者虽然主宰了风景,但他传达的情绪是个体毫无意义。背向观者而凝望深空的浪子,象征着浪漫主义者对于物质社会的幻灭之情以及对人际关系的规避之意。同时,像诺瓦利斯笔下塞斯的那些弟子们一样,在外部世界寻找自我的过程令他们无限幻灭,因而返心自视,寂照忘求,把自然风景当作心灵的风景来欣赏,从而获得一种灵性的觉悟。而这幅投射了心灵的风景,便成为早期德国浪漫主义的新神话:诗意的形象变成了一种实在,象征负载着主宰经验世界的神奇魔力,作为主体的个体变成了一种通过自然而追求神圣的人。正如 A. 施莱格尔所说,浪漫主义诗人和画家"为了达到一种神奇而不可思议的境界,就必须以灵性来主宰物质世界"①。其结果便是像诺瓦利斯在《奥夫特丁根》中所做的那样,把故事的主角化为"花朵""生灵""岩石"和"星辰",按照林中仙女和山中妖女的形象来构思和描摹风景。在如此构想的风景中,人成为救世主或者"自然的弥赛亚",而自然也充满了道德感,而成为人类的"女教师"。

另一位早期德国浪漫主义风景画的奠基人龙格(Philipp Otto Runge, 1777—1810)也在努力建构风景的神话。在他看来,拉斐尔、米开朗琪罗等人的历史题材或者宗教题材的绘画中已经存在着许多非历史、非宗教的意蕴了。他说,拉斐尔的《西斯廷圣母》(*Sistine Madonna*)中那些著名的人物形象只不过是一种情绪的象征,此后历史绘画基本上意境偏枯,而一切美的绘画都趋向于风景画。龙格敏锐地觉察到,他们这些具有浪漫情愫的艺术家置身于源自天主教的宗教之边缘,而产生了一个时代所特有的渴念:抑制抽象的教义思维,将自然世界一切都变得空灵而且亮丽,让绘画艺术趋向于风景画。在早年一封

---

① A. W. Schlegel, "Vorlesungen über schöne Literatur und Kunst," in *Deutsche Literaturdenkenkmale*, xvii, Heilbronn, 1884, s. 199.

从德累斯顿寄出的书信中,他流露了一种"寻找一些语言或者符号或别的什么来表达自己内在情感"的渴望:"当夕阳西下,金色的月亮沐浴在云彩里面,我就会抓取那些转瞬即逝的灵性。"①他的《一日诸时辰》(*Tageszeiten*)就是用"光"和"色"谱写的一曲生命情感的交响诗,其中用灵性将生命与宇宙融为一体,用神性将自然与艺术统一起来。画面上形象互相叠加,突破画框的局限而有节奏地重复自然形象,色彩互动而激活自然生命力,人物的飞升和下坠制造出多种空间的幻觉,以多重透视来颠覆单一视觉中心,而赋予整个作品以音乐性和节奏感。在这个系列作品中,作为视觉要素的"光"被灵化了:光象征善良而黑暗象征邪恶。在龙格的作品中,"三原色"也以神话的方式呈现了"神圣之家"的灵性——蓝色为圣父,红色为圣母,黄色为圣灵,从而导致了基督教象征艺术的再生。在《一日诸时辰》中,通过"光"与"色"的灵化,龙格将风景变成了神话。在《逃亡埃及路上小歇》(*Rest on the Flight into Egypt*)中,通过把圣经人物转换为自然形式,龙格又把神话消融在风景中。约瑟夫被转化为光秃秃的树,凭靠于其旁的圣婴举起的手臂像开花的藤蔓。而这种圣经人物风景化不是画家随意的突发奇想,而是源自浪漫主义时代的新神话,诺瓦利斯、荷尔德林都在他们的作品中把基督转化为自然形式。这种浪漫主义新神话在风景艺术家那里找到了一种新的语言形式,那就是"宗教风景画"。早期德国浪漫主义艺术家将这种语言形式解释为一个时代的破晓,而对立于"西方世界苍茫没落的黄昏"(Abend des Abenlandes)。将风景变为神话,以及将神话融入风景,体现在浪漫主义艺术中的这一双向转换表明,风景再也不只是基督教历史或圣经故事的诗意包装与美学背景。此后,风景还可能从宗教或道德的超额负载下被解放出来,而作为独立的审美对象取代视觉艺术主体的地位。

不过,早期德国浪漫主义风景画还没有走得这么远。由于这个民族的启蒙同宗教有着血脉不断的关联,因而19世纪德国浪漫主义艺术不同于同期其他国家的特征在于其对于"属灵维度"的追求。让风景摆脱宗教负载已属不易,更有甚者,能不能援风景入基督教艺术也

---

① *Hinterlassene Schriften von Philipp Otto Runge*, ed., Daniel Runge, Berlin, 1938, I, 35ff.

是非常敏感的问题。1808 年,C. D. 弗里德里希《山上祭坛》(*Tetschener Altar*)的公开展出以及引起的戏剧性论争,就是德国浪漫主义风景神话艰难历世的见证。镀金的哥特式拱顶画框上,十字架在岩石山巅挺立,直逼苍茫太空,长青木在四周林立,十字架底座环绕着常春藤,落日残照辉煌,黄昏紫色光辉映照着十字架上的耶稣。把祭坛安排在山上,而把风景与祭坛并置,从而产生了一种独一无二的艺术样式——风景祭坛。但这风景祭坛并非每个人都喜欢,相反却引起了艺术批评家的过激反应。1809 年,《优雅世界报》(*Die Zeitung für die elegante Welt*)发表了巴西琉斯·冯·拉穆道尔(Friedrich Wilhelm Basilius von Ramdohr)的批评文章《评德累斯顿画家 C. D. 弗里德里希为祭坛创作的风景,兼论风景画、寓言和神秘主义》。文章锋芒犀利,措辞尖酸,猛烈抨击弗里德里希用风景画的特殊形式表现宗教寓意,以及他将低俗的城市风景画提升到高雅艺术层面的意图。鉴于风景神话建构的意义以及这幅作品对于德国浪漫主义绘画的开拓作用,弗里德里希在批评面前没有退却,在自我辩护时平生唯一一次对自己作品的象征意义做了解释:

> 被钉上十字架的耶稣基督转身忧叹而去,面向落日的回光返照,那便是充满生机的圣父的形象。圣父直接漫游于大地的时刻,古老世界的智慧和耶稣一起死去了。太阳西沉,世界再也无法理解这诀别远行之光。耶稣殉难的金色十字架,纯洁而又高贵的金属物上闪耀着黄昏之光,又把它温柔的光辉反射到大地。挺立于岩石山上的十字架,肖然不动,稳如泰山,恰如我们对耶稣基督的忠信。环绕十字架而立的长青木,经过时令轮回而生气不衰,恰如人类对他——十字架上死而无怨者——的信仰直至永恒。①

能否援风景入祭坛,以自然形式传递宗教信仰,使用新型艺术语言来象征地传递超验意义?这便是弗里德里希所激起的争论之实质。当时,被人们认为有资格裁断艺术价值的美学批评家舒尔策(George

---

① *Caspar David Friedrich in Briefen und Bekenntbissen*, ed., Sigrid Hinz, 2nd ed., Munich, 1974, s. 133.

Sulzer)曾提出一个风景艺术的定义和一个基本命题,从而统一了18世纪末期的全部风景理论。按照舒尔策的观点,风景的真正功能应该仅仅作为人类事件的背景,必须服从于教化目的,因为自然在观众心中所激发的情感能布施教化。舒尔策用一段美文诗意地表述了这一原则:

> 充满魅力的寂静之所,淙淙流水轻柔而下,一道小小瀑布溅起潺潺水声,或者杳无人烟的蛮荒之地,在这些地方,人的一种孤独寂寞之情被唤醒了。同时,一种对于给予荒凉世界以无形力量的敬畏之情也显然被召唤出来。质言之,每一种情绪都流淌在自然景象中。哲学家所到之处都发现了无限智慧和无限良善的踪迹,因而也一定会相信,这些不同的力量绝不会被放置在生气全无的自然之中,而没有任何目的。①

甚至在《山上祭坛》问世十余年后,弗里德里希的强劲对手约瑟夫·考克(Joseph Anton Koch)仍然抱守舒尔策的美学信条,认为"如果没有人物,风景画绝对难以臻于最高境界"②。历史的偏见是时代的不幸,弗里德里希的声音在当时的艺术领域尚属弱势。但他的《山上祭坛》却戏剧地为艺术历史的新变敞开了另一些可能性,这另一些可能性可能在经过原创的混乱之后呈现为一种新的确定性。在他所提供的诸多可能性中,有一种可能性就是弱化人的因素,强化风景的主导力量,从而规避人类中心论的藩篱,把风景建构为一种新的神话。

五、"维天之命,于穆不已"——德国浪漫主义的一个经典风景个案

1810年,C. D. 弗里德里希向普鲁士皇家学院(the Prussian Royal Academy)年度艺术展提交了两幅风景油画,其中一幅题名为《海滨孤僧》(Der Mönch am Meer)。这幅奇特的风景画的创作与公开展出,不

---

① George Sulzer, *Allgemeine Theorie der Schönen Künste*, Leipzig, 1974, s. 654.
② J. A. 考克1826年4月19日致意大利画家乔万尼里(Giovanelli)的信,参见 D. Frey, "Die Bildkomposition bei J. A. Koch und ihre Beziehung Dichtung," *Wiener Jahrbuch für Kunstgeschichte*, xiv, 1950, ss. 210-211。

仅让弗里德里希声誉鹊起,而且还被认为是风景画艺术史空前突破的标志。当时,在拿破仑战争中受到重创的普鲁士正经历着艰难时势,普鲁士选帝侯却被《海滨孤僧》所渲染的沉郁氛围所吸引,他斗胆游说他的父亲弗里德里希·威廉三世去购买这两幅油画。这些艺术作品既不能让人赏心悦目,又不能唤起对父国祖邦的爱意,何以会让一位年轻的政治家如此钟情?

这幅作品为众人所瞩目,首先还得益于浪漫主义作家阿尼姆(Achim von Arnim)、布伦塔诺(Clemens Brentano)和克莱斯特(Heinrich von Kleist)的创造性阐发。身为《柏林晚报》(Berliner Abendlätter)编辑的克莱斯特约请阿尼姆、布伦塔诺撰写评论,以引导公众注意弗里德里希及其作品,从而启发那些面对这幅杰作的观众展开原创性的对话。深受古典艺术规范制约的浪漫作家阿尼姆、布伦塔诺撰写的评论文字虽然是正面肯定这幅作品的价值,但字里行间却流露出一些尖酸之情和揶揄之意,克莱斯特对这些文字做了大幅度的调整后刊发在报纸上。克莱斯特调整后的评论事实上构成了德国浪漫主义文学对浪漫主义艺术的见解。文章暗示说,《海滨孤僧》代表了那个时代风景艺术的基本范式的变革:绘画思维发生了转向,审美的边界渐渐地被取消,画布正在消逝。这种转折不仅表现在弗里德里希的作品中,而且也表现在英国画家威廉·透纳(William Turner)的创作中——他通过凝缩与淡化云彩以及强化色彩来达到与弗里德里希同样的艺术效果。

那么,这究竟是一种什么样的艺术效果呢?克莱斯特的评论以浪漫主义特有的诗意笔法描述了这种艺术效果,甚至将弗里德里希的作品变成了德国浪漫主义文学的一幅插图。这段评论关注艺术媒介、语言和表现方式,揭示了德国浪漫主义艺术所体现的感受方式、绝对悲剧以及风景的新神话,值得全文引用:

> 沉郁的天幕笼罩着海滨,孤独无限,荒寒无垠,远望此景,灵台漫溢荣耀之情。然而,此情此景的真谛在于:某人迹至此地,某人必将返回,某人将要跨越,某人无能为力而丧失了生命的一切征兆,然而又在喧哗的潮汐、劲猛的海风、浮云片影、鸟儿的孤独鸣唱中听到了生命的气息。构成此情此景的,是一项心灵的诉求

(Anspruch),以及大自然对人的一种伤害(Abbruch)。然而,面对这幅油画,这是完全可能的。在我与这幅画之间存在的东西,我在这幅画里所发现的东西,必然只是我的心灵对画面的一种诉求,以及画面对我的一种伤害。因而,我本人自己变成了那个孤独的托钵僧,而画面变成了茫茫的沙滩;但是,在我将欲伫立其上而怀着强烈渴念观望的大海,则是一派苍茫,空虚无物,完全迷失在远景之中。此生此世,再也没有比这种境地更让人悲伤、更让人忧患了。宽阔无极的死亡王国仅存的生命之火,在孤独的循环之孤独的中心。画面上点缀着二三神秘事物,如同流浪的亡灵,就像是[英国诗人]杨格(Young)的《夜静思》;画面完整而无边际,除了前景构架之外什么也没有,就好像一人在凝神静思之时眼帘被撕开了(als ob Einem die Augenlider weggeschnitten wären)。毫无疑问,画家仍然在艺术王国开启了一方新的天地;我相信,用他的灵性,他就能描摹出一亩沙海,而这是马克·布兰登堡(Mark Brandenberg)的意象——一只断零的寒鸦栖息在柏柏里灌木林上梳理羽毛。这幅画将产生一种不折不扣的俄相效果(Ossianische Effekt)。事实上,如果用独特的笔墨和水彩创作这幅画作,那么我认为它一定会让狐狸与豺狼对他长嚎:在赞美这种风景之时,无疑会产生这种最强烈的明证。①

从浪漫主义风景艺术所体现的感受方式看,逼仄的人性视野被解构了,无边无际的风景越过了画框,溢出了画面,而完全成为风景的主体。海滨浪游的孤僧,仿佛只是宏大宇宙进化秩序之中遗留的一点残余踪迹。苍茫风景铺展之处,画布完全消逝,力量的崇高提示着铁一般的实在无所不在和无法超越的至上权力。布鲁门伯格将这种实在的至上权力称之为"实在专制主义"(Absolutismus der Wirklichkeit),它苍苍莽莽,不言不问地行使着至高无上的神秘威权②。"维天之命,于穆不已"(《诗·周颂》),这神秘威权笼罩着周行不息的宇宙。布鲁

---

① Heinrich von Kleist, "Empfindungen vor Friedrichs Seelandschaft", *Sämtliche Werke und Briefe*, ed., Ilse-Marie Barth et al., 4 vols, Frankfort am Main: Deutscher Klassiker Verlag, 1987-1997, vol. 3, ed., Klaus Müller-Salget, 1990, ss. 543-544.

② H. Blumenberg, *Arbeit am Mythos*, Shrkamp Verlag, Frankfurt am Main, 1979, ss. 1-23.

门伯格引用索福克勒斯悲剧《俄狄浦斯在克罗诺斯》长老合唱队的咏唱,来最大限度地表现"实在专制主义"笼罩下的生命悲剧意识:"最好的事情是不要出生。"这种本源的悲剧感在弗里德里希的画面上回荡,而表现为德国浪漫主义的一种悲剧的绝对,一种令人憔悴的渴念。因而,从精神内涵上说,浪漫主义风景艺术以视觉方式呈现了这种本源的悲剧感。这就是克莱斯特所说的画面对人的一种"伤害"。最后,从浪漫主义艺术所建构的风景神话看,弗里德里希用反透视的策略解构了主体的地位,而把人放置在忧郁天幕的笼罩下,让他遭遇巨大的空虚。某个人来了,又去了,但还会再来,尽管丧失了生命的征兆,却在海风、海水之中听到了生命的灵犀。这就是克莱斯特所说的人对画面的一种"诉求"。不论是画面对人的伤害,还是人对画面的一种诉求,弗里德里希描摹的风景中,都有一种"前表现主义"的痛苦呼喊,都有一种通过象征手法所暗示的精神渴念,那就是对十字架上死而无怨的基督之无限同情。

恩斯特·布洛赫把《海滨孤僧》看作是表现主义艺术的先兆,把克莱斯特的评论解读为风景画最高境界的陈述,并把弗里德里希、克莱斯特与拉斐尔传统联系起来,从而将德国浪漫主义艺术到表现主义、象征主义艺术的历史描绘为"乌托邦之灵"在现代世界复活的历史。按照布洛赫的看法,弗里德里希的画面将视觉从逼仄的人性视野解脱出来,引向了宇宙,引向了黄金的时间与空间相伴的宏大而且复杂的"微观无限"(eine klein Infinität),引向了闪耀着温柔夜光的耶路撒冷。布洛赫的"乌托邦之灵",是"音乐之灵",这份微渺的灵性律动在"内在"和"无限"的亲密接触中。布洛赫写道,在所有对《海滨孤僧》画面的描述中,克莱斯特的描述"最深刻地穿透了画面上主体和客体之间的裂缝,使之充满了毁灭之力,以及非同寻常的黑暗,或者说,让它弥漫着耶路撒冷的雾霭"①。

"在孤独的循环之孤独的中心",孤僧被风景湮没,风景被沙海掩埋。看画的观者无意识地认同于孤僧,而把画面当成了沙海。在这里,个体与永恒同在,而生命与宇宙同流,风景消逝而人被遗弃了。克

---

① Ernst Bloch, *The Principle of Hope*, trans. Neville Plaice, Stephen Plaice and Paul Knight, Oxford: Basil Blackwell, 1986, vol. 2, p. 836.

莱斯特想象中狐狸或者豺狼的长嚎,也许是被遗弃的人在天空地白的世界上的呼喊。从约伯到十字架上的上帝,从俄狄浦斯到哈姆雷特,从波斯流浪雅典的乞援人到奥斯维辛的死难者,这被遗弃者的呼喊绵延不绝,震烁古今,穿越时空,终归要超越悲剧与救赎,而指向永远不可解构的正义。① 在这个意义上,《海滨孤僧》的作者不仅是表现主义的先驱,而且是卡夫卡的盟友——因为他们对外部世界感到恐惧而退回到了内在世界。

《海滨孤僧》所呈现的奇特风景及其深邃的时空意识,曾经撞击过20世纪中国美学家的浪漫心空。1949年,在"南京大疏散"中,宗白华写作了中国现代美学的扛鼎之作《中国诗画中所表现的空间意识》一文。在将要对中西艺术空间境界的对比作结论的时候,宗白华先生引用了弗里德里希的杰作《海滨孤僧》。他写道:

> 中国人与西洋人同爱无尽空间(中国人爱称太虚太空无穷无涯),但此中有很大的精神意境上的不同。西洋人站在固定地点,由固定角度透视深空,他的视线失落于无穷,驰于无极。他对无尽空间的态度是追寻的、控制的、冒险的、探索的。近代的无线电、飞机都是表现这控制无限空间的欲望。而结果是彷徨不安,欲海难填。中国人对于这无尽空间的态度却是如古诗所说的:"高山仰止,景行行止,虽不能至,而心向往之。"人生在世,如泛扁舟,俯仰天地,容与中流,灵屿瑶岛,极目悠悠。中国人面对着平远之境而很少是一望无边的,像德国浪漫主义大画家菲德烈希(Friedrich)所画的杰作《海滨孤僧》那样,代表着对无穷空间的怅望。在中国画上的远空必有数峰蕴藉,点缀空际,正如元人张秦娥诗云:"秋水一抹碧,残阳几缕红,水穷云尽处,隐约两三峰。"或以归雁晚鸦掩映斜阳。如陈国材诗云:"红日晚天三两雁,碧波春水一双鸥。"我们向往无穷的心,须能有所安顿,归返自我,成一回旋的节奏。我们的空间意识的象征不是埃及的直线甬道,不是希腊的立体雕刻,也不是欧洲近代人的无尽空间,而是潆洄委曲,绸缪往复,遥望着一个目标的行程(道)!我们的宇宙是时间率领着

---

① 让-吕克·南希:《痛苦,苦难,与苦恼》,胡继华译,载《新史学·后现代:历史、政治和伦理》第5辑,郑州:大象出版社,2006年版,第287页。

空间,因而成就了节奏化、音乐化了的"时空合一体"。这是"一阴一阳之谓道"。《诗经》上的蒹葭三章很能表出其中境界。其一章云:"蒹葭苍苍,白露为霜。所谓伊人,在水一方。溯洄从之,道阻且长。溯游从之,宛在水中央。"……

中国人于有限中见到无限,又于无限中回归有限。他的意趣不是一往不返,而是回旋往复的。……①

宗白华先生论证的要点在于:弗里德里希风景画《海滨孤僧》的空间是近代欧洲精神的象征,那是控制无限空间的强烈欲望所驱动的一往不返的追求,其结果是彷徨不安,怅望无限,渴念难平;而中国古代诗画所呈现的空间是中国文化精神的基本象征,那是亲近自然宇宙的深情韵致所涵养的回旋往复的意趣,其境界是潆洄委曲,往复绸缪,逸韵升腾。对无穷空间的爱,是一种生命激情和精神渴念,如此激情与渴念可能会导致一种悲剧感。在这一点上说,这种爱、激情、渴念与悲剧感无分中西,而具有普世价值。然而,在如何疏导激情、平息渴念、超越悲剧等方面,则中西分途,各有千秋。西方人在基督教救恩历史的背景下将救赎的希望托付给了彼岸的上帝,而中国人则在境界形而上学的笼盖下将幸福的诺言留给了现实人生。西方人不论浪迹多远,都总是会从异域异教的荒原上踏上回乡之路,最后皈依神性,正如荷尔德林悲壮的《还乡》,以及弗里德里希《海滨孤僧》画面上那个渺小的托钵僧,他来了又去了,还会再来。中国人不论是如何"思接千载"和"视通万里",都总是要在有限中观无限,从无限回到有限,在灿烂的星空、浩渺的江河、峻峭的山峰间寄托平常心意和人间情怀。

然而,就中西风景艺术的精神意味之分途而言,区分也不能绝对化。中国古代诗画中,也不乏弗里德里希式的无限冥暗的风景。"《三百篇》言山水,古简无余词,至屈左徒肆力写之而后愧怪之观、远淡之境、幽奥朗润之趣,如遇于心目之间。"(恽敬《大云山房文稿》二集卷三《游罗浮山记》)在屈原的诗歌中,每每有人入风景而迷其自我方位和空间界限的情形,在迷惘与怅望中也有一种对于"实在专制主义"威力的忧惧之情与敬畏之意:"入溆浦余儃徊兮,迷不知吾所如。深林杳

---

① 宗白华:《美学散步》,上海:上海人民出版社,1983年版,第94—95页。

以冥冥兮,猿狖之所居。山峻高以蔽日兮,下幽晦以多雨。"(《楚辞·涉江》)这种对自然的忧惧之情和敬畏之意也表现在《诗经》周代建国诗篇中,比如:"维天之命,于穆不已。于乎不显,文王之德纯。"(《周颂·维天之命》)诗中反映的是周代厉幽时代天命威权("维天之命")衰微("于乎不显")、人文意识("文王之德纯")渐渐萌生的精神境况,但在当时的人心目中还是对天命威权存有忧惧与敬畏。① 不论是屈原诗中冥暗无限的风景,还是《诗经》中肃穆运行的天命自然,虽然都难免蕴含着某些神秘或神圣的意味,但它们并非基督教的上帝观念,也没有西方诗歌与绘画中所呈现的那种与救恩历史相连的风景神圣观念。

"千山鸟飞绝,万径人踪灭。孤舟蓑笠翁,独钓寒江雪。"(柳宗元《江雪》)这样的画面是中国古代诗人所建构的风景神话。在苍苍莽莽的背景下,也有一个"孤独的循环里孤独的中心",从这一中心也流泻出对于无限的精神渴念。然而,在这画面上,我们却听不到弗里德里希《海滨孤僧》里那一声隐秘的绝望呼喊,也激不起狐狸或豺狼的悲号长啸。

---

① 参见徐复观:《中国人性史论》(先秦篇),上海:上海三联书店,2001年版,第32—33页;牟宗三:《心体与性体》(上),上海:上海古籍出版社,1999年版,第19页。

布鲁门伯格的"神话终结"论

一、引言

说到神话,可以一点也不夸张地说,神话被提升到人类精神现象的历史高度而获得思想史的价值,是 20 世纪人文学术的一项巨大的成就。众所周知,在 19 世纪欧洲浪漫主义者,尤其是德国浪漫派代表作家和诗人那里,神话被膜拜有加,简直就成为灵魂的图腾。不过,通过 20 世纪英国剑桥希腊文化学派(如弗雷泽)的人类学阐发、德国符号学文化哲学(如卡西尔)的开拓、精神分析学家(如荣格)的沉思以及结构主义人类学家(列维-斯特劳斯)的发掘,神话虽然经过了"解魅化"的过程,却进入了文学、哲学、心理学以及人学研究领域,而成为人文学科的一颗硬核(Humanities in nutshell)。换句话说,神话作为人类精神现象的光源,将其神圣、神秘、灵性的光辉辐射到社会生活的各个维度上,生活世界因沐浴着"神性"的光辉而令人珍惜。可是,这仅仅是问题的一个方面,将神话这枚金币翻过去看看吧!20 世纪的人性历史、道德历史、政治历史以及技术历史莫不表明,进步是谎言而堕落是命运。如法国哲学家拉库-拉巴尔特就断言,纳粹政治就模仿了神话;卡尔·施米特直截了当地断言,一切世俗政治概念无不是对神学概念的模拟。这些说法决非哗众取宠,危言耸听,从 20 世纪历史的苦难以及当今世界间歇性的血火事件,你就一定能品味出其中的沉重与焦虑。神话将圣洁与邪恶、光明与黑暗聚于一身,牧歌与暴力齐飞,怨恨与悲情一色。

凝聚着对启蒙运动、德国浪漫主义时代以及 20 世纪政治处境的反思,德国哲学家布鲁门伯格在《神话研究》之中提出了"终结神话"

的命题。① 古希腊悲剧诗人的生存幻觉、基督教教义之救恩期待、德国唯心主义/浪漫主义之悲剧绝对性,构成了这一命题的文化语境关联;而始于19世纪中段的欧洲文化危机以及现代政治处境又表明,"终结神话"的命题是哲学对于徘徊在人类生活世界的"实在专制主义"的持续回应,或者说是对于现代性生存策略和政治决断的合法性的不断寻求。

拒绝启蒙"从终点"审视神话的方案,而代之以"实在专制主义"的问题意识,同时拒绝浪漫主义"从起点"触摸神话的方案,而代之以"词语进化论"的历史意识,布鲁门伯格就把神话投放到万物皆流的历史语境,任其纵浪于大化之中。神话的起点杳渺无稽,神话的终点遥远无着,如果不想落入解构论无限"延异"的绝境,那就必须设置另一种极限状态,同"实在专制主义"相呼应。布鲁门伯格将这种同"实在专制主义"相呼应的极限状态称之为"把神话带向终结"(Den Mythos zu Ende Bringen)。

二、"神话"与"神话终结"的含义

要论说"神话的终结",就有必要先阐述"神话"的含义。神话(myth),源自希腊语,以及拉丁语 mythos,最初的含义是故事、寓言与戏剧。公元前5世纪左右,古代雅典启蒙时代到来,"μυθos"和

---

① 布鲁门伯格,在尼采、海德格尔之后,应该说是和哈贝马斯齐名的哲学家,与哈贝马斯过多地关心政治、法律和伦理不一样,布鲁门伯格更多地从古典学入手通过解读神话、圣经、文学文本以重构西方思想史,而且更加重视文学感悟与生命筹划的关系,更为关注思想历史的隐喻、象征、修辞等语言维度。他的著作气魄宏大,但缺少体系建构,其代表作所覆盖的思想史主题包括:《哥白尼世界的起源》(Die Geneis der kopernikanischen Welt, Suhrkamp Verlag, Frankfurt am Main, 1975)探索希腊精神、中世纪经院思想与近代科学的发生及其人文精神;《近代的正当性》(Die Legitimatät der Neuzeit, Suhrkamp Verlag, Frankfurt am Main, 1966)检测基督教神学、中世纪神学绝对论、古代异教灵知主义同现代性的关系;《神话研究》(Arbeit am Mythos, Suhrkamp Verlag, Frankfurt am Main, 1979)全面考量荷马以来直到20世纪神话创作和神话研究的传统,力求发掘其中蕴含的西方思想资源,特别重视呈现在文学与哲学之中的思想与想象的关系;《马太受难曲》(Matthauspassion, Suhrkamp Verlag, Frankfurt am Main, 1990)通过解读古典音乐,把巴赫的"马太受难曲"呈现为一种深刻的悲剧事件,从而力求超越"神话研究",将错综复杂的思想意象置放到基督教信仰的语境中,在"后神义论"视野下拓展审美文化的疆域。H. Blumenberg, Arbeit am Mythos, Suhrkamp Verlag, Frankfurt am Main, 1979, Z. 303. (以下简称 AM,随文夹注标出,页码随后)

"λογος"被对立起来,被赋予了"不可能真正存在或真正发生的事情"的含义。亚里士多德的《诗学》大体沿用了这层意思,mythos被主要地用来指悲剧的情节。18世纪启蒙理性主义者将"神话"当作怪力乱神、荒诞不经、茫昧无知的东西扫入偏见体系的冷宫,但他们不知不觉地剑走偏锋,将理性、逻各斯变成了神话。布鲁门伯格以为,关键问题在于:人类为什么需要"神话"?不仅如此,神话为什么并没有在启蒙之光的烛照下消散?为解决这么一个难以回答的问题,布鲁门伯格提出了一项猜想,他本人称之为一个被假设的"极限概念":

> 我们不妨正式地用一个简单明了的术语来规定这么一个极限概念:实在专制主义(Absolutismus der Wirklichkeit)。这个术语是指人类几乎控制不了生存处境,而且尤其自以为他们完全无法控制生存处境。他们早晚都可能要假定存在着一些至上权力意识(Uebermachtigkeit),并利用这种假设来解释(在每一种情况下)存在于他者身上的至上权力(Uebermachten)的偶然机遇。(AM:1)

如果说"实在专制主义"假说旨在解决神话创作的需要或者神话起源问题,那么不妨说"把神话带向终结"便是回答神话"进化"的取向问题。"把神话带向终结",是《神话研究》中间一章的标题。它出现的位置在全书的结构之中极为重要:它作为理论分析部分的结论章,高度概括了神话与逻各斯的互动、神话同教义的并存、神话和德国唯心主义、现代乌托邦思想以及新弥赛亚意识的关联,强化了神话与希腊—犹太—基督教—近代理性主义脉络的复杂性;同时,它又开启了神话理论的一项功能运用,即运用神话理论的基本假设分析普罗米修斯神话的历史,其范围基本上覆盖了从赫西俄德与埃斯库罗斯、经过德国启蒙时代的歌德、到20世纪的纪德和卡夫卡。

乍看起来,"将神话带向终结",同那些耳熟能详的"上帝死亡""人类末日""历史终结""西方没落"等忧患命题似乎没有什么差别,而且还同布鲁门伯格在书中所表达的反启蒙立场自相矛盾。启蒙主义不正断言,"神话"进化到"逻各斯"而被清扫出局了吗?身为巴黎科学院的秘书,芳塔内伊(Fontenelle)早在18世纪初期就表达了一种启蒙的困惑。从宗教历史中,他明白无疑地看到,耶稣基督降生之日便是古代神谕的沉默之时。同理,理性科学凯旋之时也应该是神话凋落之日。但是,包括伏尔泰在内的这么一些启蒙主义者却惶惑万分地发现,宗教与理性让人告别神话,但诗歌和艺术却给予神话绵延不息的力量。这到底是什么原因在起作用呢？显然,布鲁门伯格并不会赞同"逻各斯将神话清扫出局,给科学理性鸣锣开道"的启蒙主义,相反,他要跨越希腊到20世纪的历史间距,证明神话与逻各斯并立、神话与教义同在,甚至还要限制理性的范围,为神话留出地盘,正如康德为理性划定界限,为信仰留出地盘。

从希腊文化与圣经文化双重渊源以及现代性复杂的历史脉络来看,"终结神话"具有三种历史含义:第一,"终结神话",并没有中断"神话—逻各斯"彼此竞争、永恒回归的节奏,而"逻各斯"永无可能超越"神话",而"神话"也永无可能挣断"逻各斯"。第二,"终结神话"意味着神话以极端的方式穷尽了一切可能的形式,渐渐走向枯竭,而主体自身把自己建构为一个"自在自为"的终极神话。第三,"终结神话"在德国唯心主义,特别是在早期浪漫主义那里主要意味着"悲剧的绝对性之终结",一方面"悲剧"在思想家的美学之中崛起而被建构为一种属灵诗学的核心,另一方面,"绝对性"在形而上学之中成为一道绝响,不可挽回地以悲剧的方式没落。第四,"终结神话"在后黑格尔时代表现出一种以"主体专制主义"来取代"实在专制主义"的思想倾向,但这同20世纪政治神话具有难以澄清的复杂关联,以至于后现代思想家有理由焦虑地追问:"主体之后谁来？"

不唯宁是,布鲁门伯格提出"将神话带向终结",为的是启示一种文学化的神话研究之理想的极限情境。正如"实在专制主义"是"神话创作的极限概念"一样,"将神话带向终结"就必须构成"神话研究的理想极限情境"。这种情境是指神话研究的一种未来取向:

> 神话研究的极限概念则可能将神话带向终结,可能大胆地进行最极端的变形,于是仅仅只是或者几乎就是不让人们认出神话的本源形象。在接受理论看来,这可能就虚构一个终极神话,即虚构了一个彻底用完和耗尽了形式的神话。(AM:295)

因此,"将神话带向终结"直接对立于"实在专制主义"。一个以未来为取向,一个以过去为取向;一个作为理想的极限概念,一个作为规定的极限概念;一个描述神话研究,一个描述神话创作;二者彼此对称而互相呼应。按照布鲁门伯格的一贯用法,神话创作是指神话创造生命喘息的空间而取得的一种假设的本质成就,而神话研究则是指神话在接受过程之中意义的孕育和形式的变异。而只有在神话创作之后,神话研究才是可能的。"神话确实是被创造出来的,但我们不知道,究竟是谁,以及在什么时刻创造了它们……然而,确定无疑的事实是:神话一定属于源始之物的库藏……我们必定是先占有了神话背后的神话创作,然后才能专心致志地进行神话研究"(AM:295)。"神话创作"在时间维度上是向后追溯的,指向了那种必须克服的假设的恐惧。而"神话研究"在时间维度上是向前瞻望的,指向了那种可能通达的假想的终局——"虚构一个终极神话","一个彻底用完和耗尽了形式的神话"。

因此,"把神话带向终结"这个假设根本就不是一个规范性概念,而布鲁门伯格也丝毫没有为神话研究建构"末世论"的意欲。《神话研究》的最后一句话,是以问号作结:"但是,如果毕竟还有什么东西非说不可,那又何为?"面临人类生存处境之中无所不在的"实在专制主义"的深渊,置身于"词语进化"的文化历史川流,真是抽刀断水水更流,借酒(神话,特别是尼采的狄奥尼索斯神话)浇愁(忧患与恐惧)愁更愁。当乐观自信而几近蒙昧的启蒙主义者一口咬定,像"灵魂不朽""道德自律"和"上帝存在"之类的康德式公设都是"陈年旧迹",布鲁门伯格被激励而写出了有关神话问题的答案:"在神话背后隐而不显地蕴涵的偶然性压力从来就没有停息过"。我们还可以立即补充说,"自在自为"的人类主体还没有出现在这个世界上。一片喧嚣的"后现代"曾经自信地宣告,人类历史上最后的两个神话——"法国革命"与"德国思辨哲学"暗淡谢幕之后,人类所能做的只是挥霍符号,跟随"漂浮的能指"跃入无归川流。但当他们问询"主体之后"[①]谁将粉墨登场时,布鲁门伯格的话可能不啻是经声佛号、暮鼓晨钟。他说:

在全部历史上,时代的纪元彼此替代,前后相随,意识到,万

[①] 参见 Eduardo Cadava 等人编的会议论文集《主体之后继者》(*Who Comes after the Subject ?*, New York: Routledge, 1991)。尽管在后现代的喧嚣下,没有意义成为唯一的意义,但神话已经成为解构的剩余物,"意义的神话已经绽放在'虚无'和'神话'之间"(拙著《后现代语境中伦理文化转向》,北京:京华出版社,2006年版,第165页)。

事万物现在、最后是越来越严肃,同时又意识到,在经过了人类最美的潜能之最轻浮的挥霍之后,一切现在、最后还是问题重重。与这么一部完整的历史相对立,神话研究的每一举措都在拆解古老的严肃性,甚至艺术终结、上帝死亡的艺术神话也以这种方式被创造出来。这么一种终结、这么一种死亡之后究竟如何?神话却不想有进一步的许诺。(AM:685)

三、艺术神话的终结:从普罗米修斯到浮士德

布鲁门伯格的神话理论向我们揭示,人类对于神话的需要和对于意蕴的需要并存,神话—逻各斯之间的张力伴随着教义与哲学一直发展到当今。从驱动神话创作的"实在专制主义",到引领神话研究的"词语进化论",以及展示神话研究未来可能之维的"将神话带向终结",布鲁门伯格在显性层次上描述了神话终结的三种方式,在隐性层次上却为穿越希腊—犹太—基督教—近代理性主义的脉络提示了三条基本线索。这就是艺术神话终结的可能性、基本神话终结的可能性,以及终极神话终结的可能性,分别呈现了理解希腊神话审美主义、基督教教义论以及德国唯心主义悲剧绝对论的基本线索。

"艺术神话"(Kunstmythos),是指用艺术的手法摹制宇宙结构及其权力制序的神话,其典型形态有柏拉图的隐喻体系以及尼采对之的彻底颠倒。在艺术神话当中,发挥作用的可能不一定绝对是纯粹的幻想,而是营造一种基本的宇宙模式。比如,柏拉图的"洞穴隐喻",不仅为人类再现宇宙的伟大想象潜能提供了理念的表达,而且把存在的自我完善呈现为"来自大地而走向光明"。反过来,尼采则试图通过对神圣化的神话进行妖魔化的变形来颠覆柏拉图主义的基督教,他大胆地把伊甸园里的上帝变形为诱惑的魔鬼,并借魔鬼之力来推动世界向前运动。但尼采在进行这种颠倒时,还相当自觉地以反讽的修辞说话,宣告自己是"以神学的方式"展示对于智慧、对于命运的挚爱。从教义的立场来看,尼采明明是淫文破典、作乱渎神。可是从神话的立场来看,尼采的确是呼唤希腊神话审美主义,以还原神学的意蕴本色。

希腊神话将对宇宙结构、人生历程、权力分配以及宗教信仰都包

裹在它精致闪亮的面纱中,其象征形式蕴含着杳渺无稽时代的残像余韵,在反抗"实在专制主义"的斗争中渐渐确立了一种"形象专制主义",这种形象对实在的劫夺又成为前基督教时代和文艺复兴之后审美主义的历史滥觞。希腊艺术神话在其被讲述和复述的接受历史上,敞开了其被带向终结的可能性。

(1) 普罗米修斯神话

第一个艺术神话是反抗的神话。最初呈现在赫西俄德《工作与时日》中的普罗米修斯的故事①,被布鲁门伯格挑选出来作为希腊文化命运的隐喻,并通过追踪普罗米修斯的历史踪迹而启示了艺术神话变形的轨迹以及终结的可能。普罗米修斯首先是一个反抗天神的形象,一个制陶匠人竟然在祭祀仪式上玩弄欺诈手法将文明之火盗到人间,从此人类就有可能限制神圣的权力,而自主地把握现实。悲剧诗人埃斯库罗斯则以一种同雅典启蒙顶逆的纯粹神话形式把普罗米修斯塑造为生存幻象及其幻灭的象征。"悲剧的特征在于,它是一种试验性的学习,也是在寻找决断的真理"②,但普罗米修斯决断失败,陷入生存意志投射的幻象之中不能自拔,在"微暗的火"所象征的"盲目希望"中被困在高加索山岩,忍受生存的艰辛与苦难的磨砺。布鲁门伯格认为,这正是希腊神话审美主义的崇高意蕴——提示"苦难与文化之间的血脉关联"。在经受了古代启蒙之后,神话仿佛被撕开一道裂口,超验秩序从中闪现一道微光,在智术师和犬儒那里普罗米修斯的造人、救人、反抗、受罚的故事被喜剧化,作为文明与拯救之象征的"火"被当作毫无价值的东西。

布鲁门伯格从奥维德的《变形记》中破译出希腊神话审美主义向罗马神话世俗主义转化的行程,并认为,奥维德不仅成为发明"想象轶事"(imaginäre Anckdote)③的文学人物的先驱,而且奥维德本人也成为作为文学集合的欧洲精神史的经典参照物:"欧洲的幻想就是一个

---

① 赫西俄德:《工作与时日》,张竹明、蒋平译,北京:商务印书馆,2006年版,第3—4页。
② 沃格林:《城邦的世界/秩序与历史卷二》,陈周旺译,南京:译林出版社,2009年版,第330页。
③ Hans Blumenberg, *Die Sorge geht über den Fluss*, Suhrkamp: Frankfurt an Main, 1987, z. 222. 转引自Peter Behrenberg:《神义论失败后的审美神话》,见洛维特等:《墙上的书写》,田立年等译,北京:华夏出版社,2004年版,第151页。

以奥维德为中心不断延伸的语境网幕。"(AM:383)奥维德的普罗米修斯成为"不信神的大都市社会"的守护人,这个社会将一种精致的生活和享受的艺术摆放在至高无上的地位。① 奥维德的神话英雄同时"以血肉凡胎立足大地",又"昂起头颅仰望苍穹"。一种二元对立的世界观透过迷人的神话想象而表征了"灵知主义"的挑战,预示着中世纪即将爆发并一直延续到现代的那场波澜壮阔的"征服灵知主义"的精神战争。

到了18世纪,狂飙突进运动对于诸神的公然亵渎转化为浪漫主义对上帝的"超验性体认"(AM:451),而歌德以《普罗米修斯》颂诗和戏剧片段将古希腊悲剧英雄改造为一位类似于基督教上帝的创造者,同时又把希腊悲剧中提坦神族与人类的代表之间的冲突转化为父—子冲突。"用云雾把宙斯的天空遮蔽",歌德以普罗米修斯形象表现了"反抗提坦巨人的肆心与孤傲",从而引爆了狂飙突进时代的火药。②普罗米修斯在歌德漫长的生命和丰富的创作中占据了相当重要的地位,从他青年时代的《普罗米修斯》颂诗片段,到戏剧《潘多拉》和自传《诗与真》,普罗米修斯神话几乎成为一面棱镜,反射出歌德思想的创造性锋芒和深重的迷惑:他力图将斯宾诺莎的泛神论与审美主义多神论结合起来,他提出的"魔性"概念,他将拿破仑等同于普罗米修斯,以及认同"命运即政治",当然还有他的自传之中那句晦涩的奇谈怪论——"唯有神自己能反抗神"(Nemo contra deum nisi dues ipse)。

在20世纪普遍的"文学枯竭"和创造困局之中,艺术神话成为人类自我救赎的中介,但同时也渐渐被反复讲述和复述过程带向了终结。弗洛伊德把普罗米修斯神话解读为压抑的象征,而纪德将这个神话荒诞化为一种食肉的图腾。普罗米修斯宴请亲朋好友,将那只曾经以腐肉为生而变成天鹰的大鸟烤熟端上宴席,而这只天鹰就是在高加索山岩上啄食他的心肝的大鸟。纪德变形过的神话寓意非常明显,那就是:心肝(良心,理性)喂养天鹰,天鹰(实在专制主义)喂养俗众,作为文化之本源的苦难在美味享受的短暂瞬间被化解了。被卡夫卡校

---

① Manfred Fuhrman, Das Hauptbuch der war Myth。转引洛维特等:《墙上的书写》,第159页。
② 歌德:《普罗米修斯》,见《歌德文集》第8卷,北京:人民文学出版社,1999年版,第77—79页。

正过的普罗米修斯神话呈现出互相抵消和彼此超越的四个版本,但展示了直达终结的过程。第一个版本接近于传统神话,没有神,只有被缚于山岩的普罗米修斯在受匿名之神的惩罚。第二个版本中,没有人,也没有神,只有那些天鹰在啄食他的心肝,痛苦难忍,他只有畏缩,将自己深深挤压进岩石,直到完全变成岩石。第三个版本同尼采著作残篇中的神话有共同的要素,那就是子袭父权,诸神改朝换代,致使高加索山岩上的文化缔造者完全被遗忘了。第四个版本同第三个版本类似,诸神渐渐疲倦,天鹰渐渐疲倦,普罗米修斯的伤口也疲惫无力地愈合了,永存的是那些岩石,那些没有根基、无法解释的岩石山。① 神、人、文化以及苦难的全面忘却,使卡夫卡的普罗米修斯神话不是一个接受版本,也不是所有版本的汇总,而是将神话的接受历史变成了神话,从而将艺术神话带到了终结。"落红不是无情物,化作春泥更护花"(龚自珍《乙亥杂诗》)。布鲁门伯格没有为艺术神话的终结而感到悲哀,相反,他从普罗米修斯的命运之终结处看到了一个自由的诗性空间徐缓地展开。在《神话研究》之结尾,他充满激情地写道:

> 就像那密不透风的岩石所拥有的密度空间那样,这种没有任何活动空间的密度之存在的明证并非自本自生的。只有一种时间上的颠转才是可以想象的:普罗米修斯再次从岩石上站立起来,顶天立地,以饱满的姿态面对苦难,威武而不屈。这广披宇宙万象的末世论忧伤,禁止我们哪怕是片刻地放纵想象。如果再也没有什么可说的,世界为什么必须延续它的存在?
>
> 但是,如果毕竟还有什么东西非说不可,那又何为?(AM:688—689)

(2)奥德修斯神话

"同一者永恒轮回",唯有尼采这一神话/教义对希腊神话审美主义做出了到位的阐释。而这就涉及第二个艺术神话——奥德修斯的远游与回归,这是一个发现意蕴的神话。史诗《奥德修斯》之所以具有神话素质,首先是因为它表现了意蕴的发现是生命力量与现实阻力之

---

① 卡夫卡:《普罗米修斯》,谢莹莹译,见《卡夫卡小说全集》Ⅲ,北京:人民文学出版社,1988年版,第282页。

间的彼此作用,意蕴的发现本质上是意蕴的生成。历经海上风险而艰苦还乡,是一场复兴意义、重整秩序和反抗偶然的运动。意蕴的生成在此采取了一种循环模式——从分离到团圆、从战争到和平、从受难到拯救,而奥德修斯这个神话形象将人类文化与苦难的关系铭刻在想象之上,使之成为生存智慧不可缺少的要素。这个神话原型到了斯多葛主义者手中,远游与还乡的循环模式被打破了。斯多葛主义主张禁欲苦行,痛恨大团圆的结局,因而不会让奥德修斯中断苦难的航程享受哪怕是片刻的幸福。在他们看来,漫游与受难,本身就是一个可能世界之神圣完美的象征,我们应该为奥德修斯的艰苦航程感到庆幸,一如想象为苦役所折磨的西西弗斯的幸福。斯多葛主义者没有让奥德修斯沉湎于脆弱的乡愁,没有让他成为顾影自怜的那喀索斯,而是让他继续扬帆远航,浪里求生,迎着风险驶向未知的海域。中世纪以降,奥德修斯神话模式的变形在破除循环模式的方向上推进得更加遥远,人们根本不相信回归就是圆满的救赎,相反却认为还乡者是消极避世,因而色若死灰,生机全无,无法担当起开拓新天新地的伟大使命。但丁将奥德修斯描写为一个罪人,一个疯狂末路的亡命之徒。他在回归故里之后,发现妻子佩涅洛佩另有所属,从而再次扬帆远航,高飞远走,永远地消逝于人们的视野,最终客死他乡。①

奥德修斯神话在 20 世纪呈现为乔伊斯的《尤利西斯》百科全书式的写作模式。乔伊斯对神话形象极尽歪曲、反讽、戏仿和拼贴之能事,意在将神话转化为当代形式。风波无定、壮阔苍茫的大海被代之以都柏林肮脏狭小的街道,尤利西斯海上漫游的宏大时日被压缩在平凡猥琐的一天,善良但猥亵的广告商人布卢姆在这一天所度过的平庸生活反衬着神话英雄的伟业丰功,忠贞圣洁的佩涅洛佩遭到了纵欲淫荡的莫莉的嘲讽。故事的结局,是布卢姆回家,妻子莫莉在朦胧黑暗中入梦。他回家了,家却令他绝望,唯有在依稀回忆中才感受到生命的意义。布鲁门伯格把《尤利西斯》看作奥德修斯神话之终结的一种可能

---

① 见但丁《地狱篇》,第 26 歌,朱维基译,上海:上海译文出版社,1984 年版,第 184—191 页。哈罗德·布卢姆引用一段评论把这个神话变体同基督教义学联系起来:"把尤利西斯亡于水中的命运同但丁的死前洗礼和随后复活区别开来的,是历史上的基督事件,或恩典,是个体心灵中的基督事件。"见氏著《西方正典》,江宁康译,南京:译林出版社,2005 年版,第 64 页。

形式。但他不喜欢这个版本的神话,因为乔伊斯对神话形象的颠倒并没有满足神话的本质要求。乔伊斯笔下的"佩涅洛佩"(莫莉)纵欲淫荡、不守妇道,恰恰违背了荷马史诗的文化精神。① 一个不守妇道的妻子让远游的丈夫对回家感到绝望,这可能是拒绝意义的最隐秘形式。蕴含在神话之中的生命悲剧意识和文化崇高感,在乔伊斯版本之中被虚无主义取代了。这种虚无主义,表现为返身自视、自我指涉的文学现代主义形式。返身自视与自我指涉,在本质上表现了文学的枯竭。② 文学的枯竭,又表明艺术神话被带到了尽头。

由于《尤利西斯》以猥亵平庸化解了荷马史诗的庄重肃穆,布鲁门伯格对乔伊斯的戏仿之作充满了惋惜之情。与此同时,他又对弗洛伊德重构的回归神话充满了钟爱之意,因为他认为弗洛伊德的回归神话最大限度地体现了意蕴的博大与丰厚。在弗洛伊德那里,那喀索斯不复是顾影自怜、无疾而终的弱者,而是一个皈依者的形象:从自我之外的现实中全身而退,从而避免在分离之中承受过分的风险,以及避免在生命之中耗费不必要的能量。因此,弗洛伊德不仅将俄狄浦斯而且将那喀索斯写进神话,使他们成为"神话意蕴的代表"。因而,弗洛伊德的神话既是"自然历史,又是文化历史,既是宇宙学,又是人类学"(AM:106 – 107)。

(3) 俄狄浦斯—哈姆雷特神话

俄狄浦斯—哈姆雷特神话,它的不断被重述说明人类是如何在神话宇宙观中追寻现代的合法性的。在古希腊神话中,俄狄浦斯象征着人类对血亲的依恋与拒绝、对大地的依靠与敌对的精神矛盾,杀父娶母的俄狄浦斯最后成为祭祀的替罪羊,刺瞎双眼而否定了自己存在的

---

① 布鲁门伯格的原话是:"不同于荷马笔下的特雷马库斯,利奥博特·布卢姆所苦苦寻觅的不是父亲而是儿子。在我看来,同参照神话版本比较,这层关系的颠倒乃是理解《尤利西斯》的关键之所在。但恰恰在这种情形下,圆满境界确实已经烟消云散了。因为,当布卢姆携带着再次找到的斯蒂芬·德达罗斯回到家里,读者一定能从莫莉·布卢姆的'内心独白'中嗅觉出这个佩涅洛佩已经在酝酿着同这位陌生过客图谋不轨了。这就冒犯了荷马史诗的精神,而这度冒犯也许是最为诡秘的拒绝意义的形式。"(AM:95)布卢姆归家的时刻,"进去,还是不进去?敲门,还是不敲门?"这还是一个问题。可见归家比无所事事地游荡在都柏林大街上更痛苦,更没有意义,乔伊斯颠覆了荷马史诗的意蕴生成循环模式。参见《尤利西斯》(下),第17章,萧乾、文洁若译,南京:译林出版社,2002年版,第1036页。

② John Barth, "The Literature of Exhaustion," in Bran Nicol (ed.), *Postmodernism and the Contemporary Novel*, Edinburgh: Edinburgh University Press, 2002, pp.138-147.

合法性。在 9 世纪的冰岛神话中,哈姆雷特的原型形象象征着天体的迟缓运行,星球失序而发生的灾变,影射着现实生活的无序及其缺乏合法性。莎士比亚将古希腊神话与冰岛传说融合起来,塑造了哈姆雷特形象,象征着文艺复兴时代迟疑的主体,无能的君主,以及普遍忧郁疑虑的心灵,通过与先辈幽灵的对话而否定了此在生存的合法性。

在《戏剧观念》(The Idea of Theater)一书中,弗格森(Francis Fergusson)详细地揭示了莎士比亚的《哈姆雷特》如何遵循希腊悲剧特别是《俄狄浦斯》悲剧之中的那些同一仪式模型。他指出,

> 在《哈姆雷特》和《俄狄浦斯》这两出戏中,高贵的受害者都和非常本源的腐败相联系,即与整个社会秩序的败坏相联系。两出戏的开端,都呈现了一种整饬岌岌可危的政治体系的使命;两出戏中都交织着个人和社会的命运;两出戏中高贵的受难者的苦难在净化世界和更新社会尚未完成之前都是必不可少的。①

到了 20 世纪中期,德国戏剧家海纳·米勒穿越两千多年的时光废墟,将古老神话人物哈姆雷特与现代机器结合起来,创作出《哈姆雷特机器》这部 9 页 3000 多字的剧本,将历史中积淀的一切具有颠覆意义的神话素凝聚于哈姆雷特身上。② 背靠欧洲废墟面对空虚的大海,哈姆雷特帮助奸王叔父强占自己的母亲,不仅如此还亲自强奸了自己的母亲。在哲学死亡、上帝转身而去、瘟疫流行的灾难氛围中,与女友奥菲利娅做了一次答非所问的对话——"你要吃我的心么?""我想成为女人!"戏剧的最后场景是,奥菲利娅在死亡的气息中狂欢,而杀人犯私闯民宅用鲜血启示真理。戏剧将一切能颠倒的都颠倒了,复仇者成为帮凶,诅咒女人是弱者的王子自己渴望成为女人,匡扶正义重整乾坤的场景变成了普通人之间的互相残杀。启蒙的展开与理性的凯旋并没有带来现代性的进步,人性随着历史而加速堕落,现代性何曾有合法性可言?不可否认,神话被复活了,但这活过来的神话是嗜血的暴力而非脆弱的爱心。这就是历史的记忆,这就是神正论、人正论以及审美主义统统失败之后人类精神的绝境。

---

① 参见 Wilfred L. Guerin 等编:《文学批评方法手册》,北京:外语教学与研究出版社,1999 年版,第 172 页。
② 海纳·米勒:《汉姆雷特机器》,见《世界文学》2006 年第 2 期。

（4）浮士德神话

什么样的神话如此经天纬地、总括万有呢？这就有必要叙述第三个艺术神话——浮士德的奋勉与虚无，这是一个关于知识与快乐的神话。第一次出现在 16 世纪公文、日志记载中的真实人物浮士德博士（Faustus）的故事，在 18 世纪已经衍生出了多个版本的神话，而被歌德建构为一个关于无限奋勉与终极虚无、生命力量与文化形式，以及残缺与圆满的神话。

希腊人认为，智慧之爱生于好奇之心。秉承这一神话审美主义的认识论传统，布鲁门伯格将浮士德民间故事的起源同理论好奇心联系起来。

> 在 17 世纪转折点上，理论上的好奇成为典范，被定义为充满雅量的高贵姿态。在浮士德诗学形象中，通过给予这种姿态以合法性，一种转型与进步的载体被创造出来。1587 年，浮士德原型出现在约翰·施皮斯（Johann Spies）的《历史》（Historia）之中，它仍然象征着对罪孽深重的求知欲的恐惧，因为这种欲望"为自己插上了鹰翅，碧落黄泉，上下求索"。这个故事在被移译为英文时，译者大大地淡化了道德训诫的气息，克里斯多夫·马洛（Christopher Marlowe）则将这种时刻准备冒一切风险的求知欲的卑贱低微转化为悲剧的崇高伟美。尽管毁灭依然是最后的结局，但求知欲完全服从其最独特的动机之时，这种精神是不是罪孽，倒是值得怀疑的。合唱队用这么一种道德教诲结束了悲剧，劝慰我们沉思浮士德的堕落，以他的命运为殷鉴："不要妄自浪求不法之事，它们渊深似海而引诱贪欲之心。行事不要僭越神圣力量许可的范围，更不要行事伤及灵魂。"莱辛的浮士德将是第一个发现拯救的人；歌德的浮士德也发现了拯救。但是，拯救，解决了给予这个形象以时代意蕴的问题吗？①

这个形象的时代意蕴已经在布鲁诺身上显山露水。当马洛于 1588 年创作《浮士德》的时候，布鲁诺在《圣灰星期三谈话录》之中"已

---

① Hans Blumenberg, *The Legitimacy of the Modern Age*, trans. Robert M. Wallace, Cambridge, Massachusetts, and London, England: The MIT Press, 1983, p.383.（以下简称 LMA，随文夹注标出，页码随后）。

经沿着好奇之心的辉煌挑战之路走向了极端"。在对话之中,他形容求知活动以及他的知识,就是穿透苍穹,逾越宇宙之极限,敞开监禁真理的牢狱,揭开被遮蔽的自然,总之,就是以求知欲望展开军事奇袭,决裂中世纪的封闭与限制(LMA:384)。布鲁诺至少建立了人类可以认知世界的信念,因而"成为那个世纪的真实浮士德"(LMA:383)。与现代性的"自我断言"相一致,浮士德形象进入了18世纪末19世纪初时代精神的核心,在德国就有一场建构"多元浮士德神话"的运动:有布托的浮士德、莱辛的浮士德、阿尼姆的浮士德、海涅的浮士德。浮士德成为欧洲现代性的基本象征,而启示了人生的基本问题——"内在的权力意志驱使着生命向无限奋斗,了无止境,因而驰情入幻,灵魂无归。"[1]将现代生命的躁动情绪与不安节律铭刻在浮士德身上,歌德呈现了"罪恶深重的生活及其令人战栗的结局",通过精神较量展开了"对时代的批判审视",而产生了无以复加的审美激荡力量。来自远古的普罗米修斯神话的反抗精神,现在被转换到血肉凡胎的人身上。而来自文艺复兴时代的探索意识与求知欲望,现在又从茫茫宇宙和浩渺天空转移到了人的内心。[2] 通过这两度转换,"歌德在他的新浮士德中,试图对求知欲望与幸福实现之间的关系这一古老问题有所发现,通过把传统的魔鬼契约转化为一场赌博,从而产生了承认罪恶存在的自然神学之当代形式……人类的幸福并不是作为一个终极的目标自我实现,而是在'更高追求'的永无止境的特征之中不断圆成"[3]。

莱辛的《浮士德》终究在历史之中成为沧海遗珠。但在一则笔记之中,他说人类在那个时代的过失与罪恶之根源,乃是"对知识充满了太多的贪欲",而人的心灵本身却不"能够最大限度地因美德之永恒的幸福后果"而去热爱知识。在这么一种时代精神的视野下,浮士德被

---

[1] 拙著《宗白华:文化幽怀与审美象征》,北京:北京出版社,2005年版,第209页。

[2] 关于普罗米修斯与浮士德的关系,参见 Tymothy Richard Wutrich, *Prometheus and Faust*: *The Promethean Revolt in Drama from Classical Antiquity to Goethe*, Westport, Connecticus, London: Greenwood Press, 1995. 该书作者通过研究普罗米修斯形象从埃斯库罗斯到歌德的戏剧传统之中的流变,提出反抗乃是将普罗米修斯与浮士德联系起来的精神纽带,而这一文化英雄的神话转换为文艺复兴与宗教改革时代的神话,普罗米修斯就化身为浮士德,这既是从神到人的转换,又是古典南方希腊精神与基督教的北方日耳曼精神的融构(第105—131页)。

[3] Hans Robert Jauss, "Goethes and Valerys 'Faust': Zur Hermeneutik von Frage und Antwort," In *Comparative Literature*, 28(1976): 213。

塑造为向无限奋勉却终止于虚无境界的形象而成为现代性僭越的象征,而无限的求知欲驱使着人类与人类教育的目标背道而驰。① 在这么一种现代性困境下,浮士德神话被推向终结的可能性绽放出来了。但直到1940年,这一终结才由法国诗人保罗·瓦雷里完成。用浮士德与梅菲斯特两个声音说话,他完成了《我的浮士德》(Mon Faust)——一个完全属于个体而诀别了歌德时代精神的神话。在浮士德之前加上所有格代词,瓦雷里"以最大限度的主体性"将神话终结的可能性相对化了。

首先,最明显的僭越在于他完成了一道颠转。浮士德成了诱惑者,而梅菲斯特成了被诱惑者。通过对戏剧结构的这种不妥协的干预,瓦雷里《我的浮士德》以血肉之道证成了布鲁门伯格的现时代合法性。现时代既不是基督教神学观念的世俗化(如洛维特所说),世俗政治观念也不是对神学专制主义的摹制(如施米特所说),而是人类地地道道的"自我断言"(Selbstbehauptung,LMA:97)。梅菲斯特,上帝的奴仆与对手,而今也可以自作主张,主动实施诱惑。浮士德,求知与幸福双重欲望的载体,而今也驻足瞬间,主动享受感官快乐。这两个形象一左一右,完美地实现了现时代合法性,并生动地证明,现代性与中世纪基督教之间不存在类比关系、不存在模拟关系,而只有一种"自我断言"对于神学专制主义的"颠转"关系(Umbesetzung,LMA:89)。布鲁门伯格认为,瓦雷里的浮士德,也许提供了一个终极的不可超越的神话版本,证明了现时代的一切正当性权力:有权再次将这个故事变成血肉形象,有权将历史的普遍精神的变形分别派给浮士德和梅菲斯特,有权在他们身上认出面目全非的宇宙之人性与非人性(LMA:382)。就现代正当性而言,一切都是"自我断言"而非"自我授权"。于是,浮士德神话变成了一出梦幻戏剧,一出魔法变幻的"神曲"。浮士德再也不是那个必须接受诱惑的人,而成为主动的诱惑者,求知过程已经逾越了能让魔法产生诱惑力量的一切。"当针尖指向了该钉纽扣的位置,伟大的好奇就没有用武之地了"(LMA:382)。

其次,瓦雷里浮士德神话的高潮不在于同梅菲斯特的缔约,而在于花园场景中对于感性世界的沉迷。浮士德的罪孽,再也不是好高骛

---

① 莱辛:《论人类的教育》,朱雁冰译,北京:华夏出版社,2008年版,第125—126页。

远、贪求知识、驰情入幻的激情,而在于他及时行乐、追寻诱惑、享用快感的"伊壁鸠鲁主义"。这么一种与求知欲望相对立的感官体验,具体化于浮士德与女秘书"水晶姑娘"(Demoiselle de Cristal)、"欲望"(Lust)小姐在花园里所体验到的最深的感性境界。这个浮士德不贪求知识,也不需要拯救(Erlösung),而心满意足地享受当下瞬间凝神贯注的万象皆空(Läsung)。"水晶姑娘"或者"拉斯特",既不是滚滚红尘里的甘泪卿,也不是神圣天堂内的甘泪卿,她既不是浮士德的诱惑者,而不是浮士德的拯救者。她,仅仅是构成花园戏景的审美触觉要素,伊壁鸠鲁享乐之道通过她的肉身而成型(AM:314)。

最后,花园戏景中浮士德通过拉斯特同世界建立了一种绝对触摸的关系。他灵魂出窍,迷狂地体验到自我在场,不是"我思,故我在",而是"我摸,故我在"。笛卡尔的纯粹自我便蒸发在感觉主义和神秘主义的汇流之中。在"孤独的巅峰",瓦雷里通过浮士德向"欲望"呈现了"孤独"。目击可怕的虚无深渊,浮士德变成了尼采式的隐士。至此,瓦雷里展开了一个终极神话,而把浮士德神话带到了尽头,以至于我们再也无法辨识出同一个神话的形式要素了。这么一种接近终极神话之理想境界的方式,指向了一个整体,一种完美状态,而其最终的效果不仅在于它破天荒地让我们体验其神奇魅力成为可能,而且在于它让我们永无止境地仿效这个神奇的范本,永不停息地适应它所确立的标准,甚至渴望超越这个范本及其标准。作为一种理想的极限情境,终极神话范本及其标准就像理念中的"圆"或者"中庸尺度"一样,乃是人类思想之中所孕育的一种虚灵的真实。这种虚灵的真实,构成了希腊神话审美主义、基督教义的基本神话、德国唯心主义悲剧绝对神话以及现代文学内在形式的一种隐秘的冲动和源始的渴望。

四、结论:神话、生命、文化的共生

"终结神话"并非是通过精神暴力来拆解神话,而是个体在接受的过程之中通过"神话创作"让自己重新占据"终极神话"的位置。这种在审美接受与创造解释之中"伸张自我""指引他人"的姿态,也是跨文化视野下的比较文学研究应该确立的姿态。

布鲁门伯格往返于上下古今,但论证却归于一点:神话,与逻各斯、教义、理性,并行不悖,相伴而生。不仅如此,在以"自我断言"为鹄的、以世俗化为取向的现代性运动中,神话还帮助主体成功地自我伸张,以至于将自我提升到了神性的地位。作为"狂言",神话不仅没有丧失正当性,而且正是借神话之助,现代性才能为主体确立"自在自为的责任"。不唯宁是,从"实在专制主义"的阴森威权下诞生,神话凝聚了人类最初的命运感。"往古之时,四极废,九州裂,天不兼覆,地不周载",如此"实在专制主义"的严峻威权之下,"女娲炼五色石以补苍天"的壮举,正好说明神话含纳着远古之远古的初民征服"于穆不已"的"维天之命"的浩大激情。然而,神话首先蕴含着从"命运"转向"境界"的内在逻辑,这一逻辑的演化便开出了自在自为的个体生命境界,那是通过"立人""达人"(《论语·雍也》)而达"在邦无怨,在家无怨"(《论语·颜渊》),还开出了为整个宇宙负责的伦理境界,即"万物皆备于我""反身而诚,乐莫大焉"(《孟子·告子》)。其次,神话又蕴含着从想象的制序转向真实的制序之可能。在中国古代历史上,西周厉幽时代,"浩浩昊天,不骏其德,降丧饥馑,斩伐四国"(《诗·小雅·雨无正》),天命威权堕落,人文境界渐渐表达在春秋时代"名以制义,义以出礼,礼以体政,政以正民"(《左传·桓公二年》)的政治制序之中。最后,神话还将经过哲学思维的陶冶铸造,被塑造为具有强大表现力量的思想形象,而成为一个民族文化精神的基本象征。在神话渐行渐远而渴望铸造新神话的《庄子·天下篇》落墨的时代,相传庄子以"谬悠之说,荒唐之言,无端崖之辞"所述说的"独与天地精神往来"(《庄子·天下篇》)的境界,就成为后代哲人、诗人、艺术家所殷殷企慕的生命境界。神话在不断地复述和重构,在接受和阐释之中不断地孕育着新的意义,不断地铸造新的形式。

在现代性语境下下,神话可能沿着三条途径展开。第一,"神话"顺应"逻各斯"的转向而展开,开启"认识—工具"的维度,而在这个维度上遭遇到国家政治观念。卡尔·洛维特的"基督教世俗化"以及卡尔·施米特的"政治概念与神学概念的类似",在反启蒙的方向上印证了现代借神话之助而展开现实政治制序的可能;而"古之王者存三统,国有大疑,匪一祖是师,于夏于商,是参是谋"(龚自珍《古史钩沉论》)、"孔子之创制立义皆起自天数"(康有为《春秋董氏学》),则是在启蒙的方向上体验到神话在现代政治制序中的强大构型能力。第二,

"神话"将抗争命运的激情转化为自我贞立的境界,便开启了"道德—实践"的维度,而在这个维度上呈现了道德生命的内涵。康德"上帝存在"公设之真义在于"确保尽可能多的幸福对于处在不断提升中的德行的精确配称"①,或者说"德福一致就是圆善"②,而是不依赖于外在处境的道德生命之基本特征。第三,"神话"为人类符号实践准备了充实的资源库,从而有可能在不断的"神话研究"之中展开"审美—表现"能力。希腊神话审美主义塑造了欧洲文化的基本品格,灵知主义"教义神话"成为波澜壮阔的浪漫主义、现代主义文学运动的强大激素,诞生于中世纪民间又被启蒙、古典时代艺术家重构的浮士德神话成为"无限开拓驰情入幻"的近代欧洲精神的基本象征。由此看来,只有神话在现代性结构的某一维度上的展开,而没有任何一种现代性结构对神话的摧毁与吊销。"狂言"与"正史",本来就没有明确的界限,而是互相塑造,并彼此赋予对方以正当性。因而,神话不仅没有随着现代性的高涨而落潮,而是与时俱进,帮助现代性获取正当的理由。

---

① 黄克剑:《心蕴——一种对西方哲学的读解》,北京:中国青年出版社,1999年版,第285页。
② 参见牟宗三:《圆善论》,台北:台湾学生书局,1985年版,第271页。

美与爱的灵歌

——略论梅列日科夫斯基的象征主义

俄罗斯象征主义从1900年到1912年间盛行于文艺界,并在思想领域对民粹主义、自由主义和德国思辨哲学构成了挑战,其引人瞩目的倾向是在宗教上呼唤"异教"的回归,并主张最高的宗教境界在于"基督"和"反基督"的合一。呈现在文学艺术里面,梅列日科夫斯基的作品表明,俄罗斯象征主义敌对于当时的民族主义、乡土主义,反对艺术大众性诉求,而主张文学的本质在于"神秘而永恒的感性"。在梅列日科夫斯基那里,象征不是一种艺术方式,而是一种连接两个世界、两种真理的中介,一种架在心灵深渊上的阶梯,一种从诸神死亡到诸神复活,从反基督到端详基督面容的生命过程,以及从圣父秩序到圣子秩序再到圣灵秩序的历史文化过程。

> 我们全神贯注
> 望着破晓的东方,
> 黑夜的孩子,不幸之子,
> 期待我们的先知到来。
>
> 于是,心中满怀着希望,
> 离开人世之际,我们思念
> 这个创造得不完善的未来。
>
> 我们的语言,果敢大胆,
> 只是预兆来得太早,
> 但死亡的劫运终究难逃,
> 只是它延迟得太晚。
>
> 被深埋的要复活

> 于是，在沉沉的黑夜中，
> 有公鸡在长夜里歌唱
> 而我们是清晨的严寒。
>
> 我们是深渊上的阶梯，
> 黑暗之子，等待太阳，
> 我们把将要看见的光明当阴影，
> 我们将在它的光芒中死亡。
>
> ——梅列日科夫斯基《黑夜的孩子》①

这首诗的作者是俄国流亡作家、诗人、文学批评家梅列日科夫斯基(D. S. Merezhkovsky, 1866—1941)，他被公认为是俄罗斯现代主义文学的创始人，俄罗斯象征主义的代表，以及新宗教运动的精神领袖之一。在黑夜里期待光芒，在严寒的深渊里向神性祈祷，最终却死在光明与阴影的交织当中，这就是一个文化历史给梅氏及其同道者所预留的命运。

梅氏是一位难以诠释的作家，千古文章，满纸才情，留给读者的是无尽的困惑。有鉴于此，别尔嘉耶夫在《俄罗斯思想》中提醒我们说，要理解梅氏，首先必须关注其思想以及文字之中所蕴含的那种令人焦虑的张力——基督与反基督的冲突，以及人的灵魂在这种张力之间的挣扎。②而要理解这种宗教冲突和心灵挣扎，又必须关注另一位俄罗斯思想家罗札诺夫(1856—1919)的"死宗教"和"活宗教"理论。这一理论认为，犹太教和绝大部分多神教(古代异教)是"活宗教"，其教义在于怂恿或者激励人去追寻生命的快乐，而基督教是"死宗教"，其教义在于忽视甚至敌视生命。在这么一种认识的误导下，梅氏一度陷入迷惘，在意识危机阶段朦胧地感觉到必须将"异教"与"基督教"结合起来，艰难地在神话与教义之间寻找平衡点。尽管他凭借信仰而超克了这度迷惘，但他的心灵却为基督教与异教的冲突所撕裂，致使他总是在长夜里呼唤黎明，在黑暗的深渊上孤苦无告地战栗。他断言："只有一种文化是真实的，那就是寻求上帝的文化；只有一种诗是真实的，

---

① 《俄国象征派诗选》，黎皓智译，杭州：浙江文艺出版社，1996年版，第122—123页。
② 别尔嘉耶夫：《俄罗斯思想》，雷永生译，北京：三联书店，1995年版，第220页。

那就是象征主义的诗。"

为了真实的文化而走上了寻神之路,为了真实的诗而进入了象征主义的丛林。所以,我们先看看这位寻神者的行传,然后再来倾听他的那些爱与美的灵歌。

一、流亡的寻神者

梅氏出生于彼得堡一个宫廷内侍家庭,自幼深受俄罗斯古典文学熏陶,酷爱普希金、莱蒙托夫等人的作品,先后结识陀思妥耶夫斯基、纳德松(1862—1887)、乌斯宾斯基(1843—1902)等作家。于19世纪80年代初期,开始文学创作,1892年出版诗集《象征》,在艺术实践上开俄罗斯象征主义的先河。1893年,他发表著名演讲《论现代俄罗斯文学衰落的原因及新流派》,提出了俄罗斯象征主义的纲领。从1896年到1905年,他先后创作《基督和反基督》三部曲——《诸神之死(背教者尤里安)》、《诸神复活(列奥纳多·达·芬奇)》和《反基督者(彼得和阿列克谢)》。20世纪20年代之后,他创作了《克里特岛上的图坦卡蒙》等历史小说、《保罗一世》等戏剧。他的文学批评巨著《托尔斯泰和陀思妥耶夫斯基》,哲学散文《永恒的伴侣》和《重病的俄罗斯》都是广为传诵的经典。

1888年阴雨连绵的5月,梅列日科夫斯基与女诗人吉皮乌斯(1869—1945)相识。从起初的彼此冷淡,到渐渐互相吸引,最后到两个人的灵魂一起激荡。在十分简朴的婚礼后,他们除了一次短暂的分离之外,毕生厮守,在漫长的52年间,再也没有分开过。吉皮乌斯的心灵色调相对阴暗一些,而梅列日科夫斯基的心灵色调则相对亮丽几分。但这种天性上的差异,绝非水火不相容,而是彼此互补。"阳光和雪花在那里接吻/欢乐的醉意在流淌",这种灵魂的合拍使他们两个人似乎就是"一个合二者而为一的生命,是一个在伴奏下歌唱不止的嗓音,有时是她在歌唱,而他在伴奏,有时(更经常地)是他在歌唱,而她在追随着他"。当他们手挽着手走在巴黎的帕斯大街上,人们会自然而然地停下脚步,转过身去,朝他们行注目礼。他几乎半身瘫痪,可怜无助,不可救药地吊在她身上,而戴着单片眼镜的她则昂首挺胸,让阳光直射在她白皙而红晕的脸上,身上永远披着一件火红色的狐皮。在这种灵魂互相寄寓的爱之中生活,他们征服了"时间的重负",自由地畅谈逝者与生者,随意地跨入过去与未来。①

1902年,梅列日科夫斯基和吉皮乌斯开始构想一种具有宗教象征意义的"三一家庭"模式:"我们需要一个第三者与我们联合在一起的时候把我们分开。"费洛索福夫就成为这么一个第三者,与他们一起构成了一个"爱的三角",组成了"三一家庭",他们希望这么一个共同体成为"第三圣约教会"的秘密共谋之核心。关于费洛索福夫,吉皮乌斯写道:"费洛索福夫的灵魂的底色是阴暗的消极的(总的来说),在他生命的晚期,他身上甚至出现了某种残酷的东西。"但是,"他比任何人都更接近德米特里,他爱德米特里,当然甚于爱我。……他真诚地爱德米特里,甚至是我们两人"。② 他与梅列日科夫斯基夫妇一起度过了15个艰难的岁月,即使是在1905年于华沙决裂之后,他在这个家庭中的位置被文学秘书兹洛宾取代,他还是与他们生活在一起,一直到其最后的日子。

在其同时代人的记忆之中,梅列日科夫斯基其貌不扬,个子小小,身体羸弱,还有点驼背,略显老气的脸上蓄着一圈俄罗斯知识分子常有的大胡子,但他有一双年轻、灵敏的眼睛,像野兽的眼睛一样犀利。他的另一个面目是煽动家,从象牙之塔走进演说大厅,接近普通百姓,从他羸弱瘦小的身体里面发出一股有磁性的声音,其中的睿智和远见富有先知启示的力量,叩响听众封闭的心扉。象征主义诗人安德列·别雷则从令人不解的外貌下读出了梅列日科夫斯基最隐秘的心灵特征——热爱暴风雪。

> 在雪雾中,走着一个被雪花迷住了眼的小个子,脸冰冷冰冷,而那双凝神的大眼睛射出的目光却穿透这暴风雪,这城市,这空间,隐没在另一个空间和另一个时间中。③

这眼光代表了一种深邃的智慧,不仅洞察了广袤的自然和苍茫的

---

① 阿格诺索夫:《俄罗斯侨民文学史》,刘文飞等译,北京:人民文学出版社,2004年版,第105—106页。
② 吉皮乌斯·梅列日科夫斯卡娅:《梅列日科夫斯基传》,施用勤等译,北京:华夏出版社,2001年版,第105—106页。
③ 见阿格诺索夫:《白银时代俄国文学》,石国雄等译,南京:译林出版社,2001年版,第15—16页。

宇宙，而且烛照了人的内心永恒的秘密。在寂寞中，他咏叹沧桑。在流亡之中，他追寻神圣。这就是伫立他心中的另一个空间，流动在他心中的另一种时间。

读梅列日科夫斯基，往往会得到一种挥之不去的印象：一个掉书袋的知识渊博的作家。其实，他最初的关怀不是文字历史，而是现世生活。19世纪80年代，刚刚毕业于彼得堡大学，他就沿着伏尔加河和卡马河游历，成为第一批走向民间、寻找草根的行者。俄国民粹派思想家乌斯宾斯基激发了他对土地的挚爱之情，希望将灵魂深深地扎入神圣的泥土，防止因脱离根脉而出现精神虚空，同时也一厢情愿地企图把知识分子的真理撒播到民间。"他们扶起被无情的大自然抛弃、孤苦伶仃、听任命运摆布的弱者。"人民不是上帝，大地上的真理不是全部真理，梅列日科夫斯基马上觉察到民粹主义与宗教情怀之间存在着不可协调的冲突。他断言从斯拉夫主义到民粹主义，被打上了精神虚弱贫瘠的烙印，写在哲学和灵魂之苍白的书页，充满了幽灵式的抽象与孤寂。随后，他告别了民粹主义，携带着灵魂从神圣的泥土飞升而起，去直面反基督时代的宗教深渊。

十月革命更让他感到了精神苍白与贫瘠的恐惧。"俄国的什么东西损坏了，什么东西落在了后面，什么东西诞生了或是复活了，正奋力向前……去哪里？这谁也不知道，但在那时，在两个世纪的交界处，在空气中已经能够感觉到悲剧的气息了。"①梅列日科夫斯基对十月革命持反对立场，因为革命不是引领俄罗斯通向至福千年的快乐王国，而是把它抛向了更严酷的苦难深渊。

> 饥饿，黑暗，不间断的搜查，冰一样的寒冷，由谎言和死亡构成的严酷氛围环绕在我们周围，令人作呕，所有这一切都无比沉重。但更为沉重的，是一种完全无能为力的感觉，我们没有任何可能去和周围的一切进行斗争；我们大家似乎全都躺在什么地方，被捆着了手脚，嘴里塞着破布，不让别人听到我们的声音。②

1919年12月，梅列日科夫斯基携同吉皮乌斯以及费洛索福夫，离

---

① 吉皮乌斯·梅列日科夫斯卡娅：《梅列日科夫斯基传》，第67—68页。
② 吉皮乌斯语，转引自阿格诺索夫：《俄罗斯侨民文学史》，第107页。

开彼得堡南下,穿越俄国和波兰边境,辗转到达巴黎,开始了漫长的流亡生活。在流亡中,他一方面希望把自己那种无名的俄罗斯恐惧告诉西方,另一方面又日夜思念唾弃他的祖国,关注正在发生的伟大变革,并构想祖国的未来。他感受到的忧伤,是整个世界陷入黑暗和墓穴而缺乏神性的忧伤。他感受到的苦闷,是现代人为废物所谋杀的世界性苦闷。但更让他梦系魂牵的,还是俄罗斯的命运。他在流亡之中吟诵的美与爱的灵歌,及其所蕴涵的弥赛亚精神,无条件地奉献给了驱逐和责骂他的俄罗斯。

> 俄罗斯,我们的土地,我们的躯体。没有了土地,就没有了躯体。我们对俄罗斯的爱是难以抑制的,一种难以抑制的渴望,要投入新的躯体,新的土地。……我们对俄罗斯的爱,不仅仅是爱,而且是爱慕。俄罗斯,同时是我们的母亲和未婚妻,是母亲和情人。
>
> 在俄罗斯灭亡的前夜,俄罗斯的圣母,一切忧伤者的母亲,在俄罗斯的原野上行走,在哀伤,在哭泣。从他的眼泪中长出一朵花。这朵花的名字叫"俄罗斯心灵",这就是俄罗斯的弥赛亚主义。
>
> 在其他民族停止拯救世界的时候,俄罗斯将开始行动。①

梅列日科夫斯基在流亡之中忘我地为"第三约言"王国的降临而劳作,风一般不知疲倦。在伤痕累累无比荒凉的德国人占领下的巴黎度过了他孤寂沉思的时光。1941年12月一个寒冷的清晨,当准备生火取暖的仆人走进客厅时,发现梅列日科夫斯基一动不动地坐在椅子上,永远安息了,享年75岁。

只有15人参加他的葬礼。

吉皮乌斯,在没有他的日子里,又悄悄地走过了近4年的寂寞时光……

---

① 吉皮乌斯语,转引自阿格诺索夫:《俄罗斯侨民文学史》,第111页。

二、象征——圣灵在自然、历史以及天国的踪迹

梅列日科夫斯基在 20 世纪精神历史上是一个有争议的人物。他是个哲人还是诗人？是圣徒还是诗人？迄今为止，他还是一个漂泊的属员，没有一个标准来为他定位。别尔嘉耶夫说："梅列日科夫斯基在唤醒文学和文化的宗教兴趣，和掀起宗教风浪的过程中起了主要作用。"①

而哲学家伊·伊里英则苛刻地认为，在梅列日科夫斯基的长篇小说中，"艺术上不需要的东西构成的大海发出了波涛声"，给人的感觉则是仿佛"在跟一个想冒充神灵附体的先知的疯子打交道"。② 还有人甚至全盘否认他的艺术成就，说"他的诗歌是苍白的，长篇小说是公式化的，批评文章是极其主观的，到处充斥着那种很少遮掩的作者的偏见"③。可是，在欧洲他的影响不仅长盛不衰，而且其长篇小说的影响还超越了文学领域，为神学家和经学家注入了思想的灵感，比如卡尔·巴特在他的《罗马书释义》之中就引用了梅列日科夫斯基的作品。

梅氏一生完成了三套三部曲，这些作品都是以鸿篇巨制叙说基督与敌基督之间的残酷冲突和两个心灵之间的挣扎。寻神的心灵向往着上帝国的真理，而异教的心灵则迷恋于大地的真理，这是贯穿在他思想和著述之中的两个极端原则。上帝国的真理由一种神圣的价值构成，是一种引导灵魂向上对流的力量，而大地的真理则以多神教（异教）为代表，它肯定肉体享乐和鼓动挥霍生命。多神教切合了世俗世界的追求，而基督教则与人间生活格格不入，主张弃绝生命和禁欲苦行。在流亡欧洲期间，梅氏撰写第三套三部曲，以人类历史发展形态为线索，述说基督与敌基督之间的冲突，建构了圣约三王国的象征体系：《圣三的奥秘：埃及和巴比伦》，述说东方文化诞生的秘密，勾勒从埃及到巴比伦的历史形态；《西方的奥秘：大西洲和欧洲》，述说西方文化的终结，勾勒罗马到巴比伦的历史形态，着重描述西方文化的灾异；

---

① 别尔嘉耶夫：《俄罗斯思想》，第 219 页。
② 阿格诺索夫：《白银时代俄国文学》，第 16 页。
③ 同上。

《未知的基督》,述说开端与终结,人类历史的终结,针对历史上对耶稣的歪曲、误解和破形,希望恢复耶稣的真正身份和面目。① 东方文化与西方文化的线索构成了一个巨大的十字架,而这就是文化历史的象征,十字架上死而无怨的耶稣,正是人类文化历史的价值光源。文化的真正终结和新生,都是由十字架上的耶稣来象征的。

整个人类文化历史的开端与终结及其节奏如此,寻神的个人独特的宗教体验也是这样。梅氏在叙说路德触摸神圣的生命经历时,令人震惊地呈现了基督教信仰的三位一体:

> 第一个是在……暴风雨中,来自圣父:"落在活的上帝手里是可怕的";第二个来自生子:"我仰望十字架时……看到了光明";第三个来自圣灵:"如果圣子不向人显示圣父,他们是不能认识他的……如果圣灵不向他们显示圣子……他们对他也一无所知。"②

"三约"——圣父之约、圣子之约和圣灵之约——的信仰体验,以及建立在这种体验基础上的历史观,构成了梅氏思想的重心。梅列日科夫斯基所关心的,当然是首先是"思想的事情",根底上却是"信仰的事情",在这里,哲学和文学之间的界限本来就极其脆弱。梅列日科夫斯基的哲学与文学更是难解难分,他以哲学思考来迎接圣灵的降临,他以文学叙述将圣灵展示为"活的灵"——灵与肉虽然在残酷斗争,但终归一体。"基督是爱和自由",这一思想构成了他的思想和叙述赖以展开的枢纽。通过哲学沉思、历史考古、经学注释,并把它们转化为灵肉丰满的象征,来叙述一部"神而人"的历史,从而窥探"世界新教会"和"第三约言王国"的理想,以及圣灵与人灵的盈虚消息。贯穿于他的全部作品的基本主题是人类历史上不同时代、不同宗教经验相统一的思想,是圣灵和历史运动之根本关联的思想,准确地说,是"圣三位一体"及其运动的思想,这种思想可以一直追溯到约阿希莫。

1. 三个圣约

历史从分裂走向统一,从灾异行进到拯救,从残缺实现圆满,就是三个圣约的历史,即从圣父之约到圣子之约再到圣灵之约的三段论式

---

① 参见张百春:《当代东正教神学思想史》,上海:上海三联书店,2000 年版,第 132 页。
② 梅列日科夫斯基:《宗教精神:路德与加尔文》,上海:学林出版社,1999 年版,第 148 页。

历史。这一思想构成了梅列日科夫斯基的全部思考和文学叙述的出发点和归宿,但这一思想应该追溯到基督教诞生之初。对一个直接面临的世界末日所做的启示录式的思辨和期待,就反复出现在基督教初创时代的历史之中。直到12世纪到13世纪,佛罗利斯的约阿希姆(Joachim,1131—1202)才真正把这种思辨和期待构想成一个合乎逻辑的历史寓言解释体系。这种解释体系是否就是《圣经》的逻辑? 这在13—14世纪引起了剧烈的宗教之争。在1190—1195年间一个圣灵降临节,约阿希姆反复诵读《启示录》,终于获得了一次顿悟:《启示录》这部怪异的经书之内涵与《旧约》和《新约》完全一致,那就是:"《旧约》和《新约》中的征兆和形象既是历史也是神秘的意义,这些征兆和形象凝聚为救赎历史从头到尾、直到《启示录》的历史实现的整体画卷。"[1]

约阿希姆的解释体系建立在"三位一体"学说的基础上。三位一体的三个位格先后在三个不同时期中启示自身,三种不同的秩序也顺次展开。第一种秩序是圣父的秩序,第二种秩序是圣子的秩序,第三种秩序是圣灵的秩序。犹太人生活在第一种秩序之下,是圣父律法的奴隶;基督徒生活在第二种秩序之下,超越了律法道德而表现出了灵性与自由;未来王国的子民将生活在第三种秩序之下,生活在完全实现了的保罗预言之中,人们完全感到灵的敞开,灵的自由,灵的丰满。第一个历史时期是以亚当在畏惧之中为开端,以律法为标志展开,自亚伯拉罕以来,它已经结出了果实,并在耶稣基督身上得以实现。第二个历史时期是以乌西雅(Usia)的诚信和谦卑为开端,以福音为标志,自撒加利亚(Zacharias)即施洗约翰(Johannes des Täufer)的父亲以来,它也结出了果实,并将在未来时代得以实现。第三个历史时期是以圣本笃的爱和愉悦为开端,以圣灵为标志,并将随着以利亚(Elias)在世界末日的复归而实现。这三个历史时期互相交织,构成一个互相蕴涵的完整历史。第一种秩序在历史上是成婚者的秩序,以圣父为基础;第二种秩序是教士的秩序,以圣子为基础;第三种秩序是修士的秩序,以真理的灵为基础。三个历史时代分别由三种不同的东西支配:

---

[1] 卡尔·洛维特:《世界历史与救赎历史》,李秋零等译,北京:三联书店,2002年版,第176页。

第一个历史时期是艰辛和劳作,第二个历史时期是学识和纪律,第三个历史时期是灵修和赞美。三个历史时期所拥有的东西也各不相同:第一个历史时期是拥有知识,第二个历史时期是拥有局部的智慧,第三个历史时期是拥有心智的完满。①

2. 三个圣约的象征呈现

(1) 圣父之约

梅列日科夫斯基的文学叙述就是三位一体及其历史启示阶段的象征。历史的第一阶段,三位一体的第一种秩序,被呈现为圣父阶段,或者前基督阶段。这是保罗《罗马书》之中描述的茫茫黑夜,由异教诸神统治的茫茫黑夜。"那些行不义阻挡真理的人",使上帝震怒,光亮照在我们身上就变成了黑暗,所以我们在黑夜之中游荡,在游荡之中迷惘,在迷惘中绝望。② 但梅列日科夫斯基的叙述表明,在埃及、巴比伦、克里特里、古印度、以色列、古希腊和大西洋上的大西洲等地域的多神教之中,已经存在着对基督的期待——古代多神教对基督的梦想。他借助虚构的大西洲的毁灭来暴露西方的秘密、历史的灾异和救赎的可能。火山之火,即外在之火,毁灭了第一个大西洲,而自以为是的自我之火,即内在之火,必然毁灭第二、第三个大西洲。如果不懂得谦卑,如果不知道恐惧自我,如果不团结众人、建造方舟和彼此相爱,人类之火必然毁灭大地。梅列日科夫斯基置身于两场烈火之间、两场战争的间隔、两片磨盘的夹缝,为人类的灾异呼吁、哭喊和哀求——"末日之火将联结历史和史前"。不幸被他言中,当没有神性而又自以为是的"废物"统治了大地,战争、瘟疫、残杀以及历史上的各种灾异回响着大西洲毁灭的神话。

(2) 圣子之约

历史的第二阶段是圣子阶段,即耶稣基督降生以后的全部历史。人们生活在圣子的秩序之中,不是律法道德之下的奴隶,而是上帝的儿女。但这一阶段是两种真理、两种神性和两种人格分裂和矛盾的痛苦阶段,充满了悲剧与忧伤。梅列日科夫斯基的《基督和反基督》三部

---

① 卡尔·洛维特:《世界历史与救赎历史》,第177—178页。
② 参见卡尔·巴特:《罗马书释义》,魏育青译,上海:华东师范大学出版社,2005年版,第47—50页。

曲就选择了这么一些动荡不安、飘零无着以及分裂迷乱的时代,其中神/魔并存,圣洁/邪恶合体,以及救赎/诱惑交加。但这种迷乱分裂的悲剧时代必须走向统一和完美。

首先,这是两种真理之间的对立,"真理从天而降,正义从地而生",这就是梅列日科夫斯基的"新宗教精神"。天上的真理是基督教,地上的真理是古希腊罗马多神教,前者激励精神的自我牺牲,后者则希望自我断言和自我塑造。第二,与两种真理相联系的是两种神性,"奥里穆兹德"(光明良善的神性)和"阿利曼"(黑暗邪恶的神性),二者之间持久的战争之结局是光明战胜黑暗,实现千年王国。第三,人的灵魂之中有两个深渊,一个是由无限圣洁的女神来象征的,一个是由无限淫荡的女魔来象征的,人类就困惑地注目于这两个深渊之上。

> 我一生注定有两个忠诚的伴侣,
> 寒冷的雪,那纯洁的光芒,
> 鲜红的风信子,它的火与血。①

梅列日科夫斯基从普希金的诗歌之中读出了灵魂的两个深渊,以及它们的两个魔鬼的造型:

> 那俨然是两个魔鬼的造型
> 一个(德尔菲的偶像)——面容年轻——
> 他愤怒的样子,充满可怕的骄傲,
> 浑身透出一种非人间的力量。
> 另一个有着女人的形象,充满着色欲,
> 那是令人怀疑的、虚假的理想,
> 是神气的魔鬼——虚假,但却美丽。

这是多神教"邪恶的魅力",即骄傲与色欲的魅力。一个是阿波罗,是天庭的使者,邀凝众生,在如梦如霞的残余光辉之中隐退的帝王;一个是狄奥尼修斯,是戴着美的面纱的魔女,以柔情和色欲征服世界,成为世界之王。于是,人类分裂的灵魂成为"震撼人心的、血流成

---

① 吉皮乌斯的诗歌《白羊座和人马座》,参见阿格诺索夫:《俄罗斯侨民文学史》,第122页。

河的、充满枪械的碰撞声和伤员的嚎叫声的战场,——两个不妥协的仇敌会聚在一起的战场"。这场灵魂的纠纷和搏斗没有结果,也没有出路。作家会选择什么立场?作家能有片刻的心灵安详?所以,"陀思妥耶夫斯基痛苦、思考、斗争到最后一口气,一直到死都没有找到他在生活中最想找到的东西——心灵的安宁"。[①] 梅列日科夫斯基关怀的就是这种灵魂的分裂,而这种灵魂分裂就是20世纪人格分裂的典型。分裂的灵魂感到被遗弃了,生命被化作碎片而不复完整,而心中的痛苦在增长,脚下的废墟在升高。一个充满诱惑和迷雾的时代,人格都是分裂的、多义的,反面人物的狂暴残酷以及正面人物的脆弱惶惑,同样都是历史的真实。

A. 唱给众神的挽歌

梅列日科夫斯基《基督和反基督》三部曲的第一部《诸神死了(背教者尤利安)》叙述了罗马皇帝尤利安统治时期基督教与多神教之间的悲剧斗争,以及这种悲剧在尤利安心灵之中的展现。尤利安崇拜希腊时代的众神,但基督教被奉行了三个多世纪,他便只能在诸神没落的残辉之中哀悼一个逝去的时代。他爱一切逝去的东西,古老的牧歌常常让他感动得热泪盈眶。他爱枯萎的花朵散发的芳香,他需要这种甜丝丝的忧郁,爱恋金色的魔幻般的朦胧。在恐惧和憎恨之中成长的这位罗马皇帝,怀着对古典时代诸神的挚爱,心中萌生了对基督教的敌意,希望复兴古希腊多神教文化。

他对于宗教的理解是:基督之爱,不是奴隶式的迷信式的爱,而是新式的自由的欢乐的爱。在他执政的361年到363年,他冒着生命危险恢复对奥林匹亚众神的崇拜。他深爱着阿茜诺娅,但她是圣女与魔女的合体,反射着心灵的两个深渊,体现了人间生活的矛盾和残缺。神庙颓败,神像破碎,人类生命的完整与精神的圆满一去不返了。太阳沉落,风起云扬,暴风雨即将来到,在废墟一般的罗马土地上,阿茜诺娅冷峻的黑眼睛放射出未卜先知的光芒。她说:

> 将来总有一天,人们会发掘出古希腊的贤骨——神圣的大理石碎片,并重新对着它们祈祷,为它们哭泣……那时,古希腊将复

[①] 梅列日科夫斯基:《先知》,赵桂莲译,北京:东方出版社,2000年版,第226—277页。

活——而我们,也将跟着她一起复活。①

"而我们的悲哀也将跟我们一起复活"。一代人黯然神伤,而天上,地上,海上,一片寂静,阿茜诺娅等人的心理已经沐浴着复兴时代的伟大欢乐,那是一轮永远不落的太阳。

B. "双身人"出世

《基督和反基督》三部曲的第二部《诸神复活(列奥纳多·达芬奇)》中,梅列日科夫斯基呈现了一幅更复杂的两种真理和两个王国斗争的惨烈图景。一方面是古代诸神复活,色情和欲望之神乘月色和浮海水而生,另一方面宗教裁判所也燃起了惩罚异端的熊熊烈焰,文化被完全掌控在暴君和独裁者手中。率先复活的是维纳斯女神的肉体。

> 女神慢慢地升了上来。
> 带着同样的笑容,像当初从海波泡沫里上升起来时一般,她现在从阴暗地窖,从这千年坟墓,出现到地上来了。
> 万寿啊,你金足的母亲,亚弗罗狄特神,
> 神灵和人类,都为了你颠倒梦魂!②

一时间星光暗淡,被欲望驱使的人们面对着这赤裸无邪的玉体以及庄严华美的面容,无法移开贪婪的眼睛。人们注视着她,带着前所未有的虔诚,颠倒梦魂。肉体,为了那神赐予它的端庄美丽,与其在坟墓里埋葬千年,不如在情欲荡漾的眼光中片刻呈现。复活了的女神,以她肉体的能量开始了现代启蒙。这是"生命造反逻各斯"的现代革命之先声,预示着审美主义将主宰世界的命运,接着就是现代世俗生活的信条:

> 青春何美好,
> 惜哉易蹉跎。
> 今时不行乐,
> 明朝唤奈何!

先知女孩嘉山德拉做了一个梦。梦里面,她和女巫一起,赤身裸体,骑着扫把飞过月光下闪烁冰光的阿尔卑斯山,飞过碧海青天,去赶

---

① 梅列日科夫斯基:《诸神死了》,谢翰如译,沈阳:辽宁教育出版社,1997年版,第376页。
② 梅勒什可夫斯基:《诸神复活》上卷,绮汶译,北京:三联书店,1988年版,第31—32页。

赴群巫大会。她亲眼看到散发着骚臭而且无比丑陋的山羊变成了古代奥林匹斯山上的狄奥尼修斯神,即巴库斯神。狄奥尼修斯出现在嘉山德拉面前,嘴唇上现出一个永久欢乐的微笑,一手高擎酋苏杖,一手提着一串葡萄,一只豹子在他身边跳跃,要用舌头去舔那串葡萄。而此时此刻,希腊一切神灵都聚集于光焰四射的云端,下面是蔚蓝色的海水……

万岁啊,狄奥尼修斯万岁!伟大的神灵都复活了!复活的神灵万岁!

裸体的巴库斯张开双臂,去拥抱嘉山德拉,并且发出了雷霆一般的呼声,地动山摇:

来吧!来吧!我的新娘,我的无疵的鸽子!①

嘉山德拉投入这美神的怀抱之中。一场感性革命就在复活诸神的舞蹈中拉开了序幕。两种真理——天堂的精神的真理和人间肉体的真理之间的壁垒消失了。两个心灵深渊——圣美的深渊和淫荡的深渊——在这里汇流,并涌动着对生活的空前热望。这种感性革命呈现在波提切利的画面上:维纳斯女神在诞生之时,一丝不挂,像梦中睡莲一样洁白滋润,还散发出地中海带着盐味的海风气息。她站在一块贝壳上,随波逐流,金色的长发像蛇一样围绕着她,她用羞涩的手势遮掩着下身公开的秘密。华美的肉体呈现有罪过意味的乐趣,但那无邪的嘴唇和天真的眼睛则充满了神性的忧愁。②

基督和反基督的斗争在诸神复活之后更加惨烈。文艺复兴时代的政治家与宗教家,还有破坏伦理的唯美主义者们,纷纷加入了这场精神战争,几乎把人间变成了一个野兽王国。篡位者毒害了君主自己变成了暴君,凶手用带血的手把桂冠戴上自己的脑壳,"小孩和修士"联手把世界变成了疯人院,统治者还口口声声许诺要在大地上建立一个博爱的乐园。但是,普通人的感觉更为真实:目前尘世间已经是地狱了,每个家庭里都在争吵、流泪和叫喊。而宗教裁判所、绞刑架上的肉体以及烈火之中升天的冤魂,也表明最大的反基督者不是别人,正

---

① 梅勒什可夫斯基:《诸神复活》上卷,第162页。
② 同上书,第267页。

是现代强权国家。

在以感性生命和政治强权为一方，以基督教精神为另一方的精神之战中，艺术家达·芬奇有所参与。他是一个双身人，或者说是15世纪到16世纪的一个"雅努斯"神——向后顾盼又向前瞩望，既是巨人又是凡夫俗子。对基督的睿智与对自然的洞察，对上帝的谦恭与对知识的渴慕，非常奇特地并存于他身上。当他说"爱源于知"，当他强调自然法则，当他用精密的机械装置把"圣钉"（钉死耶稣基督的钉子）送上教堂顶端，当他放下《最后的晚餐》去研究飞行机器，他就是一个十足的"反基督者"。但是，他既要完全的知，也要完全的爱，"灵巧像蛇，驯良像鸽子"。他有两副面容：一个充满了人类的悲痛、怯懦，那就是在橄榄山上祈求奇迹的人的面容；另一个则是可怕、陌生，那是全能者，全知者的面容，那个成了肉身的"道"，一切运动事物之最初推动者。这两个面容好像永远是面面相觑、互相决斗的敌手。像在一切伟大天才身上一样，精神与肉体、伦理规范与生命法则之间的永恒对立也闪现在达·芬奇身上。在梅列日科夫斯基的叙述之中，达·芬奇具有接近上帝和沟通上帝的想象力，还在艺术作品之中表现了"无限精神"和"无限肉体"相结合的终极可能性。达·芬奇是一个象征，一个把两个世界联系起来的标记，是达到全世界统一的一个中介环节。

全世界统一的真理境界，是由俄罗斯来象征的。在《诸神复活》的最后，俄罗斯青年犹蒂奇在施洗约翰魔性之美的震惊下长夜无眠，读着两本书——古俄罗斯传说《巴比伦国》和罗马大主教收藏的《修士白帽》。在这两个故事之中，俄罗斯分别获得世界之王的冠冕和象征着基督受难与复活的"修士白帽"，这就预言了俄罗斯尘世的伟大和天堂的伟大。

C. 可以亲近基督的"邪恶天才"

在呈现终极真理境界的《基督与反基督》的第三部《反基督者（彼得与阿列克塞）》之中，启示录式的凶魔出场了。心灵的圣洁与淫荡两个深渊，在这里已经变成了伦理与基督之间的对立了。彼得一世建立了反基督的强权国家，这个国家既背离了基督的真理，又背离了历史的真理，而成为邪恶天才的作品———一个假统一真分裂的俄罗斯。彼得表面上是巨人，实在却是泥菩萨，支配着他的是"反基督的意志"。而皇太子阿列克塞向往基督，而走向了十字架上的真理：不公正的判决使他最后殉难,但他内心深处软弱无能,无法担当基督的真理。在他临刑前,上帝的幻影显现为一个贤明的老人,而殉难者好像就是严酷的历史培育的文弱花朵,浸透了血泪的红花,预示着未来世界的完全统一。历史被分裂为两半的痛苦最终必须在第三约言王国达到圆满。

（3）圣灵之约

> 为什么你给了我们两个灵魂,上帝?
> 它们互相仇视、折磨,
> 天堂之爱,尘世之爱,
> 精神与肉体徒劳地在人间争论:谁也不能战胜另一个。
> 天堂的天使仇视着黑暗的统治者:
> 我们将首位给他们中的哪一个?
> 谁将战胜我——我自己也不知道。①

通过呈现在边缘处境之中生存并在分裂世界厕身的历史人物——尤利安、达·芬奇、但丁、路德、加尔文、彼得和阿列克塞、普希金、契诃夫、托尔斯泰、陀思妥耶夫斯基等等——的双面性,梅列日科夫斯基埋葬了历史上的文化时代,用活生生的符号表明,历史上关于原罪、正义以及最后审判的一切都错了。真理——全世界同一的真理——现在还无法担当,救赎就这样被留给了启示录之后的"圣灵时代"。饱经忧患、伤痕累累的人类将通过悲剧最后进入圣灵,获得真、善、美的果实。

> 总有一天,岁月会融入荡漾的永恒。

而这一天,就是圣灵降临的日子,"编织的东西融为一体,他们的死亡将就是光明"。这是大写的爱在欢庆,世界沐浴在圣灵的光辉之中,人们的心也如橄榄山上的荆棘一样燃烧。这就是梅列日科夫斯基《未知的耶稣》一书之中所叙述的未来。这本书表明,在残酷而又狂热的20世纪,人们还必须从血肉之躯去辨别基督,并因此而接近神人,去接近为整个人类受难、毫无例外地博爱众生的神人。这是俄罗斯基

---

① 梅列日科夫斯基:《古老的八行诗》,转引自见阿格诺索夫《白银时代俄国文学》,第31页。

督教的人道主义的精粹。

《未知的基督》以一个简单的事实开始：基督在我们中间，与我们同行，但我们却不认识他。基督自己说过，我们关于罪、正义和审判的观点都错了，可我们愚蠢地认为自己得到了神性。"未知的基督"一语来自于希腊教父爱任纽的一个说法："我们尚未认识耶稣的肉体形象。"不认识这个肉体形象，就无法了解复活的耶稣与我们同行所走过的路，就不了解整个圣子时代的历史。梅列日科夫斯基提出了端详基督面容来辨别基督、接近基督的方式："人一天又一天地端详那个面容，没有那个面容，生活就变得越来越艰难，甚至越来越不可能。悲剧在扩大，启示录意义上的末日感也在增长……"梅列日科夫斯基启发我们用自己卑微渺小的目光去端详耶稣的面容，去解读信仰的象征密码，去破译圣灵来到人间的消息。

三、俄罗斯象征主义文学运动的特殊意义

梅列日科夫斯基是俄罗斯象征主义的奠基人，是他规定了象征主义文学的三要素：神秘的内容、象征和扩大的艺术效果。但是，以他为代表的象征主义远远不仅是一场文学运动，而是一种宗教精神更新运动。它不仅竭力成为一种普遍的世界观，而且还想成为一种生活行为的形式，还想成为创造性地改变世界的方式。

谈到象征主义，我们自然会联想到法国象征主义。尽管瓦雷里断言"将美学情绪的紧张程度导向极限，而这种近乎神秘的美学情绪，其存在与象征主义密不可分"①，但法国象征主义主要还只是一场文学运动，改变了审美宇宙的坐标系统，而将诗歌变成了只有在虚无之中方可存在的花朵。但以梅列日科夫斯基为首的俄罗斯象征主义运动则超越了美学的王国，逾越了文学的界限，完成了宗教的突破。有文学史家指出，俄罗斯人将象征当作一种精神原则，将象征主义"提升为一种哲学"。

他们视宇宙为各种象征的集合体，一切都另具意义，且在本

---

① 瓦雷里:《象征主义的存在》，见《文艺杂谈》，段映红译，天津：百花文艺出版社，2002年版，第221页。

身意义之外还有对其他事物的影射意义。……象征主义作家的共同特点是文体庄严,喜用具重大意义的字眼,如"神秘"、"深渊"等等。①

俄罗斯象征主义从1900年到1912年间盛行于文艺界,并在思想领域对民粹主义、自由主义和德国思辨哲学构成了挑战,其引人瞩目的倾向是在宗教上呼唤"异教"的回归,并主张最高的宗教境界在于"基督"和"反基督"的合一。呈现在文学艺术里面,梅列日科夫斯基的作品表明,俄罗斯象征主义敌对于当时的民族主义、乡土主义,反对艺术大众性诉求,而主张文学的本质在于"神秘而永恒的感性"。

在梅列日科夫斯基那里,象征不是一种艺术方式,而是一种连接两个世界、两种真理的中介,一种架在心灵深渊上的阶梯,一种从诸神死亡到诸神复活,从反基督到端详基督面容的生命过程,以及从圣父秩序到圣子秩序再到圣灵秩序的历史文化过程。以梅列日科夫斯基为个案,我们不难把握俄罗斯象征主义最显著的特征。

第一,俄国象征主义者相信,有另一个空间和另一种时间,而象征正是指引着人们通往这一他者王国的符号,或者另一个世界在这个世界的踪迹。歌德说,"一切暂存者,无非象征",而在梅列日科夫斯基眼里,但丁"必然就是伟大的象征主义者"。② 因为,但丁的宇宙不是一个由苍白平面的形象所构成的世界,而是由多个世界构成的神秘宇宙。但丁驾驭着艺术挺进到宇宙深处,开掘隐蔽在现象后面的东西,而由此创造的全部形象都无不带有预言性,是另外世界的征兆,或者是另外世界留在这个世界上的踪迹。但丁的诗,像耶稣基督的语言,都是象征性的语言,以其终极的深刻和终极的明晰,将两个世界联系起来,描摹着追寻神圣的人灵魂的挣扎。用梅列日科夫斯基的话说,诗人但丁将"象征性寓言撒到最深处去捕捉人的灵魂"③。

第二,象征是一个动态的艺术原则,一个象征符号代表着十分隐晦和复杂的神秘意味。上文所引"象征性寓言"一语中,象征的含义如上已释,"寓言"的意义还需解释。"寓言",源自希腊语"ainigma",即

---

① 欧因西:《俄国文学史》,台北:中国文化大学,1980年版,第196—199页。
② 梅列日科夫斯基:《但丁传》,刁绍华译,沈阳:辽宁教育出版社,2000年版,第234页。
③ 梅列日科夫斯基:《但丁传》,第236页。

"谜语",或者"比喻","相似"(parabillen)。而"parabillen"的意思是架设,就像从船上架设到岸上的跳板。在希伯来语中,"寓言"有两个词源,一是"agoda",意为讲述、叙述曾经发生过的事情或反复发生的事情;另一是"macshal",意为一切暂时存在之物无非类似。不论从哪层含义上说,象征都是一个动态的原则,是一个从彼岸提供给此岸引导此岸的寻神者亲近神圣的符号,或者从彼岸架设到此岸将此岸的祈祷者超度到上帝国的津梁。俄国象征主义者,有如索洛维约夫、梅列日科夫斯基、吉皮乌斯等哲人与诗人,赋予了象征主义文学观以灵性的活力,打通美学与神学,从而让世俗的感性体验与神性的精神体验交织在一起。在他们看来,诗在本质上有别于一般的语言符号,诗作为"象征",必须被理解为"中世纪实在主义的一般文字",必须被理解为"它所指示的'实在'的完全神秘的对应物"。"象征",不是一个"现实的死的意象或者偶像",而是"活生生的意象",是致力于"道成肉身的文字",因此是"神圣的逻各斯"。①

这么一种对于象征的动态性和寓意性的理解,就将象征主义和浪漫主义严格地区分开来了。当浪漫主义者,如诺瓦利斯那样,希望通过像索菲这样神圣的中介来唤醒对"彼岸世界"的想象时,俄国象征主义者却让幻想在现实之中安身立命。当浪漫主义者把"彼岸世界"看作是一个真正的世界时,俄国象征主义者则采用实在论的终极真理以及生命最高价值。通过把生命与艺术统一起来,再把艺术和信仰统一起来,俄国象征主义完成了美学与神学的融构,试图调和在浪漫主义者身上普遍存在的悲剧性分裂,试图解决在现代性历史上始终困扰着俄国文化的世俗与宗教之间的冲突。梅列日科夫斯基对于保罗、但丁学说的解释则为象征主义的动态性与寓意性原则提供了一个典范。保罗教导说:"他(被钉在十字架上者)使我们和睦,将二合而为一,拆毁了隔在我们中间的墙。"(《以弗所书》2:14)但丁在《帝制论》里论说:通往两个不同的目的(人的和神的目的),但有两条不同的道路,两条并行的却不能联合在一起的平行线。梅列日科夫斯基对这两位先知的解读是:

---

① 伊万诺夫:《象征主义的遗训》,转引自林精华主编:《西方视野中的白银时代》(上),北京:东方出版社,2001年版,第12—13页。

唯有在被钉在十字架上者的心里,十字架的中心,两条线才交叉在一起——横线是地上的,竖线是天上的。两条道路,人的和神的:十字架象征的神圣几何学就是这样的;而两条不同的道路——两条永不交叉在一起的平行线则是魔鬼的几何学。既然被钉在十字架上者"使我们和睦,将二合而为一",那么魔鬼便使我们纷争,将一分裂为二。①

俄罗斯象征主义希望以"神圣的几何学"来启蒙"魔鬼的几何学"②,从而把神秘的实在主义同魔鬼的理想主义等同起来,完全体现在生命体验与艺术实践中,从而克服德国浪漫主义的悲剧绝对性,即内在与外在、有限与无限、自我与非我、光明与黑暗之间的无限分裂。

第三,俄罗斯象征主义是一种思想姿态,一种在深渊的阶梯上期待圣灵降临的姿态。"我们是深渊上的阶梯,黑暗之子,等待太阳",这么一种介于两个世界之间的生命与灵魂无法回避这么一种绝境:在永恒的火和永冻的冰之间绝望挣扎。这种挣扎在德国浪漫主义者身上已经开始,像少年维特、希腊英雄许佩里翁、蓝花梦者奥夫特丁根这么一些艺术形象业已表明,怀着令人憔悴的渴望而"寻找神圣的人"必然体验到深心的一场惨烈的"内战"。"掏出不停跳动着的心,并把一块燃烧着的炭,塞进了劈开的胸膛。"这是但丁的生命绝境,也是浪漫主义绝境的原型。在心灵的战栗节奏中,原始的象征意图渐渐成型,那就是一种独特的基督教思想模式和情感模式的复兴,一种神秘超俗的宗教典型以及人类经验中的独特实在的再度发现。正如施莱尔马赫宣称,基督教是往复争论(durch und durch polemisch),蒙昧的心灵冲突永无休止,内心自律的使命永无完结,寻找神圣的征途永无止境。③梅列日科夫斯基关切地追问,"胸膛里装着燃烧着的炭,眼睛里含着冻结而不溶化的泪水,他有时置身于永恒的火中,有时被冻结在永冻的冰里,他将如何生活?"梅列日科夫斯基写出的答案就是俄国象征主义的意向:

---

① 梅列日科夫斯基:《但丁传》,第321页。
② 伊万诺夫:《象征主义的遗训》,转引自林精华主编:《西方视野中的白银时代》,第296—297页。
③ 施莱尔马赫:《宗教讲演录》,第5篇演讲,转引自A. O. 洛夫乔伊:《论诸种浪漫主义的区别》,见《观念史论文集》,吴相译,南京:江苏教育出版社,2005年,第241页。

基督教产生后最初几个世纪过去之后,整个宗教经验是从地上往天上运动,从现世往彼世运动。但丁却在反向运动中——从天上往地上运动中预感到了新的神圣。圣徒们只知道地上对天上的爱,而基督教产生以前整个人类的宗教经验——天上对地上的爱,——却在基督教中被遗忘了,但丁第一个记起了这种爱。①

---

① 梅列日科夫斯基:《但丁传》,刁绍华译,沈阳:辽宁教育出版社,2000年,第260页。

参考文献

埃柯:《符号学与语言哲学》,王天清译,天津:百花文艺出版社,2006年版。
艾田蒲:《中国之欧洲》(上下卷),许钧、钱林森译,桂林:广西师范大学出版社,2008年版。
阿多诺、霍克海姆:《启蒙辩证法》,洪佩郁、蔺月峰译,重庆出版社,1990年版。
阿诺德:《文化与无政府状态》,韩敏中译,北京:三联书店,2002年版。
阿格诺索夫:《俄罗斯侨民文学史》,刘文飞等译,北京:人民文学出版社,2004年版。
奥尔巴赫:《摹仿论——西方文学中所描绘的现实》,吴麟绶等译,天津:百花文艺出版社,2002年版。
巴特:《罗马书释义》,魏育青译,上海:华东师范大学出版社,2005年版。
白璧德:《卢梭与浪漫主义》,孙宜学译,石家庄:河北教育出版社,2003年版。
本雅明:《德国悲剧的起源》,陈永国译,北京:文化艺术出版社,2001年版。
贝尔纳:《黑色雅典娜:古典文明的亚非之根》,郝田虎、程英译,长春:吉林出版集团有限责任公司,2011年版。
彼得斯:《交流的无奈——传播思想史》,何道宽译,北京:华夏出版社,2003年版。
柄谷行人:《日本现代文学的起源》,赵京华译,北京:三联书店,2003年版。
别尔嘉耶夫:《俄罗斯思想》,雷永生译,北京:三联书店,1995年版。
伯林:《浪漫主义的根源》,吕梁译,南京:译林出版社,2008年版。
伯林:《现实感:观念及其历史研究》,潘荣荣等译,南京:江苏人民出版社,2011年版。
伯林:《反潮流:思想史论文集》,冯克利译,南京:译林出版社,2002年版。
柏拉图:《理想国》,郭斌和等译,北京:商务印书馆,1997年版。
柏拉图:《会饮》,刘小枫译,北京:华夏出版社,2003年版。
布洛赫:《希望的原理》(第一卷),梦海译,上海:上海译文出版社,2012年版。
布鲁门伯格:《神话研究》(上),胡继华译,上海:上海人民出版社,2012年版。
布鲁门伯格:《神话研究》(下),胡继华译,上海:上海人民出版社,2014年版。

布鲁姆:《西方正典》,江宁康译,南京:译林出版社,2005 年版。
布鲁姆:《神圣真理的毁灭:〈圣经〉以来的诗歌与信仰》,刘佳林译,上海:上海人民出版社,2013 年版。
布克哈特:《希腊人和希腊文明》,王大庆译,上海:上海人民出版社,2008 年版。
戴从容:《自由之书》,上海:华东师范大学出版社,2007 年版。
但丁:《神曲》,朱维基译,上海:上海译文出版社,1984 年版。
德里达:《友爱的政治学及其他》,胡继华译,长春:吉林人民出版社,2006 年版.
笛卡尔:《第一哲学沉思集》,庞景仁译,北京:商务印书馆,1996 年版。
狄尔泰:《体验与诗》,胡其鼎译,北京:三联书店,2003 年版。
狄尔泰:《人文科学导论》,赵稀方译,北京:华夏出版社,2004 年版。
范大灿(等著):《德国文学史》,南京:译林出版社,2007 年版
费希特:《人的使命》,梁志学、沈真译,北京:商务印书馆,1997 年版。
弗里切罗:《但丁:皈依的诗学》,朱振宇译,北京:华夏出版社,2014 年版。
福柯:《疯癫与文明》,刘北成等译,北京:三联书店,2007 年版。
弗兰克:《浪漫派的将来之神:新神话学讲稿》,李双志译,上海:华东师范大学出版社,2011 年版。
弗兰克:《荷尔德林与狄奥尼索斯神》,莫光华译,见刘小枫、陈少明主编:《荷尔德林的新神话》,北京:华夏出版社,2004 年版。
格尔茨:《歌德传》,伊德等译,北京:商务印书馆,1997 年版。
歌德:《歌德文集》(十卷本),北京:人民文学出版社,1999 年版。
古留加:《谢林传》,北京:商务印书馆,1900 年版。
汉拉第:《灵知派与神秘主义》,张湛译,上海:华东师范大学出版社,2012 年版。
海德格尔:《海德格尔选集》(上下卷),孙周兴编,上海:上海三联书店,1996 年版。
海德格尔:《荷尔德林诗的阐释》,孙周兴译,北京:商务印书馆,2000 年版。
海子:《海子诗全编》,西川编,上海:上海三联书店,1997 年版。
海涅:《海涅选集》,张玉书编译,北京:人民文学出版社,1983 年版。
黑格尔:《哲学史讲演录》(四卷本),贺麟、王太庆译,北京:商务印书馆,1996 年版。
黑塞:《彷徨少年时》,苏念秋译,上海:上海三联书店,2013 年版。
黑塞:《漂泊的灵魂》,吴忆帆译,上海:上海三联书店,2013 年版。
赫尔德:《反纯粹理性——论宗教、语言和历史文选》,张晓梅译,北京:商务印书馆,2010 年版。
赫希俄德:《工作与时日》,张竹明、蒋平译,北京:商务印书馆,2006 年版。
汉斯·昆、瓦尔特·延斯:《诗与宗教》,李永平译,北京:三联书店,2005 年版。
荷尔德林:《荷尔德林文集》,戴晖译,北京:商务印书馆,2006 年版。

怀特:《元史学:19 世纪欧洲的历史想象》,陈新译,南京:译林出版社,2004 年版。
伊格尔顿:《论邪恶:恐怖行为忧思录》,林耀华译,长沙:湖南人民出版社,2014年版。
蒋光慈:《十月革命与俄罗斯文学》,见《蒋光慈文集》第 4 卷,上海:上海文艺出版社,1982 年版。
约纳斯:《诺斯替宗教——异乡神的信息与基督教的开端》,张新樟译,上海:上海三联书店,2006 年版。
克罗齐:《美学或艺术和语言哲学》,黄文捷译,北京:中国社会科学出版社,1992年版。
克罗齐:《十九世纪欧洲史》,田时纲译,北京:商务印书馆,2013 年版。
伽达默尔:《美学与诗学:诠释学的实施》,吴建广译,北京:北京大学出版社,2013年版。
克朗纳:《论康德与黑格尔》,关子尹译注,上海:同济大学出版社,2004 年版。
卡夫卡:《卡夫卡小说全集》,北京:人民文学出版社,1988 年版。
卡勒尔:《德意志人》,黄正柏等译,北京:商务印书馆,1999 年版。
康德:《历史理性批判文集》,何兆武译,北京:商务印书馆,1991 年版。
卡西尔:《启蒙哲学》,顾伟铭等译,济南:山东人民出版社,1986 年版。
库利亚诺:《西方二元灵知论——历史与神话》,张湛等译,上海:上海人民出版社,2009 年版。
拉库-拉巴尔特、让-吕克·南希:《文学的绝对:德国浪漫派文学理论》,张小鲁等译,南京:译林出版社,2012 年版。
黎皓智(译):《俄国象征派诗选》,杭州:浙江文艺出版社,1996 年。
林精华(主编):《西方视野中的白银时代》,北京:东方出版社,2001 年版。
刘小枫(编):《灵知主义与现代性》,张新樟等译,北京:华夏出版社,2005 年版。
刘小枫(编):《尼采与古典传统续编》,田立年译,上海:华东师范大学出版社,2008 年版。
刘小枫(编):《德语美学文选》(上下卷),上海:华东师范大学出版社,2001 年版。
刘皓明:《荷尔德林后期诗歌》(评注卷),上海:华东师范大学出版社,2009 年版。
莱辛:《拉奥孔》,朱光潜译,北京:人民文学出版社,1981 年版。
莱辛:《论人类的教育》,朱雁冰译,北京:华夏出版社,2008 年版。
罗念生:《罗念生全集》,上海:上海人民出版社,2007 年版。
罗森斯托克-胡絮:《越界的现代精神》,"英文版导论",徐卫翔译,上海:华东师范大学出版社,2007 年版。
拉尔修:《名哲言行录》(上下卷),马永翔等译,长春:吉林人民出版社,2003 年版。
里尔克:《杜伊诺哀歌》,刘皓明译,沈阳:辽宁教育出版社,2005 年版。

李泽厚:《华夏美学》,合肥:安徽文艺出版社,1994年版。
列维纳斯:《上帝,死亡和时间》,余中先译,北京:三联书店,1997年版。
洛夫乔伊:《存在巨链》,张传有等译,南昌:江西教育出版社,2002年版。
洛夫乔伊:《观念史论文集》,吴相译,南京:江苏人民出版社,2005年版。
洛维特:《世界历史与救赎历史——历史哲学的神学前提》,李秋零等译,北京:三联书店,2002年版。
卢卡奇:《小说理论》,燕宏远、李怀涛译,北京:商务印书馆,2012年版。
吕斯布鲁克:《精神的婚恋》,张祥龙译,北京:商务印书馆,2012年版。
梅列日科夫斯基:《但丁传》,刁绍华译,沈阳:辽宁教育出版社,2000年版。
梅列日科夫斯基:《宗教精神:路德与加尔文》,上海:学林出版社,1999年版。
梅列日科夫斯基:《先知》,赵桂莲译,北京:东方出版社,2000年版。
梅列日科夫斯基:《诸神死了》,谢翰如译,沈阳:辽宁教育出版社,1997年版。
梅列日科夫斯基:《诸神复活》(上卷),绮汶译,北京:三联书店,1988年版。
梅列日科夫斯卡娅:《梅列日科夫斯基传》,施用勤等译,北京:华夏出版社,2001年版。
梅尔维尔:《白鲸》,曹庸译,上海:上海译文出版社,2007年版。
迈斯特:《信仰与传统》,冯克利、杨日鹏译,北京:商务印书馆,2010年版。
曼,托马斯:《浮士德博士》,罗炜译,上海:上海译文出版社,2012年版。
曼,托马斯:《多难而伟大的十九世纪》,朱雁冰译,杭州:浙江大学出版社,2013年版。
默雷:《古希腊文学史》,孙席珍等译,上海:上海译文出版社,2007年版。
牟宗三:《心体与性体》(上),上海:上海古籍出版社,1999年版。
尼采:《看那这人:尼采自述》,张念东、凌素心译,北京:中央编译出版社,2010年版。
尼采:《偶像的黄昏》,卫茂平译,上海:华东师范大学出版社,2007年版。
尼采:《尼采遗稿》,赵蕾莲译,哈尔滨:黑龙江教育出版社,2012年版。
尼采:《尼采遗稿选》,虞龙发译,上海:上海人民出版社,2011年版。
诺瓦利斯:《夜颂中的革命和宗教——诺瓦利斯选集卷一》,林克等译,北京:华夏出版社,2008年版。
诺瓦利斯:《大革命与诗化小说——诺瓦利斯选集卷二》,林克等译,北京:华夏出版社,2008年版。
欧因西:《俄国文学史》,台北:中国文化大学,1980年版。
齐泽克:《自由的深渊》,王俊译,上海:上海译文出版社,2013年版。
齐泽克:《斜目而视:透过通俗文化看拉康》,季广茂译,杭州:浙江大学出版社,2011年版。

钱基博:《国学必读》(上),上海古籍出版社,2011年版。
钱林森(编):《法国汉学家论中国文学》,北京:外语教学与研究出版社,2007年版。
乔伊斯:《尤利西斯》,萧乾、文洁若译,南京:译林出版社,2002年版。
钱锺书:《谈艺录》,北京:商务印书馆,2011年版。
荣格:《心理学与文学》,冯川、苏克译,北京:三联书店,1987年版。
萨弗兰斯基:《荣耀与丑闻——反思德国浪漫主义》,卫茂平译,上海:上海人民出版社,2014年版。
萨弗兰斯基:《席勒传》,卫茂平译,北京:人民文学出版社,2010年版。
萨义德:《东方学》,王宇根译,北京:三联书店,2007年版。
史景迁:《大汗之国:西方眼中的中国》,阮叔梅译,桂林:广西师范大学出版社,2013年版。
施莱格尔:《浪漫派风格》,李伯杰译,北京:华夏出版社,2005年版。
施莱尔马赫:《论宗教》,邓安庆译,北京:人民出版社,2011年版。
施米特:《政治浪漫派》,冯克利译,上海:上海人民出版社,2004年版。
施特劳斯:《斯宾诺莎的宗教批判》,李永晶译,北京:华夏出版社,2013年版。
施特劳斯:《论柏拉图的〈会饮〉》,邱立波译,北京:华夏出版社,2012年版。
斯太尔夫人:《德国的文学与艺术》,丁世中译,北京:人民文学出版社,1981年版。
孙凤城(编):《德国浪漫主义作品选》,北京:人民文学出版社,1997年版.
特洛尼森:《荷尔德林——时间之神》,载刘小枫主编:《经典与解释4:荷尔德林的新神话》,北京:华夏出版社,2004年版。
托多罗夫:《启蒙的精神》,马利红译,上海:华东师范大学出版社,2012年版。
托克维尔:《旧制度与大革命》,桂裕芳、张芝联译,北京:商务印书馆,2012年版。
温克尔曼:《希腊人的艺术》,邵大箴译,桂林:广西师范大学出版社,2001年版。
沃格林:《没有约束的现代性》,张新樟等译,上海:华东师范大学出版社,2007年版。
沃格林:《城邦的世界》,陈周旺译,南京:译林出版社,2009年版。
瓦肯罗德:《一个热爱艺术的修士的内心倾诉》,谷裕译,北京:三联书店,2002年版。
瓦雷里:《文艺杂谈》,段映红译,天津:百花文艺出版社,2002年版。
韦伯,A.:《文化社会学视域中的文化史》,姚燕译,上海:上海人民出版社,2006年版。
维柯:《新科学》,朱光潜译,北京:人民文学出版社,1997年版。
维拉莫维茨:《古典学的历史》,陈恒译,北京:三联书店,2008年版。
韦勒克:《批评的概念》,张金言译,杭州:中国美术学院出版社,1999年版。

卫茂平(等著):《异域的召唤——德国作家与中国文化》,银川:宁夏人民出版社,
    2002年版。
威尔曼:《散步——一种诗意的逗留》,陈嫣红译,上海:华东师范大学出版社,
    2008年版。
威尔伯:《意识光谱》,杜伟华、苏健译,沈阳:万卷出版公司,2013年版。
威尔伯:《性,生态,灵性》,李明等译,北京:中国人民大学出版社,2009年版。
维塞尔:《莱辛思想再释——对启蒙运动内在问题的探讨》,贺志刚译,北京:华夏
    出版社,2002年版。
维塞尔:《普罗米修斯的束缚——马克思科学思想的神话结构》,李昀、万益译,上
    海:华东师范大学出版社,2014年版。
夏瑞春(编):《德国思想家论中国》,陈爱政等译,南京:江苏人民出版社,1997
    年版。
谢林:《布鲁诺对象:论事物的神性原理和本性原理》,北京:商务印书馆,2008
    年版。
谢林:《对人类自由的本质及其相关对象的哲学研究》,邓安庆译,北京:商务印书
    馆,2008年版。
谢林:《先验唯心论体系》,梁志学译,北京:商务印书馆,1998年版。
席勒:《秀美与尊严》,张玉能译,北京:文化艺术出版社,1996年版。
席勒:《席勒经典美学文论》,范大灿等译,北京:三联书店,2014年版。
席勒:《席勒文集》(十卷本),北京:人民文学出版社,2005年版。
徐复观:《中国人性史论》(先秦篇),上海:上海三联书店,2001年版。
耀斯:《审美经验与文学解释学》,顾建光等译,上海:上海译文出版社,1997年版。
叶维廉:《中国诗学》,北京:人民文学出版社,2006年版。
张百春:《当代东正教神学思想史》,上海:上海三联书店,2000年版。
张隆溪:《中西文化研究十论》,上海:复旦大学出版社,2005年版。
张治:《中西因缘:近现代文学视野中的西方"经典"》,上海:上海社会科学院出版
    社,2012年版。
茨威格:《与魔鬼作斗争:荷尔德林,克莱斯特,尼采》,徐畅译,北京:西苑出版社,
    1998年版。
宗白华:《美学散步》,上海:上海人民出版社,1983年版。
宗白华:《宗白华全集》(四卷本),合肥:安徽教育出版社,1994年版。
Abrams, M. H., *A Glossary of Literary Terms*, 7th edtion, Rinehart and Winston:
    Thomson Learning, 1988.
Allert, Beate, "Romanticism and the Visual Arts," in *The Literature of German Ro-
    manticism*, ed., Dennis F. Mahoney, New York: Camden House, 2004.

Arendt, Dieter, *Der Nihilismus als Phanomen der Geistesgeschichte in der wissenschaftlich Diskussion unseres Jahrhunterts*, Wissenschaftlich Buchgesellschaft: Darmstadt, 1974.

Auerbach, Erich, *Vico and Aesthetic Historicism*, in Gesamelte Aufsaetze zur Romantischen Philologie, Bern, 1967.

Baemer, Max L. , "Winckelmanns Formulierung der klassisch Schönheit," *Monatshefte*, 1973 (65).

Babbitt, Irving, *Rousseau and Romanticism*, New York: Meridian Books, 1955.

Baker, John Jay, "The Problem of Poetic Naming in Hölderlin's Elegy ' Brot und Wine' ," *MLN*, Vol. 101, No. 3, German Issue (Apr. , 1986), Published by: The Johns Hopkins University Press, 1996

Balthasar, Hans Urs von , *Apokalypse der deutschen Seele: Studien zu einer Lehre von lessten Haltungen. Band I: Der deutsche Idealismus*, Salzburg-Leipzig: Verlag Anton Puster, 1937.

Barth, John, "The Literature of Exhaustion," in Bran Nicol (ed.), *Postmodernism and the Contemporary Novel*, Edinburgh: Edinburgh University Press, 2002.

Bauer, Mark, " Der verborgene Mittelpunkt: Issues of Death and Awareness in Friedrich Schlegel's *Lucinde*," in *Monatshefte*, Vol. 92, No. 2, 2000.

Behler, Ernst, *German Romantic Literary Theory*, Cambridge: Cambridge University Press, 1993.

Beiser, Frederich G. , *The Romantic Imperative: The Concept of Early German Romanticism*, Cambridge, Massachusetts, and London, England, 2003.

Benjamin,Walter, *Walter Benjamin Seleted Writings*, Vol. 1 (1913-1926), edited by Marcus Bullock and Michael W. Jennings, Cambridge, Massachusetts: The Belknap Press of Harvard University Press, 1996

Benz, Ernst, *Die christliche Kabbala: Ein Siefkind der Theologie*, Zürich, 1958.

Bernstein, J. M. (ed.), *Classic and Romantic German Aesthetics*, Cambridge: Cambridge University Press, 2003.

Blanchot, Maurice, *The Infinite Conversation*: trans. and foreword by Susan Hanson, Minneapolis and london:University of Minnesota Press, 1993.

Bloch, Ernst,*The Principle of Hope*, trans. Neville Plaice, Stephen Plaice and Paul Knight, Oxford: Basil Blackwell, 1986.

Bloom, Harold, *Omens of Millenium*, London: Fourth Estate 1996.

Blumenberg, Hans, *Paradigmen zur Metaphorologie*,Bern, 1960.

Blumenberg, Hans, *Die Legitimatat der Neuzeit*, Frankfurt am Maine: Suhrkamp, 1979.

Blumenberg, Hans, *Arbeit am Mythos*, Suhrkamp Verlag Frankfurt am Main, 1979.

Blumenberg, Hans, *Höhlenausgänge*, Frankfurt am Main: Suhrkamp, 1989.

Blumenberg, Hans, *Die Geneis der kopernikanischen Welt*, Suhrkamp Verlag, Frankfurt am Main, 1975.

Blumenberg, Hans, *Die Sorge geht über den Fluss*, Suhrkamp: Frankfurt an Main, 1987.

Della Mirandola, Giovanni Pico *Oration on the Dignity of Man*, Cambridge: Cambridge University Press, 2012.

Bowie, Andrew, *Aesthetics and Subjectivity*, 2th edition, Manchester and New York: Manchester University Press, 2003.

Bullock, Marcus, "Eclipse of the Sun: Mystical Terminology, Revolutionary Method and Esoteric Prose in Friedrich Schlegel," *MIN*, Vol. 98, No. 3, 1983.

Cassier, Ernst, *Individuum und Kosmos in der Philosophie der Renaissance*, 2d ed., Darmastadt: Wissenschftlich Buchgesellschaft, 1963.

Cadava, Eduardo, *Who Comes after the Subject*?, New York: Routledge, 1991.

Croce, B., *The Philosophy of Giambattista Vico*, translated by R. G. Collingwood, New York: Russell and Russell, 1913.

Derrida, Jacques, *The Beast and the Sovereign*, Vol. II, ed. Michel Lisse, Marie-Louise Mallet, and Ginette Michaud, trans. Geoffrey Bennington, Chicago and Lodon: The University of Chicago Press, 2011.

Derrida, Jacques, *Writing and Difference*, trans. A. Bass, Chicago: Chicago University Press, 1978.

Descartes, Rene, *Discourse on Method*, in *Descartes' Philosophy Works*, eds. Elizabeth S. Haldane and G. T. Ross, New York: Penguin Classic Books, 1955.

Elam, Helen, R. and Frances Ferguson (eds), *The Wordsworthian Enlightenment: Romantic Poetry and Ecology of Reading*, Baltimore: Johns Hopkins University Press, 2005.

Dilthey, Wilhelm, *Leben Schleiermachers*, Berlin: Reimer, 1870.

Faivre, Antoine, *The Encyclopedia of Religion*, New York: Macmillan, 1987.

Fontenelle, Guy éder de La, *De l'origine des fable*, in *Œuvres complétes*, ed. Alain Niderst, Paris: Fayard, 1989—2001.

Frank, Manfred, "Philosophy as Infinite Approximation: Thoughts Arising out of the Constellation of Early German Romanticism," in Espen Hammer (ed.), *German Romanticism: Contemporary Perspectives*, London & New York: Routledge, 2007.

Freeman, Veronica G., *The Poeticization of Metaphors in the Work of Novalis*, New York: Peter Lang, 2006.

Frey, D., "Die Bildkomposition bei J. A. Koch und ihre Beziehung Dichtung", *Wiener Jahrbuch für Kunstgeschichte*, xiv, 1950.

Frick, K. R. H., *Die Erleuchteten: Gnostisch-theosophische und alchemistiche-rosenkreuzerische Geheimgesellschaften bis zum Ende des 18 Jahrhundert: ein Beitrag zur Geistesgeschichte der Neuzeit*, Graz: Akademische Druck-u. Verlaganstadt, 1973.

García, John F., "Symbolic Action in the Homeric Hymns: the Theme of Recognition", in *Classical Antiquity*, Vol. 21, No. 1 (April 2002)

Geyer, Carl-Friedrich, > Neu Mythologie und Wiederkehr der Religion <, In: *Wiederkehr der Religion? Perspektiven, Argumente, Fragen*, hrg., Willi Oelmuller, Paderborn, 1984

Heidegger, Martin, *Contributions to Philosophy (From Enowning)*, trans. Parvis Emad and Kenneth Maly, Bloomington & Indianapolis: Indiana University Press, 1999.

Halmi, Nicholas, *The Genealogy of the Romantic Symbol*, Oxford: Oxford University Press, 2007

Hart, Clive, *Structure and Motif in Finnegans Wake*, Evanston: Northwestern University Press, 1962.

Hegel, Friedrich, "On Classical Studies," in *On Christianity: Early Theological Writings*, trans. T. M. Knox and Richard Kroner, New York: Harper Torchbooks, 1961.

Herder, Johann Gottfried von, *Werke in zehn Bänden*, ed. Ulrich Gaier et al, Frankfurt am Main: Deutscher Klassiker Verlag, 1985-2000.

Hinz, Sigrid, (ed.), *Caspar David Friedrich in Briefen und Bekenntbissen*, 2nd ed., Munich, 1974

Hölderlin, Friedrich, *Selected Poems and Fragments*, Trans. Michael Hamburger, ed. Jeremy Adler, New York: Penguin Books, 1994

Horne, Haynes etl. (ed.), *The Theory as Practice: A Critical Anthology of Early German Romantic Writings*, Minneapolis and London: University of Minnesta Press, 1997.

Jamme, Christopher and Helmut Schneider (ed.), *Mythologie der Vernunft: Hegels altestes Systemprogramme des deutschen Idealismus*, Frankfurt am Main: Suhrkamp, 1984.

Jauss, Hans Robert, "Goethes and Valerys 'Faust': Zur Hermeneutik von Frage und Antwort," In: *Comparative Literature*, 28(1976).

Jonas, Hans, *Gnostic Religion: the Message of the Alien God and the Beginning of Christianity*, Boston: Beacon Press, 1963.

Jonas, Hans, "The concept of God after Auschwitz: A Jewish Voice," in *The Journal of Religion*, Vol. 67, No. 1 (Jan., 1987).

Jonas, Hans, "Delimitation of the Gnostic Phenomenon: Typological and Historical," in Ugo Bianchi (ed.), *The Origin of Gnosticism*, Leiden: E. J. Brill, 1967.

Kant, I., *Critique of the Power of Judgment*, trans. P. Guyer, Cambridge: Cambridge University Press, 2000.

Kermode, Frank, *The Sense of An Ending: Studies in the Theory of Fiction*, Oxford: University Press, 2000.

Kerényi, Carl, *Prometheus: Archetypal Image of Human Existence*, trans. Ralph Manheim, Princeton, New Jersey: Princeton University Press, 1991.

Kleist, Heinrich von, *Sämtliche Werke und Briefe*, ed., Ilse-Marie Barth et al., 4 vols, Frankfort am Main: Deutscher Klassiker Verlag, 1987-1997, vol. 3, ed., Klaus Müller-Salget, 1990.

Krell, David Farrel, *The Tragic Absolute: German Idealism and the Languishing of God*, Bloomington and Indianapolis: Indiana University Press, 2005.

Lacou-Labarthe, Philippe & Jean-Luc Nancy, *The Literary Absolute: The Theory of Literature in German Romanticism*, trans, P. Barnard and C. Lester, Albany: State University of New York Press, 1988.

Lovejoy, Arthur, "On the Discrimination of Romanticisms," in Publications of Modern Language Association of America (PMLA), Vol. XXXIX, June, 1924.

Lovejoy, Arthur, "The Meaning of Romanticism for the Historian of Ideas", in *Journal of the History of Ideas*, III, 1941.

Lukacs, Georg, *The Theory of the Novel: A historico-philosophical Essay on the Forms of Great Epic Literature*, translated by Ann Bostock, Cambridge, Massachusetts: The M. I. T. Press, 1971

Macuch, Rudolf, *Handbook of Classical and Modern Mandaic*. Berlin: De Gruyter & Co., 1965.

Martin, Gladys, "The Roman Hymn," in The *Classical Journal*, Vol. 34, No. 2 (Nov., 1938)

Matenko, Percy, (ed.), *Tieck and Solger: The Complete Correspondence*, New York: Westermann, 1933.

Mayer, Paola, "Reinventing the Sacred: the Romantic Myth of Jakob Böhme," in *The German Quarterly*, Vol. 69, No. 3 (Summer, 1996).

Molnar, Géza von, "Mysticism and a Romantic Concept of Art: Some Observations on Evelyn Underhill's *Practical Mysticism* and Novalis' *Heinrich von Oftertingen*", in *Studia Mystica* 6(1983).

Novalis, *Schriften. Die Werke Friedrich von Hardenbergs*, Bd. II, Richard Samuel (Hg.), Stttgart: W. Kohlhammer Verlag, 1965.

Novalis, *Novalis: Philosophical Writings*, trans. and ed. by Margaret Mahony Stoljar, New York: State University of New York Press, 1997.

O'Brien, Wm. Arctander, *Novalis: Signs of Revolution*, Durham and London: Duke University Press, 1995.

Opitz, Martin, *Buch von der deutschen Poeterei*, Halle a. S. : Max Niemeyer, 1913.

Pagel, Walter, *Paracelsus: An Introduction to Philosophical Medicine in the Era of the Renaissance*, Basil: Karger, 1958.

Pétrement, Simon, *Le Dualisme chez Platon, Les Gnostiques et les Manichéens*, Brionne: Gérard Montfort, 1947.

Pfau, Thomas, "Mourning Modernity: Classical Antiquity, Romantic Theory, and Elegiac Form," in Karen Weisman (ed.), *The Oxford Handbook of Elegy*, London and New York: Oxford University Press, 2006.

Phillip, Donald, *Hegel's Recollection*, Albany: SUNY Press, 1985.

Rice, Eugene F., *The Renaissance Idea of Wisdom*, Westport: Greenwood Press, 1973.

Runge, Daniel(ed.), *Hinterlassene Schriften von Philipp Otto Runge*, Berlin, 1938.

Saussy, Haun, "Exquisite Cadaver Stitched from Fresh Nightmare:Of Memes, Hives, and Selfish Genes," in *Comparative Literature in an Ages of Globalization*, ed., Haun Saussy, Baltimore: The Johns Hopkins University Press, 2006.

Schelsky, Elmut, *Die Totalitaet des Staates bei Hobbes*, in *Archiv fuer Rechts und Sozialphilosophie*, Herausgegeben von C. A. Emge, vol. XXXI, Berlin, 1938.

Schelling, Friedrich Wilhelm Joseph von,*System des transcendentalen Idealismus*, Sammtliche Werken, ed. K. F. A. Schelling, Stuttart, 1856-1861.

Schelling, >Philosophischen Briefen über Dogmatismus und Critik<, in *Sammtliche Werken*, ed. K. F. A. Schelling, Stuttart, 1856-1861, i.

Schelling, *Einleitung in die Philosophie der Mythologie*, in *Friedrich Wilhelm Joseph von Schelling sämmtliche Werke*, Neue Edition: Historische-kritische Ausgabe, ed. Hans Michael Baumgartner und andern, Stuttgart: Fromann-Holzbog, 1976-1994.

Schlegel, A., "Vorlesungen über schöne Literatur und Kunst," in *Deutsche Literaturdenkenkmale*, xvii, Heilbronn, 1884.

Schlegel, F. , *Kritische Friedrich Schlegel Ausgabe*, 1979.
Schlegel, F. , *Friedrich Schlegel's Lucinde and the Fragments*, trans. intro. Peter Firchow, Minneapolis: the University of Minnesota Press, 1971.
Schlegel, F. ,*Lectures on the History of Literature: Ancient and Modern*, trans. Henry G. Bohn, London: Geoger Bell & Sons, 1876.
Schmidt, Jochen, *Friedrich Hölderlin Samtlich Werke und Briefe*. Drei Band. Herausgegeben von Jochen Schmidt. Band I, Deutscher Klassiker Verlag: Frankfurt am Main 1992.
Schmitz, Heinz R. , "Jacob Böhme et l'avènement d'un home nouveau," in *Revue Thomiste*, t. LXXIII
Schulz, Gerhard, "Potenzerte Poesie: Zu Friedrich von Hardenbergs Gedicht An Tieck," *Klassik und Romantik: Gedicht und Interpretationen*, ed. Wulf Segebrecht, Vol. 3, Stuttgart: Reclam, 1984.
Sulzer, J. G. , *Allgemeine Theorie der Schönen Künste. In einzelnen, nach alphabetischer Ordung der Künstworter aufeinander folgenden Artikeln abgehandelt*, Zweiter Teil, Leipzig: Hildessheim 1967-1970.
Saul, Nicholas, "The Reception of German Romanticism in Twentieth Century," in Dennis F. Mahoney (ed.), *The Literature of German Romanticism*, Camden House, 2004.
Mattenklott, G. , "Der Sehnsucht eine Form. Zum Ursprung des modernen Romans bei F. Schlegel," *Zur Modernitat der Romantik*, Stuttart: Metzler, 1977.
Sayre, Robert and Michael Löwy, Figures of Romantic Anti-Capitalism, *New German Critique*, 32 (Spring-Summer, 1984).
Seillière, Baron Ernest Antoine Aimé L, *Le mal romantique: Essai Sur L'impérialisme Irrationnel*, Nabu Press , 2010.
Seyham, Azade, *Representation and its Discontents: the Critical Legacy of German Romanticism*, Berkeley/ Los Angeles/ Oxford: University of California Press, 1992.
Taubes, Jacob, *Vom Kult zur Kultur: Baustene zu einer Kritik der historischen Vernunft*, ed. Aleida und Jan Assmann, Wolf-Daniel Hartwich, und Winfried Menninghaus, Munchen: Wilhelm Fink Verlag, 1996.
Taubes, Jacob, *Abendländische Eschatologie*, Mattes & Seitz Berlin, 1995.
Tieck, Ludwig, *Schriften*, Berlin: Reimer, 1828-1854.
Tocqueville, Alexis de , *Democracy in America*, New York, 1978.
Tuveson, Ernest Lee, *Millennium and Utopia: A Study in the Background of the Ideas of Progress*, New York: Harper & Row, 1964.

Viano, Maurizio, "A Sumerian Hymn from Boğazköy," in *Die Welt des Orients*, Bd. 42, H. 2(2012)

Vögelin, Eric, *The New Science of Politics*, Chicago: Chicago University Press, 1952。

Vögelin, Eric, *History of Political Thought*, Vol. VII, *The New Order and Last Orientation*, eds., Jurgen Gebhardt, Thomas A. Hollweck, Columbia and London: University of Missouri Press, 1999.

Vögelin, Eric, "The Concept of Romanticism in Literary History"(1. The Unity of European Romanticism), in *Comparative Literature*, Vol. I, No. 1, 1949(winter).

Wellek, Rene, "The Concept of Romanticism in Literary History"(2. The Term 'Romantic' and Its Derivatives), in *Comparative Literature*, Vol. I, No. 1, 1949 (winter).

Wheelright, Philip, *The Burning Fountain: A Study in the Language of Symbolism*, 2nd ed., Bloomington, 1968.

Winckelmann, Johann Joachim, *Geschichte der Kunst des Altertums*, Wimar, 1964.

Wutrich, Timothy Richard, *Prometheus and Faust: The Promethean Revolt in Drama from Classical Antiquity to Goethe*, Westport, Connecticut, London: Greenwood Press, 1995.

Yates, Frances A., *Giordano Bruno and the Hermetic Tradition*, New York: Random, 1968.

Ziolkowsky, Theodore, *The Classical German Elegy*, Princeton: Princeton University Press, 1980

Žižek, Slavoj, *On Belief*, New York: Routledge, 2001.

Ziolkowsky, Slavoj Žižek, "The Abyss of Fredom," in F. W. J. Schelling, *The Ages of the World*, Ann Arbor: Michigan Uiniversity Press, 1997.

后　　记

　　客居京华,节序匆匆,浅寒深雾,不觉不知已经是千禧丙申猴年的大雪节。校对完这本近五百页的书稿,笔者感到行囊一下子轻了许多。轻,不堪承受的轻,乃是因为曾经重,不堪承受的重。

　　本书缘于给比较文学研究生开设专业选修课"德国文学专题"。2007年秋天,北京第二外国语学院迎来了第一批比较文学与世界文学研究生。2008年春夏,笔者带着学生一起默读和诵读德国浪漫主义诗文。读着读着,这一年5月,汶川地震令举世震惊,浪漫课堂顿染悲情。自当年开始,每逢春夏学期,笔者都有幸和研究生一起研读歌德、荷尔德林、诺瓦利斯、艾辛多夫、克莱斯特、里尔克、托马斯·曼。笔者习惯将课堂放在晚间,于是每年都有"春风沉醉的晚上"。

　　德国浪漫主义者深情、忧郁,浪漫诗文玄远、苍凉,而我们的青年学子俊朗、阳光。研读每至佳境,师生交相喟叹——"情动言形,取会风骚之意;阳舒阴惨,本乎天地之心。"就这么满堂吟咏,就这么且颂且思,不觉星移斗转,将近十年过去。晨起对镜,恍惚间额飞早霜。当年伴我品读诗文的男孩女孩,而今都在世界各方,顶天立地,成就斐然。"朱弦一拂遗音在,只是当年寂寞心。"首先感谢每年春夏之交选修"德国文学专题"的莘莘学子:没有你们,就没有这本书,而你们的才华与睿智已经融入了这本书的字里行间。

　　2004年,笔者有幸被二外接纳,供职于跨文化研究院。这所小而美、美而雅的大学,慷慨地赋予笔者存在的意义,无偿地给予笔者快乐的生活。感恩二外,尤其是感恩跨文化研究院的全体同仁对笔者的信任、关爱与支持。俯读仰思,草根不忘忧国;教书育人,师者道德文章。王柯平先生提携后学,古道热肠,将本书纳入他主编的"诗学与美学研究丛书",本书的部分章节还被先生收入他主编的《历史上最具影响力的美学名著25种》。袁宪军先生的英国浪漫主义诗歌和诗学研究的论著让笔者获益甚多，他的名言"浪漫是一种活法"指引着笔者去寻求一种灵动的生活方式。感恩梁展教授、刘燕教授、杨平副教授、院成纯副教授、黄薇薇博士、杨玫芳老师、石慧英老师，各位在治学和为人方面都是笔者敬佩的榜样。榜样的力量对笔者总是一种永恒的激励。

讲述德国文学，论述浪漫诗文，德语成为基本条件。在本书杀青之际，笔者特别感念德国教师艾思嘉（Ansgar Albert）先生。1992年，先生受"爱德基金会"的派遣，在安徽一所大学教英语，每到周末他就义务给我和几个朋友上德语课，同时给我传福音、讲圣经，就这样学习了将近4年。1996年他离开中国，我们就再也没有联系了。20年过去了，这位悲天悯人、笃信耶稣的德国青年，现在不知在哪里？音讯全无，草色总有连云之念，笔者每每 speak into the air，感恩艾思嘉。

在写作这本书的过程中，德文一手资料匮乏，几近让笔者心生放弃的念头。感谢杨俊杰教授、何博超研究员、胡疆锋教授、吴键博士、李莹博士、孙静博士，各位在繁忙的教务、研务之中抽出时间，奔走在国内外大学的图书馆，帮我查到并复印大量珍贵的德文文献。没有这些文献，笔者就只能做"无米之炊"。

本书的部分章节已经公开发表在《上海文化》《中国文化》《书屋》等刊物上，特此感谢吴亮先生、秦燕春女士、刘文华先生，以及这些刊物的编辑。感谢北京师范大学文学院博士候选人黄兰花同学，在紧张的研究中抽时间做本书的最后校对。感谢责任编辑张文礼先生为本书的出版付出的辛勤劳作，其高尚的职业责任感、优雅的人文情怀以及杰出的编审才华，让本书从一叠草稿变成了一部学术专著。

小晴读过本书的部分初稿，遥遥总在惦记着我是否有新书，诚诚默默关注着我的读书和写作。有你们真好！祝你们平安！感恩家人，且愿意把这本书献给你们。同时，笔者深情地为爱我的人和我爱的人祈福……

胡继华2016年大雪节
于北京第二外国语学院跨文化研究院